현대소설과 분단의 트라우마

현대소설과 분단의 트라우마

지은이 강진호(姜珍浩, Kang, Jin-ho)는 문학박사이며 성신여대 국문과 교수로 있다. 주요저서로『탈분단시대의 문학논리』(2001),『현대소설사와 근대성의 아포리아』(2004)가 있고, 편저로『국어교과서와 국가 이데올로기』(2007),『총서 '불멸의 력사'를 읽는다』(2009),『조선어독본』(5권)(2010) 등이 있다.

현대소설과 분단의 트라우마

초판 1쇄 발행 2013년 3월 25일
초판 2쇄 발행 2014년 9월 20일
지은이 강진호 **펴낸이** 박성모 **펴낸곳** 소명출판 **출판등록** 제13-522호
주소 서울시 서초구 서초동 1621-18 란빌딩 1층
전화 02-585-7840 **팩스** 02-585-7848 **전자우편** somyong@korea.com **홈페이지** www.somyong.co.kr

값 34,000원
ISBN 978-89-5626-827-9 93810

현대소설과
분단의 트라우마

Modern Novels and the Trauma of Division

강진호

문학사에 각인된 분단과 반공의 상처

여기에 수록된 글들은 모두 '분단과 반공'을 키워드로 해서 쓰인 논문이다. 현대문학사를 공부하기 시작하면서부터 분단과 반공주의가 문학과 어떤 관계가 있고 또 어떤 영향을 미쳤는지에 대해 줄곧 관심을 가져왔다. 첫 평론집(2001)은 그런 관심의 일단을 구체화한 것이었다. 이후 관심의 범위를 해방 이후부터 1980년대 작품들로 돌려 사적인 맥락과 함께 그 특성을 고찰해왔다. 여기에 묶인 글들은 그 과정에서 쓰인 논문들이다.

문학에서 분단과 반공이 문제인 것은 그것이 문학의 근본 환경이자 콤플렉스의 근원을 이룬다는 데 있다. 문학이란 시대와 환경의 영향 아래 존재하는 까닭에 분단 현실은 우리의 삶과 상상력을 제한하는 근본 원인이 되어 왔다. 남북 분단은 지리적인 단절뿐만 아니라 상상력과 사고의 범위까지 제한한다. 우리 문학에서 대동강이나 성천강 등 북한 지역은 볼 수 없는 공간이 되었고, 다혈질의 함흥 사람들이나 경제관념 강한 개성 사람들도 이제는 과거 작품 속에서나 찾을 수 있게 되었다. 남한에서의 삶 역시 분단으로 인한 적의와 공포가 상시화된 상황에 놓여 있다.

이런 현실에서 우리의 삶을 근원적으로 규율하는 요소의 하나가 반공주의이다. 한 때 국가의 이념이자 정책의 기본 방침이었던 반공주의는 분단 현실의 이념적 표현물이라 할 수 있다. 분단 이후 지금까지 우리 사회는 심각한 반공주의의 공포에 시달렸고 아직도 그에 대한 두려움에서 벗어나지 못하고 있다. 역대 정권들은 반공을 무기로 취약한 정통성을 만회해 왔고, 작가들은 그런 현실에 속박되어 창작 상의 자유를 제한받아 왔다. 김원일이 『노을』에서 설파했듯이, 분단 현실이란 그것과는 전혀 무관한 것으로 보이는 중산층 소시민의 삶마저도 예외 없이 구속했다. "아버지의 시대와는 달리 그런 쪽(이데올로기)과는 담을 쌓고 살려는 나에게까지 남북의 극단적인 대치 상황이 그렇게 가깝게 영향력을 미치고 있을 줄을 몰랐다"는 고백은, 자신과는 무관하리라 생각했던 분단이 사실은 자신을 옭아맨 오랏줄과도 같은 것이었음을 시사해준다. 우리는 단지 그것을 자각하지 못한 채 살아 왔고, 그렇기에 분단을 자각한 사람에게 이 현실은 '유형(流刑)의 땅'일 수밖에 없었다. 1950년대 이래 지속적으로 발생했던 저 악몽 같은 필화사건들은 곧 유형의 상태에서 탈출하여 자유를 찾고자 하는 처절한 몸부림이었고, 현대문학사의 전개 과정이란 단적으로 말자면 이 분단과 반공의 억압에 맞서 의식 깊숙이 각인된 그 폐해를 도려내는 힘겨운 도정이라 해도 과언이 아니다.

지금까지 우리나라에서 반공주의가 맹위를 떨칠 수 있었던 것은 자본주의와 사회주의라는 두 거대 공룡이 맞서는 대립의 한복판에 우리가 놓여 있었기 때문이다. 하지만, 사회주의권의 몰락과 전 세계적인 자본주의화는 그런 대립을 점차 무력화시키고 있다. 사회주의 국가들이 자본주의로 편입되면서 과거 국제 질서를 규정했던 이데올로기의 대립이 지금은 거의 무의미해진 상황이다. 그렇지만 안타깝게도 남한과 북한은 여전히 대치를 계속하고 있고, 양자를 둘러싼 거대 제국의 대립과 갈등 역시 지속된다는 점에서 반공주의가 연명할 토대는 여전히 온존하고 있다. 또 분단과 대립의 현실을 정치적으로 이용하려는 세력들도 여전히 존재한다. 주요 일간지를 장식하는 북한에 대한 가공할 적개심과 살기어린 광고 문구를 보라! 그렇기에 반공주의는 통일이 되기 이전에는 언제든지 우리들의 삶과 문화를 마비시킬 수 있다. 반공이라는 동아줄에 꽁꽁 묶인 상황에서, 분단의 본질을 해명하고 과거의 진실을 복원하는 일은 난망하고 통일된 미래를 전망할 수도 없을 것이다. 사상의 자유가 억압된 현실에서 문화와 예술은 꽃필 수 없다.

지금 상태에서 무엇보다 중요한 것은 우리에게 각인된 반공주의의 실상을 확인하는 일이다. 의식뿐만 아니라 무의식의 차원에서 우리를 사로잡고 있는 망령이 바로 반공주의이자 냉전 이데올로기인 까닭에 그 완강한 실체를 확인하는 것은 바로 그것을 해소하는 첫걸음이다. 지난 반세기를 경과하면서 문학과 일상의 영역에서 확인되는 분단체제란 다름 아닌 우리 개개인들에게 숨어 있는 이 적대와 반목의 감정이다. 그렇기에 그 실체와 마주하는 일은 통일이라는 추상적 담론에서 벗어나 구체적 현실에서 문제를 찾고 실천하는 일이 될 것이다.

여기에 수록된 글들은 모두 분단 현실을 적극적으로 문제 삼거나 아니면 반공주의와 긴밀하게 관계되는 작품들을 대상으로 하였다. 나는 우리 문학을 규율하는 근본 원인(原因)이 근대성(modernity)과 분단이라고 생각한다. 근대성을 획득하는 지난한 과정이 현대문학의 역사였다면, 그것은 동시에 분단과 반공의 상처를 털고 성숙한 세계문학으로 나가는 고통스러운 입사 과정이기도 하다. 근대성과 관련된 문학의 여러 문제들은 이미 『현대소설사와 근대성의 아포리아』(2004)라는 책을 통해서 정리한 바 있다. 이번 책은 그 책과 짝을 이루는 것으로, 분단과 반공을 핵심으로 한 글들을 모았다.

1부에서는 현대소설에서 목격되는 반공주의의 영향을 박완서, 홍성원, 김원일, 조정래, 이문열, 이호철을 통해서 살펴보았다. 이들은 모두 분단의 상처를 깊은 내상으로 간직한 작가들이다. 이들에게 반공주의는 심리적 금제(禁制)와도 같은 일종의 트라우마(trauma)였다. 유년기의 억압과 좌절이 한 사람의 성격을 결정하는 근원적 기제(機制)가 되듯이, 반공주의로 인한 공포와 자기검열은 작가들의 상상력을 근본적으로 제한하고 위축시켰다. 반공주의는 공산주의에 대한 단순한 부정이 아니라 고문이나 연좌제와 같은 원초적인 공포와 결합되어 있고, 그래서 분단과 이데올로기 문제를 파헤치고자 할 경우 작가들은 자칫 반공주의의 검열에 걸려들지 않을까 하는 심한 강박관념에 시달렸다. 박완서 소설에서 목격되는 '오빠의 형상'이 1990년대를 전후로 해서 서로 다르게 드러나는 것이나, 홍성원이 대하소설『육이오』를『남과 북』으로 철저하게 개작한 것, 김원일이 평생을 추적한 월북한 아버지의 초상, 이문열이 월북한 아버지로 인해 평생 감내해야 했던 '빨갱이 자식'이라는 멍에와 신산스러운 삶은 모두 분단이 야기한 상처의 구체적 흔적들이다. 여기서는 그런 사실들을 추적하면서 문학과 사회, 문학과 이데올로기의 관련 양상을 고찰하였다.

　2부에서는 해방과 함께 시작된 북한문학의 형성과 전개과정을 고찰하였다. 북한문학 역시 분단의 상처로부터 자유롭지 못하다. 진지한 탐구와 자기성찰의 과정을 보여주었던 허준(許俊)이 해방과 함께 북한을 선택하게 된 내적 동기라든가, 안회남(安懷南)과 현덕(玄德)이 남한을 부정한 뒤 북한을 택하고 이후 북한문학사에 편입되는 일련의 과정은 모두 분단현실이 초래한 우리 문학의 비극적 사례들이다. 일제치하에서 문학을 시작하면서부터 사회주의자의 길을 걸었던 한설야(韓雪野)가 해방 후 보여준 일련의 행적 역시 분단의 비극을 상징한다. 김일성의 전기(傳記)를 최초로 썼고, 김일성을 소재로 한 다수의 작품을 통해서 초기 북한문학의 주춧돌을 놓았던 한설야가 이후 김일성을 뒷전으로 밀어내고 대신 일반민중을 전면에 내세운 작품들을 발표하면서 숙청을 당한 것은 북한이 일인 독재의 고도(孤島)로 변해가는 과정을 상징적으로 보여준다.『총서 불멸의 력사』시리즈는 그런 북한의 사상과 이념을 집약한 북한 고유의 집체(集體) 창작물이다. 세계적으로 유례를 찾기 힘든 이 독특한 서사물은 유격대 국가로서 북한의 특성을 전형적으로 보여주는 국가적 기획물이다. 남대현의 『청춘송가』는 북한에서 최고의 인기를 누리는 작가의 작품답게 현 북한 사회의 실상을 실감나게 그려놓은 작품이다. 연애와 사업의 한복판에서 갈등하는 두 젊은이들의 이야기는, 개인적인 삶과 사회활동 사이에서 갈등하는 오늘날 북한 젊은이들의 삶을 상징적으로 보여준다. 이런 작품들을 고찰하면서 북한문학 역시 분단의 상처로부터 자유롭지 못하다는 것을 알 수 있었다.

3부에서는 '국어' 교과서에 투사된 반공주의와 국가주의의 규율을 고찰하였다. 반공주의가 전후 남한 사회를 규율한 일종의 국시(國是)였다면, 국어 교과서는 그것을 홍보하고 전파하는 대표적인 매체였다. '국어' 교과서란 엄밀히 말하자면 국가의 정책을 기조로 해서 편찬되는 일종의 어용(御用) 교과목이다. 그래서 '국어' 교과서에는 정부의 주요 정책이 직접적으로 반영된다. '국어' 교과서에서 반공주의가 본격적으로 등장한 것은 1948년 단정기 이후였다. 국가의 제도와 법이 정비된 단정기 이후 국민 전체가 공산주의를 부정적으로 체험한 6·25 전쟁을 경과한 다음부터 반공주의는 구체적인 형체를 갖추면서 맹위를 떨치기 시작하였다. 전쟁 이후 최근의 7차 교육과정까지 개정을 거듭하면서 간행된 '국어' 교과서는 이런 교과서의 특성을 구체적인 형태로 보여준다. 특히 국가(문교부)가 기획·편찬·공급 등의 제반 업무를 관장한 국정(國定) 교과서의 경우는 검인정과 달리 그 양상이 한층 직접적이고 전면적이다. '국어' 교과서를 통해서 정권은 반공주의를 계몽하고 국가주의적 규율을 강요해서 궁극적으로 자신들이 원하는 형태의 국민을 만들어내고자 하였다. 박정희가 정권을 잡은 뒤 교육과정을 개편하고 교과서를 새롭게 간행하면서, '국가재건최고회의'와 그 산하기관인 '재건국민운동본부'의 고문이나 자문위원들을 필진으로 대거 동원해서 '인간개조'와 '사회개조'의 작업을 수행한 것은 그 단적인 사례에 해당한다. 그런 점에서 '국어' 교과서는 분단과 반공의 상처를 다른 어느 곳보다도 깊게 간직한 영역이다.

최근 우리 주변에서는 분단문학이라는 말보다 통일문학이라는 말이 한층 더 빈번하게 사용되고 있다. 여기에는 남북한 간에 가로놓인 이질성을 부각하기보다는 민족 고유의 동질성을 발굴하면서 서로 이해하고 교류할 수 있는 기반을 마련하고, 그런 과정을 통해서 남과 북이 함께 하는 문학의 장을 만들어 가자는 취지가 깔려 있다. 남과 북에서 함께 수용할 수 있는 작가와 작품을 선별하고, 또 남북에서 동일한 작가가 어떻게 달리 평가되는가를 살피면서 남북한문학의 '원형'을 찾고자 하는 노력은 통일문학의 기반을 조성한다는 점에서 바람직하고 또 시급한 일이다. 하지만 이런 식의 발상이 자칫 동질성보다는 이질성이 심화된 현실을 소홀히 하고 통일에 대한 안이한 기대를 부풀릴 가능성도 없지 않다. 북한문학은 우리와는 다른 역사와 원리에 의해 규율되어 왔고, 또 훨씬 정치적이다. 북한이란 우리의 시선으로 포착되지 않는 또 다른 코드의 존재일 뿐만 아니라 엄청나게 왜곡된 상태로 각인되어 있는 존재이기도 하다. 남한과 북한의 정상적인 관계를 위해서는 그들의 역사적 맥락을 살피고 우리와 다른 그들만의 특성을 존중하려는 심리가 필요하다. 북한에 대한 거부감이 완화되고 정상적인 관계가 정립되기 위해서는 적잖은 시일이 소요될 것이지만, 그런 이해와 조정의 과정이야말로 우리가 치러야 하는 통일의 비용인 것이다.

글을 마무리하면서, 여든 중반의 나날을 힘겹게 보내고 계시는 장인어른이 떠오른다. 그분은 대학 1학년 때, 다부동(多富洞) 전투에 참가했던 참전 용사시다. 장인어른에게 그 전투는 평생의 자부심이었다. 당신과 같은 젊은 군인들이 죽음으로 전선을 지켰기에 오늘의 우리가 있다는 것,

생사존망의 체험이 이후 산업화의 흐름을 일구면서 오늘의 우리를 만들었다는 것이다. 반공주의가 지금껏 강력한 힘을 발휘하는 것은 이분들의 실제적 체험과 그 역사가 뒷받침되어 있기 때문이다. 그래서 분단된 현실에서 반공주의는 결코 허위적 이념만은 아니라고 할 수 있다. 문제는 그것을 이용한 남북한의 정치집단과 세계적인 냉전적 대립구조, 지난 역사가 저열한 것은 그것이 푸른 청춘을 편취하고 악용한 데 있다. 문학이 그 허위적 가상과 맞서 왔다면, 장인은 일상의 삶을 통해서 실재적 진실을 살아온 것이다. 정치와 분단보다 훨씬 근원적인 것이 우리의 삶과 생명이다.

이번 책도 소명출판의 도움을 받게 되었다. 단독 저술로는 두 번째이고, 편저를 포함하면 다섯 번째 책이다. 박성모 사장님에게 진 빚이 참으로 많다. 계속 연구자들의 든든한 멘토가 되기를 희망하지만 미안한 마음이 앞선다. 또 이 책을 꼼꼼하게 만들어준 한성옥 선생께도 감사드린다. 소탈한 웃음으로 연구자들을 반기는 공홍 부장께도 감사의 마음을 전한다. 그리고, 부지런히 자신의 길을 걷고 있는 두 딸과 어느덧 흰머리를 고민하는 아내에게도 고마움을 전한다. 이들의 당당함이 나를 존재하게 한다.

화평하고 정의로운 세상을 희망하면서
2013년 1월 말에, 강진호 씀

차례

사대부의식과 반공주의
『영웅시대』를 통해 본 보수 이념의 존재방식

변경의 삶과 자기 정당화의 논리
이문열의 『변경』을 중심으로

반공 사회의 규율과 문학의 증언
이호철의 『심천도』를 중심으로

분단 현실과 문학적 대응의 양상
1970년대 분단소설을 중심으로

1부

현대소설과
반공의
트라우마

반공주의와 자전소설의 형식

박완서를 중심으로

1. 작품과 사회 현실

전쟁은 한 사회를 구조적으로 변화시킬 뿐만 아니라 개인에게 지울 수 없는 상처를 남겨놓는다. 우리의 경우 6·25 전쟁은 사회 구성원 모두를 의식적으로나 무의식적으로 제약하는 일종의 정신적 외상이었다. 게다가 전쟁에 뒤이은 분단은 한국 사회를 냉전의 희생양으로 전락시켜 아직도 서로 다른 두 체제를 반목하게 만들었고, 개인들에게는 이념적 사시와 편견을 내면화시키는 결과를 낳았다. 현대문학에서 가장 많이 활용되는 제재가 6·25 전쟁이라는 것은 그런 점에서 시사하는 바 크다고 하겠다. 현실을 긴밀하게 반영하는 문학의 특성상 작품의 형식과 내용은 전쟁의 상처로부터 자유로울 수 없고, 그래서 현대소설은 분단 현실에 적극적으로 대응하는 과정을 통해서 특유의 내용과 형식을 만들어 왔다. 가령, 1950년대 소설의 작중 인물은 전쟁의 상처에서 벗어나지 못해 자기 모멸적이거나 파괴적인 이른바 정상적인 주체의 모습을 갖고 있지 못했고, 1960년대 이후의 소설은 그로부터 점차 거리를 두면서 타자와 교섭하는 과정을 통해 스스로를 정립하는 한층 성숙한 모습을 보여주었다. 작품의 내용도 1950년대 소설이 전후의 참상과 혼란, 전쟁의 광기와 인간 모멸의 경험 등을 다루었다면, 1960년대 이후는 사회 전반의 문제라든가 개인의 실존 등으로 확대·심화되는 양상이다. 그런 점에서 현대소설을 살피는 과정에서 작품과 사회의 상관성을 해명하는 것은 문학 연구의 중요한 과제가 될 수밖에 없다.

골드만(L. Goldmann)이 일찍이 지적한 것처럼, 작품과 사회 현실은 긴밀한 상관성을 갖는다. 작품의 겉으로 드러난 내용이 아니라 작품이 갖고 있는 보이지 않는 구조나 특성에 주목하자면, 작가는 당대 사회의 중요한 습관이나 인습, 혹은 금기와 획일주의 등에 맞서면서 진정한 가치를 추구하는 문제적인 성격을 갖기 마련이다. 작품의 주인공이 진정한 가치를 추구하는 한 그 주인공은 당대 사회의 규율로부터 자유로울 수 없고, 사회와 개인 사이에는 뛰어넘을 수 없는 단절이 발생한다. 작품의 주인공이 타락한 방법으로 진정한 가치를 추구한다면, 주인공과 사회 사이에는 타락이라는 양상에 의해 하나의 공동체가 될 수밖에 없고, 소설은 바로 이 과정에서 나타나는 주인공과 세계 사이의 대립과, 한편으로는 그 공동체의 구성원이라는 역설적인 관계 속에 존재하게 된다.[1] 이를테면, 작가가 추구하는 가치는 현실의 가치와는 상충되지만 그것은 한편으론 작가가 발 딛고 있는 현실을 배제한 것이 아니라는 점에서 작가와 현실은 역설적인 관계에 놓이고, 바로 그러한 역설 속에 존재하는 양식이 소설이다. 이런 사실은 우리 문학사에서 한층 구체적인 형태로 나타나는 것을 볼 수 있다. 가령, 전후 한국 사회를 지배한 이념의 하나는 반공주의였다. 반공주의는 개념상으로는 공산주의에 대하여 적대적이고 배타적인 논리와 정서를 뜻하지만, 우리의 경우는 그 중에서도 특히 북한 공산주의 체

---

1   루시앙 골드만, 조경숙 역, 『소설사회학을 위하여』, 청하, 1982, 1~2장 참조.

제 및 정권을 절대적인 '악'과 위협으로 규정하고 그것의 철저한 제거와 붕괴를 전제하는 말이다. 반공주의는 또한 남한 내부의 좌파적 경향에 대한 적대적 억압을 내포하는 말이기도 하다.[2] 반공주의는 '남한=자유주의=선', '북한=공산주의=악'이라는 흑백논리와 조건반사적인 인식구조를 심어 놓았고, 개인들에게는 감시와 통제의 기제를 내면화시켜 놓았다. 그것은 문학 분야에서도 예외가 아니어서 작가들 역시 반공주의라는 시대 분위기를 무의식적인 억압기제로 받아들이면서 창조적인 예술 활동을 방해받아 왔다. 사회적 금기에 대한 검열과 불이익에 대한 두려움으로 인해 작가들은 상상력의 제한을 받지 않을 수 없었고, 특히 분단과 이데올로기 문제를 파헤치고자 할 경우 자칫 반공주의의 검열망에 걸려들지 않을까 하는 심한 강박관념에 시달렸다.[3] 반공이라는 오랏줄에 꽁꽁 묶인 상황에서 분단의 본질을 해명하고 과거의 진실을 복원하는 일은 난망할 수밖에 없다. 사상의 자유가 없는 사회에서 문화와 예술이 꽃필 수는 없다. 그런데도 우리 문학은 그러한 억압적 현실에 맞서면서 자유로운 창작과 사상의 영역을 부단히 확장해 왔다. 1954년의 이른바 '『자유부인』 논쟁'이라든가, 1965년의 '「분지」 필화사건', 1994년의 '『태백산맥』 필화사건' 등은 모두 사회적 가치와 작가의 가치가 충돌하면서 일어난 사건들이고, 이런 불행한 사건을 겪으면서 우리 문학은 오늘에 이른 것이다.

이 글은 이런 사실을 염두에 두면서 현대소설사에서 목격되는 반공주의와 작품(혹은 작가)의 관련 양상을 박완서 소설을 통해서 고찰해보고자 한다. 여러 글에서 확인되듯이, 박완서(朴婉緖, 1931~2011)는 해방과 전쟁기를 살아오면서 반공주의의 폐해를 몸소 겪었고 1990년까지도 그 압력으

---

2 권혁범, 「반공주의의 회로판 읽기」, 『탈분단 시대를 열며』, 삼인, 2000, 32~33면.
3 이러한 사실은 작가들의 다음과 같은 고백을 통해서 확인할 수 있다. 박완서, 「구형(球型) 예찬」, 『두부』, 창작과비평사, 2002; 좌담 「6·25 분단문학의 민족동질성 추구와 분단 극복의지」, 『한국문학』, 1985.6; 김원일의 대담 「인간과 문학의 심오한 본질을 향한 도정」, 『문학정신』, 1990.5; 홍성원, 「보완과 개작에 대한 짧은 해명」, 『남과 북』 머리말 등.

로부터 자유롭지 못하였다. 2002년의 한 수필에서 박완서는 월드컵의 '붉은 물결'을 지켜보면서 "오랜 세월을 빨간 빛깔에 가위눌려 살아온" 과거를 회상하고, 지금도 "빨간 빛깔에 대한 거의 미신적인 피해의식"에 사로잡혀 있음을 고백한 바 있다. 박완서는 "빨간 빛깔이 연상시키는 건 떠오르는 태양도, 젊은 피도, 노을도, 장미도, 봉숭아도 아니고 특정 이념이었다"고 말한다.[4] 빛깔 속에 가시나 이념이 들어 있을 리 없지만 오랜 동안의 편 가르기와 눈치보기로 인해 사물을 제대로 분별할 수 있는 눈을 잃어버렸다는 것이다.

이런 사실을 염두에 두고 반공주의와 소설의 상관성을 살피고자 하는데, 여기서 주목하는 작품은『목마른 계절』(71~2),「부처님 근처」(73),「엄마의 말뚝 2」(85),『그 많던 싱아는 누가 다 먹었을까』(92),『그 산이 정말 거기에 있었을까』(95) 등 작가의 개인사에 바탕을 둔 자전소설이다.[5] 자전소설을 대상으로 한 것은, 작중의 화자와 인물의 형상이 다양한 형태로 존재할 수밖에 없는 일반 서사와는 달리 작가의 개인사가 비교적 충실하게 재현된다는 데 있다. 자신의 실제 삶을 소재로 한 관계로 자전소설에는 작가의 현실에 대한 견해와 내면심리, 거기에 작용한 사회적 압력과 작가의 무의식적 검열 양상 등이 사실적으로 나타난다. 특히 작중의 '화자'와 '인물의 형상'에는 현실에 대한 작가의 견해와 입장, 가치와 신념 등이 한층 구체적인 형태로 투사되어 있다. 화자는 작가의 분신이나 다름없고, 인물들에는 작가의 실제 체험이 투사되기 때문에, 그것을 살핌으로써 작가와 반공주의의 관련성을 구체적으로 검출해낼 수 있는 것이다.

여기서는 이런 견지에서 동일한 내용의 개인사를 다루고 있는 1972년의『목마른 계절』과 1995년의『그 산이 정말 거기에 있었을까』에 특히 주

---

4   박완서, 앞의 책, 81~83면.
5   자전소설에 대해서는 다음 책을 참조하였다. 가와이 코오조오, 심경호 역,『중국의 자전문학』, 소명출판, 2002; 이토 세이 외, 유은경 역,『일본 사소설의 이해』, 소화, 1997.

목해서 화자와 인물의 성격을 살피고, 나아가 거기에 작용하는 반공주의의 양상을 규명해보고자 한다. 미리 말하자면, 박완서는 1980년대 중반까지도 반공주의의 압력과 그로 인한 자기검열에서 자유롭지 못했지만, 1980년대 후반 이후 한국 사회의 민주화운동과 동구 사회주의권의 몰락을 겪으면서 점차 그로부터 벗어난 것으로 보인다. 『목마른 계절』에서는 화자가 과거의 상처로부터 벗어나지 못한 모습을 보여주었다면, 『그 산이 정말 거기에 있었을까』에서는 그와는 달리 한층 공평하고 객관적인 태도로 과거사를 서술한다. 이 과정에서 특히 주목되는 것은 '오빠의 죽음'이다. 1985년 이전의 작품에서는 그것이 '인민군의 만행'에 의한 것으로 처리되었으나, 1995년에는 그 책임이 남·북한 모두에게 있는 것으로 그려지는데, 바로 이런 데서 한층 객관화된 작가의 모습을 엿볼 수 있다. 반공의 억압에서 벗어나 객관화된 시선으로 과거사를 그려낸 것으로, 여기서는 이런 사실을 고찰하면서 반공주의와 현대소설의 관계를 생각해 보고자 한다.

2. 반공주의의 압력과 작가의 자기검열

박완서 소설의 중요한 특징의 하나는 비슷한 체험을 반복해서 다룬다는 데 있다.[6] 다양한 체험 중에서도 특히 전쟁기의 체험은 박완서 소설의 근간을 이루는데, 이는 언급한 대로 그 시기의 체험이 작가에게 무엇보다 깊은 상처로 내면화되어 있기 때문이다. 상처란 밖에서 가해진 공격이

---

6   박완서 소설에 대한 기존의 연구로는 이선미, 「박완서 소설의 서술성 연구」(연세대 박사 논문, 2001); 이경호·권명아 편, 『박완서 문학 길찾기』(세계사, 2000) 참조.

아니라 그러한 공격이 남긴 심적 흔적을 말한다. 그렇기 때문에 중요한 것은 충격이 아니라 상처의 원천으로서의 그 자국, 즉 감정을 떠맡고 있는 바로 그 영상이다.[7] 박완서가 전쟁의 기억을 반복해서 그려냈다는 것은 그 상처의 흔적이 그만큼 강렬하고 깊었다는 뜻이다. "못이 녹슬고 썩고 삭아서 흙이 되고도 남을 세월이 지났건만 못자국의 통증은 자주 도진다"는 고백에서 알 수 있듯이, 박완서에게 있어서 6·25 전쟁은 그 "기억의 원점"[8]에 해당하는 것이었다. 한창 감수성이 예민하던 대학 신입생 시절에 전쟁을 겪었고, 또 작은아버지와 오빠의 죽음이라는 참척의 고통을 체험한 까닭에 박완서에게 있어서 전쟁은 남다른 기억으로 각인될 수밖에 없었을 것이다. 그래서 박완서는 자신의 소설을 그러한 체험으로부터 벗어나기 위한 "복수로서의 글쓰기"[9]라고 명명한다.

여러 수필과 작품을 통해서 고백한 바 있듯이, 박완서에게 있어서 상처의 원형을 이루는 것은 한 때 좌익에 관여했다가 전향한 오빠의 죽음이었다. 박완서의 오빠가 사회주의 사상에 빠져든 것은 "20대에 공산주의자가 아니면 하트가 없고 30대에서 공산주의자라면 브레인이 없다"[10]던 회고에서 짐작되듯이, 젊은이로서의 정의감에서 비롯된 일시적 행동이었던 것으로 이해된다. 젊은이였기에 민중들의 삶을 돌보지 않고 이념 다툼에만 혈안이 되었던 해방 후의 현실에 울분을 느끼지 않을 수 없었고, 그런 심리에서 사회주의에 잠시 경도되었으나 좌익의 실상을 목격한 뒤에는 바로 전향했던 것이다. 박완서에게 상처를 준 것은 이 오빠가 죽음에 이르는 과정에서 목격한 인간의 존엄과 기품을 용납하지 않는 이데올로기와 체제의 잔혹함이었다. 즉, 좌익에 가담했다가 전향한 경력을 갖고 있었기 때문에 "한쪽에선 오빠를 반동으로 몰아 갖은 악랄한 수단

---

7   쥬앙 다비드 나지오, 표원경 역, 『히스테리의 정신분석』, 백의, 2001, 41면.
8   박완서, 앞의 책, 201면.
9   위의 책, 190면.
10 박완서, 「나에게 소설은 무엇인가」, 『박완서 문학앨범』, 웅진출판, 1992, 123면.

으로 어르고 공갈치고 협박함으로써 나약한 지식인에 지나지 않았던 그를 마침내 폐인을 만들어 놓았고, 다른 한쪽에선 폐인을 데려다 빨갱이라고 족치기가 맥이 빠졌는지 슬슬 가지고 놀고 장난치다 당장 죽지 않을 만큼의 총상을 입혀서 내팽개"[11]쳤는데, 이 과정에서 오빠는 서서히 죽어 갔다고 박완서는 믿고 있다.

오빠의 이 참혹스러운 죽음을 지켜보면서 박완서는 "불치의 상처"[12]를 입었다고 한다. 그래서 박완서에게 있어서 전쟁이란 인간으로서의 최소한의 기품마저 용납하지 않는 "벌레의 시간"으로 기억된다. 게다가 당시 자신의 생명을 보존하기 위해서 겪어야 했던 수모와 고통은 이루 형언할 수 없는 것이었다. 좌익치하에서는 붉은 색으로 스스로를 위장하고 고된 부역을 감수해야 했으며, 우익의 세상이 되면서는 그것을 숨기기 위해서 갖은 연극을 꾸며야 했다. 단지 살아남기 위해서 갖은 수모와 만행을 견뎌야 했고, 특히 인간 같지도 않은 자들 앞에서는 "오냐, 내가 벌레가 아니라, 네가 벌레라는 걸 밝혀줄 테다"라는 오기로 이를 악물었다고 한다. 이런 복수심을 간직하고 버텼기 때문에 박완서는 벌레가 되지 않고 최소한의 자존심이나마 지킬 수가 있었다고 하며, 바로 그 순간에 '작가로서 자신의 운명'을 봤다고 한다.[13] 박완서가 많은 양의 자전소설을 창작했고 그것을 통해서 계속적으로 오빠의 죽음을 언급했던 것은 절치부심 이 모멸감을 증언하고 고발하기 위한 것으로 이해할 수 있다. 그렇지만 그것은 불행하게도 당대를 억압한 반공주의로 인해 그 실상을 온전하게 드러내 표현할 수 없었고, 오랜 고통과 인고의 시간이 흐른 뒤에야 비로소 그것이 가능했다. 박완서가 자신의 체험을 비교적 사실적으로 고백한 초기의 『목마른 계절』(72)은 박완서의 그러한 억압 심리를 보여주는 첫 작품

---

11   위의 책, 124면.
12   위의 책, 123면.
13   박완서, 「내 안의 언어 사대주의 엿보기」, 『두부』, 191면.

이라는 데서 중요한 의미가 있다.

　『목마른 계절』은 작가의 체험이 서사의 근간을 형성한다는 점에서, 전쟁기에 우연히 만난 박수근(朴壽根, 1914~1965) 화백의 일화를 소재로 한 『나목(裸木)』(70)에 비해 한층 자전적 성격이 두드러진다. 대학에 갓 입학한 새내기로서 겪었던 1950년 6월에서 다음해 5월까지의 1년 간, 인민군과 국군이 번갈아 지배했던 서울에서의 체험을 소재로 한 이 작품은 자전소설의 맥락에서 볼 때 박완서가 '오빠'의 처지를 이해하고 궁극적으로 개인의 상처에서 벗어나 민족사의 문제로 그것을 승화하는 계기로 이해될 수 있는 작품이다. 주인공이자 화자를 작가의 분신과도 같은 인물로 설정한 것은 그런 의도를 보다 직접적으로 드러내기 위한 장치라 할 수 있고, 그래서 화자인 '하진'의 생각과 행동은 작가의 그것이라 해도 과언이 아니다. 그렇지만 이 작품에서 드러나는 체험의 양상은 실제의 그것과는 달리 상당히 굴절되어 있다는 점에서 섬세한 관찰이 요구된다.

　작품의 전반부에서 주인공 하진은 자신의 행동을 반성하는 모습을 보여주는데, 그 구체적인 내용은 좌익에 관여했던 자신의 행동과 오빠의 죽음에 관한 것이다. 먼저, 좌익에 대한 진이의 태도는 매우 호의적인 것으로 나타난다. 그녀는 일찍이 B고녀 시절에 민청(民靑) 지하조직에 관여했다가 정학처분을 받은 경험이 있고, 현재에도 거기에 깊이 관여하고 있는 상태이다. 그런 까닭에 좌익에 가담했다가 전향한 오빠의 행동을 "변절이고 배반"으로 생각한다. 또 북한이 남침을 감행하자 "전쟁이 살육과 파괴만이 목적이 아닐진대 반드시 썩고 묵은 질서의 붕괴와 찬란한 새로운 질서의 교체가 뒤따를 것"이라는 믿음에서 "야릇한 흥분"을 느끼기도 한다. 대학에 갓 입학한 뒤 현실보다는 이상과 희망에 사로잡혀 있었고 더구나 좌익에 몸담고 있었던 까닭에 진이에게 6·25는 새로운 사회가 도래하는 극적인 과정으로 비쳤던 것이다. 그래서 병원 뒤뜰에 방치된 국군의 시체마저도 "혁명"의 과정에서 그럴 수밖에 없는 불가피한 것으로 받아들이고, 서슴없이 S대학의 민청위원회에서 활동하는 대담성을 보였던 것이다.

그런데, 전쟁을 구체적으로 체험하면서부터 하진의 태도는 서서히 변해간다. 포화가 가까워지고, 인민군의 만행을 직접 눈으로 확인하면서 진이는 혁명이나 전쟁이 결코 관념이 아니라는 것을 알게 되는데, 거기에는 다음과 같은 몇 개의 계기가 작용한다. 하나는 인민군 소년의 행동이다. 즉, 인민군이 밀려오는 광경을 지켜보던 한 노인이 군인들 속에 끼어 있는 어린 소년을 목격하고 측은한 생각이 들어서, "왜 학교를 안 가고 군인을 나왔어?"라고 묻자, 소년은 "공부보다는 남반부 인민의 해방이 더 중요하니까요"라고 대답한다. 이를 듣고 노인은 이 어린 소년마저 전쟁터로 내몬 김일성의 처사를 비난하는데, 여기에 대해 소년은 갑자기 노인에게 총부리를 겨누면서 "반동의 새끼"라고 격한 반응을 보인다. 손자뻘의 병사가 노인에게 총부리를 겨누는 이 예기치 않은 장면을 목격하고서 진이는 "새 공화국의 억센 발걸음에 짓밟힌 낡은 질서 가운데 노인들의 권위"마저 용납하지 못하는 공산주의의 경직된 일면을 목격한다. "왜 하필 거보(巨步)를 보기 전에 그 밑의 티끌을 보며, 얼굴을 찾지 않고 추한 내장을 찾으려 드는 걸까?" 하는 의구심. 여기다가, S대학의 민청에 관여하면서 진이는 공산주의의 실상을 한층 구체적으로 알게 된다. 진이는 당(黨)을 자처하는 위원장 최치열 등과 함께 선전과 모금활동을 하는 과정에서 당을 앞세워 온갖 비인간적인 만행을 합리화하는 공산주의자들의 실상을 적나라하게 목격한다. 특히 비행기 살 돈을 모금하는 과정에서 보여준 최치열의 잔인한 행동은 진이에게 더 없는 충격을 주었다. 당의 이름은 전제군주시대의 왕처럼 온갖 희생을 합리화하는데 남용되었고, 그 제왕적 권력 앞에서 사람들은 굴복하듯이 순응하였다. 그렇지만 사실은 마음속으로 승복하지는 않는다는 것을 진이는 목격하였다. 이 과정에서 오빠의 행방불명은 진이를 공산당으로부터 벗어나게 만든 결정적 계기로 작용한다. 벽제에 있는 중학교에 근무하던 오빠는 학교에 출근한다고 나간 뒤 행방불명이 되었고, 얼마 후 인민군에게 잡혀 북으로 끌려가고 있다는 소식을 듣는다. 이 소식을 듣고 가족들은 급히 미아리 고개로 달려가지만 거기에는 이미 같은 처지의 사람들로 발 디딜 틈조차 없는 상황이었다. 대부분의 사람들은 인민군의 엄격한 통제로 인해 가족을 만날 수 없었고, 간혹 운 좋게 만난 사람들도 잠깐 스치듯이 얼굴을 볼 수 있을 뿐이었다. 가족을 눈앞에 두고도 말 한마디 건넬 수 없는 현실에서, 진이는 한 생명의 소중함과 더불어 그것을 너무나 쉽게 생각하는 공산주의의 비정함을 다시금 확인한다. 미아리 고개를 넘어 북으로 끌려가는 오빠를 본 순간, 한 사람의 생명 뒤에는 그 몇 배나 되는 사람들의 사랑과 아픈 마음이 깃들어 있다는 것, 그런데 그 소중한 생명을 이렇듯 마음대로 취급하는 "비정의 거인"은 도대체 누구일까 하는 의구심을 갖는 것이다.

진이가 오빠의 전향을 이해하게 되는 것은 이런 체험을 통해서였다. 한때는 변절자이고 비겁하다고 비난했으나, 자기 스스로 공산주의의 실상을 체험하고는 오빠 또한 그러한 과정을 겪으면서 전향하지 않을 수 없었을 것이라고 이해하는 것이다.

이와 같이 하진은 좌익에 대해 처음에는 우호적인 태도를 보이다가 이후 조금씩 멀어지면서 그것을 비판하는 인물로 그려지는데, 이런 태도는 화자가 작가의 분신과 다름없다는 사실을 염두에 두자면, 공산주의에 대한 작가의 시선이 결코 우호적이지 않다는 것을 시사해준다. 그것은 작품의 상당 부분이 공산주의자들의 만행과 그들에 대한 민중들의 배반감을 묘사하는데 할애된 사실로도 확인되거니와, 가령 진이의 눈에는 폭격에 쓰러진 수많은 시체들이 목격되고, 그런 시체를 나무토막이나 돌멩이처럼 예사롭게 지나치는 행인들의 모습이 비쳐진다. 또 인간의 목숨이 벌레만도 못한 상황에서 민중들이 공산당에게 싸늘하게 등을 돌린 광경이 묘사되며, 특히 인민군이 두 번째로 서울을 점령했을 당시의 상황은 더욱 냉담한 것으로 그려진다. 부자는 물론이고 가난한 사람마저 거의 남아 있지 않는 서울의 거리는 인민군에 대한 민중들의 이반(離反) 상태가 얼마나 심각한 수준인가를 보여준다. 이런 상황에서 인민군들은 광적으로 젊은 사람들을 모으고 북으로 호송하려 하지만, 그 역시 민중들의 외면으로 인해 부질없는 행위가 되고 만다. 작가는 이렇듯 인민군치하의 서울과 하진의 체험을 통해서 좌익의 만행과 그 실상을 고발한다. 그렇기에 『목마른 계절』은 공산주의의 허구적 실상을 고발하고 거기에 동참한 작가 자신의 행위를 반성하는 작품으로 이해될 수 있을 것이다.

그런데, 박완서가 추구하는 것은 '오빠'로 상징되는 전쟁의 진실이고, 그것은 앞에서 언급한 대로 남북한의 두 체제와 이데올로기를 동시에 문제 삼는 일이었다. 그런데도 『목마른 계절』에서는 오빠의 죽음이 실제 사실과는 달리 인민군에 의해서 사살된 것으로 처리되는 왜곡된(?) 형태로 드러난다. 작품에서 오빠를 죽인 것은 인민군 황 소좌였다. 황 소좌는 인민군 중에서도 상대적으로 인간적인 모습을 보인 사람이었으나, 서울에 진주한 뒤에는 몹시 지치고 실망한 모습으로 제시된다. 특히 가난한 산동네에서 느낀 실망감은 그를 광적인 흥분상태로 몰고 가는데, 그것은 자신이 목숨을 바치면서까지 신뢰했던 '가난뱅이', 이른바 무산계급마저 자신들에게 등을 돌렸기 때문이다. 황 소좌가 생각하기에 적어도 이번 전쟁은 무산계급, 피압박계급을 위한 투쟁이었다. 그래서 자신은 가족까지 잃고 혈혈단신으로 남조선 해방의 최전방에 섰는데, 막상 가난뱅이들은 자신들에게 등을 돌리고 외면하는 현실을 목격하고는 '도저히 전쟁의 명분이 서고 혁명사업이 고무적일 수 없는 일'이라는 것을 깨닫는다. 그런 실망과 거부감에서 황 소좌는 남조선 인민들을 "영원히 해방될 길이 없는 천성의 노예들"이라 생각하고, 그들에게 앙갚음하듯이 진이 오빠에게 총을 난사한 것이다.

황소좌의 눈이 광희(狂喜)로 번들거렸다.

"역시, 역시 내 예감이 맞았구나. 넌 넌 국방군의 부상한 낙오병이지? 그렇지?"

까만 총구가 바로 열의 가슴팍을 겨눴다. 서여사가 매달리고 열이 아니라고 그랬다. 아니라고 아니라고 모자(母子)가 악을 썼다. 구구한 변명을 늘어놓기에는 총구가 너무 가까워 아니라는 악이 고작이었다.

"넌 국방군이야. 넌 내 손에 죽어야 돼. 내 식구도 너희 국방군놈의 총에 죽었어."

총은 난사됐고 열은 나동그라졌다. 처참한 외마디 소리를 지르는 서여사에게 황소좌는 조용히 말했다.

"나는 원수를 갚은 것뿐이오."[14]

이렇듯 오빠는 광희로 번들거리는 인민군에 의해 국방군 낙오병으로 오인되어 처참하게 사살되었다.

그렇다면 작가는 왜 오빠를 죽인 살인자로 공산주의자를 지목하고 이렇듯 부정적인 모습으로 그려낸 것일까? 앞서 언급한 대로 오빠의 죽음은 공산주의자의 광기가 아니라 남·북한 양 체제의 갈등과 그로 인한 공포에 의한 것이었다. 그런데도 박완서가 오빠의 죽음을 공산주의자의 만행으로 처리한 것은 우선, 개인적인 적대감에서 비롯된 것으로 생각해 볼 수 있다. 작품에서 언급되듯이 박완서는 공산주의에 대한 강한 거부감을 갖고 있었고, 그런 심리에서 오빠를 공산주의자에 의해 희생된 것으로 처리했다고 볼 수 있다. 실제로 박완서는 여러 수필에서 공산주의에 대한 적개심을 토로한 바 있고, 또 자신의 심경을 가식 없이 고백한 『그 산이 정말 거기에 있었을까』에서도 그것을 진솔하게 표현하기도 하였다. 하지만 보다 근본적인 것은 이 작품이 발표된 당대의 사회 분위기 때문으로 보인다. 작품이 발표된 1971~2년은 유신체제가 본격화되면서 반공주의

---

14   박완서, 『목마른 계절』(전집 6), 세계사, 1994, 321면.

가 국시(國是)로 숭상되던 시기였고, 박완서 역시 그러한 시대 분위기 속에서 과거사를 당당하게 표현할 엄두를 내지 못했던 것이다. 이런 내용을 감히 말할 수 있을까 하는 의구심, 나아가 그것을 표현했을 때 초래될 수 있는 사회적 탄압에 대한 두려움 등이 개개인들의 의식을 규제하였고, 박완서 또한 그런 분위기로부터 자유로울 수가 없었던 것이다. 반공을 국시로 하는 정권의 입장에서 볼 때 만행의 주체로 남한을 지목한다는 것은 자칫 현 체제를 비난하는 것으로 오인될 수 있었던 까닭에 오빠의 죽음을 인민군의 소행으로 처리할 수밖에 없지 않았을까. 그런 사실을 뒷받침해 주듯이 박완서는 자신의 창작에 대해 다음과 같은 고백을 한 바 있다.

> **박완서** 저는 스무살에 6·25를 겪었습니다. 그런데, 글을 쓰기 시작하면서부터 그때의 체험들이 문학적으로 굉장한 보고(寶庫)라고 느끼기 시작했습니다. 다른 나이도 아닌 열아홉, 스무 살 때 전쟁 체험을 했다는 점에 저는 대단히 집착하게 되었습니다. (…중략…) 6·25에는 분명히 두 가지 형태의 죽음이 있었습니다. 그 하나는 반동이라고 해서 이북에서 죽인 것이고, 다른 하나는 빨갱이라고 해서 이남에서 죽인 죽음입니다. 그런데도 저는 모든 죽음을 빨갱이가 반동이라고 <u>해서 죽인 것으로만 썼었습니다. 이렇게 정직하지 못했던 것, 정직할 수 없는 것이 앞으로의 전쟁문학에서도 큰 문제라고 생각됩니다.</u> 양쪽이 다 이데올로기에 눈이 멀어 얼마나 비인간적이며 잔혹했던가를 똑같이 증언하고 싶은데 못했던 것, 이것은 제 경우만이 아니라 다른 작가들에게도 공통되는 문제라고 생각합니다.[15] (밑줄은 인용자)

여기서 박완서는 소설을 쓰면서 특히 남북한 모두가 이데올로기에 눈

15　박완서 외, 「(좌담) 6·25 분단문학의 민족동질성 추구와 분단 극복의지」, 『한국문학』, 1985.6, 48~49면.

이 멀어 저지른 비인간적인 만행을 증언하고 싶지만 그것을 정직하게 쓰지는 못했다는 사실을 고백하는데, 특히 주목되는 부분은 "모든 죽음을 빨갱이가 반동이라고 해서 죽인 것"으로 처리할 수밖에 없었다는 것, 그런데 그것은 단지 자기 개인만의 문제가 아니라 '전쟁문학의 공통되는 문제'라는 대목이다. 여기에 비추자면, 『목마른 계절』에서 '오빠의 죽음'을 인민군의 만행으로 처리한 대목이 자연스럽게 이해되며, 작품 전반에서 북한군의 만행이 강조된 것도 같은 견지에서 이해할 수 있다. 이런 사실은 1985년 이전에 발표된 다른 작품들에서도 오빠의 죽음을 모두 "빨갱이가 반동이라고 해서 죽인 것"으로 처리한 데에서도 확인된다. 1973년에 발표된 「부처님 근처」에서는 오빠가 인민군 동지로부터 사살 당한 것으로 처리되었고, 1985년의 「엄마의 말뚝 2」에서는 인민군에게 총상을 입고 죽어가는 것으로 서술되었다. 그런 점에서 이들 작품은 반공주의가 작가의 창작에 직접 개입해서 인물의 형상마저도 왜곡한 소설사의 이례적인 경우라고 할 수 있을 것이다.

『목마른 계절』이 전쟁기의 참상을 증언하고 있음에도 불구하고 다분히 반공주의적 냄새를 풍기는 것은 이렇듯 현실의 압력을 작가가 무의식적으로 수용했기 때문이다. 박완서는 적어도 1985년도까지는 반공주의의 압력으로부터 자유롭지 못했다고 할 수 있다. 물론, 작품을 전개하면서 작가는 단순히 공산주의자들의 만행만을 강조하지는 않았다. 국군이 서울에 입성한 뒤의 행태 역시 한때 부역행위를 했던 자신과 같은 사람에게는 결코 유리한 것이 아니었음을 고백하고, 또 전쟁 초기 인민군의 서울 함락이 임박한 상황에서 국민들을 안심시켜 놓고는 오히려 야반도주한 이승만 정권의 비열한 행태에 대한 비판 역시 신랄하게 이루어진다. 하지만 남한체제에 대한 비판은 『그 산이 정말 거기에 있었을까』에 비하면 상대적으로 미흡하고 대신 공산주의에 대한 비판이 작품의 대부분을 차지하는데, 이는 반공주의와 무관한 것이라고 할 수 없을 것이다. 작가가 감당하기에는 반공치하의 현실이 너무나 엄중했던 것이다.

3. 작가의 균형감각과 성찰의 시선

『그 많던 싱아는 누가 다 먹었을까』와 『그 산이 정말 거기에 있었을까』는 박완서가 자전소설이라는 사실을 밝히고 쓴 작품들이라는 점에서 각별한 의미를 갖는다. 이는 그 이전에는 자전적인 소설을 쓰지 않았다는 것이 아니라, '소설로 쓰는 자화상'이라는 부제까지 붙이면서 본격적으로 자전소설을 쓴 것이 이들 작품인 까닭이다.

박완서가 『그 많던 싱아는 누가 다 먹었을까』를 자전소설의 형태로 쓴 것은, 작가의 고백에 따르자면, 나이가 들수록 기억이 흐려지는 까닭에 더 늙기 전에 자신이 살았던 과거 1940년대에서 1950년대의 사회상, 풍속, 인심 등을 증언하고 싶었기 때문이라고 한다. 이를테면, "화가가 자화상 한두 장쯤 그려보고 싶은 심정"으로 작품을 썼고, 따라서 "순전히 기억력에만 의지해서 (…중략…) 쓰다 보니까 소설이나 수필 속에서 한두 번씩 울거 먹지 않은 경험이 거의 없었다. 그러나 (…중략…) 이번에는 있는 재료만 가지고 끼 맞춰 집을 짓듯이 기억을 꾸미거나 다듬는 짓을 최대한으로 억제한 글짓기"를 했다고 한다.[16] 그래서 작품에는 과거 소설에서 단편적 일화의 형태로 제시되었던 개인사가 파노라마처럼 구성되어 드러나고, 그것을 바라보는 작가의 시선도 한층 성숙하고 냉정하다. 앞서 살핀 대로, 『목마른 계절』이 반공주의의 압력에서 자유롭지 못했다면, 여

---

16 박완서, 「작가의 말」, 『그 많던 싱아는 누가 다 먹었을까』, 웅진출판, 1992, 5~7면.

기서는 그로부터 벗어나 과거의 상처를 한층 객관적으로 바라보고 고백하는 여유와 평정심을 보여준다. 그런 사실은 두 가지로 정리할 수 있다. 하나는 화자의 성격이 한층 자기 고백적이고 성찰적인 모습을 보인다는 점이고, 다른 하나는 오빠의 죽음이 수필에서 언급된, 사실 그대로의 모습으로 재현된다는 점이다. 이를 통해서 반공주의라는 무언의 압력에서 벗어난 작가의 모습을 확인할 수 있다.

먼저, 화자는 『목마른 계절』에서보다 한층 적극적으로 자신의 행위를 고백하여 과거와는 다른 모습을 보여준다. 앞에서 살핀 대로, 『목마른 계절』에서는 좌익에 자발적으로 관여했다가 점차 그로부터 멀어진 사실을 회상하면서 좌익에 대한 증오와 거부감을 토로한 바 있다. 그런데 『그 산이 정말 거기에 있었을까』에서는 좌익에 관여한 행위가 자발적이라기보다는 다분히 상황적 필요에 의한 것으로 회상된다. 인민군치하에서 민청에 관여한 것이나 또 국군치하에서 향토방위대에 관여한 것은 모두 생존을 위한 불가피한 선택이었다. 병자인 오빠와 노모, 그리고 올케와 어린 자식들을 홀로 감당할 수밖에 없었던 상황에서 화자는 단지 살기 위해서 인민군들의 눈치를 살피지 않을 수 없었고, 그런 상황에서 미력하게나마 협조하지 않을 수 없었다. 그리고 국군치하에서는 자신의 부역행위와 오빠의 좌익 전력을 숨기기 위해서 그들의 요구를 받아들이지 않을 수 없었고, 마침내 국군을 도와 청년조직인 향토방위대에 출근했던 것이다. 자칫 기회주의적으로 비칠 수도 있는 행위를 이렇듯 여과 없이 고백한 것은 책의 머리말에서 언급한 대로 과거의 기억을 "꾸미거나 다듬지 않고" 있는 그대로 서술하려는 심리와 관계될 것이다. 물론, 좌익에 관여한 것이 『목마른 계절』에서처럼 과연 자발적인 것인지 아니면 상황에 따른 불가피한 것이었는지의 여부는 작품의 내용만으로는 판별할 수 없다. 그럼에도 작품 속의 고백이 진실하게 느껴지는 것은, 그 동안 숨겨왔던 작가 개인의 '사특한 이기심'을 고백하고 반성하는 모습을 보인 데 있다. 말하자면 작가는 그 동안 다른 작품에서 한 번도 언급한 적이 없었던 내용 즉, 가족을 버리고 홀로 피난길에 올랐던 자신의 이기적 행동을 서슴없이 고백하고 뉘우치는 모습을 보이는데, 이는 『그 많던 싱아는 누가 다 먹었을까』에서 언급한 바 있는 "자기 미화의 욕구"를 극복하려는 의도로 이해할 수 있다. 그 동안 박완서는 작품을 쓰면서 가족이나 주변 인물들에 대해서는 '세밀하고 가차 없는 묘사'를 했지만, 자기 자신에 대해서는 '모호하게 얼버무리거나 생략한 경우가 많았다'고 한다. 말하자면 자기 "자신에게 정직하기가 가장 어려웠"[17]다는 것인데, 이 작품은 바로 그러한 자신의 치부를 과감히 고백했다는 데서 의미를 찾을 수 있다.

여기서 고백의 내용은 가족들을 버리고 홀로 피난길에 올랐던 과거의 행동에 대한 것으로, 공교롭게도 그것 또한 오빠로부터 비롯된 것이었다. 즉, 관통상을 입은 후 오빠는 피난 생활을 몹시 힘들어했고 서서히 무너지고 있었다. 그런 상황에서 인민군이 다시 서울로 쳐들어오자 오빠는 극도의 신경 분열적인 모습을 보였고, 가족들은 어떻게든 피난을 떠나지 않을 수 없게 되었다. 이 때 오빠가 피난처로 지정한 곳은 천안에 있는 죽은 전처의 집이었다. 그것도 올케를 비롯한 온 가족을 동반하고 '거기'로 피난을 가자고 우겼는데, 이는 화자가 보기에 도저히 받아들일 수 없는 상식 밖의 행동이었다. 올케와 어머니의 입장을 고려하자면, 그런 행위는 전쟁이라는 극한의 상황을 감안하더라도 "졸렬한 응석"으로밖에 비치지 않았던 것이다. 그런데도 오빠는 마치 "첫사랑에 순(殉)하기를 동경해 마지않는 소년 시대로 퇴영한 것"처럼 그곳을 고집했고, 그런 구차스러운 행동을 지켜보면서 화자는 가족들을 외면하고 향토방위대를 따라서 혼자 피난길에 올랐던 것이다. 물론, 그런 행위를 하면서도 화자는 자신의 행동을 뉘우치는 모습을 곳곳에서 보여준다. 수레를 구해서 오빠와

---

17   위의 글, 7면 참조.

가족을 싣고 함께 피난을 떠났어야 했던 게 아닐까 하고 뉘우치며, 특히 피난을 다녀온 뒤에는 오빠가 죽자 하루만에 매장해버린 것으로 인해 심한 죄의식에 시달리기도 한다.

이와 같이 작가는 화자의 입을 빌어서 그 동안 마음 깊이 숨겨두었던 죄의식을 고백하는데, 이는 그만큼 과거사에 대해 솔직해졌다는 의미이고 한편으로는 그 죄의식으로부터 거리감을 갖게 되었다는 것을 뜻한다. 마음 속 깊이 각인되어 있던 죄의식은 그 동안 작가를 구속하는 심리적 억압요인이었고, 그것을 사실적으로 털어놓음으로써 그로부터 벗어나 정신적 해방을 찾고자 했던 것이다. 고백이란 상처의 본질을 응시하고 조망함으로써 그로부터 자유롭고자 하는 행위이고, 따라서 그것은 일종의 심리적 자기치유와도 같다.[18] 그런 심리 상태에서 과거사를 회상하고 기록한 까닭에 이 작품은 이전과는 달리 한층 고백적이고 심지어 참회록과도 같은 느낌을 주는 것이다.

오빠의 죽음이 『목마른 계절』과는 달리 한층 사실적으로 그려진 것도 화자의 이러한 태도와 연결되어 있다. 화자는 사뭇 담담한 태도로 오빠의 죽음이 남·북한 양 체제의 압력에 의한 것이었음을 고백한다. 곧, 화자가 보기에 오빠는 전향을 한 이후 서서히 죽어가고 있었다. 인민군과 국군이 번갈아 지배하던 서울에서의 생활이 전향한 경력이 있는 오빠에게는 이중의 고통을 안겨주었는데, 인민군치하에서는 국군의 패잔병이 아닌가 하는 의심 속에서 숨을 죽여야 했고, 국군치하에서는 과거 좌익이었던 경력이 탄로 날까봐 안절부절못하였다. 그런 상태였기에 오빠는 인민군이 미처 장악하기 직전의 현저동 생활에서 매우 비정상적이고 정신분열적인 모습을 보여주었다. 화자와 올케에게 바깥의 동정을 살피라고 조바심치는 오빠의 표정에는 단지 "우리가 누구 치하(治下)에 있나"만이

---

18   E. 프롬, 호연심리센터 역, 『정신분석과 듣기 예술』, 범우사, 2000, 53~60면.

관심사일 뿐 주변에 이웃이 있고 없고, 혹은 '이데올로기의 진공상태(남·북한 두 체제의 영향력이 미치지 않았던 현저동에서의 생활)'에서 누구의 억압도 존재하지 않는다는 사실은 전혀 중요한 것이 아니었다. 오빠는 그런 상황에서 "사색이 되어 좌불안석, 시시각각 언어 능력조차 퇴화해" 갔던 것이다. 오빠의 붕괴는 이후 점차 그 정도를 더해서, 인민군이 다시 서울로 진입을 하자 막무가내로 피난을 가야 한다고 우기는 대목에서는 마치 죽음을 앞둔 사람의 주문처럼 섬뜩한 광경으로 그려진다. 이러한 몰락 과정 속에서 오빠는 총 맞은 지 팔 개월만에 싸늘한 주검으로 변한 것이다. 화자는 이런 사실을 담담하게 기록할 뿐 죽음에 따른 절통한 심정이라든가 현실에 대한 적개심을 전혀 내보이지 않는다.

> 오빠는 죽어 있었다. 복중의 주검도 차가웠다.
> 그때가 몇 시인지 우리는 아무도 시계를 보지 않았고 왜 엄마 혼자서 임종을 지켰는지도 묻지 않았다. 엄마도 자다가 옆에서 끼쳐 오는 싸늘한 냉기 때문에 깨어났을지도 모른다. 체온 외엔 오빠가 살아 있을 때하고 달라진 건 아무 것도 없었다. 눈 똑바로 뜨고 지키고 앉았었다고 해도 아무도 그가 마지막 숨을 쉬는 순간을 포착하지 못했을 것이다. 총 맞은 지 팔 개월 만이었고, '거기' 다녀온 지 닷새 만이었다. 그는 죽은 게 아니라 팔 개월 동안 서서히 사라져 간 것이다. 우리는 아무도 그의 임종을 못 본 걸 아쉬워하지 않았다. 그 대신 그의 너무도 긴 사라짐의 과정을 회상하고 있었다.[19]

주관적인 흥분이나 감정을 최대한 배제하고, 있는 그대로의 모습을 고백함으로써 작가는 과거사를 한층 객관적으로 재현해낸다. 인용문에서 볼 수 있듯이, 화자의 고백에는 감정의 앙금이라든가 적의(敵意)가 배제

---

19 박완서, 『그 산이 정말 거기 있었을까』, 웅진닷컴, 1995, 177~178면.

되고 단지 담담하게 과거사를 회상하는 무애자재(無碍自在)의 모습만이 읽혀진다. 아무 꺼릴 것도 없고 또 두려움도 없는 평온의 상태, 그렇기에 이 작품에서는 이전의 경우처럼 반공주의로 인한 내적 검열이 거의 발견되지 않는다. 1985년 이전의 작품에서는 반공주의라는 시대적 압력에 의해 오빠의 죽음을 인민군의 만행으로 처리했지만, 여기서는 수필에서 밝힌 그대로의 모습이다. 이제 박완서는 시대의 압력과 내면의 검열에서 벗어나 한층 안정된 마음으로 과거의 체험과 상처를 회상하는 경지에 이른 것이다.

작품에서 남·북한에 대한 비판이 어느 한 쪽에 치우치지 않고 한층 균형 잡힌 시각을 유지하는 것도 이런 무애(無碍)의 심리에서 비롯된 것이다. 작품에서 인민군에 대한 비판이나 국군에 대한 비판은 양적으로도 거의 비슷하고, 또 비판의 내용 역시 남한과 북한의 어느 한 쪽보다는 양쪽 모두의 이데올로기적 잔혹함을 향하고 있다. 적치하의 생활을 통해서 공화국의 하늘 아래서 살고 싶지 않은 가장 큰 이유를 작가는 "사람 사는 세상에 대한 최소한의 믿음과 상식이 전혀 안 통하는 데 있"다고 말하며, 또 국군에 대해서도 결코 호의적인 태도를 보이지 않는다. 남한체제 역시 상식이 통하지 않는 불합리와 비인간성에 바탕을 두고 있다고 보는 것이다. 인간을 외면한 이 두 체제의 이데올로기적 갈등으로 인해 오빠가 죽었고, 그래서 남북한 모두가 그 책임의 당사자라는 생각이다.

그리고 작품에는, 전쟁을 직접 체험하지 않고 들은 이야기로, 또는 짐작이나 상상으로는 쓸 수 없는 세세한 풍경과 장소와 인물과 사건과 감정들이 가득 차 있는 것을 볼 수 있다.[20] 가령, 수복 직후의 서울 돈암동 시장과 회현동 미군 PX 앞 거리풍경 등은 기록 영화를 보는 듯이 생생하고, 특히 어느 한 쪽에도 동조하지 못하고 남한과 북한 사이에 끼어 좌불안석

---

20   이남호, 「그 때 거기에 있었던 슬픔과 아름다움에 대하여」, 위의 책, 321면.

공포와 불안에 시달리는 화자를 비롯한 일반 시민들의 묘사는 이 작품만의 독특한 성과라 할 정도로 섬세하다. 이와 같은 증언적인 서사로 인해 『그 많던 싱아는 누가 다 먹었을까』는 극적 갈등이나 서사적 긴장이 없이 담담하게 과거사가 술회되고 있음에도 불구하고 시종일관 독자들을 사로잡는 매력을 발휘한다.

이런 객관화된 시선으로 인해 이 작품은 또한 이전 소설에서는 볼 수 없었던 여러 새로운 내용들을 담게 된다. 그 중의 하나가 생명(혹은 생존)의 소중함에 대한 자각인 바, 그것은 삶에 대한 화자의 강렬한 욕망으로 표현된다. 작품 전반에 걸쳐서 화자를 사로잡은 것은 "오로지 배고픈 것만이 진실이고 그 밖의 것은 모조리 엄살이요 가짜"라는 생각이다. "인민위원회에 나가는 일에 그다지 몸을 사리지 않았던 것도 깊은 마음은 식량 문제와 닿아 있었"기 때문이고, 향토방위대를 도와주었던 것이나, 그들을 따라서 피난길에 올랐던 것은 식량 걱정을 하지 않아도 된다는 이유에서였다. 생명에 대한 이 강렬한 집착에서 화자는 도둑질도 주저하지 않았고, 또 그런 자신에 대해 심각하게 죄의식을 느끼지 않았던 것이다. 올케 역시 갖은 수모를 감내하면서 양공주들을 찾아다니면서 행상을 했고, 화자 또한 모멸을 감수하면서 미군 PX부에서 양키들에게 웃음을 팔았다.

이 과정에서 화자가 공산주의에 대해 심한 환멸감을 느꼈던 것은 삶에 대한 이 원초적 본능마저 외면하는 파렴치함 때문이었다. 인민군치하에서 강제로 관람하게 된 연극은 공산주의 체제의 그런 희극적 성격을 보여주는 단적인 사례에 해당한다. 이를테면, 화자는 칠흑의 밤길을 걸어서 인민군들이 베푸는 공연을 감상한 적이 있었다. 무대에는 한 소녀가 작업복에다가 머리를 질끈 동여맨 채 망치와 낫을 들고 있었고, 분홍 드레스를 입은 다른 한 소녀는 하프 비슷하게 생긴 반짝거리는 장난감을 들고 있었다. 두 무용수가 격렬하게 엇갈리고 쫓고 쫓기는가 했더니 마침내 분홍 드레스가 무대 한가운데 힘없이 무너져 내렸다. 낫과 망치를 든 소녀가 두 발을 모두고 역동적인 춤을 추다가 분홍 드레스 허리를 밟고 서면서 무용이 끝났다. 말하자면 노동자의 승리를 암시하면서 연극이 끝난 것이다. 이를 보고 화자가 느낀 것은 "먹어야 산다는 만고의 진리"마저 외면한 '공산주의의 벌거벗은 모습'이었다.

> 나는 이불 속에서 외롭게 절망과 분노로 치를 떨었다. 이놈의 나라가 정녕 무서웠다. 그들이 치가 떨리게 무서운 건 강력한 독재 때문도 막강한 인민군대 때문도 아니었다. 어떻게 그렇게 완벽하고 천연덕스럽게 시치미를 뗄 수가 있느냐 말이다. 인간은 먹어야 산다는 만고의 진리에 대해. 시민들이 당면한 굶주림의 공포 앞에 양식 대신 예술을 들이대며 즐기기를 강요하는 그들이 어찌 무섭지 않으랴. 차라리 독을 들이댔던들 그보다는 덜 무서울 것 같았다. 그건 적어도 인간임을 인정한 연후의 최악의 대접이었으니까. 살의도 인간끼리의 소통이다. 이건 소통이 불가능한 세상이었다. 어쩌자고 우리 식구는 이런 끔찍한 세상에 꼼짝 못하고 묶여 있는 신세가 되고 말았을까.[21]

이런 심경이 담담하게 토로되는 까닭에 작품에서 반공주의로 인한 굴절은 거의 드러나지 않으며, 대신 전쟁기를 견뎌온 한 여성의 눈물겨운 체험만이 사실적으로 술회된다. 그래서, 굶주림과 정신적인 고통 속에서 가정을 유지하기 위해 발버둥치는 일련의 과정은 한편으로는, 우리 여성들의 눈물겨운 수난사를 대변한다고 할 수 있다. 더구나 화자가 걸어온 길은 남성이 부재하거나 제 역할을 하지 못하는 상황에서 이루어진 것이라는 점에서 남성을 대신하는 민족의 끈질긴 생명력을 상징적으로 보여준다. 작품 말미에서 화자가 그 동안 오해하고 심지어 증오하기까지 했

---

21   위의 책, 57면.

던 어머니를 이해하고 수용하는 것은 그런 사실의 연장선상에 놓여 있다. 작품에서 어머니는 시종일관 화자에 대해서 냉담하고 심지어 비정하기까지 한 모습을 보여주었다. 인민군 숙소에 불을 때주기 위해서 화자가 늦은 밤에 인민군을 따라 갔을 때 어머니는 무관심한 척 외면했고, 식량을 구하기 위해서 남의 집 담을 수시로 넘었을 때도 한 번도 그 노고를 위로하거나 감싸주지 않았다. 그랬던 어머니조차도 화자는 에필로그에서 '자신이 지금껏 살아 온 힘은 순전히 어머니 때문이었다'고 고백한다. 어머니의 넉넉한 사랑과 자식들에 대한 본능적인 모성이 다시 가족의 생명력을 부활시키고 자기로 하여금 새로운 가족을 가질 수 있도록 해주었다는 것.

이 작품이 화자의 개인사에 얽힌 눈물과 고통을 기록하고 있음에도 불구하고 작품을 읽고 난 후 넉넉한 포용심과 따스한 온기를 느끼게 되는 것은 화자의 이 넓고도 깊은 시각에서 비롯된 것이다. 이 작품은 한 여성의 수난사를 통해서 가족의 소중함을 환기하고 민족의 끈질긴 생명력을 포착해낸 증언적 기록이라 하겠다.

4. 자전소설의 의미와 지평

자전소설이란 자신의 삶을 회상하고 소환하여 현재를 성찰하고 살피는 계기를 제공하는 양식이다. 여기서 과거의 삶을 회상하고 불러온다는 것은 과거를 현재화하고, 한편으론 과거사의 복원을 통해 자신의 상처를 치유하는 과정을 의미한다. 인간이란 본질적으로 자유를 갈망하는 존재이고, 그 자유란 육체적인 것만을 의미하지 않고 정신적인 것까지를 포함한다. 자신의 상처를 회상하고 분석한다는 것은 상처의 근원을 찾고 그것을 드러냄으로써 그로부터 해방을 얻고자 하는 것이고, 그래서 자기 분석이 주는 효과는 자기 자신의 진정한 갈등을 찾음으로써 자유를 증가시키는 데 있다고 말한다.[22] 박완서가 과거의 체험을 계속적으로 서사화했던 것은 그런 맥락에서 이해될 수 있다. "작품을 쓰면서 정직하지 못한 구석을 남겨놓고 있었다"는 진술에서 스스로 정직해지고 싶고, 그런 성찰을 통해서 심리적 구속에서 벗어나 자유롭고자 하는 의지를 엿볼 수 있는 것이다.

그런데 어떤 한 사람을 형성하고 조형하고 행동을 결정짓는 요인은 개인적인 것과 함께 그가 속한 사회 구조라 할 수 있다. 프롬이 언급한 것처럼, 사람들은 사회의 필요에 따라 만들어질 수밖에 없다.[23] 그런 사실을 감안할 때, 박완서에게 있어서 극복해야 할 또 하나의 요소는 사회적인 억압이고, 구체적으로는 반공주의였다. 박완서는 그 압력으로 인해 상상력과 창작에서 상당한 제약을 받았고 심지어 인물의 형상마저 왜곡된 형태로 제시하지 않을 수 없었다. 화자의 태도와 인물의 형상을 중심으로 살필 때, 박완서 소설이 1990년 이전과 그 이후가 사뭇 다른 모습을 보이는 것은 그런 사실로 설명될 수 있을 것이다. 여기서 1990년이라고 말한 것은, 박완서가 그 시점부터 반공주의에서 완전히 벗어났다는 것을 뜻하는 게 아니라, 한국 사회의 급속한 변혁을 통해서 군부독재를 청산하고 민주주의의 가능성을 확인한 1987년의 민주화투쟁과 그 이후 도미노처럼 허물어진 동구 사회주의의 몰락을 지켜보면서 반공주의의 내면화된 기율에서 벗어난 것이 1990년을 전후한 시기였음을 의미한다. 실제로 박완서는 이러한 심리의 변화 과정을 수필을 통해서 직접 언급한 바도 있다.

---

22 E. 프롬, 앞의 책, 53~60면 참조.
23 위의 책, 107면.

한참 꽃다운 나이에 나라가 분단되고 그 후 우리는 공산주의를 신봉하는 북조선과, 남한에서도 좌익이념을 가진 사람들을 한데 싸잡아 빨갱이라고 불렀다. 북조선에서 반동분자로 지목되는 게 치명적이었던 것처럼 이 땅에서는 빨갱이로 몰리는 게 가장 가혹한 따돌림이었다. 빨간 빛깔이 연상시키는 건 떠오르는 태양도, 젊은 피도, 노을도, 장미도, 봉숭아도 아니고 특정 이념이었다. (…중략…) 그렇게 수단껏 비굴하게 살아남은 후엔 행여 빨갱이로 몰릴까봐 먼저 남을 빨갱이로 몰아 선수를 치기도 하고, 미운 놈이나 정적을 파멸시키기 위해 빨간 빛깔을 이용하기도 했다. 오랜 세월을 이렇게 빨간 빛깔에 가위눌려 살아온 우리 세대는 지구상에서 좌우의 이념 대결이 무의미해지고 남북이 말을 트기 시작한 후에도 빨간 빛깔에 대한 거의 미신적인 피해의식으로부터 놓여나지 못했다. 우리에게 빨강은 의식의 한 올을 가시처럼 찌르고 잡아당기는 이상한 빛깔이었다. 빛깔 속에 가시나 이념이 들어 있을 리 없건만 오랜 편가르기와 눈치보기가 없는 걸 있는 것처럼 헛보이게 했다. 붉은 악마들은 우리 세대의 이런 고질적이고도 황당한 빨간 빛깔과의 악연을 단숨에 날려버렸다.[24]

　'오랜 세월을 빨간 빛깔에 가위눌려 살아' 왔다가 월드컵의 붉은 물결을 지켜보면서 '빨간 빛깔과의 악연'을 단숨에 날려버렸다는 것. 이런 변화는 물론 박완서의 경우에만 해당하는 것은 아니다. 반공주의가 맹위를 떨치던 1970년대의 현실에서 홍성원, 김원일, 조정래 등은 모두 같은 문제를 감당해야 했다. "아버지가 월북함으로 인하여 아버지의 비밀을 장자로서 끝까지 지켜야 된다는 관념을 어릴 때부터 어머니로부터 훈계조로 교육받았는데, 이것이 일종의 억압심리로서 내 의식 속에 존재했다"는 김원일의 고백이나,[25] 대하장편 『남과 북』(76)을 발표하면서 홍성원이

24　박완서, 「구형(球型) 예찬」, 『두부』, 82~83면; 「나에게 소설은 무엇인가」, 『박완서 문학 앨범』에서도 그런 사실을 확인할 수 있다.

25　김원일, 앞의 대담, 20면.

좌익 쪽의 이야기를 빼놓고 쓸 수밖에 없었던 것은 그런 사정과 연관되어 있다. 작품을 발표한 이후 25년의 세월이 흐른 뒤 홍성원은 개작을 통해서 좌익 쪽 인물들을 추가하고 보완해서 공백으로 남아 있던 반쪽을 채웠고,[26] 김원일도 1970년대에는 미처 할 수 없었던 이야기를 『불의 제전』(80~97)에서 거침없이 쏟아 놓은 바 있다. 조정래 역시 보수 우익의 필화사건을 뚫고 민족사를 새로운 시각으로 재구성한 대하장편 『태백산맥』을 완성할 수 있었다. 그렇기에 박완서가 받았던 상처와 창작상의 제약은 그 자신만의 것이라기보다는 한 시대 전체가 감당해야 했던 시대의 질곡이자 천형과도 같은 것이었다.

그런데, 김원일이나 조정래 등이 시대와 현실의 어둠을 뚫고 삶의 새로운 지평을 열어 놓았다면 박완서는 그와는 달리 시대 현실을 수용했고, 1990년대 이후에야 그 압력으로부터 자유로워졌다는 점에서, 1980년대 소설은 분단문학의 견지에서 볼 때 그리 만족스럽지 못하다. 오빠의 형상이나 작품 전반을 관통하는 반공주의적 시선은, 온몸으로 그것을 부정하는 과정을 통해서 새로운 진실을 획득한 작가들에 비하면 상대적으로 소극적이고 안이하다. 필화사건으로 비화되어 혹독한 고초를 겪었고 그런 억압에 맞서면서 분단문학의 새로운 국면을 타개했던 작가들에 비하자면 박완서의 시야와 관심 범위는 상대적으로 개인의 울타리를 벗어나지 못하였다. 작품이 사회 현실을 편벽되지 않고 무애자재의 상태로 담아내기 위해서는 새삼스럽지만 시대의 질곡에 온몸으로 맞서는 작가적 고투(苦鬪)를 전제하지 않을 수 없다. 소설은 눈에 보이고 경험된 현실의 구조를 드러내기보다는 체제가 표방하는 것 뒤에 감추어진 눈에 보이지 않는 진실을 천착하는 까닭에 그런 노력은 창작의 과정에서 한층 절실하다. 박완서 소설이 능란한 입담과 천의무봉의 묘사로 전쟁기의 참화를

증언하는 빼어난 성과를 획득하고 있음에도 불구하고 한편으로 아쉬운
것은 그런 치열함에 있다고 하겠다.

기억 속의 공간과 체험의 서사

박완서의 「그 여자네 집」을 중심으로

1. 개인의 체험과 서사

『여성동아』의 장편소설 공모에 『나목』이 당선되어 문단에 나왔을 때 박완서의 나이는 40세로, 23살에 결혼하여 1남 4녀를 뒷바라지하며 한 세월을 보낸 뒤였다. 주부 박완서를 작가 박완서로 다시 태어나게 만든 운명적인 글쓰기의 시작. 그러나 그 운명의 태동은 훨씬 오래 전인 스무 살 참혹한 전쟁의 기억과 참척의 트라우마에서 비롯되어 작가의 내부에서 오랜 시간 꿈틀거리던 것이었다.

1931년 경기도 개풍군 박적골에서 출생한 박완서(1931~2011)는 38선과 더불어 고향을 자유롭게 출입할 수 없었고, 전쟁 이후에는 가고자 해도 더 이상 갈 수 없어 평생 고향에 대한 그리움을 품게 되었다.[1] 대학에 입학하자마자 6·25 전쟁이 터졌고 전쟁의 와중에 오빠와 숙부의 비극적인 죽음을 겪었다. 전쟁은 한 사회를 구조적으로 변화시킬 뿐만 아니라 개

---

[1] 박완서, 「나는 왜 소설가인가」, 『세상에 예쁜 것』, 마음산책, 2012, 17~23면.

인에게 불치의 상처를 각인시키기 마련이다. "다른 나이도 아닌 열아홉, 스무 살 때 전쟁체험을 했다는 점에 저는 (전쟁에) 대단히 집착을 하게 되었습니다"[2]라고 고백했듯이, 이 전쟁의 트라우마는 박완서 글쓰기의 1차적 동력이 되었다. 그리하여 박완서 소설 속 주인공의 상당수는 6·25 전쟁의 비극적 상처를 안고 있거나 남북 분단의 아픈 체험을 개인사로 간직하고 있다.

등단작 『나목(裸木)』은 전쟁 기간 중에 잠시 근무했던 미군 PX 초상화부에서의 체험을 소재로 하고 있다. 주인공 이경은 두 오빠를 자기 실수로 죽게 했다는 죄책감과 그 두 아들에 대한 그리움을 안고 살아가는 어머니로부터 벗어나고자 하는 심리를 보여준다. 이후의 『목마른 계절』(71~2), 「부처님 근처」(73), 「엄마의 말뚝 1~3」(85), 『그 많던 싱아는 누가 다 먹었을까』(92), 『그 산이 정말 거기에 있었을까』(95) 등의 작품들 역시 모두 작가의 개인사에 바탕을 두고 있다. 그런데 이들 작품에서, 특히 1980년대까지의 작품에서, 박완서는 당대를 규율한 반공주의의 압력과 그로 인한 자기검열에서 자유롭지 못하였다. 박완서의 시야와 관심 범위는 개인의 울타리에 갇혀 있었고, '오빠의 죽음'은 또한 객관화되어 서술되지 못하고 인민군에 의해 살해 된 것으로 묘사되는 등 시대의 족쇄인 반공주의의 규율로부터 자유롭지 못하였다. '오빠'는 남한과 북한으로부터 연이어 박해를 받아 죽음에 이르렀지만, 작품에서는 모두 '빨갱이'에 의해 죽은 것으로 처리되었다. 사실, 오빠를 죽인 당사자의 하나가 국군이고 그들 역시 공산당 못지않은 만행을 저질렀다는 사실을 고백하기가 쉽지 않았던 것이다. 이런 내용을 감히 말할 수 있을까 하는 의구심, 나아가 그것을 표현했을 때 초래될 수 있는 탄압에 대한 두려움이 박완서의 의식을 근본에서 사로잡고 있었다. "저는 모든 죽음을 빨갱이가 반동이

---

2   박완서, 「(좌담) 6·25 분단문학의 민족동질성 추구와 분단 극복의지」, 『한국문학』 제13권 제6호, 한국문학사, 1985.6, 48면.

라고 해서 죽인 것으로만 썼었습니다. 이렇게 정직하지 못했던 것, 정직할 수 없는 것이 앞으로의 전쟁문학에서도 큰 문제라고 생각됩니다. 양쪽이 다 이데올로기에 눈이 멀어 얼마나 비인간적이며 잔혹했던가를 똑같이 증언하고 싶은데 못했던 것, 이것은 제 경우만이 아니라 다른 작가들에게도 공통되는 문제"[3]라고 말한다. 말하자면, 사회적 금기에 대한 검열과 불이익에 대한 두려움으로 인해 작가들은 상상력의 제한을 받았고, 특히 분단과 이데올로기 문제를 파헤치고자 할 경우 자칫 반공주의의 검열망에 걸려들지 않을까 하는 심한 강박관념에 시달렸다. 박완서가 사회적 강박과 규율에서 벗어나 과거사를 거리를 두고 전체적 시각으로 조망하기 시작한 것은 1980년대 후반 한국 사회를 거세게 몰아친 민주화운동과 동구 사회주의권의 몰락을 지켜보면서였다. 1972년 작인『목마른 계절』에서 작품을 끌어가는 화자가 과거의 상처에서 벗어나지 못한 모습을 보여주었다면, 1992년의『그 산이 정말 거기에 있었을까』에서는 그와는 달리 한층 공평하고 객관적인 태도로 과거사를 돌아본다. 말하자면 박완서 소설의 중요한 동력인 개인적 체험이 민족사의 큰 흐름과 결합하고, 작가의 시선 역시 사회와 민족의 현실로 확장되어 나타난다. 작가의 문학 행위가 자신의 한풀이와 상처 치유만을 목적으로 할 수는 없는 것이라는 점에서 이런 변화는 매우 의미 있는 것이라 할 수 있다.

이 글은 이런 사실을 전제로, 박완서 문학의 정점에 놓여 있는 평판작「그 여자네 집」(97)을 살펴보기로 한다. 주지하듯이, 이 작품이 널리 알려진 것은 7차 고등학교『국어』[4] 교과서에 수록되면서부터였다. 1997년에 발표된 작품이라는 점에서「그 여자네 집」은 이전 교과서 수록 작품들(「메밀꽃 필 무렵」,「봄봄」,「돌다리」등)이 대부분 1930년대 소설이었던 것에 비하자면 상당히 파격적인 경우라 할 수 있다. 이 작품은 1997년 5월 작가

---

3   박완서, 앞의 좌담, 48~49면.
4   서울대 국어교육연구소,『국어』상, 교육인적자원부, 2002.

가 참석했던 '북녘 동포들을 돕기 위한 시 낭송회'라는 실제 행사[5]를 소설화한 작품으로, 작가가 행사 때 낭송했던 김용택의 시가 작품 첫머리에 소개되고, 작가회의(민족문학작가회의)가 언급되며, 또 아직도 해결의 실마리가 보이지 않는 정신대와 중국 여행에 따른 일화가 삽입되어 있다. 식민지 시대에 고착되어 있던 교과서 소설의 시공간이 반세기 이상 확장되어 현재의 시공으로 옮겨진 셈이다. 또, 작품의 주제가 단순히 개인 간의 사랑이 아니라 그 개인이 속한 집단과 역사의 문제로 확대되어 있다는 점도 주목할 필요가 있다. 주인공들의 운명을 뒤바꿔놓는 것은 전쟁과 징용, 정신대라는 이름으로 자행된 광기와도 같은 현실의 상황이었다. 역사는 인물들의 운명을 바꾸어 놓았을 뿐만 아니라 평생 지울 수 없는 상처와 한을 남겨 놓았다. 이러한 주제의 시의성과 문제성을 감안할 때, 「그 여자네 집」의 교과서 수록은 시대의 변화상을 반영한 것으로 이해할 수 있다. 이 외에도 이 작품에는 재래의 풍속과 인정이 실감나게 그려지고, 한편에서는 노변의 방초(芳草)를 비롯한 자연 환경에 대한 아름다운 묘사와 더불어 옛 고향에 대한 그리움이 농도 짙게 제시된다. 그런 점에서 이 작품은 일제치하의 풍속을 기록한 문화사적 자료로도 가치를 갖는다.

이 글은 이런 사실을 바탕으로 「그 여자네 집」을 살피되, 특히 과거의 경험이 어떻게 재현되고 의미화되어 드러나는가에 주목하고자 한다. 1990년대 이후 박완서는 사회적 강박과 규율에서 벗어나 과거사를 한층

---

5   당시 기사를 살펴보면 다음과 같다.
"굶주리고 있는 북한 동포들을 돕기 위한 시낭송회가 열린다. 오는 24일 오후 5시 서울 남산의 숭의음악당에서 개최되는 '북녘동포들을 돕기 위한 시낭송회 및 특별공연 – 한겨레 큰사랑'은 민족문학작가회의(이사장 백낙청)회원 8백여 명을 비롯해 문단의 원로중진이 한자리에 모이는 행사다. 이 날 김규동 씨는 「두만강에 두고 온 작은 배」, 민영 씨는 「봄소식」, 곽재구 씨는 「보문장터」, 도종환 씨는 「남쪽의 아침」 등 북한의 굶주림을 주제로 한 신작시를 발표한다. 고은, 신경림, 문병란, 강은교, 양성우, 이문재, 나희덕 씨 등은 분단의 아픔과 민족의 화해를 노래한 자작시를 낭송하며 소설가 박완서 씨는 김용택 씨의 시 「그 여자네 집」을 낭송한다."(「문인 수 백여 명 참여 북녘동포돕기 시 낭송회」, 『문화일보』 1997년 5월 22일자 기사)

객관적이고 공평하게 바라보았는데, 그것을 구체적으로 보여주는 것이 바로 과거의 공간과 체험에 대한 서술이다. 두려움과 공포의 대상이었던 과거가 이 작품에서는 담담하게 회상되고, 개인적인 차원에서 벗어나 민족사의 견지에서 의미화된다. 작가는 과거의 체험에 대해 거리를 두고 객관적인 시각에서 조망하는 완숙의 경지를 보여준 것이다.

2. 기억 속의 고향과 비극적 체험

　김용택의 시가 첫머리에 소개된 데서 볼 수 있듯이, 「그 여자네 집」은 김용택의 시 「그 여자네 집」을 핵심적 모티프로 해서 전개되는 소설이다. '그 여자네 집'이라는 작품의 제목과 동일한 시를 소재로 하고 있는 점, 아울러 시의 내용과 작품의 내용이 거의 일치하는 점, 하지만 인물과 사건을 형상화하는 방식과 세목(細目)에서는 상당한 차이를 보인다는 점에서 「그 여자네 집」에서 작가가 주목한 대목이 무엇인가를 확인할 수 있다.

　작품은 김용택의 시 「그 여자네 집」에 대한 인용으로 시작된다. 시를 통해서 화자는 기억 속에 묻혔던 '고향'에서의 추억 속으로 들어간다. 만득이와 곱단이의 지순한 사랑이 회상되고, 일제 말기 징용으로 인해 불행하게 끝난 두 사람의 사랑이 그려진다. 이 과정에서 두 사람의 사랑과 마을의 풍경은 그 자체가 한 폭의 풍경화를 이룬다.

　가을이면 은행나무 은행잎이 노랗게 물드는 집

　해가 저무는 날 먼 데서도 내 눈에 가장 먼저 띄이는 집

　생각하면 그리웁고

바라보면 정다운 집

어디 갔다가 늦게 집에 가는 밤이면

불빛이, 따뜻한 불빛이 검은 산 속에 살아 있는 집

그 불빛 아래 앉아 수를 놓으며 앉아 있을

그 여자의 까만 머릿결과 어깨를 생각만 해도

손길이 따뜻해져 오는 집 살구꽃이 피는 집

봄이면 살구꽃이 하얗게 피었다가

꽃잎이 하얗게 담 너머까지 날리는 집

(…중략…)

마당에 햇살이 노란 집

저녁 연기가 곧게 올라가는 집

뒤안에 감이 붉게 익는 집

참새 떼가 지저귀는 집

눈 오는 집

(…하략…)[6]

　　작품의 초반부가 제공하는 매력 중의 하나는 이렇듯 아름다운 풍경화로 제시되는 시골의 소박한 삶의 정취를 음미하는 데 있다. 고향의 순수함과 순박한 정취를 담아낸 김용택의 시 「그 여자네 집」에 작가가 끌렸던 것은 이 시가 지금은 잃어버린 고향에 대한 향수를 자극했기 때문이다.

　　그런데, 시 「그 여자네 집」에서 시의 화자가 초점을 맞추고 있는 대상은 '그 여자네 집'이라는 '공간'이다. 화자가 그리워하는 것은 고향의 은행나무와 살구꽃과 저녁 햇살과 붉게 익은 감, 참새 떼, 김칫독 안으로 하얗게 내리는 눈송이 등 사계절마다 볼 수 있는 고향의 풍경과 그 풍경의 일

6　박완서, 「그 여자네 집」, 『13월의 사랑』, 예감, 1997, 9~10면.

부를 이루는 사랑스런 대상으로서의 '그 여자'이다. 시의 제목이 '그 여자'가 아니라 '그 여자네 집'인 것에 유의할 필요가 있다. 화자가 마지막 연까지 추억하는 것은 '그 여자'가 아니라 '그 여자네 집'이고, 궁극적으로 화자가 회고하는 대상은 그 여자를 향한 그리움과 설렘이 함께 녹아 있는 고향 마을이라는 훼손되지 않는 공간과 과거의 시간이다. 그리하여 그 고향과 첫사랑의 연정을 상실한 현재의 시점에서 그 그리움은 "지금은 아, 지금은 이 세상에 없는 그 집 / 내 마음 속에 지어진 집"으로 상징화되어 잃어버린 '옛집'에 대한 추억으로 형상화된다.

소설 「그 여자네 집」에서 작가가 애써 보여주고자 하는 것의 하나는 바로 시의 이런 측면이다. 김용택의 시를 통해서 소설 속의 화자는 기억 속에 묻혔던 고향에서의 추억 속으로 들어가고, 그 추억이 곧 소설 「그 여자네 집」의 내용을 이룬다. 그런 점에서 김용택의 시는 화자(혹은 작가)와 과거의 추억을 연결해주는 매개물이자 상상력의 촉매인 셈이고, 그 촉매로 인해 만득이와 곱단이의 지순한 사랑이 회상되고, 일제 말 징용으로 인해 불행하게 끝난 두 사람의 사랑이 전개되고 있음을 알 수 있다.

김용택의 시가 동화적 내용과 영상을 보여주듯이, 곱단이와 만득이의 천진난만한 사랑을 회상하는 화자의 시선에는 시종 따뜻함과 그리움이 묻어난다. 어린 나이임에도 불구하고 이 둘의 사랑은 마치 마을의 마스코트처럼 주변 사람들의 사랑을 독차지했었다. 그것은 만득이가 그 마을에서 유일한 중학생이고 곱단이가 고운 얼굴을 지녔기 때문만은 아니다. 이들의 지순한 사랑이 마을 사람들의 공감을 얻었기 때문이다. 곱단이는 5남매의 고명딸인데 집안도 여유와 사랑이 넘쳐나는 것으로 묘사된다. 비록 넉넉한 살림은 아니었지만 그럼에도 마을 사람들의 생활이 여유롭게 다가오는 것은 만득이와 곱단이의 지순한 사랑도 한 몫을 한 까닭이다. 만득이의 속 깊은 행동이나 곱단이의 연꽃과도 같은 아름다운 자태는 "아름다운 한 쌍의 새가 부리를 비비는 것처럼 예쁘게만" 여겨졌고, 양가의 처지 또한 서로 기울지도 넘치지도 않았고, 어른들도 소박하고 정직하였기에 이런 요소들이 어우러져 두 사람의 사랑은 당시로서는 잘 조화된, 연애의 이상적 모델로 비춰졌던 것이다. "만득이와 곱단이는 우리 마을의 화초요 꿈이었다"라는 표현은 두 사람의 연애를 바라보는 마을의 분위기가 어떠했는가를 함축적으로 보여준다.

그런데 이야기를 전개하면서 화자는 단순히 두 사람에 대한 회상에 머물지 않고 그 두 사람을 둘러싼 '고향'에 대한 향수를 동시에 보여준다. 작품에서 그 향수는 따뜻하고 다정했던 고향에서의 생활에 대한 추억이고 한편으로는 파노라마와도 같은 풍속의 재현으로 이어진다. 이 작품이 갖는 매력의 하나는 과거의 풍속을 재현해 놓은 데 있고, 그것을 통해 우리는 지난 시절의 삶을 엿볼 수 있다. 가령, 가을걷이가 끝난 후에 행하던 '이엉을 얹는 풍속'의 경우. 곱단이네 집에서는 가을이면 연례행사처럼 이엉을 얹었고, 만득이는 그 일을 마치 자기네 일이라도 되는 듯이 부산을 떨면서 거들었다. 부엌에서는 점심을 짓느라 연기가 올랐고, 동네 노인들은 만득이의 그런 행동을 보면서 밉지 않은 시선을 보내는 등의 장면은 요즘은 볼 수 없는 지난 시절의 정겹던 풍속이다. '방구리' 역시 이제는 박물관에서나 볼 수 있는 물건이지만, 그 시절까지만 해도 여자들이 하나씩 갖고 있던 생활필수품이었다. 곱단이가 이 방구리를 깨트린 것은 만득이에 대한 사랑 때문이었다. 곱단이가 방구리로 물을 길어 가는데 저만치서 만득이가 오는 게 보였다. 만득이는 방구리를 들어주려고 급히 달려오고, 그걸 본 곱단이는 흘러내린 치마말기를 추켜올리려고 급히 방구리 손잡이를 놓아 버린 것이다. 곱단이가 열 너덧 살 가슴이 살구씨만큼 부풀어 올랐을 무렵이었다. 만득이가 중학교로 진학해서 신식 교육을 받는 과정에서 생긴 일화 역시 당대 젊은이들의 풍속도를 대변한다. 문학청년이었던 만득이는 김억의 번역시집 『오뇌(懊惱)의 무도(舞蹈)』를 옆구리에 끼고 다니면서 멋을 부렸고, 또 마을 젊은이들 사이에 춘원(春園)

바람을 일으켰다. 청년들에게 『흙』, 『단종애사』, 『무정』 같은 책을 너덜너덜해질 때까지 읽혔던 것도 만득이였고, 또 춘원이 창씨개명에 앞장서고 청년들을 전쟁터로 내모는 연설을 했다는 말을 퍼트려 청년들을 실의에 빠뜨리고 헷갈리게 만든 것도 만득이였다. 만득이는 화자의 말대로 "마을 청년들의 정신의 맥을 쥐었다 폈다" 하는 당대 문학청년의 전형이었던 셈이다.

이런 사실 외에도 작품에는 행촌리의 아름다운 풍경이 파노라마처럼 펼쳐진다. 실개천이 마을을 가로지르는 풍경이라든가 집의 울타리 밑에 옹기종기 피어 있는 꽈리나무, 봄이면 살구나무와 개나리가 어우러져 꽃대궐을 만드는 풍경 등은 마치 한 폭의 그림을 보는 듯하다.

> 우리 마을엔 꽈리뿐 아니라 살구나무도 흔했다. 살구나무가 없는 집이 없었다. 여북해야 마을 이름도 행촌리(杏村里)였다. 봄에 살구나무는 개나리와 함께 온 동네를 꽃대궐처럼 화려하게 꾸며 주었지만, 열매는 시금털털한 개살구였다. 약에 쓰려고 약간의 씨를 갈무리하는 집이 있긴 해도 열매는 아이들도 잘 안 먹어서 떨어진 자리에서 썩어갔다. 아름다운 마을이었다. 살구꽃이 흐드러지게 필 무렵엔 자운영과 오랑캐꽃이 들판과 둔덕을 뒤덮었다. 자운영은 고루 질펀하게 피고, 오랑캐꽃은 소복소복 무리를 지어 가며 다문다문 피었다. 살구가 흙에 스며 거름이 될 무렵엔 분분히 지는 찔레꽃이 외진 길을 달밤처럼 숨 가쁘고 그윽하게 만들었다.[7]

기억 속에 묻힌 고향의 풍경들을 이렇듯 아름답고 실감나게 복원해 놓은 작품은 일찍이 우리 소설사에 없었을 것이다. 더구나 따뜻함과 다정함으로 형상화된 마을 풍경의 묘사는 단순히 지금은 사라지고 없는 옛 고

---

7   위의 책, 19~20면.

향에 대한 추억을 드러내기 위한 것만은 아니라고 할 수 있다. 화자는 그것을 떠올려 제시함으로써 오늘의 비정한 현실을 역설적으로 환기하는 기법을 구사하고, 그 연장에서 만득이가 과거를 회상하면서 자신이 그리워한 것은 곱단이가 아니라 고향에 대한 그리움과 젊은 시절에 대한 향수였다고 소설 말미에서 털어놓는 것이다.

만득과 곱단의 사랑과 이별을 그려놓은 소설의 중반부까지로 한정한다면 이 작품은 과거의 아름다운 추억을 회상하고 그 속에 빠져드는 회고조의 작품으로 오인될 수도 있고, 황순원 식의 「소나기」와 별반 차이가 없는 것으로 비쳐질 수도 있을 것이다. 그런데, 「소나기」에서 소년과 소녀를 분리시킨 것이 소녀의 병과 죽음이었다면, 「그 여자네 집」에서 만득과 곱단을 분리시킨 것은 시대와 역사였다. 고향에 불어 닥친 시대의 거친 소용돌이에 의해 일개인의 운명에 변화가 생기고, 두 사람의 지순한 사랑 또한 훼손되고 파국을 맞는다. 만득이가 일본 제국주의의 희생이 되어 곱단이와 헤어지지 않을 수 없게 되는 상황이 도래한 것이다.

식민치하라는 현실 속에서 만득은 선택의 여지가 없이 징용에 끌려가게 되는데, 징용에 끌려간다는 것은 곧 기약할 수 없는 사지(死地)로 간다는 말과 같은 것이었다. 이런 상황에서 가족들이 만득이와 곱단이의 혼례를 서두르는 것은 당연한 일이다. 둘이 머잖아 결혼할 사이라는 것이 의심 없이 받아들여지고 있었고, 또한 만득이는 외아들이었다. 그런데, 만득이는 끝내 곱단이와 혼례 올리기를 거부한다. 거기에는 만득이의 깊은 생각이 깃들어 있었다. 만득이는 자신이 사지로 가고 있다는 걸 알기 때문에 곱단이를 과부로 안 만들려는 깊은 마음을 갖고 있었다. 어린 나이였음에도 불구하고 만득이는 한 여자에 대한 사랑이 어느 일방의 욕심일 수만은 없다는, 그것은 오히려 상대에 대한 세심한 배려와 믿음이라는 것을 깨치고 있었고, 그런 믿음에서 혼사를 거부한 것이다. 하지만 그러한 속 깊은 배려에도 불구하고 곱단이 역시 시대의 거친 소용돌이를 피해

갈 수는 없었다. 그녀 또한 정신대를 피하기 위해 엉뚱한 사람의 재취로 들어가지 않을 수 없는 비극적 상황에 직면한다. "총각이 씨가 마른 시대"였기 때문에 정신대를 피하기 위해서는 그렇게라도 혼사를 치르지 않을 수 없었던 것이다. 하지만 사랑하는 사람을 포기하고 원치 않는 사람과 강제결혼을 한 것이었기에 중년의 신랑을 따라 떠나는 곱단이의 얼굴에는 "사자(死者)를 분단장해 놓은 것처럼 섬뜩하니 표정이라곤 없었"던 것이다. 신의주로 떠난 곱단이는 이후 전쟁이 나고 분단이 굳어지면서 더이상 소식을 알 수 없는 존재로 화자의 기억 속에 묻히고 만다.

"상큼한 연애소설을 써 보고 싶다"[8]는 작가의 고백처럼, 이 작품은 이렇듯 젊은 남녀의 애절한 연애담을 중심축으로 하고 있다. 그런데 그 연애담은 자연과 어우러진 생활 속의 그것이라는 점에서 물질과 외형을 중시하는 오늘날의 연애와는 거리가 멀다. 혼사를 거부한 만득이의 마음 씀씀이에서 드러나듯이 이들의 사랑에는 어느 일방의 욕심이 강압적으로 작용하지 않는다. 화자의 말대로 이들의 사랑은 "소박한 인심에도 거슬리지 않는 최선의 것"이었고, 그런 점에서 물질과 욕망을 앞세우는 오늘의 사랑과는 차원을 달리한다. 하지만 역사의 광기는 그러한 사랑마저도 용납하지 않았고 급기야 두 사람 모두에게 깊은 상처를 남겼다. 이 작품이 한 편의 수채화와도 같은 아름다운 풍경을 담고 있음에도 불구하고 결코 가볍지 않은 의미를 갖는 것은 고향에 대한 이런 비극적 체험과 관계될 것이다. 그런데 그 체험은 이전의 『나목』이나 『목마른 계절』에서 목격되었던 우울하고 가슴 아픈 것으로서의 그것이 아니라 그런 감정의 앙금이 사라진 담담하고 중립적인 대상으로서의 그것이다. 그런 점에서 이 작품은 전쟁의 트라우마로 뒤엉켰던 이전 작품에서 한 단계 나아가 그것을 일정하게 승화하고 있음을 알 수 있다.

---

8   박완서, 「작가 메모」, 『13월의 사랑』, 예감, 1997, 7면.

3. 역사의 격랑과 민족의 현실

　작품의 후반부는 만득이와 결혼한 순애의 이야기를 통해서 그 이후의 후일담을 전해주는 식이다. 그런데 그것은 단순한 후일담이 아니라 만득이에 대한 화자의 오해가 풀리면서 만득이를 이해하고 궁극적으로는 작품의 주제를 개인적인 추억에서 민족의 비극으로 승화시키는 계기로 기능한다. 이런 사실은 만득이에 대한 화자의 생각 변화와 고향에 대한 새로운 의미화를 통해서 드러난다.

　순애의 친구인 화자는 순애의 말을 그대로 믿는 입장이었다. 이를테면, 순애는 아직도 만득이가 곱단이를 잊지 못하고 있다고 생각한다. 시를 쓰면서 읊조리는 내용이나, 중국 여행 시 신의주를 앞에 두고 선상에서 통곡하던 장면은 모두 그런 심리에서 비롯되었다는 게 그녀의 생각이다. 그런데, 얼마 후 순애는 죽고, 그 죽음을 통해서 화자는 평생 보이지 않는 연적(戀敵)을 앞에 두고 괴로워했을 순애의 불우한 삶을 떠올린다. 그런 연민의 심정을 갖고 있던 차에 화자는 '정신대 할머니를 돕기 위한 모임'에 들렀다가 우연히 만득이를 만난다. 그것을 본 순간 화자는 만득이가 그 모임에 나온 이유가 곱단이에 대한 그리움에 있다고 오해하고 다짜고짜로 따지듯이 대들었던 것이다. 하지만, 만득에게서 나온 답변은 전혀 예상을 빗나간 것이었다. 작품이 다시 한 번 반전을 거듭하는 순간이다. 곧, 곱단이를 잊지 못한다는 건 순전히 순애가 지어 낸 생각이라는 것, 자신의 감정은 단지 젊은 시절에 대한 그리움일 뿐이었다는 것, 그리고 중국 여행 시 두만강에서 운 것은 "남의 나라에서 바라보니 이렇게 지척인데 내 나라에선 왜 그렇게 멀었을까"하는 서럽고 부끄러운 감정 때문이었다는 고백을 듣는다. 아울러, 그가 그 날 정신대 할머니 돕기 행사에 참석하게 된 것은 정신대 문제를 애써 대수롭게 여기지 않으려는 일본 사람들에게 분통이 터졌고, 정신대 문제는 정신대 피해자인 할머니들의 문제만이 아니라 곱단이처럼 그것을 면한 사람들이 겪었을 한(恨)까지 함께 생각해야 한다는 내용을 토로하는 것이다.

이러한 결말부를 통해서 우리는 작가가 단순히 한 인물의 연애담을 회상하는 데 그치지 않고 그것을 통해 민족의 비극을 환기하고 있음을 볼 수 있다. 작가는 순결한 사랑이 역사의 격랑에 의해 짓밟히는 과정을 보여주는데 머물지 않고 민족적 비극에 대한 현재적 질문까지도 유도해내고 있는 것이다. 이를테면, 만득과 곱단의 일화를 통해 일본 제국주의의 만행이 단순히 징용과 정신대라는 특정 사안에만 해당되는 것이 아니라 동시대인 모두에게 깊은 상실의 고통을 남긴 상처의 근원지라는 것. 만득이가 징용에 끌려간 이후 곱단이가 정신대를 피하기 위해 중년 남자의 재취로 간 것은 정신대의 고통이 그 직접적인 당사자들만의 문제가 아니었다는 하나의 반증이다. 얼굴을 한 번도 본 적이 없는 사람에게, 그것도 결혼을 이미 한 적이 있는 중년 남자에게 꽃다운 처녀가 재취로 간다는 것은 당사자나 가족들에게는 피눈물이 나는 일이었다. 화자의 논평대로, "피를 보면 멀쩡한 사람도 정신이 회까닥해진다고 하지 않는가. (…중략…) 곱단이네 식구뿐 아니라 마을 사람들도 이성을 잃고 말았"던 것이다. 스스로 목숨을 끊을 수 없었고 또 일본군의 위안부가 될 수도 없었기 때문에 그렇듯 엉뚱한 결혼을 하게 되었던 것이다. 그렇다면 정신대 문제란 그 당사자만이 아니라 그것을 모면하고자 애썼던 사람을 포함한 식민치하 우리 민족 전체의 문제였음을 확인하게 된다.

오늘 여기 오게 된 것도, 글쎄요, 내가 한 짓도 내가 설명할 수 있을 것 같지 않지만……. 아마 얼마 전 우연히 일본 잡지에서 정신대 문제를 애써 대수롭게 여기지 않으려는 일본 사람들의 생각을 읽고 분통이 터진 것과 관계가 있겠죠. 강제였다는 증거가 있느냐? 수적으로도 한국에서 너무 부풀려 말한다, 뭐 이런 투였어요. 범죄의식이 전혀 없더군요. 그걸 참을 수가 없었어요. 비록 곱단이의 얼굴은 생각나지 않지만 나는 지금도 생생하게 느낄 수가 있어요. 곱단이가 딴 데로 시집가면서 느꼈을, 분하고 억울하고 절망적인 심정을요. 나는 정신대 할머니처럼 직접 당한 사람들의 원한에다 그걸 면한 사람들의 한까지 보태고 싶었어요. 당한 사람이나 면한 사람이나 똑같이 그 제국주의적 폭력의 희생자였다고 생각해요. 면하긴 했지만 면하기 위해 어떻게들 했나요? 강도의 폭력을 피하기 위해 얼떨결에 십 층에서 뛰어내려 죽었다고 강도는 죄가 없고 자살이 되나요? 삼천리강산 방방곡곡에서 사랑의 기쁨, 그 향기로운 숨결을 모조리 질식시켜버리니 그 천인공노할 범죄를 잊어버린다면 우리는 사람도 아니죠. 당한 자의 한에다가 면한 자의 분노까지 보태고 싶은 내 마음 알겠어요?
　장만득씨의 눈에 눈물이 그렁해졌다.[9]

"당한 사람이나 면한 사람이나 똑같이 그 제국주의적 폭력의 희생자였다"는 진술은 일본 제국주의의 침략이 우리 민족 모두에게 전일적으로 행사된 폭력이었음을 다시 한 번 상기시켜 준다. 새삼 언급할 필요도 없거니와, 일제의 식민통치는 우리 민족 전체에게 정신적으로나 물질적으로 깊은 상처를 남겼고, 아직도 그 상처는 아물지 않은 환부가 되어 우리의 삶을 방해하고 있다. 그런 사실을 작가는 "삼천리강산 방방곡곡에서 사랑의 기쁨, 그 향기로운 숨결을 모조리 질식시켜버"렸다고 회고한다. 정신대 문제를 마치 먼 남의 나라 일처럼 생각하는 사람들이 늘고 있는 작금의 현실에서 작가의 이러한 문제 제기는 현실의 무관심에 경종을 울리는 각성의 채찍이 될 것이다.
　더구나 작가는 만득의 상처가 한편으로 분단 현실과 무관한 게 아니라는 사실을 보여준다. 이를테면, 중국 여행을 갔을 적에 단동에서 배를 타

9　박완서, 「그 여자네 집」, 『13월의 사랑』, 예감, 1997, 29~30면.

고 북한 땅을 지척에 둔 상태에서 만득이가 "뱃전에다 고개를 떨구고 소리내어 엉엉 울"었던 것은 분단의 슬픔과 무관한 것으로 볼 수 없다. 물론, 만득의 통곡이 한편으로는 곱단에 대한 그리움과 전혀 무관하다고는 볼 수 없을 것이다. 순애 또한 그런 행동을 곱단이에 대한 그리움으로 이해하고 있다. 하지만, 작품 전반의 내용에 비추자면 순애의 생각은 지나친 것이고, 사실은 만득의 말이 좀 더 진실성을 갖는다고 할 수 있다. 언급한 대로, 이 작품에서 화자나 만득이가 주목한 것은 '그 여자'가 아니라 '그 여자네 집'으로 표상된 과거 고향에 대한 추억이고, 그로 인한 그리움이다. 말하자면 '특정 인물'에 대한 그리움을 그린 작품이 아니라 '특정 공간'에 대한 그리움을 그린 작품이고, 그렇게 보자면 만득이가 압록강 선상에서 통곡했던 것은 특정 인물에 대한 그리움이기보다는 바로 지척에 있으면서도 갈 수 없는 고향 산천에 대한 그리움에서 비롯된 것임을 알 수 있다.

> 내가 곱단이를 그리워했다면 그건 아마 누구에게나 있을 수 있는 젊은 날에 대한 아련한 향수였겠지요. 아름다운 내 고향에서 보낸 젊은 날을 문득문득 그리워하는 것도 죄가 되나요. 내가 유람선상에서 운 것도 저게 정말 북한 땅일까? 남의 나라에서 바라보니 이렇게 지척인데 내 나라에선 왜 그렇게 멀었을까? 그게 서럽고 부끄러워 나도 모르게 눈물이 복받친 거지. 거기가 신의주라는 건 별로 중요하지 않았어요.[10]

장만득의 이야기를 듣고 난 후 화자인 '나'의 생각이 더 이상 표현되지 않았다는 것은 장만득에 대한 화자의 오해가 풀렸음을 의미한다. 말하자면 화자는 장만득이 어린 시절의 연인이었던 곱단이를 잊지 못해 늙은 나

---

10   위의 글, 위의 책, 29면.

이에 주책을 부리는 것이 아닐까 생각했지만, 장만득의 이야기를 듣고 난 이후에는 그런 생각이 순애의 오해에서 비롯된 것이지 장만득의 실제 현실은 아니었다는 것을 이해한다. 이 지점에서 마을의 화초이자 꿈이었던 곱단과 만득을 비극적인 이별로 몰아간 것은 개인의 문제가 아니었다는 것을 알 수 있다. 징병과 정신대, 그리고 해방 이후 굳어진 분단체제는 곱단과 만득을 영원한 이별로 몰아갔고, 그들의 순정이 비극적인 결별로 변화되었듯 공동체로 표상되는 마을의 운명도 변화되었다. 마을 사람들의 순수한 동경과 꿈이 투사되었던 두 사람의 사랑이 깨진 것처럼 순수했던 고향 마을도 역사적인 변화와 함께 훼손되고 결국은 회복할 수 없는 공간이 된 것이다.

분단문학이 분단으로 야기된 현실의 질곡을 극복하려는 내용과 소재를 갖는 것이라면, 만득의 통곡은 지척에 있으면서도 가지 못하는 분단 현실과 지리적 거리감에 대한 강한 부정의 의미를 갖는다. 강 하나도 마음대로 건널 수 없는 현실이지만, 그리고 그렇게 만든 국내·외의 장애요인이 엄연히 존재하지만, 그럼에도 불구하고 그 거리를 넘어서야 한다는 것, 분단 극복이란 다름 아닌 공간적 단절을 넘어 남과 북이 자유롭게 왕래하는 것이라는 사실을 시사해준다.

분단 문제가 단순한 구호나 주장만으로 해결될 수 없는 것이라면 박완서가 보여준 분단 현실에 대한 구체적이고 실존적인 이해는 분단 극복의 필요성을 절실하게 환기해줄 뿐만 아니라 분단 극복이 구체적으로 어떠해야 하는가를 암시해준다. 작가에게 있어서 고향은 단순한 향수의 공간이 아니라 현실에서 복원하고 구축해야 할 미래인 것이다.

4. 부활과 탄생의 공간

전쟁은 한 사회를 구조적으로 변화시킬 뿐만 아니라 개인에게는 지울
수 없는 상처를 남겨놓는다. 우리의 경우 6 · 25 전쟁은 사회 구성원 모두
를 의식적으로나 무의식적으로 제약하는 일종의 정신적 외상이었다. 게
다가 전쟁에 뒤이은 분단은 한국 사회를 냉전의 희생양으로 전락시켜 아
직도 서로 다른 두 체제를 반목하게 만들었고, 개인들에게는 이념적인 사
시와 편견을 내면화시키는 결과를 초래하였다. 현대문학에서 가장 많이
활용되는 제재가 6 · 25 전쟁이라는 사실은 그런 점에서 당연한 일이라
하겠다. 현실을 긴밀하게 반영하는 문학의 특성상 작품의 형식과 내용은
전쟁의 상처로부터 자유로울 수 없고, 그래서 현대소설은 분단 현실에 적
극적으로 대응하는 과정을 통해서 특유의 내용과 형식을 만들어 왔다.

박완서는 과거의 기억을 회상하는 형식의 작품을 주로 써온 작가이다.
박완서에게 있어서 과거란 그리움이고 한편으로는 상처의 원천이었다.
박완서가 소설을 통해 과거의 기억들을 반복적으로 쏟아냈던 것은 그 기
억으로부터 벗어나려는 몸부림으로 이해할 수 있다. 프로이트에 의하면
반복강박은 억압된 무의식에서 생겨난다. 반복강박은 고통스런 경험을
반복하려는 일반적인 심리현상으로, 쾌락의 가능성을 전혀 포함하고 있
지 않은 과거의 경험을 회상해낸다는 것을 뜻한다.[11] 박완서가 작품을 통
해 과거 전쟁의 기억을 반복적으로 그려냈던 것은 그런 심리와 관계될 것
이다. 그렇지만 작가의 문학 활동이 개인적인 한풀이와 상처의 치유 과
정일 수만은 없을 것이다. 6 · 25 전쟁으로 말미암은 상처는 크든 작든 우
리 민족 구성원 대부분이 지니고 있고, 그렇기 때문에 그것을 다루는 작

11　프로이트, 윤희기 · 박찬부 역,『정신분석학의 근본개념』, 열린책들, 2004, 286~287면.

가는 체험의 중압감으로부터 벗어나야만 한다. 거리를 두고, 전체적인 시각에서 조망하는 태도를 견지할 때 대상의 성격은 객관적으로 포착되고, 그래야 작가는 비로소 시대의 상처를 어루만지는 언어의 사도(使徒)가 될 수 있을 것이다. 언급한 대로, 박완서는 1990년대에 들어서면서 체험의 중압감과 시대의 질곡에서 벗어나 과거를 한층 객관적이고 폭넓은 시각으로 바라보기 시작하였다. 과거사를 단순히 회고하는 데 그치기보다는 그것을 현재의 문제와 연결해서 제시하였고, 한편으로는 현재의 근원이자 미래의 꿈으로 그려내었다. 「그 여자네 집」에서 그려진 고향 마을은 그리움의 대상이면서 동시에 오늘의 현실에서 회복하고자 하는 꿈이라 할 수 있다. 통한의 공간이 이제는 부활과 탄생의 공간으로 새롭게 의미화된 것이다. 이 과정에서 작가는 식민통치와 분단의 문제가 결코 분리된 것이 아니라 긴밀히 연결되어 있다는 것을 보여준다. 한 개인의 사랑을 파괴했다는 점에서 일제의 식민통치와 분단은 동질의 것이고, 아직도 해결되지 않은 민족사의 상처라고 할 수 있다. 이런 내용을 통해서 작가는 자칫 추상과 도식으로 흐르기 쉬운 분단문제를 쉽고도 평이하게 포착해내는 뛰어난 수완을 발휘하였다.

물론 이런 긍정성에도 불구하고 작품에는 '북한'에 대한 퇴영적 시각이 내재되어 있다는 점에서 한계를 지적할 수도 있다. 작품 속의 공간은 북한이라는 역사성을 지닌 공간이 아니라 추억 속에 각인된 무시간적이고 원초적인 공간이기도 하다. 그곳에는 청소년기의 아름다운 추억만이 영화 필름처럼 존재한다. 만덕의 기억 속에 존재하는 북한이나, 화자가 회상하는 북한은 현실의 북한이 아니라 노년에 반추하는 젊음과 더불어 존재하는 미화된 공간이다. 그것은 작품의 중심 모티프이자 주제를 집약하고 있는 김용택의 시가 기억 속에 각인된 무시간성의 세계를 그린 것이라는 사실과도 무관하지 않다. 북한에 대한 이러한 시각이 문제인 것은 북한에 대한 정당한 인식을 방해한다는 데 있다. 분단 현실을 극복한다는 것은 북한을 추억 속의 공간이 아니라 구체적인 실체로서 인정하는 태도를 전제하거니와, 그것은 북한을 일정한 체제와 이데올로기의 규율 속에 놓여 있는 삶의 현장으로 보는 시각에 바탕을 두어야 한다. 북한을 추억 속의 공간으로만 기억할 경우 이런 사실은 외면될 수밖에 없을 것이다.

40세의 늦깎이 주부작가로 출발하였으나 80의 나이에도 창작의 열정을 놓지 않았기에 박완서는 마지막까지도 젊은 작가로서의 삶을 살았다. 스무 살의 전쟁 경험에 이어 중년에는 남편과 외아들을 잃는 참척의 고통까지 겪었지만, 이마저도 이겨내고 문학적으로 우뚝 선 그녀에게 한국문단은 '거장'이라는 칭호를 수여하였다. 한(恨)을 품은 상태에서 벗어나 그것을 민족의 상처로 승화시킴으로써 그녀는 현대문학사의 큰 봉우리로 우뚝 선 것이다.

반공의 공포와 작가의 자기 검열

『남과 북』의 개작을 중심으로

1. '반공'의 규율과 소설의 개작

문학이 고유의 미적인 성취를 이루기 위해서는 그것을 가로막는 제반 억압 요인들을 극복할 필요가 있다. 일제 식민통치가 사회적 근대화에 일정하게 기여했음에도 불구하고 긍정적으로 평가될 수 없는 것은 그것이 궁극적으로 우리를 억압하고 배제하는 과정을 통해서 이루어진 타율적 근대화라는 데 있다. 미적인 측면에서도 일제 식민통치는 예술 고유의 전유방식을 왜곡하거나 아니면 특정 방식으로만 유도했지 예술적 자율을 심화하거나 확대하지는 못하였다. 이를테면, 일제가 용인하는 범위에서만 창작이 허용되었고 그것에 반하면 혹독한 탄압과 함께 존재 자체를 위협받았다. 알려진 대로, 일제는 식민지 지배를 원활하게 수행하기 위해 다양한 방식의 통제 정책을 폈다. 언론과 출판에 대해서는 신문지법, 신문지 규칙, 출판법과 출판 규칙에 의한 광범위한 검열이 이루어졌는데, 그 대상은 한반도 내에서 발행된 신문, 잡지, 격문 등의 한글 간행물과 일본어 간행물뿐만 아니라 한반도 외부에서 발행되어 한반도 내부로 반입되는 각종 간행물까지 포함되었다. 이런 검열을 통해서 일제는 문학 정전(正典)의 구성에 깊숙이 관여하였다.[1] 그런 견지에서 일제 식민 통치는 근대성의 구현 과정에서 극복해야 할 전근대적 억압이자 질곡이었다.

근대성(modernity)을 향한 현대문학의 긴 도정에서, 6·25 전쟁 이후 일상생활을 사로잡고 규율하는 반공주의 역시 같은 맥락에서 이해될 수 있다. 이승만에서 박정희로 이어지면서 반공주의는 전제 정권을 유지하기 위한 통치의 유력한 도구가 되었고, 그 과정에서 작가들은 작품의 제재와 표현에서 심각한 제약을 받았다. 1950년대 이후 계속된 필화사건에서 알 수 있듯이, 일정한 통제의 선을 넘으면 작가들은 국가보안법이라는 금단의 그물에 걸려 중세의 마녀사냥과도 같은 박해를 받았다.[2] 반공주의는 공산주의를 반대한다는 단순한 이념이 아니라 정권을 비판하거나 반대하는 인물들을 탄압하는 억압의 도구였고, 그런 점에서 그것은 작가들의 상상력과 창작을 제약하는 전근대적 질곡과도 같은 것이었다.

원래 반공주의는 종전 직후 소련을 비롯한 공산국가를 국제 사회에서 고립시키고 미국의 영향력을 전 세계에 확대하려는 목적을 갖고 시행된 미국의 외교정책이었다. 제국주의의 이해를 관철시키려는 전략적 도구였다는 점에서 그것은 다분히 정치적인 속성을 갖고 있지만, 우리의 경우는 그와는 달리 공산주의에 대한 두려움과 공포심을 활용해서 정권을 유지하는 '요술 방망이'와도 같은 것이었다는 점에서, 말하자면 일정한 내용을 갖춘 이념이라기보다는 (공산주의와 전쟁에 대한) 공포심에 근거를 둔

---

1 이상경, 「『조선출판경찰월보』에 나타난 문학작품 검열양상 연구」, 『한국 근대문학 연구』, 한국근대문학회, 2008.4, 389~414면.
2 문인들의 회고를 통해서 드러난 검열과 필화사건은 『중앙일보』 2003년 9월 5일에서 동년 11월 30일까지 총 9회에 걸쳐 분재된 특집 기획 '어둠의 시대 내가 겪은 남산'에서 구체적으로 확인할 수 있다. 여기서 이호철, 이문구, 천상병, 김지하 등이 문인 탄압과 고문에 얽힌 일화를 소개하고 있다.

사회 심리이자 동시에 윤리적 선악의 기준이었다는 점에서 다분히 전근대적인 것이었다. 사실, '반공(反共)'에 '주의(-ism)'라는 말을 붙일 수 있을지도 의문이다. '반공'이란 공산주의를 반대하고 자유를 지향하는 것이지만, 반대의 대상과 지향의 내용이 '주의'를 붙일 정도로 뚜렷한 실체를 갖고 있지 않기 때문이다. 공산주의를 반대하는 이유가 다양하고, 그런 까닭에 지향하는 가치의 내용 또한 천차만별일 수밖에 없다. 가령, 반공주의를 옹호하는 부류의 특성이 보수적이고 극우적이라면, 그와 정반대로 반공주의에 저항하는 부류들이 결코 친공(親共)이고 친북(親北)인 것은 아니다. 반공주의를 전파하는데 앞장섰던 김동리와 서정주의 이념적 지향이 보수적이고 친체제적이었다면, 그들과는 반대편에서 반공주의에 맞섰던 남정현이나 이호철, 조정래 등이 결코 공산주의자였던 것은 아니다. 그렇기 때문에 반공주의는 어떤 구체적 지향과 가치를 내포한 용어가 아니고, 특정 집단과 이념을 부정함으로써 성립되는 부정적인(negative) 용어라는 것을 알 수 있다.[3] 그래서 반공주의는 강한 배타성을 특징으로 한다.

이 글에서 주목하는 것은 이 반공주의가 작가들에게 자기검열의 기제로 내면화되어 작품의 구성과 서사에 심각한 영향을 주었다는 사실이다. 이런 사실은 여러 경우를 통해서 확인되거니와, 특히 심각했던 것은 전쟁이나 좌익의 문제를 다룬 작품들에서이다. 반공주의는 공산주의에 대한 단순한 부정이 아니라 고문이나 연좌제와 같은 원초적 공포와 결합되어 있었고, 그래서 분단과 이데올로기 문제를 파헤치고자 할 경우 작가들은 자칫 반공주의의 검열망에 걸려들지 않을까 하는 심한 강박관념에 시달렸다. 특히 전쟁의 본질을 천착하고 또 분단 현실을 문제 삼고자 할 경우

---

3   일례로, '자유'라는 말은 본래 '~로부터 자유(~escape from freedom)'를 의미하는데, 구체적으로는 종교적 억압으로부터, 경제적 고통으로부터, 혹은 정치적 억압으로부터의 '자유'라는 등 다양한 내포를 갖고 있다. 반공주의 역시 이렇듯 대타적 개념이고, 따라서 그 내용은 용어를 구사하는 주체가 누구냐에 따라 달라진다. 그래서 반공주의는 '자기가 살기 위해서 박멸시켜야 할 타인이 필요한 가치관'로 명명되기도 한다.

작가들은 한층 신중해질 수밖에 없었는데, 그것은 전쟁을 다루기 위해서는 남과 북의 이데올로기를 천착하지 않을 수 없고, 또 그것을 우리나라에 불러들인 미국과 소련에 대해 거론하지 않을 수 없었기 때문이다. 북한과 소련에 대해서는 부정적인 시각만이 허용되었지 결코 객관적인 서술이 용인되지 않았던 것이다. 박완서의 경우에서 목격되듯이, 전쟁 중에 일어난 '모든 만행은 공산주의자들의 몫'이었다. 반공주의라는 무의식적 규율로 인해 그녀는 오빠의 죽음을 오랫동안 인민군의 만행으로 기술해야 했다. 오빠를 죽음으로 내몬 범인은 사실 인민군과 국군 모두였다. 자전소설과도 같은 『목마른 계절』(72), 「부처님 근처」(73), 「엄마의 말뚝 2」(85), 『그 많던 싱아는 누가 다 먹었을까』(92), 『그 산이 정말 거기에 있었을까』(95) 등에서, 박완서는 1985년 이전에는 공산주의를 매우 부정적으로 서술했고, 또 오빠를 죽인 것은 인민군이었다고 했다. 그러다가 1990년 이후에는 인민군뿐만 아니라 국군에 대해서도 비판적인 태도를 취하고, 오빠를 죽음으로 몰아간 것은 남·북한 모두였음을 고백한다. 말하자면 반공의 압력으로 인해 과거의 사실을 숨기고 왜곡하다가 그것의 통제력이 약화된 1980년대 후반에서야 과거사를 사실대로 복원한 것이다.[4]

이와 같은 반공주의의 통제는 남·북한 간의 체제 경쟁이 본격화된 박정희 집권 이후 한층 심각해져서, 홍성원(1937~2008)의 진술대로 "북한에 대한 표현의 상한선은 '감상적 민족주의 언저리거나 당국에 의해 철저히 도식화된 반공 가이드라인 내'로 제한"되었다. 그래서 "한국전쟁을 소재로 다룬 작품에서 전쟁의 절반을 담당한 북한 쪽 이야기를 빼버"리거나, 아니면 "유보할 수밖에 없"는 상황에 이른다.

『남과 북』은 냉전 체제의 이데올로기가 서슬 푸르게 살아 있던 1970년대에 씌

---

4   여기에 대해서는 이 책의 「반공주의와 자전소설의 형식」 참조.

어진 작품이다. 초판 후기에서도 작가 나름으로 그 즈음의 사정을 밝혔지만, 당시 허용되던 북한에 대한 표현의 상한선은 '감상적 민족주의 언저리거나 당국에 의해 철저히 도식화된 반공 가이드라인 내'로 제한되어 있었다. '루카치'를 귓속말로 소곤소곤 말해야 하고 『자본론』을 소지한 것만으로도 반공법에 저촉되던 당시의 냉엄한 상황에서 공평한 시각과 우리의 눈높이로 북한을 그리기는 불가능했던 것이다.

공평한 표현이 허용되지 않을 바에야 다음날을 기약하고 북한 쪽 이야기를 유보하는 길밖에 없다. 그러나 '한국전쟁'을 소재로 다룬 작품에서 전쟁의 절반을 담당한 북한 쪽 이야기를 빼버린다는 것은, 표현상의 불평등 못지않게 공평하지 못한 일이다. 수백만의 인명을 살상하며 3년 동안이나 계속된 전쟁을, 어느 한쪽의 이야기만으로 설명하기는 불가능하기 때문이다. 결국 얼어붙은 냉전 체제 속에서는 '한국전쟁'을 제대로 그리는 데 한계가 있음을 솔직하게 고백해야 한다. 『남과 북』 역시 그 한계에서 자유롭지 못했음은 물론이다.[5]

『남과 북』은 반공주의에 따른 이런 왜곡의 과정을 전형적으로 보여준다. 『남과 북』은 원래 『세대』지에 1970년 9월부터 1975년 10월까지 「육이오」라는 제목으로 5년 2개월이라는 긴 기간 동안 연재된 대하소설이다. 총 62회에 걸쳐 연재된, 원고 분량만 9천 6백장에 이르는 대작이었다. 6·25 전쟁이 발발한 시점에서 종결되는 3년여의 시간을 배경으로 한 웅장한 규모의 대서사였음에도 불구하고, 작가는 창작 당시부터 작품에 대해 심각한 자괴감을 갖고 있었다. 이유는 "적이라고 부르는 북측에 대해 외부에서 부단히 가해지는 표현상의 여러 가지 제약과 간섭" 때문이었다. 전쟁이 혼자 싸우는 것이 아니라면 우리와 대적하는 적(敵)이 있기 마련이지만, 작가에게 허용된 적에 대한 기술은 극도로 제한되어 있었다. 그

---

5   홍성원, 「보완과 개작에 대한 짧은 해명」, 『남과 북』 1, 문학과지성사, 2000, 6면.

로 인해 "불공평하다는 비난을 무릅쓰고 표현상 약간의 탄력성을 지닌 이쪽의 사정에만 많은 작품량을 할애"할 수밖에 없었다. "화가 치밀 만큼 불편하고 안타까"운 현실이었다.[6] 그런 현실에서 작가를 더욱 당혹스럽게 한 것은 작품을 발표한 이후에 듣게 된 자신에 대한 조롱적인(?) 언사였다. 「보완과 개작에 대한 짧은 해명」에서 고백한 것처럼, 작가는 우연히 일본 여행을 하다가 "북한에서 홍선생님을 반공작가 제1호로 지목하고 있"고, 그래서 "(『남과 북』이) 일본어로 번역되지 못하도록 북녘 사람들이 여러 가지로 신경을 쓴다"[7]는 말을 듣는다. 작품의 미진함을 스스로 자각하고 있던 차에 재일 동포로부터 북한에서 '기피 작가로 지목'되었다는 말을 들었으니 충격은 클 수밖에 없었고, 결국 1년간의 긴 시간을 투자해서 원고지 천 매 이상을 보완했고, 서둘러 증보판을 출간한 것이다.

　이 글은 이런 사실을 전제로 『세대(世代)』지에 수록된 『육이오』와 개작된 『남과 북』을 비교하면서, 현대문학사가 안고 있는 이 전근대적 질곡의 양상을 고찰해 보고자 한다. 먼저, 시대적 제약으로 인해 야기된 원본과 개작본의 상이점 가령, 원본에서 보여준 '반쪽만의 전쟁'이 개작본에서는 어떻게 '남과 북의 전쟁'으로 수정·보완되었는지, 그 과정에서 인물과 서사가 어떻게 변화되고 조정되었는지를 살펴보고자 한다. 다음으로, 1970년대판 『남과 북』이 갖는 특성 즉, 작가의 시각과 내용 등의 문제를 살피기로 한다. 미리 말하자면, 『세대』지의 『육이오』는 단순히 반공 이념이 서사를 규율하는 반공소설만은 아니라는 게 저자의 판단이다. 1970년의 상황에서, 6·25 전쟁을 이 작품처럼 사실적이고 입체적으로 조망한 경우를 달리 찾기가 힘들다. 지리산 일대에서 활동한 빨치산의 이념과 고뇌를 다룬 1972년의 『지리산』(이병주)이나 1960년대의 『시장과 전

6　홍성원, 「후기」, 『남과 북』 7, 서음출판사, 1977, 451~2면; 「한국전쟁에 대한 새로운 조명」, 『문학과 지성』, 문학과지성사, 1973년 여름호 참조.
7　홍성원, 「보완과 개작에 대한 짧은 해명」, 『남과 북』 1, 문학과지성사, 2000, 5면.

장』(박경리), 『광장』(최인훈) 등은 모두 전쟁의 한 단면이나 이데올로기만을 문제 삼았지 홍성원처럼 전쟁의 발발에서 휴전까지의 전 과정을 전·후방과 국제적 역학 관계 속에서 총체적으로 조망하고 있지는 못하다. 특히 전쟁의 와중에서 자행된 국군과 미군의 학살과 만행, 전근대적 신분제도의 붕괴와 새로운 계층의 부상 등에 대한 증언적 서사는 1970년대 초기소설에서는 결코 찾을 수 없는 이 작품만의 독특한 성과이다. 주지하듯이, 1970년은 '울진-삼척 무장공비 침투사건'과 그 과정에서 비극적 죽음을 당한 '이승복 사건'이 일어난 2년 뒤의 시점으로, 북한군과 중공군을 인간적이고 친근한 존재로 묘사하고 국군의 양민학살을 고발했다는 것은 국가보안법의 칼날이 시퍼렇던 시절의 글이라고는 도저히 상상할 수 없을 정도이다. 그런데도 이 작품은 그 동안 '제2회 반공문학상 대통령상'(77년) 수상작이라는 선입견에 사로잡혀 온전한 조망을 받지 못했던 것으로 보인다.[8] 비슷한 제재의 『지리산』, 『불의 제전』, 『태백산맥』 등이 높은 평가를 받았던 사실을 고려하자면, 『육이오』 역시 이제는 그 실상이 제대로 분석되고 평가되어야 할 것이다.

여기서는 이런 의도에서 『세대』지에 수록된 『육이오』와 본격적인 개작이 이루어진 '문학과지성사' 판의 『남과 북』을 비교할 것이고, 필요한 경우에는 '서음출판사'(77)와 '문학사상사'(87) 판을 참조하기로 한다. 논의의 편의를 위해서 1970년대 『세대』에 연재된 작품은 원래 제목대로 『육이오』로, 2000년도 '문학과지성사'에서 출간된 개작본은 『남과 북』으로 표기하기로 한다.

---

8   이 작품에 대한 선행 연구로는 다음 글을 참조할 수 있다. 홍정선 편, 『홍성원 깊이읽기』(문학과지성사, 1997)에 수록된 진덕규, 「정치의 위선과 전쟁의 본질」; 김병익, 「6·25 콤플렉스와 그 극복」; 정성진, 「홍성원의 '남과 북' 연구」(성신여대 교육대학원, 2001); 유임하, 「1980년대 분단문학, 역사의 진실 해명과 반공주의의 극복」, 『작가연구』, 깊은샘, 2003.4 등.

2. 개작으로 드러난 반공의 규율과 양상

1970년 9월부터 『세대(世代)』지에 연재된 『육이오』와 2000년에 개작된 『남과 북』을 비교해보면 주요 사건이나 작품의 주제, 작가의 의도와 배경 등 큰 틀에서는 거의 비슷하다는 것을 알 수 있다. 물론 거친 문장을 매끄럽게 손질하고, '적도(赤徒)', '괴뢰', '북괴군' 등 냉전시대의 적대적 표현들을 '북한'이나 '인민군'으로 교체하는 등 부분적으로 손질한 흔적이 곳곳에서 발견되고, 또 소략하게 처리되었던 인물의 성격이나 사건을 밀도 있게 보완하여 한층 개연성을 높인 대목도 눈에 띈다. 이러한 부분적인 개작은 잡지에 연재한 뒤 세 번에 걸쳐 단행본으로 출간하는 과정에서도 지속적으로 이루어졌는데, 가령 1977년 '서음출판사'에서 출간된 이후 1982년 '대호출판사'와 1987년 '문학사상사'에서 각기 출간되면서 토씨나 단어, 시제, 문장과 단락 등의 부분적인 보완과 수정이 계속되었다. 원본과 서음출판사, 문학사상사, 문학과지성사의 네 판본을 비교해 본 결과, '원본'을 부분적으로 손질한 게 '서음출판사'판이고, 그것을 그대로 재출간한 게 '문학사상사'판이었다. '문학과지성사'판은 작가가 밝힌 대로 대폭적인 개작을 통해서 이전 작품의 한계를 보완하고 수정한 형태이다. 다음 인용문에서 이런 개작의 양상을 구체적으로 확인할 수 있다. 밑줄 친 부분이 이전 판본과 달리 새롭게 조정된 부분이다.[9]

① 오전중에 소낙비가 내린 뒤 오후에는 날씨가 수정처럼 맑게 개었다.

경민(薛敬民)은 이층 편집실로 들어서자 곧장 자기 데스크인 외신부(外信部) 쪽

---

[9] '서음출판사'와 '문학사상사'의 『남과 북』은 거의 동일한 관계로 생략하였고, '대호출판사'에서 출간된 작품은 구할 수 없어서 검토하지 못하였다. 여기서는 '발표 원문'과 '서음출판사판'과 '문학사상사판', 그리고 '문학과지성사판'을 비교하였다.

으로 다가간다.

사(社) 내에는 기자들이 대부분 퇴근하고 당직기자 대여섯명만이 드문드문 각 부서에 앉아 있다. 사회부와 지방부의 기자 두명은 이미 깊은 잠에 빠져 드렁드렁 코까지 골고 있었다. 유월 초순의 이런 날씨라면 누구라도 낮잠이 기막히게 달콤할 시간이다. 더구나 오늘은 토요일이라 신문사로는 일주일중 가장 한가한 날이었다.(『육이오』 1회, 『세대』, 1970. 9, 390면)

② 오전중에 한차례 소낙비가 내린 뒤 오후에는 하늘이 수정처럼 맑게 개었다.

경민薛敬民은 이층 편집실로 들어서자 곧장 자기 데스크인 외신부外信部 쪽으로 다가간다.

사社내에는 기자들이 대부분 퇴근하고 당직기자 5,6명만이 드문드문 각 부서에 앉아 있다. 사회부와 지방부의 기자 두명은 이미 깊은 잠에 빠져 드렁드렁 코까지 골고 있다. 유월 초순의 이런 날씨라면 누구라도 낮잠이 기막히게 달콤할 시간이다. 더구나 오늘은 토요일이라 신문사로는 1주일중 가장 한가한 날인 것이다.(『남과 북』 1권, 서음출판사, 1977, 10면(문학사상사판 1권, 1987, 19면))

③ 오전에 한차례 소낙비가 내린 뒤 오후에는 구름이 걷혀 하늘이 맑게 개었다.

외출에서 돌아온 경민(薛敬民)은 이층 편집실로 들어서자 곧장 자기 데스크인 외신부 쪽으로 다가간다.

사내에는 대부분의 기자들이 퇴근하고 당직 기자 대여섯 명만이 드문드문 각 부서를 지키고 있다. 사회부와 지방부의 두 명은 어느새 깊은 잠에 빠져 드렁드렁 코까지 골고 있다. 6월 초순의 이런 쾌적한 날씨라면 누구라도 낮잠이 기막히게 달콤할 시간이다. 더구나 오늘은 주말이라 신문사로는 일주일 중 가장 한가한 날이기도 하다.(『남과 북』 1권, 문학과지성사, 2000, 25면)

문장을 다듬고 표현을 수정하는 과정을 통해서 작가는 작품의 완성도를 높이면서 궁극적으로 간결하고 명징한 홍성원 특유의 '하드보일드(hard-boiled) 문체'[10]를 만들어내었다. 헤밍웨이에 의해 확립된 것으로 말해지는 하드보일드 문체는 화자의 개입을 최대한 억제하고 인물의 행동과 사건을 간결하고 빠르게 제시하는 특징을 갖는다. ③에서 볼 수 있듯이, 화자는 카메라의 눈처럼 대상을 건조하게 비춰줄 뿐 해설이나 논평을 거의 하지 않는다. 그래서 신속하고 거친 묘사를 보이며, 마치 전쟁의 비정한 모습을 시사하는 듯한 느낌을 준다.

『세대』지에 연재된 『육이오』와 문학과지성사의 『남과 북』은 모두 3부로 구성되어 있다. 전쟁이 발발하기 직전의 상황과 개전 초기의 긴박했던 상황을 소개한 '가장 긴 여름'이라는 제목의 1부(1회~18회), '동의할 수 없는 죽음'의 2부(19회~37회), '키가 작아 보이지 않는 평화'의 3부(38회~62회)로 작품의 큰 틀이 구획되고, 그 아래 여러 개의 장이 배치되어 전쟁의 전 과정이 총체적으로 조감된다. 서장에 해당하는 1부에서는 전쟁이 발발하기 직전의 상황과 전쟁 초반의 상황이 38선 주변 부대와 후방의 피난 행렬을 통해서 그려지며, 본장에 해당하는 2부에서는 전쟁으로 인해 무의미하게 죽어가는 병사들의 참혹한 모습과 후방에서 벌어지는 아비규환의 피난생활이 서술되고, 종장인 3부에서는 전쟁이 막바지로 치달으면서 본격화된 휴전협상, 그 한편에서 치열하게 벌어지는 피아간의 공방과 주요 인물들의 죽음, 그리고 휴전협정이 체결된 직후의 상황이 제시된다. 이를테면, 1~3부는 전쟁이 발발하기 이전과 전쟁의 전개, 그리고 전쟁이 종결되는 상황을 파노라마처럼 제시하여 6·25에 대한 총체적인 보고서와 같은 형태를 취하고 있다.

이 과정에서 작가의 의도 역시 큰 변화 없이 구체화되어 드러나는 것을 볼 수 있는데, 곧 두 작품은 모두 전쟁이라는 "최고 최대의 조직적인

---

10   홍정선 외, 『홍성원 깊이읽기』, 문학과지성사, 1997, 39면.

폭력"을 그려내는데 초점이 모아져 있다. 여러 명의 군인과 민간인들의 일화를 삽화처럼 제시한 것이나 장면 하나하나가 마치 전장을 취재한 르포(reportage)와도 같은 핍진성을 갖고 제시된 것은 그런 의도와 연결되어 있다. 그런 점에서 이 작품은 동일한 제재를 다루면서도 상대적으로 이데올로기의 문제에 초점을 맞춘 『시장과 전장』(박경리), 『남부군』(이태), 『태백산맥』(조정래), 『불의 제전』(김원일) 등과는 다른 특성을 보여준다. 말하자면 작가는 전쟁을 "최고 최대의 폭력"으로 규정하고, 그것을 예방하기 위해서 무엇보다 "폭력의 부정적 생리를 구체적으로 제시해보임으로써 더 이상 폭력의 광기에 사로잡히지"[11] 말아야 한다는 데 서사의 의도를 집중시키고 있다. 두 작품의 특성을 구체적으로 살펴보기로 하자.

1) 『육이오』: 반쪽의 전쟁과 반공의 서사

원본과 개작본을 비교할 때 가장 두드러진 차이는 인물과 구성에서 드러난다. 좌익 쪽 인사 4~5명이 추가되어 중요한 역할을 수행하는 개작본과는 달리 원본 『육이오』에서는 좌익 쪽의 인물들이 구색 맞추기 수준에서 크게 벗어나지 못한다. 30여 명에 이르는 등장인물 중에서 비중 있게 활동하는 좌익 쪽의 인사로는 신학렬을 제외하고는 없다. 대부분이 우익 쪽이거나 아니면 중도적인 인물들이다. 그런 불균형한 인물 배치에도 불구하고 작품이 생동감을 갖는 것은 작가가 작품의 공간을 한국과 일본, 서울과 지방 등으로 수시로 이동하면서 생동감을 꾀하고, 또 군인과 민간인으로 시선을 옮기면서 다양한 입장들을 보여주는 등 입체적인 구성법을 활용하기 때문이다. 작품이 전체적으로 반공주의적 특성을 보이면서

11　홍성원, 『남과 북』 1, 문학과지성사, 2000, 12면.

도 관제 반공소설과는 달리 도식적이거나 계몽적이지 않는 것은 전쟁의 다양한 국면들에 초점을 맞추어 마치 카메라 렌즈로 비추듯이 조망한 데 원인이 있다. 게다가 작품 곳곳에는 전쟁에 관한 국내·외의 연구 성과를 반영한 고급 정보와 지식을 폭넓게 배치하여 작품의 사실성을 강화한 점도 중요하게 음미할 대목이다. 가령, 1950년 6월 25일 이후의 전황을 날짜와 시간 별로 서술한 대목이나 맥아더 장군을 비롯한 미국 고위급 인사들의 동정을 소개한 점, 보도연맹의 만행과 국민방위군 사건, 거제도 포로수용소의 소장 납치사건, 친공 포로와 반공 포로 간의 대립과 갈등, 이승만 정권의 북진통일정책과 야심 등의 삽화는 전쟁의 실체에 접근하기 위한 작가의 노력이 얼마나 집요하고 치열했는가를 보여준다. 실제로 작가는 이들 자료를 수집하기 위해 4년이라는 긴 시간 동안 많은 기밀문서와 비록(秘錄)을 조사하고 섭렵했다고 한다.[12]

『육이오』에서 작가의 의도를 전달하는 인물은 크게 네 부류로 나누어 볼 수 있다. 하나는 지식인의 시각에서 전쟁의 본질을 문제 삼는 우파적 입장의 설경민, 설규현 박사이고, 둘은 전장의 한복판에서 적과 맞서 싸우면서 투철한 군인정신으로 무장한 오영탁을 비롯한 허세웅, 박노익, 변칠두 등의 군인들이며, 셋은 미군 장교인 조셉 터너와 기자인 킬머와 한국인 2세 로이 킴 등 미국의 입장을 대변하는 인물들이고, 넷은 전장의 후방에서 애매하게 전쟁의 희생양으로 전락한 민관옥, 최선화, 박가연 등의 민간 인물들이다. 30명을 상회하는 이 네 부류의 인물들이 장(章)과 절(節)을 달리해서 교차 서술되는 관계로 작품은 산만한 외양과는 달리 전쟁의 다양한 양상들을 파노라마처럼 엮어서 펼쳐놓게 된다.

이들 중에서 누구보다도 독자들의 시선을 사로잡는 인물은 당시 국제 정세를 예리하게 꿰뚫고 있는, 그러면서 작가의 분신과도 같이 행동하는

---

12 위의 책, 15~16면.

설경민이다. 그는 사학자 설규헌 박사의 아들로 일간지 외신부 기자로 근무하면서 전쟁의 참화를 몸소 겪고 끝까지 전쟁의 현장을 지키는 인물이다. 그는 영어에 능통해서 미군 정보부대의 통역을 담당하면서 미국 측의 입장을 전달하고 때로는 그것을 비판하기도 하는 역할을 수행한다. 그런 그의 눈에 비친 6·25는 매우 '불합리한 전쟁'이었다. 작품 전편에서 관철되는 이런 시각은, '38선'이라는 경계선이 패망한 일본군을 무장 해제하기 위해 미·소 양군이 편의적으로 설정한 것이었듯이, 6·25라는 전쟁 역시 두 진영의 이해관계가 충돌하면서 발생한 부산물이라는 생각을 담고 있다. 즉, 미국의 입장에서 보자면 한반도는 극동 지역에서 공산 세력을 막기 위한 최전방 교두보였고, 소련의 입장에서는 극동 지역으로 남하하기 위해 필요한 최전방 기지였다. 그런 관계로 38선은 두 진영의 심각한 갈등과 대립의 장력(張力)이 첨예하게 부딪히는 곳이다. 그런 사실은 이른바 애치슨 라인(Acheson line) ― 미국의 국무장관 애치슨이 제2차 세계대전 이후 스탈린과 마오쩌둥의 영토적 야심을 저지하기 위해 태평양에서의 미국의 방위선을 알류산열도-일본-오키나와-필리핀을 연결하는 선으로 한다는 정책 ― 이 당사자인 한국의 이해관계를 고려하지 않은 채 미국이 일방적으로 설정한 경계선이었듯이, 한국은 언제나 다른 큰 전략이나 정책의 부차적 항목에 불과했다는 인식과 연결되어 있다. 설경민은 한국전쟁이 발발하게 된 중요한 이유의 하나가 애치슨 라인에서 한국이 배제된 데 있다고 보는데,[13] 이는 곧 미·소라는 양 진영의 이해관계에 의해 전쟁이 발발했다는 외인론(外因論)의 입장이다. 한국전쟁을 미소 양 진영의 이념적 갈등에서 비롯되었다고 보는 이런 시각은, 지주와 소작인 혹은 반상(班常) 간의 오랜 갈등과 같은 민족 내부의 갈등에서 전쟁이 촉발되었다는, 『불의 제전』이나 『태백산맥』이 기대고 있는 이른바 내인

---

13   홍성원, 「육이오 2」, 『세대』, 1970.10, 100~101면.

론(內因論)과는 다른 입장이다. 조정래나 김원일이 해방기로 시선을 돌려 지주-소작인과 같은 민족 내부의 오랜 갈등에 주목한 것은 그것이 전쟁의 직접적 원인이라는 내인론의 시각인 반면, 홍성원은 미·소라는 초강대국의 냉전적 세계 전략에 의해 전쟁이 촉발되었다고 보는 외인론의 입장에 서 있다. 홍성원이 300만 명에 이르는 엄청난 사상자를 발생시킨 6·25를 '두 진영의 대리전'으로 보고, 전쟁의 실질적 주체인 한국인은 단지 도구적 대상에 불과했다는 시각을 시종일관 견지하는 것은 외인론의 입장에 기대고 있기 때문이다.

이런 생각을 반영하듯이, 작품 속의 인물들은 하나 같이 '6·25는 주어진 전쟁'이라는 인식을 보여준다. 포화가 난무하고 주검이 산더미처럼 쌓이는 현실에서, 군인들은 자신이 왜 목숨을 걸고 싸워야 하는지 그 이유를 알지 못한다. 더구나 그들은 자신이 맞서 싸우는 상대가 '적'이라고 불리는 존재들이지만, 사실은 같은 피를 나누고 같은 말을 사용하는 동포라는 것을 알고 있다. 그럼에도 서로 적이 되어 공방을 벌일 수밖에 없었던 것은 단지 서로가 다른 편에 속했다는 '허망스러운 이유'뿐이었다. 그런 현실을 자각하면서 군인들은 전율하게 되고 때로는 심각한 정체성의 혼란을 겪는다. 부모보다도 더 가깝게 지내던 전우의 죽음을 눈앞에서 목격하고 또 적들의 총구가 바로 자기를 향해 불을 뿜고 있다는 것을 깨달으면서 극도의 분열적 심리 상태를 보여주는 저격수 박노익이나, "아아, 이건 전쟁이 아니다. 이 따위 전쟁은 절대로 있을 수 없다"고 절규하는 오영탁은 전쟁의 아비규환 속에서 미칠 수밖에 없었던 비극적 처지를 대변한다. 투철한 군인정신으로 무장한 오영탁이 상관의 명령을 거부하면서까지 부하들을 돌본 것은 그런 모순적 상황에 처한 인물의 심리를 단적으로 표현한 것이다. 이유를 알 수 없는 전쟁이기에 결코 의미 없는 죽음을 당해서는 안 된다는 생각, 하지만 그런 소신에도 불구하고 무수한 동료들이 죽어갔고 자신 또한 언제 적탄에 날아갈지 모르는 절체절명의 상황에 놓여 있다. 그런 현실에서 군인들은 자연스럽게 적을 죽여야만 내가 산다는 극도의 증오심과 적의를 내면화할 수밖에 없었던 것이다.

연합군이 인천에 상륙한 뒤 다시 북으로 진격하는 과정에서 느닷없이 대면한 중공군에 대한 생각 역시 같은 것이었다. 그들이 왜 한국전쟁에 개입했는지, 왜 우리에게 총구를 겨누고 무자비한 살상을 감행했는지? 야음을 이용해서 '피리를 불고 꽹과리를 치면서' 엄습해오는 중공군은 한편으론 소름 끼치는 전율의 대상이지만, 막상 대면했을 때의 모습은 그런 이미지와는 전혀 다른 그저 평범한 젊은이에 불과했다. 적의 거침없는 진격에 밀려 남으로 남으로 피난길에 오른 민간인들 역시 전쟁의 참화에서 예외일 수는 없었다. 반동이라는 이유로 혹독한 고문을 당하고 때론 유탄에 맞아 죽음을 당하면서도 이들은 왜 자신들이 피난을 가야하고 무의미하게 죽어야 하는지 그 이유를 알지 못한다.

이 과정에서 여성들이 당하는 피해는 이루 말할 수 없었다. 이 작품의 득의의 부분이라 할 수 있는 여성 수난의 기록은 작품 전반에서 목격되거니와, 여자들은 전선의 최전방에서 적과 맞선 군인들과는 달리 후방에 아무렇게나 버려진 채 '가난과 수치와 절망'이라는 또 다른 적과 싸워야 했다. 그 '가난과 수치와 절망'은 형체도 없고 또 보이지도 않는 것이었기에 감당하기가 더욱 힘들고 고통스러운 것이었다. 가령, 한국 여자들은 삼 달러만 주면 언제든지 동침할 수 있다는 미국 기자 로이의 비아냥거림은 가슴 아픈 일갈이지만, 사실은 그런 매춘 외에는 달리 연명할 방법이 없었던 현실의 비극을 상징하는 말이기도 하다. 평범한 장사꾼에 불과했던 박한익이 전쟁의 소용돌이에 휩쓸리면서 토로한 다음과 같은 절규는 그런 상황에서 야기될 수밖에 없는 심리적 착란 상태를 상징한다. "민주주의 공산주의가 도대체 우리한테 뭐 말라죽은 귀신이야? 우리가 언제적부터 서양놈들 주의를 그렇게 떠받들구 신주 뫼시듯 했냐 말이야? (…중략…) 좌우간 공연히 민주 공산 떠들지 말구, 옛날에 우리끼리 살던 대루

죽은 좆처럼 꾸역꾸역 살아보자구."[14] 설경민이 전장 곳곳을 누비면서 갖게 된 '이해할 수 없는 전쟁'이라는 생각은 이와 같이 군인과 민간인 모두가 전쟁의 의미를 알지 못한 채 그 한복판에 내던져져 그 참화를 고스란히 받아들여야 했던 데서 비롯된 것이다.

그런데 더욱 문제인 것은 미소라는 두 진영이 강요하는 이데올로기가 과연 우리의 현실에 맞는 것인가 하는 점이었다. 소련은 북한을 앞세워 공산주의를 강요했고, 미국은 유엔군을 파견해서 민주주의를 수호하고자 했다. 그렇게 해서 한반도에서 전쟁이 발발한 것이지만, 사학자 설규헌 박사의 시각을 빌어서 표현되듯이, 한국 사람은 원래 긴 역사를 통해서 '생각'이 달랐던 이유로 서로 싸워본 적이 없었다. 더구나 양쪽에서 주장하는 '생각'은 원래 한국에서 발생한 게 아니고 서양에서 잠시 꾸어온 것들이어서, 한국인의 전통적인 구미에는 '버터나 러시안 수프'처럼 전혀 맞지 않는 것이었다. 그런데도 공산주의자들은 전쟁을 통해서 한국인에게 러시안 수프가 가장 영양 많은 음식이라고 강요하고, 터너나 킬머로 대변되는 미국 사람들은 민주주의가 최고의 제도라고 주장한다. 그들은 러시안 수프가 영양이 많은 것만을 알았지, 그것이 훈련 안 된 한국 사람의 위에는 복통과 설사를 일으킬 뿐이라는, 말하자면 받아들일 풍토가 되어 있지 않은 나라에는 엄청난 부작용을 야기할 수 있다는 사실을 간과하고 있었다. 그런 권위적이고 독선적인 사고에 젖어 있었기에 미군들은 한국인들을 전술적 도구 이상으로 생각하지 않았다. 낙동강까지 밀렸던 전선이 유엔군의 개입으로 다시 북상하는 과정에서 미군들이 자행한 잔혹한 만행을 사실적으로 제시한 것은 그런 미국의 속성을 보여주기 위한 장치라 할 수 있다. 미군들에게 한국의 초가는 기껏 마구간으로밖에 보이지 않았고, 그런 환경에서 사는 한국인들은 야만적이고 간사한 존재에 지나지 않았다.

---

14 「육이오 15」, 『세대』, 1971.11, 357면.

　　손중위는 2소대를 경계 임무로 명령한 뒤, 임시 중대본부로 사용하고 있는 초가의 마루 끝에 앉아 멀뚱히 마을에 이는 불길을 바라보았다. 그는 자신은 농가 출신이 아니지만 농가들이 불에 탈 때마다 미군들이 새삼스레 괘씸하고 원망스레 느껴졌다. 하긴 미국 같은 부자나라의 군인들의 눈에는 한국의 초라한 초가집 따위는 축사나 창고보다도 더 보잘 것 없고 더러울지 알 수 없었다. 그러나 몇 백 년을 그런 곳에서 살아온 한국 농민들은 바로 그 초라한 농가가 그들이 가꾸어온 알뜰한 재산의 전부였다. 그러나 미군들은 한국 마을들을 이르는 곳곳에서 불을 지르거나 파괴하고 지나갔다.[15]

　　이렇듯 『육이오』는 전쟁의 제 양상을 여러 인물들을 통해서 사실적으로 조망한다. 그런 점에서 이 작품은 전쟁의 실상을 알리는 고발문학적 의의와 아울러 분단 현실을 이데올로기의 견지에서 문제 삼는 분단소설의 중요한 성과를 획득한다.

　　하지만 그런 의의에도 불구하고 작품 전반에 스며있는 반공주의적 시선으로 인해 작품의 의의가 반감되는 것을 부인할 수는 없다. 우선 주요 인물들은 모두 우익의 시각에서 전쟁을 바라보고 이해한다. 설경민은 신문사 외신부 기자로 초반에는 전쟁을 국제적 역학관계 속에서 이해하는 등 중립적 태도를 유지하다가 전쟁의 잔혹한 모습을 목격하면서부터는 점차 공산주의자들을 부정하는 인물로 변모하고, 오영탁을 비롯한 군인들은 목숨을 내걸고 적과 대면하는 과정에서 공산주의자들을 죽여야만 자신이 살 수 있다는 극도의 증오감을 드러내며, 전장의 후방에서 이산(離散)과 굶주림이라는 또 다른 전쟁을 겪어야 했던 민간인들은 자신들의 일상을 파괴한 존재로서 공산주의에 대한 강한 적개심을 내보인다. 이렇듯 주요 인물들 대부분은 공산주의자들에 의해 죽음을 당하거나 생

15　　위의 글, 347면.

활의 근거지를 박탈당한 사람들이고, 그런 점에서 부정적이고 제거해야 할 대상으로 공산주의자를 인식한다. 전후의 반공주의가 전쟁을 겪으면서 사회 전반에 뿌리내렸듯이, 작중의 인물들은 전쟁의 참상을 직접 체험하면서 하나 같이 반공주의자가 된 것이다.

게다가 『육이오』에는 전쟁의 한 축을 담당한 좌익 측의 입장이 배제되어 있다. 소련의 사주를 받고 일으킨 전쟁이지만, 북한이 '혁명의 기치'를 앞세운 데는 그럴만한 이유가 존재하기 마련이다. 왜 전쟁을 통해서 이승만 정권을 제거하고 공산 국가를 세우려 했는지, 그것이 갖는 민족사적 의의는 무엇인지 등이 질문되어야 전쟁은 한층 온당한 의미를 갖게 되지만, 작품에서는 그런 질문이 전혀 이루어지지 않는다. 단지 전쟁은 발발했고, 죽고 죽이는 과정에서 서로가 서로를 부정하는 극단의 증오감만이 제시될 뿐이다. 또, 좌익 인물이 일부 등장하지만 그들은 하나 같이 부정적인 존재로 그려진다. 그들이 사회주의자가 된 이유는 모두가 사적인 원한을 갖고 있었기 때문이다. 작품 후반에서 반공주의자로 변신하지만, 박수익이 인민군에 자원한 것은 지주로부터 받았던 소작인으로서의 모멸감 때문이었고, "조상 대대로 더럽고 게으른 백정의 아들"인 손병국이 농민동맹 위원장이 된 것도 신분적인 원한에서였다. 송필배는 지주라는 이유로 한상혁의 부친을 참혹하게 살해했고, 최태식 역시 아무 죄가 없는 모희규의 동생을 살해하였다. 특히 작품에서 거의 유일하게 생동하는 사회주의자로 형상화된 신학렬은 더욱 심한 형국이다. 반공교육을 통해서 주입된 '잔혹하고 무도한 빨갱이'와도 같이, 그는 무당이고 첩이었던 어머니 밑에서 천대와 멸시를 받고 성장했고, 자연스럽게 현실에 대한 불만과 증오심을 간직한 사회주의자가 되었다. 그는 성격이 포악하고 파렴치해서 출세를 위해서는 수단과 방법을 가리지 않는데, 가령 소련군 장교에게 자신의 아내를 성(性) 상납하고, 또 포로가 된 뒤에는 반공 포로들에게 사형(私刑)까지 가하는 잔혹함을 보여준다. 하지만, 그런 포학한 성격을 갖고 있음에도 불구하고 그는 거제도 수용소에서 친공(親共) 포로를 대표하는 지도자로 부상해서 공산주의에 대한 해박한 지식과 신념을 과시하는, 선뜻 이해되지 않는 모습까지 보여준다. (신학렬의 수용소에서의 모습은 상대적으로 개연성이 떨어지는데, 그것은 사회주의 이론을 습득하게 된 과정이 전혀 언급되지 않은 상태에서 이론과 카리스마를 겸비한 지도자로 그려진 까닭이다. 그런 이유로 개작본에서는 신학렬의 성격이 상당한 정도로 조정되어 제시된다) 또, 작품 곳곳에서 언급되는 북한군의 행위 역시 비열하고 잔인하게만 그려진다. 북한군은 인민재판이라는 형식을 빌려 양민들을 참혹하게 학살하고, 또 유명인사들을 북으로 끌고 가다가 도중에 잔인하게 살해하며, 심지어 패주하는 과정에서 피난민들을 총알받이로 앞세우고 도주하는 비인간적인 만행까지 연출한다.

이렇듯 작품 속의 좌익들은 하나같이 목적을 위해서 수단과 방법을 가리지 않는, 그리고 한결같이 사적 증오심을 해소하기 위해 이데올로그가 된, 마치 반공 교재의 주인공과도 같은 잔악무도하고 패륜적인 존재들이다. 물론, 많은 하층 인물들이 공산주의자가 되었고 그 과정에서 사적인 증오심이 중요하게 작용했을 수도 있지만, 작중의 모든 공산주의자들을 그런 이유만으로 설명한다는 것은 지나치게 편협하고 안이한 시각이라고 하겠다. 개작본에서 제시된 다양한 유형의 좌익 인물들은 이런 한계를 보완하려는 의도에서 추가된 인물들이라 하겠다.

『육이오』는 이와 같이 6·25 전쟁에 대한 사실적이고 실감나는 묘사를 통해서 전쟁의 참상을 고발하는 특징을 보여준다. 하지만 작품 전반에 반공주의적 시선이 스며있어 좌익을 일방적으로 매도하고 부정하는 등의 편향성을 곳곳에서 드러내고 있다.

2)『남과 북』: 남과 북의 이념적 대리전

원작『육이오』가 전쟁이라는 '불합리한 폭력'이 어떻게 자행되었는가를 우익의 보수적 시각에서 보여주었다면, 개작본『남과 북』에서는 전쟁의 또 다른 당사자인 북한 측 인물을 추가하고 작품의 공간을 확대해서 6·25 전쟁을 한층 객관적이고 균형 있게 조감한다. 작품에서 그것은 대략 두 가지 방향의 개작을 통해서 이루어지는데, 하나는 작품 전반에서 반공주의적 시선을 완화하고 거기에 맞게 인물의 성격과 행동을 조정한 것이고, 다른 하나는 원본에 없었던 좌익 측의 정보와 인물들을 삽입하여 작품의 또 다른 축을 설정한 것이다. 전자의 경우는 인물의 성격이나 묘사 장면을 조정하고 좌익의 잔인한 만행을 삭제하거나 완화하는 과정에서, 후자는 김일성의 방송 연설을 삽입하고 또 사회주의자 문정길과 조명숙, 정상교 등을 새로 추가한 데서 확인할 수 있다. 이러한 개작을 통해 작가는 '폭력'의 문제에만 초점을 맞췄던 원작과는 달리 '남과 북'이라는 두 당사자의 입장과 전쟁에 대한 인식을 대비하는 등 한층 중립적이고 포괄적인 태도를 취한다.

『남과 북』에서 우선 주목되는 것은 반공주의적 시선을 완화하고 그 연장에서 좌익의 성격을 조정한 대목이다. 그런 사실은 작품 곳곳에서 목격되거니와, 특히 북한군의 비인간적 만행을 삭제하고 북한사람들을 같은 동포로 이해하는 포용적 시선을 취한 데서 드러난다. 가령, 북한이 서울에 진주한 뒤 인민재판을 벌이는 과정이, 원본『육이오』에서는 요란한 총성과 함께 사람들이 참혹하게 쓰러지고, 그것을 지켜본 한상혁이 심한 구토증을 일으키는 식이었다면, 개작본에서는 그 장면이 완전히 삭제되고 대신 그 자리에 상혁이 소영과 함께 집회에 참석하는 것으로 축소되어 제시된다.

①두 사람은 대문에서 몸을 돌려 다시 느릿느릿 집안으로 걸어 들어갔다. 볕이 머리 위로 뜨겁게 내려쬐어 그들은 흡사 빛의 감옥 속에 갇힌 듯이 느껴졌다. 상혁은 방금 세수를 끝냈는지 얼굴에서 향긋한 비누 냄새를 풍기고 있었다. 소영이 앞서 현관으로 들어가자 상혁이 급히 그녀에게 말했다.

"저두 함께 가겠습니다. 대문 밖에서 기다리고 있죠."

햇빛이 눈부신 넓은 운동장에 약 오륙 백 명의 남녀 군중들이 모여 있었다. 군중들은 대부분 운동장 복판의 작은 단 앞에 둥그렇게 모여서 있었다. 상혁과 소영이 도착했을 무렵에는 군중들 사이에서 막 박수소리가 울리고 있었다. 바람 한 점 없는 텁텁한 운동장은 햇볕을 받아 후끈후끈 열을 내뿜었다. / (…중략…) / 단상에서 다시 누군가가 짧고 급한 고함을 쳤다. 뒤이어 총성이 요란하게 울리고 군중들 사이에서 센찬 비명들이 들려왔다. 상혁은 소영의 무거운 체중을 어깨로 떠받들며 급히 축대 밑을 바라보았다. / 그곳에는 쨍쨍한 직사광선 밑에 네 구의 시체들이 가로 세로 쓰러져 있었다. 그는 다시 구토증을 느꼈으나 이번에는 완강히 시체들을 바라보았다. (…중략…) / 상혁은 이윽고 소영을 부축한 채 군중들과 어울려 그곳을 서서히 떠나기 시작했다.(『육이오』 6회, 414~5면)

②두 사람은 대문을 떠나 다시 집 안으로 들어온다. 어느새 해가 높이 떠서 살갗에 닿는 볕이 모닥불을 쬐듯 뜨겁다. 상혁은 방금 세수를 끝냈는지 얼굴에서 향긋한 비누 냄새를 풍기고 있다. 소영이 앞서 현관으로 들어서자 상혁이 급히 그녀에게 입을 연다.

"저두 함께 가겠습니다. 대문 밖에서 기다리죠."(『남과 북』 1권, 328~9면)

예문에서 볼 수 있듯이, 원본 ①의 경우는 재판과정을 상세하게 소개하여 북한의 만행을 고발하려는 의도를 직설적으로 드러낸 반면, 개작된 ②에서는 그런 대목을 모두 삭제하고 인물이 집회에 참석하는 것으로 간결하게 처리해 놓았다. 원본 곳곳에서 보였던 북한에 대한 부정적 인식이 완화되고 대신 이해하고 수용하려는 자세를 취한 것으로, 이런 사실은 다음 대목처럼 적대적인 표현을 완전히 삭제한 데서도 확인된다. 즉, 북한 사람들이 남한 청년들을 상대로 의용군을 모집하는 과정에서 "차츰 흉악한 마각(馬脚)을 드러내기 시작했다"는 원본(아래 ①)의 진술을 삭제하고, 의용군을 모집할 수밖에 없었던 연유를 서술하여(아래 ②) 북한의 행동에도 개연성을 부여하고 있다.

① 적도(赤徒)들이 남한의 청년들을 의용군에 모집한 것은 벌써 한 달 전의 일이었다. 그들은 처음에는 자기들의 선전대로 순수한 지원자만을 받아들이는 것을 원칙으로 하는 듯했다. 그러나 8월말로 접어들자 그들은 차츰 흉악한 마각(馬脚)을 드러내기 시작했다. 전쟁은 계속 그들에게 불리해졌고, 의용군 지원자가 날이 갈수록 줄어든 때문이었다. 그들은 이제 집회 장소는 물론이고 길거리나 직장에서도 거의 강제로 청년들을 지원시켰다.(『육이오』 10회, 『세대』, 1971.6, 415면)

② 북녘 사람들이 남한의 청년들을 의용군으로 모집한 것은 벌써 한 달 전의 일이다. 그들은 처음에는 자기들의 선전대로 순수한 지원자만을 받아들이는 것을 원칙으로 하는 듯했다. 그러나 8월말경부터 전황이 불리해지가 각 전선에 병력 손실이 많아졌고, 그 손실을 메우기 위해 그들은 더 많은 입대 장정을 필요로 했다. 그러나 병력 손실이 커질수록 의용군 지원병은 줄어들어서, 순수한 지원자만으로는 병력 보충이 어렵게 되었다. 그들은 급기야 집회 장소는 물론이고 길거리나 직장에서도 거의 강제로 청년들을 지원시켰다.(『남과 북』 1권, 464~5면)(밑줄은 인용자)

'적도'를 '북녘 사람'으로 바꾸고, '흉악한 마각'이라는 냉전적 표현을 삭제하여 한층 중립적인 태도를 취하였다. 그런 의도는 공산주의자들의 내력을 서술하는 과정에서도 드러나는데 가령, 원본에서는 공산주의자가 된 내력을 모두 신분적 혹은 계급적 적대감으로 서술했으나 개작본에서는 그런 인물에다가 추가로 문정길과 조명숙처럼 그 이론에 매료되어 변신한 인물들을 등장시킴으로써 변신의 계기가 단순히 신분적 차별에만 있지 않았다는 것을 보여준다. 인텔리 문정길이나 유복한 지주 집안의 딸인 조명숙이 공산주의 이론에 매료되어 공산주의자가 된 것은 가난하고 천대받던 사람들만이 공산주의자가 된다는 이전의 편협한 시선을 보완하려는 의도라 할 수 있다. 문정길 등은 하나같이 평등하고 정의로운 사회를 건설하겠다는 생각에서 공산주의자가 되었는데, 이는 민족 내부의 오랜 전근대적 주종관계를 혁파할 수 있는 방법이 사회주의 혁명이라는 좌익 측의 신념을 대변한다. 인민군이 남한에 진주하자 박수익이나 손병국과 같은 많은 수의 하층민들이 기다렸다는 듯이 공산주의를 열렬히 환영한 것은 오랜 신분적·경제적 질곡에서 해방될 수 있다는 그 이론에 매혹되었기 때문으로 볼 수 있다.

　설경민에 대한 비판이 가해지는 것도 원본에서는 볼 수 없었던 대목이다. 앞 장에서 언급한 대로 설경민은 중도적인 입장을 취하다가 점차 반공주의적 시각을 갖게 된 인물인데, 개작본에서는 그런 모습이 한국계 2세인 로이 킴의 입을 빌어서 비판적으로 조감된다. 즉, 처음에는 반공주의자가 아니었는데 왜 갑자기 '사나운 반공주의자'가 되었냐는 질문에, 경민은 "전쟁은 원래 생존 법칙상 극렬만을 요구하도록 만들어진 괴물이기 때문"[16]이라고 대답하는데, 이는 경민이 그렇게 될 수밖에 없는 개인적 이유를 설명해 주면서 동시에 전쟁의 속성을 단적으로 지적한 말로 이해할 수 있다. 전쟁에는 '적과 동지뿐 제삼의 선택이 있을 수 없다는 것', 그런 상황에서 살기 위해서 반공주의자가 될 수밖에 없었는데, 그것은 자

16　『남과 북』 5권, 243~4면.

신이 공산주의자였더라도 동일했을 것이라고 말한다. 공산주의자 역시 살기 위해서 '적'을 제거해야 했고, 결국은 극렬한 투사가 될 수밖에 없었으리라는 것이다.

이런 생각은 원본에서 대부분의 인물들이 반공적 적개심에 사로잡히게 된 이유를 해명해주는 것이면서 한편으론 북한군 역시 그와 동일한 심리에서 전쟁에 임하고 있다는 사실을 시사해준다. 남과 북이 서로를 적대할 이유가 없는 동포임에도 불구하고 견원지간으로 서로를 부정했던 것은 그런 전쟁의 속성상 불가피한 일이었다는 생각이고, 이는 남한의 일방적인 시선에서 벗어나 북한이라는 타자를 고려한, 한층 객관적인 태도라고 할 수 있다.

개작본『남과 북』에서 북한군과 중공군에 대한 인간적인 묘사가 빈번히 등장하는 것도 같은 맥락에서 이해할 수 있다. 물론 원본에서도 이들에 대해 인간적인 시선을 보냈지만, 작품 전반에 반공주의적 시선이 투사되어 있었던 까닭에 부자연스럽거나 모순적인 느낌을 준 데 비해, 개작본에서는 그런 시선을 조정하고 북한의 입장을 고려해서 서술한 관계로 한층 자연스러운 모습으로 다가온다. 가령, 소영이 길거리에서 마주친 북한군의 인상은 "모두가 천진하고 소박한 표정의 아무 악의 없는 같은 동포 청년들"이었다. 만약 "그들에게 낯선 군복과 무시무시한 병기들만 없었다면 그들은 모두 이 나라 어디에서나 볼 수 있는 쾌활하고 떠들썩한 스무 살 안팎의 보통 청년들"[17]에 지나지 않았다. 중공군 역시 같은 모습이다. 문정길의 눈에 비친 중공군은 '조선 인민에 대해 참으로 공손하고 정중한', 그래서 "무산대중을 사랑하는 사회주의 혁명군의 모범"[18]으로 제시된다. 이들 역시 국군 병사들과 같은 젊은이였고, 하등 적대할 이유가 없었던 것이다.『남과 북』은 이런 식의 개작을 통해서 남한 일방의 입

17　『남과 북』1, 238~9면.
18　『남과 북』4, 32면.

장에서 벗어나 남한과 북한을 상대화하고 궁극적으로 그 소용돌이에 휘말린 민족의 비극을 사실적으로 보여주고자 하였다.

그런 의도는 문정길을 비롯한 사회주의자들을 추가함으로써 한층 구체화되어 드러난다. 좌익 측의 중심인물인 문정길은 개작의 대부분을 점할 정도로 큰 비중으로 성격화되어 그려지고, 우익 측의 설경민과 병치되어 제시된다. 그는 일본에서 공과대학을 나온 진보적 지식인으로,『시장과 전장』(박경리)의 하기훈처럼, 자신의 목적과 이념을 정확히 인식하고 냉정하게 행동하는 이지적인 인물이다. 문정길이 사회주의자로 변신한 것은 일제 때 진남포 제철소에서 고급 기술자로 재직하면서였는데, 당시 작업반장으로 일하던 일본인 다카하시가 불온한 사상범으로 몰려 체포되는 장면을 목격한 뒤 우연히 마르크스의『자본론』을 접했고, 그것이 계기가 되어 해방 후 사회주의 비밀 학습조직인 '북두성'에서 활동하다가 노동당에 입당하였다. 작가가 '사회주의 지성'이라고 표현했듯이, 그는 전쟁을 수행하면서도 전쟁이 종료된 뒤의 미래까지도 준비하는 등의 철저함을 보여서, 인민군이 패퇴한 책임을 지고 8계급이나 강등되어 말단 전사로 전투에 참가하면서도 그것을 오히려 숭고한 혁명사업으로 받아들이는 인물이다. 그가 생각하기에 6·25는 무산인민을 해방하기 위한 숭고한 전쟁이었다. 그런 생각에서 그는 이승만을 비롯한 소수의 부르주아를 남한에서 제거한다면 프롤레타리아의 세상이 도래하리라는 확신을 갖고 지하활동에 뛰어들었고, 혁명을 위해 초개같이 몸을 던졌던 것이다.

그에게 중요했던 것은 평등하고 정의로운 사회의 구현이지 그 과정에서 야기되는 제반 희생은 그리 중요한 문제가 아니었다. 그런 점에서 그는, 사학자 설규헌 박사가 날카롭게 갈파한 것처럼, 이상적 사회주의자라고 할 수 있다. 남한 대지주의 딸로 유복한 환경에서 여의전(女醫專)을 다녔던 조명숙과 부부로 위장해서 활동하는 가운데 보여준 그의 냉철한 행동은 그런 성격적 특성을 실감나게 보여주는데 가령, 부부로 위장한 두

사람은 같은 집에 살면서도 결코 공작원이라는 자신들의 처지와 역할을
망각한 적이 없다. 둘 사이에 잠시 애틋한 감정이 싹트기도 하지만, 문정
길은 혁명의 과정에서 개인적 감정은 용납될 수 없다는 생각에서 단호하
게 그것을 부정하고 오직 당의 결정과 지시만을 따른다. 또 서로의 공작
활동에 대해서도 관심을 갖지 않은 채 철저하게 비밀을 유지한다. 그런
데 이 과정에서 조명숙은 초반의 엄격했던 모습과는 달리 점차 인간적인
갈등을 겪는데, 그것은 자신이 월북한 뒤 남한에 남아 있던 가족 전부가
국군에게 몰살당했다는 충격적 소식을 전해 듣고부터였다. 이후 그녀는
자괴감에 시달리면서 이전의 냉정한 모습을 상실하고 급기야 혁명투사
로서 도저히 가져서는 안 되는 사적 감정에 사로잡혀 마침내 문정길의 아
이를 임신한다. 이후 문정길은 당의 명령을 받고 북한으로 귀환하고, 조
명숙은 남한에 홀로 남겨졌다가 경찰에 잡히고, 얼마 후 아들을 출산한
뒤 총살되고 만다. 문정길은 북에서 이런 소식을 전해 듣지만 잠시 비통
한 감정에 사로잡힐 뿐 "혁명의 길은 아직 멀다"[19]는 생각에서 사사로운
감정을 단호하게 물리친다. 이렇듯 문정길은 철저하게 사회주의 이념으
로 무장하고 당에 맹종하는 인물로 성격화되는데, 이는 북한이 6·25 전
쟁의 성격을 어떻게 규정하고 전쟁에 임했는가를 보여주기 위한 작가의
의도와 관계된다고 할 수 있다. 이런 이상주의자의 시각에 기대자면 6·
25 전쟁은 남조선을 해방하고 프롤레타리아의 세상을 건설하기 위한 '숭
고한 전쟁'으로 의미화되는 것이다.

원작에 비해서 한층 합리적이고 저돌적인 실천가로 재창조된 신학렬
의 경우도 같은 입장의 인물이다. 무당이자 첩이었던 어머니를 둔 신분적
증오감에서 사회주의자가 된 원본의 내용이 개작본에서는 상당한 변화
를 보여서, 그는 이미 해방 전에 사회주의 운동에 투신해서 북만주 등지를

---

19   『남과 북』 6, 323면.

떠돌았고 또 일제 말에는 사회주의 학습 모임인 '북두성'을 결성한 것으로 서술된다. 이후 해방과 함께 '북두성'을 부활해 조직을 확대하는 등 소비에트 해방군의 열렬한 지지자로 변신하는데, 이런 재성격화를 통해서 작가는 원본의 미진함을 보완하고 투철한 이론가로서의 성격에 정당성을 부여한다. 하지만 원본에서 그를 지배했던 신분적 열등감은 증보판에서도 그대로 유지되는데, 그것은 아내 민관옥과 헤어지게 된 배경을 암시하기 위한 의도로 이해된다. 즉, 신학렬이 민관옥을 만난 것은 '북두성' 활동을 통해서였다. 벽촌에서 문맹퇴치 야학을 열고 있던 민관옥이 '북두성'에 가입하면서 둘은 급속히 가까워졌고 마침내 '위대한 지도자 동지(즉 김일성)'를 주빈으로 모시고 성대하게 결혼식을 올렸다. 그러나 두 사람은 성격 차이로 인해 신혼 초부터 심한 불화를 겪는데, 그것은 민관옥이 술회하듯이, 신학렬이 처음부터 그녀를 사랑하지 않았고 단지 그녀의 '뛰어난 지성과 미모'만을 이용하고자 했기 때문이다. 하지만 그런 의도와는 달리 '민관옥의 미모와 교양 있는 처신'은 신학렬에게 오히려 병적인 질투와 학대 심리를 불러일으켰고, 그런 가학 심리에서 신학렬은 소련군 장교를 민관옥의 침실로 인도한 것이다. 이 사건을 계기로 관옥은 신학렬에게 엄청난 상처를 입고 영원히 등을 돌리게 된다.[20] 말하자면, 신학렬은 사회주의 이론에 해박한 인물이지만 동시에 신분적 열등감에 사로잡혀 야비한 행동을 서슴지 않는 이중성격의 인물로 재창조되고, 그런 재성격화를 통해서 작가는 민관옥과 결별하게 된 이유를 설명하는 한편, 거제도 포로수용소에서 친공 포로의 지도자가 되어 냉혹하게 투쟁하는 신학렬의 행위에 개연성을 부여하고 있다. 즉, 포로수용소 내의 비밀 아지트에서 재판을 열고 반동분자를 처형한 뒤 암매장하며 또 수용소 소장을 납치해서 미군의 불합리한 처사를 세계 여론에 호소하는 등 당의 명령에 철저히 순종하

20　『남과 북』1권 43~45・351~352면.

는 냉혹한 모습은, 원본에서는 돌발적이고 개연성 없는 행동으로 서술되었다면, 여기서는 과거 행적을 보강함으로써 그 미진함을 제거한 것이다. 그래서 그의 성격은 원본에 비해 한층 자연스러운 모습으로 다가온다. 그런 점에서 그는 앞의 문정길과 동일하게 "남조선 무산대중을 압제로부터 해방하고 갈라진 조국을 하나로 통일"시키기 위한 숭고한 사명감에 사로잡힌, 그런 입장에서 어떠한 희생을 감수하더라도 숭고한 혁명전쟁을 승리로 이끌어야 한다는 투철한 신념의 소유자임을 알 수 있다.

이런 인물에다가 작가는 북한 측의 자료를 곳곳에 삽입하여 작품의 사실성을 보강하는 섬세한 배려를 보여준다. 『육이오』를 연재할 당시의 억압적인 사회 분위기 속에서 감히 언급조차 할 수 없었던 김일성의 방송연설이나 인민군가, 토지개혁을 알리는 벽보 등을 삽입하여 전쟁에 임하는 북한 측에 대한 이해를 돕고 있다. 6월 26일자 김일성의 '방송 연설'은 그런 의도를 실감나게 보여줄 뿐만 아니라 북한이 전쟁을 통해서 얻고자 한 목적이 무엇인가를 단적으로 보여주는 사례라 할 수 있다.

> 친애하는 동포 형제자매들!
>
> 리승만 매국 역도가 일으킨 내란을 반대하여 우리가 진행하는 전쟁은 조국의 통일 독립과 자유와 민주주의를 위한 정의의 전쟁입니다.
>
> 전체 조선 인민은 또다시 외래 제국주의의 노예가 되기를 원치 않거든 리승만 매국 정권과 그 군대를 타도 분쇄하기 위한 구국투쟁에 다 같이 일어나야 합니다. 온갖 희생을 무릅쓰고 반드시 최후의 승리를 쟁취하여야 하겠습니다.
>
> (…중략…)
>
> 인류 역사는 자기의 자유와 독립을 위한 투쟁에 결사적으로 궐기한 인민들은 언제든지 승리한다는 것을 보여주고 있습니다. 우리의 투쟁은 정의의 투쟁입니다. 승리는 반드시 우리 인민의 편에 있을 것입니다. 조국과 인민을 위한 우리의 정의의 투쟁은 반드시 승리하고야 말리라는 것을 나는 확신합니다.

우리 조국을 통일할 시기가 왔습니다. 승리에 대한 확고한 신심을 가지고 용감히 나아갑시다.

모든 힘을 우리 인민 군대와 전선을 원조하는 데 돌리라!

모든 힘을 적들을 소탕하는 데 돌리라![21]

김일성의 연설에다가 문정길과 신학렬의 행동을 결합해 보면, 전쟁에 임하는 북한의 입장과 목적이 한층 분명해진다. 곧, 6·25는 '조국의 통일 독립과 자유와 민주주의를 위한 정의의 전쟁'이라는 것, 그 목적을 실현하기 위해서 '외래 제국주의와 이승만 정권을 타도해야 한다는 것'으로 정리되는데, 이는 앞의 문정길이나 신할렬의 전쟁관을 집약한 말로 원작에서는 볼 수 없었던 내용이다.

작가는 또한 북한이 남한에 진격한 후 곧바로 착수한 토지개혁의 의의를 벽보 형식으로 제시함으로써 지주의 토지를 몰수하고 소작인들에게 땅을 분배한 행위가 결코 단순한 몰수가 아니라 평등하고 정의로운 사회를 건설하기 위한 이데올로기적 실천이었다는 것을 알려준다.

그렇지만 작가는 북한의 주장을 사실적으로 소개하면서도 한편으론 그것이 실제 현실을 외면한 공론에 불과하다는 점을 날카롭게 지적한다. 그런 의도는 개정판에 새로 추가된 팔로군 출신의 중공군 군관 정상교를 통해서 이루어진다. 정상교는 중국이 공산화되는 일련의 과정을 팔로군에서 지켜 본 인물로, 북한이 말하는 '조국해방전쟁'의 과정이 어떠해야 하는가는 냉정하게 꿰뚫고 있다. 즉, 중국의 혁명 과정에서 홍군(혁명군)은 가는 곳마다 4억 인민들의 열렬한 환영을 받았다. 국부군을 피해 멀리 산으로 도망쳤던 인민들은 홍군이 진주하자 마을로 내려와서 그들을 열렬히 환영하고 음식을 대접했으며, 그와 같은 인민의 뜨거운 사랑에 힘

---

21 『남과 북』 1, 177면.

입어 홍군은 혁명에 성공할 수 있었다. 그런데, 조선의 경우는 그와는 정반대로 인민군이 진격하자 민중들은 그들을 해방군으로 환영하기보다는 오히려 멀리 달아나거나 국군을 따라서 남으로 피해버렸다. 이런 예상 밖의 현실을 목도하면서, 정상교는 전쟁에 임하는 북한의 태도에 심각한 문제가 있음을 간파한다.

조선에 처음 들어올 때만 해도 우리의 발걸음은 경쾌했고 가벼웠소. 니유는 바로 조선 인민들이 우리를 따듯하게 맞아줄 것으로 생각했기 때문이오. 그러나 우리의 기대는 첫날부터 여지없이 배반과 실망으로 바뀌었소. 조선 인민은 우리를 보면 죽을 둥 살 둥 숨거나 도망쳤고, 불가피하게 정면으로 부닥쳤을 때는 두 손을 싹싹 비비며 살려달라고 애걸했소. 인민들의 이러한 태도를 보고 우리는 그때 이미 모든 사태를 깨달았소. 지난여름에 당신들은 남조선 인민들을 몽둥이로 패서 쫓은 거요. 그래서 그들은 우리만 보면 어딘가로 몸을 숨기거나 꽁지가 빠지게 도망을 쳤던 거요. 전선에서 군대가 잘못하면 당에서라도 그것을 바로잡아야 옳디 않소? 그 짧은 여름 석 달 동안 당신들의 당과 군대는 남조선에서 대체 무슨 짓을 한 거요? 안평리 부락에서 저지른 당신네 병사들의 며칠 던 만행은, 참으로 통탄스러운 인민에 대한 배신이었소. 이렇게 인민을 학대하고 배신한 당신들이 사회주의 혁명을 말하고 조국 통일을 입에 올려 떠들 수 있소? 물고기가 물을 떠나 어떻게 온전히 살아남기를 바라는 거요?[22]

인민 대중의 지지를 받지 못하는 혁명이란 필연적으로 실패할 수밖에 없다는 것, 작가가 중공군 장교 정상교의 입을 빌어 토로한 이 말은, 민간인들의 자산을 약탈한 인민군 전사에 대한 단순한 질책이 아니라, '인민해방전쟁'이라는 북한 측의 주장이 현실과는 괴리된 허구적 구호에 지나

---

22 『남과 북』 4, 40~41면.

지 않는다는 것을 예리하게 간파하고 비판하는 말이다. 문정길과 신학렬이 사회주의적 이상에 사로잡혀 현실을 무시한 채 관념 속에 칩거한 존재였던 것처럼, 북한 공산당 역시 남조선 해방이라는 이상만을 앞세웠지 그 과정에서 야기된 엄청난 살상과 민심의 이반을 헤아리지 못했고, 그것이 결국은 혁명의 실패를 가져왔다는 것이다. 이런 지적은 중국이 공산 정권을 수립한(1949년 10월) 뒤 곧바로 한국전에 참전한(1950년 11월) 관계로 혁명 초기의 고양된 열기와 도덕성을 견지하고 있었다는 사실을 고려하자면 충분한 개연성을 갖는다. 더구나 중국은 한국전에 참전하기 전에 '미제국주의의 죄악'을 학습시키고, 또 중국 혁명에서 '조선인'의 역할을 높이 평가한 뒤 '조선 정부를 존중하고, 조선 인민을 애호한다'는 내용을 주지시켰다고 한다.[23]

이런 역사적 사실을 염두에 두자면, 정상교의 입을 빌려 표현된 북한군에 대한 비판은 사회주의 혁명을 바라보는 작가 홍성원의 인식이 전보다는 한층 심화되었다는 것을 시사해준다. 실제로 한국 사회주의 운동이 안고 있는 근본적인 문제점은 이상주의적 성격이 강했다는 데 있다. 식민치하의 현실에서, 그리고 해방과 전쟁기의 상황에서 사회주의자들이 보여준 것은 이상을 앞세워 수단과 방법을 가리지 않는 교조주의적 모습이었다. 공산주의 운동이 진행되는 과정에서 급진파와 온건파가 나뉘고, 그 과정에서 급진파가 이론의 선명성에 힘입어 온건파를 누르고 헤게모니를 쥐었던 것은 그런 사실을 말해주는 단적인 사례이다. 『불의 제전』이나 『태백산맥』에서 목격되는 것도 사실은 그런 이상주의자들의 열정과 투쟁이었다. 그런 점에서 홍성원의 인식은 한국 공산주의 운동 전반을 꿰뚫은 예리한 통찰로 봐도 무방할 것이다.

이렇듯 작가는 개작을 통해서 원본에서는 볼 수 없었던 북한의 입장을

---

23   김경일, 홍면기 역, 『중국의 한국전쟁 참전 기원』, 논형, 2005, 제6장 참조.

사실적으로 소개하고 동시에 그들이 견지했던 이상주의의 문제점을 날
카롭게 지적한다. 우익 측의 증오와 적개심에다가 공산주의자들의 이러
한 이상주의적 시각을 결합해 보면, 6·25 전쟁을 통해 표현된 두 당사자
의 입장이 어떠했는가를 한층 구체적으로 이해할 수 있다. 개작된『남과
북』이 원작에 비해서 한층 중립적인 특성을 보이는 것은 이런 여러 요소
들을 추가해서 원작의 미진함을 보완한 데 있다.

3. 전쟁의 고발과 증언의 서사

　원작『육이오』가 반공주의적 색채를 갖게 된 중요한 이유는 언급한 대
로 시대적 압력에 따른 표현상의 제약에 있었다. 1970년대 초반의 상황에
서 북한에 대해 적대적 시선을 유지할 수밖에 없었고, 그 결과 인물과 사
건은 반공주의의 그늘에서 자유롭지 못하였다.『육이오』가 반공소설적
인 요소를 갖게 된 것은 그런 사실과 관계되지만, 발표 당시 작가의 특성
을 고려하자면 꼭 그렇게만 볼 수 없다는 것을 알 수 있다. 그것은 외적
제약에 따른 표현상의 문제가 아니라 작가의 의식이 반공주의적 흑백논
리에 사로잡혀 있지는 않았다는 데 있다. 그런 사실은 작가의 고백을 통
해서 이미 밝혀졌듯이, 홍성원은 작품을 쓸 당시부터 표현상의 제약을 인
지하고 있었고, 그런 미진함을 보완하기 위해 개작본을 냈을 정도로 시대
상황에 대해서 자각적이었다. 시대적 강압으로 인해 공산주의에 대한 적
대감을 표현하지 않을 수 없었으나 그 이면에 놓여 있었던 '의식'은 냉전
적 적대감에 침윤되어 있지는 않았던 것이다. 그런 사실은 여러 가지로
확인되는데, 우선『육이오』는 작가가 중학교 1학년 시절에 겪은 전쟁 체

험을 소재로 했다는 사실과 연결해서 생각해 볼 수 있다. 자전적 연보에서 밝힌 대로, 이 작품은 작가가 14세 되던 해에 수원에서 겪은 전쟁 체험에 바탕을 두고 있다. 14세란 중학교 1학년의 나이로, 유년기와는 달리 세상을 한층 객관적으로 볼 수 있는 시기이고, 또 작가가 살았던 수원은 최전방도 그렇다고 완전한 후방도 아닌 일종의 중간지대였다. 인민군과 유엔군이 일진일퇴의 공방을 벌이던 곳이지만 그 자체가 격전의 현장은 아니었고, 그런 곳에서 작가는 전쟁의 온갖 참상을 "소년의 정직한 관념과 직감"으로 목격하였다.[24] 더구나 그는 김원일이나 이문열처럼 월북한 좌익의 부친을 둔 작가도, 그렇다고 조정래처럼 좌익이 왕성하게 활동했던 지역에서 성장한 인물도 아니었다. 『육이오』의 첫 장을 일간지 기자 설경민의 일상을 통해서 시작한 것처럼, 그는 이데올로기와는 상대적으로 먼 지점에 있었고 또 개인적 상처를 안고 그것을 해원(解寃)하듯이 작품을 창작하지도 않았다. 그런 관계로 홍성원은 기자가 사건 현장을 취재하듯이 시종일관 냉철한 관찰자의 시선을 유지할 수 있었는데, 그것이 곧 그로 하여금 반공주의와 거리를 두게 한 중요한 요인이다. 또한 방대한 자료 섭렵에서 짐작되듯이, 사실을 존중하는 창작 태도 역시 반공주의로부터 거리를 두게 한 요인이다. 작품 곳곳에 삽입된 정치·군사·외교 관련 일화들은 작가의 주관을 최소화하고 대신 객관적 상황을 중시하게 만든 요인이고, 그런 요소들로 인해 이 작품은 6·25 전쟁을 증언하는 내용의 다양한 사건과 일화로 채워지게 된다.

　『육이오』가 6·25 전쟁을 증언하는 문학적 성과를 획득한 것은 그런

24　홍성원, 「소리내지 않고 울기」, 『홍성원 깊이읽기』, 문학과지성사, 1997, 257～258·270～273면. 여기서 홍성원은 수원에서 전쟁을 맞은 뒤 1·4 후퇴 때 밀양으로 피난을 갔고, 다시 서울이 수복되자 수원으로 돌아왔다고 회고한다. 말하자면 국군이 일진일퇴를 거듭했듯이 그 역시 전방과 후방을 오가면서 전쟁을 두루 체험하였다. 『육이오』에서 보이는 전방과 후방의 모습은 그런 체험과 무관하지 않을 것이고, 그것을 작가는 작품의 중요한 소재로 활용한 것이다.

사실과 관계되는데, 작품에서 먼저 주목할 수 있는 것이 국군과 유엔군의 만행에 대한 고발이다. 최근의 여러 증언과 자료를 통해서 확인된 바 있는 국군과 연합군의 만행은 공산당 못지않게 잔혹했고 또 그 숫자도 적지 않았다.[25] 작품에는 1970년대 초반에 쓰인 것이라고는 볼 수 없을 정도로 다양한 일화들이 소개되는데, 이는 반공주의에 사로잡힌 상태에서는 도저히 불가능한 내용들이다. 가령, 적의 잔병을 소탕하는 과정에서 허세웅 상사가 보여준 살의는 자신의 목숨을 보호하는 자구책의 수준을 훨씬 넘어서 있다. 죽어 나뒹구는 시체에다 총을 난사하는 것은 물론이고 심지어 숨어 있던 유부녀를 총으로 위협한 뒤 거침없이 육체적 욕망을 채운다. 또 박노익이나 미군들은 잔적을 소탕하겠다는 의도로 민가나 피난민들이 모여 있는 곳에다 기관총을 난사하고, 군의관은 군용 약을 빼돌려 사욕을 채우며, 최완식을 비롯한 장교들 역시 군수품을 빼돌리기에 여념이 없다. 모두가 광기에 사로잡혀 옳고 그름을 분별할 수 있는 이성을 상실한 것이다. 그런 현장을 지켜보면서 손중위는 "(국군이나 연합군은) 지휘관의 감시만 소홀하면 곳곳에서 단독으로 엉뚱한 보복을 감행했다. 마을을 불사르고, 가옥을 파괴하고 때로는 난민 부녀자들을 거침없이 희롱하거나 겁탈했다"[26]고 탄식한다. 게다가, 낙동강까지 밀렸던 국군이 유엔군과 함께 북으로 진격하는 과정에서 자행된 치안대원들의 만행 역시 상상을 초월한 형태로 그려진다. 그들은 공산주의자뿐만 아니라 그 가족과 부역자들까지도 가혹하게 처벌했고, 심한 경우 돌로 쳐서 죽이는 천인공로의 만행까지 연출했다. 작가는 이런 사실들을 곳곳에서 서술하면서 전쟁의 광기와 그 와중에서 자행된 군인들의 만행을 고발한다.

이러한 고발은 한편으론 반공주의의 광기에 사로잡혔던 이승만 정권

---

25 6·25 당시 국군과 유엔군의 민간인 학살은 다음 글을 참고할 수 있다. 정은용, 『그대 우리의 아픔을 아는가』, 다리, 1994; 「6·25 참전 미군의 충북 영동 양민 300여 명 학살사건」, 『(월간) 말』, 1994.7; 신경득, 『조선 종군실화로 본 민간인 학살』, 살림터, 2002 등.

26 「육이오 15」, 『세대』, 1971.11, 348면.

의 비행과 무관한 게 아니라는 점에서, 그 연장선상에서 권력을 유지했던 박정희 정권의 입장에서 볼 때도 쉽게 용납될 수 없는 것이었다. 그런데도 작가는 그런 만행을 증언하듯이 기록하여 정권의 부도덕성과 야욕을 우회적으로 비판한다. 물론 이런 만행은 국군과 연합군에게만 국한된 게 아니라 인민군의 경우도 예외가 아니었다는 점에서 어느 일방만을 질책할 수는 없을 것이다. 작가는 그 모든 책임을 전쟁이라는 '조직적인 폭력'에 돌린다.

그런데 더욱 놀라운 것은 인민군과 중공군에 대해 인간적인 시선을 보낸다는 점이다. 작품에서 중공군은 '극히 친절하고 예의 바른 모습'으로 제시된다. 불결한 외모를 갖고 있고 부녀자들을 만나기만 하면 즉시 욕보이고 잔인하게 살해한다는 소문과는 달리 중공군은 민간인에게 전혀 피해를 주지 않았고, 오히려 청결하고 절도 있는 모습을 유지하였다. 심지어 병정의 밝은 미소는 "이상한 감동"까지 제공하였다.

> 햇빛에 반사된 병정의 흰 이틀이 관옥에게 언뜻 청결하게 느껴졌다. 그녀는 문득 자기 쪽에서도 병정을 향해 웃어야 된다고 생각했다. 그러나 다음 순간 그녀의 가슴에는 이상한 감동이 잔잔하게 퍼져 올랐다. 관옥은 이 잔잔한 감동이 어떤 동기로 일어나는 것인지 알 수가 없었다. 그것은 이 병정의 밝은 미소에서 연유된 것도 같고 갑자기 위협이 제거된 후의 조용한 안도감에서 연유된 듯도 느껴졌다. (…중략…) 그녀는 그제야 아까의 감동이 어떤 것인지 어렴풋이 깨달았다. 그것은 끈끈한 감정이 배제된, 인간과 인간 사이의 아주 순박한 유대감이었다. 그녀는 문득, 서로 다른 민족이면서 중공군이 왜 같은 동족인 인민군보다 더 관대한가를 알 것 같았다.[27]

---

27 「육이오 29」, 『세대』, 1973.1, 412~413면.

이를테면, 중공군이 불러일으킨 감동은 "끈끈한 감정이 배제된, 인간과 인간 사이의 아주 순박한 유대감"으로, 만일 그들이 이 땅에 전쟁을 수행하러 오지 않았다면 전혀 서로를 적대할 이유가 없다는 것을 시사해준다. 이런 시각은 당시 중공군의 실제 모습이 어떠했는가와는 상관없이 공산주의자들을 악의와 편견에서 바라보는 반공주의적 시선과는 사뭇 거리가 먼 것이다. 반공주의가 작가들의 상상력과 창작을 규율했던 상황에서 이렇듯 국군의 야만적 행위를 고발하고 공산군에게 인간적인 시선을 보냈다는 것은 그만큼 작가의 시선이 순수했다는 것을 말해준다. 그렇다면, 이 작품은 반공주의자의 눈으로 인민군의 만행을 고발한 소설이라기보다는 오히려 남·북한을 초월해서 야기된 전쟁의 폭력과 그 잔학상을 증언하고 고발하는 전쟁문학이 된다. 기존의 평가대로 작가가 '의식'의 차원에서 반공주의에 사로잡혀 있었다면 이러한 묘사와 서술은 가능하지 않았을 것이다.

이 작품이 전쟁을 통해서 야기된 사회 심층의 변화를 입체적으로 포착해 낼 수 있었던 것도 작가가 현실을 사실적으로 조망하고 그 이면을 꿰뚫는 냉정한 시각을 유지하고 있었기에 가능한 일이었다. 이 작품의 또 다른 성과라 할 수 있는 당대 사회의 심층에 대한 조망은 전후 한국 사회를 이해할 수 있는 소중한 자료라 할 수 있다. 가령, 작품에서 목격되는 사회 심층에 대한 증언은 우선 한반도 전역에서 이루어진 이산(diaspora)과 탈향의 과정을 통해서 제시된다. 개작본에서 압축적으로 언급되듯이, 엄청난 살육과 파괴에도 불구하고 전쟁은 많은 사람들이 고향을 등지고 남과 북으로 이산하는 중요한 계기를 제공하였다. 지역 간의 이동이 빈번하지 못했고 또 부분적으로만 교류해 왔던 오랜 역사의 관행을 깨고 남북한 주민들이 집단적으로 이동하면서, "함경도의 청년들은 그들의 피난지에서 경상도의 처녀를 아내로 맞"고, "전라도의 처녀는 북에서 피난 온 평안도의 씩씩한 청년을 남편"[28]으로 맞게 된 것인데, 이러한 과정은 혈연 중심의 전통 사회가 붕괴되고 새롭게 근대 사회로 재편되는 중요한 계기로 이해할 수 있다. 근대 사회란 이질적 존재들이 혼거하면서 교류하는 잡종의 공간인 바,[29] 전쟁은 그런 사회로 전환하는 중요한 전기를 제공한 것이다. 진남포에서 지주의 아들로 태어나 한때 야구선수와 무성영화 변사로 활동하다가 월남해서 재기를 노리는 한상혁이나, 서울에서 선술집을 운영하는 같은 고향의 뱃사람 출신의 모희규, 남포에서 월남해서 의과대학에 적을 두고 있는 한상혁, 신동렬과 함께 월남한 뒤 다방을 경영하면서 남한 사회에 정착하려는 민관옥 등은 모두 고향을 등지고 피난지에 새롭게 둥지를 튼 사람들로, 전쟁이 본격화되면서 비극적 운명을 맞기도 하지만, 당대 사회의 급격한 변화를 상징하기에 부족함이 없다.

이런 변화를 겪으면서, 가진 자와 없는 자 모두는 삶의 터전을 잃고 새롭게 재편되면서 사회 전반의 구조적 변화를 불러온다. 버드내 마을의 대지주인 우동준 가(家)의 몰락과 그의 작인이었던 박포수 집의 상승은 그런 변화가 매우 급격하고 전면적이었음을 암시한다. 우동준은 소작인에게 거친 말 한마디 하지 않고 오히려 불상한 작인들에게 곡식을 도와주는 등 '관후한 주인'이었음에도 불구하고 인민군이 진주하면서 반동으로 몰려 혹독한 고초를 겪은 뒤 죽음을 맞았다. 대학 강사이자 양심적 지식인인 첫째아들 효중은 전쟁의 와중에서 심신이 황폐해져서 자살로 생을 마감하였고, 둘째 효석은 인민군에게 끌려가 처참하게 학살되었다. 이 과정에서 집안의 재산은 풍비박산이 나고, 가통을 이을 자손마저 끊기는 곤궁한 처지로 전락한다. 반면 장사꾼으로 잔뼈가 굵은 박포수의 장남 박한익은 사회적 혼란을 틈타서 일거에 거부로 성장한다. 쌀장사에서 출발해서 백 여 개의 상점을 소유하고 그것을 바탕으로 상업학교 이사장으로 취임하며, 심지어 그 동안 충성을 보내고 '아씨'로 떠받들던 우동준의

28　「육이오 49회」, 『세대』, 1974.9, 404면.
29　이마무라 히토시, 이수정 역, 『근대성의 구조』, 민음사, 1999, 190〜200면.

외동딸 우효진과 극적으로 가정을 이루고 아들까지 두게 된다. 경제적으로나 신분상으로 우동준 집안을 대신하는 새로운 상위 계층으로 등장한 것이다. 서태호의 상승 역시 눈길을 끈다. 정치에 뜻을 둔 변호사 출신의 서태호는 전쟁의 참화로부터 자유로운 인물이다. 정부인 강윤정을 이용해서 각종 거래를 성사시키고 군인들을 부리면서 사업을 확장하는 파렴치한 모리배이지만 빼어난 수완을 바탕으로 각종 이권 사업을 도맡으면서 급격히 성장한다. 그가 천민 자본가의 성격을 갖고 있었음에도 불구하고 승승장구할 수 있었던 것은 사회 전반의 분위기가 그런 모리적 행태를 용인하는 공범 역할을 했기 때문이고, 그런 점에서 그는 당대 사회의 부정적 속성을 단적으로 체현하고 있다. 이 외에도 설규헌 박사의 몰락 역시 눈길을 끈다. 명망 있는 사학자인 그는 인민군에게 끌려가다가 처형된 것으로 암시되는데, 이는 양심적 지식인의 몰락을 상징적으로 보여준다고 하겠다. 그가 만일 양심을 저버리고 인민군의 요구를 수용해서 방송 연설을 했더라면 목숨을 유지하는 데는 큰 무리가 없었을 것이다. 하지만 그는 목숨을 걸고 그들의 요구를 거부했는데, 이는 훼절로 연명한 나약한 지식인들과는 극명한 대조를 이룬다.

전쟁은 이렇듯 가진 자와 못가진 자를 뒤섞고 오랜 동안 유지되던 신분적 주종관계를 끊어서 근대 사회로 진입하는 중요한 전기를 제공하였다. 모든 것이 원점으로 돌려진 상황에서 이제 인물들은 '새로운 출발에만 기대를 거는' 상황이 된 것이다. 전후 한국 사회가 보여준 혼란의 한편에서 꿈틀대는 역동성은, 이호철이 『소시민』에서 실감나게 포착한 것처럼,[30] 이런 '알몸'의 상태에서 가능했고 그것을 작가는 몇몇 인물들의 몰락과 상승을 통해서 상징적으로 보여주었다.

이 작품이 획득한 또 다른 성과는 작품 전반에서 제시된 여성 수난의

---

[30] 이런 사실은 강진호, 「전후사회의 재편과 근대화의 명암」(『현대소설사와 근대성의 아포리아』, 소명출판, 2004) 참조.

기록이다. 언급한 대로, 여성들이 감당해야 했던 전쟁은 남성의 그것과는 사뭇 달랐다. 약육강식의 비정한 생존법칙에 지배되는 전쟁이란 본질적으로 남성들의 거친 욕망의 세계라 할 수 있다. 욕망을 충족하기 위한 무자비한 폭력과 간계가 지배하는 현실에서 여성들은 거의 무방비 상태로 노출되었고, 참혹하게 그 고통을 겪어야 했다. 출세욕에 사로잡힌 신학렬의 도구가 되어 소련군 장교에게 성(性) 상납된 민관옥의 경우나 군인들의 야수적 폭력에 휘둘려 무참하게 욕망의 제물로 전락한 이름 없는 여성들, 남편을 잃고 시장 한 모퉁이에서 초라하게 좌판을 벌리고 있는 여성들의 풍경은 당대 여성들의 삶이 얼마나 신산스럽고 고통스러운 것이었나를 웅변해준다. 최선화의 비극적 전락은 그런 여성의 삶을 상징하기에 충분하다. 그녀는 인민군에 끌려갔다가 국군 포로가 되었고, 풀려난 뒤에는 전쟁의 소용돌이 속에서 스스로를 지탱할 수 없다는 판단에서 거침없이 설경민에게 몸을 내맡겼다. 그런데 그녀의 운명은 이것으로 순항하지 못하고 설경민의 애를 임신한 상태에서 미군에게 기습적인 폭행을 당하고, 그것이 계기가 되어 급전직하 양공주로 전락한다. 이후 기지촌을 전전하는 과정에서 미군 병사와 사랑을 나누고 행복한 시간을 보내지만 그것도 잠시, 아들을 출산하고 뒤이어 자식의 미래를 고민하다가 끝내 자살로 비운의 생애를 마감한다. 인민군에서 국군 포로로, 다시 양공주로, 그리고 자살에 이르는 하강과 몰락의 과정은 전쟁이 한 개인의 생명을 어떻게 파괴하고 소진시켰는가를 상징적으로 보여준다.

이런 수난의 과정에서 박가연(카렌 박)의 일화는 전쟁의 비극을 딛고 선한 여인의 감동적인 사례라 할 수 있다. 그녀는 전쟁 초기에 남편과 어린 자식을 잃고 정신분열의 상태로 길거리에 나뒹굴었으나, 미국 기자 로이 킴의 주선으로 치료를 받고 난 뒤에는 그간 못다 한 자식에 대한 애정을 대신 쏟아 붙기라도 하려는 듯이 전쟁고아들을 돌보는 일에 전념한다. 이 과정에서 한국인 2세 로이 킴의 사랑은 각별한 것이었다. 민간인이 입원할 수 없는 미군 병원에 입원을 주선한 것은 물론이고 고아원을 운영하는 과정에서 다시 정신분열증이 나타나자 미국으로 이송해서 치료해 줄 것을 결심한다. 그 과정에서 그녀는 고아에 대한 주변의 모멸적 시선과 싸우는 한편 자신을 사기꾼으로 의심하는 미군 당국과 맞서면서 끝끝내 고아들을 지켜낸다. 이를테면, 자신의 불행을 고아에 대한 깊은 사랑으로 극복하면서 전쟁이 낳은 비극을 치유하는 의지적 여인으로 우뚝 서는 것이다.

이렇듯 『육이오』는 전쟁의 과정에서 일어난 여러 인물들의 부침을 통해서 당대 사회의 심층에서 요동하는 삶의 제 양상을 사실적으로 포착해 놓았다. 새삼스럽지만 소설이란 현실의 외형적 모습보다는 그 이면의 진실을 포착해내는 양식이다. 좋은 소설은 다양한 계층의 인물이 생성하고 부침하는 과정을 통해서 새롭게 움트고 성장하는 사회 심층의 흐름을 그려낸다. 소설이 시대를 증언하고 미래를 예시한다는 것은 그런 속성에서 비롯된 말이다. 『육이오』가 반공소설로 폄하되어 제대로 된 평가를 받지 못했지만, 이런 심층의 흐름을 포착했다는 것은 그 자체로 중요하게 평가되어야 할 것이다. 이 작품은 전후 한국 사회를 이해하는 근거로서뿐만 아니라 문학적 증언으로서도 중요하다.

새삼스럽지만 『육이오』는 1970년대의 산물이다. 문학이란 본질적으로 시대적 제약 속에서 산출되고, 작가의 의식 또한 시대 현실로부터 자유로울 수 없다. 홍성원이 작품을 쓰면서 감당해야 했던 큰 짐의 하나가 바로 반공주의라는 시대적 제약이었다. 남과 북이 대치하는 현실에서 조금이라도 체제에 비판적인 모습을 보이면 여지없이 '친공', '이적'이라는 올가미를 씌웠고, 궁극적으로 작가들의 창작을 제약해서 체제 순응적인 작품만을 양산하도록 하였다. 그런 현실이었기에, 1970년대 한국 사회는 고도의 통제 사회요 그 자체가 일종의 거대한 원형의 감옥이나 다름없었다. 유신헌법, 통행금지, 긴급조치, 국민교육헌장, 교련, 애국조회, 반공

웅변대회, 각종 간첩사건 조작, 민방공훈련, 국가보안법 등은 거대한 감시와 통제의 기제들이었다. 전후의 현대문학이 현실과는 거리가 먼 고답적 세계를 맴돌았던 것은 이런 사실로 설명할 수 있을 것이다. 또 반공주의를 전근대적 질곡이라고 했던 것은, 그것이 이와 같이 작가들의 창작에 직접적으로 제약을 가한 금압과 규율의 기제였기 때문이다. 하지만 그런 억압에도 불구하고, 위의 검토 과정에서 드러났듯이, 역사적 사실과 진실이 왜곡될 수는 없을 것이다. 홍성원은 그런 시대의 압력에도 불구하고 자신의 체험을 객관적으로 인식하고 또 폭넓은 자료 섭렵을 통해서 시대의 억압으로부터 벗어날 수 있었고, 6·25 전쟁의 실상에 한층 가까이 다가설 수 있었다. 북한을 적대시하고 부정하는 내용을 담고 있으면서도 한편으로는 그들에게 우호적인 시선을 보내고 심지어 중공군에게 '인간적 유대감'까지 표현했던 것은 흑백논리의 도식을 넘어 선, 사실(reality)을 존중하는 자세를 갖고 있었기에 가능한 일이었다. 마귀가 들었다는 이유를 덧씌워 양민을 화형에 처한 중세의 마녀사냥마냥, 반공주의 역시 일상과 창작의 현실에서 혁파되어야 할 망령이었음을 다시금 확인시켜 준 것이다.

『육이오』에 대한 평가는 이런 사실들을 전제로 할 때 한층 온당해질 것이다. 시대적 한계에도 불구하고, 증오와 적개심만을 양산한 전쟁의 살풍경을 예리하게 간파한 것이나 급격한 신분적·경제적 변동을 통해 사회의 이면을 포착하고 전후 한국 사회 심층의 변화를 포착해낸 것은 이 작품이 건져 올린 소중한 성과들이다. 그런 점에서 이 작품은 반공주의로 얼룩진 현대소설사의 특수성을 상징적으로 보여주는 증언적 작품이라고 하겠다.

민족사로 승화된 가족사의 비극

김원일의 삶과 문학

1. 김원일 문학의 원점

김원일(1942~) 소설에서 아버지는 매우 독특한 형상으로 나타난다. 소설 속의 아버지는 존경이라든가 권위와는 거리가 먼 증오와 부정의 대상이다. 대하장편『불의 제전』에서는 전쟁을 전후한 시대를 배경으로 아버지의 좌익 활동과 가족들의 가난과 공포가 소상하게 그려지며, 「어둠의 혼」에서는 참혹한 주검으로 누워 있는 아버지가 등장한다. 작가 스스로 "핏줄로서의 연민은 느끼면서도 잊으려 노력해 왔다"고 고백한 대상이 바로 아버지이고, 그래서 아버지의 존재는 어머니에게 "한의 본질이었고 골수에 맺힌 원수"(『노을』에서)였다고 술회된다. 그럼에도 김원일 문학의 중심에 항상 아버지가 자리를 잡고 있다는 것은 한편으론 역설이다. 그렇지만, 자세히 살피자면 바로 이 역설 속에 김원일 소설의 문학적 주제이자 동시에 화두와도 같은 '아버지의 진실'이 놓여 있음을 알 수 있다.

김원일의 부친(김종표)은 해방 전 마산상업학교를 나와 수재 소리를 듣던 재주 있는 인물이었다. 그는 문학에도 재능을 보인 낭만적 성격의 인물이었던 것으로 보이나 해방 직후부터 좌익 활동에 깊이 관여함으로써 가족들을 거의 돌보지 않았다고 한다. 전쟁 전에는 남로당 경남도당 부위원장, 인공치하 서울 성동구역 임시 인민위원회 위원장, 서울시당 재정경리부 부부장, 유엔군 인천상륙 당시 구로지역 방어선 후방부 책임자, 서울 마지막 철수팀으로 월북 후 이승엽의 지시로 유격 6지대 간부로 남하, 1952년 3월까지 태백산맥 연봉 강원도 오대산, 경북 일월산 등지에서 유격투쟁 후 북으로 귀환, 스위스 제네바에서 열린 남북 포로교환협상 북한 대표단의 일원, 1953년 남로당 숙청에 따른 몰락과 복권을 되풀이하던 간난 끝에 1973년에 득병, 1976년에 폐결핵으로 사망, 개풍 출신 여자와 1954년 재혼하여 슬하에 남매를 두었다고 한다.[1]

이런 아버지를 두었던 까닭에 김원일은 평생 아버지가 놓였던 자리가 과연 어떠했고, 그것을 어떻게 받아들여야 하는가의 문제로 고민할 수밖에 없었다. "아버지가 월북함으로 인하여 아버지의 비밀을 장자로서 끝까지 지켜야 된다는 관념을 어릴 때부터 어머니로부터 훈계조로 교육받았는데, 이것이 일종의 억압심리로서 내 의식 속에 존재했었습니다"[2]는 고백은 김원일 소설을 구성하고 추동하는 문제의식의 중심에 아버지가 놓여 있음을 직설적으로 보여준다. 실제로 김원일은 자신의 문학은 "한국전쟁 와중인 1950년 그해 9월, 국군의 서울 수복 직전 월북한 아버지의 복원이 주요 목적"[3]이었다고 고백한 바도 있다. 김원일은 이 아버지에 대한 의문을 되새기면서 숨은 상처를 들여다보고 그것을 소설로써 승화해 온 것이고, 그런 점에서 그의 작품이란 개인적인 가족사의 기록이자 해

---

1 6·25를 전후한 시기의 행적은 『불의 제전』에 상세하게 암시되어 있고, 그 이후의 행적은 최근 이산문학상 '수상소감'에서 김원일이 직접 밝혀 놓았다. 김원일, 「수상소감」(『문학과 사회』 1998년 가을호, 1092~1093면) 참조.
2 김원일·권성우·우찬제 대담, 「인간과 문학의 심오한 본질을 향한 도정」, 『문학정신』, 1990.5, 20면.
3 김원일, 앞의 글, 1092면 참조.

원(解怨)의 과정으로 이해할 수 있다.

그런데, 그의 소설이 단순한 가족사나 개인적 성장의 기록에 그치지 않고 민족사를 증언하고 참된 삶의 방향을 지시하는 리얼리즘 문학으로 우뚝할 수 있었던 것은 과거사에 대한 깊은 성찰이 있었기에 가능했다. 프로이트(G. Freud)에 의하면, 예술가는 보통 사람들이 직면하기를 두려워하는 무의식과도 같은 상처나 금지된 욕구들을 자기 자신과 타인들에게 즐거움과 감동을 주는 방식으로 표출(승화)해내는 창조적 자아를 지닌 사람들이다.[4] 김원일은 살면서 심각한 사건들을 많이 겪었던 유년시절의 체험들을 끊임없이 되새기면서 성인이 된 현재의 관점에서 과거의 사건을 새롭게 해석해내고, 이 재해석의 과정을 통해서 과거의 한과 상처를 씻어냈다. 그래서 그의 작품에는 주제나 소재가 초기작 이래 일관되게 반복되고 재해석되는 측면이 공존한다. 여러 작품에서 두루 반복되는 '진영'이라는 공간적 배경, 좌익 아버지, 가난 속에서도 결코 굽힐 줄 모르는 모성의 어머니, 굶주림과 공포에 시달림에도 불구하고 천진하기만 한 어린 형제 등은 작가의 실제 가족사를 변형한 것으로 김원일 소설에서 일관되게 목격되는 항목들이다. 하지만 이런 가족사를 바라보는 작가의 시선은 작가의 연륜이 쌓여갈수록 한층 성숙하고 깊어진다. 작품의 화자도 초기의 어린이에서 점차 성인으로 이동하고 등장인물도 가족에서 차츰 그 주변의 여러 인물들로 확대된다.

가족사의 이러한 반복에 대해서 한편으로는 작가의식이나 체험이 협소하다고 비판할 수도 있을 것이다. 하지만 한 개인의 고립된 내면 속에 갇혀 있던 체험이 역사 현실과 결합되면서 근대사의 한복판을 가로질러 온 보편적 인물로 확장되는 전진적인 과정을 보여준다는 점에서 그것을 결코 편협하다고 비난할 수는 없다. 문학이란 본질적으로 작가의 체험을

4　G. Freuid, 윤희기 역, 『무의식에 관하여』(전집 13), 열린책들, 1997, 20면.

기반으로 그것을 서사화하는 양식이고, 그렇기에 중요한 것은 그 개인의 특수한 경험을 보편적이고 역사적인 차원으로 승화시키는 일이라 할 수 있다. 김원일은 사적인 체험을 민족사의 차원으로 승화시키는 일을 수십 년에 걸쳐서 몸소 실천해온 작가이다. 개인의 체험을 민족사의 비극으로 승화시킨 것은 개인의 체험이 어떻게 작품으로 승화되어야 하는가에 대한 중요한 암시를 줄 뿐만 아니라, 민족사를 보는 새로운 시각을 제시한 것이기도 하다. 여기서는 이런 관점에서 김원일 소설의 변화과정을 작중 인물의 형상과 그를 통해서 드러난 역사 현실에 대한 시각의 성숙과정을 통해서 살펴보고자 한다.

2. 유년의 상처와 혼돈

유년기의 억압과 좌절은 한 사람의 성격구조를 결정짓는 근원적 기제로 작용하며 사람에 따라서는 평생에 걸쳐 운명의 그림자를 만들어 놓기도 한다. 김원일의 경우, 유년기의 아버지는 기억 속에 억압되어 현실에서 추방되었었다. 그러나 현실 속에서 배제되고 추방당한 아버지는 작가의 무의식 속에서 역동하며 의식을 휘두르는 존재로 살아 있었고 문학적 승화의 대상이 되었다.

저의 '분단 문학'은 한국전쟁 와중인 1950년 그해 9월, 국군의 서울 수복 직전 월북한 아버지의 복원이 주요 목적이었습니다. 아버지와 헤어진 1950년 당시 저는 일곱 살이었습니다. 문단 데뷔 초년 단편 「어둠의 혼」에서 저는 지식인 공산주의자의 처형을 통해 아버지를 흐릿하게나마 형상화해보았고, 그 시절의 이념 갈등에 희생된 어느 가족사를 확대시켜 몇 년 뒤 장편 「노을」을 썼습니다. 그 소설에서 주인공 김삼조는 백정으로, 어버지와는 다른 모습이었습니다. 전쟁이 발발했던 1950년 그해, 이 땅에 살았던 사람들의 면면을 총체적으로 그려보자는 목적에서 「불의 제전」에 착수했을 때, 저는 유년의 기억을 근거로 키워온 상상력을 가미하여 암호와도 같았던 아버지의 실체를 복원해보겠다고 마음먹었습니다. 소설의 주요 인물 조민세는 그렇게 만들어진 당신의 모습입니다.[5]

해방과 더불어 본격화된 아버지의 좌익 활동과 월북, 그로 인한 유년의 가난과 공포는 김원일로 하여금 평생 씻지 못할 정신의 강박관념을 형성해 놓았다. 작가 자신의 고백이나 자전소설에서 볼 수 있듯이, 그의 유년을 지배한 것은 부조리한 현실에 대한 공포와 혼란의 정서였다. 초기의 「1961, 알제리」, 「이야기꾼」, 「전율」, 「죽어 눈뜨리」, 「상실」, 「앓는 바다」, 「어둠의 혼」, 「절망의 뿌리」 등에서 목격되는 악마적이고 광기 어린 인물들의 모습이란 어쩌면 작가의 무의식 속에 내재된 왜곡된 자의식이 소설의 외피를 쓰고 나타난 형국이다.

여기서 인물들은 한결같이 출구가 없는 어두움의 세계에 짓눌려 살아간다. 살인이나 강간, 고문 등의 극단적인 형태로부터 절망과 공포, 당혹감 등의 내면에 이르기까지, 갖가지 형태의 폭력적 상황으로 점철되어 있는 그 출구 없는 어두움은 거대한 외부적 상황의 부조리성, 혹은 음험한 폭력성 앞에서 무력한 개인이 감당해야 할 좌절과 자기파멸의 극단적인 삶의 양태들로부터 비롯된다. 그들이 놓여 있는 이 세계의 모습은 그들에게 저항할 수 없는, 아니 이해할 수조차 없는 불가해성으로 다가오며, 그 상황에 대응하는 그들의 행위는 대체로 그 불가해한 상황에 우발적인 폭력으로 맞서거나 혹은 무기력하게 함몰된다.[6] 하지만 간과할 수 없는

---

5 김원일, 「수상소감」, 『문학과 사회』 1998년 가을호, 1092면.
6 박혜경, 「실존과 역사, 그 소설적 넘나듦의 세계」, 『작가세계』 1991 여름호, 118면.

대목은 이런 절망과 공포가 주된 색채를 이루고 있음에도 불구하고 거기에는 그 상황을 근본에서 제약하는 요인으로서 '전쟁과 분단'이 중요하게 작용한다는 사실이다. 「1961, 알제리」에서 인물은 전쟁의 상처로부터 자유로워지려는 심경을 내보이고, 「앓는 바다」에서는 전쟁으로 인한 상처에도 불구하고 조국에 대한 애정을 잃지 않는 인물이 그려지며, 「DMZ」에서는 전쟁이 끝났음에도 불구하고 긴장의 연속일 수밖에 없는 현실이 DMZ의 특수 상황과 결부되어 제시된다. 그렇기에 이들 작품은 작가의 왜곡된 자의식이 부조리한 현실과 마주해서 노정할 수밖에 없는 절망과 혼돈의 심리를 표현한 것으로 이해할 수 있다.

김원일 문학의 한 결절점으로 평가되는 「어둠의 혼」(73)은 작가의 무의식 속에 내재되어 있는 상처의 실체가 무엇인가를 구체적으로 보여주는 작품이다. 분단문제를 본격적으로 천착하는 신호탄으로 언급되기도 하는 이 작품은, 일제의 지배와 해방기의 좌우대립과 전쟁으로 이어지는 역사의 격동기에 좌익에 앞장선 아버지의 행동이 어린 화자의 시선을 통해서 포착된다. 비슷한 시기에 발표된 윤흥길의 「장마」에서 볼 수 있듯이 어린이 화자를 통해서 인물들의 행위가 서술되는 까닭에 좌익에 관여하는 아버지의 실체는 거의 드러나지 않으며 단지 풍문으로만 제시된다. "닭을 채어 가는 들개처럼 늘 숨어서 어디론가 헤매고 다녔던 아버지", "산도둑 같이 털석부리로 또는 선생님처럼 국방복을 입고 문득 나타났다 잽싸게 사라져버리는 요술쟁이"와도 같았던 아버지의 모습이란 어린 작가에게는 공포 그 자체였다. 한 밤중 순경들이 밀어닥쳐 집안을 뒤지는 날, 어린 작가의 머릿속에 떠오르는 아버지의 모습은 밉다 못해 원수와도 같은 것이었다. "죽어 뿌리라, 어디서든 콱 죽고 말아 뿌리라. 나는 아버지를 두고 몇 십 번이나 이 말을 되씹었는지 모른다"는 절규는 아버지가 증오와 두려움의 대상으로 자리잡고 있음을 말해준다. 게다가 아버지로 인해서 당했던 가난과 고통 역시 이루 말할 수 없는 것이었다. 어머니는 거의 매일 양식을 구걸하다시피 했고, 어린 자식들은 굶기를 밥 먹듯이 해야 했다. 이런 상황에서 어린 화자는 어머니가 구해놓은 쌀자루를 보자 가슴이 두근거리기 시작한다. "저 자루를 가져가 밥을 짓게 된다면 (…중략…) 이젠 살았구나, 하는 생각이 든다."[7] 또한, 어머니는 수시로 순경들에게 불려가 매찜질을 당해야 했고, 순경들이 뜬금없이 밀어닥친 날 밤에는 모두가 공포에 떨어야 했다. 이런 날 밤에는 "아버지가 밉다 못해 원수로 여겨"지기까지 했던 것이다.

> "갑해구나. 앞으로 너그들 우째 살라카노?"
>
> "우리 어무이 여기 있지예?"
>
> 색시가 내 알밤머리를 쓰다듬는다. 분 내음이 코를 찌른다. 내 뱃속에서 소리가 난다. 더 참을 수 없게 배가 고프다. 나는 안채로 들어간다. 마당 건너 안채 마루기둥에 남포등이 걸렸다. 어머니가 무슨 말인가 하고, 이모님이 장죽을 빨며 듣는다. 어머니를 보자 가슴이 뛴다. 아니다. 어머니 앞에 놓인 자루를 보자 가슴이 뛴다. 큼지막한 자루다. 쌀이든 보리쌀이든, 어쨌든 양식인 모양이다. 히부죽이 웃을 누나 얼굴이 떠오른다. 기운이 난다. 저 자루를 가져다 밥을 짓게 된다면, 부엌 앞에 쪼그려 앉아 부지깽이로 솔가리를 밀어 넣으며 노래 쫑알거릴 분선이의 불그림자 일렁이는 발그레한 얼굴이 떠오른다. 진땀이 나고 맥이 풀린다. 이젠 살았구나, 하는 생각이 든다. 나는 어머니와 이모님 사이에 뛰어들기가 멋쩍다.
>
> "성님, 인자 우리는 우예 살꼬예. 밉든 곱든 서방인데, 저래 죽고 나모 세 자식 데불고 우예 살꼬 ……." 어머니의 흐느끼는 목소리가 높아간다.[8]

가족들에게 이렇듯 크나큰 고통만을 남긴 채 개죽음을 당하고 만 아버

---

7   김원일, 「어둠의 혼」, 『어둠의 혼』(김원일 중단편전집 1), 문이당, 1997, 228면. 「어둠의 혼」에 대한 인용은 모두 이 책에 의존한다.

8   위의 책, 228면.

지었던 까닭에 아버지의 존재란 화자에게 수수께끼일 수밖에 없었다. "빨갱이 짓을 하면 무조건 죽인다"는 세상에서 "아버지는 왜 빨갱이 짓을 했을까?" 아버지의 참혹한 죽음을 목격하면서 화자가 갖게 되는 이런 의문이 곧 작가 김원일의 유년기를 지배했던 외상(trauma)의 원형이고, 김원일 소설이란 실상 이 질문에 대한 기나긴 탐구의 과정이다.

장편『노을』은 어두운 과거사를 되새기면서 그것을 한 단계 승화시킨 작품이다. 고향 진영을 떠난 뒤 30년 가까이 서울 생활을 해온 화자가 삼촌의 죽음을 계기로 고향을 방문하고, 그것이 원인이 되어 과거와 조우하고 옛 상처의 의미를 되새긴다는 내용으로, 여기서 아버지의 모습은 한층 구체적인 형태로 조망된다. 이 작품 역시 「어둠의 혼」처럼 작가의 실제 아버지를 모델로 한 것은 아니지만, 이념적 갈등에 희생된 아버지와 가족들의 고통, 그런 과거사를 외면하려는 주인공의 심리는 작가 김원일의 그것이라 해도 무방하다.

현재 출판사의 중견사원이자 한 가정의 가장인 주인공이 과거사를 떠올리게 된 것은 우연한 계기에 의해서였다. 평범한 소시민에 불과한 그는 옛 상처를 거의 망각하고 지내는 상태였다. 백정의 자식이라는 굴레가 씌워져 있고, 또 좌익에 관여하여 살인을 하고 처참하게 죽어간 아버지를 두고 있었던 까닭에 그에게 과거란 기억하고 싶지 않은 환부나 다름없는 것이었다. 그렇지만 한편으로 그것은 휴화산처럼 항상 그의 마음속에 잠복해 있는 것이기도 했다. 고향 사람 배도수의 출현은 이 과거의 상처가 언제라도 그의 생활에 개입할 수 있다는 것을 말해주는 상징적 장치로 이해할 수 있다. 배도수의 출현으로 인해 그는 이제 이데올로기라든가 분단과는 전혀 무관한 것처럼 보였던 자신의 삶이 그 그물망으로부터 한 치도 벗어날 수 없음을 알게 된다.

이런 상황에서 화자가 당면하게 되는 문제는 그러한 과거사를 어떻게 수용할 것인가 하는 점이었다. 화자는 29년만의 고향 방문에서, 옛 상처의 상징이자 근원이기도 한 배도수와의 상면을 의도적으로 회피하는데, 이는 과거와 정면으로 마주하기에는 그의 상처가 너무나 컸고, 또 그것을 수용할 만한 마음의 준비도 갖추고 있지 못했기 때문이다. 고향 후배 치모의 강권으로 배도수를 만나서 그의 내력을 전해 듣고도 선뜻 그를 용서할 수 없었던 것은 그런 연유에서였다. 사실 배도수는 사회주의 운동을 주도하면서 수많은 사람들을 그 일에 빠져들게 한 장본인이었다. 마을의 식자이자 사회주의 운동의 지도자로서 그는 공산주의가 무엇인지도 모르는 무수한 사람들을 포섭하여 운동에 동참시켰고, 그들을 참혹한 죽음으로 내몰았다. 일개 소백정에 불과했던 아버지를 맹신적인 폭도로 만든 장본인도 다름 아닌 배도수였다. 이후 배도수는 빨치산 운동이 실패로 돌아가자 일본으로 밀항하여 오랜 동안 조총련에 몸담아 왔고, 그러다가 오십 줄에 들면서 "프롤레타리아 관료 국가는 계급 없는 사회를 만들겠다는 원칙론에서도 실패했고, 노동자의 생활수준을 지나치게 억압함으로써 인간을 진정 인간다운 삶의 터전에서 소외시켰다는 결론"을 내리고 민단으로 전향한 뒤 곧 한국으로 나왔다. 더구나 그는 부유했던 부모의 유산을 물려받아서 현재는 과수원을 경영하면서 유복한 생활을 하고 있다. 그런 까닭에 화자는 그를 더욱 용서할 수 없었고, 냉담할 수밖에 없었던 것이다.

화자가 치모의 집요한 질문에 과거에 대한 자의식을 솔직히 드러내지 못하고 자꾸 회피했던 것은, 아직도 그 시대의 삶과 역사를 외면하고 싶은 화자의 내면의식이 일종의 방어기제가 되어 그를 억압하고 있었기 때문인데,[9] 화자의 이런 태도는 그와는 정반대의 태도를 보이는 치모와의 대비를 통해서 한층 분명하게 드러난다. 치모는 화자와 비슷한 과거를 갖고 있음에도 불구하고 그 문제를 이미 정리한 상태였다. 배도수와 더

---

9   한수영, 『소설과 일상성』, 소명출판, 2000, 222면.

불어 좌익운동을 주도했던 과격분자 이중달의 유복자로 태어난 치모는 대학 시절 학생 데모에 깊숙이 관여하다가 제적된 뒤 현재 고향에 내려와 살고 있다. 그는 현재 마을을 돌아다니면서 무료 대서방 노릇을 하고 고소장이나 농협대출금 서류를 써주기도 하며, 심지어 특수작물 재배요령 등을 가르치면서 농촌지도자의 역할을 톡톡히 하고 있다. 그가 이런 활동을 하게 된 것은 이데올로기를 둘러싼 좌우의 갈등은 "동족상잔의 부산물 내지 찌꺼래기"에 불과하고, 그래서 그 비극을 증오하기보다는 사랑하는 마음을 가져야 한다는 생각에서였다. 그래서 무엇보다 중요한 것은 이데올로기를 넘어서 우선 서로가 서로를 증오하지 않는 마음을 배워야 하고, 또 이것은 흑이고 저것은 백이라고 둘로 나누는 단세포적인 생각을 지양해야 한다고 믿는다. 만일 우리가 서로 옛 악몽을 되씹으며 견원지간처럼 지낸다면 서로의 이질감은 우리 당대를 넘어서게 되고, 통일은 그만큼 더 멀어질 것이라는 게 그의 주장이다. 이를테면 치모는 과거를 외면하거나 증오하기보다는 적극적으로 수용하면서 화해한 인물이고, 그런 까닭에 그의 눈에 비친 화자의 모습은 과거를 수용하는 것이 아니라 오히려 외면하는 것으로 나타난다.

치모의 이런 생각을 접하면서 화자는 외면하고 증오하기만 했던 과거를 점차 포용하는 마음을 갖게 된다. 과거의 잔영이자 상처의 근원지이기도 한 배도수를 자신이 굳이 비난할 이유가 없었던 것이다. 배도수는 화자로 하여금 고향을 떠나 객지 생활을 시작하게 만든 장본인이지만, 한편으로는 화자를 오늘날 출판계에 몸담게 한 작은 징검다리 구실까지 한 은인이기도 했다. 빨치산에 가담한 아버지로부터 벗어나 산을 내려 온 뒤 어린 화자는 부산에서 잠시 서점의 사환 일을 했었는데, 그것을 소개시켜준 인물이 바로 배도수였다. 서점의 사환으로 어려운 시기를 보내면서 화자는 고학으로 대학을 마치고 오늘에 이른 것이다. 이런 과거를 회상하면서 화자는 배도수 역시 "말 못 할 한 덩이의 설움이나 괴로움을 애써 참고 있음”을 간파한다. 아버지나 배도수나 이중달 씨나 모두 시대와 이념의 희생양들이고, 또 그들은 각자 그 벌을 호되게 받은 사람들이다. 죽은 자들이나 산 자들이나 그 상처란 어느 누구에게도 가벼운 것이 아니었다. 그렇기에 누가 감히 누구를 미워하고 증오할 수 있겠는가. 이런 생각을 통해서 화자는 과거의 상처란 외면하거나 부정할 수 없는 어쩌면 ‘오늘의 자신을 있게 한 모태’인지도 모른다는 자각에 이르고, 결국 그를 이해하고 받아들이게 된다.

『노을』에서 주목되는 또 하나는 화자가 ‘아버지의 진실’에 한층 가까이 다가간다는 데 있다. 기억 속에 부정적으로만 각인되었던, 그래서 애써 외면하고 지우고 싶었던 아버지지만, 화자는 과거와의 조우를 통해서 그의 진실을 어렴풋이나마 이해하게 된다. 소백정이었던 아버지가 그토록 잔혹한 만행에 앞장서면서 광기를 내뿜었던 것은 오랫동안 아버지에게 내리 씌워진 천민이라는 신분적 굴레와 무관한 게 아니었다는 것, 경찰을 매달아 놓은 채 소를 잡듯이 난도질했던 것은 그런 무의식적 상처가 순간적으로 폭발한 때문이었다.

> “니한테 한 마디 묻겠다. 니는 여태꺼정 백정으로 천대받고 살아온 시월이 원쑤 같지도 않나? 우리가 언제 사람 대접 한분 받아 본 적이 있나 말이다. 그러나 인자 시상이 바꿨으이 나도 한자리 할 끼데이. 우리 같은 사람을 더 떠받들어 준다 카능 기 공산주이잉께 울매나 좋노. 니가 자꾸 이래 아가리를 떼싸모 증말로 재미 적데이. 인자 내가 가만 안 둘 끼라. 니는 반동잉께, 내가 반드시 니를 쥑이고 말 끼데이. 니 목숨 하나 쥑이능 거는 문제도 읎다!”
>
> 그 때 도수장 안에서 마치 까마귀가 우짖는 듯한, 살려 달라는 비명이 터져 나왔다. 아버지의 머리가 휙 그쪽으로 돌아갔다. 아버지는 추서방을 남겨 두고 도수장 쪽으로 까치걸음을 걸었다. 갑자기 신명이 받치는지 덩싱덩실 춤을 췄다.[10]

백정으로 천대받으면서 한 번도 사람대접을 받아 본 적이 없는 세월 속에서 노동자와 농민들을 우대한다는 공산주의 이념이 휘황한 광휘로 다가와 이들의 눈을 멀게 했던 것이다. 이들은 사람을 죽이면서도 전혀 죄의식을 느끼지 못하고 "신명이 받치는지 덩싱덩실 춤을 췄"던 것인데, 거기에는 이런 오랜 신분적 천대와 한이 내재되어 있었다. 실제로 해방 후 많은 민중들이 공산주의에 열광했던 것은 이와 같은 오랜 신분적 차별과 천대가 작용했기 때문이었다. 화자가 29년만의 귀향을 통해서 과거와 조우하고 새삼 확인한 것은 바로 이런 사실들이었다. 작품의 후미에서 화자가 '핏빛 노을'이 자식에게는 희망을 키우면서 내일 아침을 기다리는 오색찬란한 무지갯빛일 수도 있으리라고 생각하는 것은, 부모 세대의 그 것이 자식 세대에게 이어져서는 안 되고 오히려 희망의 근거로 승화되어야 한다는 작가의 전언인 셈이다.

하지만 이런 과거에 대한 이해와 포용의 시선에도 불구하고, 이 작품은 '아버지'로 상징되는 분단의 비극을 온전하게 보여주지는 못한다. 중년의 소시민과 어린이 화자를 번갈아 등장시키면서 과거사와 현재가 긴밀하게 연결되어 있다는 인식을 보여주기는 하지만, 작가는 아버지의 삶이나 그 시대를 정면에서 대면하기를 꺼리고 있다. 배도수와의 대면을 꺼리는 주인공의 머뭇거림이나, 그의 행위를 단순히 한 개인의 한풀이 차원에서 서술한 점 등은 아직도 문제의 본질에 다가서기를 주저하는 심리의 단적인 표현이다. 또 어린이의 천진한 시선을 빌어서 사물을 객관적으로 포착하려는 의도에도 불구하고, 사실은 단편적이고 피상적인 수준을 벗어나지 못한다. 어린이의 시선이란 새로운 것에 눈뜨는 자의 호기심에 의해서 규율되고, 그 호기심은 세상을 있는 그대로 드러내기보다는 그 세상을 좇고 싶다는 매료나, 혹은 이 세상이 무섭다는 공포를 낳는다.

---

10   김원일, 『마음의 감옥 외』(한국소설문학대계 57), 동아출판사, 1995, 264~265면.

그의 시선으로 사물을 본다는 것은 곧 그런 흘림이나 공포로 세상을 재구성한다는 말이다.[11] 「어둠의 혼」이나 『노을』에서 목격되는 어린이 화자의 시선에는 공포와 호기심이 스미어 있고, 그런 시선으로 현실을 보는 까닭에 그 현실은 한 단면만을 드러내는 것이다. 소백정이었던 아버지의 절규에도 불구하고 그가 왜 그렇게 될 수밖에 없었는가에 대한 천착이 미진한 것이나 배도수가 죄의식 속에서 살고 있는 것으로 그려지지만 그 죄의식의 실체가 무엇인지 쉽게 포착되지 않는 것은 그런 데 원인이 있다.

3. 이데올로기와 전쟁, 그리고 휴머니즘

『불의 제전』은 1980년에 연재가 시작되어 장장 18년에 걸쳐서 완성된 김원일 문학의 결정판이다. 1980년 『문학사상』지에 연재를 시작한 이래 『학원』, 『동서문학』, 『문학과 사회』로 지면을 옮기면서 작가는 6·25 전쟁을 전후한 시기의 민족사를 실록을 기록하듯이 그려놓았다. 사실적이고 섬세한 필치와 주요 인물만도 30여 명에 이르는 방대한 규모는 작가의 집요한 관심이 마침내 가족사의 비극을 민족사의 큰 줄기로 승화시켜 놓았음을 보여준다. 어린이의 시선에서 벗어나 성인들의 시선을 본격적으로 도입한 것이나, 이념의 소용돌이 속에서도 꿋꿋하게 생명력을 이어 온 민중에 대한 애정은 작가가 과거의 상처에서 벗어나 그것을 객관화하기 시작했음을 의미한다. 작품의 시간적 배경이 되는 1950년 1월에서 10월에 이르는 기간은 6·25 전쟁이 발발하고 해방 이후 본격화된 민족 내부

11 　정과리, 「세상 살아내기의 의미」, 『현대문학』, 1989.4, 354~5면.

의 모순과 사회적 갈등이 첨예하게 증폭된 시기이고, 그래서 역사에 대한 깊은 안목과 지식이 없이는 쉽게 접근할 수 없는 시기였다. 진영을 배경으로 토지개혁을 둘러싼 좌우의 대립과 지식인의 갈등, 소작인과 지주의 입장 차이, 민중들의 수난 등에 대한 실감나는 묘사는 이 시기에 대한 작가의 안목이 깊고도 섬세하다는 것을 말해준다. 작품의 구성을 1950년 1월부터 10월까지를 시간적 대상으로 하여 월별로 총 10개의 장(章)을 구분하고, 달마다 5일에서 12일까지를 다루면서 절(節)을 나누는 연대기 형식을 취했던 것은 이 장강(長江)과도 같은 현대사의 흐름을 포착하기 위한 작가의 의도적 배려로 이해할 수 있다.

작가가 다양한 인물들을 등장시켜 각기 개성적인 목소리를 내게 한 것도 이런 당대의 총체상에 접근하고자 하는 의도에서 비롯된 것이다. 30명을 상회하는 인물들은 어느 하나의 기준으로 나눌 수 없을 정도로 다양해서, 하층의 술집 작부, 머슴, 소작인, 자작농으로부터, 위로는 경찰과 지주, 공장장에 이르는 인물들이 제시되고, 또 학교 교사에서 마을 유지, 의사, 좌파지식인, 민족주의자 등의 지식인을 두루 포괄하고 있다. 또 작가의 유년시절을 떠올리게 하는 갑해를 비롯한 유해, 시해 등이 등장하여 전쟁의 잔학상을 고발한다. 한 평론가의 견해처럼, 『불의 제전』은 플롯이 워낙 교묘해서 어느 한 인물에 초점을 맞추어 읽을 때마다 완전히 다른 소설한 편씩을 드러내 보인다.[12] 심찬수에 초점을 맞추면 한 젊은 지식인의 갱생기로 읽힐 수 있고, 조민세를 중심에 놓으면 좌파지식인의 투쟁과 고뇌를 그린 작품이 될 것이다. 또 갑해를 중심에 놓자면, 작품은 한 편의 성장소설이 될 것이다. 그만큼 작품의 의미가 깊고도 넓다는 뜻이다.

그런데, 이 과정에서 작품을 이끌고 작가의 의도와 가치를 대변하는 인물들은 대부분 지식인이라는 사실에 주목할 필요가 있다. 작품의 부록

---

12   성민엽, 「분단소설과 복합소설」, 『문학과 사회』 1997 가을호, 1167면.

으로 첨부된 「주요 등장인물」 목록에서 보더라도 지식인의 범주에 드는 인물은 27명 중에서 18명에 이르고, 나머지는 소작인, 술집 작부, 경찰, 어린이 등이다. 말하자면 『불의 제전』에서 작가가 주목한 인물군은 지식인이고, 그것도 상당수가 사회주의자들이거나 아니면 거기에 경도된 인물들이다. 작가의 부친을 모델로 한 사회주의자 조민세나 그를 비판하면서 작가의 궁극적 가치를 대변하는 심찬수, 그리고 이 두 인물을 둘러싼 좌파의 배종두, 안진부, 한정화, 박귀란, 그리고 우파의 서용하, 박도선, 안진부, 민한유, 서주희, 허정우 등은 모두 지식인들이다. 이렇듯 지식인을 대거 등장시킨 것은 사회주의 운동의 지도자였던 "아버지를 복원하겠다"는 작가의 의도와 무관한 것은 아니겠으나, 보다 근본적인 것은 해방공간과 전쟁의 성격을 이데올로기를 중심으로 파악하고자 하는 의도와 관계된 것이라 할 수 있다. 미소간의 냉전체제의 대립구조 안에서 해방기의 혼란과 6·25 전쟁을 이해하는 까닭에, 작품의 중심에 이들 지식인을 배치하지 않을 수 없었던 것이다. 작품에서 소련과 북로당의 관계, 남로당과 북로당의 갈등, 이승만 정권과 맥아더 사령부의 유착 상태 등이 중요하게 언급되는 것은 그런 사실을 말해주는 중요한 근거라 하겠다. 물론 그렇다고 작가의 시선이 이들 지식인에게만 집중되는 것은 아니다. 이데올로기의 갈등으로 인해 고통 받는 민중들의 참혹한 현실 생활에도 애정과 관심을 소홀히 하지 않는다는 데 이 작품의 또 다른 묘미가 있다. 그렇다면 작중의 인물들은 대략 세 범주로 나누어 볼 수 있다. 하나는 조민세를 위시한 좌파 사회주의자들이고, 둘은 심찬수를 둘러싼 중도 우파 민족주의자들이며, 나머지 하나는 봉주댁과 아치골댁으로 대표되는 일반 민중들이다.

작품의 한 축을 이루는 조민세를 비롯한 좌익 인물로는 배종두, 차구열, 안진부, 한정화 등 여러 인물이 있으나 작가의 관심이 특히 모아지는 인물은 조민세이다. 명석한 두뇌와 투철한 신념의 소유자인 조민세는 상황에 따라 전략과 전술을 달리 구사하는 이론과 행동력을 겸비한 인물이다. 그는 남로당의 지령을 받고 움직이는 인물임에도 불구하고, 당의 투쟁 지침이 현실을 외면한 낙관론에 바탕을 두고 있다는 이유로 당 지도부에 대한 비판을 서슴지 않는다. 가령, 전쟁 직전 서울 지하당 기관지『로력인민』에 발표한「유격전의 전략과 전술」은 해주 지도부의 그것과는 정반대의 정세관에 바탕을 둔 것이었다. 해주 남로당 본부에서는 정세를 낙관하고 남한 전역에서 게릴라 활동이 가능하다고 보았으나, 실제 게릴라 활동을 이끌었던 조민세는 그와는 달리 상황의 악화로 유격전이 거의 불가능해졌다는 내용의 의견서를 제출한다. 당과는 정반대의 의견을 제시한 것이고, 이 일을 계기로 그는 숙청을 당할 위기에 처하지만 끝내 자신의 견해를 굽히지 않는다. 이런 능력의 소유자였기에 그는 이후 북로당의 호감을 사게 되고, 전쟁이 발발하자 인민군 대좌의 지위로 전쟁에 복무한다.

조민세에게 작가가 애정을 보이는 것은 무엇보다 그로 대변되는 남로당의 이념적 순수성에 대한 신뢰라 할 수 있다. 조민세의 정세분석과는 정반대로 현실을 직시하지 못한 남로당의 안이한 정세 판단이 비판되고, 남로당 지도부 역시 종파투쟁에서 예외가 아니라는 사실이 암시되지만, 남로당의 지하당원인 조민세 등은 그런 지도부와는 달리 상대적으로 순수한 모습을 견지한다. 이들은 하나 같이 프롤레타리아 혁명을 꿈꾸면서 사회주의자가 되었고, 그것을 위해 가족마저 외면한 채 빨치산 투쟁에 헌신하였다. 배종두는 지주의 아들이자 가계(家系)를 이어야 하는 외아들임에도 불구하고 일본 유학시절 사회주의자가 된 뒤에는 가정을 버리고 오로지 운동에만 전념한다. 진영에서 빨치산 활동을 주도하고, 이후 해주로 월북하여 남파 훈련을 받은 뒤, 다시 유격대원으로 남한에 침투해서 활동하면서 특히 가족주의를 경계하는 냉철한 성격의 소유자이다. 그는 빨치산 생활을 하던 중에 총상을 입고 치료를 받게 되는데 그 과정에서 아들과 어머니를 만나보라는 의사의 권유를 거절하고 홀연히 병원에서 사라지는 비정한 모습을 보이는데, 이런 점에서 그는 지주를 살해한 뒤 빨치산이 된 소작인 차구열과 흡사한 비타협적 공산주의자의 모습을 떠올리게 한다. 서울에서 활동하는 남로당의 자금책이자 조민세의 친구인 안진부 역시 동일한 성격의 인물이다. 서울 묵동에서 '민성공업사'를 운영하면서 부유한 생활을 하는 등 이중적인 모습을 보이기는 하지만('민성공업사'는 소위 '정판사 위폐사건'의 본거지였던 남로당의 비밀 아지트인 '영진공업사'를 모델로 한 것이다), 그 역시 조민세와 마찬가지로 프롤레타리아 조국 해방을 위해 청춘을 불사른 인물이다. 말하자면 조민세를 위시한 남로당 계열의 인물들은 하나같이 평등한 사회에 대한 꿈에 매료되어 사회주의자가 된 인물들이다. 작가가 이들의 행적을 통해서 주목한 것은 바로 혁명에 대한 이 순수한 열정과 헌신이다.

그런데, 현실은 이들의 순수한 열정과는 달리 매우 추악한 모습으로 전개된다. 골수 좌익 운동가였던 박도선이 1947년에 사상적으로 동요하면서 갈파했듯이(1장 4절), 또 안진부가 전향을 결심하고 조민세와 논쟁하는 과정에서 언급되듯이(9장 3절), 좌·우 정치가들은 미·소 강대국의 정치 놀음에 꼭두각시 노릇밖에 못하고 있었고, 토착 공산주의자 박헌영은 미군정에 쫓겨 활동무대를 해주로 옮겼으나 소련군을 등에 업은 젊은 김일성에게 그 세력이 점차 밀리고 있었다. 당 내부의 권력투쟁 속에서 헤게모니를 장악한 갑산파와 소련파에 의해서 남로당이 점차 제거되자 박도선이나 안진부처럼 청춘을 다 바쳐서 투쟁해온 사회주의자들은 실망하지 않을 수 없게 된다. 그렇다고 이북에 앉아서 안이하게 남한의 폭력 혁명을 충동질하는 박헌영에 대해서도 동의하지 못한다. 설상가상으로 북로당은 전쟁의 혼란을 이용해서 정적들을 제거하려는 음모를 노골적으로 내보인다. 미군의 개입으로 전선이 낙동강 부근에서 소강상태에 빠지고 이후 대대적인 반격을 당하자, 갑산파는 그것을 미군의 개입을 예측

하지 못한 남로당의 과실로 몰아붙이면서 당의 권력을 장악해간다. 또 인민군이 퇴각하는 과정에서, 남로당 계열의 인사들을 후방으로 집결시켜 유격대로 남파하겠다는 계획을 세우는데, 이는 수세적 국면을 이유로 정적을 총알받이로 제거하겠다는 의도나 다름없는 것이었다. 이런 생각을 토로하는 안진부를 조민세는 패배주의에 젖었기 때문이라고 비판하지만, 사실은 그 역시도 누구보다 먼저 그런 점들을 간파한 상태였다. 조민세가 월북 후 다시 유격대에 지원해서 남한으로 내려오겠다고 다짐했던 것은 권력쟁탈에만 혈안이 된 지도부와 거리를 두고 이념적 순결성을 지키면서 사회주의 혁명 완수에 매진하겠다는 의지였던 것이다. 안진부가 인민군이 서울에서 철수하는 과정에서 합류하지 않고 잔류한 뒤 곧바로 전향했던 것은, 남로당의 일원으로서 월북해 봤자 권력다툼의 와중에서 신분을 보장받을 수 없다는 불안감과 권력다툼에만 혈안이 된 당 지도부에 대한 환멸, 그로 말미암은 실존의 결단이었던 셈이다.

작품에서 남로당 계열의 공산주의자들이 상대적으로 순수한 모습으로 제시되는 것은 이러한 권력투쟁과는 무관한 인물로 이들이 그려지기 때문이다. 조민세를 비롯한 배종두, 차구열, 안진부 등을 규율했던 것은 프롤레타리아의 해방과 평등 사회를 향한 순수한 열정과 의지였고, 이를 통해서 작가는 해방 이후 한국 사회를 지배했던 프롤레타리아 운동의 본질을 간파한다. 물론, 이들은 조민세나 배종두의 경우처럼 지나치게 이념과 목적에 종속되어 가족과 일상을 외면하는 경직된 모습을 보여주기도 한다. 그렇지만, 이들은 권력이나 일신의 영달보다는 사회적 명분과 신념을 위해 헌신한 인물들이라는 점에서, 작가로부터 높은 평가를 받는 것이다.

심찬수는 이들을 비판하면서 작가의 가치를 대변하는 인물이다. 그는 경성제대 예과에 재학할 당시 러시아 혁명 관계 서적에 심취한 뒤 사회주의 사상에 빠져들었으나, 학병으로 징집되어 죽을 고비를 넘기고 구사일

생으로 살아 온 뒤에는 술로 소일하며 냉소와 자학에 빠져 있는 식민통치의 피해자이다. 팔 하나를 잃고 인육까지 먹으면서 살아남은 강인한 생명력에도 불구하고 그는 좌우의 극한 대립 속에서 어느 한 쪽에도 공감하지 못하고 냉소와 허무적 태도로 일관한다. 그렇지만 그는 누구보다도 지혜롭고 비판적 지성을 소유한 인물이다. 그의 사상적 기조는 인본주의에 바탕을 둔 중도 좌파로 정리할 수 있다. 이런 모습은 그의 은사이자 마을의 유지인 안시원과 흡사한 것으로, 안시원이 유가적인 입장에 좀 더 기우러져 있다면 그는 사회주의에 좀 더 경도된 형국이다. 과거 경력뿐만 아니라 그가 교류하는 인물들이 대부분 사회주의적 지향성의 소유자라는 데서도 이점은 확인되거니와, 가령 박도선이나 이문달이 그런 경우들이다. 중학교 교사이기도 한 박도선은 1930년대에는 적색 농민조합운동을 선도했던 인물이고, 현재 온건한 민족주의자가 되었으나 농촌 공동체에 대한 희망을 버리지 못하고 야산을 얻어서 공동체운동을 몸소 실천하고 있다. 이문달은 소작인들의 입장에서 농지개혁의 문제점을 지적하여 항의하게 한 인물로 양심적인 교사였으나, 학교에서 해임되자 상경하여 결국 좌익으로 기울어진 인물이다. 심찬수는 이들의 입장을 지지하고 후원한다. 하지만 그는 결코 조민세나 배종두 등의 행동에는 동참하지 않는데, 그것은 이들이 현실을 외면한 채 "인본주의는 눈 닦고 봐도 찾을 길 없고 신기루 같은 이데아"만을 맹종한다는 데 있다.

　"조선생이나 그 친구나, 모두 외곬으로 그렇게 치달을 수밖에 없겠지. 열정이야 눈물겹지만 그런 정열을 민족애와 동일시할 순 없어. 그들의 희망이 우리 현실과 밀착되어 있대도, 주입된 강제 이념에 그들이 맹종하고 있으니깐. 몰라, 그들 입장에서 보면 인민을 살리는 절대적인 민족주의 길일 수도 있겠지."

　"민족주의? 성전(聖戰)이란 미명을 덮씌워 젊은이를 소모품 써버리듯 전장터로 내몰던 제국주의 개차반들, 그놈들 역시 천왕 민족만이 선택받은 일등 국민이

라고 맹신한 민족주의 주창자들 아닙니까." 일본 제국주의와 태평양전쟁, 그 전
쟁에 동원되었던 학병 관련 화제를 되새길 때면 심찬수의 어조가 격해진다. "형
님 해방의 의미가 뭡니까. 인본주의는 눈 닦고 봐도 찾을 길 없고 신기루 같은 이
데아만 난무하니. 모스크바 삼상 회의가 깨졌을 때, 이념을 초월한 민족 공동체
로서 통일의 길은 멀어졌습니다." (…중략…)

    "이쪽 저쪽 모두 똑같아. 사상이란 옷을 걸치고 이것이 아니면 저것이다, 그 획
일적인 선택과 복종의 강요가 오히려 삼팔선 분단을 고착화시켜. 도대체 이 나라
의 주인은 누군데 말이다. 양 쪽이 다 무력으로 상대방을 깨부수겠다는 궁리만
하고 있으니. 그렇게 되면 동족이 동족을 적으로 삼고, 죽어나는 것은 백성 아닌
가." 박도선이 팔짱을 끼고 심찬수를 본다.[13]

이데올로기라는 관념 속에 갇혀 있는 까닭에 이들은 인간을 인간답게
놓아두지 못하고 한갓 이념의 도구나 연장으로 이용할 뿐이다. 그래서
전쟁이란 빵에 굶주린 인민을 제물로 삼아 선동하는 행위일 뿐이고, 종국
에는 권력을 장악하려는 데로 귀착될 수밖에 없다고 보는 것이다.
    '투계(鬪鷄)'는 작가의 이런 생각이 집약되어 제시된 하나의 상징이다.
책표지의 삽화로까지 제시될 정도로 '투계'는 작품 전체를 관통하는 강렬
한 상징으로 나타난다. 투계는 원래 닭끼리 싸움을 붙이고 이를 보고 즐
기거나 내기를 거는 놀이를 말하는데, 해방 전까지만 해도 전국에서 행해
졌다고 한다. 이 투계는 주인의 의도대로 물고 뜯는, 적자생존의 본능에
따라 한쪽이 죽어야만 끝을 보는 야수적 본능에 지배된 놀이이다. 어린
갑해가 투계를 지켜보면서 인민군과 국군의 전투를 연상하고, 떨리는 가
슴을 진정하지 못한 채 슬그머니 빠져 나온 것은 피범벅이 된 그 이전투
구의 참혹한 광경을 더 이상 지켜볼 수 없었기 때문이다. 작가가 프롤레

---

13   김원일, 『불의 제전』 1, 문학과지성사, 1997, 231~232면.

타리아 해방이라는 본래의 이념은 증발되고 대신 권력 장악을 위한 처절한 음모와 살육만이 있을 뿐인 전쟁을 이 닭싸움에 비유한 것은 그런 유사성 때문이고, 남로당과 북로당 중에서 북로당에게 더 비판적인 시선을 던진 것이나 권력욕에 눈이 멀어 민중을 외면한 채 미국의 눈치만 살피는 이승만을 비판한 것은 이들 모두가 소련과 미국이라는 주인의 사주로 움직이는 싸움닭에 지나지 않는다는 생각을 표현한 것이다.

　이런 생각을 갖고 있는 심찬수를 규율하는 것은 그래서 휴머니즘이다. 인간과 이데올로기의 문제에서, 인간이 증발되고 이데올로기만 남은 현실을 비판하면서 그가 궁극적으로 강조한 것은 인간에 대한 사랑이다. 가령, 주변 사람들에 대한 그의 애정은 각별한 것으로 나타난다. 농지개혁위원회 위원장이자 지주인 아버지를 두었음에도 불구하고 심찬수는 소작인들을 이해하고 그들의 입장에서 농지문제를 해결하고자 한다. 또한 배종두의 아들과 조민세의 가족을 데리고 총탄을 뚫으면서 고향으로 돌아온 것은 순전히 이들에 대한 인간적 온정 때문이었다. 종손자 보기를 학수고대하는 배현주(배종두 부친)의 기대를 채워주기 위해서, 그리고 어린 생명이 격전지 서울에서 자칫 생명을 잃을지도 모른다는 우려에서 전장의 포화를 뚫고 서울에서 진영까지 핏덩이를 안고 내려왔으며, 외아들 성구의 강제 징집을 피하려는 안골댁의 간절한 염원을 외면할 수 없어서 선뜻 그들과도 동행한 것이다. 심찬수가 서울에서 내려 온 뒤 미군들의 행패로 처녀들이 피해를 당하자 주민들을 선동해서 시위를 주도했던 것도 그들에 대한 인간적인 애정 때문이었다. 이렇게 보자면 심찬수는 이데올로기의 좌우를 떠나서 인간의 존엄과 가치를 소중히 여기고 그것을 위해서는 자신의 목숨까지 내던지는 실천적 휴머니스트라는 것을 알 수 있다. 작가는 휴머니즘을 동반하지 않은 이념이란 오히려 사람을 다치게 한다는 것, 그래서 모든 행위의 앞머리에는 휴머니즘이 있어야 한다는 생각이고, 궁극적으로는 그것을 좌우의 이념을 넘어서는 대안(visio n)을 보고 있다.

　작품에서 강렬한 생명력의 표상으로 제시된 봉주댁이나 아치골댁 또한 작가의 긍정적 의도에 의해서 만들어진 인물형이다. 이들은 모두 이념의 본질을 꿰뚫고 있는 인물이거나, 혹은 약삭빠른 처세술을 갖고 있는 인물이 아니다. 주어진 현실에 순응하면서 남다른 생명력을 소유한 인물들이다. 봉주댁은 사회주의자인 남편을 둔 까닭에 갖은 고초를 당하면서도 삶에의 의지를 포기하지 않는다. 게다가 그녀는 동물적인 모성의 소유자여서, 시해를 전쟁의 제물로 바친 후 남은 자식들을 잘 키우겠다는 욕망 하나로 삶의 모든 에너지를 활용한다. 아치골댁 역시 동일한 성격의 인물이다. 이념의 노예로 남편을 잃었고, 게다가 지주의 씨를 잉태한 불행한 운명에도 불구하고, 그녀는 태어난 자식을 모성으로 감싼다. 원수의 자식임에도 불구하고 생명에 대한 외경과 모성이 그녀로 하여금 아기를 포용하게 한 것이다. 작가는 이들의 강인한 생명력을 통해서 삶의 새로운 가능성을 엿보고, 그 가능성이 장강(長江)과도 같은 현대사의 줄기로 맥동하고 있음을 암시한다. 그런 이유에서 이 작품은 작가가 평생 동안 짊어지고 있던 원(怨)과 한(恨)을 민족사의 비극으로 승화시켜 마침내 화해의 길을 찾은 작품으로 정리할 수 있을 것이다.

　물론, 이 작품은 한 평론가의 지적대로, 당대를 바라보는 개인적 동기의 강렬함으로 인해 역사적 현상을 재배열하는 객관적 진실에서 미흡한 면을 보이기도 한다.[14] 가령, 해방공간에서의 혼란과 6·25 전쟁의 성격을 단순한 이데올로기의 대립으로 보는 시각은, 식민지 시대부터 누적된 지주-소작간의 계급적 갈등과 파장을 상대적으로 소홀히 한 것이고, 또 이 시기에 이데올로기가 전사회적으로 팽배할 수밖에 없었던 내부의 필연성을 외면한 것이기도 하다. 또한 지식인들에게 작가의 관심이 집중된

14　류보선, 「분단문학의 새로운 지평을 위하여」, 『문학사상』, 1989.3, 213면.

다는 것은 일반 민중들의 실제 삶을 상대적으로 도외시한 것으로 비판받을 수도 있다. 하지만, 그럼에도 불구하고 이 작품은『태백산맥』이나『지리산』,『남과 북』등과 함께 현대사의 중요한 흐름을 포착해내고, 좌우대립과 전쟁의 상처를 넘어설 수 있는 실천적 휴머니즘을 제시했다는 데서 중요한 의의가 있다.

4. 분단 극복으로 가는 길

　좌익의 아버지와 월북, 그로 인한 내상으로 한 평생을 고통 받아 온 김원일의 문학적 여정은 개인적으로는 해원(解怨)의 과정으로 정리할 수 있을 것이다. 김원일의 소설이란 유년기에 각인된 원죄와도 같은 상처를 치유하는 과정이자 그로 인해 고통 받은 가족들의 한을 승화하는 과정이기도 하다. 초기 환부의 뚜렷한 소재를 모른 채 혼돈과 광기를 보여주었던 작가는「어둠의 혼」이후 상처의 실체를 파악하면서 그것을 치유하기 위한 문학적 모색을 본격화한다.『노을』에서부터, 이 글에서 다루지는 않으나 거창 양민학살사건을 소재로 한『겨울 골짜기』를 통과하면서 그 상처는 한층 분명한 형태를 드러내게 되고, 마침내『불의 제전』에 이르러서는 어둠 속에 묻혀 있던 아버지를 역사적으로 복원해내기에 이른다.

　작가의 이 집요한 작업이 우리에게 의미를 갖는 것은 개인사를 통해서 민족사의 심층에 접근했다는 데 있을 것이다. 그것은 우선, 맹신적 이데올로기의 폐해에 대한 고발로 나타난다. 소설 속에서 아버지로 표상되는 인물들이 보여주는 이데올로기적 광기와 비타협적 신념이란 인간을 배제한 채 단지 신기루와도 같은 미래에만 매달린 모습이고, 그러한 인물들을 통해서 작가는 인간의 소중함을 역설적으로 환기한다. 작품에서 작가는 땅에 목을 매고 사는 소작인들의 삶에 대해 각별한 이해와 연민의 시선을 보여준다. 그런 시선에서 프롤레타리아 혁명에 몸을 던진 인물들의 삶을 비판적으로 성찰한다. 어떠한 이념도 인간을 대체할 수 없다는 것. 최근 경쟁력 강화와 생산성 증대라는 청사진을 앞세워 실제 인간을 배제하고 이루어지는 구조조정처럼, 이데올로기적 투쟁과정에서 인간을 사로잡았던 것도 또한 그런 명분과 청사진이었다. 이런 사실들을 비판적으로 성찰하면서 작가는 자신이 평생 업보로 간직했던 아버지를 복원하고, 오늘의 삶을 성찰할 기회를 제공한 것이다.

이와 더불어 주목할 대목은 민족 내부의 심성에 관한 것이다. 농촌 사회에 온존했던 전통적인 미풍이 이데올로기로 인하여 왜곡·변질되는 광경은 오늘날 우리가 추구해야 할 탈분단의 과제가 어떠해야 하는가를 시사해준다. 정월 대보름날 설창리 사람들이 서로에 대한 적의를 불태우며 두 패로 나뉘어 달집을 태우는 장면은 이해와 포용보다는 반목과 질시로 일그러진 우리들의 비극적 초상화라 할 수 있다. 이승만 정권 이래 권력 유지의 수단으로 조장되어 온 냉전 이데올로기는 아직도 우리들의 자유로운 상상력과 활동을 제약하고, 심지어 사물을 대하는 심성마저 변질시켜 놓았다. 좌와 우를 나누고 경계하던 당대의 모습이 이제는 출신학교와 지역을 나누는 또 다른 외피를 쓰고 주위에서 횡행하고 있다. 게다가 엄청난 인명을 죽음으로 내 몬 전쟁은 사람을 경시하는 사회적 풍토를 심각하게 조장해 놓았다. 사상이 의심스럽다는 이유로 수십 명을 생매장하다시피 한 진영의 '보도연맹사건'이나 수십만 명을 사선으로 내몰아 총알받이로 희생시킨 '낙동강 전투'란 심찬수의 비판대로 "인본주의는 눈 닦고 봐도 찾을 길 없"는 현대사의 살풍경들이다. 아버지의 복원이 김원일이 추구했던 문학의 목표였다면, 분단 극복을 지향하는 우리의 목표는 어쩌면 현대사의 이 비극적 과정에서 왜곡되거나 변질된 민족 고유의 정서와 가치를 바로잡는 일이 될 것이다. 분단 극복이 남과 북이라는 이질적인 시스템을 조정하는 것만을 의미하지 않는다면, 중요한 것은 인간에 대한 사랑과 존엄을 회복하고 그것을 사회적 가치로 정착시키는 일이라 하겠다. 김원일이 가족사의 비극을 서사화하면서 궁극적으로 말하고자 한 것도 바로 이 점일 것이다.

사대부의식과 반공주의

『영웅시대』를 통해 본 보수 이념의 존재방식

1. 현대문학사와 이념의 길항 과정

현대문학사에서 목격되는 중요한 특성의 하나는 현실에 대한 작품의 저항적 성격이다. 문학이란 본질적으로 현실을 부정하고 그 이면의 진실을 추구하는 전복적 특성을 갖고 있지만, 우리의 경우는 상황의 특수성으로 인해 그런 성격이 한층 강조되어 드러나는 것을 볼 수 있다. 일제의 침략과 더불어 근대문학이 본격화된 관계로 국권 회복과 관계되는 것이라면 작품은 그 이념이 무엇이든지 간에 자연스럽게 정당성을 획득할 수 있었고, 궁극적으로 문학사의 중심 줄기로 추인받을 수 있었다. 이를테면, 식민지라는 특수한 상황으로 인해 저항 민족주의가 한국의 근·현대 역사 형성 전체의 이념적 동력으로 기능하였다. 이광수의 민족주의가 보수적이고 친일적인 성격을 갖고 있음에도 불구하고 초기 문학사에서 긍정적으로 평가되었던 것은 그것이 갖는 당대적 저항성 때문이고, 카프(KAPF) 문학이 도식적인 구성과 편향된 이념(혹은 주제) 등의 부정적 특성에도 불구하고 민족문학사의 중심에 놓이는 것은 사회주의가 지닌 강한 전복성과 관계될 것이다. 그런 저항의 파토스(pathos)가 현대문학의 오랜 전통이 되어 해방 후로 이어진 것이지만, 남과 북의 분단은 안타깝게도 그러한 흐름을 왜곡하고 조정하는 계기를 제공하였다. 진보와 변혁의 상징이던 사회주의(혹은 공산주의)가 남한의 존망을 위협하는 적대적 타자로 치환됨으로써 남한에서는 부정하고 제거해야 할 대상이 되었고, 그 과정에서 현대문학사의 중심 줄기를 형성했던 이른바 저항의 이념은 외견상 그 실효성을 상실한다. 1950년대 이후 새롭게 부상한 김동리, 황순원, 이범선, 장용학, 선우휘, 손창섭 등의 이른바 주류문학에서 목격되는 공산주의에 대한 적개심은 그런 견지에서 볼 때 단순한 문학적 경향의 변화가 아니라 새로운 문학장(場)과 정전의 축조과정이라 할 수 있을 것이다.

현대문학의 특성을 말하면서 이런 사실을 언급하는 것은 문학에서 정전(正典)이란 단순한 체험의 집적물이 아니라 특정 시대의 가치와 이념이 집약되고 동시에 그것을 구성하는 주체(혹은 집단)의 정치적 무의식과 긴밀하게 관련되어 있다는 것을 말하기 위해서이다.[1] 정전이란 문학의 기성체제에서 암묵적인 합의를 통해 위대하다고 인정한 작품과 작가를 가리키는 용어를 말한다. 정전은 특정 주체의 삶과 가치를 계량적으로 표준화한 것이 아니라 일정한 정치적 선택과 배제를 전제한 이상적 체험의 전범이다. 여기서 주체(subject)란 그 자체로 자율적이거나 독립적인 것이라기보다는 이데올로기라는 큰 주체(the Subject)에 의해 호명되는 존재라는 점에서,[2] 문학 정전을 이해하기 위해서는 정전을 구성하는 특정 이념과 가치, 그리고 그것을 산출한 사회적 환경을 살피지 않을 수 없다. 그런 견지에서 이 글은 한국의 전후 사회를 지배한 보수 이념과 가치, 그것을

---

1 정전(canon)의 개념과 특성에 대해서는 송무, 『영문학에 대한 반성 : 영문학의 정당성과 정전 문제에 대하여』(민음사, 1997); 이석호, 「다문화시대의 문학교육(포스트콜로니얼리즘의 관점으로 본 정전 다시읽기의 의의)」(『영미문학교육』, 2000.12); 박용찬, 「문학교과서와 정전의 문제」(『국어교육연구』, 2005.12) 참조.
2 루이 알튀세르, 김동수 역, 『아미엥에서의 주장』, 솔, 1991, 115면.

구성한 핵심 요소인 반공주의와 사대부의식에 주목해보고자 한다. 반공주의와 사대부의식은 전후의 현실에서 주체의 경험과 정전을 구성하는 토대가 되었다는 생각에서이다.

주지하듯이, 1950년대 이후 남한 사회를 지배한 중심 이념의 하나는 반공주의였다. 반공주의는 공산주의에 반대하는 정치적 신념이나 관념 체계를 말한다. 그런데 이 반공주의는 공산주의와 같은 체계적인 논리와 이론을 갖고 있지도 않으며, 그렇다고 현실 변혁의 구체적 전망이나 방법을 내장하고 있지도 않다. 그럼에도 불구하고 반공주의가 문학장을 규율하는 핵심 기제가 된 것은 6·25 전쟁이라는 삶과 죽음의 격전장에서 공산주의자들을 제거해야만 내가 살 수 있다는 절체절명의 체험과 함께 그로부터 야기된 자발적 동의, 그리고 그것을 반복적으로 주입한 역대 정권의 교묘한 술책과 긴밀하게 연결되어 있기 때문이다. 역대 정권들은 취약한 정통성을 만회하기 위해서 반공주의를 전가의 보도인 양 악용해 국민의 저항성을 둔화시키고 비판자를 탄압하는 기제로 활용했고, 그런 과정이 반복되면서 그것은 일종의 상징권력과도 같은 위력을 발휘하였다. 상징권력이란, 부르디외에 의하면, 주어진 것을 말을 통해 형성하고 사람들로 하여금 보고 믿게 만들며, 세계에 대한 전망을 확신시키거나 변형시키고, 그리하여 세계에 대한 행위와 나아가 세계 그 자체를 바꾸는 힘을 갖는 마술적 권력을 의미한다. 상징권력은 그것이 인지되었을 때 즉, 자의적으로 오인되었을 때만 행사가 가능한데, 이를테면 피지배자는 자신이 현실을 오인(misrecognition)하고 있다는 것을 알지 못하고 오히려 그 오인을 올바른 인식이라고 생각하고 의식적·무의식적으로 행동함으로써 거기에 공모한다.[3] 가령, 6·25 전쟁은 한국 사회에서 반공주의를 마치 절대적 진리인 양 오인시켜서 대외적으로 공산 진영으로부터 자본주의

---

3   피에르 부르디외, 정일준 역, 『상징폭력과 문화재생산』, 새물결, 1997, 1장 참조.

시장경제를 보호하고, 대내적으로 북한체제에 대항하기 위한 사상적 무기로 추인 받도록 하였다. 1949년의 국가보안법은 반공주의를 법제화해서 사회적으로 정착시켰고, 그것이 이후 지금까지도 법적인 정당성을 부여받고 있다. 정치권은 이렇듯 현실을 이념적으로 조작하여 주체의 경험을 통제하고 규율해 왔다.

그런데 어떤 하나의 사상이나 이념이 수용되고 뿌리내리기 위해서는 여러 요인들이 복합적으로 작용하는데, 그 과정에서 특히 종교적·윤리적 요소는 무엇보다도 중요한 토대로 기능한다. 이를테면, 반공주의가 한국 사회에 뿌리내리는 과정에서 중요한 토대로 기능한 것이 이 글에서 주목하는 이른바 '사대부의식'이다. 사대부의식(혹은 가부장제의식)은 외견상 공산주의와 반공주의, 민족주의, 자본주의 등의 이념과 무관해 보이지만, 사실은 근대 이후 외래 사상을 수용하고 자기화하는 과정에서 무엇보다도 중요한 프리즘으로 기능해 왔다. 근대 한국사상사의 한 축을 형성한 단재(丹齋)의 무정부주의가 유가적 이념에 뿌리를 두고 있었다는 사실을 상기하지 않더라도, 민족주의 좌파에서 공산주의자로 변신한 홍명희(1888~1968)가 풍산 홍씨 추만공파의 사대부가(家) 출신이었고, 민족 시인으로 추앙받는 안동의 이원록(1904~1944)은 이퇴계의 12대 손이었다. 또 호남의 이병기(1891~1968) 역시 사상적 중심이 사대부의식에 뿌리를 두었다. 사실 식민지시대 이래로 공산주의를 적극적으로 수용하고 실천한 인물들의 상당수는 양반 사대부가 출신의 지식인들이었다. 이들이 비록 근대식 교육을 받고 합리주의로 무장했다 하더라도 그 사상적 토대를 이루었던 것은 사대부의식이었다. 사대부의식의 중요한 특성이 되는 자존(自尊)의식(혹은 선민의식)과 사회적 책임감은 이들의 작품 곳곳에서 확인되거니와, 육사(陸史)의 「절정(絶頂)」에서 보이는 생사존망의 극한 상황과 그것을 감내하는 낙관적 의지는 절대 진리(혹은 가치)를 향한 올올한 자존의 표현으로 봐도 무방할 것이다. 또 소설 「수라도」(김정한)를 비롯한 『토지』(박경리)와 『혼불』(최명희), 심지어 『태백산맥』(조정래)에서도 작품의 중심 계선의 하나를 이루는 것은 사대부의식이다. 이들 작품에서 사대부의식은 인물들의 삶과 행동을 규율하고, 때로는 현실에 대응하는 이념의 규준이 되어서 변화와 갱신의 모습을 보여주었다.

> 매운 계절의 채쭉에 갈겨
> 마츰내 북방(北方)으로 휩쓸려오다.
>
> 하늘도 그만 지쳐 끝난 고원(高原)
> 서리빨 칼날진 그 우에 서다.
>
> 어데다 무릎을 꿇어야 하나
> 한 발 재겨 디딜 곳조차 없다.
>
> 이러매 눈 감아 생각해 볼밖에
> 겨울은 강철로 된 무지갠가 보다.[4]

절제된 언어 속에서 느껴지는 강인함, 극한의 상황 속에서 발하는 의연함과 초월 의지, 지사적이고 의지적인 선비의 풍모가 단적으로 느껴진다.

그런데 1950년 한국전쟁을 겪으면서 이 사대부의식은 반공주의와 결합해서 보수적 이념을 떠받치는 중요한 버팀목으로 기능하는 것을 볼 수 있다. 물론 사대부의식 자체가 봉건시대의 산물이고 남성 중심의 가치관이라는 점에서 보수적인 특성을 갖고 있는 것은 사실이다. 그런데, 그것이 반공주의와 결합하면서 한층 완고한 보수성을 갖게 된 것은 무엇보다도 사대부의식 속에 내재되어 있는 반상(班常)의식(혹은 선민의식)이 작용

---

4   이육사, 「절정」, 『문장』 12호, 1940.1.

한 때문이다. 이를테면, 식민치하나 해방 후의 현실에서 좌익에 열광한 계층은 대부분이 양반계급 수하의 작인이나 머슴 등의 하층계급이었고, 그들의 주장은 양반계층의 존재 자체를 부정하는 강한 전복성을 지니고 있었다. 그런 관계로 공산주의는 양반들에게는 매우 곤혹스럽고 동의하기 힘든 이념이었다. 지금도 주변에서 공산주의를 '상민의 사상'이라고 멸시하는 태도를 볼 수 있는데, 6·25 전쟁 이후 그런 사실은 교육의 현장에서 한층 강조되었었다. 가령, 일선 학교의 사상 교육 시간에 공산주의 사상은 마르크스의 '불우한 개인사'와 그에 따른 '저항심과 정치적 야망'에서 비롯된 것이라고 설명하고, 한국의 공산주의도 그 연장선상에 놓여 있다고 가르쳤다. 불행한 처지에 있었던 마르크스가 자신의 야망을 합리화하기 위해서 사회를 선동하려고 만든 것이 공산주의였던 것처럼, 한국에서도 불우한 처지의 하층민들이 자신들의 불만을 표현하고 사회를 전복하기 위한 수단으로 널리 수용했다는 식이다.

마르크스가 극단적인 공산주의 사상을 갖게 된 것은 그 당시 사회상에도 찾아볼 수 있지만, 그 개인의 불행한 생애로 인한 저항심과 정치적 야망에도 크게 기인된 것임을 아울러 지적해야 한다. 오히려 이러한 정치적 야망을 합리화하고, 이를 충족하기 위해 사회를 선동하려고 만들어진 것이 그의 공산주의 이론이라는 점을 설명하면 좋을 것이다.[5]

한때 '사상검사'로 명성을 떨쳤던 오제도(吳制道, 1917~2001)의 고백에서도 그런 사실을 확인할 수 있는데, 그는 일제치하에서 좌익 사상에 심취했으나 결코 공산주의자가 되지 않았는데 그것은 무엇보다 "삼강오륜의 유교정신과 기독교 사상이 그쪽에 푹 빠져들지 못하게 했"[6]기 때문이라

---

5 문교부, 『사상교육(반공교육) 지도 자료집』 1집, 교학도서주식회사, 1975, 135면.
6 오연호, 「개폐의 기로, 국가보안법의 운명」, 『신동아』, 1990.1, 404면.

고 한다. 아버지가 노동자이고 어머니가 삯바느질을 하는 불우한 처지에서 성장했음에도 불구하고 오제도 역시 공산주의는 '상민의 사상'이라는 생각을 무의식적으로 갖고 있었고, 그것이 종국에는 극도의 반공의식으로 드러난 것이다. 전쟁을 겪은 지 반 세기가 지난 오늘날까지도 반공주의가 가공할 위력을 행사하는 것은, 남과 북이 적대하는 상황적 특수성과 함께 아직도 우리의 의식과 생활 속 깊숙이 내재되어 있는 이 오랜 반상의 차별의식과 무관하지 않다고 하겠다.

이 글의 분석 대상이 되는 『영웅시대』는 흥미롭게도 이런 사실을 구체적인 형태로 보여주는 작품이다. 이 작품은 작가 이문열(李文烈, 1948~)이 겪은 불행한 개인사와 가족사를 작품화한 것으로, 세 살 되던 해에 6·25전쟁이 발발하고 남로당 계열의 중간 간부였던 부친의 월북과 이후 '빨갱이 자식'이라는 낙인 위에 가해진 억압과 모멸의 세월을 배경으로 하고 있다. 스스로 고백했듯이, "부친이 드리웠던, 그 원죄와도 같은 그늘의 무게" 속에서 "서른 살이 넘도록 부친으로 인해 인생의 많은 가치 박탈을 경험"했고, 그런 체험을 작품의 중심 소재로 활용한 관계로 작품에는 자연스럽게 이념과 그에 대한 견해들이 다양한 형태로 변주되어 나타난다.[7] 양반 사대부 집안의 종손이었던 이동영이 아나키스트에서 볼셰비키로 변신하는 과정에서 근본적으로 작용한 것은 사대부의식(혹은 가부장제의식)이었다. 대대로 '삼 천석꾼' 소리를 들어 왔고, 일가 어른들 몇을 제외하고는 어머니에게 굽실거리지 않는 사람이 없을 정도의 유족한 환경에서 성장하면서 동영은 아나키스트에서 볼셰비키로 변신하여 남로당의 중간간부로 성장하는데, 그 과정에서 자연스럽게 선민의식을 갖고 스스로를 영웅으로 착각하게 된다. 그리고, 이동영의 아내와 노모가 반공주의의 억압 속에서 살아남는 과정에서 작용한 것도 가문의 대(代)를 이어

---

7 작품의 관념성에 대해서는 정호웅, 「관념 편향적 창작방법의 한계」(김윤식 외, 『이문열론』, 삼인행, 1991) 참조.

야 한다는 종가의식이었다. 자손에 대한 노모의 헌신적 집착은 반가의 종부로서 갖는 가계(혹은 혈통)에 대한 절대이념과도 같은 것이었다.

　여기서는 이런 사실들을 고찰하면서 궁극적으로 전후 보수 이념의 형성과 그에 대한 사회적 동의의 과정을 추적해보고자 한다. 이동영과 그의 노모, 아내 정인 등이 보이는 행적들은 사대부의식을 소유한 인물이 공산주의를 부정하고 보수주의자로 변신하는 단순하지 않은 과정을 시사해준다. 문학 작품이 어떤 식으로든 한 공동체의 가치와 이상을 담고 있다면, 『영웅시대』에서 목격되는 이런 요소들은 한국 사회의 보수 이념과 정전의 성격을 살피는데 좋은 자료가 되리라는 판단이다.

2. 사대부의 자존과 정치적 무의식

　사대부의식과 반공주의의 문제를 논하는 과정에서 제기되는 가장 근원적인 문제는 사대부의식과 공산주의가 결합할 수 있는가 하는 의문이다. 사대부의식과 공산주의를 연결하려면 둘 사이에는 최소한의 공통점이 있어야 할 것이다. 그런 견지에서 볼 때, 비도덕적인 이익 추구를 거부하고 재화의 공평한 분배를 강조하는 선진유가(先秦儒家)사상과 사적인 이익을 부정하고 평등한 분배를 주장하는 공산주의는 외견상 유사한 측면이 많다. 선진유가사상에서 볼 수 있는 경제관은 영국에서 형성된 근대 경제학과 같이 경제에 관계된 여러 분야, 즉 계급의 문제·부와 소득의 분배·화폐의 유통·가격 형성·경제 성장의 과정에서 나타나는 상호관계 등을 과학적으로 분석하여 종합적으로 정리한 이론체계는 아니다. 선진유가에서는 경제를 인류가 욕망을 충족하기 위해 재화를 획득하여 사용하는 행위의 측면에 초점을 두지 않고, 세상을 잘 경영해서 백성을 어려움에서 구제한다(經世濟民)는 데 더 큰 의미를 둔다. 따라서 선진 유가에서는 경제에 관계된 여러 분야(생산, 소비, 교환, 분배, 관리 등)에 대한 관점도 윤리의식을 중시하는 그들의 세계관과 긴밀하게 연결되어 있다. 그렇기 때문에 소농 경제를 기반으로 하는 유가의 경제사상은 산업 사회를 기반으로 하는 자본주의와 무매개적으로 동일시될 수는 없다. 다만, 소수에게 집중되는 이익 구조가 빚어내는 문제의 심각성을 인식하고 동시에 이러한 역기능을 해소하기 위해 균등의식을 기반으로 하는 윤리관을 설정한다는 점에서 공산주의와의 유사성을 찾을 수는 있다.

그런데, 유교의 공동 사회는 인(仁)을 바탕으로 한 덕치(德治)를 목표로 하고, 공산주의는 프롤레타리아의 일당(一黨) 독재를 목표로 한다는 점에서 외견상의 유사성에도 불구하고 엄연히 구별된다. 사대부의식은 유가적 반상(班常)의 윤리에 기초를 두고 있고, 더구나 차별적인 신분관에 바탕을 둔 사(士)계층 중심의 평등 사회를 지향한다는 점에서, 계급 없는 사회를 목표로 하는 공산주의와는 엄연히 다르다.[8] 그런데 흥미롭게도 『영웅시대』에서는 유가의 사계층 중심의 덕치사상과 평등의식이 공산주의를 이해하고 수용하는 과정에서 동시에 작용하고 있음을 목격할 수 있다.

사회주의자로 월북한 '부친의 진실을 규명하고자 했다'는 작가의 말처럼, 『영웅시대』에서 서사의 중심에 놓여 있는 것은 주인공 이동영의 선택과 좌절의 궤적이다. 이동영의 행적은 이문열 부친의 실제 모습과 여러 모로 닮았는데 가령, 이동영은 경북 천석꾼 지주의 아들이고, 서울의 공립중학교에서 쫓겨났다가 사립학교를 거쳐 일본에서 대학을 다니면서

---

8   유교사상의 경제관, 정치 이념 등에 대해서는 다음 책을 참조하였다. 최영진, 『유교사상의 본질과 현재성』, 성균관대 출판부, 2002; 장기근, 『유교사상과 도덕정치』, 명문당, 2003; 안대회, 『선비답게 산다는 것』, 푸른역사, 2007; 위잉스, 김병환 역, 『동양적 가치의 재발견』, 동아시아, 2007; 이철승, 「선진 유가 사상에 나타난 경제와 윤리의 관계 문제」, 『동양사회사상』 9집, 2004.5, 159~187면.

볼세비키가 된 인물로, 이는 일찍이 작가가 고백한 바 있는 부친의 실제 모습과 흡사하다. 그렇지만 그런 부친의 가치와 행위를 규율하는 것은 철저하게 작가 이문열의 그것이다. 이동영의 가치와 의식이 시종일관 가부장제적 모습을 보인다는 데서 그런 사실이 드러나거니와, 여러 자전적 수필이나 회고담에서 볼 수 있듯이 이문열을 지배하는 사고의 핵심은 사대부의식이다.

자전적 소설『그대 다시는 고향에 가지 못하리』나『변경』, 수필집『사색』등 이문열 작품의 곳곳에서 목격되는 것은 문중(門中)에 대한 자부심과 그리움, 군자의 도(道)로 상징되는 사대부 정신에 대한 존중의 태도이다. "장부 한번 뜻을 세우면 오직 그 뜻을 향해 나아갈 일이다. 만약 세상이 받아주지 않으면 물러서서 때를 기다릴 일이다. 기다려도 때가 오지 않으면 그대로 조용히 늙어 죽을 일이다"[9]와 같은 구절은 사대부의식의 핵이라 할 수 있는 수기치인(修己治人)과 천하경륜(天下經綸)의 관념을 단적으로 보여준다. 스스로를 수양하고 세상을 다스린다는 수기치인은 군자의 두 가지 기본 과업을 일컫는다. 격물(格物), 치지(致知), 성의(誠意), 정심(正心), 수신(修身)이 수기(修己)와 관계된다면, 제가(齊家), 치국(治國), 평천하(平天下)는 치인(治人)과 관계되는 조목이다. 또, "군자란 결코 지난 시대 우리만의 허상이 아니라, 영국의 신사와 일본의 무사에 비견되는 존재"[10]라는 진술은 오늘날 현재 군자의 삶을 유지하는 것이 시대착오적이라기보다는 여전히 유효한 삶의 덕목이라는 믿음을 전제하고 있다. 물론, 장부와 군자의 삶이 유지될 수 있는 사회적 여건과 환경이 변했고, 또 그것이 현실에서 구현되기도 힘든 시대가 되었지만, 그럼에도 이문열은 그런 전통적 가치와 이념이 "실리에 영악한 소인배"가 판을 치는 현실에서 존중되어야 한다는 것을 강조한다. 그래서, 「종손」에서는 '종손은 천한

---

9   이문열, 「정산선생」, 『그대 다시는 고향에 가지 못하리』, 민음사, 1980, 19면.
10   위의 글, 위의 책, 35면.

생업으로 품위를 잃어서는 안 되고, 또 어떤 일이 있어도 문중은 지켜야 한다'는 뿌리 깊은 종가의식을 보여준다. 이문열이 이렇듯 장부와 군자의 도를 강조한 것은, 기존 연구에서 밝혀졌듯이, 갈암(葛庵)으로 대표되는 가문에 대한 남다른 자부심과 존숭의 태도와 깊이 관계된 것이라 할 수 있다.

이문열의 세계관과 정치적 무의식을 형성한 원류는 알려진 대로 갈암 이현일(李玄逸, 1627~1704)이다. 갈암은 노론의 우암 송시열과 대결한 영남 남인의 대표였고, 인현왕후의 폐비와 장희빈 소생의 세자 책봉을 둘러싼 기사환국 당시에는 남인 전체의 영수였다.[11] 향리에 칩거하면서 학문 연마와 후학 육성에 몰두하며 중앙 정계와의 인연을 오랫동안 맺지 않았던 이현일은 1666년(현종 7년) 영남 사림을 대신하여 「복제소(服制疏)」를 작성하면서부터 정치적 의견을 개진하기 시작했는데, 그 핵심은 군신공치론(君臣共治論)으로 정리된다. 그것은 군존신비설(君尊臣卑設)에 근거하여 군주의 절대성을 인정하면서도 신료 일반의 여론과 이해를 부분적으로 수용하는 것으로, 즉 "임금에게 적용되는 예학은 일반 사대부의 그것과 같을 수 없다"는, 신권을 상대적으로 인정하는 입장이었다. 그래서 중소 지주·소농민의 사회·경제적 재생산을 염두에 두면서도 지주·사대부의 입장이 중심이 되는 온건한 점진적 개량론의 형태를 취한다.[12] 그렇지만 불행하게도 갈암은 정치적 뜻을 펼치지 못한 채 몰락했고, 그로 인해 후손들은 경북의 오지인 영양군 석보면에 숨어 지낼 수밖에 없는 처지가 되었다. 이문열의 가계사이기도 한 이런 내력에서 이 집안의 독특한 정신적 특질을 유추할 수 있거니와, 곧 이현일로부터 내려온 남인으로서의 자부심과 자존의식, 그렇지만 중앙에 진출하지 못한 존재로서의 중심 지

---

11 류철균, 「이문열 문학의 전통성과 현실주의」, 『이문열』, 살림, 1993, 13~21면.
12 정호훈, 「17세기 영남 남인 학자의 사상—이현일을 중심으로」, 『역사와 현실』, 한국역사연구회, 1994.9, 138~159면.

향성(혹은 권력 지향성)이다. 그것이 이문열 가계의 특징이고, 또한 이문열의 세계관적 토대를 이룬다는 사실이다.[13] 『영웅시대』에서 이동영이 "원래 제 의식의 출발은 봉건적인 가부장 제도였습니다. 어린 제가 신학문을 배우러 나온 것은 나날이 몰락해가는 일문을 중흥시키기 위해서였습니다"라고 했던 것은 그런 사실과 연결된다고 하겠다.

　『영웅시대』는 작가의 이런 의식을 바탕으로 해서 쓰인 작품인데, 작품에서 그것은 주인공 이동영의 차별적 세계관과 선민의식으로 구체화되어 나타난다. 이동영에게 그런 의식을 심어준 사람은 반가의 종부로서 남다른 소명감을 갖고 있던 어머니였다. "한때는 삼사백 석 지기의 들을 셋이나 가지고 거기 딸린 백여 명의 소작들과 마름들 위에 군림하던 대지주요, 오현(五賢) 중의 한 분을 조상으로 모시는 영남 세가"의 사파 종부(私派宗婦)라는 강한 자부심을 소유한 어머니는 '암펌'으로 통할 정도의 '거센 성정'을 소유하고 있었다. 그녀의 성정은 울던 아이도 순사만 보면 그친다던 시절에 경찰서장까지 혀를 내두를 정도로 당찬 것이어서, 가령 동영이 서울에서 학교를 다니던 시절에 동맹휴학으로 유치장에 잠시 갇히게 되었을 때, 그 소식을 듣고 한달음에 서울로 달려가 경찰서장과 담판을 벌인 뒤 동영을 빼내올 정도였다. 남자라도 여간한 뱃심과 담력이 없이는 해낼 수 없는 행동을 보여준 것이고, 그런 모습을 지켜보면서 서장은 "그 자식을 낳은 어미다"라는 탄식을 발했다고 한다.

　그런 어머니 밑에서 성장한 관계로 동영은 어려서부터 자신을 타자와 구별하는 남다른 선민의식을 갖게 된다. 마을에서 꼬마들과 어울리면서 항상 대장 노릇을 했고, 그의 권위를 인정하지 않는 인물에 대해서는 회유와 협박을 서슴지 않았다. 동영의 권위를 부정하고 맞섰던 대장간집 아들을 혼내주기 위해서, 동영은 어머니의 힘을 동원해서 그를 마을에서

13　류철균, 앞의 글, 앞의 책, 13~21면.

축출하는 냉혹한 모습까지 연출했던 것이다. 동영이 동경 유학시절까지도 자기도취의 유아(唯我)적 상태에서 벗어나지 못했던 것은 그런 남다른 성장 환경을 갖고 있었기 때문이다.

> 동영은 문득 거울 안의 자신을 보는 것이 누구를 만나는 것보다 반갑고 즐거운 시절이 있었음을 떠올렸다. 동경 유학 초기 잠시 한 탐미주의자로 떠돌던 무렵이었다. (…중략…) 그가 카페에 들어가면 여급들은 저마다 그렇게 말하며 그의 곁으로 몰려들었고, 콧대 높다는 게이샤(女性)들도 드러나게 추파를 흘려보냈다. 그의 집안을 두고 하는 '글 천 석' '살림 천 석' '인심 천 석'이라는 말에서 짐작이 가듯 그의 핏속을 흐르는 문사(文士)의 기질이 되살아나 문학적인 모임을 기웃거리게 된 뒤에도 마찬가지였다. 그가 이미 결혼한 몸이라는 걸 알면서도 유학을 온 신식여성들은 연애감정을 호소한 편지를 보내왔고, 몇몇은 대담하게도 밤에 하숙집을 찾아오기까지 했다.
> 회상하기에 쑥스럽지만 실로 그것은 굉장한 도취였다. 그리고 설익은 지사의식(志士意識)과 영웅심에 억눌려 있던 예술적 성향을 자극해, 만약 그 이듬해 박영창 선생이 동경으로 건너오지 않았더라면, 뒷날 친구들이 자주 그를 놀렸듯 엉뚱하게도 탐미적인 문사의 길을 걸을 뻔하기까지 했다.[14]

거울을 앞에 두고 수려한 자신의 외모에 반해 나르시스처럼 자홀(自惚)에 빠져드는 모습은, 비록 반성적으로 회고되지만, 세계가 자기를 중심으로 구성되어 있고 그래서 자신의 견해만이 절대적이라는 유아적 생각의 전형이라 할 수 있다. 자신의 권위를 인정하지 않았던 대장간 집 아들을 혼내주는 과정에서 드러난 것처럼, 그는 자신의 욕망과 권위를 방해하는 존재에 대해서는 매우 단호하지만 그런 행위를 하게 된 동기라든가

---

14 이문열, 『영웅시대』 하, 민음사, 1984, 442~443면.

자신의 잘못에 대해서는 조금도 반성하거나 후회하지 않는다. 말하자면 타자가 배제된 주체의 일방적 생각 속에 갇혀 자신의 견해만을 배타적으로 행사할 뿐 타자의 처지나 입장에 대해서는 전혀 생각하지 않는 것이다. 사회주의자가 되기 이전에 잠시 의탁했던 아나키즘을 선택한 동기를 말하면서, "스물 두셋, 냉철하게 앞뒤를 살피기보다는 분별없는 열정에 휘말리기 쉬운 나이였다"로 표현했듯이, 그는 실존의 고뇌라든가 뚜렷한 지향성을 갖고 있지 못했다. 우연히 박영창으로 상징되는 아나키스트 조직에 들어갔고, 그것이 그의 젊은 열정과 결합해서 잠시 단체에 몸담은 형국이라고나 할까.

그래서 작품 전반을 통해서 드러나는 그의 고민은 이데올로기보다는 오히려 자신의 지위(혹은 신분)와 관계되는 생존의 문제로 국한된다. 이를테면, 이동영이 볼세비키로 전향하는 과정에서 고민한 것은 '지주 계급 출신으로서 생존의 방식'이었다. 인척인 김시광의 가르침이 곧 그의 사상 선택의 결정적 동기가 되는데, 화자는 그것을 "잔존의 방식" 곧 "살아남기 위한 선택"으로 설명한다.

"그렇습니다. 원래 제 의식의 출발은 봉건적인 가부장제도였습니다. 이런 제가 신학문을 통해 어렴풋이 깨닫게 된 것은 우리 계급, 다시 말해 아시아적 전체 국가의 봉건귀족은 어쩔 수 없이 몰락하리라는 것이었습니다. 옛 형태 그대로는 살아남을 수 없을 것이라는 예감이었죠. 그걸 자명한 것으로 확인해 주고 새로운 대안으로 사회주의를 추천한 사람이 노령아재였습니다. 부정의 부정이란 논리였죠."

"부정의 부정? 도약이 아니고?"

"역사는 우리 계급의 몰락을 자명한 것으로 알려주었지만, 동시에 우리의 적도 미리 알게 해주었습니다. 이윽고 부르주아로 자라 갈 소시민이죠. 그런데 또한 역사는 그런 우리들의 적의 적도 함께 일러 주고 있습니다. 이른바 프롤레타리아죠.

적은 부정입니다. 따라서 적의 적은 부정의 부정, 곧 긍정이 됩니다. 어차피 살아남기 위한 선택을 할 바에야 적으로 어렵게 변신하여 또 새로운 적에게 타도당하느니보다는 역사의 단계 하나를 비약해 버리는 것, 다시 말해 적의 적이 되어 존재를 긍정 받는 편이 더 현명한 길일 것입니다. 러시아식 도약이론과는 다른……."[15]

여기에 따르면 공산주의자가 된 이후에도 이동영이 기대고 있는 사상은 '봉건적 가부장제'라는 것을 알 수 있다. 프롤레타리아가 세상을 지배하는 현실에서 '전체국가의 봉건귀족'으로 살아남기 위해서 스스로를 부정하지 않을 수 없다는 것, 그렇지만 그러한 부정은 머잖아 프롤레타리아에 의해 거부될 운명에 처해 있기 때문에 그것을 또 다시 부정해야 한다는 식이다.

이런 주장은 일견 그럴듯해 보이지만, 아나키즘과 공산주의는 형제와도 같은 사상이고, 현실 여건의 악화로 더 이상 지하운동이 불가능하기 때문에 상대적으로 조직이 견고한 볼세비키와 결합해야 한다는 이유를 내세우며 볼세비키로 전향한 박영창의 견해와 비교하자면, 이념의 내용과 향후의 전망 등에 대한 고민이 거의 존재하지 않는다는 것을 알 수 있다. 주지하듯이, 근대 부르주아 계급이 몰락할 수밖에 없다는 것은, 마르크스주의에 따르면, 생산력과 생산관계의 모순에 의해서이다. 마르크스주의 이전의 역사관에서는 역사의 추진력을 운명이나 섭리 등 초자연적 관념이나 아니면 영웅이나 천재의 능력 등과 같은 개인적이고 우연적 요소로 설명하는 견해가 지배적이었지만, 사적 유물론에서는 인간의 존재에 필요한 물질적 생산이 정치와 종교 등의 관념을 발달시킨 기초라고 생각하고 인간의 사회적 존재가 그들의 의식을 규제한다고 보았다. 이 과

---

15   이문열, 『영웅시대』 상, 민음사, 1984, 245~6면.

정에서 사회는 물질적 생산력의 일정한 발전 단계에 조응하는 생산관계
와 그 토대 위에 성립되는 법률적·정치적 상부구조로 이루어지고, 상부
구조는 토대의 일방적 반영이 아니라 하부구조를 구성하는 갖가지 계기
와 상호작용을 통해서 규정된다고 한다.

　이런 견해에 비추어 볼 때, 동영이 우선적으로 고려해야 할 점은 '자기
계급의 몰락'이라는 명제보다는, 그렇게 될 수밖에 없는 사회적 토대와
근거가 될 것이다. 그렇지만 동영은 급격한 시대 변화로 인해 "옛 형태 그
대로는 살아남을 수 없을 것이라는 예감"에 기대어 상황을 파악하고 마
침내 박영창을 따라 전향하고 만다. 그래서 그의 주장은 사대부의식이
그대로 유지되는 관념론에서 벗어나지 못한다. 만약, 이동영이 진실하게
자신의 존재를 이전하고자 했다면 프롤레타리아 시대와 함께 도래할 급
격한 단절에 대비하는 진지한 고민을 했어야 했다. 하지만 동영은 그러
한 변화에 무관심하고 단지 현재의 지위를 유지한 채 프롤레타리아 사회
에 편승하고자 할 뿐이다. 이런 태도는, 김윤식이 지적한 대로, 좌파지식
인의 이념 선택의 동기로는 매우 이례적인 것으로,[16] 조선시대 이래의 신
분적 질곡과 차별의 한(恨)을 씻기 위해서 공산주의자가 된 『불의 제
전』(김원일)의 조민세나, 민중들의 계급적 울분을 이해하고 자신의 기득
권을 포기한 채 공산주의자로 변신하는 『태백산맥』(조정래)의 김범우 등
이 보인 행동과는 사뭇 다르다.

　이동영이 스스로를 '실패한 영웅'으로, 그리고 당대를 '영웅 없는 영웅
시대'로 규정하는 것은 그런 사실의 연장선상에서 이해될 수 있다. 역사
가 비코(Vico)의 용어에서 빌려온 '영웅시대'는 과거 '신의 시대'에서 '인간
의 시대'로 나가는 중간단계를 지칭하는 말로, 일종의 역사적 격변기를
뜻하는 바, 흥미롭게도 이동영은 그 담당 주체를 자신(혹은 자기 계급)으로

16　김윤식, 「길 잘못 든 속인의 사상 비판」, 『이문열론』, 삼인행, 1991, 276면.

설정한다. 프롤레타리아 시대의 도래를 예견하고 스스로 프롤레타리아가 되겠다고 다짐했음에도 불구하고 스스로를 그 주체로 생각하는 이런 태도는 '존재 이전(移轉)'이라는 구두선에도 불구하고 권력의 중심에 서고자 하는 작가의 정치적 의도가 무의식적으로 작용한 것으로 볼 수 있다. 사대부 집안의 장손으로서 선민의식에 사로잡혔던 이전의 모습이 이 시기에도 전혀 변하지 않은 채 배타적으로 드러나고, 그것이 실패하자 정치 현실과 이념에 대해 극도의 환멸감을 표현한 형국이다. 남로당의 날고 기던 사람들이 종적도 없이 사라지고 요직이란 요직은 모조리 북로당 출신의 젊은 부류들이 차지한, 더구나 그들은 자신의 투쟁 경력을 인정하지 않을 뿐만 아니라 끊임없이 감시하고 비판하는 현실을 목격하면서 이동영은 "모든 이념이나 사상은 그것을 주장하는 자의 이익만을 위해 봉사"하는, 기껏 "거대한 이기(심)"일 뿐이라고 판단하는 것이다. 그래서 세상의 그 어떤 아름답고 숭고한 이념도 인간을 그 희생으로 요구할 수는 없다는 것, 진정으로 인간을 위해 봉사해야 할 것은 이념인데 거꾸로 인간이 이념을 위해 봉사하다는 것, 인간이 행복해지기 위한 고안이 오히려 인간을 죽이는 도구가 되었다고 단언하는 것이다.[17] (이런 생각은 농화학과 교수 현석진에게서도 동일하게 나타난다. 해방이 되던 1945년 대학 졸업 때까지만 해도 그의 꿈은 동척(東拓)의 하이칼라 기사가 되는 것이었다. 그러나 해방이 되자 모든 것은 하루아침에 달라져서, 그의 꿈을 이룰 수 있는 세상 자체가 사라진 상황이 되었다. 아무리 노력을 해도 사회의 평균치 이상의 재산을 축적하는 것이 죄악시되고, 또 축적한다 해도 "명례 같은 아름다운 첩을 사거나 금강산 기슭에 별장을 짓고 거문고 뜯는 기생을 불러 술을 즐길 수는 없게 되었"다. 그런 상황에서, 그는 자신이 지금 먹고 입는 정도의 생활이란 기껏 과거 자신이 소작농의 자식으로 오송리에서 생활했을 당시의 수준밖에 안된다고 고백한다) 여기에 이르면 이동영의 전향은 단순한 '살아남기'가 아니

---

17   이문열, 『영웅시대』 하, 민음사, 1984, 579면.

라, 스스로 고백한 대로 "길을 잘못 든 속인"의 '부적절한 선택'이 되는 것
이다.

그런 시각을 갖고 있었던 관계로 이동영이 비장한 최후를 준비하면서
확인하고자 했던 '민중'의 모습 역시 추상적이고 관념화된 대상으로밖에
포착되지 않는다. 이동영이 연변평야의 어떤 농촌으로 내려가서 마지막
으로 보고자 한 것은 "반평생을 되뇌며 산 인민"의 모습이었다. 인민이 되
기 위해서 스스로를 부정했고 또 그들을 위해서 과감하게 혁명의 대오에
뛰어들었던 까닭에 그에게 있어서 '인민'이란 가치판단의 기준이자 동시
에 절대 이념과도 같은 것이었다. 그래서 동영은 '인민'의 실체를 확인하
고자 한 것이지만, 막상 목격한 것은 그런 기대와는 전혀 다른 형태의 인
민이었다. 그의 눈에 비친 인민은 "소유와 축적의 기쁨은 잃어버린 이기
의 맥 빠진 얼굴들"이자 동시에 자신의 기대와는 너무나 동떨어진 이른
바 '천년 왕국'에 대해서 비웃음을 보이고 자신들의 현재 상태에 절망하
고 체념한 모습들이었다. 말하자면 당당한 천 년 왕국의 주인이자 평등
한 삶의 주역이 되어 있어야 할 인민이 깊은 체념과 절망에 빠져 있고, 그
것을 목격하면서 동영은 "(공산주의자는) 프롤레타리아 혁명의 필연성과 공
산낙원의 도래를 미끼로 인민을 현혹하여 폭리를 취한 거짓 예언자의 무
리"라고 단언하는 것이다.

그런데, 작품에서 이동영이 온몸으로 확인한 이런 진실은 실제 현실이
라기보다는 작가의 공산주의에 대한 극도의 환멸과 거부감을 표현한 것
으로 볼 수 있다. 이동영의 비관적인 견해와는 달리 토지 분배 이후 북한
농민들은 이전의 소작제에서 벗어나 자작농이 되었다는 사실에 대해서
매우 고무되어 있었고, 그래서 작가가 말하듯이 그렇듯 체념과 절망의 심
리에 빠져 있지는 않았다고 한다. 더구나 당시의 농민들은 이념의 본질
을 헤아리고 거기에 환멸감을 느끼는 듯한 깊은 역사의식을 소유하고 있
지도 않았다. 한 연구자의 지적대로, 전통적인 반상의식과 수동적인 정

치문화에 길들여져 있던 일반 농민들이 짧은 기간에 일정한 정치적 식견과 계급의식을 소유하기는 힘들었다. 일제 강점기에서처럼 일정한 정치적 식견과 사상, 이념을 견지한 사람들은 대부분 지역 사회의 지주와 양반 출신의 교육받은 사람들이고, 실제로 이들이 건국준비위원회와 인민위원회, 농민위원회 등의 사회운동 전반을 주도하였다. 무학이나 국졸이 대부분이었던 당시 농민들은 일부 급진적인 저항성을 보이기도 했지만, 대부분은 정치이념이나 사상에 대해서 판단능력을 갖고 있지 못하였다. 또한 농민들은 소부르주아적 속성을 갖고 있어서 노동자들에 비해서 사회주의에 대한 지지도가 낮았고, 그래서 자신이 국가의 주인이라는 생각을 갖고 있지도 않았다.[18] 그렇다면 이동영의 눈에 비친 인민의 모습은 실제 인민의 그것이라기보다는 '실패한 영웅' 이동영의 시선에 의해 포착된, 혹은 이동영이 의도적으로 만들어내고자 했던 인민의 가상(假像)에 지나지 않는 셈이다.

그런데, 흥미롭게도 이동영의 주장은 지금도 주변에서 간간이 목격되는 공산주의에 대한 비판의 일반적 내용이라는 점에서 개인적인 차원을 넘어서는 의미를 갖는다. 분단 이후 우리의 의식과 생활 전반을 강압해 온 반공주의가 형성된 주된 원인은 전쟁을 통해서 공산주의를 부정적으로 체험한 데 있거니와, 이동영이 보여준 공산주의에 대한 반감 역시 그와 동일한 형태로 되어 있다. 채만식이 일찍이 「낙조」(48)에서 묘사한 것처럼, 북한에서 공산당에게 토지와 재산을 몰수당하고 월남한 사람들이 누구보다도 강한 반공주의적 특성을 보였던 것은 사회적 신분과 지위를 박탈당한 데 근본 원인이 있었다. 공산당으로부터 인적·물적 피해를 입은 당사자라는 점에서 이들이 보이는 공산당에 대한 적개심은 충분히 이해됨직한데, 실상 남한에서 반공주의에 앞장선 서북청년회, 대동청년단

---

18   김동춘, 『전쟁과 사회』, 돌베개, 2003 개정판, 84면.

등의 악명 높은 단체를 주도한 인물들은 대부분 이들 월남민이었다. 『영웅시대』의 이동영이 보여주는 공산당에 대한 거부감 역시 그런 사실과 같은 맥락에서 이해된다. 그 역시 공산주의자였지만 권력 쟁탈의 과정에서 뒷전으로 밀려났고, 그것이 자연스럽게 공산주의에 대한 환멸감으로 외화된 것이다. 따라서 그의 태도란 이념에 대한 비판적 성찰이라기보다는 권력투쟁에서 배제된 자의 패배의식과 깊이 연관되어 있다. 만약 동영이 북로당처럼 권력의 중심에 진입했더라면 그의 태도는 한층 달라졌을 것이다. 그렇지만 불행하게도 그러지 못했고, 그것이 그로 하여금 공산주의에 대한 극도의 환멸감을 갖게 한 것이다.

작품의 말미에서 언급되는 월남 목사의 일화 역시 같은 맥락에서 이해할 수 있다. 정인에게 세례를 준 목사가 보인 공산당에 대한 적개심과 분노는 동영이 보인 것과 동일한 논리로 되어 있다. 그 역시 존재의 근거를 박탈당한 인물이었던 관계로, 그에게 있어서 공산당이란 거짓 예언자일 뿐만 아니라 생존마저 위협하는 악마이자 사탄이었다. 그러므로, 이동영과 이 목사의 일화를 결합해서 이해하자면, 『영웅시대』가 구축하는 진리 내용이란 곧, 공산주의는 악의 화신이자 제거해야 할 대상이라는 점, 말을 바꾸자면 전율할 반공 이데올로기의 구축과정이라는 것을 알 수 있다.

3. 종부의 소명의식과 반공의 현실

이동영을 중심으로 하는 서사가 사회주의자의 좌절과 몰락을 통해서 반공주의가 구축되는 과정을 보여주었다면, 노모와 정인을 중심으로 한 서사는 반공주의의 억압적 규율 속에서 살아남기 위한 고통스러운 입사(initial) 과정이라는 정반대의 모습을 보여준다. 전쟁과 함께 가장이 사라진 현실에서 이들은 가족의 생계를 유지하기 위해 고된 노동을 감당해야 했고, 사회 현실과 직접 대면하면서 생존의 기반을 마련해야 했다. 이 과정에서 노모와 정인은 좌익 가족으로서 혹독한 시련을 겪으면서 점차 반공 기율 사회에 동화되는 모습을 보이는데, 그 일련의 과정이 곧 반공주의에 대한 '자발적 동의'의 형태로 나타난다.

사실 작품 전반에서 목격되는 정인과 노모의 삶은 이데올로기와는 무관한 것이었다. 남로당 중간 간부를 남편으로 두고 있었지만, 정인의 생활은 젊은 아내이자 세 아이를 둔 평범한 어머니로서의 모습에서 벗어나지 않았다. 그녀는 남편과는 달리 인민이나 계급과 착취라는 말에 대해서 관심이 없을 뿐만 아니라 지식이래야 '여사서(女四書)'와 '사략(史略)'을 통한 것이고, 독서의 수준도 기껏 「장화홍련전」이니 「심청전」 따위의 육전소설을 읽었을 정도였다. 한때 남편 이동영이 기초적인 좌익 서적을 건네주기도 하고 또 장황하게 사회주의에 대해서 설명한 적도 있지만, 그녀는 공산당을 조선시대의 '활빈당' 정도로만 생각했을 뿐 더 이상의 관심을 보이지 않았다. 동영의 모친 또한 언급한 대로 사파종가의 종부로서의 자부심과 남다른 가문의식으로 무장한 '거센 성정'의 소유자지만, 이데올로기라든가 정치 현실에 대해서는 전혀 관심이 없는 장삼이사(張三李四)에 불과했다. 그런데도 이들이 이데올로기의 거친 소용돌이에 휘말린 것은 전쟁이라는 특수한 상황과 함께 몰아친 동영의 급작스런 월북(越北) 때문이다. 당원은 물론 사소한 부역자의 가족들이라도 군경의 눈에 띄기만 하면 모조리 총살한다는 소문이 떠돌던 시절에, 이들은 아들의 보호망이 사라짐으로써 돌연 돛대를 잃은 쪽배의 신세로 전락하고, 이후 반공주의의 억압적 규율에 순응하지 않을 수 없는 고통스러운 입사(入社)과정을 치르는 것이다.

입사소설이란 주인공이 그 시대의 문화적·인간적 환경 속에서 유년

시절부터 청년시절에 이르는 사이에 자기를 발견하고 정신적으로 성장해 가는, 이를테면 자신을 내면적으로 형성해 가는 과정을 묘사한 소설이다. 그런데, 작중의 정인과 시모의 행위는 그와는 달리 유교의 종가의식을 바탕으로 반공주의 체제를 인정하고 수용하는 형국이라는 점에서 '성장'보다는 오히려 '순응'의 형태로 나타난다. 더구나 이런 변화의 계기로 작용하는 것이 생존 자체를 위협하는 현실의 억압과 폭력이라는 점에서 이들의 변신은 생존을 위한 처절한 몸부림이 되고, 그래서 작중의 현실은 반공주의가 뿌리내리면서 상징권력으로 굳어지는 초기 과정을 사실적으로 증언하는 역할을 한다.

가령, 가장이 부재한 상태에서 이들이 직면해야 했던 현실은 무엇보다 "부모형제나 처자를 공산당에게 학살당한 이들"로부터 가해지는 사적인 폭력이었다. 이들 피해자들은 "갈아먹어도 시원치 않을 것들. 때려죽여도 죄는 따로 남을 빨갱이 새끼들"이라는 공산주의에 대한 극도의 증오심을 갖고 있었고, 그래서 조금이라도 부역 혐의가 있으면 누구를 가리지 않고 사적인 폭력을 휘둘렀다. 그런 상황에서 정인 일행은 생존마저 보장받을 수 없게 되는데, 특히 이들이 골수좌익의 가족이라는 사실을 아는 지인들로부터 가해지는 폭력은 한층 심각한 것이었다. 한때 시어머니로부터 큰 도움을 받았던 인척들도 이들을 외면하기는 마찬가지, 시어머니가 피난열차에서 굴러 떨어져 혼절한 상황에서도 바로 옆 칸에 있는 인척에게 도움을 청할 수 없었고 더구나 귀향 후 겪게 된 고향 인척들의 냉대는 상상을 초월한 것이었다. 친척 가운데 가장 가까운 9촌 당숙인 '뒷실 어른'은 정인네가 마을을 떠난 후 종갓집을 차지하고 있다가 시어머니의 호된 꾸지람을 듣고 쫓겨난 인물이었다. 그런데 그것이 앙심이 되어 정인의 집 주변을 배회하면서 식구들을 감시하다가 끝내 부역자를 숨겨주었다고 정인을 밀고해서 1년간 복역하게 만든 장본인으로 암시된다. 또 면 인척 동희의 행태 역시 정인으로 하여금 극도의 공포심을 갖게 만들었다. 동희는 집을 사기 위한 돈을 가로챘을 뿐만 아니라 그 돈을 받으러 간 정인을 강제로 욕보이는 파렴치한 행태마저 서슴지 않았다. 또 정인이 국밥집을 차린 뒤에 당하는 수모 역시 견디기 힘든 것이었다. 한창때에는 동등한 인격으로조차 여기기를 꺼렸던 시골의 장꾼들이나 막돼먹은 장돌뱅이들에게까지 놀림을 받는, 생명의 위험과 함께 육체적 수모까지 감내해야 하는 상황에 이른 것이다.

이런 모든 수모는 결국 이들이 좌익의 가족이라는 것, 말하자면 6·25 전쟁을 경험하면서 한국 사회에서 반공주의가 정서적 감응력을 획득하고 뿌리내리는 과정에서 촉발된 것이었다. 전쟁이라는 참혹한 체험을 통해서 민중들은 공산주의에 대한 분노와 적개심을 내면화하고 그것을 극도의 부정의식으로 표출한 것이다. 좌익이라면 그 가족 친지까지 무조건 검거·처단하고 무수한 사람들에게 '빨갱이 협조자', '동조자', '앞잡이'의 누명을 씌워 학살하고 심지어 마을 주민 전체를 사살하는 상황에서 사람들은 반공(反共)만이 생존의 유일한 길이라는 사고방식을 갖게 된 것이다. 이동영의 노모가 나뭇가지를 주우러 산에 올랐다가 뜻하지 않게 폭행을 당했던 것도 그런 데 원인이 있었다. 노모를 폭행한 노인은 빨갱이에게 자식을 잃은 천추의 한을 갖고 있었고, 그것이 빨갱이 자식을 둔 노모에 대한 이유 없는 폭력으로 드러난 것이다. 이런 상황에서 정인 일가는 기존의 정체성이라든가 사회적 지위를 더 이상 유지할 수 없고 오직 급변하는 현실에 순응하지 않을 수 없는 절체절명의 처지로 내몰리게 된다.

여기서 새로운 질서에 순응하고 통합되는 과정에서 정인 일가의 의식 변화를 매개한 것은 바로 종부(宗婦)로서의 소명감이다. 나이 서른에 청상이 되어 반가를 지켜온 거센 성정의 인물답게 노모를 사로잡고 있었던 것은 '가문의 대(代)'를 이어야 한다는 종가(宗家)의식이고, 그것이 생사존망의 갈림길에서 다시금 삶의 의욕을 고취하는 힘으로 환기된 것이다. 즉, 아들 동영이 북으로 간 뒤 생사가 모호해진 상황에서 그녀에게 무엇보다 시급했던 것은 "땅도 지키고 집도 지키고 아이들도 가르쳐야 한다"
는 종부로서의 소명의식이었다. 자식이 없으면 내쫓는다(無子去)는 칠거
지악(七去之惡)을 떠올리지 않더라도, 유교의 인습에 투철한 노모의 입장
에서 보자면 가계의 보존은 목숨보다도 더 소중한 일이었다. 더구나 중
앙 권력에서 소외된 처사신분의 집안에서, 노모는 가계의 전통과 명예에
대해서 누구보다 강한 자부심과 집착을 갖고 있었다. 그런 소명의식에서
노모는 전장의 위험에서 벗어나 상대적으로 안전한 경상도의 고향으로
거처를 옮기고자 한 것이다. 즉, 노모는 자신이 아이들을 데리고 고향으
로 내려갈 터이니 정인은 서울에 남아서 남편을 기다리라고 지시한다.
전쟁의 상황이 유동적이고 그래서 서울이 다시 인민군치하로 들어가면
동영이 나타나 가족을 찾을 수도 있기 때문에, 정인이 서울에 남아서 남
편을 기다려야 한다고 생각한 것이다. 그렇지만 홀로 세파를 감당하기가
두려웠던 정인은 그와는 정반대로 노모가 서울에 남고 자신은 아이들과
함께 고향으로 내려가겠다고 고집한다. 그런데, 노모가 보기에 그런 태
도는 자신의 깊은 속내를 헤아리지 못한 것이었다. 노모가 정인을 서울
에 남으라고 한 것은 "이대(二大)가 나란히 청상"이 될 수 없고, 더욱 중요
한 것은 "모종 붓 한군데 씨를 몰아두었다가 대가 끊"길 수도 있는 위험성
을 갖고 있기 때문이었다. 말하자면, 정인이 아이들과 함께 고향으로 간
다면 자칫 불행한 사태로 인해 '가문의 대'가 끊어질 수도 있지만, 서울에
남아 있다가 남편을 만난다면 고향의 자식들이 모두 죽더라도 정인이 다
시 자식을 낳을 수 있으리라고 판단한 것이다. 가문의 멸절을 막아야 한
다는 처절한 소명의식.

　　노모에게 있어서 종가의식은 이렇듯 이데올로기이자 동시에 현실의
고통을 잊고 버티게 하는 종교와도 같은 것이었다. 따라서 노모가 정인
에게 단호한 결단을 촉구한 것은 그런 전망 속에 정인을 포섭하고자 하는
의도로 이해할 수 있다. 정인이 노모의 말을 듣지 않고 함께 피난 열차에

올랐던 것은 그녀의 의식이 아직은 반공주의적 적개심이 지배하는 현실에 맞서 가문을 지키기에는 턱없이 부족하다는 것이고, 그것을 간파한 노모는 고향 마을 초입에서 자신의 과거사를 회상하면서 정인에게 사생적 결단을 촉구하는 것이다. 이를테면, 시어머니는 청상과부가 된 뒤 세상을 하직하기 위해서 벼랑 끝에 섰는데, 그때 돌연 동영이 자신의 치마꼬리를 잡으면서 "어매, 한 번만 더 살아보자꼬. 한 번 더 살아보고 정 안 되면 여다 와서 죽어 뿌자꼬"라고 절규했고, 그 말을 듣고 그녀는 "진해(日)는 자신의 해였지 동영이 해는 아니었다"는 것을 깨달았다고 한다. 그 후 그녀는 '돌내골 암펌'이 되어 "떠오르는 동영의 해를 가로막는 거는 뭐든동 물어뜯고 할퀴는" 생활을 해 왔다고 술회하며, 이제는 정인이 그런 모진 결단을 해야 할 시점이라고 말한다. '지는 해는 정인의 해지 네 명의 자식들의 해는 아니라는 것'으로, 정인 역시 자신처럼 종부로서의 소명감으로 무장하라고 주문하는 것이다. 그런 점에서 노모의 단호하고 비장하기까지 한 결의는, 빨갱이 가족으로서의 불안과 공포에서 벗어나 그런 현실을 받아들이고 살아남기 위한 일종의 입사적 의례에 해당한다고 하겠다.

이후 살아남기 위한 시어머니의 변신은 정인이 보기에도 놀라울 정도였다. 고향으로 가는 길목에서 트럭을 얻어 타게 된 뒤에 보여준 국군에 대한 반응에서 그런 사실이 단적으로 확인되는데, 즉 시어머니 역시 정인과 마찬가지로 '우익 일반에 대해서 강한 적의'를 갖고 있었지만 이제는 더 이상 그들을 미워할 수만은 없는 상황이 되었다. 그래서 그녀는 다음과 같이 자신의 태도를 바꾸는 급격한 변화를 보여준다.

그때까지의 모든 미움과 사랑, 좋음과 싫음을 잊고 새로 몸담고 살기로 작정한 세계와 조화를 이루려는 결의였다.

"인제부터는 이눔아들을 싫어하거나 미워해서는 안 된데이. 이눔아들 하고 친하는 거를 부끄럽게 여길 것도 없고 이눔아들한테 도움받는 거를 꺼릴 까닭도 없다. 좋게나 싫게나 인제부터는 일마들 총 밑에서 살아가야 될 깨이께는……."[19]

　시모의 이러한 돌발적인 변신을 결코 기회주의적이거나 비열하다고 볼 수 없는 것은 생존의 극한에서 나타나는 자연스러운 본능이기 때문이다. 살아남기 위해서 약자가 강자 편에 서는 것은 당연한 행동으로, 실제로 당대 민중들이 보인 행동 역시 그와 동일한 것이었다. 민중에게 삶의 철학이 있다면 오직 어느 측으로부터도 처벌을 당하지 않고 살아남는 것이었고, 그것은 사회주의나 자본주의라는 이념보다도 훨씬 근원적이고 강한 것이었다. 그래서 이들은 인민군들이 들어왔을 때는 인민군에게, 국군이 들어왔을 때는 국군에게 협력할 준비가 되어 있었고, 때로는 '생존을 위한 신중함'으로 사태의 추이를 좇았던 것이다. 박경리가 『시장과 전장』에서 갈파한 것처럼, 민중에게 중요했던 것은 생존이었지 어느 특정 집단의 이데올로기라든가 정통성의 문제는 아니었다. 국군에 대해서 공공연히 욕을 하는 사람도 없었고, 그렇다고 인민군을 저주하는 사람도 없었다. 피난민 중에는 인민군 유격대가 끼어 있을 수도 있고 또 대한민국의 정보원이 있을 수도 있다. 대세가 분명하지 않은 상황에서 어느 한 쪽에 섣불리 가담했다가는 바로 목숨을 잃을 수도 있는 상황이었고, 그래서 민중들은 하나같이 '현실을 좇는 현명함'으로 전쟁을 받아들였던 것이다.

　기독교에 대해서 막연한 적대감을 갖고 있었던 노모가 교인으로 돌변한 것도 그런 생존의 본능에서 비롯된 입사적 의례였다. 청상이 된 이후 30여 년을 벗삼아온 담뱃대를 꺾으면서 "인제부터 우리는 예수를 믿는다. 모두 예배당에 갈 채비를 하그라"라고 단호하게 선언한 것은 강자에게 의지해서 생존을 도모하려는 본능적 욕망에서 비롯된 것이고, 그래서 이

19　이문열, 『영웅시대』 하, 민음사, 1984, 423면.

후 그녀는 비가 오나 바람이 부나 새벽기도 한 번 거르지 않고 정인을 앞
세워 교회로 나갔던 것이다. 물론, 이런 행위가 진정한 기독교인이 되었
다는 것을 의미하지는 않는다. 어머니가 남긴 유언에서 구체적으로 드러
나듯이, 그녀에게 있어서 기독교란 가족을 의탁할 든든한 의지처에 지나
지 않았다.

> 니는 하나님이나 잘 섬기그라. 예수 믿는 거 꼭 잊지 마래이. 지금 세상 보이 그
> 귀신이 제일로 힘 있는 것 같다. 그 많은 양놈들 면면이 잘 봐주이 내 새끼들이라
> 꼬 왜 안 봐 줄로? 조상귀신은 내한테 맽기고 니는 참말로 예수한테 복 받는 사람
> 돼야 한 데이. 아이들도 모도 예배당에 데리가는 거 잊지 말고 …….[20]

지금 세상에서 가장 힘 있는 귀신은 예수라는 견해로, 그녀에게 기독
교의 교리나 의례는 그리 중요한 게 아니었다. 중요한 것은 가계를 보존
하는 일이고, 기독교는 그것을 위한 구복의 도구였다. 정부라든가 국군,
경찰은 물론 어느 누구도 믿고 의지할 수 없는 상황에서, 더구나 운이 나
쁘면 예기치 않은 죽음을 당할 수도 있었기 때문에 노모는 지푸라기라도
잡는 심정으로 기독교에 매달렸던 것이다. 실제로 전쟁 기간 중에 교회
는 신앙을 갈구하는 민중들에게 "피난의 근본적 의미는 어떤 산, 어떤 강,
어떤 섬에 의지하기보다는 하나님이 함께 하여 힘주시며 보호하여 주심
에 있다"라고 강조했다고 한다. 그래서 전쟁이 끝난 뒤에는 기독교 인구
가 급격히 증가했다고[21] 하는데, 노모가 보인 행동은 그런 사실을 실감케
해준다. 생존을 위한 민중의 처절한 몸부림과 함께 반공 규율 사회에 동
화되는 구체적인 사례를 보여주는 셈이다.

시어머니의 개종 이후 정인이 보인 행동 역시 반공 규율 사회에 동화

---

20   이문열, 『영웅시대』 하, 민음사, 1984, 631면.
21   김흥수, 『한국전쟁과 기복신앙 확산 연구』, 한국기독교 역사연구소, 1999, 41면.

되는 모습이라는 점에서 동일한 궤적을 보여준다. 그런데 그녀의 변신은 시모와는 달리 실존적 인물로서의 자기인식과 함께 이념에 대한 허무주의적 태도에 바탕을 둔다는 점에서 구별된다. 곧, 1년간의 복역기간 동안에 정인의 의식에 와 닿는 것이 있다면 '자기와의 대면' 또는 '자신의 존재에 대한 내면적인 성찰'이었다. 그때껏 정인이 생각해 온 '자아'는 존재 자체라기보다는 주로 외부세계와의 관계 속에서 파악되는 것이었다. 남편 동영의 영향에 의한 것이지만, 다정다감하던 소녀 때를 제외하면 정인은 한 번도 자신의 삶이 구원받아야 할 것이라고 생각해본 적이 없었다. 외부적 조건만 획득되면 당연히 자신의 존재는 충일되고 자아는 성취될 것으로 믿었다. 그러나, 남편과 이별한 뒤 온갖 세파를 겪고 또 시어머니의 초상을 치른 뒤부터는 비로소 자신의 내면 깊숙이 숨어 있던 본원적 '자아'를 깨닫는다. 그 '자아'는 설령 남편이 희망하는 세계가 실현되어 모두가 평등하고 자유로운 삶을 누린다 하더라도, 그리고 자신이 그 가운데서 살게 되더라도 결코 채워지지 않으리라는 것, 말하자면 자신은 "작고 외롭고 연약한 존재"에 불과하다는 실존적인 비애를 깨닫고 마침내 기독교에 투신하는 것이다. 시어머니가 종부로서의 소명의식을 바탕으로 기독교인이 되었다면, 정인은 실존의 주체로서 인간의 근원적인 불안과 외로움을 자각하고 교인으로 탈바꿈한 것이다.

그런데 주목할 점은 이런 깨달음을 통해서 정인이 궁극적으로 도달하는 지점이 이념 허무주의라는 데 있다. 그녀의 깨달음은 외견상 모든 적과 이념을 용서하는 화해와 관용의 모습이지만, 거기에는 이념에 대한 깊은 허무의식이 내재되어 있다. 즉, 세례를 받은 후 그녀는 "이제 남편 동영과는 영원히 나란히 설 수 없게 된 영혼의 낙인을 받았다는 것"을 깨닫는다. "세상에 그런 낙인은 없으며, 있다 해도 그것은 다만 인간적인 논리와 의식 안에서일 터이므로, 이제 자신이 첫발을 내디딘 세계는 그보다 훨씬 초월적인 원리에 지배되고 그 안에서 용서받지 못할 것이라고는 아무엇도 없는 어떤 신적인 영역"이라는 사실을 자각한다. 이념에 사로잡혀 역사의 격랑에 휩쓸려간 남편에 대해서, 그리고 자기 가족에게 가해지는 세상의 모든 모멸에 대해서 신의 이름으로 용서를 구하는 화해와 관용의 정신을 획득하는 순간이다. 그렇지만, 그것은 이념을 포함한 일체의 인간적 행동들을 덧없는 것으로 돌리는 심리라는 점에서 한편으로는 허무주의와 긴밀하게 연결되어 있다. '지상의 모든 것이 덧없다'는 의식, 여기에 이르면 인류의 평등과 지상낙원을 꿈꾸는 공산주의와 혁명과 투쟁 역시 인간의 덧없는 행동에 지나지 않는다는, 보수 이념의 또 다른 축이 형성되고 있음을 목격할 수 있다.

4. 정전의 의미와 존재방식

이 글에서 『영웅시대』를 통해서 보고자 했던 것은 전후 현대문학사를 규율한 이른바 보수 이념의 형성과 존재방식이었다. 『영웅시대』는 전후 사회의 가치와 이념을 사실적으로 보여준다. 『영웅시대』에서 목격되는 반공주의는 현대문학의 보수적 이념을 구성하는 핵심 요소라는 사실을 염두에 두면서, 이 글에서는 사대부의식이 그것과 결합해서 지배 이념이 되는 일련의 과정을 살펴보았다. 언급했듯이, 식민치하에서 목격되는 사대부의식은 작가들의 비타협적 신념과 자존을 떠받치는 핵심 가치였고, 그것이 이후 저항의 파토스로 드러나 사상사의 한 획을 그었지만, 해방 이후 6·25 전쟁을 경과하면서는 남과 북이 분단되고 사회주의가 적대적 타자로 환치되면서 반공주의를 매개하는 보수 이념으로 기능한 것을 확인할 수 있었다. 양반 출신으로서 갖는 선민의식과 종부의식, 이념

허무주의적 태도는 비단 이동영 일가라는 작중인물에 국한되는 문제가
아니라 실제 현실에서 보수 이념을 구성하는 근본 요소라 해도 과언이
아니다.

하나의 작품이 정전이 되기 위해서는 작품 내재적인 특성과 함께 시대
적 조건, 지배계급의 사회통제 방식 등이 주요하게 작용하는데,[22] 기존의
교과서와 문학 전집에서 김동리 류의 작품들이 반복적으로 수록되었다
는 것은 그들 작품이 정전으로서 암묵적인 동의를 얻고 있었기 때문이다.
물론, 정권에 의해 강요된 측면이 강했지만, 종국에는 묵시적인 형태로
많은 사람들의 동의를 획득한 것이다. 사실 정전으로 명명된 작품을 읽
을 때와 그렇지 않은 작품을 읽을 때의 느낌은 다를 수밖에 없다. 그것은
정전이라는 권위가 부여하는 믿음 때문인데, 문학 정전이란 특정한 시대
환경을 후광으로 두르고 있어 그 효과가 다른 어느 작품보다도 강력하다.
그래서 한번 정해진 정전은 매우 완고하고 변화에 둔감하며, 한편으론 그
와는 이질적인 다양한 종류의 작품과 가치를 배제하는 속성을 갖는다.

전후 문학사에서 보수 성향의 작품들이 주류적 지위를 누렸던 것은 전
쟁과 분단이라는 특수한 환경과 그에 기인하는 시대 분위기에 일차적인
원인이 있다. 그런 환경 속에서 김동리 등의 작품이 정전으로서의 권위
를 누려왔지만, 시대 환경이 가변적이듯이 기존의 정전 역시 언제든지 변
경과 교체가 가능하다. 더구나 기존의 정전은, 『영웅시대』를 통해서 확
인했듯이, 당대 사회의 보수적 가치와 결합된 강한 억압성을 특징으로 한
다는 점에서 재고될 필요가 있다. 이데올로기는 대체로 특정 사회 집단
이나 세력에 의해 물질적 기반과 구체적 기제를 통해서 특정한 의식과 정
치 이념으로 기능하는 경우가 많은데, 반공주의는 그보다 한층 경직된 형

---

22   송무, 앞의 책, 344면.

태로 기능한 일종의 시대적 멘탈리티(mentality)와도 같은 것이었다. 『영웅시대』의 여러 인물들이 보이는 이념에 대한 광기와도 같은 적개심과 부정의 심리는 반공주의가 어떻게 시대적 멘탈리티가 되어 인간의 존엄과 가치를 억압해 왔는가를 보여준다. 문학 정전이란 이러한 시대의 중심 가치와 긴밀하게 연결되어 있다. 그렇지만 그 가치란 사실은 잠정적이고, 그래서 부단한 갱신을 통해 생명력을 이어갈 수밖에 없다. 반공주의가 더 이상 사회적 동의를 얻지 못한다면, 그것에 의해 지지되는 작품들 역시 그와 함께 시대의 뒷전으로 밀려날 수밖에 없을 것이다.

변경의 삶과 자기 정당화의 논리

이문열의 『변경』을 중심으로

1. 『변경』의 문제성

해방 이후부터 최근까지 우리들의 삶을 강력하게 구속한 요인의 하나는 냉전의식이었다. 냉전의식은 정치를 지배했고 경제를 변형시켰으며 또 무수한 방식으로 사람들의 삶을 억압하였다. 물론 우리 사회에서 냉전 이데올로기가 맹위를 떨쳤던 1990년대 이전과 2010년대의 지금은 혹한의 겨울과 따스한 봄날처럼 아득한 심리적 거리감이 존재하지만, 아직도 사회 일각에서는 북한을 궤멸시켜야 한다는 주장이 횡행하고 있고, 선거철이면 냉전적 구호와 주장들이 많은 사람들의 시선을 혼란스럽게 하고 있다. 세계는 이념을 폐기하고 자본을 쟁탈하는 무한경쟁의 시대가 되었지만, '분단'과 '반공'은 여전히 우리의 무의식을 완강하게 규율하고 있다. 문학도 이런 현실에서 예외가 아니다. 1980년대까지도 우리 문학은 반공주의의 그늘에서 벗어나지 못한 채 공산주의라고 하면 무조건 외면하거나 사갈시하는 등의 편견을 곳곳에서 드러내었다. 박완서가 한때 좌익에 가담했다가 전향한 뒤 돌연 죽음에 이른 오빠의 행적을 모두 '빨갱이' 소행으로 몰아붙였던 것이나, 홍성원이 6·25 전쟁을 총체적으로 다루고자 했으면서도 북쪽의 이야기를 뺀 채 반쪽만의 이야기를 쓰지 않을 수 없었던 것, 이호철과 남정현 등이 작품을 발표한 뒤 기관에서 강압적인 취조를 받고 한때 정신병적 징후를 드러냈던 일 등은 모두 전후 현대문학사에 드리워진 반공주의의 어두운 그림자들이다. 그런 상처들이 깊은 외상(trauma)으로 잠복되어 있기 때문에 전후의 문학적 흐름을 이해하기 위해서는 그 실상을 살피고 진상을 규명하지 않을 수 없다.

이 글의 대상이 되는 『변경』은 그런 점에서 중요하게 살펴야 할 작품의 하나이다. 작가가 스스로 "나는 지금까지 내 삶에 축적된 모든 직접·간접의 경험, 모든 기억과 사유 중에서 문학적 소재 혹은 장치로 유효하다고 또 적절하다고 판단되는 것을 아낌없이 썼다"[1]고 고백한 것처럼, 『변경』에는 작가가 겪은 개인사의 경험들이 날줄과 씨줄처럼 긴밀하게 직조되어 있다. 실제로 『변경』은, "이걸 위해 나는 쓰기 시작했다"고 작가가 된 이유를 고백한 『영웅시대』의 속편에 해당하는 작품으로, 거기서 미처 못 다한 가족들의 신산스러운 삶을 작품의 중심 소재로 삼았다. 부친의 월북으로 남한에 남겨진 어머니와 4남매가 당면한 현실은 반공주의와 연좌제의 굴레에서 한 치도 벗어나지 못한 전후 사회의 실상을 단적으로 상징한다. 부친이 사회주의 운동에 투신하지 않고 평범한 아버지의 길을 걸었던들 이들 일가의 삶은 여느 장삼이사들과 크게 다르지 않았을 터이지만, 부친은 사회주의 운동을 하다가 남한을 등지고 북으로 넘어갔고, 그로 인해 남한에 남겨진 가족들은 반공주의의 울타리에 갇혀 순응하거나 아니면 맞서 싸우면서 자신의 삶을 개척하지 않을 수 없는 처지가 되었다. 작가 이문열의 실제 삶이 고스란히 투영된 이런 내용을 통해서 『변경』은 암울했던 과거에 대한 문학적 증언을 수행하였다. 그 동안 이데올

---

1   이문열, 『변경』 1, 문학과지성사, 1998년 재판, 7면.

로기에 따른 억압심리와 그로 인한 불구적 삶은 전후문학에서 자주 다루어졌던 내용이지만, 『변경』에서는 그것이 인물들의 사고와 행위를 근본에서 제약하는 요인이라는 점에서 한층 적극적이고 문제적이다. 이문열 일가가 겪는 반공주의와 연좌제는 단지 그들만의 것이 아니라 전후 우리 사회 전체를 지배한 억압적 규율의 구체적 사례였다는 점에서 강한 상징성과 아울러 문제성을 갖는다.

 이 작품이 갖는 또 다른 의미는 보수 이념의 대변자로까지 말해지는 작가 이문열의 정신적 가치와 이념적 특성을 엿볼 수 있다는 데 있다. 작가는 회상과 고백의 형식을 빌려서 자신의 과거에서 작품의 소재를 찾고 그것을 허구적으로 서사화하면서 그 속박에서 벗어나 자유롭고자 한다. 작가는 유년기 초기까지 가능한 한 멀리 기억의 시침을 되돌리고 그것을 바탕으로 미래까지도 포괄하고자 하는데, 이는 과거를 성찰하고 나아가 현재의 시점에서 그것을 교정(矯正)하려는 의도로 이해할 수 있다. 자기 성찰이란 자신에게 진실해지는 것이고 동시에 능동적으로 자기를 구축하는 과정으로, 허위적 자아에서 벗어나 진실된 자아를 추구하는 치유와 교정의 과정이다.[2] 그런데, 작가는 가슴 깊이 내재되어 있는 가문에 대한 자부심과 미(美)에 대한 집착, 그리고 부친과 이념에 대한 적의와 무관심을 토로하면서 외상처럼 내재된 이념과 변혁운동에 대한 부정적 태도를 드러내고, 궁극적으로 자신의 보수적 시각을 정당화한다. 이런 사실은 이 작품이 연재된 시점이 '독재 타도'를 기치로 내건 민주화 운동이 정점을 향해 치닫던 1986년이고, 당시 이문열은 그러한 움직임에 대해 비판적인 입장을 취했던 사실과 일정하게 연결되어 있다. 『변경』에서 알 수 있듯이, 아버지로부터 물려받은 원죄와도 같은 피해의식, 또 두 제국의 변경에 위치하여 결코 그 한계를 벗어날 수 없다는 결정론적(혹은 운명론적)

2　　A. 기든스, 권기돈 역, 『현대성과 자아정체성』, 새물결, 1997, 138~140면.

사고방식 등은 변혁운동에 대한 이문열의 시각을 부정적으로 주조(鑄造)한 결정적 요인이라 하겠는데, 『변경』에는 그러한 이문열의 신념과 자세가 압축된 형식으로 제시되어 있다.

그런데 그런 특성을 배경으로 깔고 있음에도 불구하고 작가의 관심이 시종일관 개인적 해한(解恨)과 입신에만 모아져 작품의 의미가 사회·역사적 차원으로 확대되지는 못하였다. 가령, 『변경』 전반을 관통하는 이른바 '변경론'은 미·소라는 두 거대 제국에 의해 우리의 운명이 결정된다는 운명론적 입장에 바탕을 두었다. '변경'에서의 삶은 두 제국의 적대적 속성으로 인해 본질적으로 적대적이고, 그렇기 때문에 남한에서는 반공주의가 횡행하게 되었다고 암시하지만, 그에 대한 근본적인 문제제기는 하지 않는다. 말하자면, 이 작품은 반공주의로 신음하는 인물들의 삶에 초점을 맞추고 있음에도 불구하고, 그 억압적 현실을 사후적으로 추인하고 정당화할 뿐이지 그것이 갖는 부정성과 역사적 의미에 대해서는 침묵한다. 그런 점에서 이 작품은 이른바 반공문학의 범주에서 크게 벗어나지 못하는 것으로 평가할 수 있다. 좌우 이념에 대한 차별적 인식을 전제로 사회 변혁운동을 공산화라고 몰아붙이거나 남북한 간의 화해보다는 갈등을, 사랑보다는 증오를 조장하는, 그리하여 분단 현실의 고착화시키는데 동조하는 문학을 흔히 반공문학이라고 한다면,[3] 『변경』 전반에서 목격되는 공산주의에 대한 적개심과 부정의 심리는 그와 큰 차이가 없다고 하겠다. 그런 관계로 『변경』을 통해서 우리는 작가의 이념적 특성과 함께 반공주의에 기반을 둔 보수 이념의 속성을 구체적으로 확인하게 될 것이다.

---

3 김태현, 「반공문학의 양상」, 『실천문학』 1988년 봄호, 실천문학사, 23면.

2. 반공의 규율과 주변부의 삶

『영웅시대』가 전쟁을 전후한 시기의 '아버지 이야기'라면,『변경』은 그 아버지가 월북한 뒤 남한에 남겨진 '가족들의 고통스러운 생존과 성장의 이야기'이다. 명훈, 영희, 인철, 옥경이라는 사 남매가 1960년대의 격랑을 헤치면서 사회·정신적으로 성장해가는 일련의 과정이 서사의 중심을 이루고, 그것을 통해 격변기를 통과한 한 가족의 로망(roman)이 전개된다. 작품은 이들의 성장 과정을 중심 서사로 해서 크게 3부로 구성되어 있다. 1부(1~4권)인 '불임의 세월'에서는 명훈이 중심인물로 등장하고, 2부(5~8권)인 '시드는 대지'에서는 '영희'가, 3부(9~12권)인 '떠도는 자들의 노래'에서는 '인철'이 서사의 중심을 차지한다. 물론 각 부(部)를 구성하는 하위 장(章)에서는 명훈, 영희, 인철 등이 번갈아 서술되면서 가족사의 굴곡이 그려지지만, 각 부의 중심에는 명훈과 영희와 인철이 놓임으로써『변경』은 마치 이 세 인물의 성장과 입신에 초점이 모아진 인물소설의 형태를 취하게 된다. 작품이 복합적이고 중층적인 서사로 구성되어 외견상 복잡한 형태를 갖고 있음에도 불구하고 독자들에게 선명한 인상으로 다가오는 것은 이 세 인물의 삶이 작품 전반에서 계기적이고 박진감 있게 서술되기 때문이다. 그런 점에서『영웅시대』와 이『변경』은 아버지에서 자식 세대로 이어지는 일종의 가족사소설이고, 이 논문의 대상이 되는 『변경』의 의미 역시 핍진한 형상으로 제시되는 이들 가족의 일화에서 찾을 수 있다. 3부로 펼쳐지는 이들 일가의 이야기는 각 개인의 성장과 입신에 초점이 모아져 있지만, 작가가 특히 주목하는 것은 연좌제와 경제적 궁핍으로 인한 방황과 좌절의 행적이고, 그것을 통해서 작가는 궁극적으로 자신의 과거를 회고하고 해한의 계기를 삼고자 한다. 따라서 작중 인물들이 보여주는 신산스러운 삶의 행적은 과거 우리를 병들게 했던 반공주의의 야만성에 대한 문학적 증언과 고발로 이해해도 좋을 것이다.

그런 사실은 우선 작중 인물들이 발 딛고 있는 현실이 반공주의가 억압적으로 행사되던 전후 1950~60년대 사회이고, 특히 연좌제로 인해 '빨갱이 자식'이라는 낙인을 목에 걸고 살아야 했던 냉전시대의 현실이라는 데서 드러난다. 연좌제란 범죄인과 특정한 관계에 있는 사람에게 연대책임을 지게 하여 처벌하는 규정으로, 형사책임 개별화의 원칙에 위배되는 전근대적인 법제도라 할 수 있다. 가령, 가족 중에서 전쟁과 함께 월북을 했거나 부역에 가담했을 경우 남아 있는 가족들의 행위를 제한하는 것으로, 작중의 명훈 일가를 옭아맨 족쇄는 바로 이 연좌제였다. 물론,『변경』의 인물들이 곤궁한 처지에서 벗어나지 못하는 것은 무엇보다도 가장의 부재에 따른 경제적 궁핍에 원인이 있다. 가정의 기둥이 사라지고 대신 편모슬하에서 생활을 유지해야 했던 관계로 이들의 삶은 빈한하고 고통스러울 수밖에 없었다. 그런데, 작가는 그런 현실의 궁핍보다는 일상의 삶을 근본에서 옭죄는 정신적 상처 곧, 월북한 아버지를 둔 '빨갱이 가족'으로서의 정신적 외상에 보다 깊은 관심을 두어 작품의 궁극적 의도가 어디에 있는가를 시사해준다.[4]

부친의 월북으로 이문열 일가가 겪었던 정신적 고통은 그의 여러 글에서 확인되듯이 마치 중세의 마녀사냥을 연상케 하는 것이었다. 연좌제가 공식적으로 폐지된 1982년까지도 '전담 형사가 그림자처럼 붙어서 동향을 감시했다'는 작가의 회고처럼, 명훈은 경찰의 끊임없는 감시 속에서 아버지와 접선했다는 터무니없는 혐의로 경찰에 강제 연행되는 등 심각한 정신적 고통에 시달렸다. 이승만 정권 이래로 반공정책이 본격화되고 또 국시로까지 숭상되는 현실에서, '빨갱이 가족'이란 '빨갱이'와 마찬가지로 공동체를 병들게 하는 암적인 존재나 다름없었고, 그래서 그것을 제

4 　아버지 부재에 따른 인물들의 의식에 대해서는 권유리야,「현실 아버지의 탐색과정에 나타난 식민의식」(『한국문학논총』 44, 2006.12) 참조.

거해야만 공동체의 안위와 평화가 보장된다고 믿었던 상황이었다. 그런 현실에서 명훈이 겪는 공포와 불안은 이루 말로 표현할 수 없는 것이었다. 인철의 경우도 예외가 아니어서, 인철에게 '형사의 출현'은 곧 '다른 곳으로 떠난다'는 등식을 심어줄 정도였다. 어린 시절 고향에서 안광으로 옮겨갈 때나 안광에서 서울로 올라갈 때, 그리고 다시 서울에서 밀양으로 옮겨갈 때도 가족의 주위에는 항상 '형사'가 맴돌았고, 그 형사가 나타나면 가족은 그곳을 떠나 몰래 타지로 숨어드는 야반도주를 반복해야 했다. 그런 공포와 억압의 상황에서 이들은 자연스럽게 정신적 상처를 갖게 된다. 상처(trauma)란 어떤 하나의 사건에 의해 만들어지는 것이 아니라 부모나 자식 등 그를 둘러싼 전체적인 환경에 의해서 형성되는 것으로, 사람의 신경체계가 견딜 수 있는 한계를 넘어버린 혼란의 상태를 의미한다.[5]

끊임없이 추적당하고 감시를 당한다는 느낌과 본능적인 불안 심리, 명훈과 인철을 사로잡은 '경찰'에 대한 공포는 그런 점에서 일종의 반복강박증(repetition compulsion)과도 흡사한 것이었다.

> 경찰력, 특히 사복형사로 상징되는 보이지 않는 경찰력은 내 알지 못할 원죄 추적자로서 내 젊은 날 거의 전부를 끈덕지게 괴롭혀 온 공포 그 자체였다. 어렸을 적, 다른 아이들은 한결같이 세상에서 가장 무서운 것으로 사자나 호랑이 또는 드라큘라나 유령 따위를 칠 때에도 나는 그들 윗자리에 형사를 놓아두었다. 나중 철이 들어 그 공포가 아무런 근거 없고, 오히려 소아병적인 피해망상에 불과한 것이라는 걸 이성(理性)이 깨닫기 시작한 뒤에도, 본능은 여전히 거기에 떨고 있었다.[6]

심리학에서 말하는 반복강박증은 무의식에서 비롯된 통제 불가능한

---

5   에리히 프롬, 호암심리센터 역, 『정신분석과 듣기예술』, 범우사, 2000, 59면.
6   이문열, 『변경』 1, 문학과지성사, 1998년 재판, 30면.

정신 작용을 말하는 것으로, 이 작용의 결과 환자는 일부러 자신을 괴로운 상황에 가져다놓고 과거의 경험을 되풀이한다. 그러나 환자 자신은 이 원형을 기억하지 못하고, 오히려 그 상황이 현재 이 순간에 의해서 완전히 규정된다는 인상을 강하게 받는다고 한다. 그와 흡사한 정신병적 상황에서 이들 일가는 한 곳에 뿌리내리지 못하고 여기저기를 부평초처럼 떠돌았고, "경찰이 왔으니 우린 떠난다"[7]는 식의 강박관념을 내면화하게 된다. 또, 인철이 고시공부를 포기하고 소설을 쓰겠다고 결심한 이면에도 아버지의 부재에 따른 연좌제의 그림자가 짙게 드리워져 있었다. 자신이 글을 가까이 하게 된 것은 아버지의 부재와 그로 인해 야기된 불안과 피해망상으로까지 발전해간 연좌제, 파산에서 파산으로 이어진 가계, 한 곳에서 3년 이상을 머무른 적이 없을 만큼 떠돌이에 가까웠던 생활 등에 근본 원인이 있었다. 게다가 불규칙한 데다가 중단되기 일쑤였던 학업, 그 과정에서 자연스럽게 갖게 된 상대적으로 많은 시간의 여유 등이 자신으로 하여금 '말과 글'에 대한 관심을 갖게 했다고 한다.

그런 의미에서 반공주의와 연좌제란 이들에게 판옵티콘(panopticon)과도 같은 감시와 규율의 장치였다. 감옥의 판옵티콘은 죄수들로 하여금 자신이 늘 감시받고 있다는 느낌을 갖게 하고, 결국에는 규율과 감시를 내면화하도록 만드는 장치이다. 푸코의 말대로 그것은 규율 사회의 기본 원리라고 할 수 있는데,[8] 명훈 일가를 근원적으로 괴롭힌 연좌제가 바로 거기에 해당한다. 권력은 연좌제라는 장치를 통해서 이들 일가를 감시하고, 마침내 그런 상시적 감시를 내면화하도록 강요한 것이다. 그런 상황에서 형성된 의식이 이른바 '문밖 의식'으로 정리할 수 있는 자조와 체념의 심리이다. 중심에 진입하지 못하고 주변에 있다는, 그렇지만 결코 중심에 진입할 수 없다는 생각은 스스로의 삶을 체념하거나 자조하게 만들

---

7   이문열, 『변경』 7, 60면.
8   미셸 푸코, 오생근 역, 『감시와 처벌』, 나남, 2003, 303~347면.

었다. 가령, 어머니를 포함해서 4남매는 시종일관 현실(혹은 정치와 이데올로기)에 대해서 무관심한 태도를 보여준다. 어머니는 자유당과 민주당의 경합과정을 지켜보면서, 어느 쪽이 옳든 그르든 혹은 이기든 지든 별 관심을 보이지 않고 오직 중요한 것은 사태를 가만히 지켜보다가 이긴 쪽을 편드는 일이라고 말한다. 천석 만석 하던 친가와 외가가 순식간에 결딴난 것은 아버지와 외아저씨가 그런 태도를 취하지 못하고 경솔하게 정치에 뛰어들었기 때문이라고 판단한 것이다. 그런 어머니의 영향으로 인철 또한 정치에 대해 강한 적의를 보이며 시종 무관심으로 일관한다.

이런 과거를 회상하면서, 작가는 젊은 날의 대부분을 군사 정부 아래서 보냈지만 거기에 대해 저항심을 느끼지 못했던 것은 본능적인 무관심 때문이고, 그것이 후일 진보 진영에 대해서도 흔쾌히 동조하지 못하는 이유였다고 한다. 이들 일가에게 공통적으로 보이는 '문밖 의식'은 다음과 같은 형태로 표현된다.

> 門들은 항시 닫혀 있고
> 너는 다만 그 밖에서 환하구나
> 길,
> 한 십년 좋이 돌아
> 꿈결인 듯 이른 고향 동구(洞口).
> 이우는 세월의 바람 소리를 들으며
> 코스모스, 창백한
> 네 고독을 노래한다.[9]

작품 전반에서 반복적으로 드러나는 명훈의 절망과 희망의 양가감정

---

9   이문열, 『변경』 2, 문학과지성사, 1998년 재판, 67면.

은 이런 '문밖 의식'의 구체적 표현으로 이해할 수 있다. 문 안으로 들어가고자 하지만 결코 들어갈 수 없다는 박탈감과 공포, 그런 상태에서 명훈은 스스로를 '파괴와 범법'이라는 '어둠의 열정'으로 몰아간다.

　이들 남매에게 큰 유혹으로 작용했던 이 파괴의 열정은, 밝고 떳떳한 삶으로의 편입이 불가능하다고 단정하는 순간 이들을 거세게 몰아붙여 나락으로 떨어지게 하는데, 작품 전반에서 목격되는 명훈 남매의 삶이란 연좌제로 야기된 이 '파괴적 열정' 의 싸움이라 해도 지나치지 않을 정도이다. 3부에서 '광주 대단지사건'이 발생하자 그 선두에서 생존권 투쟁을 전개할 당시까지도 명훈을 사로잡았던 것은 바로 이 '파괴의 열정'이었다. 그가 그쪽으로 내몰린 것은 언급한 대로 '경찰의 취조'로 상징되는 권력의 감시 때문이었다. 아버지의 친구인 경찰서장의 도움으로 불량학생 생활에서 벗어나 미군부대에서 보일러공으로 일하던 명훈이 다시 뒷골목으로 돌아온 것은 경찰의 느닷없는 취조에 원인이 있었다. '아버지를 만났다'는 혐의로 당국에 강제 연행되어 받게 된 이 취조는 이내 근거 없는 것으로 밝혀지지만, 명훈이 월북자의 자식이라는 사실을 세상에 알리면서 동시에 일자리를 잃게 만든 비극의 단초로 작용한다. 미군부대라는 중요한 기관에서 '빨갱이 자식'이 근무할 수 없다는 이유였고, 그것이 계기가 되어 명훈은 이후 뒷골목을 본격적으로 배회하게 된다. 정치 깡패와 어울려 극장의 기도를 맡아보기도 하고, 4·19 의거 때는 반공청년단의 일원으로 시위를 진압하는 등의 전략을 거듭하는 것이다.

　명훈의 삶에서 가장 의욕적이고 평화로웠던 시기로 서술된 돌내골 생활의 실패 역시 명훈을 어둠의 세계에서 벗어나지 못하게 한 요인이었다. '상록수의 꿈'을 안고 귀향해서 벌인 개간사업이 3년간의 힘겨운 노력에도 불구하고 물거품이 되어 사라지면서 명훈은 다시 한 번 깊은 수렁으로 빠져든다. 온 가족이 매달려 불철주야 거친 산을 개간했고 그 보답으로 군에서 주는 '상록수상'을 받는 등 계획이 곧 실현될 것으로 믿었지만, 그것은 시대의 흐름을 제대로 파악하지 못한 속단이었다. 산업화가 본격화 되는 시대에서 중농정책이란 기껏 '감상적 백일몽'에 지나지 않았고, 게 다가 명훈의 개간사업 역시 계획대로 실행되지도 않았다. 이후 명훈은 잠시 '여론 조사소'라는 관변 단체에 몸담고 깡패와 같은 생활을 하다가 상경하여 모니카와 함께 요정을 운영하는 등의 전락을 거듭한다. 정상적 인 시민으로서의 생활보다는 피해의식과 열패감에 사로잡힌 채 유랑의 나날을 보냈다 해도 지나친 말이 아닌데, 그의 삶을 그렇게 내몬 게 바로 반공주의와 연좌제, 그로 인한 파괴의 열정이었다.

영희의 삶의 궤적도 그와 크게 다르지 않다. 그녀가 돈에 대한 광기와 도 같은 집착을 보이면서 천민자본주의적 행태를 일삼은 것은 아버지의 부재에 따른 정신적 유랑의식에 원인이 있었다. 아버지가 없는 가난한 가정에서 스스로 살아남기 위해서 치과병원의 간호사로 취직해 일하지 만, 아내와 불화에 빠져 있던 원장으로부터 성폭행을 당한 뒤로 본격적인 전락의 과정을 밟는다. 오빠에 의한 강제 귀향과 뒤이은 가출, 이후 경리 와 다방 종업원 생활 등을 전전하다가 마침내 '거리의 악사'인 창현을 만 나 동거 생활을 시작한다. 하지만 그것도 그리 오래가지 못하고 이내 헤 어지고, 이후 박원장이 준 돈으로 미장원을 차리지만 그 또한 안정을 찾 지 못하고 종국에는 매춘부와 같은 생활을 전전한다. 그러다가 우연히 강남의 땅 부잣집 아들 강억만을 만나 계획적으로 접근한 뒤 결혼하고, 이후 땅 투기에 본격적으로 뛰어드는 것이다.

명훈이 고향에서 개간사업을 할 때 잠시 들렀던 경동 아재의 삶 역시 연좌제로 인해 고통과 부랑의 나날을 보내야 했던 또 다른 비극의 사례에 해당한다. 경동아재는 화자의 고모할머니 남편으로, 가족들의 대부분이 좌익 쪽 인물들이었고 급기야 모두 열렬한 공산당 일꾼이 되어 북한으로 넘어갔다. 그런 상황에서 남한에 홀로 남게 된 경동아재는 경찰의 항시 적인 감시를 피할 수 없었고, 그 등살로 인해 한 곳에 정착하지 못하고 평생 이곳저곳을 유랑하는 장돌뱅이의 삶을 살게 된다. 그 또한 명훈처럼 월북자의 가족이라는 이유로 경찰의 항시적 감시를 받았고, 그것이 그의 인생행로를 근본적으로 바꾸어 놓은 것이다.

이들 인물들이 이렇듯 부평초처럼 떠돌이 생활을 했던 것은 반공주의로 인한 공포와 두려움, 그로 인한 실제적 고통 때문이었다. 정권은 공산주의에 대한 공포심을 이용해서 인물들의 정상적인 활동을 가로막았고 한편으로는 사회 구성원들의 단결과 동질성을 만들어내고자 했던 것이다. 이단아로 낙인찍힌 좌익의 가족은 감시와 통제 속에서 고통의 나날을 보낼 수밖에 없었다. 그렇지만 이들의 고통은 단지 이들만의 문제가 아니라, 반공주의의 상시적 감시 속에서 살아야 했던 지난 시대 우리들의 모습과 흡사하다는 점에서, 이 작품은 개인사의 기록을 넘어 지난 과거를 고발하고 증언하는 문학적 성과를 획득하는 것이다.

3. 탈(脫)변경의 욕망과 정치적 무의식

명훈을 비롯한 『변경』의 인물들은 변두리의 삶을 살고 있음에도 불구하고 사회의 중심에 진입하고자 하는 강한 상승 의지를 보인다는데 이 작품의 또 다른 특성이 있다. 명훈과 영희 등 4남매는 계속되는 실패와 좌절에도 불구하고 결코 현실에 안주하거나 체념하지 않는 강한 의지의 소유자들이다. 명훈은 정치 깡패가 되어 데모를 진압하다가 총상을 입었고 또 3년간의 개간사업에서 참담하게 실패했음에도 불구하고 현실에 뿌리내리고자 하는 욕망을 버리지 않는다. 인철 또한 고아원 생활과 검정고시, 하역장 인부와 한약상 점원 등을 두루 겪으면서도 결코 입신의 꿈을 포기한 적이 없다. 이들은 하나같이 화려했던 옛날에 대한 기억을 반추하면서 고통의 나날을 견딘다. 지금은 부친의 월북으로 퇴락한 가문이 되었지만 그 이전까지만 하더라도 문중의 종가로서 영예와 권세를 누리던 집안이었다는 것, 작중의 인물들은 그런 가문의 후예라는 자부심으로 곤궁한 현실을 견디며 살아왔다. 그래서 인물들은 대체로 화려한 과거와 퇴락한 현재라는 대립된 세계를 오가는 낭만적인 특성을 보여준다.

이들에게 있어서 '과거'는 크게 두 가지의 모습으로 나타난다. 하나는 가문의식으로 정리되는 문중(門中)의 맏이라는 자부심이고, 다른 하나는 그것과 동전의 양면처럼 결합되어 드러나는 영락(零落)의식이다. 전자가 그리움과 동경의 대상으로 인물들의 의식 속에 각인되어 있다면, 후자는 몰락한 가문의 후예라는 체념에서 현실을 관망하고 부유하는 모습으로 나타난다. 과거로 향하기도 하고 때론 현재로 향하기도 하는 이 상반된 의식에 의해 인물들의 가치와 행위가 결정되는 관계로 인물들은 내면의 욕망을 중시하는 낭만적 모습을 보이거나 때로는 유폐(幽閉)의식에 사로잡힌 폐쇄적 모습을 드러낸다. 그런 특성을 전형적으로 보여주는 인물이 바로 인철이다.

참봉댁을 나와 돌담길 한 모퉁이를 돌아서면 철이네의 옛집이 있었다. 형 명훈이 그 장손이 되는 사파조(私波祖) 정제(靜齊) 할아버지가 지으신 뒤 위로 11대가 이어 살았다는 육십 칸 고가였다. 아련한 유년의 추억이 떠도는 집. 철이 그 집을 떠난 것은 만 다섯 살을 채우기도 전이었지만 철은 그 집 안 구석구석에 대해 이상하리만치 다양한 기억을 가지고 있었다. 마루 난간 앞에 오래 묵은 향나무 때문에 항시 어둡고 습기 차게 느껴지던 서실, 물이 고여 있을 때보다는 말라 있을 때가 더 많던 연못과 그 한끝에 무리져 그늘을 드리우고 있던 해당화 덤불, 고가와 비슷하게 나이를 먹은 마당 북쪽 끄트머리의 두 그루 은행나무—그런 것들은 퇴락한 ㅁ자 본채와 함께 잃어버린 낙원의 한 원형을 이루었다. 돌내골로 돌아와

서야 그게 그리 웅장하지도 화려하지도 못한 옛 거처였을 뿐이라는 걸 알게 되었지만, 뿌리 없이 떠돌던 유년 시절 철의 인격 형성은 실제 이상으로 과장된 그 기억에 의지한 바 많았다. 아무리 비천하고 고단한 처지에 떨어져도 자신은 잠시 거기에 와 있을 뿐이며, 이윽고 돌아가게 될 곳은 따로 있다는 믿음은 특히 그 기억 때문이었다 할 수 있었다.[10]

인철을 포함한 4남매의 머릿속에 각인된 과거는 이렇듯 화려한 낙원의 이미지로 채색되어 있다. 작가에 의해 '영락의식 또는 유적감(流謫感)'으로 표현된 이 낙원을 향한 열망은 지금은 비록 비천하고 고단하지만 언젠가는 다시 그 시절로 돌아가리라는 회귀의식으로 나타난다. 인철의 고백에서 드러나듯이, 이런 의식은 옛날에는 부자였고 또 아버지가 동경 유학을 다녀오고 어머니는 전문학교를 중퇴했다는 등의 사실에 근거한 것으로, 한편으로는 현실적인 결핍과 불안에서 스스로를 위로하기 위해 억지로 만들어낸 환상과도 같은 것으로 볼 수도 있다. 하지만 그럼에도 불구하고 이런 의식은 인물들의 가치와 행위를 근본에서 규율한다는 점에서 단순한 환상이 아니라 강력하고 집요한 자존(自尊)의 근거로 기능하는 것을 알 수 있다. 인철이 농사라든가 막노동과 같은 육체노동에 대해서 호감을 갖지 못하는 것이나 옥경이 노동자가 되겠다고 했을 때 격한 거부감을 표현했던 것은 모두 그런 과거에 대한 자부심에서 비롯된 것이다.

인철은 그런 의식에다가 또한 미(美)에 대한 생래적인 열망을 갖고 있었다. 미에 대한 인철의 열망은 작품 초반에서 구체적으로 암시되는데, 가령 인철이 서울에서 시골로 내려왔을 때 그를 처음으로 사로잡은 것은 '분홍'의 이미지였다. 멀리서 찬연하게 내비치는 분홍을 보면서 그는 자신의 영혼이 거기에 강력하게 이끌리고 있음을 간파하고 빛의 실체에 주

10　　이문열, 『변경』 5, 110면.

목하는데, 알고 보니 그 실체란 다름 아닌 명혜가 입고 있던 원피스였다. 그럼에도 그것이 인철을 평생 지배하는 영상으로 각인된 것은 명혜라는 인물이 촉발시킨 운명에 대한 강렬한 암시 때문이었다.

> 뒷날 그 위치에서는 전혀 보이지 않던 그 집의 이층 창문에서 철은 무슨 분홍의 꽃다발 같은 것을 보았다. 그 때는 키가 낮았던 이웃집 정원수가 차츰 자라 앞을 가린 탓이거나, 새로운 건물이 들어서서 뒷날 그 위치에서는 보이지 않게 되었다고 해석할 수도 있지만, 설령 그랬다 해도 이백 미터 거리가 넘는 집의 조그만 창문으로 내비치는 분홍빛이 그토록 철의 눈길을 끌 수 있었던 것까지는 설명되지가 않았다. 그로부터 이십 년에 걸쳐 이어갈 길고 쓸쓸한 사랑이 어떤 섬뜩한 예감으로 철의 어린 영혼에 와 닿은 것이라고 볼 수밖에 없는 일이었다.[11]

작품 전반에서 표현되고 있듯이, 인철에게 있어서 명혜는 지순지고의 베아트리체와 같은 존재였다. 고른 치아며 자신을 바라보며 웃고 있는 맑고 평온한 눈길까지, 그것을 본 순간 인철은 "그대로 동화 속의 소금 기둥처럼 굳어버렸다"고 말한다. 스스로 회고하듯이, 명혜의 얼굴에서 보았던 것은 "감탄을 넘어 신비감까지 자아내던 아름다움"이자 "도저히 땅 위의 것이라고 볼 수 없는 아름다움의 이데아"였다. 그런 강렬한 체험을 서술하면서, 인철은 자신이 점점 그 아름다움에 빠져들 것이라는 "어렴풋한 운명의 예감"에 사로잡히게 된다. 인철이 명문대학과 고시공부를 포기하고 문학으로 삶의 방향을 돌리게 된 계기는 의식 속에 내재된 가문 의식과 함께 미(美)에 대한 이 동경심 때문이라고 할 수 있다. 실제로 이문열 소설에서 두루 목격되는 낭만성은 이 두 가지를 기본 축으로 해서 다양하게 변주되는 양상이라 해도 과언이 아닌데, 여기서 작가는 인철을 통

---

11 이문열, 『변경』 1, 문학과지성사, 1998년 재판, 42면.

해서 그런 사실을 직접 고백하고 있는 셈이다.

그런데, 이런 의식은 일찍이 "내게 있어서 고향의 개념은 바로 문중이다"(『그대 다시는 고향에 가지 못하리』의 '후기')라고 못 박아 말했던 것처럼, 몰락한 집안을 다시 일으켜 세워야 한다는 복권의지와 결합된 것이라는 점에서 한편으로는 정치적 욕망을 내재하고 있다. 이문열 소설 곳곳에서 목격되는 이 욕망은 옛것에 대한 동경이 실제 현실에서 충족되어야 한다는 복권의지로 표출되는데, 그것은 영락의식으로 표현된 결핍감을 현실에서 보상받고자 하는 심리와 동질의 것이라고 할 수 있다.

작중의 명훈이 과거의 기억을 간직한 채 시인을 꿈꾸면서도 한편으로는 현실에 뿌리내리고자 하는 강한 열망을 보였던 것은 그런 욕망에 따른 것이다. "나도 한때는 그렇게 자작나무를 타던 소년이었고 / 그 때문에 그 시절로 돌아가는 꿈을 꾸곤 합니다"라는 프루스트의 시를 명훈이 즐겨 암송했던 것은 그런 심리와 연결되어 있다. 비록 뒷골목을 유랑하는 어두운 열정에 사로잡혀 있었지만 그 역시 과거를 향한 열망을 깊이 간직하고 있었던 것이다. 그가 간간히 써놓곤 했던 '시(詩)'는 양반가의 장자로서 갖는 문인기질의 단적인 표현이고, 그런 의식이 '현실에 뿌리내리려는 욕망'으로 드러나 한 동안 개간사업에 몰두하게 했던 것이다.

영희가 남의 손가락질을 받더라도 '돈'을 벌어서 '세상에 복수하겠다'는 생각을 갖게 된 것도 그와 동일한 심리에 근거를 두고 있다. 영희가 누구보다도 간절하게 대학 진학을 희망했던 것은, 대학을 신분 상승 또는 과거 회복의 마지막 단계 혹은 그 이상으로 의미를 부여하고 있었기 때문이다. 박원장으로부터 받은 상처를 치료할 영약(靈藥)과도 같은 것이 대학 진학이었고, 집을 떠나 상경할 때 인철에게 말한 성공도 사실은 '대학 진학이란 말을 추상화한 것'에 지나지 않았다. 그런 생각에서 그녀는 대흥기계에서 3만원을 훔쳐 대학 등록금을 만들고자 했던 것이다. 이후 그녀는 매춘부와 다름없는 생활을 하는 등 전락을 거듭하지만, 그럼에도 불구하고 끝내 몰락한 선비 집안의 후예라는 자존을 잃지 않는다. "나는 지금 비록 삶의 참담한 고비 길을 넘고 있지만 너희와는 달라"라는 차별의식으로 '인생의 막장'에 주저앉지 않고 '돈'을 향한 비상을 계속했던 것이다.

서사가 진행되면서 작품의 중심이 '인철'에게 모아지는 것은 그런 맥락에서 볼 때 자연스러운 귀결이라 할 수 있다. 작가의 분신과도 같은 인철은 명훈과 영희에게 발견되는 복권의지를 구체적인 형태로 대변하는 존재로, 작가가 『변경』을 통해서 말하고자 하는 바를 상징적으로 보여준다. 『변경』을 인철을 중심으로 읽자면, 한 명의 소설가가 탄생하는 일련의 과정을 그린 작품이라 할 정도로 그의 의식과 경험의 축적과정에 작품의 많은 분량이 할애되어 있다. 실제로 인철이 겪는 다양한 경험들이 이문열의 다른 소설에서 구체적 형상으로 부활되고 반복되는 것을 볼 수 있다. 인철이 고아원에서 만났던 선교사는 장편 『사람의 아들』의 중심인물로 탈바꿈해서 등장하고, 종가에 대한 기억은 『그대 다시는 고향에 돌아가지 못하리』에서, 젊은 날의 번뇌와 방황은 『젊은 날의 초상』에서 구체화되는 등 실로 『변경』의 체험들은 이문열 문학의 원형과 함께 그 뿌리가 어디에 있는가를 암시해준다. 『변경』의 인철은 그런 다양한 체험들을 담담하게 받아들이면서 화려했던 과거를 회복하기 위한 도구로서 '소설'에 주목하는 것이다. 말하자면 인철에게 있어서 소설이란 과거를 향한 회복의지이자 동시에 변경에서 살아남고 입신하기 위한 출세와 탈출의 비상구와도 같은 것이었다.

그런 관계로 그의 행위는 현실적 지향성과 아울러 강한 정치성을 갖는다. 명훈이 개간사업을 통해서 집안을 일으키고자 했던 것처럼, 인철은 소설가가 되어서 입신을 도모하고자 하는데, 이는 한 평론가가 지적했듯이, '낭만적이지만 결코 낭만적이지 않은 모습'이다. 즉, 이문열은 불완전하고 순간적인 세계 속에서 완전하고 근원적인 것을 추구하지만 그것을 늘 현실에서 찾고자 했지 현실 밖에서 찾고자 하지는 않았다. 그래서 그의 추구는 낭만적이지만, 그 획득은 확실한 현실적 검증을 요구하는 것이므로 비낭만적으로 드러난다.[12] 인철이 희망하는 '소설가'가 되고자 하는 욕망 역시 그런 맥락에서 이해할 수 있다. 고시공부를 중단하면서 죽은 형에게 띄우는 편지에서 그런 사실이 구체적으로 드러나거니와, 여기서 인철은 자신이 문학에 주목하게 된 이유가 '문학을 통한 사회적 갈등의 조정'이라고 말한다.

> 그렇지만 진작부터 저는 주변 계급의 역할에 주목해왔습니다. 주변 계급은 흔히 오해되는 것처럼 국외자나 일탈자가 아닙니다. 오히려 자칫 극단으로 치닫기 쉬운 두 계급의 가운데서 그들을 비판하고 조정하는 기능을 할 수 있는 것은 그 주변 계급밖에 없습니다. 얼마나 많은 역사적 비극이 그 두 기본 계급의 극단화(極端化)에서 비롯된 것입니까. (…중략…) 하지만 이제는 문학이 계급적으로 분류되는 것을 승인합니다. 나는 그 문학으로 주변 계급에 머물러 있겠습니다. 저 쉽게 미치고 절망하고 잔인해지는, 그래서 일쑤 리바이어던을 만들어내는 두 기본 계급 사이에 위엄 있게 머물러 그 욕망을 조정하고 이해를 조화시켜보겠습니다. 제게 그럴 힘이 있는지 모르지만 문학이 그런 것이라면 한 남자로서도 꿈꾸어볼 만한 일이 아니겠습니까.[13]

'문학으로 주변 계급에 머물겠다'는 것, 그래서 두 계급 사이에서 '욕망을 조정하고 이해를 조화시켜 보겠다'는 것. 말하자면, 사회의 기본 계급은 부르주아와 프롤레타리아이지만 두 계급 사이를 조정하는 주변 계급이 필요하다는 것, 자신은 문학을 통해서 그런 주변 계급의 역할을 수행하겠다는 것이다. 노동자가 된 형이 프롤레타리아로, 복부인이 된 영회

---

12   이문열 소설의 낭만성에 대해서는 이남호, 「낭만이 거부된 세계의 원형적 모습」(『이문열』, 살림출판사, 1993) 참조.
13   이문열, 『변경』 12, 227면.

가 부르주아로 자신의 존재를 결정했다면, 자신은 그 두 계급의 변경에서 양자를 아우르는 조정자가 되겠다는 생각이다.

일견 그럴듯하고 또 인철로 대변되는 작가의 뼈아픈 체험이 투사된 진술로 볼 수도 있지만, 거기에는 한편으로 몰락한 지주 계급으로서 인철의 정치적 욕망이 깊숙이 역동(力動)하고 있음을 알 수 있다. '조정하겠다'는 것은 중재를 통해서 자신의 정치적 의도를 관철시키겠다는 말이고, 동시에 그것을 통해서 중심적인 역할을 수행하겠다는 생각이다. 인철은 그동안 삶을 헤쳐 오면서 '지금 문학으로 돌아가지 못한다면 영원히 그 향수를 모진 병처럼 앓게 되리라는 불안한 예감'에 시달렸다고 하는데, 그렇게 보자면 문학이란 인철에게 있어서 '고향'과 동질의 것임을 알 수 있다. 문학을 하겠다는 것은 그 고향을 복원하겠다는 것이고, 그러므로 인철과 명훈, 영희 등을 지배하는 낭만적 지향은 속악한 현실을 견디는 단순한 힘이 아니라 현실에 대응하고 맞서는 정치적 욕망이 되는 것이다.

이렇듯 이문열은 화려했던 가문의 과거를 단순히 그리워하기보다는 그것을 다시 현실에 부활시키고자 했고, 그것을 실현하는 구체적 매개로 '소설'을 선택하였다. '소설'을 통해서 주변 계급에 머물면서 대립하는 두 계급을 조정하겠다는 것. 스스로를 보수의 대변자로 자처하고, 문학 행위와 정치 행위를 동일시하는 실제 이문열의 모습은 이런 사실로 그 원인을 설명할 수 있지 않을까.

4. 제국의 의지와 변경인의 운명

『변경』에는 반공치하를 살아가는 월북자 가족의 삶이 핍진하게 그려져 있음에도 불구하고 아쉽게도 그런 현실에 맞서 저항하는 인물의 모습은 찾기 힘들다. 물론 거대한 국가 권력에 맞서는 개인의 행동이란 당랑거철(螳螂拒轍)과도 같은 것이기에 구체적인 서술을 회피한 것으로 볼 수도 있다. 하지만 과거를 회고적으로 성찰하고 개인사를 재구성하면서까지 그런 행위를 배제했다는 점에서, 왜 그랬는가 하는 의문을 가져 볼 수 있다. 과거사를 고백한다는 것은 개인사를 구성하는 사회와 역사 환경을 돌이켜 성찰하고 그것을 통해 궁극적으로 역사 현실을 문제 삼는 일이다. 그런데 작품에서 보이는 인물들의 행위는 반공주의를 인정하고 받아들이는 상태에서, 경찰의 감시에서 벗어나기 위해 야반도주를 감행하거나 명훈처럼 자신의 알리바이를 준비해서 경찰의 조사에 대비하는 정도에 그치고 있다. 반공주의에 대해서 전혀 비판적인 행동을 취하지 않는 것이다. 그런 관계로 작품은 현실을 인정하고 수용하는 보수적 성격을 강하게 드러내는데, 그런 사실을 보다 분명하게 보여주는 게 작품의 제목이자 동시에 강렬한 상징으로 기능하는 '변경(혹은 변경론)'이다.

서로 다른 두 제국의 접경지대에 놓인 분단국가를 의미하는 '변경'은 작품에서 한반도의 국제적 성격과 운명을 암시할 뿐만 아니라 인물들의 사고와 행위 전반을 지배하는 거대한 율법이자 이념으로 제시된다. 『영웅시대』에서도 언급된 바 있는 변경론은, 『변경』에서는 명훈의 친구인 김시형에 의해서 설파되는데, 그 내용은 대략 다음과 같이 정리할 수 있다. 즉, 남·북한의 운명은 이 세계를 양분하고 있는 두 개의 거대 제국에 의해서 결정되고, 그래서 그들이 남한과 북한에 강요하는 체제 이외의 또다른 선택이란 있을 수 없다. 그 선택은 우리의 의지보다는 그들의 실세에 따라 결정된다. 이 과정에서 민중의 혁명의식이 국민적 합의를 바탕으로 성숙해지고 또 하나로 투합(投合)된다면 제3의 길도 가능하겠지만, 거기까지는 많은 세월이 흘러야 하고 더구나 이 땅의 '진보적 의식'들은 십년 전의 그 무자비한 전쟁으로 말미암아 거의 사라지다시피 했다. 간혹 땅속 깊이 그 뿌리가 남아 있을지도 모르지만 그 역시 지난 전쟁의 참혹한 기억으로 인해 다시 부활하기는 요원하며, 설사 가능하더라도 그것은 눈앞의 절실한 이익과 자극적인 선동에 들뜬 '의사(疑似)의식'과 '의사혁명'에 지나지 않는다. 말하자면, 두 거대 제국의 변경에 위치한 관계로 우리나라의 운명이란 이들 두 거대 제국에 의해 결정되고, 설사 거기서 벗어나기 위한 움직임이 있더라도 그것은 기껏 '의사혁명'일 뿐이라는 주장이다.

이런 변경론에 대해 작가는 작중 황석현의 입을 빌어서, 그것은 단지 '결정론과 역사적 허무주의'이고, 더구나 그 비관적 전망으로 인해 부조리한 기존 체제를 유지하려는 세력의 논리적 기반이나 옹호의 수단으로까지 악용될 수 있다는 것을 지적한다. 말하자면, 작가 이문열은 '변경론'의 문제점을 스스로 자각하고 있다. 그래서 "나 같은 사람들의 견해가 불의한 권력의 유지·옹호에 악용되는 게 괴롭고 쓸쓸하다. 또 나의 그런 견해가 내 개인의 가족사에 불필요하게 얽매인 결과"라고 자인하기도 한다. 하지만, 그렇듯 문제의 본질을 깨닫고 있음에도 불구하고 작가는 작품 전반에서 시종일관 '변경론'을 견지하는 아이러니한 태도를 연출한다.

우리는 분열된 세계 제국의 변경인이다. 이 두 세계 제국의 뿌리를 동서 로마 제국의 분열에서 찾든, 너무 익은 서유럽 문명의 자기 분열로 보든, 우리는 오랫동안 그 제국의 판도 밖에 있었다. 그러다가 이 세기에 와서 겨우 그 제국에 편입되었으나 이번에는 단순한 주변이 아니라 변경이었다. 주변과 변경은 본질적으로 다르다. 하나는 그저 핵심에서 멀리 떨어져 있을 뿐이지만, 다른 하나는 그 경계선 너머 또 다른 적대 세력 또는 세계 제국이 존재해 있다는 뜻이다.

그런 변경에 제국이 가져올 것은 뻔하다. 그것이 변경의 확대를 위한 것이건, 유지를 위한 것이건, 제국이 가장 힘주어 그 원주민에게 주입시키려는 것은 적대의 논리다. 결국 당신들이 요란하게 떠드는 것도 따지고 보면 오늘날 아메리카와 소비에트로 표상되는 두 제국의 적대 논리 내지 그 변형에 지나지 않으며, 또한 그것이 당신들이 이념이라고 부르는 것의 정체다.[14]

우리는 변경에 살고 있고, 제국은 그런 변경인에게 적대의 논리를 주입한다는 것, 이런 생각에서 작가는 이념이란 "아메리카와 소비에트로 표상되는 두 제국의 적대 논리 내지 그 변형"이고, 그래서 서로 다른 제국의 관할하에 놓여 있는 남한과 북한은 서로가 서로를 적대할 수밖에 없다는 주장을 전개한다.

남한의 체제와 이념을 두 개의 거대 제국과 연결해서 설명하는 이런 시각은 민족의 갈등과 분열이 야기된 원인을 외부로 돌리는 이른바 외인론(外因論)에 해당한다. 두 개의 거대 제국에 의해서 민족의 운명이 결정되는 관계로 민족 내부의 갈등과 모순은 별다른 고려의 대상이 되지 않으며, 오직 두 제국의 입장과 태도가 중요할 뿐이라는 견해이다. 『영웅시대』를 비롯한 이문열 소설 전반에서 목격되는 이런 견해는 이전의 조정래나 김원일 등이 『태백산맥』이나 『불의 제전』에서 주목한 이른바 내인론(內因論)과는 전쟁을 이해하는 시각에서 근본적인 차이를 보여준다. 조정래나 김원일은 분단과 이념의 문제를 민족 내부의 오랜 갈등에서 비롯된 것으로 보았다면, 이문열은 두 개의 제국이라는 외인에 의해 민족의 운명이 결정된다는 식이다. 미국 유학을 다녀온 김시형이 토로했듯이, "두 제국의 변경이 이 땅에서 맞닿아 있다는 것은 경제 구조건 정치 행태건 남과 북 모두에게 어떤 기본틀"을 제공하기 때문에 변경인의 삶은 자신의 의지와는 무관하게 주어지는 경우가 많다는 주장이다. 명훈 일가를 어둠의 열정으로 내몰았던 반공주의 역시 그런 맥락에서 보자면 당연한 것이 될 수밖에 없다. 제국이 힘주어 그 원주민에게 주입시키려는 것은

---

14   이문열, 『변경』 3, 89~90면.

'적대의 논리'이고, 반공주의는 그것의 구체적 형태이기 때문이다.

역사 현실에 대한 이문열의 통찰력이 개입된 이런 견해는 사실 분단과 이념적 갈등의 문제를 이해할 수 있는 유효한 방법의 하나로 볼 수도 있다. 한국전쟁을 연구하는 최근의 논문들에서 확인되듯이, 6·25 전쟁은 내인론의 측면보다 스탈린의 제국주의적 의도가 결정적으로 작용한 것이었다. 이를테면, 스탈린은 냉전 개시 이후 북한군을 이용해서 미국의 봉쇄선을 넘어 남한을 북한에 흡수시키고 한반도 전역을 소련의 영향권 아래 편입시키고자 하였다. 그러한 소련의 세계 전략적 목적들을 관철시키기 위해 스탈린은 김일성의 무력남침을 승인하였다. 스탈린은 미국과 직접적으로 3차 대전을 수행하지 않고 한반도 안으로 전쟁의 범위를 제한하여 세계 전략적 목적들을 달성하고자 했고, 이런 스탈린의 의도를 저지하기 위해 미국이 적극적으로 개입하면서 한국전쟁은 치열한 양상을 띠게 되었다고 한다. 한국전쟁이 국지전의 형태를 띠면서도 극한 대결의 양상을 보인 중요한 이유의 하나는 두 초강대국이 서로 양보할 수 없는 위신의 대결을 한반도에서 벌였다는 데 있었다.[15] 최근 소련의 비밀문서를 통해서 확인된 이런 사실은 남과 북의 운명을 결정짓는 주된 요인이 제국주의였음을 새삼 확인시켜 주거니와, 그렇다면 이문열의 견해가 전혀 터무니없는 것은 아니고 오히려 분단의 원인과 특성을 이해할 수 있는 중요한 시각으로 볼 수도 있다.

그런데, 문제는 이런 태도가 근본적으로 공산주의에 대한 적의와 부정이라는 냉전적 진영 논리와 연결되어 있다는 데 있다. 냉전논리란 세계를 사회주의 대 자본주의라는 양대체제의 적대적 대립으로 이해하고 또 정치의 문제를 선악을 기준으로 한 윤리나 도덕의 문제로 보는 특징을 갖고 있다. 그래서 '자유민주주의=반공=선(善)', '공산주의=용공=악(惡)'이라

15　김영호, 「한국전쟁 원인의 국제 정치적 재해석」, 『해방 전후사의 재인식』 2, 책세상, 2006, 177~214면.

는 지극히 단순하고 이분법적인 도식으로 현실을 설명하는데, 가령 이문열이 변경론을 설파하면서 남과 북을 적대적 관계로 파악하는 것이나 공산주의 운동을 하던 아버지를 '죄악의 원천'으로 보는 것 등은 그런 사고와 무관한 것이라 할 수 없다. 그런 시각을 갖고 있었기 때문에 작가는 정치적 사건을 지극히 퇴영적이고 허무주의적인 시각으로 이해하고 서술한다. 우리의 운명이 거대 제국에 의해서 타율적으로 결정되는 까닭에 민족 내부의 어떠한 자발적 움직임도 궁극적으로는 그 제국의 의도에서 벗어날 수 없다는 식이다. 4·19를 서술하는 과정에서 드러나듯이, 작가의 눈에 비친 4·19는 흔히 말하듯이 정치적 부패와 폭압에 대한 민중적 저항과는 거리가 먼 것이었다. 그런 사실은 시위대를 진압하기 위해 동원된 반공청년단의 일원이었던 명훈이 그와는 정반대로 '4·19 의거 부상자'로 둔갑한 일화를 통해서 암시된다. 곧 시위를 진압하기 위해 이기붕의 집으로 향하던 명훈은 도중에 학생들 틈에 끼어 우왕좌왕하는 상황에 처하고, 그러다가 뜻하지 않게 진압 군인이 쏜 총알을 맞는다. 그런데 그것이 계기가 되어 그의 처지와는 정반대로 '4·19 의거 부상자'가 되어 칭송의 대상이 된다. 정치 깡패가 돌연 4·19의 주역으로 탈바꿈하는 아이러니를 연출한 것인데, 작가는 그것이 바로 4·19 의거의 본질이라고 시사한다. 외견상 거대한 변혁의 물결을 이루었지만, 그 실상이란 이렇듯 일개 정치 깡패인 명훈이 그 주역으로 탈바꿈한 것처럼, 기껏 시류에 편승한 충동적 행동이거나 아니면 본의와는 다르게 왜곡되고 과장된 행위였다는 주장이다. 그런 관계로 명훈의 시선을 통해서 작가가 보고자 한 것은 민중들의 변혁의지가 아니라 '유사 의식'이다. 명훈의 시선을 사로잡은 것은 시위 현장에서 일어나는 무질서와 분노 그리고 군중 심리에 휩쓸리는 사람들의 허위의식이고, 4·19의 본질 또한 그런 사실과 크게 다르지 않다고 생각하는 것이다.(4·19를 바라보는 영희의 시선 역시 동일하다. 어머니와의 갈등으로 무작정 가출한 뒤 서울에서 소일하던 영희의 눈에 비친 서울 시가의 모습, 특히 자신을 사랑했던 형배의 돌연한 죽음으로 겪게 된 4·19는 그 진상이 수상 쩍게만 보였다. 밀양에서 신문의 보도를 통해서 접한 4·19 혁명이란 엄청나기 짝이 없는 것이었지만, 실제 서울에 와서 보니 달라진 것은 다만 사흘이 멀다 하고 이런저런 데모대로 미어지는 거리와 득세한 정당 및 정치인의 이름뿐이었다. 형배의 죽음도 우발적인 사고의 터무니없는 미화일지 모른다는 생각과 함께 자신도 실은 스스로를 위해 억지스런 감정놀음을 하고 있는 것이나 아닌가 하는 의문에 빠져드는 것이다)[16]

4·19 의거에 대한 시선이 이러했던 관계로, 작가는 그것의 긍정성보다는 부정성에 더욱 주목하게 된다. 2부에서 제시된 이른바 '공명선거 계몽대' 활동을 그 단적인 사례로 볼 수 있다. 4·19는 미완의 혁명이고 그래서 그것을 완성하기 위해 만든 단체가 '공명선거 계몽대'였다. 자유당 일파가 다시 정권을 잡는다면 4·19의 정신은 일순간 물거품이 되기 때문에 반드시 새로운 인물을 뽑아야 한다고 주장하면서, 민주당은 대학생들을 각 지방에 보내 선거운동에 적극 참여시켰다. 그렇지만 얼마 후 이런 활동을 주도한 윤광렬의 주장은 허구이고, 이들은 기껏 "민주당 후보 선거 운동원의 한 별동대"에 지나지 않았다는 사실이 밝혀진다. 사회적 정의를 외치고 있음에도 불구하고 이들의 본질이란 기껏 이기(利己)와 기회주의에 지나지 않았다는 주장이다. 이런 사실을 좀 더 구체적으로 보여주기 위해서 작가가 제시한 인물이 한 때 명훈 일가를 괴롭혔던 '통장 영감'이다. 통장 영감은 명훈 일가가 혜화동에 살 때 통장을 했던 사람으로, 한때는 민청에 참가해서 인공기를 앞세우고 동네 사람들을 선동했던, 그렇지만 국군이 서울을 수복하자 돌연 치안대장으로 돌변해서 명훈 일가를 잡아들인 인물이다. 인공기가 필요하면 인공기를 들어올리고, 태극기가 필요하면 태극기를 흔드는 인물이 바로 통장이었다. 작가는 과거의 기억 속에서 이런 인물을 호명해서 4·19가 끝난 뒤 대학과 사회 전반을

---

16   이문열, 『변경』 4, 96면 참조.

휩쓸었던 혁명의 열기 또한 그와 크게 다르지 않다는 것을 시사한다. 외견상의 열기에도 불구하고 그 실상이란 이 통장 영감의 행동과 같은 이기심과 기회주의로 채워져 있었다고 보는 것이다. 그래서 작가는 한 외국인의 시선을 빌어 4·19 의거를 '변경을 부는 한 줄기 바람'으로 서술한다.

> "버터워스는 우리의 4·19를 변경을 불어가는 한 줄기 바람일 뿐이랬어. 그것도 아메리카가 멀리서 은근히 부채질해 준 바람 ……. 그런데 이 바람의 끝은 좀 묘한 형태일 거라고 했어."
>
> "어떻게?"
>
> "꼭 혁명처럼 불지만 기껏해야 개량으로 주저앉거나 반동의 역풍으로 뒤바뀔 ……. 그때는 무슨 말인지 잘 몰랐는데 — 그 사람 정보 출신이란 거 알아? 그 출신답게 조금이라도 캐묻는 눈치가 보이면 아내가 될 나까지도 경계하지 — 이제 네 애기를 들으니 알 듯도 해."[17]

혁명이란 '변경을 불어가는 한 줄기 바람'이라는 진술은 어떠한 변혁의 움직임도 종국에는 변경을 스쳐가는 바람일 뿐이지 결코 본질을 변경시킬 수 없다는 것이고, 그런 처지에 놓인 게 바로 우리의 운명이라는 주장이다. '변경'은 핵심에서 그저 멀리 있는 단순한 주변이 아니라 경계선 너머에 또 다른 적대세력이 있는 접경지대이고, 그래서 이탈을 허용하지 않기 때문에 어떤 제국으로부터도 자유로울 수 없다는 자조와 체념의 상태를 보여주는 셈이다.

명훈이 사회주의 운동에 관여했던 부친의 행위를 실패로 규정한 것은 이런 시각에서 보자면 당연한 일이라 할 수 있다. 가족마저 팽개치고 사회주의 운동에 투신해서 일생을 바쳤음에도 불구하고 아버지는 혁명의

---

17   이문열, 『변경』 4, 214면.

지분을 전혀 갖지 못한 채 추방되는 비운을 겪었는데, 4·19에 앞장선 학생들의 처지와도 같은 이런 모습 역시 명훈에게는 변경인의 필연적 운명으로 비쳤던 것이다. 물론 『변경』에는 아버지가 왜 사회주의 운동에 투신했는지 그리고 과연 어느 정도의 지분을 요구했는지, 또 그 이유가 무엇이었는지 등에 대해서는 전혀 언급되지 않는다. 단지 사회주의 운동을 하다가 월북했고, 이후 남한에 남은 가족들이 연좌제의 속박에서 벗어나지 못한 삶을 살았다는 것을 보여줄 뿐이지, 아버지의 이념 선택의 이유와 의미, 그리고 가족들에게 가해진 반공주의의 폭력성 등에 대해서는 전혀 언급되고 있지 않다.

그런데 여러 연구자들이 지적했듯이, 지난 역사에서 반공주의가 맹위를 떨쳤던 것은 무엇보다 역대 정권들이 그것을 의도적으로 이용했기 때문이다. 반공주의가 전후 냉전의 산물인 것은 분명하지만, 과거 정권들은 자신의 취약한 정통성을 만회하기 위해서 반공주의를 정략적으로 이용하였다.[18] 그렇지만 작가는 반공주의를 분단 현실의 필연적 조건으로 인정할 뿐 그것을 악의적으로 이용한 집단에 대해서는 전혀 관심을 보이지 않는다. 그런 맥락에서 두 계급을 중재하겠다는 작가의 주장은 실체에 대한 이해가 전제되지 않은 한갓 구두선에 머물 가능성이 크다.

작품의 말미에서 명훈이 '광주 대단지 사건'을 겪으면서 새롭게 변신해서 노동자 투쟁에 가담한 것은, 한편으론 그런 결정론적 사고에서 벗어나기 위한 노력으로 볼 수도 있다. 하지만 그의 급작스러운 죽음은 그런 노력이 결국에는 참담하게 실패할 수밖에 없다는 변경인의 비극적 운명을 무의식적으로 확인시켜준 것으로 이해된다. 아버지가 그랬던 것처럼 그 역시 변경인의 운명을 타고났고 그래서 필연적으로 실패할 수밖에 없었던 것이다. 그렇다면 변경을 사는 인물들의 운명이란 체념과 자조밖에는

---

18 반공주의에 대해서는 김진기 외, 『반공주의와 한국문학의 근대적 동학』(한울, 2008) 참조.

달리 없게 된다. 계급의 갈등을 문학을 통해서 조정하겠다는 주장 역시 인철의 생각과는 달리 그 한계가 명확한데, 그 역시 천형과도 같은 '변경인'의 운명에서 벗어날 수 없는 팔자를 갖고 있기 때문이다.

5. 자기 고백과 변명의 서사

『변경』은 작가가 머리말에서 밝힌 대로, 1950년대 후반에서 1970년대 초반을 배경으로 월북한 부친을 둔 한 가족의 삶을 핍진하게 서술한 작품이다. '한 시대의 벽화'를 그리겠다는 작가의 공언처럼 작품에는 당대의 다양한 사건들이 실감나게 제시된다. 작품의 1부에서 집중적으로 소개된 정치적 사건, 가령 재일교포 북송 사건,『경향신문』폐간, 자유당 정권의 국가보안법 개정과 시행, 3·15 부정선거와 4·19 의거, 월남 파병 등에 대한 진술은 이전 소설에서는 볼 수 없었던 역사 현실에 대한 작가의 확대된 관심을 보여준다. 작가는 신문과 라디오 등의 다양한 매체들을 동원해서 그런 사건들을 재구(再構)하는 수완을 발휘하면서 '시대의 벽화'를 그려나간다. 영희는 복부인이 되어 땅 투기를 일삼고, 명훈은 노동운동에 투신해서 삶의 마지막 불꽃을 소진하며, 옥경은 한 평생 노동자로 살겠다는 결의를 내보이고, 인철은 소설가로 자신의 미래를 설계한다. 격동의 1960년대를 살아가는 이들의 다양한 삶의 궤적은 당대를 조망하고 이해할 수 있는 소중한 풍속적 사료라 할 수 있다. 영희의 꿈과 욕망을 통해서 우리 사회를 요동치게 했던 부동산 투기열풍을 엿볼 수 있고, 명훈의 돌연한 변신을 통해서 전태일 분신 등으로 상징되는 열악한 노동환경과 그것을 타개하려는 격렬한 움직임을 읽을 수 있으며, 젊은 선교사의 양심적 선교활동을 통해서 도시산업선교회 등으로 구체화된 종교계의 진보적 움직임을 상상해 볼 수 있다. 그런 점에서 지난 과거의 '벽화'를 그리겠다는 작가의 주장은 전혀 터무니없는 것은 아니다. (그런데, 아쉽게도 이런 당대 현실에 대한 서술은 2부와 3부로 갈수록 점차 줄어들고 대신 인물들의 입신과 방황의 과정에 초점이 모아져, 작품은 소설가가 된 한 개인의 입지전적 과정을 서술하는 식이 된다.)

그런데, 작품의 중심이 인철에게 있다는 사실을 염두에 두자면 『변경』에서 작가가 궁극적으로 의도한 바는 다름 아닌 작가 자신의 이념과 가치에 대한 정당화라는 것을 알 수 있다. 사회 현실을 보는 시각이 작가 특유의 '변경론'으로 고정되어 있고, 또 현실을 변혁하려는 일체의 행위를 패배적으로 바라본다는 점에서 작가는 반공주의가 지배하는 현실에 대해 근본적인 문제제기를 하지 않고 있다. 작가의 주장처럼 비록 변경에 위치하고 있더라도 남한과 북한이 힘을 합친다면 미래에 대한 선택의 폭은 한층 넓어졌을 수도 있다. 그렇지만 이문열은 분단된 현실을 그대로 인정하는 상태에서 변경에서의 삶을 운명처럼 받아들일 뿐이다. 그는 또한 정치 현실을 허무적이고 패배적으로 바라보며, 심지어 4·19를 포함한 과거의 사회운동에 대해서도 시종일관 부정적인 시각을 견지한다. 이 작품이 『영웅시대』에서 목격되었던 역사 현실에 대한 주관적 왜곡과 퇴영적 태도의 문제를 동일하게 반복하는 것은 그런 사실과 무관하지 않을 것이다. 『변경』이 반공문학에서 벗어나지 못했다고 말하는 것도 사실은 그런 데 원인이 있거니와, '변경론'을 통해서 작가가 말하고자 한 것은 두 개의 거대 제국에 의해 조성된 분단 현실과 그에 따른 적대의 논리이다. 작가는 변경론을 설파하면서 그것을 불가피한 현실로 받아들이고 심지어 인물들을 삶의 나락으로 몰고 간 반공주의에 대해서도 면죄부를 주고 있다. 그 역시 어쩔 수 없는 현실이었다는 것. 그렇다면 반공주의를 악용해서 정권을 유지한 과거 정치 집단은 모두 '변경'이라는 특수한 상황에서 용인될 수밖에 없는 것으로 정당화되고 만다. 그렇다면, 현실에 대한 대응은 불필요하고 우리는 단지 그런 현실을 받아들이기만 할 수 있을 뿐이다.

『변경』은 작가 이문열이 갖고 있는 보수적 가치와 이념을 설명하고 정당화하는 고백의 서사라 할 수 있다. 작가는 자신이 살아온 길을 돌아보면서 월북자 가족으로서 겪었던 상처를 들추어내고 그 고통을 감내하면서 지금과 같은 삶을 살게 된 경위를 장황하게 진술한다. 그래서『변경』은 반공치하를 살아가는 인물들의 삶을 증언하고 시대를 고발하기보다는 가족사의 불행을 정리하고 그것을 통해서 자신의 보수적 입장을 정당화하는 데 방점을 찍는다.

반공 사회의 규율과 문학의 증언

이호철의 『심천도』를 중심으로

1. 현대소설과 반공의 광기

한국 현대문학사의 전개 과정은 현대사의 격랑만큼이나 많은 상처로 얼룩져 있다. 식민주의와의 지난한 투쟁의 과정이었던 일제치하의 문학이나 이른바 '순수'의 이름으로 탈사회와 탈이념의 편향성을 드러냈던 전후 1950~60년대의 문학, 중세의 마녀사냥과도 같은 공포로 작가의 창작과 존엄을 억압했던 반공주의 등은 현대사의 비극과 연관된 현대문학의 특수한 양상들이다. 전쟁과 분단 현실을 문제 삼고 그것을 극복하려는 주체의 능동적 의지를 내용으로 하는 분단문학을 '한국판 휴머니즘 문학'이라 평할 수 있는 근거는 바로 이런 특수성이 우리 문학의 내용과 형식을 근본에서 규율하는 까닭이다. 그런데, 그 일련의 과정은 타자(他者)를 부정하고 배제하는 광기의 역사와 동전의 양면처럼 결합된 것이라는 점에서 결코 순탄하지만은 않았다. 작가는 외부 현실과의 교섭을 통해 형성되는 상황적 존재들이고, 따라서 문학은 그런 시대 환경에 어떤 식으로든 반응하지 않을 수 없다. 일제의 식민주의라든가 전후의 반공주의는 작가를 억압하고 규율한 외적 환경이었고, 한국문학의 높은 성취는 그에 대한 작가들의 치열한 도전과 극복의 결과물인 셈이다. 이 글이 반공주의와 문학의 상관성에 주목하는 것은 그런 사실과 관계된다.

알려진 대로 한국의 반공주의는 독특한 역사적 성격을 갖는 지배구조의 핵심 요소였다. 이데올로기는 흔히 특정 사회 집단이나 세력에 의해 물질적 기반과 구체적인 기제를 통해 특정의식이나 정치 이념으로 기능하지만, 반공주의는 그런 특정 영역을 넘어서 국가의 지배 이데올로기로 기능했을 뿐만 아니라 사회의 멘탈리티(mentality)가 되기까지 하였다. 해방 이후 한국 사회는 국제적인 냉전과 남북 분단, 한국전쟁 등을 겪으면서 분단국가로 고착되었고, 그 후에는 급속한 산업화의 길을 걸으면서 강력한 권위주의 체제를 굳히고 오늘에 이르렀다. 현대사의 이 파행적인 전개 과정에서 반공주의는 공산주의를 반대한다는 단순한 이념을 넘어서 분단국가 수립을 이념적으로 정당화하는, 그리고 종속적 자본주의와 권위적 체제를 확대·재생산하는 데 필요한 동의와 억압의 장치로 기능해 왔다.[1] 그것은 사회 모순을 관리하고 지배구조를 재생산하는 강력한 수단이었고, 한편으론 정부의 입장에 반하는 사람들을 탄압하고 억압하는 규율의 장치였다.

문학 역시 이 반공주의의 규율에서 자유롭지는 못하였다. 전후 현대문학은 반공을 국시(國是)로 하던 시대의 산물이자 그 아픈 결과물로, 해방 이후 최근까지 계속된 각종 문인 필화사건이나 금서들은 반공주의가 작가 개인들이 최종적으로 통과해야 할 검열의 장치이자 최종 심급이었다는 것을 보여준다. 이호철(1932~)이 회고한 것처럼, 1960년대 초반까지 "우리 문학은 분단 상황을 분단 상황 자체로 인식하는 것조차 얼마간의 용기가 필요"했었다. '종군작가단'이 여전히 존재했고 피난지 대구에서 결성

---

1   유재일, 「한국전쟁과 반공 이데올로기의 정착」, 『역사비평』 1992 봄호, 139~140면.

되었던 공군 문인단체인 '창공구락부'는『창공』이라는 기관지를 발간하는 등 거의 '준(準) 전시적 분위기'가 유지되고 있었다. 그래서 "분단을 하루 빨리 극복해내야 할 민족 당위의 명제로 인식하기보다는 북을 전쟁 당사자, 첫째가는 적으로서 인식하는 승공, 곧 통일이라는 개념만이 일반적"이었다. 그런 상황에서 "아무리 창조적인 작가, 시인도 그 시대의 주(主) 조류에서 멀리 벗어나기는 힘들"었다고 한다. 이호철이 「판문점」(61)을 발표한 뒤, "전전긍긍, 며칠 동안 피신을 했을 정도"[2]로 심한 공포감을 느꼈던 것은, 혹 국시를 어기고 이적행위를 한 것으로 오인되지나 않을까 하는 우려에서였다. 그런 공포와 강압의 시대였기에 작가들은 심리적으로 위축되고 작품 역시 사회 현실을 적극적으로 담아내기 힘들었던 것이다.

이 글에서 이호철의『심천도(深淺圖)』(67)에 주목하는 것은 이 작품이 바로 그런 반공 규율 사회의 특성을[3] 포착하고 비판한 거의 최초의 작품이라는 데 있다. 이원영이라는 비판적 주체를 통해서 관료주의의 타성에 젖은 공무원 사회를 비판하고, 나아가 사회 비판적 언행 자체를 원천적으로 봉쇄하는 반공주의의 폭력성을 날카롭게 포착해낸 것은 근대화 정책이 본격화되면서 서슬 퍼렇게 날을 세웠던 박정희 정권에 대한 비판이자 동시에 문학적 증언으로 이해될 수 있다. 당시 이호철이 박정희 정권에 대해서 비판적인 태도를 취할 수 있었던 것은 무엇보다 근대화 정책을 비롯한 사회 전반에 대해 깊은 관심을 갖고 있었기 때문이다. 수필 「근대화 작업과 지식인」에서 회고한 대로, 이호철은 "1966년을 정부 당국이 말하는 대로 1차 5개년 계획의 성공적인 완수와 수출의 증대, 새로운 경제적 터전의 마련이라는 점에서 획기적인 시기라고 보는 견해에 굳이 의심을

2　이호철, 「분단 극복과 우리 소설」, 『우리는 지금 어디에 서 있는가』, 국학자료원, 2001, 209~211면.

3　김정훈·조희연, 「지배담론으로서의 반공주의와 그 변화」, 『한국의 정치사회적 지배담론과 민주주의 동학』, 함께읽는책, 2003, 123~137면.

두고 싶지도 않고, 그의 낙관론만은 버리지 않고 있다"고 말하면서, 만약 그 과정에서 "사회 정의나 사회 도덕이 내적으로 수반되지 않는 한 엉뚱한 부작용을 낳을 수 있고 화려한 겉치레의 뒤안 속에서 무서운 병폐가 옮아갈 수 있을 것"이라는 견해를 갖고 있었다. "소시민적 안일주의를 철저하게 불식하는 크나큰 자기혁신"[4]이 필요하다는 생각을 갖고 있었고, 그런 의도에서 『심천도』를 통해 관료 사회의 부정성에 주목한 것으로 보인다. 더구나 이호철은 5·16 이후 사회 전반에 만연된 체념과 좌절의 분위기를 청산하기 위해서는 4·19 정신을 되살려야 한다고 굳게 믿고 있었다. 작중의 주인공 이원영이 4·19 정신을 체현한 인물로 등장하여 근대화 정책에 대해 강하게 비판하는 것은 그런 사실과 관계될 것이다.

사실, 박정희 정권의 중요한 업적으로 내세워지는 경제성장과 건설은 자유당 정권의 무능과 무기력에 대한 4·19의 선고에 그 시원(始原)을 둔 것으로,[5] 박정희가 쿠데타로 정권을 잡으면서 '건설과 재건'을 혁명의 기치로 내세운 것은 그런 과거와의 단절을 의도한 것이었다. 하지만 4·19 혁명의 실패는 경제건설을 비롯한 모든 적극적인 움직임에 냉소와 허무라는 독소와 불모성을 안겨 주었고, 그것이 근대화 정책의 미래를 가로막는 새로운 장애물로 등장하였다. 『심천도』에서 제시된 이호철의 비판은 그런 5·16 이후의 퇴영적 시대 분위기를 전제한 것이고, 따라서 작중 공무원들의 안일주의와 타성적 행태에 대한 비판은 근본적인 변화 없이 형식적으로만 진행되는 근대화 정책에 대한 4·19 세대의 비판이라 해도 틀리지 않다. 『소시민』에서 제시되었듯이, 이호철은 6·25 전쟁이 남한 사회의 자본주의적 재편에 어떻게 기능했는가를 날카롭게 인지하고 있었고, 한편으론 4·19 혁명의 역사적 의의를 누구보다 민감하게 자각하고 있었다. 그런 상태에서 쓰여진 작품이 『심천도』이고 그래서 작품에는

---

4   이호철, 「근대화 작업과 지식인」, 『마침내 통일절은 온다』, 서문당, 1988, 88~90면.
5   백낙청, 『민족문학과 세계문학』, 창작과비평사, 1978, 58면.

1960년대 초반 소설에서는 보기 힘든 지배집단과 반공주의에 대한 강도 높은 비판이 담긴 것을 목격할 수 있다.[6]

그런 점에서『심천도』는 근대화 주도 세력에 대한 비판과 함께 반공주의의 규율에 대한 문학적 대응의 구체적 사례로 주목될 수 있을 것이다. 반공주의로 인해 야기된 사회적 폐해, 가령 흑백논리에 바탕을 둔 양가적 사고와 타자에 대한 부정과 배제의 심리, 윤리적 단죄와 억압의 태도 등은 민중들의 정신과 생활방식을 특정한 방향으로 유도해서 사회 비판 자체를 허용하지 않았던 당대의 전제적 분위기를 상징적으로 보여준다. 따라서 이 작품에 대한 고찰은 현대문학사의 특수성을 해명하는 하나의 계기가 될 것이다.

---

6 사실 1950년대 소설에서는 그러한 인식을 찾을 수 없다. 휴전과 더불어 전쟁은 중단되었으나 1950년대 소설을 지배했던 것은 여전히 반공 이데올로기의 규율이었다. 전쟁을 체험하면서 공산주의를 부정적으로 겪었고, 또 상당수의 작가들이 북한의 공산화와 함께 고향을 등진 사람들이었기에 50년대 소설은 대부분이 반공주의에 침윤되어 있었다. 이후 1960년대가 되면서 점차 이념적 적대감에서 벗어나 현실을 객관적으로 조망하기 시작하지만, 반공주의를 비판하는 수준에까지는 이르지 못하였다. 1960년대 최대의 필화사건이라 할 수 있는 '「분지」필화사건'(65)의 피해자 남정현의 경우도, 결과적으로 반공주의의 억압상을 만천하에 폭로하는 계기를 제공했지만, 반공주의에 저항하려는 의도에서 작품을 쓰고 필화에 연루된 것은 아니었다. 외세를 배격하고 민족의 정기를 바로잡아야 한다는, 당대로는 매우 진보적인 내용을 담은 작품을 발표했고, 그것이 북한의 기관지『통일전선』(1965.5)에 전재됨으로써 북한의 사주에 의해서 쓰인 것이라는 오해를 받아 작가가 구속되는 사태에 이른 것이다. 이 사건을 계기로 남정현은 심신이 거의 황폐화되고 이후 주목할 만한 작품을 발표하지 못한 채 문학사의 뒤편으로 사라진다. 그런 점에서 이 사건은 반공주의가 문학을 어떻게 규율했는가를 보여주는 상징적 사건이 되었지만, 원래의 의도는 반공주의를 겨냥한 것이 아니었다.

2. 4 · 19 정신과 비판적 주체

　이호철이『심천도』에서 문제 삼은 것은 박정희 정권 초창기인 1965년을 전후한 현실이다. 5 · 16 쿠데타로 정권이 바뀌고 경제개발이 본격화되어 이른바 '발전의 시대'로 명명된 1960년대 중반기는, 작품에서 언급되듯이 사회 전반에 걸쳐 급격한 변화가 일어나고 '다이내믹한 분위기'가 요동치던 때였다. 경제개발의 효과가 사회 곳곳으로 확산되면서 전근대적인 사회가 급속히 붕괴되고 근대적인 제도와 산업이 자리를 잡기 시작하고, 농촌에서도 소득이 향상되는 등 이전과는 다른 모습을 보여주었다. 공직 사회 역시 제도와 관행이 정비되면서 이전처럼 '예산을 전용해서 술값을 충당'하는 등의 비리를 더 이상 저지를 수 없는 분위기가 조성된다. 그렇지만 새로운 것의 이면에는 항상 낡은 것이 도사리고 있듯이, 그런 변화의 한편에는 기존의 관행과 타성적 분위기가 완강하게 유지되었고, 농촌 역시 '근대화'를 외치고는 있으나 실질과 내용에서는 텅 빈 이른바 '근대화 병'에 사로잡혀 있었다. 그런 사실은 당대의 근대화가 근본적으로 정치 논리에 바탕을 두고 있었던 관계로 한편으로는 반공 규율 사회가 강화 · 고착되는 사실과 맞물려 있었기 때문이기도 하다. 박정희 통치기간 내내 끊임없이 자행된 계엄령, 위수령, 긴급조치 등은 인권과 민주주의를 억압한 구체적 사례들로,『심천도』는 이런 당대 현실을 배경으로 해서 시대 변화의 한복판에 놓여 있는 공무원 사회를 문제 삼은 작품이다.

　서사의 중심을 이루는 것은 당시 공무원 사회에서 흔히 있을 법한 사소한 사건이다. 이른바 '공팔예산 처리문제', 즉 경제기획원으로부터 배당 받은 예산을 어떻게 처분할 것인가를 놓고 한 부서에서 벌어지는 갈등과 대립이 작품의 중심 내용이다. 사용처가 없기 때문에 국가에 귀속시켜야 하는 게 원칙이지만 그 동안의 관행은 그렇지 않았다는 데서 문제가 발생하고, 또 과원 대부분이 그 돈을 나눠 갖기를 원한다는 데 있다. 이 과정에서 갈등이 야기되는 것은 작중의 주인공이자 예산 집행관인 이원영 주사가 남은 예산을 국가에 귀속시켜야 한다는 원칙을 고수한다는 데 있다. 그렇지만 그것을 전용하고자 하는 민 과장은 부하 사무관과 상관인 국장까지 동원해서 이 주사를 협박하는 등의 압력을 멈추지 않는다. 오랜 공무원 생활에 길들여진 타성과 문제를 확대하지 말자는 적당주의, 무사안일주의 등이 고개를 들면서 이 주사는 마침내 사표를 내거나 아니면 과장과 타협할 수밖에 없는 처지로 내몰리고, 결국 사직서를 제출하고 고향으로 낙향하는 것으로 작품은 마무리된다.

　이런 간단한 내용으로 이루어진 작품이지만, 그럼에도 작품이 생동감을 갖는 것은 무엇보다도 공무원 사회를 구성하는 다양한 인물들을 파노라마처럼 배치해서 공무원 집단의 특성을 실감나게 포착한 데 있다. 일제치하에서 교육을 받고 공무원이 된 인물에서, 민주당 정권 때 그럭저럭 인맥을 이용해서 들어온 사람, 고시에 합격해서 사무관의 길을 걷는 인물, 공무원 시험에 합격한 뒤 말단 주사로 근무하는 인물 등 실로 다양한 부류의 공무원들이 작품을 구성한다. 더구나 이들은 성격이나 경력도 다양해서, '민 과장'은 자유당 말기에 한 밑천 든든하게 장만해 둔 까닭에 공직생활에는 관심이 없고 매사를 안일하게 처리하는 관료주의의 매너리즘에 빠져 있으며, '김 사무관'은 유능하고 결백한 공무원이라고 자처하지만 '혼자서 잘난 체해 보아야 저 혼자 곪을 뿐'이라는 생각을 갖고 있다. 그는 처음에는 대한민국의 공무를 혼자서 다 맡아서 하겠다는 식의 의기로 충만했던 인물이지만 몇 년이 지나면서 차츰 타성에 젖어 지금은 책임전가주의·회피주의에 물들어 있다. 월남한 '구 사무관'은 관료주의와 '관리 티'를 내는 것을 가장 혐오한다고 말하면서도 누군가 자기를 관리로서 대접해 주면 갑자기 관리 행세를 하고 싶어 안달하는 모순된 성격의 소유자이다. 이 다양한 성격의 인물들에 의해 서사가 진행되는 관계로 작품은 공직 사회의 특성을 한 편의 영화처럼 보여주게 된다.

그런데, 이들은 대부분 관료 사회의 타성을 벗지 못한 인물이라는 점에서 4·19와 5·16이라는 시대적 격변에도 불구하고 공복(公僕)으로서의 사명감이라든가 개혁의지를 전혀 보여주지 못한다. '공팔예산' 역시 국가에 귀속시키기보다 전용해서 나눠 갖기를 원하는 것이다.

> 4·19를 겪고 5·16을 겪기는 하였지만, 관리들만은 용하게도 깊은 상처를 안 입고 그 소용돌이를 넘기었다. 더러 높은 줄에서 바람을 맞은 자도 없지는 않지만, 그런 축은 너무 지나치게 욕심을 부리고 지나치게 술수만 믿다가 그렇게 제 묘혈을 스스로 판 사람들이고, 정작 태반의 관리들이나 관청 기구 그 자체는 별반 정치 바람의 상처도 안 입었고, 따라서 관리들의 일반적 성격도 비교적 그대로 온존(溫存)되어 온 셈이다.
> 자유당 때도 그렁그렁, 민주당 때도 그렁그렁, 5·16 이후에도 그렁그렁 지내기는 뭐니뭐니 관리 생활이 괜찮다. 비록 겉으로는 장사하는 사람들을 부러워하고, 혹은 매어 있지 않은 자유인들을 부러워하기도 하지만, 그것은 반은 진담이고 반은 엄살이기도 하다.[7]

5·16과 더불어 외견상으로는 공무원 사회의 기강이 확립된 듯했지만, 사실은 '혁명의 무풍지대'와 다름없어서 이전의 관행이 그대로 유지되고 있었다. 그런데, 작가는 이런 타성적 행위가 단순히 이들 개개인의 가치관이라든가 습관 때문만은 아니라는 것을 간파한다. 공무원들이 비리에 둔감하고 적당주의에 사로잡힌 것은 궁극적으로 공무원 사회의 구조에 문제가 있기 때문이다. 이를테면, 공팔 예산 처리 문제로 불거진 과내의 갈등을 되새기면서 이원영 주사는 공무원 사회의 심층 메커니즘이 무엇

---

7   이호철, 『소시민 / 심천도』(이호철전집 6), 청계연구소 출판국, 1991, 243면.

인가를 알게 된다. 과원들이 예산을 전용하고자 하는 것이나, 심지어 고위직의 국장마저 그런 욕심을 보이는 것은 이들이 공정하고 청렴결백한 생활을 하기 위한 생활의 근거, 즉 봉급이 뒷받침되어야 하지만 현실은 그렇지 못하기 때문이다. 즉, "모든 악의 요소는 개개의 인간에게 있는 것이 아니라, 사실은 그보다는 그 기구 자체의 구조에 더 문제가 있기"[8] 때문이고, 그런 사실을 깨달으면서 이원영은 자신의 원칙주의적 행동이 수년간 누적된 타성의 벽을 깨뜨리기에는 역부족이라는 것을 알게 된다. 하지만 그럼에도 불구하고, 이원영은 "공무원 각자가 자기 위치와 자기 임무를 항상 자각하고, 부정 불의와는 누가 뭐래도 싸울 수 있는 태세 속에서만 창의를 발휘할 수 있고, 능력도 발휘할 수 있을 것"[9]이라는 고집스러운 신념을 굽히지 않는다.

『심천도』가 사회 정의를 기치로 내건 4·19 정신을 구현하고 있다는 것은 이런 이원영의 성격을 통해서 확인할 수 있다. 그의 고집스럽고 완고한 원칙주의는 타성에 젖어 '그렁저렁' 소일하는 당대 공무원들의 일반적 모습과는 먼 거리에 있다. 그는 4·19 때 자유당 정권을 무너뜨리기 위한 데모에도 가담한 경력이 있는 이른바 '4·19 세대'로, 지금은 비록 주사로 근무하면서 '고문관'이라는 소리를 듣지만, 자신의 생각을 당당하게 주장하고 추호도 굽히지 않는 철저한 원칙주의자이다. 또 말단 공무원임에도 불구하고 전 부처의 기구와 직제를 면밀하게 조사해서 가장 경제적이고 효율적인 기구를 만들고자 하는 남다른 열정을 갖고 있다. 그런 점에서 이원영은 마치 『소시민』의 '정씨 아들'을 연상케 한다. 『소시민』에서 정씨의 아들은 4·19 데모를 주동할 정도로 강한 비판정신을 갖고 있는 인물로 제시되는데, 『심천도』의 이원영 주사는 그가 성장하여 공무원이 된 이후의 행적을 보여주는 듯하고, 또 내용상으로도 두 작품은 긴밀

---

8   위의 책, 322면.
9   위의 책, 269면.

하게 연결되어 있다. 여러 인물들의 부침과 소시민화 과정에 주목하면서 궁극적으로 건전한 비판정신이 사라지고 대신 속물주의와 물신주의가 판을 치는 전후 일상의 현실과 사회의 구조적 재편과정을 그린 게 『소시민』이라면,[10] 『심천도』는 그런 문제의식을 공무원 사회라는 구체적 매개를 통해 포착해 놓았다. 그런 관계로 『심천도』에서 사회 비판은 한층 예각화되어 드러난다.

그렇다면 이원영이 비판하는 공무원 집단이란 단순한 행정 관료를 지칭하는 게 아니라 근대화의 주도세력을 상징하는 것이라 해도 무방하다. 삽화처럼 제시된 아버지에 대한 이원영의 비판에서 드러나듯이, 작품에서 작가가 궁극적으로 주목한 것은 '근대화 병'에 사로잡힌 사람들의 허위의식이다. 가령, 이원영의 아버지는 시골에서 '유지' 행세를 하는 인물로, 일제치하에서는 면장을 지냈고 해방 후에는 이념적 혼란과 갈등 속에서도 전혀 신분상의 불이익을 겪지 않았다. 그래서 지금도 여전히 양반가의 자손이라는 자부심과 선민의식에 사로잡혀 살아간다. 유지들의 시찰단에 끼어 간척사업을 구경하러 다니고 또 농촌진흥청 사람들의 활동에 관심을 보이는 등의 행위는 "왜정 때의 면장 태를 완전히 벗지 못한" 것이고, 바로 그런 모습이 이원영에게는 농촌의 실상에는 관심이 없으면서도 입으로만 '근대화'를 떠들고 다니는 이른바 '근대화 병'에 걸린 것으로 비쳐진다. 그런 생각에서 이원영은 신문 스크랩까지 동원해서 아버지로 표상된 '농촌 근대화 정책'의 문제점을 조목조목 비판한다. 농촌 근대화란 단순한 구호에 그쳐서는 안 되며, 또 농촌진흥청이나 지주의 입장이 아니라 농사를 짓는 농민의 입장에서 생각해야 한다는 것, 또 최근 몇 년 사이에 농촌의 생산 실적은 올랐으나 실질 소득이 줄어든 것은 농촌이 구조적으로 문제를 안고 있기 때문이고, 정부의 시책으로 기업농이나 협업

---

10   강진호, 「전후사회의 재편과 근대화의 명암」, 『현대소설사와 근대성의 아포리아』, 소명
      출판, 2004, 169~195면.

농이 제시되고는 있으나 그것은 사실 먼 장래에나 가능한 일이지 현재는 불가능하다는 것을 지적한다. 진정한 의미의 근대화란 현실의 실제적인 변화를 통해 가능하지 결코 구두선(口頭禪)에 머물러서는 안 된다는 주장이다.

이원영의 이런 비판은 아버지를 향하고 있으나 사실은 시대적 격변에도 불구하고 자기갱신의 모습을 보이지 않고 구태에 젖어 있는 공직 사회를 염두에 둔 것이고, 따라서 이원영이 맞서는 공직 사회란 단순한 공무원 집단이 아니라 당대 사회를 구조적으로 혁신코자 했던 근대화 주도세력을 지칭하는 것이라 해도 지나친 말은 아니다.

그것은 작품 곳곳에 산재한 진술에서도 확인되거니와, 특히 자신의 말에 절대적인 권위를 부여하고 두말없이 좇기를 바라는 아버지와 민 과장은 모두 가부장적 권위의식에 찌들어 사는 존재들이다. 이들은 하나 같이 자신의 뜻을 거역하는 비판자를 용납하지 않으며, 또 남자가 할 일과 여자가 할 일을 엄격히 구분하는 권위의 화신들이다. 아버지는 아들이 사는 서울에 와서는 민주적인 인물인 듯이 행동하지만 시골에서는 매우 엄격하고 보수적이어서 과거의 예의범절에 얽매여 있고, 민 과장은 '인화단결'을 외치면서 직속상관의 명령이라면 덮어놓고 고분고분 순종하고, 그것을 즐긴다. 이들은 현실을 이성적으로 판단하는 것이 아니라 감정적·정서적 차원에서 즉흥적으로 판단하고 행동한다. 그래서 이원영은 민 과장의 행위를 두고 '일사불란한 행정체제를 갖출지는 몰라도, 일정한 원칙이 전제되지 않은 인화단결이란 어떤 경우에는 결백하던 사람까지 망치게 할 수도 있다'는 것을 날카롭게 지적한다. 이런 지적은 6·25 전쟁 이후 한국 사회에서 반공주의 외에는 어떠한 가치나 이념도 허용되지 않았고, 또한 그것을 핵으로 한 지배 이데올로기에 반대하거나 회의를 품는 사람들에게는 감시와 처벌이 행해졌던 사실에 비추어 볼 때, 자유당 정권 이래 지속된 지배 집단의 전제적 성격을 단적으로 대변하는 것임을 알 수 있다.

3. 반공의 규율과 억압의 논리

날카로운 문제의식과 행동력을 겸비한 이원영도 결국은 거대한 관료 사회의 타성을 깨뜨리기에는 역부족이다. 돈키호테와도 같은 열정으로 거대한 관료조직에 맞서던 이원영이 기운을 잃고 사직서를 낸 뒤 귀향길에 오른 것은 관료 사회의 완고한 보수성에 일차적인 원인이 있지만, 한편으로는 자신의 비판적 언행을 '빨갱이'로 몰아붙이는 반공 사회의 규율이 중요하게 작용한다. 1960년대 중반의 시점에서, 지배 이데올로기로 정착되기 시작한 반공주의의 실상을 암시하듯이, 이원영이 감당할 수 없었던 것은 자신을 '빨갱이'로 매도해서 배척하는 마녀사냥 식의 "데마고기(demagogy)"(292면)였다. 아버지나 민 과장뿐만 아니라 젊은 세대에 속하는 김 사무관과 양 주사까지도 이원영의 비판적인 언행을 매도하고 사갈시하여 '빨갱이', '홍위병', '체제 부정' 등의 극언을 서슴지 않는다. 빨갱이는 공동체의 적이자 악의 근원이라는 생각을 환기하고, 그것을 통해서 이원영의 기를 꺾고자 한 것이다. 이들은 모두 '빨갱이'라는 말을 무의식적으로 사용하면서 상대를 위협하는데, 이는 반공의식이 이들에게는 일종의 시대정신이자 생체권력(bio-power)과도[11] 같은 것임을 말해준다. 푸코는 권력이 우리 몸의 구석구석을 미시적으로 지배한다는 점에서 생체권력이라는 용어를 사용했는데, 반공주의란 바로 누가 시키지 않아도 스스로 복종하는, 보이지 않는 권력이었던 것이다. 그래서 이들의 눈에는 이원영이라는 존재가 기껏 하나의 이방인이자 아웃사이더에 지나지 않았다.

그런 사실은 우선 이원영이 아버지와 대화를 나누는 과정에서 드러나는데, 이를테면 두 인물 사이에서 갈등이 발생하는 것은 근대화 정책을

---

[11] 생체권력에 대해서는 J.G. 메르키오르, 『푸코』(이종인 역, 시공사, 1998)의 174~226면 참조.

적극적으로 옹호하는 아버지와 그것을 비판하는 이원영의 입장이 서로 상반된 데 있다. 아버지가 이원영에게 '빨갱이'라는 말을 사용한 것은, 근대화 정책을 지지하는 자신의 견해를 비판하고 동시에 아버지로서의 권위를 부정했기 때문이다. 아버지는 시골에서 유지로 행세하면서 자신이 '근대화 사업'의 일역을 담당하고 있다고 자부하지만, 이원영에게는 그런 모습이 '근대화'라는 말을 입에 달고 다니는 '소지주 근성'에 사로잡힌 것으로 비쳐진다. 게다가 아버지는 자식을 월남전에 보낸 파월(派越) 가족이면서도 전국의 건설상을 둘러보고 여러 명사들과 어울린 것을 자랑으로 여기는 등의 사려 깊지 못한 행동을 일삼는다. 그런 모습을 지켜보면서 이원영은 신문 스크랩까지 동원해서 '근대화 정책'의 문제점을 조목조목 비판하는데, 이 과정에서 궁지에 몰린 아버지가 구사한 말이 바로 '빨갱이'였다.

"가마안, 난 지금 곰곰이 생각하고 있었는데, 이제야 생각이 났다. 네 하는 소리나 지껄이는 투는 꼭 빨갱이들 비슷하다는 얘기다. 얘기 내용도 더러 그런 냄새가 풍기고. 너무 진지한 체를 해도 꼭 그놈들 비슷해진다는 말이다. 네 생각도 충분히 옳고 일리가 없지는 않겠다마는, 그런 식은 자칫하면 빨갱이로 오해받을 수도 있다는 말이다. 조심해야지."

아버지의 이 소리에 이원형 주사는 웬만큼 술기운이 오른 속에서도 온몸에서 모든 기운이 수울 빠져나가는 듯하였다. 멍청하게 입을 벌린 채 아버지를 건너다보다가 나지막한 소리로 받았다.

"그렇게 나오면 이편에서는 더 할 소리가 없어지지요. 할 소리가 없어지는 것은 할 소리가 없어서 없어지는 것이 아니라, 이편에서도 빨갱이와 비슷하다는 것만도 기분이 나빠지니까요. 허지만 아버지와 같은 그런 식의 시점과 히스테리가 있는 한, 객관적인 사태를 냉정하게 제대로 볼 수 있는 길은 없어지고, 조국 근대화도 구두선에 그친다는 얘기입니다."[12]

근대화 정책의 문제점을 지적하는 이원영의 행위를 "빨갱이들 비슷하다"고 몰아붙임으로써 아버지는 아들과의 정상적인 소통을 부정하고 급기야 이야기의 본질마저 호도한다. 두 사람의 대화가 정상적으로 이루어지기 위해서는 듣는 사람인 아버지가 아들의 주장을 왜곡 없이 받아들이고 거기에 맞게 대응해야 하지만, 아버지는 그와는 전혀 다른 방식으로 대화 상황 자체를 부정한다. 그러면서 이원영의 논법이라든가 선동적인 말투, 단호한 태도 등이 마치 공산주의자들이 즐겨 사용하는 것과 흡사하다는 생각에서, 주장의 내용을 확인하지도 않은 채 바로 '빨갱이'와 비슷하다고 협박한 것이다. 이를테면, 해방 이후 좌우익의 소용돌이를 겪은 아버지의 기억 속에는 잔혹하고, 혼란을 조장하며, 근본을 부정하는 '악'의 대명사나 다름없는 존재가 '빨갱이'라는 인식이 잠재되어 있었고, 아들의 정연한 논리와 주장은 그런 무의식을 곧바로 호명해낸 것이다. 그런 관계로 이들의 대화에서는 합리적 비판을 통한 객관적 사태인식이나 문제해결은 원천적으로 불가능하다. 의기양양했던 이원영이 돌연 기운이 쭉 빠지고 말을 잇지 못했던 것은 '빨갱이'라는 말이 함축하는 이 가공할 폭력을 직감한 데 있다.

그런데, 흥미로운 것은 '빨갱이'라는 말을 거침없이 구사하는 아버지의 이력이다. 공교롭게도 아버지는 일제치하에서 면장을 지낸 친일인사로 제시된다. 그렇지만 악덕 친일파가 아니라 주위로부터 인심을 얻었고 또 해방기의 혼란 속에서도 좌익과 거리를 두었던 관계로 이데올로기로 인한 화를 거의 입지 않았다. 말하자면 친일경력을 갖고 있음에도 불구하고 여전히 과거의 명성을 유지하고 있는데, 이런 모습은 이승만 정권 이래 지배세력의 중심을 차지했던 친일인사들을 연상케 한다. 알려진 대로, 해방 후 미군정은 친일인사를 의도적으로 육성하는 정책을 폈고 이후 이

---

12   『소시민 / 심천도』, 293면.

승만은 그런 정책을 그대로 계승하였다. 지지기반이 취약했던 관계로 이승만은 물적 토대가 상대적으로 풍부한 친일파를 필요로 했고, 친일파는 그런 정권의 필요에 호응하면서 한편으로는 자신들의 과오를 씻고자 하였다. 이 과정에서 친일인사들은 반공주의를 의도적으로 활용하면서 사회 전반을 경직시키는 한편 정권의 근간이 되는 보수세력으로 성장하는데,[13] 이런 사실에 비추어 볼 때 과거 '면장의 태'를 벗지 못하고 유지인 체 행세하는 아버지의 행태는 참회와 징벌이 없이 다시 권력의 중심에 진입한 친일인사들을 여실히 떠올리게 한다.

"그놈들의 짓은 지금 생각해도 어제 겪은 일처럼 지긋지긋하다. 지긋지긋해. 사람이라는 게 어디까지나 사람인 다음에 무슨 일이건 있는 것이지, 사람 그 자체를 무시해버리고 무엇이 남아날 것이냐. 그놈들은 바로 그 초보적인 인간성 자체부터 짓밟는다는 말이다. 그애들도 그야 입으로 지껄이는 것은 그럴듯하지. 그 통에 멋모르고 녹아난 사람도 숱하게 많을 거야. 원래가 공산주의자나 공산주의 사상이라는 것은 버젓이 내가 공산주의입네 하고는 나서지 않는 법이거든. 공산주의라는 것을 민중이 싫어한다는 것은 그들도 잘 알고 있으니까. 결국 교묘한 방법으로 살살 달려드는 것이지. 해서, 자기 자신도 모르는 사이에 공산주의자처럼 보이게 되는 수도 많은 거다. 이 점은 언제나 명심해서 조심을 해야 혀."

아버지는 비로소 이런 소리를 하면서 아들 앞에 제대로 아버지 노릇을 할 수 있는 것이 대견한 모양으로,

"너도 그새 여러 가지로 공부도 하고, 여러 방면으로 폭도 넓어진 것을 인정은 하겠다만."

하였다.

잠시 이원영 주사는 아버지를 멀거니 마주 건너다보면서, 아버지도 결국 저런

---

13   김삼웅 · 정운현, 『친일파』 I · II, 학민사, 1992.

식으로 늙어져서 어언 예순 살이 가까워졌다는 생각을 새삼 하였다. 일말의 연민과 함께 가슴 쓰라린 구석도 없지 않았다.[14]

이와 같이 적의와 부정의 대상으로 공산주의가 내면화되어 있었던 관계로 아버지에게 공산주의란 무엇이고 왜 부정해야 하는지 등의 문제는 전혀 고려 대상이 되지 않는다. 단지 부정하고 배제해야 할 적대적 타자일 뿐이다.

그런 점에서 아버지의 반공주의는 이른바 '무내용의 폭력성'을 특징으로 하는 박정희 정권의 반공 규율 방식을 전형적으로 보여준다. 이를테면, 당시 반공주의는 모든 이념을 압도하는 최고의 가치이자 국시였음에도 불구하고 사실 '공산주의에 대한 반대'라는 주장 이외에는 어떤 구체적인 내용이나 가치를 갖고 있지 못했다. 뚜렷한 내적 체제를 갖추지 못한 채 지배집단의 생존 도구로 활용되었고, 그래서 그 내용은 상황에 따라 자의적으로 규정되었다. 하나의 이념이 이데올로기가 되기 위해서는 특정한 계급의 이익을 표현하고 또 그에 상응하는 행동규범이나 가치체계를 내재하고 있어야 한다. 그렇지만 반공주의는 모든 판단의 근거를 '반공'으로 하고, 그것의 최종 심판관이 기득권 집단이었던 까닭에 사회적 삶은 위로부터의 명령과 지시에 종속되고, 그로 인해 권위주의적 체제와 가치가 지속적으로 재생산된 것이다.[15] 이원영에 대한 아버지의 행동은 반공주의의 이런 무내용의 폭력성을 단적으로 시사해준다.

이원영의 상관인 민 과장이 보여준 행동 역시 아버지와 동일한 것이었다. 예산 전용을 원하는 민 과장과의 갈등 속에서 이원영은, 민 과장의 예산 처리방식은 공복으로서의 의식을 갖지 못한 것이기 때문에 마땅히 사

14　『소시민 / 심천도』, 294면.
15　김정훈・조희연, 「지배담론으로서의 반공주의와 그 변화」, 『한국의 정치사회적 지배담론과 민주주의 동학』, 함께읽는책, 2003, 123～137면.

표를 내야 한다고 주장한다. 여기에 당황한 민 과장은 아버지와 똑같은 방식으로 이원영을 공격한다. "저 새끼, 꼭 빨갱이 새끼군. 하는 투나 하는 소리나 꼭 빨갱이군."[16] 이원영의 공세를 피해 엉뚱하게도 상대를 '빨갱이'라고 매도함으로써 공산주의에 대한 잠재된 공포심을 자극하고 궁극적으로 자신의 치부를 덮고자 한 것이다.

반공주의가 갖는 또 다른 폭력성은 극단의 배제를 통해 특정한 방식의 삶만을 강요한 데 있다. 반공주의는 사람을 구분하고 배제하는 기준이자 강압의 도구로 활용된 관계로 그에 반하는 삶은 일체 허용하지 않았다. 그런 사실은 이원영이 사표를 제출하는 과정에서 보인 동료 양 주사의 반응을 통해서 확인할 수 있다. 양 주사는 이원영의 원칙주의적 태도를 지켜보면서 조심스럽게 그런 행위가 현 체제를 부정하는 것은 아닌가 하는 우려감을 표시한다.

> "이건 자네에게 실례되는 말이고 대답도 뻔하리라고 믿지만, 자네가 워낙 그런 식으로 나온다면 묻겠는데, 자네는 본질적으로 우리나라의 현 체제를 어떻게 생각하나? 긍정하는가, 아니면 부정하는가?"
> 이원영 주사는 와락 성이 오르는 것을 꾸욱 참고 양 주사를 잠시 머엉하니 건너다보다가, 대포 한 사발을 주욱 들이마시고 어이가 없다는 듯이 피식 웃었다.[17]

자신의 원칙을 굽히지 않는 이원영의 행위를 '체제'의 문제와 결부시킨 것인데, 양 주사는 '빨갱이'라는 말을 '체제 부정'으로 연결 짓고, 그것을 자연스럽게 이원영의 행동에 적용한 것이다. 이런 생각은 실제와는 전혀 무관한 상투적 도식에 지나지 않지만, 그것을 당한 입장에서 보자면 마른 하늘의 날벼락과도 같은 경악의 대상일 수밖에 없다. 사표란 자신의 신

---

16 『소시민 / 심천도』, 341면.
17 위의 책, 371면.

넘을 유지하기 위한 불가피한 선택이지만, 그것이 본의와 달리 '현체제'를 부정하는 것으로 오인되는 상황에서 그마저 쉽지 않았던 것이다. 그래서 이원영은 사표를 내는 자신의 행위가 "사표에만 그치는 것이 아니라, 반체제의 논리로까지" 몰릴 가능성이 크고, 그것은 "지금 현재로서 너무나 엄청난 일이고, 무모하기까지 한 일"[18]이라고 전율한다. 이런 상황에서 이원영이 선택할 수 있는 것은 체제가 요구하는 방식으로 '타협'하거나 아니면 '둔탁한 속물의 길'을 걸을 수밖에 없다.

작중의 공직 사회가 단순한 공무원 사회가 아니라 근대화 정책을 주도한 세력이라는 사실을 상기할 때, 민 과장과 양 주사 등의 행위는 순응과 타협 외에는 다른 선택을 용인하지 않았던 당대 지배집단의 현실 대응방식을 단적으로 시사해주는 셈이다. 실제로 박정희 정권 내내 꼬리를 물고 이어졌던 인민혁명당 사건, 통일혁명당 사건, 인민혁명단재건위 사건, 남조선 민족해방전선준비위원회 사건 등 각종 공안사건은 지배집단과는 다른 정치적 신념과 견해를 가진 인물들을 '체제 부정'이라는 극언을 사용해서 탄압한 사례였는데,[19] 양 주사의 말은 그런 가공할 폭력을 암시하는 전주곡과도 같다. 정부를 비판하는 게 체제를 부정하는 것이고, 긍정하는 것만이 체제를 인정하는 것이라는, 흑이 아니면 백이라는 양가치적 사고의 전형이다. 이원영이 자조어린 투로 '반공주의'라는 국시는 그 본래의 취지와는 달리 "사용(私用)으로 엄청나게 도용당하고 있"을 뿐만 아니라 "심각하게 왜곡당하고 있다"고 했던 것은, 개인의 양심과 선택마저도 허용하지 않았던 반공주의의 가공할 폭력성을 단적으로 시사해준다.

북한체제 아래서 고등학교를 다녔고 인민군에 복무하다가 국군 포로가 되어 단신 월남하게 된 작가로서 이호철은 주변에서 받을지도 모르는

18　위의 책, 372면.
19　해방 이후 각종 시국사건, 특히 문예운동에 대해서는 박태순, 『문예운동 30년사』 I～III(작가회의출판부, 2004) 참조.

불필요한 오해를 의식하지 않을 수 없었고, 그런 상처를 갖고 있었기에 이렇듯 민감하게 반공주의의 폭력에 반응할 수 있었던 것으로 보인다.

4. 탈(脫)반공의 의지와 신념

해방과 분단 이후 지금까지 우리 사회가 심각한 적색 공포증(red complex)에 시달렸던 것은 무엇보다 그것을 정치권에서 악용한 데 중요한 이유가 있다. 전후 냉전의식에 힘입어 역대 정권들은 반공주의를 의도적으로 조장하여 정권의 취약한 기반을 만회해 왔다. 전쟁 후의 혼란을 수습하고 자유 민주주의를 수호한다는 미명 아래 널리 유포된 반공주의는 이후 분단된 현실의 특수성과 북한의 호전성을 끊임없이 강조하면서 흑이 아니면 백이라는 극단의 부정과 양가적 사고를 확산시켜 놓았다. "반공을 국시의 제1의로 삼고 지금까지 형식적이고 구호에만 그친 반공체제를 재정비 강화한다"는 혁명공약대로 박정희는 미국을 비롯한 자유 우방과 유대를 강화하고, 자본주의적 경제건설에 주력하면서 반공법과 국가보안법, 중앙정보부법을 강화하거나 신설하여 반공주의를 제도적으로 정착시켰다.[20] 1965년의 이른바 '황용주 필화사건'이나 '남정현 필화사건'[21]은 그런

---

20 김혜진, 「박정희정권기 반공이데올로기의 정치경제적 기능」, 『역사비평』 1992 봄호, 151~3면.

21 '황용주 필화사건'은 문화방송의 사장 황용주가 『세대(世代)』(1964.11)에 게재한 논문 「강력한 통일정부에의 의지—민족적 민주주의의 내용과 방향」에 대해 국회의원 한건수가 ① 북한도 하나의 정부로 인정해야 한다, ② 남북한 UN 동시 가입, ③ 소수의 유엔 경찰 감시하의 남북한 총선이나 연방제도를 고려해야 한다는 내용이 "반공국가인 우리나라에서 도저히 용납될 수 없는 논문"이라고 주장한 것이 발단이 되었다. 이를 계기로 황용주는 "반국가단체인 북한의 활동을 찬양·고무·동조하였다"고 해서 동년 11월 구속되었다.

억압적 상황을 보여주는 구체적 사례들이다. 그런 강압적 현실에서 진보적 이념과 가치, 그리고 민주주의를 비롯한 일상의 존엄은 희생되고, 문학 역시 엄청난 표현상의 제약을 받았던 것이다. 전후 현대문학의 역사는 광기와도 같은 이 반공주의의 폐단을 척결하고 일상의 삶과 사회를 정상으로 돌리는 과정이었다고 해도 지나친 말은 아니다.

그렇지만 주목할 것은 이 일련의 과정이 국가의 억압적 통치의 결과만은 아니었다는 데 있다. 그 일련의 과정에는 일반 국민들의 침묵이나 방관과 같은 암묵적 동의가 있었고, 그것에 힘입어 지배집단은 오랫동안 반공 권력을 유지할 수 있었다. 권력이란 지배집단뿐만 아니라 피지배 집단의 동의에 바탕을 둔 것이라는 푸코의 명제를 떠올리지 않더라도, 국민들의 암묵적 동의가 없었다면 반공주의가 그렇듯 강력하게 폭력을 행사할 수는 없었을 것이다. 작품에서 이원영의 주장이 타당하고 또 필요한 것임에도 불구하고 민 과장 등이 묵살했던 것은 다른 공무원들의 암묵적 지지와 동의를 등에 업고 있었기 때문이었다. 민 과장 등은 공산주의에 대한 부정적 체험을 무의식처럼 간직하고 있었고, 아버지는 그것을 적절히 활용하면서 지금껏 유지 노릇을 해왔다. 『심천도』는 반공주의의 이러한 특성과 존재방식을 사실적으로 보여준다는 점에서 1960년대 현실에 대한 문학적 증언의 소중한 사례로 기억될 수 있을 것이다.

이 작품이 갖는 또 다른 문제성은 그런 현실을 부정하고 넘어서려는 탈(脫)반공의 강한 의지를 보여준다는 데 있다. 작가는 자신의 분신과도 같은 이원영이라는 문제적 개인을 통해서 반공주의의 허위의식에 맞서

그리고, 1965년 '남정현 필화사건' 역시 이 발전 이데올로기의 근간인 외세(특히 미국)의 문제를 비판적한 데서 발단되었다. 미국에 의존해서 경제를 발전시킬 수밖에 없었던 상황에서 미국의 제국주의적 속성을 비판하고 친미종속적인 정부를 조롱했다는 것은 용납될 수 없는 반정부적 행위로 이해되었던 것이다. 이런 사건을 통해서 반공법은 정치적 악용의 대상이 되었고, 무수한 희생양들을 양산하게 되었다. 황용주 필화사건에 대해서는 앞의 『한국의 정치사회적 지배담론과 민주주의 동학』(함께읽는책, 2003)을 참조할 수 있고, 남정현 필화사건에 대해서는 『분지』(호겨레, 1987)의 부록을 참조할 수 있다.

는 곧은 신념을 드러낸다. 이원영이 사표를 낸 것은 그가 생각하는 원칙이 관료 사회에서 결코 통용될 수 없다는 절망감의 표현이지만, 한편으론 그것의 부정성을 '사표'의 형태로 제기함으로써 극복의 계기를 만들고자 하는 의지를 내장한 것이기도 하다. 이원영은 사표를 내는 행위가 주변의 우려처럼 스스로를 '소외'로 몰아가는 게 아니라 '새로운 출발'이라는 사실을 강조한다.

"허지만, 누구나 조금쯤, 숨 쉴 구멍은 있어야 될 것 아니오. 이형 식으로 생각한다면 너무나 빽빽해서 살아가기가, 처신해가기가 ……."

"그거야, 각자 나름이겠지요. 김 사무관 같은 방식이 물론 있을 것이구. 허지만 김 사무관이나 양 주사 방식인 경우에도, 저 같은 방식을 안 겪은 것보다는 겪는 편이 나을걸요. 그 점은 확신할 수 있어요. 주제넘은 소리로 들릴지 모르겠지만, 물론 제가 사표를 던진다는 것은 전면적으로 모든 것을 부정한다는 뜻은 아닙니다. 도리어 저는 요 몇 년 동안 어느 점, 활력을, 다이내미즘을 느낍니다. 나 자신이 그 한 가운데에 있었으니까요. 경제적으로 근대화시키자는 노력은 가상한 것이고, 이미 어느 정도 효과도 나타나는 것 아닙니까. 그 효과의 내실이 건전한 것인지 비건전한 것인지는 잘 모르겠지만, 좀더 두고 보아야겠지만, 그러나 사표를 내면서 한 가지 확신은 있습니다. 설사 모든 일이 날이 갈수록 잘되어 간다고 하더라도, 그 속에 한데 섞여져 있는, 완강히 버티고 있는 구제불능한 요소, 어느 정권도 아직 그곳까지는 메스를 가할 수 없었던 요소, 메스를 가했다가는 도리어 부작용이 더 클 수도 있는 요소, 그런 장막 너머의 부정적인 요소를 철저히 부정적으로 드러내면서 이 자리를 그만두는 행위는 효과 여부는 여하튼지 불필요한 것은 아니라고 보여져요. (…중략…) 도리어 이런 마당에서는 부정적인 영역에 몸으로 부딪치고 전면적으로 부딪쳐서 불꽃을 튀기며 부서지는 것이 나을 겝니다. 이렇게 말한다고 해서 저 자신이 우리의 현사태를 이런 식으로 철저하게 믿고 있는 것은 아니지만요. 그런 순교자가 되고 싶은 생각까지는 없습니다. 이번에 나에게 부딪쳐 온 이 문제에 한해서는, 사표를 내고 깨끗이 물러나는 것이 온당한 길일 것 같습니다."

김사무관은 가만히 머리를 끄덕였다.[22]

'사표'를 내는 행위는 "부정적인 영역에 몸으로 부딪치고 전면적으로 부딪쳐서 불꽃을 튀기며 부서지는 것"이라는, 일종의 희생양이 되겠다는 의지를 담고 있다. 이 주사의 말대로, 부정적인 것이 지배하는 현실에서 긍정적인 것만을 좇는 것도 안 좋고, 또 밝은 미래를 예견하면서 그 속에 섞여 있는 부정적인 요소에 눈을 감고 소위 '밝은 면'만 보려는 태도도 경계해야 한다. '부정적인 현실에 맞서 그 부정성을 온몸으로 드러내는 것'이야말로 지금의 시점에서 필요하고, 그런 판단에서 이원영은 현실과 타협하기를 완강히 거부한 것이다. 그렇기에 이원영의 행동은 우행이기보다는 문제의 본질을 인식한 뒤에 도달한 고뇌어린 결단이고, '귀농'은 그런 고민 끝에 도달한 해법인 셈이다. 그래서 이원영은 자신의 귀농이 결코 농민 위에 군림해서 계몽적 구호나 남발하는 "상록수식은 아니"[23]라는 사실을 강조한다. '민중 속으로'라는 구호를 앞세워 농촌으로 들어갔으나 그 속에 동화되지 못하고 선각자적 허위의식에 사로잡혀 참담한 실패를 경험했던 이전의 지식인들과는 다른 방식의 삶을 추구코자 한 것이다. 물론 백면서생의 귀농이 결코 순탄할 리 없고 또 김 사무관의 말처럼 농촌에 내려간들 결국은 체제에 묻힐 수밖에 없겠지만, 그럼에도 불구하고 이 주사는 우선 내려가서 겪어 보고 그 속에서 새로운 길을 찾겠다는 의지를 굽히지 않는다. 반공주의가 사회 전반을 규율하는 상황에서, 그리고 개인의 양심과 원칙이 묵살되는 현실에서 무엇보다 중요한 것은 외롭게 신념을 고수하는 일이라는 사실을 웅변한 것이다.

22　『소시민 / 심천도』, 391면.
23　위의 책, 394면.

이와 같이 『심천도』는 우직한 성격의 이원영을 통해서 근대화 정책을 주도하는 공무원 사회를 비판하고, 그들이 전가의 보도처럼 활용하는 반공주의의 허구를 예리하게 파헤친 작품이다. 최원식이 이 작품을 두고 "70년대의 반독재 민주화투쟁에서 이호철 씨가 감당했던 역할이 뚜렷한 징후를 드러냈다"[24]고 했던 것은 그런 비판적 태도와 연결지어 이해될 수 있을 것이다.

사회주의권이 몰락하고 세계적인 냉전구도가 와해된 현실에서 무엇보다 중요한 것은 일상 현실과 우리들의 마음 속 깊이 숨어 있는 과거의 냉전적 반목과 적대감을 제거하는 일이라고 할 수 있다. 『심천도』에서 포착된 반공주의의 억압과 공포는 지금도 여전히 우리의 의식과 생활 전반에 미만해 있는 생체권력과도 같다. 1960년대 문학에서 사회 비판적인 작품이 침체된 근본 원인은, 이원영이 발 딛고 있는 현실처럼, 부단한 검열과 통제의 현실에서 작가들이 활동해야 했기 때문이다. 일상생활을 규율하고 또 작가적 창의와 존엄을 구속했던 반공주의 앞에서 작가들은 침묵하거나 타협할 수밖에 없었다. 이호철은 그런 억압적 현실을 구체적인 형상으로 포착해냄으로써 1960년대 지식인들이 처한 정신적 지형을 복원하고 비판하는 역할을 수행하였다. 이원영과 같은 평범한 인물에게 가해지는, 그것도 부자지간과 같은 가까운 인물들로부터 가해지는 폭력은 반공의 사슬이 얼마나 미세한 구석까지 뻗어 있었는가를 보여준다. 그런 현실에 맞서 사표를 내던진 이원영의 행위는 보통사람들이 쉽게 할 수 없는 용기 있는 결단이었다. 우리 문학은 이원영과 같은 반공의 규율을 거부하고 주체의 존엄과 가치를 지키기 위해 고투해온 작가들에 의해서 탈(脫)반공의 영지를 넓히고, 문학의 존엄과 가치를 키워 왔다고 해도 지나친 말은 아니다.

24　최원식, 「1960년대의 세태소설」, 위의 책, 401면.

분단 현실과 문학적 대응의 양상

1970년대 분단소설을 중심으로

1. 분단소설의 형성

분단문학이라는 용어가 구체적인 내포를 갖고 문학사에 정착된 것은 1970년대 이후이다. 그 이전까지 6·25 이후의 문학은 전쟁문학, 전후문학, 이산문학, 분단시대의 문학 등 다양한 이름으로 불리어 왔는데, 1970년대를 기점으로 해서 분단문학이라는 말이 내실을 갖춘 용어로 널리 통용되기 시작하였다.

"남북분단의 역사와 현실이 투영된 문학"(김병익)이라거나, "6·25의 비극에 대한 인과율을 담고 있으며 세계사 속에서도 독특한 환경에 처해 있는 한국적 상황과 이를 형상화시킨 문학"(임헌영), 통일지상주의적인 민족사의 근시안에서 벗어나 "진실로 민족적이고 민중적인 소망을 담는" 민족문학의 일환으로서의 문학(최원식), "통일을 이룩하는데 필요한 모든 것에 대한 인식이요 성찰이며 통일을 저해하는 온갖 것에 대한 반성과 부정"의 문학(백낙청)이라는 규정은 강조점의 차이는 있을 망정 모두 분단현실에 대한 합리적인 인식과 극복에의 의지에 주목한 말들이다. 한 사학자의 말대로, 20세기 전반기의 민족사가 식민통치에서 벗어나는 일을 그 최고 차원의 목적으로 삼는 시대였다면, 후반기 즉 해방 후의 시대는 민족분단의 역사를 청산하고 통일 민족국가의 수립을 그 민족사의 일차적 과제로 삼는 시대로 보지 않을 수 없고, 이와 같은 역사의식을 바탕으로 이 시기를 '분단시대' 혹은 '분단 극복 시대'라고 규정하는 것은(강만길) 어쩌면 당연한 일이기도 하다. 따라서 분단문학이란 분단이 시작된 시점에서부터 분단체제가 해체되는 미래의 어느 시점까지의 문학으로 정의해도 무방할 것이다. 그런데 이 용어가 단순한 분류의 차원에서 벗어나 민족문학의 맥락에서 수용되기 위해서는 분단의 원인에 대한 천착과 그 극복의지가 작품 속에 구체적으로 내재되어 있어야 한다. 그래야만 맹신적 반공주의 문학이라든가 분단을 항속화하려는 불순한 의도를 배제하고 진정한 민족문학의 정수로 자리매김될 것이다.

분단 현실에 대한 문학인들의 관심이 작품을 통해서 본격적으로 표출되기 시작한 것은 1960년대 이후였다. 50년대 중반 이후 전후세대는 전쟁의 상처를 가슴 속에 안은 채 작품활동을 본격화하지만, 당시 이들의 작품은 전쟁을 증언하고 그 폭력에 의해 와해된 주체의 분열과 혼란을 그리는 수준에서 크게 벗어나지 못했다. 사회 곳곳에는 전쟁의 상처가 여전히 황량한 몰골을 드러내고 있었고, 작가들은 그런 사회 현실을 거시적으로 조망할 수 있는 원근법을 확보하지 못하였다. 손창섭과 장용학 등으로 대표되는 이 시기 분단문학은, 그렇기에 분단 극복에 대한 의지라든가 분단 현실에 대한 총체성 확보에는 현저히 미달될 수밖에 없었고, 기껏 단편적인 체험을 토로하는 수준을 넘어서지 못하였다.

전후 경제복구기(1953~1958)를 거치면서 사회가 점차 안정을 찾고, 또 민주주의에 대한 열망이 거족적으로 표출된 4·19 혁명을 경과하면서 분단소설은 점차 본궤도에 오르기 시작한다. 4·19 이후 확보된 민주와 자유의 공간을 활용하여 분단문제를 거시적으로 문제 삼은 최초의 작품이라 할 수 있는 최인훈의 『광장』(60)에서 확인할 수 있듯이, 당시로서는 감히 상상할 수도 없었던 남과 북의 이데올로기를 동시에 문제 삼고 금제에 대한 과감한 도전을 감행한 것은 분단소설의 새로운 지평을 여는 시금석의 의미를 지닌다. 그런데, 남과 북을 비판한 뒤에 도달하게 되는 자살이라는 허무한 결론은 당대 소설이 분단 극복의 전망을 마련하기에는 역부족이었음을 동시에 보여준다. 이후 박경리의 『시장과 전장』에서도 이데올로기 문제는 지속적으로 탐구되지만, 그 역시 '사랑'이라는 보편적 주제로 문제를 희석하는 당대의 한계에서 크게 벗어나지 못하였다. 한편, 대표적인 분단작가의 한 사람인 이호철은 혈혈단신으로 남한 사회에 던져진 인물을 통해서 돌아갈 수 없는 고향에 대한 회한을 실감나게 그려내고, 남한 사회에 뿌리내리기 위한 힘겨운 정착과정을 추적한다. 『소시민』에서 보이는 처절한 약육강식의 생존논리에 지배되어 하루하루를 힘겹게 살아가는 월남민의 뿌리내리기 과정과 귀향의 꿈이 스러지고 물신화된 현실에 적응하지 않을 수 없게 된 비애감의 표현은, 단편 「판문점」에서 보여준 남북한의 이질화에 대한 고발과 더불어 이 시기 분단문학의 중요한 성과라 할 수 있다. 이들의 힘겨운 탐색으로 1960년대 분단소설은 전쟁의 원인과 분단 고착화에 따른 남북한의 이질감의 심화 등을 날카롭게 포착하는 성과를 얻게 된다.

하지만 이 시기 분단문학은 분단으로 인한 이질화를 극복하고 통일을 준비하는, 이를테면 민족 동질성의 회복을 꾀하는 수준에는 이르지 못하였다. 이호철 작품에서 단적으로 드러나듯이 민족의 이질화와 분단 고착화에 대한 안타까움과 회한이 작품의 중심을 이룰 뿐 그것을 넘어설 어떤 구체적 전망을 확보하지는 못했고, 심한 경우 최인훈처럼 전망 부재의 허무주의적 경향을 노정하기도 하였다. 또, 창작의 주체가 대부분 전쟁 체험세대였던 관계로 개인적 체험을 완전히 객관화하지도 못하였다. 이호철과 최인훈은 월남 작가로서의 뼈아픈 체험을 지닌 인물들이고, 박경리는 남편을 잃은 전쟁미망인이었다. 그런 관계로 이들은 자신의 체험을 되돌아보면서 분단 현실을 거시적으로 문제 삼기는 했으나, 그 체험의 다양한 내적 계기들에 대한 인식이라든가 극복 방안에 대해서는 상대적으로 미흡할 수밖에 없었다.

2. 분단 현실의 자기화와 주체적 인식의 심화

1970년대 분단문학은 60년대 분단문학의 성과를 이어받으면서 한층 성숙한 면모를 보여주었다. 이 시기에는 분단 현실에 대한 관심이 문단 전체로 확산되면서 앞 시기에 비해 훨씬 풍성한 양의 작품이 산출되었다. 이호철, 박경리, 최인훈 등의 중견작가들이 왕성한 필력으로 분단 현실을 천착하였고, 김원일, 윤흥길, 박완서, 문순태, 황석영, 이문구, 조정래, 전상국, 이동하, 신상웅, 현기영, 홍성원, 한승원 등 신예작가들까지 대거 가세하여 분단을 소재로 한 다양한 작품들을 발표해서, 문단은 분단소설로 일대 장관을 이룬다.

당시 이처럼 분단소설이 번성한 데는 다음 몇 가지 요인이 작용한 것으로 볼 수 있다. 우선, 이승만 정권 이래 경직된 반공주의가 1972년 7·4 남북공동성명 발표를 계기로 점차 해빙의 분위기를 타면서 분단 현실에 대한 사회적 관심을 증폭시킨 사실을 들 수 있다. 물론 사회 전반의 분위기는 유신체제의 출범과 더불어 한층 악화되었으나, "오오 통일!"을 외치는 감상적 시와 소설을 비롯하여 실향민으로서의 비애와 이데올로기적 폐해를 지적하는 작품 등이 다양하게 등장했던 것은 분단 현실에 대한 문인들의 관심이 그만큼 고조되었음을 보여준다. 또 당시 본격적으로 발굴·채록된 증언과 수기 등의 영향 역시 분단소설을 번성케 한 중요한 요인이다. 1970년대 초의 『민족의 증언』(7권)(중앙일보사 편, 을유문화사, 1972)과 이병주가 작품의 근거로 활용한 이태의 수기 등이 소개되면서 분단의 금제는 점차 신비의 베일을 벗고 한층 적나라한 본질을 드러내게 되었다. 주지하듯이, 『민족의 증언』은 말단 소총수에서 최고사령관에 이르기까지 6·25 전쟁과 직접 관련된 3천여 명의 진술과 내외 자료를 다각도로 수집·정리하여 엮은 한국전쟁 3년의 현장 증언록이다. 7권으로 된 이 책에는 전쟁 발발 초기에서부터 휴전에 이르는 기간 동안의 각종 증언과 사진집으로 이루어져 있다. 이 책이 간행된 이후 전쟁에 대한 연구가 활발해졌고, 문학에서도 전쟁을 소재로 한 많은 작품들이 쏟아졌다. 게다가, 당시 활기를 띠기 시작한 현대사와 관련된 사회과학계 연구 성과의 수용 또한 무시할 수 없다. 6·25와 관련된 다양한 연구물이 출간되고, 전쟁의 원인과 양상, 결과에 대한 진전된 논의가 확산되면서 작가들은 한층 분단의 실체에 다가설 수 있게 된 것이다.

그렇지만, 무엇보다 중요한 것은 1970년대 들어서 소년시절에 전쟁을 체험한 세대들이 작품활동을 본격적으로 시작했다는 사실이다. 김원일의 체험적 고백에서 짐작할 수 있듯이, 유·소년기에 전쟁을 체험한 세대들이 이 시기 들어서 자신의 체험을 회고적으로 성찰할 수 있는 정신적 연령에 이르렀고, 그들의 삶을 근원에서 규정하는 6·25에 대한 천착을 본격화할 수 있는 시간적 거리감각을 확보하게 되었다.[1] 작가들은 이제 과거사를 조망하기만 하는 것이 아니라 그것을 현재화하고 치유의 가능성을 찾는 보다 적극적인 모색을 보여준다. 이 시기 소설의 상당수가 '회상기법'을 도입하고 있는 것은 6·25 전쟁과 관련된 과거사를 객관화하고 그와 더불어 성장기에 체험한 그 고통의 상처를 어떤 형태로든 정리하고

---

1   김원일, 「분단현실과 분단지양의 문학」, 『강좌, 민족문학』, 도서출판 정민, 1990 참조.

치료하려는 의도에서 비롯된 것이다. 작가들은 과거사를 서술하면서 어린이의 시점을 차용한다든가, 성인의 시점과 어린이의 시점을 병렬적으로 서술하는 등의 기법을 동원하여 과거와 현재를 계기적으로 이해하고 그것을 적극적으로 수용하려는 자세를 보여주었다. 성인이 되더라도 유년기의 체험에서 자유로울 수 없듯이, 6·25가 여전히 현실적 삶을 가로막는 원체험으로 파악되고, 작가들은 그 원체험을 탐색함으로써 그것이 한 개인뿐만 아니라 민족 전체의 삶을 질곡하는 요인임을 깨달은 것이다.

이런 점에서 이 시기 분단소설은 현재의 삶을 여러 요인들의 복합체로 파악하고 수용하는 주체적 시각의 정립 과정으로 정리할 수 있다. 주체적 시각이란 현재의 삶을 대타적으로 이해하려는 태도와 자세로서, 자신의 존재를 가능케 하는 현실적 근거를 주체의 특수한 정황과 결부지어 이해하는 태도라 할 수 있다. 이를테면, 국내·국제적인 정치의 영역이자 공산주의와 자본주의라는 이념과 경제의 영역이기도 한 분단체제(백낙청)를, 국내·외적 요소의 복합으로 파악하고 그 해결의 실마리를 모색하는 것으로, 이는 과거사에 대한 성찰과 그것을 극복하려는 실천적 의지를 수반할 때만이 가능하다. 분단 극복의 진정한 가능성이 이런 자각을 통해서 마련될 수 있는 것이라면, 이 시기 소설에서 두루 목격되는 민중에 대한 발견과 민족사에 대한 주체적 인식, 분단 극복의 의지 등은 모두 전 시기 소설에서는 볼 수 없었던 이 시기만의 소중한 성과들이다.

이 시기 소설은 대략 세 부류로 나누어 볼 수 있다. 하나는 『노을』(김원일), 『순이삼촌』(현기영), 「유형의 땅」, 『불놀이』(조정래) 등과 같이 해방정국의 좌우 대립을 배경으로 분단의 원인을 사회·경제적인 측면에서 조망한 작품들이고, 둘은 『아베의 가족』(전상국)이나 『황토』, 「거부반응」, 「타이거 메이저」(조정래) 등에서 문제시되는 외세의 작용과 그로 인해 왜곡되는 민족 현실에 대한 고발을 내용으로 하는 작품들이고, 셋은 「한씨연대기」(황석영), 『나목』, 「카메라와 워커」(박완서), 「앞산도 첩첩하고」,

「폐촌」(한승원), 『관촌수필』(이문구), 「장마」(윤흥길) 등에서 볼 수 있듯이 일상 속에 내재되어 있는 분단의 상처와 고통을 민중의 시각에서 수용하고 넘어서려는 의지를 담은 소설군이다.

1) 분단 원인에 대한 역사적 조망

분단의 원인에 대한 탐구는 분단문학의 전제조건과도 같다. 상처의 원인을 진단하지 않고서 수술의 칼날을 들이댈 수 없듯이, 우리의 삶을 근본에서 제약하고 왜곡하는 요인들에 대한 탐구 없이는 문제 해결의 진정한 실마리를 찾을 수 없는 것이다. 최인훈이 『광장』에서 그토록 집요하게 추적한 이념의 문제라든가, 박경리가 『시장과 전장』에서 보여준 맹신적 이데올로그에 대한 천착 역시 분단 원인에 대한 탐구와 무관한 게 아니다. 이들의 고투에 의해서 분단 현실을 객관화할 수 있는 가능성을 확보하고, 분단의 원인에 대한 심층적인 분석의 길이 열리게 되었다. 1970년대 분단소설은 이런 성과를 바탕으로 하면서도 그보다는 한층 진전된 인식을 담고 있다. 앞 시기 작가들이 6·25 전시하의 현실을 배경으로 이데올로기의 문제를 천착했던 것과는 달리 이 시기의 김원일, 조정래, 현기영, 신상웅 등은 시대 배경을 해방공간으로 소급하여 분단의 원인을 탐구하는 시각의 역사적 확장을 보여준다. 이들에 의하면 분단의 실질적 원인은 이데올로기의 대립뿐만 아니라 과거 오랫동안 우리의 삶을 구속해온 경제적·신분적 차별에 있음을 알 수 있다.

대표적인 분단소설가로 평가받는 김원일, 조정래, 현기영 등에게서 보이는 일관된 주제는 분단의 자기화(自己化)와 그것을 극복하려는 의지이다. 월북한 부친을 둔 특수한 가족사와 "조국 분단문제야말로 이 시대의 가장 첨예한 이슈"라는 확고한 시대의식을 바탕으로 왕성하게 분단소설을 창작한 김원일이나 여순사건이나 제주 4·3 사건과 같은 고향에서의 특수한 체험을 바탕으로 빨치산들의 역사적 진실에 주목한 조정래나 현기영 등에 있어서 분단이란 사실 자신들의 삶을 규정하는 원체험과도 같은 것이었다. 그런 상처가 유년기 이래 이들의 삶과 의식을 규율해 온 까닭에 작품에는 분단 현실에 대한 회한과 그 고통에서 벗어나려는 열망이 다른 누구보다도 강하게 드러난다. 이들이 하나 같이 과거와 현재를 번갈아 교차시키면서 작품을 전개했던 것은 현재는 과거에 의해서 규정되고, 과거 역시 현재의 시각에서 조망되어야 한다는 생각과 무관하지 않다. 『노을』(김원일)에서 강조되듯이, 분단 현실이란 그것과는 전혀 무관한 것으로 보이는 중산층 소시민에게도 지울 수 없는 깊은 화인(火印)을 남겨 놓았다. "아버지의 시대와는 달리 그런 쪽(이데올로기)과는 담을 쌓고 살려는 나에게까지 남북의 극단적인 대치 상황이 그렇게 가깝게 영향력"을 미치고 있다는 사실을 실감했다는 진술은, 자신과는 무관하리라 생각했던 이데올로기와 분단된 현실이 사실은 자신을 거미줄처럼 옭아맨 촘촘한 그물과도 같다는 것을 새삼스럽게 환기시켜 준다. 조정래가 「유형의 땅」에서 분단 현실을 '유형(流刑)의 땅'이라고 명명했던 것도 그런 이유일 것이다. 가령, 주인공 만석 영감은 세상이 엄청나게 변했음에도 불구하고 아직도 6·25 당시와 같은 현실의 변두리에서 벗어나지 못하는 삶을 살고 있다. 갖은 고초를 겪고 살기 위해서 안간힘을 썼음에도 불구하고 여전히 이전과 다를 바 없는 비참한 신세에서 벗어나지 못한 것은 전적으로 6·25의 상흔이 이들의 삶을 근원적으로 제약하고 있었기 때문이다. 이런 깨달음을 통해서 작가들은 불행했던 과거사란 외면하거나 부정함으로써 치유되는 것이 아니라, 바르게 보고 객관화함으로써 극복될 수 있다는 인식을 하기에 이른다.

분단의 자기화(自己化)를 통해서 김원일 등은 분단 현실에 대한 한층 진전된 인식을 확보하는데, 그것은 구체적으로 아버지로 표상되는 전 세대의 비극을 사실적으로 조망하려는 노력으로 나타난다. 이들에게 있어서 '아버지'는 하나 같이 부정적 이미지로 얼룩진 '빨갱이'였고, 그것도 엄청난 만행을 자행한 살인마로 기억 속에 각인되어 있다. 『노을』에서 제시된 아버지는 '소 백정'으로, 성격이 포악해서 걸핏하면 어머니를 학대했던 악한이다. 더구나 사회주의자가 된 뒤에는 누구보다도 광신적인 추종자로 돌변하여 무자비한 학살을 자행했고, 그러다가 끝내 경찰의 반격에 쫓겨 자살로써 불우한 생을 마감하였다. 『불놀이』(조정래)에서 그려진 아버지 역시 이와 다르지 않다. 화자의 아버지인 배점수는 신씨 집성촌에서 대대로 소작을 붙이던 소작인의 자식으로, 성질이 괄괄해서 걸핏하면 지주집 아이들과 싸웠고 또한 자신의 미천한 신분에 대해 항상 불만을 품고 있었다. 그는 대장장이로 일하던 중에 사회주의의 세례를 받았고, 이후 인민위원회 부위원장을 맡으면서부터는 그 권력을 이용하여 그간의 수모를 앙갚음하듯이 무자비한 학살을 자행하여 자그마치 38명이나 되는 신씨 일족을 죽음으로 몰아넣었다. 그런 아버지를 두었던 까닭에 『노을』의 화자는 30년에 가까운 세월 동안 아버지를 잊으려 노력했고, 『불놀이』의 배점수는 자신의 출신과 고향을 완전히 바꾼 채 30년 가까운 세월을 다른 인생으로 살아왔던 것이다.

'핏빛'으로 얼룩진 이 아버지들의 과거사를 추적하면서 작가들은 그들이 왜 빨갱이가 되었고 또 빨치산이 되었는지를 이해하게 된다. 곧, 빨치산이었던 아버지가 그토록 잔혹한 만행을 저질렀던 것은 단지 이데올로기 때문만은 아니었다. 해방 직후 인민 해방을 내세우는 사회주의 이념이 하층민들에게 요원의 불길처럼 번졌던 것은 백정이라는 최하층 신분으로서 당해야 했던 천대와 울분이 깊숙이 작용한 때문이었다. 오랜 신분적 불평등과 차별 속에서 이들은 계급적 적대감을 무의식적으로 내면화하게 되었고, 그것이 해방 이후 좌우 대립의 극한 와중에서 걷잡을 수 없이 폭발한 것이다. 인간해방이라는 구호 아래 이들은 그 동안 억압되었던 인간적인 모멸과 계급적 울분을 맘껏 표출했고, 그것이 그토록 참혹한 살상을 초래한 근본 원인이었다.

소를 잡던 도수장 안에다 지서 순경을 매달아 놓고, "갑자기 신명이 받치는지 덩실덩실 춤을" 추며 난도질했던 광기어린 만행에는 이처럼 이데올로기와는 상관없는 오래된 사감(私感)이 개입되어 있었다. 그렇기에 그들의 행위는 잔인할 수밖에 없었고, 그것이 또 다른 증오와 복수심을 불러일으켜 서북청년단과 같은 또 한번의 처절한 복수극을 불러 온 것이다. 물론 이들의 행동에는 오랜 신분적 구속에서 벗어나 차별 없는 세상에서 살고자 하는 강렬한 열망이 깃들어 있지만, 그것은 외형상의 명분에 불과할 뿐 사실은 누적된 복수심의 극단적 표출 외에 다른 무엇이 아니었다.

『불놀이』에서 배점수가 보인 광신적 살인행위 역시 그런 이유 외에는 달리 설명할 길이 없다. "상것이고 가난하기" 때문에 당했던 그간의 수모에서 그는 사회주의 세상이 되자 자신을 멸시하고 천대했던 신씨 일족만을 골라서 의도적으로 살해했던 것이다. 「하늘 아래 그 자리」에서 전상국이 보여준 문제의식도 이와 전혀 다를 게 없다. 상암리와 하암리로 나누어진 마을에서, 양반들이 사는 하암리가 전쟁이 발발하면서 상암리 사람들에 의해 무참하게 파괴되고 복수를 당한다는 내용은 반상의 적대감이 분단의 비극을 한층 조장했음을 보여주는 또 다른 사례인 것이다. 또

「순이삼촌」에서 목격되는 서북 청년단들의 광기어린 반공주의 역시 같은 맥락에서 이해할 수 있다. 공산주의자들에게 농토와 가옥을 빼앗기고 강제로 월남하지 않을 수 없었던 이들에게 있어서 공산주의자란 가정과 개인의 삶을 송두리째 파괴한 원수나 다름없는 존재들이고, 그런 까닭에 공비토벌과정에서 보인 그들의 광기어린 살상행위는 이데올로기보다는 오히려 사적인 감정에 사로잡힌 복수로 드러날 수밖에 없었던 것이다. 이런 불행한 과거사를 조망하면서 작가는 6·25를 전후해서 자행된 처절한 살육은 과거 불합리한 신분제도와 수탈구조에서 비롯된 민족 내부의 오랜 갈등에 원인이 있음을 사실적으로 설파한다.

이런 점에서 이 부류 작품들은, 소위 '빨치산소설'의 본격적인 출발을 예고하는 전사로서의 의미를 갖는다. 문학사에서 좌익, 특히 빨치산에 대한 관심이 본격화되고 그 실상이 종합적으로 조망되기 시작한 것은 1980년대였다. 『남부군』(이태)이나 『태백산맥』(조정래)에 이르면 빨치산의 생성과 투쟁·궤멸의 과정이 소상하게 그려지고, 그것이 어떻게 분단으로 구조화되는가의 문제가 사실적으로 조망된다. 특히 『태백산맥』은 빨치산이 생겨나게 된 직접적이고 본질적인 원인, 가령 일반 민중들의 경제적·정치적 요구가 해방 이후의 정치 현실 속에서 좌절되면서 공산주의 이데올로기와 결합하고 급기야 빨치산 항쟁으로 이어지는 과정에 대한 총체적인 조망을 통해서 이 부류 소설이 도달할 수 있는 최고의 수준을 보여준 바 있다. 물론 여기에 비추자면 1970년대 소설은 체험의 개별성에 폐쇄되어 개인적 체험과 역사적 사실의 두 영역을 유기적인 전체로 파악하지는 못하는 한계를 안고 있었다.[2] 체험의 절실함과 생생함에 근거하면서도 개인적 체험의 폐쇄성에 매몰되지 않기 위해서는 그것을 역사적 맥락에서 조망하는 역사주의적 시각을 전제해야 하지만, 이 시기 소설은

---

2   정호웅, 「지리산론」, 『1970년대 문학연구』, 예하, 1994, 109면.

빨치산들이 준동한 원인을 대부분 개인의 사감(私感)으로 이해하는 소박한 수준을 벗어나지 못했던 것이다. 하지만 그런 천착을 통해서 그들의 삶을 객관화하고 나아가 공산주의에 대한 새로운 인식과 가치의 상대화를 꾀한 점은 높이 평가되어야 할 것이다. 빨치산의 준동이 단순한 광기나 이념의 맹신적 추종이 아닌, 사회·경제적인 요인에 의해서 유발된 것이라는 인식은 그들의 인간적 진실에 대한 인정일 뿐만 아니라, 사회주의에 대한 새로운 인식의 지평을 열어준 것이다. 1980년대 빨치산소설이 독자들에게 널리 공감을 얻을 수 있었던 것은 이런 전사(前史)적 노력에 힘입은 바 크다고 하겠다.

이러한 시각에 의거하자면 분단 극복의 진정한 길은 민족 내부의 갈등 요인을 제거하고, 누구나 인간으로서 기본적인 삶을 누릴 수 있는 평등한 사회를 만드는 데 있음을 새삼 확인할 수 있다. 작품 말미에서, 김원일이 '노을'을 우울한 낙조로 보지 않고 새벽을 여는 '여명'으로 받아들였던 것이나, 『불놀이』에서 만행의 당사자인 배점수만을 응징하고 그 죄를 자식 세대에까지 물려주지는 말아야 한다는 의지를 피력했던 것은 분단 극복이 현재적이고 동시에 미래지향적인 것임을 말해준다. 그런 점에서 이 부류 소설은 분단소설의 새 지평을 열었을 뿐만 아니라 분단의 역사적 진실을 새로운 차원에서 규명하고 그 해결의 실마리를 적극 모색한 것으로 평가할 수 있다.

2) 외세와 민족사에 대한 주체적 인식

문학사에서 미국과 외세의 문제가 본격적으로 등장한 것은 1960년대 이후라고 볼 수 있다. 물론 해방 직후에도 「양과자갑」(염상섭)이나 「미스터 방」, 「역로」(채만식) 등의 작품이 없었던 것은 아니지만, 민족 주체성의 시각에서 외세를 정면으로 문제 삼은 것은 1960년대 이후였다. 미국은 우리를 공산화로부터 지켜주었고, 또 그 은덕으로 전후 복구사업을 수행할 수 있었다는 인식이 확산되어 있던 상황에서, 더구나 당시 집권자들이 미국의 비호 아래서 정권을 유지했던 현실에서 미국을 비판한다는 것은 자칫 국가 정책을 비판하는 것이자 동시에 반국가적인 불경죄를 범하는 것이기도 했다. 특히 박정희 정권이 들어서면서 본격화된 근대화정책은 경제구조의 대외의존도를 심화시켜 친미적인 성향을 더욱 강화시켰고, 그것이 이승만 정권 이래의 반공주의와 결합되면서 사회 전반의 분위기를 동토처럼 경색시켜 놓았다. 이런 분위기 속에서 미국과 외세의 문제를 조망한다는 것은 그 자체가 모험일 수밖에 없었다. 1965년 남정현(南廷賢, 1933~)의 필화사건은 이런 당대의 야만적 분위기를 단적으로 보여준 사건이었다. 그렇지만, 「분지」에서 제시된 작가의 문제의식, 가령 민족의 정기를 바로 세우고 주체적 역사의식을 확립하기 위해서는 미국을 비판하고 극복해야 한다는 생각은, 이후 민족사의 전개과정에서 미국을 새롭게 인식하고 우리의 위상을 가늠하는 중요하고도 본질적인 통찰을 담고 있었던 것으로 기억해야 할 것이다.

남정현 필화사건을 지켜보면서 김수영(金洙暎, 1921~1968)이 남긴 다음 시는 남정현의 소설이 당대 현실에 어떠한 파장과 의미를 던졌는가를 시사해준다.

> 왜 나는 조그마한 일에만 분개하는가
>
> 저 왕궁(王宮) 대신에 왕궁(王宮)의 음탕 대신에
>
> 오십(五十) 원짜리 갈비가 기름덩어리만 나왔다고 분개하고
>
> 옹졸하게 분개하고 설렁탕집 돼지 같은 주인년한테 욕을 하고
>
> 옹졸하게 욕을 하고

한 번 정정당당하게

붙잡혀간 소설가를 위해서

언론의 자유를 요구하고 월남(越南)파병에 반대하는

자유를 이행하지 못하고

이십(二十) 원을 받으러 세 번씩 네 번씩

찾아오는 야경꾼들만 증오하고 있는가

(…중략…)

아무래도 나는 비켜 서 있다 절정(絶頂) 위에는 서 있지

않고 암만해도 조금쯤 옆으로 비켜서 있다

그리고 조금쯤 옆에 서 있는 것이 조금쯤

비겁한 것이라고 알고 있다!

—「어느 날 고궁을 나오면서」에서

"붙잡혀간 소설가" 남정현을 지켜보면서, 시적 자아는 자신의 심경을 담담하게 고백한다. '조그마한 일'에만 유독 '분개'한다는 것, 붙잡혀간 소설가를 위해서 언론의 자유를 요구하고 또 월남 파병을 반대하지도 못하면서 단지 이십 원을 받으러 온 야경꾼만을 증오한다는 것, 이를테면 자신의 소시민성을 신랄하게 고발하는 것이다. 이런 고발이 자신의 '비겁'을 뉘우치고 궁극적으로는 소시민성을 반성하는 것으로 이어지는데, 이는 당대 문인들뿐만 아니라 지식인들에게 남정현의 필화사건이 어떠한 영향을 미쳤는가를 단적으로 시사해준다. 현실의 척박함을 일깨웠을 뿐만 아니라 작가들의 사명이 무엇인지를 증언의 형태로 제시한 것이다. 김정한의 문단 복귀나 신동엽의 저항시, 이호철의 현실 비판적인 문학 등은 현실에 대한 이러한 성찰과 무관한 것이라 할 수 없을 터. 이러 흐름이

점차 거센 물결로 소용돌이치면서 우리 문학은 1970년대 이후 리얼리즘의 큰 강물을 이루게 된 것이다.

1970년대 소설에서 외세에 대한 인식은, 「분지」에서 보인 문제의식이 한층 구체적이고 역사적으로 심화되어 드러나는 것을 확인할 수 있다. 조정래(趙廷來, 1943~)의 「거부반응」과 「타이거 메이저」는 일상 현실 속에 내재되어 있는 외세의 문제를 조망한 작품이다. 「거부반응」에서 보이는 옷가게 점원들의 태도, 즉 미국 옷을 판다는 것에 대한 자부심과 국산품을 사용하는 사람들에 대한 경멸감, 「타이거 메이저」에서 제시된 한국군과 미군 사이에 존재하는 심한 차별과 불평등은 전쟁으로 인해 잉태된 우리의 왜곡되고 굴종적인 심리가 사회 전반에 만연되어 있음을 환기시켜 준다. 특히 동등한 복무규정을 갖고 있음에도 불구하고 한국군에게 오만한 행동을 서슴지 않는 미군들의 행태나 또 그것을 당연한 것으로 받아들이는 한국군들의 비굴한 모습은 그런 문제가 궁극적으로 국가적인 차원에서 구조화되어 있음을 시사해준다. 작가가 이런 현실에 대해서 강한 비판의식을 보였던 것은 「거부반응」에서 제시된 것처럼, 미국은 우리에게 결코 긍정적인 존재만은 아니라는 역사적인 체험에 바탕을 둔 것이었다. 한국전쟁 당시 '형태'에게 각인된 미군의 이미지는 한 마리의 난폭한 야수나 다름없는 것이었다. 어머니와 고모를 겁탈하려 했던 미군의 모습은 "시커먼 얼굴에서 무섭게 빛나던 그 눈, 뒤집어 까진 그 두껍고 징그럽던 입술과 커다랗던 입, 그 속에서 유난히 희게 빛나던 이빨"로 기억 속에 잠복되어 지금까지 그를 괴롭히고 있다.

한편, 전상국(全商國, 1940~)에 의하면 미군들의 사소한 행위는 한 가족의 의식을 근본에서 속박하는 불행의 원천으로 나타난다. 「아베의 가족」에서 초점인물로 등장하는 '아베'는 미군에 의해서 짓밟힌 이 민족의 비극을 상징한다. 그가 지능지수 20도 안 되는 미숙아로 태어난 것은 임신 팔 개월이 된 시점에서 어머니가 미군들에게 윤간을 당했고 그것이 원인이 되어 사람의 형체를 미처 갖추기도 전에 세상에 내던져진 때문이다. 아베는 동물과 다름없는 존재였고, 그런 '아베'를 양육하면서 어머니는 평생 죄의식을 짊어지고 살지 않을 수 없었다. 아베의 가족이 한국을 떠나 미국이라는 만리타향으로 이민을 떠났던 것은 이 원죄와도 같은 땅과 과거의 상처에서 벗어나기 위한 것이었다. 하지만, 거기서도 과거의 상처를 떨칠 수는 없었고, 급기야 그 치유책을 찾기 위해서 고국으로 발길을 돌리게 된다. 화자가 미군이 되어 한국 근무를 지원했던 것은 어머니의 상처를 조금이나마 덜어주고자 하는 의도에서였고, 그래서 주변을 수소문해서 재혼하기 전에 어머니가 머물렀던 시집을 방문해서 과거 한국에 버리고 간 아베의 행방을 찾고자 한 것이다. 하지만 시어머니는 죽었고, 미국으로 건너오기 직전 어머니가 아베를 데리고 잠깐 다녀갔다는 흔적만을 확인하는 것으로 작품은 마무리된다. 이렇듯 미군은 한 가족의 삶을 철저하게 파괴하고 유린한 상처의 근원으로 제시된다. 물론 이 작품에서 전상국의 관심이 모아진 곳은 외세라기보다는 그로 인해 치유되지 않은 상처를 간직하고 살아가는 사람들의 신산스러운 삶이지만, 거기에는 외세에 대한 고려 없이는 결코 분단문제를 풀 수 없으리라는 믿음이 깃들어 있음을 간과할 수 없다.

분단의 비극은 이렇듯 단순히 남과 북의 대립에서만 연유한 것이 아니라 외세의 개입에 의해서 더욱 심화되었음을 알 수 있는데, 그것을 역사적으로 확장해서 한층 심화된 형태로 천착한 작가가 조정래이다. 중편 「황토」에서 작가는 외세의 문제를 역사적으로 조망하고 그 극복 의지를 보여주는데, 여기서 오욕으로 얼룩진 민족사의 비극을 대변하는 인물은 가난한 소작인의 딸 점례이다. 그녀가 걸어온 삶의 궤적은 외세에 짓밟힌 통한의 최근세사를 상징하는 것이라 해도 과언이 아닐 정도로 상처와 고통으로 얼룩져 있다.

식민지 시대, 과수원에서 품팔이를 하던 어머니가 일본인 주인에게 겁탈당하려는 것을 목격한 아버지는 지주를 폭행했고, 그것이 계기가 되어 주재소에 갇히는 신세가 되고, 이 아버지를 살려내기 위해서 점례는 주재소장 야마다의 첩으로 들어가게 된다. 야마다의 성적 노리개로 전락한 그녀는 갖은 수모를 당한 끝에 아들까지 얻지만 야마다는 일본의 패망과 더불어 야반도주 행적을 감추고 만다. 이렇게 시작된 그녀의 비극은 끝이 없어서, 해방 후에는 이모의 배려로 과거를 숨기고 총각과 정식으로 결혼을 해서 잠시나마 행복한 생활에 젖지만, 그것도 잠시 공산주의자였던 남편이 행방불명으로 사라지면서 이내 물거품이 되고 만다. 게다가 당국에 연행되어 조사를 받는 과정에서 뜻하지 않게 미군의 호의를 받는데, 안타깝게도 그 역시 그녀를 또 다른 비극으로 몰아넣는다. 그녀는 이제 미군의 성적 노리개로 전락했고 급기야 아들까지 낳는다. 하지만 그 역시 야마다처럼 미국으로 훌쩍 떠나버리고 만다. 이 불행한 여인의 행적을 추적하면서 작가는 그녀의 불행이 단지 그녀 혼자만의 문제가 아니라 우리 민족 전체의 문제라는 것을 환기한다. 식민치하에서 그녀가 당했던 고통은 사실 피지배 민족으로서 우리 민족 전체가 당했던 수모와 동일하고, 좌익 남편을 둔 그녀의 비극 역시 이념에 희생당한 무고한 양민들의 수난사를 대변한다. 말하자면 그녀의 비극은 일제 강점기에서 오늘의 분단시대에 이르기까지 역사의 주체로서 지위를 누려야 했으나 사실은 생존권마저 유린당해 왔던 우리의 비극적인 역사를 상징하는 것이다.

그런데, 작가는 이런 참혹한 운명을 지녔음에도 불구하고 그녀가 누구보다도 강인한 생명력을 지녔다는 데 주목한다. 점례는 비극의 씨앗이라 할 수 있는 아비 다른 세 자식을 박씨의 호적(정식으로 결혼한 남편의 호적)에 올림으로써 그들 모두를 자식으로 받아들이고 양육하겠다는 본능적인 모성을 보여준다. 야마다의 피를 받은 큰아들을 박태순으로, 공산주의자 남편의 피를 받은 딸은 박세연으로, 푸란더스의 피를 받은 막내아들은 박동익으로 가호적을 만들어 편입함으로써 그들 모두를 포용하겠다는 의지를 분명히 하는 것이다. 그래서 그녀는 자식들의 교육과 뒷바라지에 온갖 정성을 쏟고, 특히 모멸과 자학으로 일그러진 막내아들 동익을 보살 피는데 세심한 배려를 멈추지 않는다. 이를테면, 한으로 얼룩진 자신의 삶을 넉넉한 모성과 강인한 생명력으로 승화시키고자 한다. 작가가 작품 의 제목을 '황토(黃土)'로 했던 것도 사실은 이런 의도와 관계된다고 하겠 다. 생산과 풍요의 상징이기도 한 황토는, 외세의 작용과 그 질곡으로 얼 룩진 민족사를 넉넉한 모성과 생명력으로 포용하려는 작가의 염원을 담 고 있으며, 특히 작품 말미에서 그녀가 수난으로 점철된 자신의 생애를 기록하여 딸에게 물려주겠다고 한 것은 비극의 역사를 정리하여 다시는 그런 과오를 되풀이하지 않겠다는 단호한 의지를 표명한 것이다. 그런 점에서 이 작품은 한 여인의 비극적 삶을 통해 민족사를 증언하고, 외세 에 대한 주체적 인식을 통해 그 극복 가능성까지도 암시한 작품으로 정리 할 수 있을 것이다.

3) 분단 현실의 민중적 수용과 극복 의지

1970년대는 민중의식이 본격적으로 성장하고 사회 각 분야에서 민중 의 시각으로 문제를 파악하려는 노력이 대대적으로 일어났던 때였다. 전 태일 분신(70)과 광주대단지 사건(71)을 계기로 민중 현실에 대한 지식인 들의 관심이 고조되면서 사회 전반의 구조적 모순에 대한 민중적 천착이 본격화된다. 당시 번성하였던 『장길산』을 비롯한 대하역사소설의 창작 은 역사를 민중의 시각에서 이해하고 재정립하려는 노력의 일환이었고, 큰 줄기를 이루기 시작한 「객지」, 『우리동네』 등의 노동자, 농민소설은 민중의 열망을 예술로 승화시키려는 시대 분위기를 구체적으로 반영한 것이었다. 이런 시대 분위기 속에서 분단 현실에 대한 민중들의 관심을 적극적으로 포착해내고 그들의 입장에서 분단을 극복하려는 의지를 피력한 작품들이 다양하게 발표된다.

남다른 사명감으로 의업에 종사해 왔던 한 양심 있는 의사가 월남민이라는 이유만으로 간첩으로 몰려 갖은 수모를 당한 끝에 폐인으로 전락하는 과정을 그린 「한씨연대기」(황석영)나, 고등학생인 조카의 진로를 결정하는 과정에서, 과거의 이데올로기로 인한 비극을 떠올리면서 이과(理科)로 진로를 선택하게 한다는 내용의 「카메라와 워커」(박완서) 등은 모두 민중 현실에 작용하는 분단의 상처를 되새기고 그 비극적 일면을 조망한 작품들이다. 그리고 6·25 전쟁이란 비록 "잔인한 한발(旱魃)이 고사시킨 고목(枯木)"을 연상시키지만, 궁극적으로는 성인이 되는 과정에서 겪을 수밖에 없는 젊음의 내면혼란을 가중시키는 계기에 불과할 뿐이라는 생각을 피력한 『나목(裸木)』(박완서) 역시 전쟁의 의미가 무엇인가를 새삼스럽게 환기한 작품이다. 그리고, 전쟁으로 파괴된 한 집안과 마을 사람들을 통해서 전쟁이 야기한 사회적·인간적 변모를 추적한 이문구의 연작소설 『관촌수필』이나, 한 가족 내부에 틈입한 이데올로기로 인해 야기된 갈등과 그 극복의지를 피력한 윤흥길의 「장마」, 이념적 상처에도 불구하고 두 남녀가 필연적으로 결합해야만 한다는 내용을 신화적인 발상을 통해서 그려낸 한승원의 「폐촌」 등은 이념과 분단 현실이 민중에게 어떠한 의미를 지니며 그것을 극복하기 위한 방안이 무엇인가를 묻는 진지한 성찰의 산물이다.

이런 일련의 노력을 통해서 분단에 대한 민중적 자각은 더욱 심화되거니와, 여기서 특히 주목되는 것은 이문구(李文求, 1942~2003)와 윤흥길의 소설들이다.

8개의 연작으로 구성되어 있는 『관촌수필』은 근대화의 물결에 의해 사라져버린 고향의 질박한 인정세태와 풍속에 대한 그리움을 배경으로, 공산주의자였던 아버지에 대한 회상과 인공치하에서 겪었던 일화를 소개한 작품이다. 여기서 특히 돋보이는 대목은 분단 현실을 담담하게 수용하는 민중들의 자세라고 할 수 있다. 그것은 작품 전반을 관통하는 작가의 민중적 시각과 그런 시각에서 과거사를 이해하고 포용하려는 작가 정신을 통해서 확인된다. 가령, 사회주의자로 활동했던 아버지에 대한 화자의 태도는, 어린이의 시점을 빌어서 서술되기는 하지만 은근한 자부심으로 충만되어 있다. 「일낙서산(日落西山)」에서 드러나듯이, 해방이 되자마자 아버지는 종래의 회고조의 가풍이나 실속 없는 사상을 뒤집어엎는 데 주저하지 않았고, 사농공상의 서열을 망국적 퇴폐풍조라고 비판하였다. 더구나 사회주의자였던 까닭에 "무산 계급의 옹호와 서민 대중의 사회적인 위치를 쟁취한다"는 생각을 몸소 실천했고, 그로 인해 경찰에 수도 없이 연행되어 구금되기도 했었다. 그렇지만 언제나 의기 왕성하고 투지만만했던 인물이다. 이런 아버지에 대해서 화자는 전혀 두려움이나 부끄러움을 보이지 않는다. 그것은 아버지가 "잡범이나 파렴치범"이 아닌 뭔가 의미 있는 일을 하고 있으리라는 믿음 때문이다. 물론 이런 믿음에는 혈연관계에서 비롯된 원초적 신뢰감이 작용하고 있지만, 그 바탕에는 민중에 대한 깊은 사랑이 깔려 있음을 확인할 수 있다.

아버지 때문에 수시로 일어나는 심야의 가택수색과 그에 얽힌 옹점의 일화(「행운유수(行雲流水)」)에서 확인되듯이, 작품 전반을 관통하는 것은 민중의 질박한 심성에 대한 작가의 깊은 믿음과 애정이다. 경찰들은 한밤중이고 새벽이고를 가리지 않고 느닷없이 담을 넘어 들어와서 함부로 뒤져대기 때문에 온 집안 여자들은 아무리 무더운 복중이라도 겉옷을 벗고 잠을 잘 수가 없었고, 수시로 일어나 심문을 당해야 했다. 그런데 그런 수모를 누구보다 심하게 당했던 식모 옹점이의 푸념이란 기껏 "하루라도 좋응께 속것만 입구 자 봤으면 원이 읎겄유. 오뉴월 삼복에두 입은 채루 틀틀 감구 자장께 첫째루 땀떼기 땜이 못 살것유"라는 것이었다. 또 순경이 그녀를 식모를 가장한 연락원으로 알았는지, 치렁치렁 땋아 늘인 그녀의 머리채 끝의 댕기를 풀면서 빗을 꺼내 무슨 암호문이나 찾듯이 빗기는 모멸적인 심문을 한 적도 있었다. 그렇지만 그런 수모를 당하고도 그녀는 "자던 사람 대이구 말시키면 하품 나와유"라는 재치로 위기를 모면하는 여유를 보여준다. 이런 넉넉한 품성을 통해 작가는 그 참혹했던 시절을 견디어낸 민중의 지혜와 의지를 발견했던 것이다. 물론 옹점이 역시 시대의 비극에서 예외가 아니어서, 결혼한 남편을 전장에서 잃는 비운의 당사자로 전락하지만, 그런 불운 역시 그녀의 강인한 생명력을 꺾지 못했음은 능히 짐작할 수 있는 일이다.

민중의 강인한 생명력은 「공산토월(空山吐月)」의 석공(石工) 신씨를 통해서 한층 구체화되어 나타난다. 석공 신씨가 부역행위로 5년형을 살았던 것은 6·25 전쟁의 어수선한 상황 속에서 사회주의자였던 화자의 아버지를 존경하고 보살폈던 것 외에 달리 어떤 이유가 없었다. 사상에 대해서는 전혀 관심이 없었고 단지 평소 존경하던 어른이 구속되었다는 이유 하나로 마치 자신의 부친이나 구속된 듯이 매일 사식을 날랐고 그것이 연유가 되어 인공치하에서 잠시 면서기를 하게 된다. 그를 지배한 것은 이념이라기보다 윗사람에 대한 존경과 연민이었고, 그런 점에서 5년간의 감옥생활이란 지나치게 가혹한 것이었다. 출옥 후 아내에게 내놓은 고백은 그가 얼마나 성실한 농민이었는가를 알게 해 준다. "형무소에 들 앉아 있는 동안 처자 다음으로 그립고 잡아보고 싶어 못 견딘 것이 낫 호미 쇠스랑이며, 밤마다 귓전에 들려 온 것이 도리깨 소리 탈곡기 소리였다"는 것. 농투산이로 땅을 일구고 살려는 순박한 농부였던 까닭에 그는 출감 직후 곧바로 마을의 온갖 궂은일을 도맡는 억척스럽고 건실한 농군으로 변신한다. 이렇게 보자면 그에게 이념이란 한갓 스쳐 지나가는 바람에 지나지 않았던 것이다. 이는 「폐촌」에서 한승원이 분단의 비극을 "잘못 만난 시국 탓"으로 보는 시각과도 일치한다. "그렁께 우리 일단 이 자리서 과거지사를 쏵 쓸어다가 잊어뿝시다. 그라고, 그런 일이 씨도 없었든 것으로 치고, 다시 옛날 맹이로 오순도순 정답게 삽씨다"라는 진술은 이념이란 이들의 실제 삶을 구속하는 본질적인 요인이 될 수 없음을 보여준다. 하지만 그 여독은 혹독한 것이어서 그는 결국 감옥에서 얻은 병과 고문의 후유증으로 37살이라는 한창 나이에 비운의 생을 마감한다. 죽음에 임박해서 토해놓은 짧은 절규에는 그래서 분단의 덫에 걸려 푸른 생명을 박탈당한 민중의 원망이 단적으로 투사되어 있다. "나는 살구 싶은디, 살구 싶은디 그여 데려가네 ……. 늙으신 부모를 두구 먼저 가다니, 어린 새끼들은 워칙허라구 나를 데려가까 ……." 늙은 부모와 어린 처자식을 남겨 둔 채 결코 죽을 수 없다는 절규는 민중해방과 평등 사회를 앞세운 이념이 기실은 민중의 실제적 삶을 미혹한 한갓 신기루에 불과했음을 말해준다. 그들에게 중요한 것은 시대의 격랑과는 무관하게 씨를 뿌리고 땅을 파는 일상의 노동이고, 그것을 작가는 이 일화를 통해서 실감나게 제시한 것이다. 이런 데서 우리는 작가의 넉넉한 시선과 함께 민중 지향적 태도를 새삼스레 확인할 수 있다.

　윤흥길(尹興吉, 1942~)은 이 민초들에게 맺힌 한을 해한(解恨)의 차원으로 승화시킨 작가이다. 평판작 「장마」나 「무지개는 언제 뜨는가」에서 두드러지는 것은 일상에 틈입한 이데올로기로 인한 갈등과 그것을 치유하려는 의지이다. 「장마」에서 사돈지간의 두 할머니가 우연히 한솥밥을 먹게 된 것은 전쟁이 일어난 직후였다. 서울에서 피난 내려온 외할머니의 안타까운 사정을 알게 된 할머니는 아들에게 사랑방을 내주라고 일렀고, 난리가 끝나는 날까지 서로 의지하면서 살자고 위로했던 그야말로 돈독한 사돈지간이었다. 그런데 이데올로기가 틈입하면서 이 돈독했던 관계는 이내 금이 가고 견원지간으로 악화된다. 국군에 입대해서 장교로 근무하던 외삼촌이 죽었다는 통지서가 날아들고, 외할머니는 그 충격으로 빨갱이들에 대한 저주를 퍼붓는다. 그런데, 그것이 아이러니하게도 빨치산 아들을 둔 할머니를 자극한다. 이념과는 무관한 인물들이 자식을 사이에 두고 정반대의 입장이 되면서 서로를 적대하는 지경이 된 것이다. 그런데, 빨치산이 된 삼촌마저 국군에게 쫓겨 생사를 알 수 없는 상황이 되면서 할머니 역시 외할머니와 같은 운명으로 전락한다. 하지만 아들의 생존을 굳게 믿는 할머니는 점쟁이를 찾게 되고 급기야 아들이 "아무 날 아무 시"에 귀가하리라는 "신탁"을 받는다. 할머니의 지시로 음식을 장만하는 등 법석을 피우면서 기다리던 그 시간이 다가 왔지만 예언과는 달리 삼촌은 나타나지 않았고 사람들은 하나 둘 실망감을 감추지 못한다. 그런데 그 초조한 기다림의 시간에 전혀 예기치 않게 한 마리의 큰 구렁이가 나타난다. 구렁이의 난데없는 출현으로 할머니는 졸도를 하고, 집안은 삽시간에 혼란에 빠지는데, 그 어수선한 상황을 수습한 것은 뜻밖에도 외할머니였다. 외할머니는 구렁이를 삼촌으로 생각하고 꼭 산사람을 대하듯이 말을 건넸고, 마치 '영혼의 안내자(psychopomp)'가 되어 이승에서의 미련을 떨치지 못하고 방황하는 원귀를 달래듯이 구렁이를 제 갈 길로 인도한다. 말하자면, 불행한 원귀가 되었을지도 모르는 삼촌의 영혼을 달래는 진혼굿과도 같은 행위를 외할머니는 연출하였고, 이 간절한 행위가 결국 구렁이로 하여금 제 길을 가게 하고, 급기야 이데올로기의 독기를 중화하여 두 노인을 화해하게 만든 것이다. 의식을 회복한 할머니가 외할머니의 노고를 전해듣고 하염없이 감사해 하고 눈물을 흘렸던 것은 자식을 향한 어머니의 원초적 심리를 이해한 때문이고, 그 동병상련의 심리 앞에서는 이데올로기적 갈등이란 한갓 물거품과도 같은 것임을 작가는 보여준다.

이렇듯 이 부류 작품들은 분단의 장벽을 허물고 민족의 동질성을 회복하는 지난한 과정을 통해서 분단으로 야기된 상처를 확인하고 극복하려는 의지를 보여 준다. 이 부류 작품들에서 목격되는 민중적 시선과 극복의지는 노동 현실의 착취와 억압을 문제 삼은 노동소설과 더불어 민중적 관심으로 일구어낸 소중한 성과라 할 수 있다.

3. 70년대 분단소설의 성과와 한계

분단 60년이 경과한 지금, 분단의 상처와 질곡은 여전히 우리의 정상적인 삶을 가로막는 두꺼운 벽으로 존재한다. 주변에서는 분단 극복의 의지를 내세우기보다는 그것을 외면하는 경향이 늘고 있고, 특히 1990년대 이후의 문단에서는 분단 현실에 대한 고민의 흔적조차 찾기가 힘들다. 하지만 김원일이 『노을』에서 언급했듯이, 과거란 현재를 구속하는 원체험과도 같고 그러므로 그것은 외면한다고 해서 부정될 성질의 것이 아니다. 분단 현실에 대한 무관심은 현실을 천착하고 그 이면의 상처를 어루만지는 작가의 역할을 스스로 방기하는 듯한 느낌마저 준다. 문제의 본질을 직시하고 정직하게 수용하는 자세야말로 작가 본연의 임무일 터. 전후의 허무주의와 모멸의 감정에서 벗어나 분단 현실을 자신의 문제로 수용하고 역사적으로 조망하여 해결의 실마리를 모색한 70년대 분단소설은 그래서 오늘날까지도 문제적일 수밖에 없다.

한 평론가의 말대로, 분단문학이란 통일이 그 종점이 아니라 통일이 된 이후에도 인간 존재의 모든 비극성을 극복하려는 의지까지 담아야 하는 것이라면,[3] 현실을 주체적 시각으로 수용하고 해결의 실마리를 모색한 70년대 소설은 분단 극복에 대한 작가들의 의지가 전 시기에 비해서 한층 고조되고 구체화되었음을 의미한다. 김원일, 현기영, 조정래 등이 해방정국의 좌우 대립을 통해서 분단 문제를 천착한 것은 분단의 원인을 민족 내부의 오랜 갈등에서 찾는 한층 진전된 인식의 표현이고, 전상국, 조정래 등이 외세의 작용과 그로 인해 왜곡되는 민족의 삶을 비판적으로 천착한 것은 분단 극복을 위해서는 주체적인 시각이 정립되어야 한다는

3　임헌영, 「분단인식과 민족문학」, 『민족의 상황과 문학사상』, 한길사, 1986.

필요성을 역설한 것이다. 또 황석영, 이문구, 박완서, 한승원, 윤흥길 등이 분단의 상처를 민중의 시각에서 수용하고 극복하려 했던 것은 이 모든 문제가 궁극적으로 민중의 입장에서 이해되고 해결되어야 한다는 믿음을 피력한 것이다. 70년대 분단소설의 성과란 바로 이러한 인식을 통해서 분단 현실을 주체적으로 수용하고 실천의 토대를 마련한 데 있다. 특히 빨치산에 대한 조망을 통해서 반공주의로 인해 경직된 이데올로기에 대한 이해의 지평을 넓힌 것은 이념의 상대화라는 측면과 아울러 이승만 정권 이래 지속된 정통성 약한 정권에 대한 과감한 비판이라는 측면에서 매우 소중하다. 80년대 들어서 분단소설이 만개할 수 있었던 것은 이런 바탕 위에서 가능했던 것이다.

물론 이 시기 소설이 80년대와 비교하자면 상대적으로 역사주의적 시각이 결여되어 있고, 또 문제해결의 과정 역시 능동적이지 못했던 게 사실이다. 하지만, 이런 지난한 과정을 통해서 80년대의 성숙한 모습을 지니게 되었다는 점을 고려하자면 그 의의를 결코 과소평가할 수 없을 것이다. 식민치하의 현실에서 식민치하에 살고 있다는 철저한 의식이 없다면 거기서 벗어날 수 없듯이, 분단시대를 살면서 분단시대에 살고 있다는 의식이 철저하지 못하다면 결코 극복의 방향을 찾을 수 없을 것이다. 이런 점에서도 70년대 소설이 보여준 분단의 자기화와 극복 노력은 소중할 수밖에 없고, 그에 대한 관심이 점차 줄어드는 오늘날도 중요한 성찰의 대상이 되는 것이다.

2부

분단과
북한문학의
형식

자기성찰과 '주체' 정립의 도정
허준의 삶과 문학

1. 허준 문학과 주체의 여정

한국 현대문학사는 한눈에 가늠할 수 없을 정도로 크고 우람한 흐름을 이루었다. 한 세기를 상회하는 긴 시간은 엄청난 양의 작품을 산출했고 질적으로 다양한 스펙트럼의 작품들을 그 안에 품게 되었다. 탄생 100년을 맞은 허준은 문학사의 전반기를 일구고 장식한 중요한 작가의 한 사람이다. 허준(許俊, 1910~?)은 소설가로 알려져 있지만, 시와 비평에서도 재능을 보인 작가였다. 1934년 10월 7일에 「초」를 비롯한 「실솔(蟋蟀)」 등 5편의 시를 발표하면서 문단에 얼굴을 내밀었고, 이후 친구 백석(白石, 1912~1996)의 권유로 단편 「탁류」를 발표하면서 본격적인 소설가의 길로 접어들었다. 그렇지만 허준은 자기 스스로에게 엄격해서 13년에 걸친 창작 활동 기간 동안 시 12편과 소설 11편만을 남겼을 뿐이다. 그런 엄격함을 말해주듯이 그의 작품에는 문학과 삶에 대한 고뇌와 성찰의 심리가 드리워져 있다. "잠간 넙히 떠러지는 동안에 / 나는 인생의 행복과 불행을 알엇다"(「초」에서), "시를 박는 인쇄기가 내 심장을 친다 / 내 고기를 먹고는 오늘도 내 심장을 친다(「시」에서)", "다시 상처를 밧기 위하야 밤새 허 — 르을 벗는다"(「실솔」에서)와 같은 구절에서 목격되는 것은 삶과 문학에 대한 깊은 고뇌와 성찰의 모습이다.[1] 이런 특성으로 인해 허준은 짧은 활동기간에도 불구하고 강렬한 문학사적 파장을 남긴 작가로 기억되고 있다.

그 동안 허준 소설을 허무주의적이라고 평했던 것은, 작품 전반에서 목격되는 인물들의 이런 모습이 지루하게 반복되어 무기력하고 혼란스러운 외형으로 드러났기 때문이다. 「탁류」를 비롯한 「습작실에서」와 「야한기」에서 볼 수 있듯이, 작품 속의 인물들은 외견상 삶에 대한 지향이라든가 욕망을 갖고 있지 못하다. 어떤 것이 옳고 그른가를 판별하지 못할 뿐만 아니라 그 구별점이 모호해서 인물은 사람을 분간하지 못하는 경우도 있다. 나는 누구이고 또 무엇을 소망하는지, 그리고 이 사람은 어떤 사람이고 나에게 무슨 의미가 있는지, 지금의 아내와 만난 것도 그러한 혼돈의 상태에서였다고 서술된다. 처음 만났고 또 벌레와도 같은 '늙은 창부'에게 '몸과 마음과 돈'을 다 맡기고 "나를 건져달라고 하던 그것이, 그것이 또 동시에 내 결혼을 의미하였던 것"이라는 식이다. 말하자면 결혼마저도 혼돈과 무분별의 상태에서 이루어졌다는 것. 그런 관계로 작중의 인물들은 주체의 관념적 틀 속에 폐쇄되어 타자의 실체를 인정하거나 서로 소통하지 못하는 경우가 대부분이다. 문학사에서 허준을 이상, 최명익 등과 함께 "자의식이라는 내부세계를 더듬은 심리주의적 경향을 대표하는 작가",[2] 혹은 "정치적 세계와는 거리를 두는 글쓰기를 통해 타자와

---

1   당시 허준은 24살이었고, 일본 호세이 대학을 수료한 뒤 조선으로 돌아와서 조선일보사에서 잠시 일하고 있었지만, 문학에 대해서는 아직 확신을 갖고 있지 못한 상태였다. 허준의 생애와 작품에 대해서는 이건지(李建志), 「許俊論」(『朝鮮學報』168, 朝鮮學會, 1998); 한동혁, 「허준 소설 연구」(성대 석사논문, 2007); 서재길, 『허준 전집』(현대문학사, 2009)을 참조하였다.

구별되는 자신만의 고유한 내면세계를 탐사한 '미학적 현대성'을 추구한 모더니스트"[3]로 평가했던 것은 그런 사실과 관계될 것이다.

그런데, 이러한 외형과는 달리 작품의 바탕에는 삶과 현실에 대한 진지한 성찰과 탐구가 중요한 특성으로 내재되어 있는 것을 볼 수 있다. 삶은 무엇이고, 어떻게 살아야 하는가에 대한 질문이 작품 전반을 관통해서 허준 소설의 근원적 파토스를 형성하는데, 가령 「탁류」를 비롯한 「야한기」와 「습작실에서」, 일어 소설 「習作部屋から」 등 일제치하에서 발표한 작품들은 거의 모두가 개인의 삶과 존재의 문제를 중심 화두로 삼는다. 「탁류」의 현철이나 「야한기」의 남우언 등은 모두 삶에 대한 근원적 질문을 가슴 깊이 간직하고 있다. 이들은 외견상 무기력한 모습을 보이지만 사실은 뭔가를 찾아 부단히 방황하거나 고뇌하고, 그러한 성찰을 통해 일정한 결론에 도달하는 마치 구도자와도 같은 모습을 보여준다. 당시 허준이 신세대 작가로 분류되었던 것도 그런 사실과 관계된다. 스스로 밝혔듯이, 허준은 "인간성의 개차(個差)와 운명적인 것의 차별"에 깊은 관심을 보였다. 인간에게는 각기 다른 운명이 있고 인간성의 미세한 개차가 존재하며, 그러한 개성과 차이에 대한 자각이 예술과 종교 형식에의 의욕으로 연결된다고 보았다.[4] 그런 생각에서 허준은 개별적 존재의 내면과 자의식에 주목했는데, 이는 당시 프로작가들이 과거의 이념과 가치를 내면화한 채 사회적 모색을 계속했던 것과는 구별된다. 1930년대 후반기 들어서 본격화된 임화의 주체 재건론이나 김남천의 소설에 대한 탐구, 한설야의 낙향과 모색 등은 모두 과거의 연장에서 사회적 가치와 이념을 찾고자 한 것이다. 그런데 허준은 그보다는 개인의 삶과 윤리를 더욱 중시했고, 그것을 부단한 탐구를 통해 추구하였다. 그런 점들이 프로문학 몰락

---

2   백철, 『신문학사조사』, 신구문화사, 1992년 중판, 514~515면.
3   권성우, 「허준 소설의 미학적 현대성 연구」, 『모더니티와 타자의 현상학』, 솔, 1999, 330면.
4   허준, 「문예비평 – 비평과 비평정신」, 『조선일보』, 1939. 6. 2.

이후 김동리, 유항림, 최명익 등의 신세대와 동일한 경향을 보여주었던 관계로 허준은 신세대 작가로 분류된 것이다.[5]

　그런 관계로 허준 소설의 인물들은 기성의 가치와 권위를 부정하거나 향락 속에 몸을 던져 당면 문제를 회피하는 등의 허무주의자와는 구별된다.[6] 허준 소설의 크로노토프(chronotope)[7]가 시공이 함께 이동하는 '길'의 형식으로 되어 있는 사실도 작품이 성찰과 모색을 특징으로 한다는 방증이다. 길의 크로노토프는 새로운 출발점인 동시에 얽혀 있던 사건의 결말이 드러나는 장소라 하겠는데, 「탁류」와 「습작실에서」는 그 '길'이 '내면의 길'로 나타나고, 해방 후의 「잔등」과 「평대저울」에서는 실제 '현실의 길'로 나타난다. 내면적인 성찰과 모색이 현실에서의 그것으로 대체되어 당면 문제를 해결하는 변화된 모습을 보여주는 것이다. 해방 후의 소설들이 리얼리즘으로 평가되었던 것은 이런 변화와 관계되거니와, 특히 「잔등」은 해방기의 체험을 가장 확실하게 표현한 작품[8]으로 평가된다.

　그 동안 허준 소설은 허무와 성찰이라는 이 두 개의 지평 속에서 조망되어 왔다. 물론 이런 평가들은 해방 전·후의 서로 다른 작품들을 대상으로 하고 있지만, 사실은 허준 소설의 거의 전부가 이런 양면적 특성을 갖고 있다고 해도 지나친 말은 아니다. 여러 작품에서 두루 목격되는 인물들의 무기력한 모습과 그 한편에 도사리고 있는 성찰은 허준 소설을 어떤 하나의 특성으로 포괄할 수 없게 만든 근본적 요인인 셈이다.

　이 글은 작품에 드러나는 이런 측면들을 자기정체성의 확보라는 견지

5　신세대 작가에 대한 자세한 논의는 강진호, 「1930년대 후반기 신세대작가 연구」(고려대 박사논문, 1994) 참조.

6　허무주의의 여러 측면들에 대해서는 요한 고드스블롬, 천형균 역, 『니힐리즘과 문화』(문학과지성사, 1988) 1부 1장 참조.

7　문학 속에 예술적으로 표현된, 시간과 공간이 본질적으로 지니고 있는 관계의 연관성을 일컫는 말이다. 바흐친은 시간과 공간의 결합 방식 또는 시간과 공간이 사용되는 비율에 의하여 세계관의 차이가 생겨난다고 말한다.

8　김윤식, 『한국 현대문학사』, 일지사, 1979, 189면.

에서 주목해 보고자 한다. 자기정체성이란 타인과 구별되는 개인으로서 자기는 누구이며 어떤 사람인가에 대해 스스로 규정을 내리는 것으로, 허준 소설 또한 그런 자기정체성의 확립 과정으로 이해하고자 한다. 그런 측면에서 주목하고자 하는 항목이 바로 '주체'의 문제이다. 허준 소설의 인물이 무기력하지만 한편으론 성찰적인 모습을 보이는 것이나 또 해방 전과 후가 다른 모습으로 나타나는 것은 바로 주체의 자기 정립과 관계된 다는 생각이다. 주체의 자기 정립이란 주체가 처한 사회적·역사적 환경 과 긴밀하게 연결되어 이루어지고, 그것은 궁극적으로 주체가 환경에 동 화되는 과정을 말한다. 주체화란 곧 자기정체성의 확보를 위한 유기체와 환경 세계 사이의 타협이라 할 수 있다. 여기서 '주체(subject)'란 현실을 인 식하는 주관의 활동이자 동시에 판단과 행동의 주인공을 의미한다.[9] 작 중의 주인공을 통해서 확인되는 이 주체는 단순한 작중인물이 아니라 작 가 자신의 실제 모습이라 해도 과언이 아닌데, 이는 초기작의 대부분이 작중 주인공과 작가가 일치하고 그래서 주인공은 바로 작가를 대리하는 분신이자 '주체'와 다름없는 것으로 판단되기 때문이다. 그런 견지에서 허준의 식민치하 소설은 현실에 동화되지 못하고 끊임없이 방황하는, 그 러면서 자신이 상상하거나 모방하고자 하는 대상에게 주체 자신을 동일 시하는 이른바 상상적 동일시와 근사(近似)한 모습을 보여준다. 반면에 해방 후에는 외부의 타자를 수용하면서 스스로 주관의 껍질에서 벗어나 한층 성숙한, 이른바 상징적 동일시의 모습과 흡사하다. 상상적 동일시 란 상상과 관념으로 만들어진 자신의 이미지와 스스로를 동일하다고 간 주하는 것으로 사회적 주체로 나가기 이전의 상태를 말하고, 상징적 동일 시란 자신을 목적격의 '나'로 생각하고 객관화하는, 즉 타자를 통과하고

---

9   주체와 타자에 대해서는 권택영 편, 『자크 라캉 : 욕망이론』(문예출판사, 1996); 브루스 핑 크, 맹정현 역, 『라캉과 정신의학』(민음사, 2002), 이진경·신현준, 『철학의 탈주』(새길, 1995); 가라타니 코오진, 송태욱 역, 『탐구』I·II(새물결, 1998)를 참고하였다.

그것을 통해서 '나'를 형성하는 한층 성숙한 상태를 뜻한다. 이런 개념에 비추어보면, 일제치하 허준 소설에는 주체와 타자가 등장하지만 그 타자는 주체의 상상과 관념으로 만들어진 인물이라는 점에서 작품은 마치 자기대화(monologue)나 독백의 형태로 나타나고, 해방 후에는 주체와는 다른 이질적인 존재로 타자가 제시되고 주체는 그 타자를 수용하면서 스스로를 정립하는 한층 성숙한 모습을 보여주는 것이다.

여기서는 이런 사실을 전제로 허준의 작품을 살펴보고자 한다. 이를 통해서 작품을 만들어내는 작가의 내적 조건과 함께 해방 후의 문학에 이르는 일련의 도정을 이해하게 될 것이다. 미리 말하자면, 해방과 함께 주체는 이전의 폐쇄적인 자의식에서 벗어나 점차 현실을 적극적으로 수용하는 열린 주체로 탈바꿈하고, 그것이 작품의 경향을 리얼리즘으로 변화시킨 것이다.

2. 성찰적 주체와 내면의 지향

허준 소설은 쉽고 평이하게 읽히는 작품은 아니다. 작품의 내용이 관념적이고 인물의 내면 심리가 큰 비중으로 서술되어 줄거리 파악이 쉽지 않으며, 문장 역시 만연체로 되어 있어 산만하고 모호하다. 주어와 술어의 불호응, 주어의 이중 사용 등으로 인한 비문(非文), 길게 이어지는 만연체 문장이 의미파악을 어렵게 한다.[10] 거기에다 인물들은 외견상 정상적인 모습을 갖고 있음에도 불구하고 실제로는 일상적인 욕망과는 거리를

---

10 정호웅, 「해방공간의 자기비판소설 연구」, 『한국현대소설사론』, 새미, 1996, 358~9면.

둔 채 무기력하고 고립된 생활을 하고 있다. 직장과 가정이 있음에도 불구하고 그에 따른 사고라든가 행동이 없고, 대신 외부 현실에 의해 수동적으로 움직이고 그에 따른 내면의 반응만을 보여준다. 그런 관계로 그의 소설에는 서사 양식이 요구하는 사건이나 갈등이 미약하고 대신 주체의 침중한 내면만이 두드러진다. 작품이 이런 모습을 보이는 것은 작중의 주체가 유아적 상태에서 크게 벗어나지 못한 데 원인이 있다. 그것은 작중의 주체가 타자와 교섭하고 수용하는 모습을 보이지만, 실상은 그 타자가 자신과 동질의 인물이라는 데서 알 수 있다.

「야한기」나 「습작실에서」의 경우와 마찬가지로, 「탁류」의 주인공 철은 매우 섬세한 인물로 나타난다. 외견상으로는 삶의 지향이나 가치가 모호한 혼돈의 상태에 놓여 있어 왜 사는지 그리고 무엇을 하고자 하는지가 잘 드러나지 않는다. 공무원이라는 신분을 갖고 있음에도 불구하고 철은 그에 따른 고민이라든가 행동을 보여주지 못한다. 또 아내를 두고 있음에도 불구하고 정상적으로 소통하거나 서로 사랑하지 않는다. 하지만 그런 외형에도 불구하고 화자는 주변인물에 대해서 섬세하게 관찰하고 반응하는 것을 볼 수 있다. 가령, 화자는 주인집 남자와 몇 마디 대화를 나누지 않고도 그가 "대단히 조리가 있는 것"을 알아채고, 또 그가 매양 침울한 모습을 보이는 것은 "자기의 생각이 나갈 곳 없이 어느 무거운 추에 눌려 있는 탓"이라는 사실을 간파한다. 실제로 주인집 남자는 애꾸눈을 가졌고 갖바치 출신이었던 관계로 사회적 편견과 차별 속에서 살고 있었다. 또 그의 딸 채숙에 대해서도 뚜렷한 정보를 갖고 있지 않으면서도 "대단히 훌륭한 드물게 보는 아이"라는 것을 곧바로 알아챘다. 거기다가 화자는 과거의 '해결하지 못한 사회 현실의 문제'를 가슴 깊이 간직하고 있다. 현재는 무기력한 상태에 있지만 간혹 정신이 맑아지면 '해결 못한 채 묻어놓은 과거의 수많은 생각'이 '파도를 일으킨다'는 것, 그런 상태에서 화자는 그 이유가 '대상이 없어서인지 아니면 의지가 없어서인지'를 질문한다. 이와 같이 작중의 주체는 이지적이고 또 예민한 성격을 갖고 있다. 그래서 작품은 단순한 허무주의가 아니라 뭔가를 찾아 방황하고 탐구하는 성찰의 모습을 보여준다.

「탁류」에서 주체의 자기 정립은 채숙과의 관계를 통해서 이루어진다. 가령, 화자가 채숙을 가까이 하게 된 것은 그녀의 딱한 처지를 알고 난 이후였다. 하숙집 주인의 딸인 채숙은 갓바치 집안의 자식으로 사회적 천대를 톡톡히 받고 있었다. 학교에서 화장실 청소를 늘 도맡아서 하고, 그것이 놀림감이 되어 걸핏하면 친구들과 싸웠다. 그렇지만 선생님은 누가 옳고 그른가를 가리기보다는 채숙만을 나무란다. 그런 사실을 알고 채숙의 아버지는 학교에 항의를 하지만, 선생은 "그렇게 학생이 귀한 줄 아시고 학교에서 하는 일을 야속하게 생각하실 양이면 차라리 부형께서들 맡아서 가르치"라고 핀잔을 줄 뿐이다. 게다가 담임선생은 자기 반의 성적을 올리기 위해서 학생들에게 답안지를 베끼게 하는 등의 부정행위를 일삼는다. 말하자면 문제가 되는 것은 채숙이 아니라 채숙이 처한 현실이고, 채숙은 그 피해자였다.

이 채숙과의 만남을 통해서 화자는 점차 그녀에게 공감하는데, 그것은 무엇보다 그녀로부터 발견되는 현실에 대한 저항과 거부의 몸짓 때문이다. 채숙은 학예회에서 독창을 강요하자 사람 앞에 나서기가 싫다는 이유로 못하겠다고 버티고 급기야 학교에서 뛰어나오는, 자기가 하기 싫으면 결코 하지 않는 인물이다. 또 무조건 학교에만 보내려는 아버지에게도 순종하지 않아서 집에서 나와 들어가지 않겠다고 버티기까지 한다. 말하자면 채숙은 부당한 현실에 맞서 자신을 지키려는 인물로, 안이하게 현실에 타협하거나 순응하는 존재가 아니다. 게다가 그녀는 화자의 처지를 이해하는 섬세함까지 겸비해서 아내인 순이와는 확연한 대조를 이룬다. 아내로 인해 괴로우리라는 것, 그렇지만 역으로 그런 아내가 있기에 화자가 있는 게 아니냐는 등 화자의 곤궁한 처지를 훤히 꿰뚫고 있다. 그런 상황에서 화자는 채숙에게 이끌리고, 급기야 채숙을 "광명과도 같은" 존재로, 또 "구원의 손"으로 받아들이게 된다.

> 철이와 소녀는 이로부터 누구나 서슴지 않고 다른 한 사람의 손을 구할 수가 있었고 또 구하는 대로 이 물ㅅ가로 나올 수가 있었다. 그리고 이 날은 또 그들이 얼마 가지 않아, 떨어지는 첫날 저녁도 되었던 것이다.
>
> 그러나 철이가 숙의 손을 잡고 물ㅅ가로 온다고 하는 것에는 그의 안해가 생각하는 바 그런 야박한 의미만이 섞이어 있지는 않았다 하더라도, 철에게 나날이 이 고을의 하늘과 땅 — 물과 길을 길답게 만들어주고 있는 것은 말할 것도 없이 이 소녀의 조그마한 손이었다. 그리고 이것이 철에게 있어서만은 한 광명과도 같은 것이 될 수 있었다 한다면 이 광명을 빚어낸 조그마한 손은 구원의 손이 아닐 수 없었다.[11]

채숙에 대한 이러한 애정은 한편으로 자신의 무기력한 삶에 대한 반성과 극복의 심리를 내재한 것으로, 자신이 가정하는 이미지의 지배와 효과 아래 포섭되는 동일화의 과정으로 볼 수 있다. 이를테면, 화자는 현재 무기력한 삶을 살고 있는 인물로, '대상을 갖지 못한 무의지'의 상태에 놓여 있다. 스스로의 운명을 자각하면서 대상에 대한 의지를 가질 수 없게 되었고, 그것이 가치에 대한 판단을 거부하고 심지어 '이것과 저것을 색별(色別)하여 파악하는 그 구별점'마저 모호한 '허무'의 상태를 만든 것이다.

그런 상태에서 창부 출신의 아내는 심한 질투와 시기심의 소유자로 제시된다. 아내는 화자가 채숙을 가까이 하자 두 사람 관계를 오해하면서 의심하고 괴롭힌다. 그런 아내를 위해서 화자는 다른 집으로 이사를 하는 등의 배려를 보이지만, 아내는 거기서도 주인집 여선생과 화자의 관계

11　허준, 「잔등」, 『잔등(殘燈)』, 을유문화사, 1946, 151~152면.

를 의심한다. 남편의 일거수일투족을 감시하고 급기야 여선생과 불륜에 빠졌다고 확신하는 것이다. 평상시의 상태였다면 화자는 그런 현실을 그저 체념하고 살았을 것이다. 그렇지만 부당한 현실에 맞서는 채숙에게 공감하고 또 일체감을 형성한 상태였기에 화자는 아내에 대해 단호한 거부감을 표현한다. 아내의 "남의 없수이녀김을 무엇으로든지 끝을 보지 않고는 못 배기는 성미"를 용납할 수 없었던 것이다. '없수이녀김'을 감내하면서 살아가는 화자의 입장에서 볼 때 그것을 복수로 풀고자 하는 아내의 행동은 용납하기 힘들고, 그래서 단호하게 결별을 선언하는 것이다.

　이런 행위를 고려하자면, 화자와 채숙은 여러 모로 유사한 존재라는 것을 알 수 있다. 두 사람 모두 현실과의 관계가 화해롭지 못하며, 또 현실의 억압 속에서 왜곡된 삶을 살고 있다. 그렇지만 둘은 모두 그런 현실에 동의하지 않고 맞서며 저항한다. 그렇다면 채숙이라는 인물은 화자와 다른 이질적인 존재라기보다는 주체의 생각이 투사된 일종의 상상적 존재라는 것을 알 수 있다. '상상적'이라는 말은 그 관계가 상상된 것이라는 뜻이 아니라 주체가 타자를 통해 확인하는 자기 이미지에 의해 지배되는 것을 의미한다. 즉 상상적 관계는 주체의 에고가 자기와 비슷한 타인들의 에고와 관계하는 것이고,[12] 그런 견지에서 작품 속의 화자와 채숙은 비슷한 에고를 가진, 화자의 생각과 열망이 투사된 존재라는 것을 짐작할 수 있다. 화자는 채숙이라는 타자를 통해서 스스로를 반성하고 동일시하지만, 그 타자는 바로 화자 자신과 동질의 존재이고, 그런 관계로 작품은 주체와 타자가 서로 교섭하는 듯한 외형에도 불구하고 사실은 자기대화 혹은 독백의 수준을 벗어나지 못하는 것이다. 기존 연구에서 허준 소설을 내면독백이나 모더니즘으로 평가했던 것은 이런 사실로 설명할 수 있을 것이다.

12　브루스 핑크, 맹정현 역, 『라캉과 정신의학』, 민음사, 2002, 65면.

「습작실에서」는 이런 자기대화의 모습을 한층 분명한 형태로 보여준다. 여기서 화자는 자신이 지향하는 삶과 부합된 삶을 살다 간 어느 노인의 일화를 소개한다. 이를 통해 작가는 작중 주체의 지향을 외부의 인물을 통해 구체화하는데, 여기서 작가가 말하고자 하는 것은 '고독'과 '운명'의 문제이다.

작품의 초점인물은 하숙집 주인 노인이다. 노인은 잡화상을 하는 큰아들과 시골서 중학교 교원으로 있는 작은아들을 두었다. 자기 힘으로 사는 게 좋다는 생각에서 노인은 자식들에게 손을 벌리는 대신 집 세 채를 지어 그 임대수입으로 살고 있다. 노인이 좌우명처럼 간직한 말은, "인욕 / 무무명 역무무명진(忍辱 / 無無明 亦無無明盡)"이다. 자기의 존재를 밝히고 자기가 이 세상 어떠한 자리에 놓여 있는가를 알기 위해서 이 말을 따왔다고 하며, "제가 이 세상에서 아무것도 아닌 것을 깨닫는 사람이 아니면 제가 이 세상에서 위대한 일을 할 운명을 지니고 나온 사람인 것을 모"른다고 말한다. 그런 견지에서 노인은 '無無明 亦無無明盡'이란 이 세상과 저세상의 모든 일을 밝히는 '절구(絶句)'라고 말한다. 여기서 노인이 언급한 구절은 『반야심경』에 나오는 말로, 지혜의 눈으로 비춰 보았을 때 모든 것은 텅 비어 없다는, 곧 인간의 생성과 소멸의 모든 과정 또한 텅 비어 없다는, 그러므로 '무명이 없으며 무명의 다함도 없다'는 뜻이다.[13] 노인은 이런 경구를 평생의 좌우명으로 간직하며 살아왔기에 삶과 죽음을 초탈한 달관의 경지를 보여준 것이다.

이런 내용을 서술하고 있는 관계로 화자가 노인에게서 무엇을 느끼고 감동했는지는 외견상 잘 드러나지 않는다.[14] 그렇지만 노인은 화자가 그

---

13 여기서 '無明'이란, '어리석은 마음·어두컴컴한 마음'을 뜻하는데, 기신론(起信論)에서는 불각(不覺)과 같다고 한다. 진여에 대하여 무자각한 것, 진여가 한결같이 평등한 것을 알지 못하고, 현상의 차별적인 여러 모양에 집착하여 현실세계의 온갖 번뇌와 망상의 근본이 되는 것을 말한다. 무무명(無無明)이란 그런 집착이 없다는 뜻이다.

14 이 작품은 노인과의 이별을 암시하는 신비주의적 인연담을 또 다른 축으로 갖고 있다. 즉,

토록 동경했던 '고독'을 온몸으로 실천한 인물이라는 점에서 중요한 의미를 갖는다. 작품의 모두에서 언급되듯이, 화자는 고독을 즐기고 또 고독한 생활을 찾아서 어느 한적한 교외에 방을 하나 얻어서 살고 있다. 그런 그에게 노인의 죽음이 '머리가 멍 하는 충격'을 준 것은 무엇보다 자신이 생각했던 것과는 차원이 다른 삶을 보여주었기 때문이다. 유서에서 노인은 "내가 살아 있는 동안 어떻게 하면 잘 사는 건가를 생각하는 것도 중요한 일이었지마는, 이 살던 것을 어떤 모양으로 마쳐야 옳을까를 생각하는 것도, 내 중요한 과업"이었다고 말한다. 그래서 "최후의 한 시간을 저 죽자는 염원대로 죽게 하는", 즉 고독한 죽음을 용납하라는 내용의 유서를 남긴 것이다. 이 유서를 접한 뒤 화자가 목이 멘 것은, 노인의 급작스러운 죽음이 불러온 애통함과 함께 자기가 그토록 고민했던 문제를 노인이 대신 풀어주었기 때문이다. 곧, '고독'이란 한적한 공간을 찾아다니는 식의 문제가 아니라는 것, '무무명(無無明)'이라는 말에서 드러나듯이, 삶 자체가 바로 고독이라는 진리를 일깨워준 것이다. 노인의 초탈한 삶에 비추어볼 때 한적한 공간이나 찾아다니며 고독을 즐기는 자기 식의 삶이란 한갓 껍데기에 불과하다. 거기에는 어떻게 하면 잘 사는 것인가와 함께 어떤 모양으로 삶을 마쳐야 하는가의 문제가 빠진, 말하자면 추상화된 관념

노인과의 사별을 암시하는 화자의 묘한 심리가 언급되고, 또 노인 아들과의 우연한 만남이 소개된다. 곧, 노인과 이런저런 얘기를 주고받은 뒤 화자는 그날 따라 노인의 "모든 거조가 왜 그다지 나를 두고 섭섭해 하는지"를 몰랐다고 말한다. 그것이 노인과의 마지막 만남이었다는 것을 화자는 사후적으로 알게 된 것. 이후 화자는 노인과 헤어져 스키를 타러 가는데, 거기서도 노인과의 이별을 암시하는 묘한 체험을 하게 된다. 그믐날 밤에 "마음이 헛헛하고 슬프"게 느껴지는 묘한 기분이 들었고, 돌연 집으로 돌아가고자 하는 마음이 생긴 것이다. 함께 있던 모리는 그 말에 "아무래도 헛대비에 홀렸나 보우"라고 한다. 천장만장의 벼랑을 야밤에 간다는 건 귀신에 홀리지 않고는 못한다는 것, 결국 그의 만류로 하루를 더 묶는다. 이런 묘한 체험에다가 동경으로 들어가는 기차 본선 속에서 집주인의 둘째 아들을 우연히 만나는 체험까지 더해진다. 둘째는 아버지의 초상을 치르고 돌아가는 길이었다. 이런 일들을 겪으면서 화자는 "가는 사람과 보내는 사람의 교감작용이란 그렇게도 기이할 수가 없음"을 깨닫는다는 내용이다.

만이 존재하는 까닭이다. 액자소설의 액자틀과도 같은 작품의 모두(冒頭)에서 화자가 "고독이라 하는 것이 그처럼 제이다꾸나모노(贅澤な物 : 사치스러운 것—인용자)인 것을 알게 된 것은 나와 같은 청춘에 있어서는 여간한 은근한 기쁨이 아니었습니다"라고 고백한 것은 그런 깨달음의 표현으로 볼 수 있다.

여기서도 노인은 주체와는 다른 이질적인 존재가 아니라 상상적 관계에 있는 동일한 코드(code)의 존재라는 것을 알 수 있다. 화자가 고민하는 문제와 노인이 평생 실천한 문제가 동일하고, 화자의 오랜 고민을 풀어준 존재가 노인이라는 점에서 그런 사실이 드러난다. 노인은 주체가 상상하는 이미지를 갖고 있고, 그런 관계로 노인과의 대화는 동일 코드의 인물끼리 나누는 독백이 된다. 가라타니는 자신과 다른 언어 게임에 속하는 타자와의 대화만이 진정한 의미의 대화(dialogue)라고 하며, 하나의 코드 안에서 행해지는 대화는 자기대화와 같다고 말한다.[15] 작중 주체와 노인과의 대화는 하나의 코드 안에서 행해지는 자기대화인 셈이다.

일어로 발표된 「習作部屋から」[16] 역시 이 작품과 동일한 구조로 되어 있다. 글을 쓰는 문학청년인 화자와 뭔가의 일로 감옥에 들어간 나그네와의 대비를 통해서, 작가는 주체의 내면적 동경과 지향을 보여준다. 문학청년의 상태에서 벗어나지 못한 관계로 화자는 현재 무엇을 해야 할지 모르는, 게다가 허무적인 사고에 빠져 있다. 나그네에게 보여준 「실솔(蟋蟀)」이라는 시의 한 구절에서 그런 사실이 드러나는데 곧, "나는 다시 상처를 받기 위해 밤새도록 껍질을 벗는다"[17]는 것. 다분히 감상적인 내용

---

15   앞의 『탐구』 I, 24면.

16   일어로 된 이 작품은 그 동안 거의 언급되지 않았다. 서재길이 정리한 『허준 전집』(현대문학사, 2009)에 원문과 번역문이 동시에 소개되어 많은 도움을 주는데, 저자 역시 이 판본을 참조하였다.

17   실제로, 허준의 시에 「실솔(蟋蟀)」이 있고, 내용 역시 작품에 인용된 것과 같다. 즉,
　　　　허ㅡ르을 벗는 울음이다
　　　　다시 상처를 밧기 위하야 밤새 허ㅡ르을 벗는다 (『조선일보』, 1934.10.7)

의 이 구절은 화자 스스로가 말한 "저는 지금 어찌할 줄 모르고 있습니다"라는 심경을 단적으로 표현한 것이다. 상처를 받기 위해 껍질을 벗는다는 것은 삶의 의미를 찾지 못한 채 현실과의 관계에서 계속적으로 괴로워한다는 말이고, 그런 상황에서 작가인 화자는 '말言'의 문제에 깊이 몰두해 있었던 것이다. 스스로 고백하듯이, 시를 짓겠다고 하던 처음에는 '말'은 언제든지 자기가 바랄 때 저절로 따라오는 것이라고 생각했지만, 사실은 따라오기는커녕 오히려 완고한 얼굴을 하고 이를 악물고 맞서오는 까닭에 무서워하지 않을 수 없었고, 그래서 "말에 협박을 당해왔"다고 고백한다. 반면에 나그네는 이런 화자를 위에서 내려다보듯이 행동하면서 선문답과도 같이 '물고기를 잡아본 적이 있는가'라고 묻는다. 그러면서 "가슴에 몽롱하고 자욱한 것"을 지니고 있고, 그것을 "단호히 세상에 내어놓고 싶다"면, "그에 걸맞는 신체"를 가져야 한다고 말한다. 이를테면, 나그네는 화자가 고민하는 문학청년 단계를 뛰어넘어 현실에서 자신의 활동공간을 마련한 인물이다. 그런 나그네와의 만남을 통해서 화자는 자신의 '악몽의 생활'에서 벗어나고자 하는 욕망을 내보이는 것이다.

이런 내용에 비추자면, 작중의 나그네는 '말'의 고민에서 벗어나 '고기잡이'의 세계로 들어선 인물이고, 그런 인물과의 대비를 통해서 주체는 "청춘을 안절부절하며 살아온 것에 부끄러움"을 느끼는 것으로 정리할 수 있다. 여기서 나그네는 화자와 달리 관념의 세계에서 벗어나 현실의 세계로 투신한 실천적 인물이라는 점에서 현재의 무기력한 주체를 반성케 하지만, 그 역시 화자가 상상하는 이미지라는 것을 알 수 있다. 나그네는 화자가 동경하는 모습이자 동시에 자신의 결점을 보완하는 존재이다.[18]

이와 같이 일제치하의 작품들은 모두 비슷한 구조로 되어 있다. 주체

---

[18] 해방 후의 개작에서는 이 나그네가 독립운동가로 제시되어 한층 구체적이고 강화된 성격으로 그려지지만, 여기서는 단지 뭔가의 일로 감옥에 들어가는 것으로 서술되어 성격이 모호하게 처리되어 있다.

가 제시되고 그 주체가 상상하거나 모방하고자 하는 이미지의 타자가 등장하며, 그 과정에서 주체는 타자를 닮고자 하거나 아니면 스스로를 반성하는 게 작품의 대체적인 얼개이다. 그런 관계로 작품은 외견상 서로 다른 타자가 대화를 나누는 듯하지만 사실은 동질의 인물끼리 중얼거리는, 이른바 자기 독백의 형태가 되는 것이다. 식민치하의 작품들이 모두 1인칭이고 자기고백적 문체로 되어 있는 것은 그런 사실과 무관하지 않다. 1인칭 주인공 서술 방식은 서술적 자아와 체험적 자아가 서로 긴장하거나 이완하면서 양자가 통합하는 길로 나가고, 이 통합을 통해서 주체는 작품 초기와는 다른 한층 성숙한 내면을 갖는다. 그런데, 그 일련의 과정이 모두 주체의 내면 속에서 이루어진다는 점에서, 타자를 수용하는 듯한 외형에도 불구하고 사실은 주체의 투사 혹은 자기대화가 되는 것이다. 「탁류」와 「야한기」 등의 작품이 잘 읽히지 않고 난삽하게 느껴지는 것도 이렇듯 폐쇄된 자의식 속에서 주체가 독백하듯이 중얼거리는 형태로 서사가 진행되기 때문이고, 이로 인해 작품은 심리주의적이라는 평가를 받게 된 것이다.

3. 정치 현실과 인정의 세계

　해방과 함께 허준은 잠시 머물렀던 만주에서의 생활을 청산하고 귀국길에 오른다. 풍찬노숙의 길고 험한 여정이었지만, 그럼에도 그는 '고향'에 대한 그리움을 가슴 깊이 간직한 채 남행길을 감행한 것이다. 그런 귀환의 체험을 소재로 한 작품이 해방기를 대표하는 평판작 「잔등(殘燈)」이다. 해방기 작품은 이전과 비교하자면 줄거리 파악이 쉽고, 문장 또한 명료해서 혼란스럽거나 모호하지 않다. 게다가 작중의 인물들도 이전과는 달리 사회적 맥락 속에서 그려지고 행동하는 등 한층 뚜렷한 개성을 갖고 있다. 작품이 이런 모습을 보이는 것은 무엇보다 작중의 주체가 폐쇄적 자의식에서 벗어나 자신과는 다른 타자를 적극적으로 수용하는 개방성을 보이는 사실과 관계가 있다. 작중의 주체는 이제 외부의 타자를 열린 마음으로 받아들이면서 자신을 정립하는 한층 성숙한 모습을 선보이는데, 이는 방관자적 자세로 일관했던 과거에 비해 커다란 변화라 할 수 있다. 그런 사실을 단적으로 보여주는 작품이 「잔등」으로, 여기서 작가는 현실과 정면으로 대면하면서 자신의 정체성을 질문한다.

「잔등」에서, 작품의 시작과 함께 목격되는 주체는 현실과는 거리를 둔 냉담하고 폐쇄적인 모습이다. 스스로 '제삼자의 정신'이라고 표현했듯이, 현실을 냉엄하게 관찰하고 주시할 뿐 어떤 주관적인 느낌이나 견해를 내보이거나 외부 인물을 자기 식으로 상상하지 않는다. 그렇다고 스스로의 내면 속에 침잠해서 자의식에 빠져들거나 허무를 즐기지도 않는다. "~하는 듯하였다", "~한 것이었다"와 같은 종결형 어미에서 드러나듯이, 주체는 주변 현실을 단지 관찰하고 응시할 뿐이다. 게다가 화자는 '사생첩'을 소지한 화가로 등장한다. 「소설가 구보씨의 일일」(박태원)에서 구보가 '노트' 한 권을 들고 시내를 배회하듯이, 「잔등」의 주인공은 사생첩 한 권을 들고 귀환 동포들의 풍경을 스케치하는 형국이다. 작품이 해방 후 귀환 동포들의 모습을 풍속화처럼 실감나게 제시하는 것은 그런 사실과 무관하지 않을 것이다.

가령, 화자는 도립병원 뒤 어느 마음 너그러운 마나님 집에서 하룻밤을 보내면서, 주인 여자의 시동생 역시 목단강에서 농사를 짓다가 이날 밤에 돌아왔다는 것을 알게 되고, 그런 시동생을 맞는 듯이 반기는 여주인의 따스한 환대를 받는다. 이튿날 정거장 주변에서는 폭격을 당한 뒤 시신을 수습하느라 쳐놓은 새끼줄과, 장갑차와 대포 같은 병기를 가리기 위해 천막을 친 차량 등 전쟁이 끝난 직후의 살풍경을 보게 된다. 그러다가 일행인 '방(方)'과 헤어져 청진까지 혼자 걷는데 이 과정에서도 귀환 동포들의 참상을 두루 목격한다. 유개차 지붕 위에 빽빽이 올라앉은 사람들, 사오 인씩 혹 오륙 인씩 무리를 지어 제방 밑 물가에 진을 치고 밥을 짓는 사람, 세수를 하고 발을 씻는 사람 등 이들은 살 자리를 다 빼앗기고 고국을 떠나 낯선 만주에서 논밭을 갈고 직업을 찾아 헤매던 사람들이었다. 이들을 지켜보면서 화자는 사촌 매부네의 경우를 떠올린다. 이십년 전에 만주에 짐을 부린 매부네는 일본의 집단 개척 과정에서 전지(田地)를 빼앗기고 집을 강탈당했다. 하지만 그럼에도 불구하고 '누구를 원망하거나 저주하지 않고 다시 땅을 개척하면서 연명해 왔다. 그런 매부네를 생각하면서 화자는 이들에게 '조선이 그처럼 그리울 수가 없는 나라'라는 것을 새삼 알게 된다. 고향이란 그 동안의 설움과 고통을 씻고 새롭게 출발할 수 있는 부활의 공간이고, 그래서 이들에게 '향수는 근본적'이었던 것이다.

이런 사실을 서술하면서도 주체는 시종일관 냉담한 '제삼자의 정신'을 견지한다.

기름기름히 쌓아 얹힌 각재들 사이에 끼인 사람, 부서지다 남은 걸상과 책상을 쓰고 자는 사람, 째어진 장막의 한 끝을 잡아다려 뼈가 들추이는 어깨를 가리운 사람, 이 사람들은 한 특수한 개념(槪念)을 형성하는 사람들이었다. 그리고 이 특수한 개념을 한 독자적인 완전무결한 개념으로 응고시키럄에는, 방은 그 중에서는 무용한 사람일 수밖에는 없었다. 그는 아니 우리는 아무리 다 회진하였다 하더라도 그래도 어딜런지 덜 회진한 곳이 남아 있는 사람이었다. 회진하지 아니하였으면서도 회진을 체험할 수 있는 대신에는, 회진하고 있는 자기 자신을 떠나 더욱더 완전한 회진이 올 줄을 알면서까지 일층 높은 처소에서 회진하고 있는 자기 자신을 내려다보고 방관하고 있을 수 있는 부류의 사람이었다.

‘애꿎은 제삼자의 정신!’[19]

‘나(천복)’는 아직 ‘회진(灰塵)할 것’이 남아 있는 사람이며, 또 “일층 높은 처소에서 회진하고 있는 자기 자신을 내려다보고 방관하고 있을 수 있는 부류의 사람”이다. 말하자면 아직도 소멸시켜야 할 자의식이 남아 있고 그래서 자신과는 다른 존재들을 받아들일 여유를 갖고 있지 못하다. 김남천의 지적대로, “너무도 감격이 없고 또 자기변혁의 과정이 보이지 않는”[20] 것이다.

그런데, 이런 초반의 모습과는 달리 화자는 점차 시선을 외부로 돌리고 이질적인 존재들을 받아들이는 변화를 보이는데, 그 계기가 되는 것이 두 인물과의 우연한 만남이다. 하나는 고기잡이 소년과의 만남이고, 다른 하나는 국밥장사 할머니와의 만남이다. 고기잡이 소년과의 만남은 지극히 우연적인 것이었으나 주체의 입장에서 보자면 이질적인 타자와의 대면이라는 점에서 중요한 의미를 갖는다.

즉, 청진으로 향하던 도중에 화자는 강가에서 작대기(삼지창)로 물고기를 잡고 있는 한 소년을 만난다. 소년은 화자의 출현은 안중에도 없다는 듯이 고기잡이에 몰두하고 마침내 뱀장어 한 마리를 꿰어 올린다. 화자는 하루에 몇 마리나 잡느냐고 묻지만, 소년은 그 말을 무시한 채 허리를 꺾고 고기잡이를 계속한다. 화자는 자신을 무시하는 소년에게 화가 나면서도 한편으로 고기잡이에 몰두하는 모습에서 “자아 중심의 황홀”을 목격하고, “고국 산수의 맑고 정함과 이 맑고 정한 물을 마시고 자라나는 사람의 잡티가 섞이지 아니한 신선한 촉감”을 감지한다. 말하자면, 소년에게서 화자는 고국산천과도 같은 “신선한 촉감과 티 묻지 않은 순수”를 발견하는 것이다. 이후 화자는 이 소년과 마주앉아서 “반말지거리를 하며”, “그

<hr>

19   허준, 앞의 글, 69~70면.
20   김남천, 「창조적 사업의 전진을 위하여」, 『문학』, 1946.7.

아무 것도 섞이지 아니한 검은 눈동자를 마주보고 앉아 있었으면 하는 욕망"에 사로잡히는데, 이는 곧 소년에 대한 공감과 신뢰를 표현한 것으로, 일종의 동일시 과정으로 볼 수 있다. 화자는 어쩌면 소년과 같은 '티 묻지 않은 순수'에서 장차 도래할 독립국가의 미래상을 봤는지도 모른다. 그런데 이런 동일시는 얼마 후 소년의 실체를 알게 되면서 곧 허물어진다. 사실인즉, 소년은 화자의 긍정적 평가와는 달리 고기잡이로 위장해서 잔류 일본인들을 감시하는 역할을 하고 있었다. 보안대 김선생의 지시를 받고 일본인들이 도망가지 않는지를 감시했고, 심지어 서울로 도망가는 전직자들을 잡아들이는데 혈안이 되어 있었다. 이런 모습을 접한 뒤 소년에 대한 화자의 순수하고 신선했던 촉감은 급격히 절망감으로 변하고 만다.

> 지금껏 내 가슴속에 엉기어진 그 소년에 대한 형용하기 힘든 모오든 인상은 그걸로 말미암아 어떻게 될 성질의 것은 못 되는 것이었다.
>
> 다시 쳐다보는 밤하늘은 이미 이제는 이마가 선뜻할 겨를도 없이 어느 틈엔가 일면 진한 칠빛이 되어 있다가 쳐다보는 내 가슴 위를 불현듯이 무거웁게 내려덮고 말았다. 양복바지 무릎을 뚫고 팔소매 끝과 목덜미 너머로 숨을 돌이킨 밤ㅅ바람이 스며들기 시작한다.
>
> 소년으로 말미암아 머릿속에 켜진 아주 꺼지지 아니하려는 현황한 불ㅅ길들에 시달리어 가며, 나는 그러안은 두 무릎들 틈에 머리를 박고 허리를 꾸부리어 댄 채, 오직 꾸부리고 웅크린 덕분을 빌어 억지스러운 잠을 청하기로 하였다.[21]

화자는 '혁명은 가혹한 것이고 또 가혹하여도 할 수 없을 것'이라는 사실을 알고 있고, 그런 점에서 과거를 청산하고 새롭게 국가를 건설해야 하는 해방기의 특수성을 이해하고 있었다. 일본 제국에서 해방되었다 해

---

21   허준, 앞의 글, 98~99면.

도 조선은 지배와 피지배라는 새로운 정치 질서를 만들 수밖에 없는 까닭이고, 그런 상태에서 화자가 느낀 실망감이란 단지 소년이 정치의 선봉에 섰다는 이유 때문만은 아니다. 해방 후의 상황이 그 어린 소년마저 정치로 내몰았다는 것, 밤하늘이 '진한 칠빛'으로 변했다는 말은 그것을 시사하는 일종의 알레고리(allegory)인 셈이다. 이런 데서 우리는 이질적인 존재들에 대해 냉담했던 주체가 점차 동요하는 것을 볼 수 있다. 주체는 이제 스스로의 길을 찾을 수 없을 뿐만 아니라「習作部屋から」의 나그네처럼 삶의 방향을 지시해줄 안내자도 갖고 있지 못하다. 소년의 실체를 알고 난 뒤 화자는 밤하늘의 칠빛 어둠이 자신의 "가슴 위를 불현듯이 무거웁게 내려덮"는 것을 깨닫는데, 이는 주체의 기대와 상상을 배반하는 존재로서 소년이 수용되고 있다는 것을 시사해준다.

시장 골목에서 우연히 만난 할머니는 이 주체에게 한층 심각한 충격을 가하는 존재로 등장한다. 할머니는 주체가 직면한 절망을 희망으로 전환시키고 시종일관 견지했던 '제삼자의 정신'에 충격을 가하는데, 이 할머니와의 만남을 통해서 화자는 비로소 새로운 주체로 거듭난다.

할머니에게서 느낀 주체의 감정은 무엇보다 놀라움이다. 할머니는 일제의 직접적인 피해자임에도 불구하고 잔류 일본인들에 대해서 소년과는 정반대의 태도를 보여준다. 할머니는 독립운동을 하던 아들을 해방을 한 달 앞둔 시점에서 잃었다. 살인강도를 했던 사람들도 해방과 함께 옥문을 걷어차고 나오는 상황에서 나라를 위해서 일했던 자기 자식은 아이러니하게도 불귀의 객이 된 것이다. 그런 한 맺힌 사연을 갖고 있었음에도 불구하고 할머니는 소년과는 전혀 다른 태도를 보여준다. "내 새끼를 갔다 가두어 죽인 놈들은 자빠져서 다들 무릎을 꿇었지마는, 무릎 꿇은 놈들의 꼴을 보면 눈물밖에 나는 것이 없"다는 것, 즉 그렇게 당당하던 일본인들도 패망과 함께 길거리를 배회하는 굶주린 처지가 되었고, 그래서 '머리를 짓이긴 뱀장어'처럼 생명을 향한 본능만이 번득이는 한갓 미물로 탈바꿈하였다. 그런 일인들을 지켜보면서 노인은 "벌거벗겨 놓고 보니 매 갈 데가 어딥니까"라고 반문하고, 그들에게 밥과 국을 제공하는 인정을 베푸는 것이다. 게다가 할머니는 자신에게 주어지는 호사마저 거부하는 겸허함까지 갖추고 있다. 주변에서는 해방이 되었으니 고생을 그만하고 자치회나 보안대에 들어가라고 권유하지만, 할머니는 "피난민이 우글우글하고 눈에 밟히는 것이 많은 때에 무엇이 즐거워서 혼자 호사"를 하겠느냐고 단호하게 거절한다. 이런 사실을 접하고 화자는 다음과 같은 깊은 깨달음에 이르게 된다.

> 피난민도 형지 없이 어지러웠고 일본 사람들도 과연 눈을 거들떠보기 싫게 처참하지 아니함이 없었으나 생각하면 이것을 혁명이라 하는 것이었다. 혁명은 가혹한 것이었고, 또 가혹하여도 할 수 없을 것임에 불구하고 한 개의 배장사를 에워싸고 지나쳐 간 짤막한 정경을 통하여, 지금 마주 앉아 그 면면한 심정을 토로하는 이 밥장사 할머니에 이르기까지 그것이 어떻게 된 배 한 알이며, 그것이 어떻게 된 밥 한 그릇이기에, 덥석덥석 국에 말아줄 마음의 준비가 언제부터 이처럼 되어 있었느냐는 것은 나의 새로이 발견한 크나큰 경이(驚異) 아닐 수 없었다. 경이보다도 그것은 인간 희망의 넓고 아름다운 시야(視野)를 거쳐서만 거둬들일 수 있는 하염없는 너그러운 슬픔 같은 곳에 나를 연하여 주었다.
>
> 나는 혓바닥에 쌉쌀한 뒷ㅅ맛을 남겨놓고 간 미주(美酒)의 방울방울이 흠뻑 몸에 젖어들듯이 넓고 너그러운 슬픔이 내 전신을 적셔 올라옴을 느끼었다. 그리고 때마침 네다섯 피난민들이 몸을 얼려가지고 훌훌거리고 들어서는 바람에 나는 자리를 내어주고 밖으로 나왔다.[22]

화자의 놀라움은 해방 후의 현실에서 "어떻게 된 배 한 알이며, 그것이

---

22 위의 글, 89~90면.

어떻게 된 밥 한 그릇이기에, 덥석덥석 국에 말아줄 마음의 준비가 언제부터 이처럼 되어 있었느냐'는 데 있다. 해방이 느닷없이 주어졌고 또 그렇게 된 현실에서 패배한 일제는 감시받고 억류될 수밖에 없지만, 그럼에도 밥장사 할머니는 그들에게 밥 한 그릇, 국 한 그릇을 내놓는 놀라운 모습을 보여준 것이다. 할머니에게 중요했던 것은 인간의 생명과 그에 대한 애정이었고, 이 본능과도 같은 모습을 지켜보면서 화자는 감동과 함께 "하염없는 너그러운 슬픔"을 느꼈던 것이다. 화자가 "미주의 방울방울이 흠뻑 몸에 젖어들듯이 넓고 너그러운 슬픔이 내 전신을 적셔 올라옴을 느끼었다"고 한 것은 그런 깨달음과 공감을 표현한 말이다.

휴머니즘에 대한 이러한 의미 부여는 노파의 아들과 함께 감옥에 들어갔던 일본인 가토를 통해서 한층 정당한 것으로 제시된다. 할머니의 아들과 함께 투옥되었던 가토는 '집은 있으되 집이 없어서 온 사람이 아니요 먹을 것이 있으되 제 먹을 것 때문에 애쓸 수 없던 사람'이었다. 가토는 '일본 사람은 일본 바다에서 나는 멸치를 잡아먹어도 넉넉히 살아갈 수 있다'는 생각을 갖고 있는 일종의 평화주의자였다. 이 가토가 할머니의 아들과 함께 일제에 맞서 싸웠던 것은 일본이 그것을 어기고 주변 국가를 침략했다는 데 있었다. 자기 조국과 맞서는 가토를 할머니는 한 동안 이해하지 못했지만, 해방 후 일본 패전민들의 참상을 지켜보면서 비로소 이해하게 되었다고 말한다. 잔류 일본인의 참혹한 모습에서, '저 불쌍한 것들이 가토의 종자인 것을 모른다고 할 수 없겠으니 어떻게 눈물이 아니'날 수 있겠느냐고 하는데, 이는 곧 잔류 일본인 역시 가토가 비판한 일본 제국주의의 희생양이라는 것을 말해준다. 그런 생각에서 할머니는 일본인과 조선인이라는 구별을 떠나서 '생명에 대한 강렬한 지향'을 가진 존재로 이들을 수용하는 관용을 보이는 것이다.

할머니의 이런 모습을 지켜보면서 화자는 지금껏 견지했던 폐쇄적 자의식에서 벗어나게 된다. 할머니가 보여준 일제 잔류민에 대한 태도는 인간에 대한 깊은 애정에서 발로한 것이고, 작가는 할머니의 이러한 사랑에 공감함으로써 잔류 일본인 문제를 휴머니즘을 통해서 극복해야 한다는 인식에 도달하는 것이다. 이런 공감은 이후 「임풍전 씨의 일기」 등 다른 작품에서도 두루 목격되는 것으로, 해방기를 보내는 주체의 가치관이라 해도 지나친 말은 아니다. 주체는 할머니의 휴머니즘을 내면화하고, 그것을 바탕으로 해방기 현실을 이해하고 대응하는 태도를 결정했던 것이다. 그렇다면 할머니는 주체에게 일종의 '큰 타자'와도 같다는 것을 알 수 있다. 큰 타자란 부모, 학교, 언어 등과 같이 광범위한 의미에서 사회에 의해 주입된 이상과 가치들을 말한다. 주체가 자기와 비슷한 타인들과 관계했던 상상적 동일시와는 달리 상징적 동일시는 주체의 무의식이 이 큰 타자와 조화를 이루면서 살아가는 것을 뜻한다.[23] 인정과 관용으로 표상되는 할머니는 주체에게 당대의 이상과 가치를 상징하는 큰 타자라 할 수 있고, 그런 존재와의 동일시를 통해서 주체는 이전까지의 냉담했던 '제삼자의 정신'을 허물고 현실에 적극 대응하는 실천적인 주체로 탈바꿈하는 것이다.

우리가 「잔등」에서 주체의 정치적 선택을 목격하게 되는 것도 이러한 변화와 연결되어 있다. 주체는 이제 "우리가 남과 같이 살아야 한다면 노서아 사람만큼 무난한 국민이 없을는지도 몰라"라는 정치적 선택을 거침없이 토로한다. 당대 지식인들이 미국보다는 소련을 선호했다는 것은 여러 문서를 통해서 확인이 되거니와, 이 작품에서 작가는 "이 십여 일 동안 수많은 노서아 사람들을 만난 결론"으로 그런 생각을 갖게 되었다고 한다. 만주에서 서울로 돌아오는 길에서 자연스럽게 만날 수 있는 존재가 소련 사람들이고, 그들의 도움으로 북한은 남한보다 앞서 토지개혁을 시행해서(남한과는 달리 무상몰수 무상분배를 원칙으로) 민중들로부터 대대적인

---

23   브루스 핑크, 앞의 책, 68~69면.

환영을 받았다. 그런 역사적 사실을 감안하자면 작가가 소련에 경도된 이유를 짐작할 수 있고, 그것이 한편으로 허준이 남한을 뒤로 하고 북한을 선택한 동기가 아닌가 짐작해 볼 수 있다. 허준의 해방기 소설이 일제 치하와는 달리 사실주의적 특성을 보이는 것이나, 작품에서 타자의 목소리가 적극 반영되는 다성(多聲)적 특성을 보이는 것은 주체의 이러한 변화로 설명이 가능한 셈이다.

「속(續) 습작실에서」는 이렇게 변화된 주체가 이제 '말'이 아닌 실천의 장으로 투신하겠다는 다짐을 고백한 작품이다. 이 작품은 1940년 일어로 발표되었던 콩트 「習作部屋から」를 7년이 지난 뒤 중편으로 개작한 것으로, 사건의 간단한 줄거리만을 서술했던 이전과는 달리 디테일을 보강하고 인물의 성격을 강화해서 중편으로 확대하였다. 주인공의 이름을 '남몽'으로, 나그네를 독립운동가 '이병택'으로 명명하여 한층 구체화시켰으며, 또 이병택이 옥사한 것으로 처리하여 일제의 검열로 인해 배제했던 내용을 새롭게 복원한 것으로 보인다. 작품의 줄거리는 이전과 거의 동일해서, 즉 주인공 남몽이 나그네 이병택을 만나서 이런 저런 얘기를 나누고, 후일 이병택이 옥사한 것을 알게 되어 큰 충격을 받는다는 내용이다. 이 과정에서 「習作部屋から」와 달리 주체의 성격이 한층 강화된 것을 볼 수 있는데, 작품 결미에서 화자가 이병택의 수의를 보고 드러내는 다음과 같은 진술은 자신의 과거에 대한 단호하고 전면적인 거부로 이해할 수 있다.

나는 눈이 내 눈에 시거웁게도 자극이 되어 펄떡 뛰어 일어나서 방을 나왔다. 그리고 인제는 자꾸만 자꾸만 눈 속으로 형지를 감추어 들어가는 그 한 벌 옷을 향하여

'당신이야말로 당신이야말로 정말 새롭고 새로운 몸의 상처를 받아나오기 위해 무수한 허울을 나날이 벗어 나온 분입니다.'

하는 언젯 날 부르짖음을 인제야 속으로 부르짖으며 이렇게 미칠 듯이 속으로 웨치었다.

'이게 다 무어냐 이게 다 무어냐 아아 저는 아무것도 아닙니다. 저는 아무것도 아닙니다. 저야말로 의외로 아무것도 아닌 단순한 말의 사기사를 지향(指向)하고 나가던 사람이었는지도 모릅니다.'[24]

「習作部屋から」에서 나그네는 주체의 고민을 앞서서 해결한 존재로 그려져 주체가 나갈 길을 예시하는 식이었다면, 여기서는 그런 과거를 '말의 사기사'에 지나지 않았다고 고백하는 한층 적극적인 모습을 보여준다. "말의 사기사를 지향하고 나가던 사람"이었다는 자괴적 진술은 단순한 반성이 아니라 삶에 대한 근원적 부정이자 동시에 그토록 회피했던 현실과 정면으로 맞서겠다는 다짐이다. 그런 점에서 이병택은, 앞의 소년이나 할머니처럼 주체의 '제삼자의 정신' 즉, 자기와 동질적인 존재 속에 갇혀 독백에 머물렀던 주체에게 충격을 가하고 파괴하는 타자적 존재임을 알 수 있다. 이러한 성찰과 변신을 통해서 주체는 이제 현실을 냉정하게 받아들이고 궁극적으로 자신을 현실의 한복판으로 내던지는 것이다.

「임풍전 씨의 일기」는 주체가 이렇게 변신한 이후의 모습을 보여주는 작품으로, 허준의 월북 경위를 구체적으로 시사해준다. 작품은 교사인 화자가 제자인 박군에게 하는 대화체의 서술을 통해서 학교에서 쫓겨나게 된 경위를 말하고 있다. 여기서 화자는 앞의 할머니가 보여주었던 휴머니즘을 실제 현실에 적용하듯이 다음과 같은 주장을 펼친다. 즉, '농토를 농사짓는 농군의 손에 돌려보내야 한다.' '일제치하의 관리들을 다시 자리에 앉히지 말아야 한다.' '나라를 두 동강이 내는 단독 정부가 들어서서는 안 된다.' 이러한 주장은 외견상 당시 좌익이 외쳤던 구호를 그대로

---

24 허준, 「잔등」, 『잔등』, 을유문화사, 1946, 40~41면.

옮겨놓은 듯하지만, 실상은 「잔등」에서 할머니가 했던 주장을 현실에 구체적으로 적용한 형국이다. 민중의 대부분을 점했던 농민의 입장에서 보자면 땅을 농민이 보유해야 한다는 것은 지극히 당연한 인본적 주장이고, 또 단독 정부를 반대한 것도 남과 북이 분단되어서는 안 된다는 민족 공동체의 입장에서는 보편적인 원칙이며, 더구나 해방된 현실에서 일제치하의 관리들이 다시 관직을 차지해서는 안 되는 것이었다. 이런 주장을 작품에서 펼칠 정도로 정치적 감각과 현실 인식이 뛰어났기에 허준은 조선문학가동맹에 투신하고,[25] 급기야 북한을 선택한 것으로 보인다. 여기에 이르면 주체는 정치적 선택을 마치고 자신의 신념을 향해 매진하는 실행의 상태라는 것을 알 수 있다.

이후 허준은 「평대저울」을 발표한다. 본격적인 소설이라고는 할 수 없는 콩트에 불과하지만, 이 작품은 허준 소설의 전개 과정에서 중요한 변화를 담고 있다. 즉, 이전 소설에서 한 번도 등장한 적이 없었던 실제 생활이 작품의 중심을 차지한 것이다. 조선은행에 근무하는 화자는 돈이 없어서 김장을 못하다가 우연히 잡지사로부터 원고료를 미리 받고 기뻐한다. 그런데 차안에서 그 돈을 모두 소매치기 당하면서 꿈이 무너진다. 그렇지만, 화자는 재치 있게도 그 예기치 못한 일을 소재로 글 한편을 써서 잡지사에 넘긴다는 내용이다. 여기서 주인공은 스스로 고독 속에 칩거하거나 혼돈에 빠지는 등의 무기력한 삶을 살지 않는다. 생활인으로서 돈의 소중함을 알고 있고 또 가정생활을 아내와 함께 의논한다. 운명 앞에 좌절하고 스스로를 고립 속에 방임하는 이전의 주인공과는 달리 자신의 삶을 행, 불행의 양쪽 접시에 올려놓은 '평대저울'에 비유하여 '단념의 덕'이라는 자신의 의지로 저울의 평형을 유지하는 것이다. 게다가 화자는 긍정적인 생각의 소유자이다. 김장을 못하면 단무지로 대신하고, 돈이

25　서재길, 「허준의 생애와 작품세계」, 『허준 전집』, 현대문학사, 2009, 591면.

없어 쩔쩔매면서도 그것을 비관하거나 부정하지 않는다. 현실을 담담하게 수용하면서 낙관적인 태도로 하루하루를 사는 것이다. 이런 특성으로 인해 이 작품은 이전 소설에서는 찾을 수 없었던 훈훈한 정과 낙관적 여유를[26] 제공하게 된다.

여기에 이르면 허준 소설의 주체는 현실 속에서 호흡하고 살아가는 사회·역사적 인물로 탈바꿈한 것을 볼 수 있다. 식민치하의 소설들이 한 명의 인물이 등장하고 그 인물이 상상하거나 모방하는 동질의 타자를 제시하여 스스로를 반성하거나 동경하는 식이었다면, 해방 후의 작품에서는 주체의 그런 이중적 모습은 사라진다. 생활이 없는 진공의 상태에서 삶과 문학에 대한 모색과 방황을 거듭했던 것과는 달리, 해방 후에는 타자를 적극적으로 수용하면서 자신을 변화시키고 궁극적으로 현실에 투신하는 보다 실천적인 인물로 변신한 것이다. 해방 후의 소설에서 인물들이 직장과 가정을 갖고 있고 일상적인 욕망을 쫓는 것이나, 외부 현실에 능동적으로 대응하는 실천적인 면모를 보이는 것은 그런 변화를 말해준다. 그로 인해 작품은 주체의 침중한 내면에서 벗어나 새로운 시대 현실에 적극 개입하는 리얼리즘적 특성을 보여주는 것이다.

4. 주체와 타자의 길항 과정

사람은 대체로 자기정체성을 확립하고자 하는 강렬한 욕망을 갖고 살아간다. 그렇지만 그것은 주체가 처한 사회적·역사적 환경과 긴밀하게

---

26 한동혁, 「허준 소설연구」, 성균관대 석사논문, 2006, 67~78면.

연결되어 구현된다는 점에서 생각처럼 용이한 것이 아니다. 특히 주위 환경이 급격히 변화될 때 주체는 이전의 동일성을 유지하지 못하고 무너지거나 위축되는 경우가 적지 않다. 이 때 주체는 기존의 껍질을 벗고 새로운 환경에 적응하지 않으면 안 된다. 그런 점에서 허준이 보여준 일련의 소설적 탐구는 탈각(脫殼)과 동화의 과정으로 정리할 수 있을 것이다.

그 동안 허준 소설을 내성적(혹은 독백적)이라고 했던 것은 작중의 타자가 진정한 의미의 타자가 아니라 주체가 스스로 상상하거나 아니면 자신을 투사한 상태의 동질적 존재라는 데 있다. 외견상 주체는 타자의 목소리를 듣고 그 타자와 교섭하는 듯하지만, 실상 그 타자는 주체가 상상한 동질의 인물이었던 까닭에 소설은 독백의 형태로 드러났던 것이다. 그런데 유심히 살펴자면 그런 껍질 속의 한편에는 새로운 삶과 가치를 추구하는 모색과 성찰의 열망이 내재되어 있는 것을 볼 수 있다. 「習作部屋から」에서처럼, 주체는 자신과 다른 존재를 향해 개방적인 태도를 보이고, 한편으로는 그것을 통해 자신을 반성하고 부정한다. 그런 성찰이 해방 후로 이어져 한층 성숙하고 사회적인 태도로 발전하는데, 그것은 「잔등」에서 드러나듯이 자신과는 전혀 다른 타자의 수용으로 나타난다. 여기서 주체는 시선을 외부로 돌리고 타자의 움직임 하나하나를 섬세하게 관찰하면서 이전의 껍질에서 벗어난다. 우연히 마주친 소년에게서 해방과 함께 되찾은 고국산천과도 같은 신선한 충격을 느끼고 장차 도래할 독립국가의 주체를 생각한다. 하지만, 그 소년이 사실은 패잔 일본인들을 감시하는 역할을 한다는 것을 알고는 깊은 절망감에 휩싸이기도 한다. 할머니는 그런 절망을 희망으로 바꾸는 존재로, 패잔 일본인들도 생명에 대한 강렬한 집착을 갖고 있는 소중한 존재들이라는 것, 그런 사실을 환기하면서 할머니는 거지로 전락한 일본인들에게 따스한 온정을 베푸는 것이다. 이런 할머니를 지켜보면서 주체는 해방기의 새로운 희망을 발견하고 스스로를 할머니와 동일시한다. 여기서 주체는 자기만의 시선에서

벗어나 스스로를 개방하고 사회주의로 고착되는 북한의 현실에 일체화되는 것을 목격할 수 있다. 허준이 해방 후 남한을 버리고 북한을 택한 것이나, 「잔등」, 「임풍전 씨의 일기」 등에서 정치적 목소리를 높인 것은 이런 사실로 설명이 가능하다.

그런데, 허준 소설은 아쉽게도 이 지점에서 멈추고 만다. 「속(續) 습작실에서」 이후 월북하기까지 허준은 「평대저울」과 「역사」라는 두 편의 작품을 더 남긴다. 「역사」는 『문장』 속간호에 연재를 시작하다 중단된 작품으로, 여기서도 작가는 관념과 추상의 세계에서 벗어난 민중의 현실을 사실적으로 그려낸다. 미완으로 끝난 관계로 작품의 전체상을 확인할 수는 없지만, 해방 전과는 확연히 달라진 작가의 모습을 짐작하기에는 부족함이 없다.

이후 허준은 북행길에 올라 남한에서의 삶을 뒤로 한 채 역사의 격랑 속으로 뛰어든다. 1950년 한국전쟁 시기에 북한군을 따라 서울로 내려왔고, 1958년에는 러시아의 니콜라이 두보프의 아동소설 「고독」을 번역했다고 하는데, 구체적인 것은 확인되지 않고 있다. 스스로에게 엄격했던 작가가 북한체제의 경화(硬化)과정에서 자기동일성을 유지하기는 쉽지 않았을 것이다. 해방 이후까지 허준은 자기동일성을 확보하기 위해 부단한 열정을 견지했지만, 전쟁 이후의 북한 현실은 그가 동화되기에는 너무 낯설고 급작스럽지 않았을까. 모든 것이 정치로 변질된 현실에서 문학을 통해 자기동일성을 확보하기란 난망한 일이었을 터, 이제 그의 앞에는 창작단의 일원이 되어 톱니바퀴와도 같은 행동을 반복하든가 그렇지 않으면 문학 밖의 세계로 추방되는 길 외에는 다른 선택이 없었을 것이다. 크고 우람한 흐름으로 뻗어왔던 우리 문학이 서로 다른 두 줄기로 분화되어 엇박자를 연출한 것과 허준의 이러한 전략은 외견상의 차이에도 불구하고 사실은 동궤의 것이라고 할 수 있을 것이다.

일상의 서사화, 혹은 수필과 동화의 형식

안회남과 현덕의 경우

1. 안회남과 현덕, 유사함과 차이

안회남과 현덕은 문학적 행보와 개인사에서 여러 가지로 유사점을 보여준다. 1909년에 태어나 탄생 100주년을 넘긴 동갑내기이고, 모두 주변 현실에서 체험한 신변 일상사를 작품의 중심 소재로 삼았다. 해방이 되면서는 이전까지 견지했던 작품 세계를 반성하고 새롭게 변화된 현실에 적극 대응하는 변신을 보여 좌익운동에 투신한 뒤 월북했고, 이후 김일성을 중심으로 권력이 재편되는 과정에서 모두 숙청되는 비극을 겪었다. 신변소설가로 널리 알려진 것처럼, 안회남(安懷南, 1909~?)은 "작가 자신이 가장 잘 알고 있는 것"[1]을 그리는 것이 좋은 소설이라는 생각에서 신변 일상의 체험들을 주로 서사화했으며, 현덕(玄德, 1909~?)은 어린 시절을 보냈던 인천 부둣가와 서울 변두리에서의 생활을 작품의 주요한 소재로 활용하였다. 해방 후 현덕은 제1차 전국문학자대회에 참여하는 것을 시작으

---

1   안회남, 「발문」, 『전원(田園)』, 1946.3, 349면.

로 조선문학가동맹의 소설부, 아동문학부, 대중화위원회의 위원으로 활동하였고, 인민군이 서울을 점령했을 때는 남조선문학가동맹의 제2서기장을 역임하기도 하였다. 그렇지만 월북 후 이렇다 할 활동을 보이지 못하고 1962년 한설야와 함께 그 일파로 몰려 숙청당한 것으로 알려진다. 안회남은 조선문학건설본부와 조선프롤레타리아문학동맹의 합동위원, 조소문화협회의 발기인이 되고, 조선문학가동맹에서 소설부 위원장과 농민문학 위원회 서기장을 역임한 뒤 한국전쟁 당시에는 서울에서 남조선문학가동맹 제1서기장을 역임하지만, 불행하게도 전쟁 이후 숙청된 것으로 알려져 있다.[2]

안회남과 현덕이 문제될 수 있는 것은 프로문학과는 무관한 지점에서 작품 활동을 하다가 해방 후 좌익에 가담한 뒤 월북했다는 사실과 함께 1930년대 후반기 소설의 분화과정에서 중요한 역할을 수행했다는 데 있다. 이들은 모두 1930년대 후반기 들어서 본격적으로 활동한 작가들이다. 1931년 『조선일보』 신춘문예에 「발(髮)」로 공식 등단한 안회남은 1935년 이후에 작품 활동을 본격화했고, 1927년 「달에서 떨어진 토끼」 이래 동화작가로 활동하던 현덕은 1938년 「남생이」로 재등단한 뒤 소설을 본격적으로 창작하기 시작했다. 이 시기는 카프(KAPF) 해산(35)으로 인한 집단 문학운동의 소멸, 사상범보호관찰법(35), 사상범예방구금법(41), 치안유지법 개악(41) 등으로 이어지는 사상 탄압, 노동·농민운동의 궤멸, 뒤이은 학병과 징용 등으로 이어지는 암흑기의 초입이었다. 프로문학을 주도하던 박영희와 백철 등은 사회주의적 신념을 포기한 뒤 전향서를 발표했고, 이기영과 한설야, 임화와 김남천 등은 기존의 창작방법을 보류한 채 신변일상을 맴돌면서 사태를 관망하고 있었다. 이러한 혼돈과 모색, 절망과 불안의 시기에 새로운 경향으로 문단을 주도한 부류가 이 시기 들어 왕성

---

2   두 작가의 작품과 생애 연보는 근대문학100년연구총서편찬위원회, 『약전으로 읽는 문학사 1 − 해방전』(소명출판, 2008)을 참조하였다.

하게 활동하기 시작한 이른바 신세대 작가들이다. 김동리, 최명익, 박노
갑, 김정한, 정비석, 박영준, 현경준, 현덕 등 1935년을 전후로 문단에 첫
발을 내디딘 이들은 프로문학의 쇠퇴를 계기로 문단에 등장한 신인들로,
모두 "문단에서 미미하나마 일정한 이름을 가지고 있으나 아직 중견이나
대가의 열(列)에 오르지 못한 일군의 작가"[3]에 불과했다. 하지만 그럼에도
불구하고 이들은 기성에 대한 강렬한 세대의식을 바탕으로 그와는 다른
경향의 작품들을 창작했다는 점에서 작지 않은 문제성을 지니고 있었다.

이들은 안회남이 고백한 바 있듯이, 사회주의 문학에 대해서 동의하지
않으며 자기만의 독특한 문학적 경향을 고집한 작가들이다. 안회남은
「신흥예술론고」에서 '마르크스주의 문학은 전부가 마르크스요 레닌이었
지 문학의 특수성을 완전히 거부했고, 그래서 종국에는 모순과 파탄에 직
면했다'고 말한다.[4] 현덕 역시 한 좌담에서 '기성 작가를 그리 염두에 두지
않으며, 선배라고 해서 사숙할 만한 사람이 없다는 사실'을 토로하였다.[5]
이들은 모두 문학을 사회적 계몽이나 정치적 실천의 수단으로 생각했던
이전과는 달리 문학을 그 자체로 합목적적이고 가치합리적인 대상으로
이해하였다. 김동리가 강한 어조로 표현했듯이 문학은 '정치나 사회사
업'[6]과 혼동되어서는 안 되는 것이다. 그리하여 사회와 정치 현실에 대한
탐구 대신에 인생과 개성에 주목하며 사회 혁명 대신에 신변 일상의 미시
사에 깊은 관심을 보이고, 또 그것을 감각적으로 표현하기 위한 수단으로
써 문체와 분위기 등 형식적 측면에 집요한 관심을 드러낸다. 1930년대
후반기 소설에서 서사성이 약화되고 일상성의 문제가 중요하게 부각된
것이나, 또 리얼리즘과는 다른 경향의 내성과 세태, 추리문학 등이 다양
하게 족출한 것은 그런 사실과 깊이 연관되어 있다.

---

3   임화, 「신인론」, 『문학의 논리』, 학예사, 1940, 464면.
4   안회남, 「신흥예술론고」, 『신동아』, 1932.2.
5   현덕, 「신진작가 좌담회」, 『조광』, 1939.1, 241~242면.
6   김동리, 「신세대의 정신」, 『문장』, 1940.5, 95면.

이 글에서 관심을 갖는 안회남과 현덕은 그런 큰 흐름과 맥을 같이 하는 작가들이다. 소재 면에서 현덕은 부두를 배경으로 궁핍하게 살아가는 어촌 사람들이나 도시 빈민들의 참상에 깊은 관심을 보였고, 안회남은 가족과 친구와 카페 여급 등 주변 일상에서 목격되는 평범한 인물과 사건들을 주로 다루었다. 그런데 그것을 포착하고 표현해내는 방법은 매우 상이해서, 현덕은 물신화된 욕망과 이기심에 사로잡힌 성인들의 세계를 천진하고 맑은 어린이의 시선으로 포착하여 특유의 동화적 분위기를 만들어냈고, 안회남은 신변 일화의 단편적인 나열과 쇄말(瑣末)적 묘사를 통해 작가와 화자가 일치하는 마치 수필과도 같은 서사를 양산하였다. 말하자면, 현덕과 안회남은 동화적 분위기와 수필식의 작품을 통해서 프로문학 중심의 단선적 서사에서 탈피해서 다양하게 분화되는 1930년대 후반기 소설사의 흐름을 새롭게 일구는 중요한 역할을 수행하였다. 이에 여기서는 그 일련의 과정을 두 작가의 주요 작품을 통해 살피고, 아울러 1930년대의 그러한 경향이 해방 후에는 어떻게 변모했는가를 고찰하고자 한다.

2. 일상의 삶과 수필의 형식—안회남

일상의 현실이란 근대 소설문학의 특성을 규정하는 중요한 구성 요소라 할 수 있다. 근대소설의 출현과 형성을 다룬 이언 와트(I. Watt)의『소설의 발생』에서 근대소설의 특징을 '개인주의'와 '사생활'에서 찾은 것은 그런 사실과 관계되거니와, 개인주의와 사생활은 중세의 상투화된 주제와 인물에서 벗어나 구체적이고 특수한 경험의 소유자로 개인을 포착해내는 중요한 요소이자 방법이다. 근대소설은 바로 이 일상의 삶을 충실하게 기록하고 묘사함으로써 근대적 형식을 갖추게 되는데, 그것은 생각과 감정과 감각의 끊임없는 흐름으로 이루어진 일상이 곧 리얼리티(reality)를 구성하는 근본 요소인 까닭이다.[7] 일상은 예술의 존재 근원이고, 근대문학은 그것을 충실하게 재현함으로써 새로운 형식을 갖게 되었다. 안회남은 바로 이 일상의 세계를 적극적으로 수용함으로써 다른 작가와 구별되는 그만의 독특한 영지를 개척한 소설가이다.

안회남이 신변소설에 관심을 갖게 된 것은, 스스로 고백한 대로 크게 두 가지 이유로 볼 수 있다. 하나는 신변 일상이 자기가 가장 잘 아는 세계였고, 다른 하나는 일본 제국주의의 야만적 식민정책으로 인해 사회 현실에 대한 탐구보다는 자기 자신의 세계에 칩거할 수밖에 없었기 때문이다.

나는 과거 십여 년 간 주로 자기응시의 신변문학을 해왔다. 여기에 수록한 것은 모두 그것들이다. 그러니까 제일 초기의 것과 최근의 작품이 섞였다.

세상에서 내가 제일 잘 아는 것은 자기의 세계다. 그렇기 때문에 신변소설을 썼다. 그러나 또 그것 뿐만은 아니었다.

일본제국주의의 야만적 식민정책 아래에서는 우리는 문학세계로 객관사회와 서로 간섭할 수 없었기 까닭이다. 그래서 나는 조개가 단단한 껍데기를 쓰는 것처럼 의식적 무의식적으로 자기 자신 속으로만 파고들었던 것이 아닌가 한다.[8]

이런 진술은 해방 후 과거의 행적을 되돌아보면서 과거 행적을 정당화하려는 의도와 깊게 연관되어 있지만, 자기가 가장 잘 아는 세계가 신변 일상이고 그래서 그것을 주로 썼다는 진술은 크게 틀린 말은 아닐 것이다. 더구나 그는 프로문학에 대해서 반감을 갖고 있었고 또 한편으로는

---

7   이언 와트, 강유나·고경하 역, 『소설의 발생』, 강, 2009, 283~284면.
8   안회남, 「발문」, 『전원』, 1946, 349면.

당시 유행하던 일본 사소설로부터도 일정하게 영향을 받은 것으로 보인다. 프로문학의 과도한 교조주의에 대한 거부감이 팽배해 있던 상황에서 일본의 사소설이 널리 읽힘으로써 이상, 박태원, 이태준, 한설야, 김남천 등 많은 작가들이 자신의 개인사와 신변 일상을 작품 속으로 끌어넣었는데, 안회남 역시 그런 흐름과 맥을 같이 하고 있다.

안회남 소설에는 작가와 동일한 이력을 소유한 인물이 반복적으로 등장하고, 작가의 목소리가 서술과정에 직접적으로 개입되어, 독자들은 작품을 읽은 후 마치 안회남의 개인사를 재구할 수 있을 정도이다. 사소설과도 같은 이런 작품들을 통해서 우리는 소설이 카프 시절의 거대이론과 추상화된 신념에서 벗어나 구체적 현실과 결합하는 과정을 목격하게 된다. 물론, 이런 사실은 일본의 사소설이 서구문학의 원근법적 배치를 부정하면서 일상사를 통해서 현실을 새롭게 재구성한 것이라고 적극적으로 해설할 수도 있다. 가라타니 고진은 일본의 사소설은 근대문학의 배치에 대한 반발과 기독교적 배치에 대한 반발에서 탄생한 것이라고 의미를 부여하는데,[9] 안회남의 경우도 그런 사실과 전혀 무관하다고 볼 수는 없을 것이다. 게다가 안회남의 경우는 앞의 언급처럼 자신이 가장 잘 아는 세계가 신변 일상이고, 그래서 일상 현실을 작품에 적극 수용하여 현실을 새롭고 구성하려 했다고 볼 수도 있다. 초기작에 해당하는 「안해의 탄식」, 「상자」, 「악마」, 「우울」, 「연기」, 「고향」, 「장미」, 「명상」, 「나와 옥녀」, 「겸허」 등은 모두 친숙한 주변의 가족이나 친구들의 일상사를 소재로 하고 있다.

「안해의 탄식」(33)은 술을 마시지 않고는 이 세상을 살 수 없다는 남편의 이야기를 아내의 시선으로 포착하고 있으며, 「연기」(33)는 공장에 나가는 관계로 병간호가 어려운 친구를 대신해서 나(화자)와 애인이 그의 아

---

9 가라타니 고진, 박유하 역, 『일본 근대문학의 기원』, 민음사, 1997, 207~208면.

내를 병간한다는 이야기이다. 「상자」(35)는 아내의 보석함에서 비녀와 가락지를 훔친 남편의 심경을 서술하고 있고, 「악마」(35)는 어린 시절에는 할머니 손을 잡고 예배당에 다녔던 화자가 지금은 거의 매일 술로 소일하는 까닭에 어머니로부터 '사탄'으로 지탄받는다는 내용이며, 「고향」(39)은 오랜만에 고향에 와보니 모든 것이 변해서 이전에 살던 집이 초라하고 보잘것없이 느껴졌다는 이야기이다. 이들 작품은, 「안해의 탄식」을 제외하고는, 모두 1인칭으로 서술되어 마치 작가가 보고 느끼고 전해들은 주변의 일화를 직접 구술해 놓은 듯하다. 그래서 인물과 인물의 대립과 갈등, 사건과 사건의 내적 관련성 등은 거의 드러나지 않으며, 대신 일상의 풍경만이 지루하게 포착된다. 일정한 사건을 서사적으로 엮어가는 소설 본래의 형태와 비교하자면, 이들 작품은 보고 들은 단편적인 느낌들이 중심을 이루는 이른바 수필의 형태를 보여주고,[10] 그런 관계로 작품에서 무엇보다 돋보이는 것은 주체의 내면 풍경이다.

 연작 형태의 「악마」, 「우울」, 「고향」(35), 그리고 「명상」(37) 등에서 목격되는 것은 화자의 우울하고 쓸쓸한 심경이다. 「우울」에서는 가난한 주변의 친지들이 돈을 빌려달라고 요구하지만 자신의 처지가 그것을 모두 들어줄 수 없다는 사실을 알고 우울해 한다는 내용이다. 즉, 어느 상사회사에 취직이 되자 화자는 주변 친지들로부터 돈을 빌려 달라는 요구를 받는다. 전라도 광주로 시집간 누이동생에게서 평생 잊지를 않을 터이니 돈 20원만 변통해 달라는 편지가 날아들고, 친구인 김군은 10원을 취해달라고 하며, 또 내년 봄에 학교를 졸업하는 친구는 선생에게 선물을 하기 위해 필요하다며 5원을 요청한다. 게다가 신문 대금까지 두 곳이나 밀려서 독촉을 받는다. 그런 상황에서, 아내가 병에 걸려 기동도 못하고 누워 있는 이웃의 아저씨가 행랑어멈과 바람이 난 것을 목격하고는 놀라움과 함

---

10   이강언, 「안회남 신변소설 연구」, 『우리말글』 17, 1999, 176~177면.

께 '참을 수 없는 분노'를 느끼며, 얼마 후에는 동생에게서 남편이 실직을 했고 이제 하소연할 데는 오빠밖에 없다는 간절한 편지를 받는다. 이런 상황에서 친구를 만나러 가는 화자의 심경이 다음과 같이 제시된다.

천차를 타고 문밖을 지나 김군을 찾어갈 때 언덕 위에 즐비하게 늘어선 함석집웅 거적담의 신당리 풍경을 보고는 참 빈촌이로구나 하였다. 날이 음산하고 저녁의 쓸쓸한 기운이 더욱 마음에 우울하였다. 어쩌면 밤에 눈이 오실른지도 모르는데 어린아이들이 빨갛게 얼은 손가락을 혹혹 불며 인제서 장작 한 단을 사가지고 가는 것을 보았다. 호호 노인이 우들우들 떨며 쌀 한 봉지를 들고 가는 것도 만났다. 그날 밤 과연 눈이 나리는데 그의 병에 해로울 줄은 번연 알면서도 우리는 세상 이야기를 주고받으며 우울하야 술을 마시며 돌아다녔다. 그가 기침을 몹시 할 때면 이 귀하고 재조 있고 유망한 친구 하나를 죽이고 말지나 않을까 나는 속으로 답답하여 못 견디었다.[11]

서울 외곽 신당리의 겨울 풍경을 묘사한 대목으로, 언덕 위에 즐비한 함석지붕, 장작 한 단을 사들고 가는 어린이, 언 손을 녹이며 쌀 한 봉지를 들고 가는 초라한 노인의 풍경 등 당대의 곤궁한 생활상이 흑백 필름처럼 생생하게 제시된다. 이런 장면을 목격하고서, 화자는 글 쓰는 재주밖에 없고 또 그것을 일평생의 목적과 사업으로 생각하는 친구가 그 수입으로는 생활은커녕 약을 쓴다거나 요양은 생각조차 할 수 없는 현실을 알고는 견딜 수 없는 답답함을 느낀다. 김유정(金裕貞, 1908~1937)과의 일화로 짐작되는 이런 내용을 통해서 화자는 추운 겨울을 살아가는 가난한 사람들의 일상과 그 참담한 현실을 무력하게 응시할 수밖에 없는 화자의 심리를 사실적으로 보여주고 있다.

---

11 안회남, 「우울」, 『중앙』, 1936. 4, 171면.

이들 작품은 모두 개인사를 회고하듯이 써놓은 관계로 인물간의 갈등
이라든가 긴장은 존재하지 않으며 대신 단편적인 삽화들이 기억의 편의
대로 회상된다. 그래서 일화들은 내적 연관성을 갖지 못하고 파편화된
형태로 나열되어 플롯(plot)은 현저하게 약화되어 있다. 말하자면 삶의 내
포적 총체성을 중시하는 서사 형식에는 현저히 미달된다. 그런 관계로,
이들 작품은 허구적 서사와 비허구적 서사의 경계선상에 놓이게 된다.
이를테면, 서사를 이야기의 성격에 따라 허구적 서사와 비허구적 서사로
구분한다면, 허구적 서사는 허구성의 원리 자체가 미적 형상성을 목표로
하지만, 비허구적 서사는 이야기에 담는 정보의 실재성 자체를 본질로 한
다고 할 수 있다. 소설은 가공의 사실을 인과적으로 재구성하는 허구적
서사라면, 수필은 실제 체험한 일이나 느낌을 내용으로 하는 비허구적 서
사라 할 수 있다.[12] 그런 견지에서 볼 때, 안회남의 신변소설은 대부분 작
가가 실제로 체험한(혹은 체험했음직한) 일들을 사실적으로 제시한다는 점
에서 비허구적 서사인 수필에 가깝다.

거리를 비틀비틀하며 집으로 돌아올 때 당신과 어린 아이들이 생각납데다. 눈
물이 핑 돕데다. 찬바람을 쏘이니까 약간 정신이 깨입데다. 내가 술 먹는 것이 옛
날 아버님과 같고 또 그것을 막는 당신이 옛날 어머님과 흡사하다면 내 앞에 죽
느러서서 아버지 약주 잡숫지 마시고 일찍 들어오세요 하고 독본 외우듯 하는 아
이들은 또 옛날의 내 자신 만양이요. 이 주정뱅이 나도 어렸을 때에는 역시 주정
뱅이시였던 우리 아버님 무릎 위에 앉아서는 마고자 단추를 잡아당기며 "아버지
약주 잡숫지 마세요." 했었던 것이요. 내가 집엘 들어가 방에 가 누우니까 당신
눈이 번쩍 빛나며 금방 나를 잡아먹을 것 같습데다.[13]

<hr>

12   권영민, 『서사양식과 담론의 근대성』, 서울대출판부, 1999, 87면.
13   안회남, 「수심」, 『안회남 단편집』, 1939, 120면.

안회남의 부친 안국선(安國善, 1878 / 79~1926)이 망국의 한을 품고 폭음으로 한 세월을 보냈던 것처럼, 안회남도 술을 몹시 즐겼다. 여러 작품에서 언급되듯이 원고료를 받으면 바로 친구들과 술을 마실 정도로 술 없이는 하루도 지낼 수 없었는데, 위의 작품은 그 과정에서 야기된 아내와의 다툼을 소재로 하고 있다. 아내와 주고받은 일상의 대화가 상세하게 기록될 뿐 체험을 허구로 가공한 것도, 그렇다고 허구의 서술자가 신변의 일상을 독자들에게 말하는 형식도 아니다. 이 작품이 진정한 의미의 소설이 되려면 이야기가 있고 그 이야기를 서술자가 독자에게 전달하는 식이거나, 아니면 단편적인 일화들이 내적 연관성을 갖고 계기적으로 제시되어야 할 것이다. 그렇지만 여기서는 작가가 자신의 느낌과 체험을 독자들에게 두서없이 말할 뿐이고, 그래서 작품은 실제 사실을 바탕으로 자신의 이야기를 전하는 비허구적 서사의 형태로 드러나는 것이다.

작중 인물들의 삶이 당대의 곤궁한 현실과 긴밀하게 관련되어 있음에도 불구하고 작품에서 그런 사회성을 보여주지 못하고 단지 개체적 인물로서의 특성만을 드러내는 것은 그런 데 원인이 있다. 사실 안회남 소설에는 그만의 독특한 사회적 관점이나 시각이 드러나지 않는다. 새삼스럽지만, 자신만의 관점이란 단순한 개인의 시각이 아니라 사회적 관계의 특정한 지점에서 연원하는 사회적 입장이라고 할 수 있다. 작품이 추상화와 관념화의 위험에서 벗어나 구체성을 갖기 위해서는 특정한 입장과 시각을 전제해야 하는데, 안회남 소설에서는 그것이 발견되지 않는다. 소설을 쓰면서 일상을 살아가는 작가의 체험과 주변 사람들의 일화가 작품의 중요한 소재가 되고 있음에도 불구하고, 그것을 바라보는 작가의 시각에는 그만의 독특한 관점이 전제되어 있지 않다. 이를테면, 사랑을 이루지 못해 술과 노름으로 소일하는 인물이거나(「남풍」), 기차만 보면 멀리 떠나고 싶어 하는 젊은이(「기차」), 카페 여급을 연모해서 모델로 삼고 싶어 하는 화가(「에레나 나상」), 술을 먹지 않을 수 없는 자신의 신세를 한탄하는 지식인(「수심」), 제면공장에서 솜을 훔쳐서 술을 먹는 노동자(「기계」) 등이 작품의 주인공이자 화자이고, 작가는 이들의 잡다한 일화와 심경을 단편적으로 제시할 뿐이다. 이들이 그들만의 독특한 정체성을 갖기 위해서는 그들을 규정하는 사회적 관계 속에서 주목되어야 하지만, 안회남의 인물들은 그런 사회적 특성을 갖고 있지 못하다. 그런 점에서 그의 소설에서는 가라타니가 일본의 사소설을 설명하면서 언급한 '현실의 재구성'을 찾기가 힘들다.

안회남 소설이 일상의 쇄말사를 사실적으로 기록하여 이른바 신변소설(혹은 사소설)이라는 새로운 영역을 개척했음에도 불구하고 그 평가가 제한적인 것은 이런 사실과 관계될 것이다. 김남천은 일상성의 포착이 작가의 중요한 성과라는 것을 인정하면서도 그것이 의미를 갖기 위해서는 "(일상성이) 대중의 생활 속에서 비판력과 정서를 배양해주고 진정한 향락을 누리게" 해주어야 한다고 말한다. 일상성이란 "역사의 동향에 대한 합리적인 인식이 서지 않은 곳엔 있을 수 없는 것"[14]이기 때문이다. 임화 역시 비슷한 견해를 보여서 즉, "현실을 있는 대로 그리면 작품 가운데선 작가가 인생에 대하여 품고 있는 희망이란 것이 살지 못할 뿐만 아니라, 오히려 암담한 절망을 얻게" 된다. 따라서 현실에서 "어느 것이 중요하고 어느 것이 중요치 않는가"[15]를 분별해야 한다고 말한다. 이런 지적에 비추자면, 안회남은 일상 현실을 중요하게 작품 소재로 활용하고 있음에도 불구하고 그것의 사회적 연관성을 포착하지 못한, 즉 내용 없는 일상성에 머물렀다는 것을 알 수 있다.

안회남 소설의 변화는 작품의 이런 한계를 스스로 자각하면서 이루어

---

14 김남천, 「작금의 신문소설―통속소설론을 위한 감상」, 임규찬·한기형 편, 『카프비평자료총서』 7, 태학사, 1990, 769면.

15 임화, 「세태소설론」, 『문학의 논리』, 학예사, 1940, 357면.

진다. 안회남은 신변 일상으로 제한되어 있던 자기 소설의 문제점을 알고 있었고, 그래서 그것을 넘어서기 위한 부단한 노력을 보여주었다.[16] 신변 일상에서 벗어나기 위해 한때 제면공장에 취직하기도 했고, 또 문인으로서는 유일하게 북구주 탄광에 징용을 간 사실을 작품의 소재로 적극 수용하기도 했다. 해방 후 작품의 상당수가 징용 체험에서 소재를 가져온 것이나 이전의 소극적인 태도에서 벗어나 사회 현실에 적극적으로 참여한 것은 그러한 변화로 이해할 수 있다. 징용 체험은 신변소설 위주의 창작을 일삼던 그에게는 사회 현실로 관심을 돌리는 새로운 변화의 전기였고, 한편으론 좌익 문단에서 그의 위치를 확고히 하는 계기가 되었다. 그렇지만 이들 작품 역시 앞에서 말한 주관과 체험의 울타리를 벗어나지 못하는 한계를 고스란히 안고 있는 것을 볼 수 있다.

해방 후의 대표작이자 안회남의 변신을 입증하는 작품으로 널리 알려진 「농민의 비애」는 작가의 그러한 특징을 단적으로 보여준다. 작품은 손녀딸을 데리고 사는 서대응 노인의 이야기이다. 서 노인은 6년 전에 아들이 징용에 나갔지만 아직도 소식이 없고, 그 사이에 며느리는 딴 데로 시집을 갔다. 서 노인은 과거 어린 시절에 동학에 가담했던 아버지를 잃었고 땅마저 빼앗겼기에 육십에 이른 지금까지 쌀밥 한 그릇 제대로 먹어보지 못했다. 그런 상황에서 서 노인은 해방을 맞았지만, 공교롭게도 주변에서는 이전의 친일파와 민족 반역자들이 의기투합하여 서로 손을 잡고 옛날 왜정 때와 다름없는 짓을 일삼고 있다. 생활이 전혀 개선되지 않았던 것인데, 그런 상황에서 서 노인의 시선을 사로잡은 것은 노루였다. 흰 눈 위를 뛰어다니는 노루를 목격한 뒤, 서 노인은 노루를 잡아서 돈도 벌고 고기도 먹겠다는 결심을 하게 된다. 그렇지만 그의 꿈은 이루어지지 못하고 끝내 자살로 생을 마감한다.

16　그런 사실을 고백하듯이 써놓은 작품이 1936년에 발표된 「향기」이다.

이런 내용의 작품을 통해서 작가는 해방이 되었음에도 불구하고 생활이 전혀 나아지지 않은 농민들의 비애를 포착해낸다. 「논 이야기」(채만식)라든가 「농토」(이태준) 등에서 그려진 바 있는 해방 이후 농민의 생활상이 실감나게 묘사되면서 가난을 되풀이 하지 않을 수 없는 비극적 현실을 제시한 것이다. 하지만 그런 문제의식에도 불구하고 작품에는 해방기의 정국을 보는 작가의 의식이 인물이나 사건과 유기적으로 결합하지 못하고 무매개적으로 개입되어 서사의 개연성을 현저히 떨어뜨리는 것을 볼 수 있다.

> 원칙적으로 조선 독립은 모스크바 삼상 결정에 의해서 해도 좋고 유엔의 힘과 알선으로 해도 좋았다. 그러나 미소 공위가 결렬된 오늘날, 미소 양군은 당연히 철퇴해야 할 것이며, 유엔의 사업이 남조선에만 국한하게 된 마당에 있어서는, 더욱 빨리 철퇴하고 말아야 할 것이다. 미소 양군 즉시 철퇴, 이것을 위하여 조선은 싸워야 할 것이었다. 그리하여 파시즘의 잔재를 근절해야 할 것이다.[17]

화자는 서대웅 노인의 삶에 주목하면서도 곳곳에 이러한 진술을 삽입해서 작가의 의식과 인물의 성격이 겉돌고 있는 것을 스스로 고백하고 있다. 말하자면 인물의 삶을 제시하면서도 동시에 해방기의 정치적 과제를 직설적으로 언급함으로써 작가의 의식변화가 자신의 실천과 경험에 의한 것이 아니라 외부의 정세관(혹은 남로당의 정세관)에 의거하고 있음을 드러내고 있는 것이다.

이런 점은 1946년 10월 대구 인민항쟁을 소재로 한 「태풍의 역사」에서도 그대로 이어진다. 여기서 화자는 「농민의 비애」에서보다 한층 더 적극적인 모습을 보여준다. 작가는 3·1 운동 때 '나는 조선의 백성이다'라

---

17 안회남, 「농민의 비애」, 『문학』, 1948.4, 53면.

고 부르짖다 죽은 포달과 10월 인민항쟁에 앞장서다 죽음을 맞은 돌쇠 부자 2대에 걸친 이야기를 다루면서 소극적인 소시민의 상태에서 진보적 의식으로 변해가는 현구의 각성과정을 그리고 있다. 이 작품은 '10월 인민항쟁은 오늘날의 3·1 운동이다'라는 남로당의 역사적 견해를 뒷받침하고자 하는 작가의 주관적 견해가 그에 적합한 사건을 설정하게 한 것으로, 인물들의 성격 변화가 기계적이고 또 관념적이며 작가의 의식변화 역시 실천과 경험에 의한 것이 아니라 남로당의 테제에 근거한 것으로 나타난다.[18] 현구의 성격이 사건과 유기적인 관계 속에서 이루어지는 것이 아니라 작가의 서술을 통해서 암시되어 서사적 개연성을 갖고 있지 못한 것으로, 이는 작가의 조급한 의지가 현실을 관념적으로 재구성해서 작품을 도식적으로 만들어버린 데 원인이 있다. 그런 점에서 해방 후의 변화는 신변 위주의 창작과 시각을 갖고 있던 작가가 시대의 흐름을 따라잡지 못한 채 과도하게 전망만을 앞세운 데서 비롯된 것이라 하겠다.

3. 불우한 현실과 동화적 분위기-현덕

현덕은 어촌이나 서울 변두리 궁민들의 삶을 주요한 소재로 활용한 작가이다. 안회남이 시선을 자신의 신변 일상으로 한정해서 수필과도 같은 작품을 창작했다면, 현덕은 그 시선을 곤궁한 현실로 돌리고 그것을 사실적으로 재현해서 보여주었다. 가난한 소작인이나 생계를 위해 몸을 파는 들병이, 채석장의 석공, 무직자, 넝마, 도시 빈민 등의 사회 하층민들이

---

18 신수정, 「역사에 대한 소명의식과 예술가의 자세」, 『한국소설문학대계』 24, 동아출판사, 1995, 611면.

그의 세계를 구성하는 주요 성원들이다. 그렇지만, 현덕은 이 인물들을 그 자체로 주목하지는 않았다. 이들의 생활이 핍진하게 그려지는 한편에는 어린이의 천진한 세계를 또 다른 축으로 배치하고, 그런 장면적 배치를 통해서 작품은 단순한 세태소설과는 다른 모습을 보여준다. 말하자면 현덕은 인물과 사건을 구성하는 방식이나 작가의식에서 프로문학과는 구별되는 모습을 보이는데, 가령 프로소설이 개인을 통해 시대의 전형을 만들고 그것을 바탕으로 역사 발전에 투신하는 과정을 그렸다면, 현덕의 인물들은 그런 대표성을 갖고 있지 못하다. 지주와 대립하고 갈등하지만 그것은 어디까지나 개별적인 이해 다툼의 수준이지 사회적 발전과 진보에 대한 믿음을 전제하고 있지 못하다. 그런 사실은 작품 곳곳에서 활용되는 어린이(혹은 어린이 화자)의 등장과 활동을 통해서 확인할 수 있다.

대표작 「남생이」를 비롯한 「경칩」, 「두꺼비가 먹은 돈」, 「잣을 까는 집」 등에는 모두 어린이가 등장하고, 그들의 천진한 행동과 시선이 서사의 중요한 축을 형성한다. 「경칩」은 병이 들어서 죽음에 이르는 이농민의 삶이 어린 노마의 시선으로 관찰되고, 「남생이」에서는 들병이 노릇을 하는 어머니의 이야기가 어린 노마의 세계와 대비되어 제시된다. 그리고 「두꺼비가 먹은 돈」과 「잣을 까는 집」에서도 어린이가 등장해서 주변의 인물과 사건을 관찰한다. 이들 작품에서는 어른들의 세계가 어린이들의 세계와 대비되는 관계로 작중의 현실은 한층 더 곤궁하고 추악한 것으로 드러나는데, 그것은 어린이가 단순한 소재가 아니라 암울한 현실을 견디고 넘어서려는 작가의 의지를 가탁한 상징으로 기능하기 때문이다.[19] 그런 사실은 「남생이」, 「경칩」 등에서 볼 수 있듯이 곤궁한 현실의 문제가

---

19 현덕은 어린이에게 깊은 관심을 갖고 있었고, 소설가로 활동하기 전에 이미 동화작가로 활발하게 활동을 하고 있었다. 1932년에 『동아일보』 신춘문예에 「고무신」이 입선되어 동화작가로 공식 등단한 이후 『소년조선일보』 『동아일보』 『소년』 등에 많은 수의 동화와 소년소설을 발표하였다. 현덕의 동화와 소년소설에 대해서는 원종찬, 『한국 근대문학의 재조명』(소명출판, 2005); 『현덕 전집』(역락, 2009) 참조.

어린이의 세계와 대비되는, 이를테면 성인과 어린이의 이원적 구성으로 제시된 데서 알 수 있다. 서로 상반되는 특성을 지닌 두 인물이 병치·대비되는 이런 구성은 외견상 프로소설과 흡사하지만, 긍정적 인물이 소작인이 아니라 어린이이고, 부정적 인물은 지주가 아니라 성인이라는 점에서 구별된다. 여기서 어린이들은 천진하고 희망적인 존재로 제시되는 반면, 성인들은 탐욕과 이기심에 사로잡힌 추악한 모습으로 그려지는데, 이는 욕망의 각축장이나 다름없는 현실에 대한 비판적 의도를 내재한 것이다. 작품 곳곳에서 목격되는 순진하고 토속적인 세계에 대한 동경은 그런 맥락에서 이해되거니와, 특히 「남생이」에서 보이는 다음과 같은 진술은 작가가 지향하는 바가 이들 어린이의 세계와 어떻게 관계되는가를 구체적으로 시사해준다.

> 밭가슬에 주추돌만 남은 절터가 있는 작은 마을이엇다. 뫼갓에는 나무가 흔하고 산답이나마 땅이 기름지고 살림이 가난하다 하여도 생이 욕되지는 안헛고 대추나무가 많어 가을이면 밤참으로 배불리엇다. 다 고만두고라도 거기는 너 나 사정이 통하고 나치 익은 이웃이 잇고 길가의 돌 하나 밧두덕길 실개천 하나에도 어린 때 발자욱을 볼 수 잇는 땅이다.[20]

　노마 아버지의 이런 회고에서 작가가 지향하는 바가 물질주의와 이기심이 만연한 도시의 삶과는 다른 순박하고 정이 넘치는 공동체의 삶이라는 것을 알 수 있거니와, 현덕 소설에는 이런 지향성이 작품의 중요한 토대를 형성한다.

　사회주의 운동에 관여했다가 시대적 변화와 더불어 '니힐(nihil)'과 '절망'에 빠진 인물들을 소재로 한 「녹성좌」에서 목격되는 것도 이런 지향성이

20　현덕, 「남생이」, 『조선일보』, 1938.1.9.

다. 극단 '녹성좌'에 모인 이재수를 비롯한, 최정희, 기환, 주인공 동민 등
은 한결같이 절망적인 상황에 맞서려는 인물들인데, 작가는 이런 의지적
인물을 통해서 시대를 견디는 모습을 보여준다. '광명을 등진 사람'이라
는 제목으로, 광명을 찾으려는 역설적 의지를 내용으로 하는 연극을 준비
하는 과정에서 겪는 자금난과 단원들 간의 갈등을 중심 내용으로 하는 이
작품에서 주목할 점은 '최명희'라는 인물의 상징성이다. 그녀는 당대를
휩쓴 이념적 열풍에 의해 한때 좌익분자가 되었지만 지금은 절망에 빠져
있는 인물로, 작가는 연극의 형식을 빌려서 그녀에게 희망과 용기를 주고
자 한다. 이를테면, 동민이 최명희에게 연모의 감정을 갖게 된 것은 그녀
가 조카와 같은 천진한 모습을 지녔다는 이유 때문이다. 동민은 조카의
순진하고 다부진 성격을 명희에게서 목격하고 "어떤 일이 있든지 자기
몸을 희생해서라도" 그녀에게 희망을 갖도록 하겠다고 다짐한다. 동민에
게는 조카와 최명희 모두가 암울한 상황에서 벗어나려는 의욕과 맑은 영
혼을 지닌 인물로 비쳐졌던 것이다. 최명희는, 『백치』(도스토예프스키)의
무이쉬킨처럼 "비참한 경우에서도 흐려지지 않는 맑은 심혼(心魂)"[21]의 소
유자였고, 그런 인물을 통해 작가는 자신의 신념을 우회적으로 표명하면
서 암흑기의 어둠에 맞섰던 것이다. 작품 속에서 중요한 역할을 수행하
는 어린이는 바로 이러한 작가의 꿈과 이상을 상징하며, 작품은 그들의
천진한 세계를 한 축으로 함으로써 암울한 내용에도 불구하고 동화처럼
밝은 분위기를 갖는 것이다.

작가의 이러한 지향이 '노마'라는 어린이를 통해 구체화된 작품이 어느
부둣가에 사는 세궁민(細窮民)의 일상을 소재로 한 「남생이」이다. 여기서
작가는 가난으로 인해 해체되는 가정과 그것을 극복하려는 노마의 소박
한 의지를 동화적 환상을 빌려 표현한다. 작품은 아버지와 어머니 그리

---

21   현덕, 「도스토옙흐스키」, 『조광』, 1939.3, 264면.

고 털보의 세계를 통해 가난한 노동자의 삶과 부도덕한 사랑의 문제를 제시하고, 노마와 영이의 순수한 세계를 그것과 대비함으로써 독특한 분위기를 연출해낸다. 이 과정에서 노마는 주변 인물의 행동을 가식 없이 보여주는 렌즈와 같은 역할을 하면서 동시에 비판적 거리를 가능케 하는 매개로 기능한다. 가령, 노마의 눈에는 어머니가 지극히 부정적인 존재로 제시되지만, 아버지는 그와는 달리 동정의 대상으로 그려진다. 아버지는 원래 소작인이었지만, 마름의 비리를 폭로한 것이 원인이 되어 소작지를 잃고 도시 노동자로 전락하여 현재는 폐인이 되다시피 하였다. 어머니는 아버지를 대신하여 가족을 부양하지만, 사실은 뱃사람들을 상대로 웃음과 술을 파는 '들병장수'이며, 특히 감독인 털보와 눈이 맞아서 하루 빨리 아버지가 죽기를 기다리는 부도덕한 인물이다. 더구나 그녀는 타고난 미모와 작부적 기질을 갖추어서 마치 「감자」(김동인)의 '복녀'와 흡사한 모습을 갖고 있다. 남의 쌀을 훔치면서도 넉살좋게 아양과 웃음으로 위기를 모면하며, 남자들을 끌어 모으고 즐길 줄 안다. 그녀는 억척스럽게 돈을 모아서 가족을 부양하려는 욕심보다는 답답한 가정에서 벗어나 인생을 즐기자는 식이고, 그런 모습이 노마에게는 이해할 수 없는 것으로 비치는 것이다.

한편 경제력을 상실한 아버지는 천덕꾸러기가 되어 집안에서 소일하지만, 어머니의 부정한 행실을 아는 까닭에 자못 괴롭다. 술병을 깨뜨리고 장사를 못하게 제지하며, 스스로 성냥갑 만드는 일을 하면서 돈을 벌고자 하지만 어머니는 그것이 "생화(벌이)가 안되는 노릇"이라고 비웃는다. 그런데 노마는 영이와 놀면서도 아버지를 걱정하고, 아버지가 좋아하는 붕어과자를 사오기도 한다. 또 이웃에 사는 영이 할머니 역시 영물스런 '남생이'와 부적을 가져와서 그것이 병을 낫게 해줄 것이라는 위로를 아끼지 않는다. 남생이의 영험으로 "잡귀를 쫓고 보심을 해주고, 있는 병은 떨어지고, 없는 병은 붙질 않고 남생이 이놈만큼 무병장수를 하리라"는 것. 그렇지만 주변의 관심에도 불구하고 아버지의 병은 악화되기만 하고, 털보는 「감자」의 왕서방처럼 집안에까지 찾아와 스스럼없이 어머니와 술자리를 벌이고 희롱한다. 요컨대 곤궁한 상황은 악화되기만 할 뿐 그것을 극복할 가능성은 어디서도 발견되지 않는다.

이런 상황에서 노마의 소박한 꿈이 제시되는데, 곧 하루 빨리 어른이 되고자 하는 것이다. 노마는 그것이 아버지를 구제할 수 있는 유일한 방법이라고 믿는다. 자신이 어른이 된다면, "아버지 모시고 잘 살 수 있는 노마임을 여보란 듯이 어머니에게 보여줄 수"있으리라는 것이다. 그런 심리에서 노마는 '버드나무에 오르'고자 한다. 버드나무에 오르면, 노마가 동경하는 '곰보'처럼 선창, 기차, 활동사진 등 새로운 세계를 마음껏 볼 수 있고, 또 돈을 마음대로 쓰고 선창에서 하루하루를 보내는 어른의 행동을 할 수 있으리라고 생각한다. 노마에게 있어서 '나무 오르기'는 성인이 되는 입사적 의례이고, 그것을 통해서 노마는 자신이 어른이 되어 궁핍한 현실을 극복할 수 있으리라고 생각하는 것이다.

노마는 틈틈이 나무 올라가기에 열고가 난다. 볼타구니를 걸켜미고 손바닥에 생채기를 내고 바지를 찢히고 그래도 노마는 고만두지를 않는다. 장난이 아닌거다. 곰보가 갖은 높히까지 이르는 그 사이를 가루 막은 장벽이 곧 이놈이었다.

이 고비를 넘기기만 하였으면, 금방 거기는 선창이 있고, 활동사진이 있고, 돈이 있고 그리고 능히 어른의 세계에 한 목 들 수 있는 딴 세상이 있다. 그때에 노마는 자기 아니라도, 족히 아버지 모시고 잘 살 수 있는 노마임을 여보란 듯이 어머니에게 보여 줄 수도 있으련만 아아![22]

이와 같이 노마의 '나무 오르기'는 하루 빨리 어른이 되어 아버지 대신

---

22   현덕, 「남생이」, 『남생이』, 아문각, 1947, 80면.

집안을 꾸려야 한다는 꿈과 욕망을 상징한다. 물론 나무에 오른다고 해서 어른이 되는 것도 아니고 또 현실의 문제가 해결되는 것도 아니다. 그럼에도 작가는 노마의 꿈을 동화적 환상의 형태로 제시함으로써 각박한 현실을 넘어서고자 하는 꿈을 보여준다. 동화적 환상이란 현실에서 벗어난 일종의 유예된 공간이고, 그래서 순수한 욕망을 투사하거나 억압을 전치시킴으로써 현실을 바라보는 뒤집힌 시점을 제공하는 역할을 수행한다.[23] 작가는 문제를 이념이나 조직의 힘을 빌려 해결하기보다는 어린이의 천진한 소망을 통해서 환치한 것이고, 바로 그 점이 「남생이」를 프로문학과 구별시켜주는 중요한 요인이다.

「경칩」에서는 소작지를 둘러싼 친구간의 갈등과 번민이 노마와의 대비를 통해서 제시된다. 노마 아버지와 홍서는 형제나 다름없는 친구 사이지만, 노마 아버지가 병이 들어 일어날 가능성이 사라지자 홍서는 그 땅을 소작하고 싶은 욕망에 사로잡힌다. 하지만 친구로서의 의리와 주변의 차가운 시선으로 인해 그것을 쉽게 행동으로 옮기지는 못한다. 그런데 경칩이 가까이 오자 이웃의 경춘이가 서둘러 노마네 땅에 거름을 져내고 소작권을 넘겨받으려는 움직임을 보인다. 이에 홍서의 아내는 달걀이며 감자를 들고 부지런히 지주를 찾아다니고, 그 공(功)으로 인해 마침내 소작지를 넘겨받는다. 노마네 땅을 차지한 후 홍서는 이제 남한테 구차한 소리 안하고 '조반석죽(朝飯夕粥)'은 할 수 있으리라고 기대하지만, 한편으로는 친구의 땅을 가로챘다는 자괴감에 시달리는데, 그러한 반성의 매개로 등장하는 인물이 곧 노마이다. 자신을 질타하기라도 하듯이 "(언덕 위에서)막대를 어깨에 메고" 자신을 내려다보는 노마를 발견하고 홍서는 문득 부끄러움과 "외로움"을 느끼는 것이다.

한편, 「군맹(群盲)」에서는 긍정적 가치가 투사된 어린이가 등장하지 않

---

23 현덕 소설에서 목격되는 동화적 환상에 대해서는 신형기, 「현덕과 스타일의 효과」(『사이』 1호, 2006) 참조.

고, 대신 판자촌 철거를 둘러싼 현실의 문제가 사실적으로 제시된다. 작품에는 당대 현실에 대한 작가의 부정적 시각이 강하게 투사되어 드러나는데, 그런 사실은 무엇보다 만성, 덕근, 땅주인 등 탐욕스러운 인물들이 작품의 중심을 차지하는 것으로 제시된다. 서울 동편 외곽에 자리잡은 판자촌의 땅 주인이 바뀜으로써 판자촌은 헐릴 위기에 처하고, 이에 마을 사람들이 모여 마을의 식자요 인망가인 '최의사'를 중심으로 대책을 논의한다. 마을의 대표가 된 최의사는 진정서를 작성하는 등 주민들의 요구를 적극적으로 해결하고자 하지만, 아이러니하게도 집을 한 칸 지어주겠다는 지주의 은밀한 제의를 받고는 돌연 주민들을 배신한다. 이 과정에서 지주와 주민을 연결하는 만성은 둘 사이를 오가면서 개인적 이익을 취하기에 급급해서 동생의 애인인 점숙을 색주가에 팔아넘기는 등의 사악한 행동을 서슴지 않는다. 그런데 점숙은 그들의 부당한 행위에 저항하듯이 천원을 훔쳐서 만수와 함께 달아나고, 작가는 이들의 장래가 토막민의 운명처럼 결코 밝지는 못하리라는 사실을 암시하면서 작품을 마무리한다.

이런 내용을 통해 현실에 대한 작가의 비관적 전망을 확인할 수 있는데, 그것은 무엇보다 선한 사람은 모두 몰락하거나 변절하고 대신 악인은 모두 승리하는 데서 알 수 있다. 비록 긍정적 인물로 털보가 등장하지만, 그는 주민들의 의사를 조직하여 악인에게 맞서는 능력을 갖고 있지 못하다. 또 마을의 대표격인 최의사 역시 초반에는 주민을 대표하는 성실성을 보이지만, 결국은 지주의 회유에 넘어가는 기회주의적 속성을 드러낸다. 반면 "매사를 리점(利點)이라는 안목 아래 보는", "의리도 체면도 꺼리는 것이 없"는 만성은 자신의 사악한 의도를 모두 관철시키며, 덕근도 탐욕에 사로잡혀 딸을 팔아넘기고, 지주 역시 만성을 통해서 마을 주민들을 회유하고 자신의 의사를 관철시킨다. 이처럼 이 작품에는 긍정적 가치를 지닌 인물들은 모두 몰락하고 대신 탐욕스럽고 사악한 인물들이 자신의 욕망을 성취하는 형국이다. 작가는 섣부른 희망이나 낙관적 전망보다는 냉혹한 현실을 사실적으로 제시함으로써 암울하고 절망적인 분위기를 만들어내고 작품의 현실성을 제고한 것이다. 현실이란 작가의 주관적 의지에 의해 임의로 변화될 수 있는 것이 아니라는 점에서, 만성과 같은 파렴치한 인물들을 전면에 배치한 것은 현실의 실상을 정확히 포착하기 위한 작가의 사실주의적 의도라고 하겠다.

그렇지만 이들 작품은 노마의 시계(視界)에 제한된 현실만이 제시된다는 점에서 한계를 지적할 수 있다. 노마는 기껏 10을 헤아릴 정도의 미숙한 어린 아이에 지나지 않는다. 그런 인물에 의해 현실이 관찰되고 묘사되는 까닭에 작품의 공간은 상대적으로 협소하고, 인물의 사회적 갈등이나 깊은 내면은 포착되지 않는다. 김남천이 현덕 소설을 평가하면서 '풍부한 묘사에 비하여 주관의 형상화가 빈약'[24]하다고 지적했던 것은 그런 사실과 관계될 것이다. 작가의 의지(혹은 전망)가 미약하게 드러나는 관계로 작중의 인물들은 자신의 행동에 대한 믿음을 갖지 못하고, 또 사회적인 투쟁을 전개하면서도 그에 대한 낙관적 전망이나 발전에 대한 믿음을 보여주지 못하는 것이다.

해방 후 현덕이 보여준 변신은 하층민에게 깊은 애정을 표현했던 작가의 이러한 특성에 비추자면 결코 예견할 수 없었던 것은 아니다. 궁핍한 현실의 문제를 줄곧 다루었고, 또 사회주의를 어린이와도 같은 순수하고 맑은 지향으로 이해하고 있었던 까닭에, 사회주의 건설의 기치를 높이 올린 북한은 한 순간에 그를 매혹시켰던 것으로 보인다. 전쟁기의 체험을 바탕으로 해서 미군의 학살과 폭격으로 인한 파괴상을 그린 「복수」, 중국 인민군 병사에 대한 연대감을 그린 「부싱쿠 동무」, 천리마운동을 소재로 취한 「수확의 날」과 「전진하는 사람들」, 남한의 노동자 투쟁을 소재로 한

24　김남천, 「발문」, 『남생이』, 아문각, 1947, 283면.

「불타는 탄광」, 「싸우는 부두」 등은 작가의 변신을 보여주는 구체적 사례들이다. 이들 작품에는, 식민지 시대의 세태소설가라는 평가를 부정하듯이, '주관적 의지와 열망'이 강하게 투사되어 드러난다. 그렇지만 그 주관성이 너무 지나치고 과도해서 「불타는 탄광」에서처럼 작품의 서사적 개연성을 떨어뜨리는 경우도 목격된다. 4·19 직후 남한의 한 탄광에서 벌어진 사건을 다루었다는 이 작품에는, 우선 광부들의 '분노의 불길'을 형상화하려는 의도가 앞선 나머지 그 반대편에 있는 미국인 헤리손과 그 앞잡이인 키다리와 오장로의 모습이 지나치게 왜곡된 형태로 그려진다. 헤리손은 교회와 탄광의 일원화를 도모하고, 자신을 보호하기 위해서 사냥개를 데리고 다니며 또 걸핏하면 권총을 뽑아든다. 결말부에서는 갱내에서 저항하는 광부들을 몰살시키기 위해서 다이너마이트 상자를 갱 입구로 옮겨 폭파시키는 광기어린 행위마저 연출한다. "승냥이의 심보"로 명명된 이런 행위가 서사적 개연성을 갖기는 힘들다. 노동자들의 투쟁의지와 투쟁의 당위성을 말하기 위해서 설정한 장면으로 이해되지만, 과장된 행위와 지나친 적대감으로 인해 현실성이 떨어지는 것은 불문가지의 사실이다. 해방과 전쟁을 겪으면서 대부분의 월북 작가가 그랬듯이 현덕 역시 현실에 대한 과도한 전망과 확신 속에서 이전의 경향을 급격히 변화시켰고, 그 과정에서 더 이상의 서사적 진전을 보지 못하고 정치의 제물로 전락하고 만 것이다.

4. 일상의 서사화, 그 성과와 의미

소설과 현실의 관계는 작가들의 오랜 난제였다. 카프문학이 오랫동안 고민했던 것은 소설은 현실 그것도 공적 현실이나 역사적 사건을 다루어야 하고, 또 개인의 문제를 다루더라도 공적 현실이 배어 있는 것을 소재로 삼아야 한다는 명제였다. 카프의 탐구와 실천은 이런 명제가 일시적인 유행이나 구호가 아니라 서사의 본질과 연결된 것이라는 인식을 심어주었고, 궁극적으로는 리얼리즘 문학의 형성에 중요하게 기여하였다. 그렇지만 카프의 해산과 일제의 강압은 이런 문제의식을 약화시키고, 심지어 작가들의 창작 전반을 침묵 속으로 몰아넣었다.

이 글에서 주목한 안회남과 현덕은 그런 현실을 배경으로 작품 활동을 시작한 작가들이다. 안회남과 현덕이 주목한 것은 신변의 일상사였다. 이들은 프로작가들에 대해서 세대의식을 갖고 있었고, 그들의 창작방법에 대해서 동의하지 않았다. 사회와 집단 대신에 개인과 그 주변 일상을 문제 삼으면서 이들은 기존의 서사를 수필과 동화의 형식으로 변형하는 수완을 발휘하였다. 안회남 소설이 보여주는 수필식의 모습이나 현덕의 동화적 서사는 그런 변형의 구체적 사례들이다. 이런 변형을 서사성의 약화와 리얼리즘의 퇴보로 평가할 수도 있겠으나, 한편으로는 현실과 관계 맺는 서사 방식의 다원화라는 측면에서 긍정적으로 이해할 수도 있을 것이다. 현실이란 다층적이고 포괄적인 개념이기 때문에 그것을 어떻게 이해하고 서사화하는가의 문제 역시 다양한 형태로 나타날 수밖에 없다. 언급한 대로, 안회남은 자신과 동일한 이력을 소유한 인물들을 작품 속에 반복적으로 등장시켰고, 그것을 통해 당대의 곤궁한 현실과 우울한 심경을 사실적으로 제시하였다. 현덕은 어촌이나 서울의 변두리를 작품의 주요한 배경으로 활용하면서 어린이의 천진한 세계를 배치하여 동화와도 같은 분위기를 만들어냈다. 이런 모습은 서로 다른 외형에도 불구하고 사실은 프로문학의 단선화된 서사방식을 다양하게 분화시킨 소설사적 진전으로 평가할 수 있다. 그리고, 안회남과 현덕이 해방 후의 현실에서 좌익에 가담하고 변혁운동에 뛰어들었다는 것은 이러한 분화가 결코 현실을 외면하는 것이 아니었다는 사실을 말해준다. 이들이 보인 해방 후의 변신은 이들의 추구가 현실을 새롭게 포착하고 전유하는 노력이었다는 것을 의미한다. 그렇다면 안회남과 현덕은 현실 극복을 염두에 두면서 서사적 변화를 꾀했고, 그것을 통해서 소설 양식을 새롭게 창출하고자 한 작가로 평가할 수 있을 것이다. 이들의 노력으로 인해 우리 소설사는 1930년대 중반 이후 카프의 거대이론과 추상화된 신념에서 벗어나 구체적 현실에 뿌리내리고 다양하게 대응하는 서사의 진전을 이루게 된 것이다.

해방 후 한설야 소설과 김일성의 형상

1. 한설야의 문제성

한설야(韓雪野, 1900~1976)의 삶과 문학에 대해서는 최근까지 많은 연구가 이루어졌다. 식민지 시대의 행적과 작품은 해금 이후 1990년대 연구자들에 의해서 소상히 밝혀졌고, 최근에는 해방 후의 행적과 작품이 소개되어 이제는 그의 문학적 전모가 거의 드러났다고 할 수 있다. 하지만 전쟁이 끝난 이후 북한에서 발표된 작품에 대해서는 대체적인 윤곽만 제시되었을 뿐 깊이 있는 연구가 이루어지지 않고 있다.[1]

한설야는 1962년 김일성 정권으로부터 숙청을 당하는 비운을 겪기까지 북한문학을 사실상 주도해서, 북한의 "사회주의적 사실주의 문학의

---

[1] 해방 이후 숙청된 1962년까지의 한설야 문학에 대해서 다음 글들을 참조하였다. 서경석, 「한설야의 '열풍'과 북경 체험의 의미」, 『국어국문학』 131, 2002; 김재용, 「냉전적 분단구조하 한설야 문학의 민족의식과 비타협성」, 『분단구조와 북한문학』, 소명출판, 2000; 조수웅, 「한설야 현실주의 소설의 변모양상 연구」, 조선대 박사논문, 1997; 문영희, 『한설야 문학 연구』, 시와시학사, 1996; 장석홍, 『한설야 소설 연구』, 박이정, 1997; 문학과사상연구회, 『한설야 문학의 재인식』, 소명출판, 2000 등.

창시자의 한 사람"이자 "사회주의적 사실주의 문학의 발전과정을 특징짓는"[2] 작가로 평가된 인물이다. 실제로 장편소설 『력사』(51~3), 『대동강』(55), 『설봉산』(56) 등은 주체사상이 확립되기 이전의 북한문학을 대표하며, 그런 점에서 이들 작품은 북한문학의 현재를 이해할 수 있는 중요한 정보를 제공해준다. 더구나 이들 작품에는 마르크스주의 원칙론자로서 한설야의 작가적 신념이 고스란히 투사되어 있다는 점에서 한 작가의 특성과 변화를 이해하는 데도 유용하다. 알려진 대로, 한설야는 프로 문인들 중에서도 누구보다 완고하게 마르크스주의 이념을 고수한 작가였다. 작가가 되기 위해서는 무엇보다 사회과학(즉 마르크스주의)을 공부하고 그것을 통해서 세계관을 확고히 정립해야 한다는[3] 주장에서 알 수 있듯이, 그는 시종일관 사회주의 이념과 목적의식적 역사발전법칙을 신봉했고 심지어 일제의 혹독한 탄압 아래서도 그러한 신념을 결코 굽힌 적이 없었다. 물론, 작가의 이념적 완고함과 일관성이 문학 작품의 질적 성취를 보장하는 것은 아니지만, 굴곡 많았던 현대사의 소용돌이 속에서, 그것도 훼절과 전향으로 얼룩진 문학사의 흐름 위에서 한설야가 보여준 일관된 신념과 의지는 문학자이자 지식인으로서 독특할 수밖에 없고, 무엇보다 문학과 이념(혹은 정치)의 관계를 이해하는데 중요한 시사를 제공한다고 하겠다.

여기서는 이런 견지에서 그 동안 거의 연구되지 않았던 한설야의 해방과 전쟁 이후의 소설을 고찰하기로 한다. 여기서 특히 주목하는 것은 김일성과 한설야의 관계이다. 한설야는 해방 이후 첫 작품으로 김일성의 항일 무장투쟁을 소재로 한 단편 「혈로」를 발표했으며, 6·25 전쟁 중에는 그것을 바탕으로 한 장편소설 『력사』를 창작했는데, 여기에는 김일성에게 열광했던 당시 한설야의 입장과 태도가 구체적으로 투사되어 있다.

---

2   윤세평, 「한설야와 그의 문학」, 『현대작가론』 2, 조선작가동맹출판사, 1960.7, 8면.
3   한설야, 「사실주의 비판」, 『동아일보』, 1931.5.17~7.25; 「고난기」, 『조광』, 1938.10 참조.

한설야는 1930년대 중반 이후 김일성이 만주 일대에서 벌이고 있던 항일 혁명투쟁 소식을 전해 듣고 있었고, 해방이 되자 김일성의 전적지를 몸소 답사하고 그 일화를 수집해서 『영웅 김일성장군』(평양, 1946)이라는 기록을 남겼다.[4] 스칼라피노(Robert A. Scalapino)에 의하면 김일성에 대한 최초의 공식 전기는 바로 이 저술이다. 『정로(正路)』(『노동신문』의 전신)에 연재된 글을 단행본으로 묶은 『영웅 김일성장군』이 그 최초의 저작이라는 것.[5] 이 시기에 발표된 「혈로」와 「개선」 그리고 1951년 전쟁 중에 연재를 시작한 『력사』 등은 모두 김일성과 항일 무장투쟁을 중심 서사로 하고 있고, 다른 단편들이나 장편 『대동강』, 『설봉산』 등에서도 김일성의 언행은 주변 인물들에게 교시나 지침으로 중요하게 작용하고 있다. 이렇듯 해방 이후부터 숙청되기까지 한설야 소설은 거의 전부가 김일성과 직·간접으로 연결되어 있다. 그런 점에서 김일성과 한설야의 관계를 살피는 것은 이 시기 한설야 문학을 이해하는 하나의 방법이 될 것이다.

기존 연구에서는 한설야와 김일성의 이러한 관계에 주목해서 한설야가 김일성을 맹신적으로 추종했고, 작품 또한 그러한 태도를 구체화한 프로파겐다의 수준에서 크게 벗어나지 못한다고 보기도 한다. 마르크스-레닌의 원칙에 충실했던 한설야의 '우직한 성격'이 해방과 더불어 소련의 후광을 등에 업고 등장한 김일성을 아무 의심 없이 받아들였고, 그것이 당(黨)과 김일성의 요구만을 일방적으로 수용한 문학 작품으로 표출되었다는 견해이다. 해방 후의 문학이 주로 수필과 단편소설에 치우친 것도 사실은 김일성을 지지하는 정치적 의도를 구현하는데 그것이 가장 적합한 양식이었기 때문이라는 주장이다.[6] 하지만, 작품을 일별해 볼 때, 단편

---

4 평양판 『영웅 김일성장군』은 확인하지 못했으나, 부산의 신생사에서 출간한 『영웅 김일성장군』을 볼 수 있었다. 편자 서문에서, 이 책은 "많은 조선인이 자기들의 영웅에 대한 정확한 지식을 얻는데 이바지하게 되"기를 소망하면서 저자인 한설야의 양해 없이 출판한다고 되어 있다. 한설야, 『영웅 김일성장군』, 신생사, 1947.5.30, 서문 참조.
5 스칼라피노·이정식, 한홍구 역, 『한국 공산주의 운동사』 1, 돌베개, 1986, 271면.

보다도 훨씬 많은 양의 장편이 창작되었고, 김일성에 대한 한설야의 입장 역시 맹신적이기보다는 실제 사실(fact)에 바탕을 둔 객관적이고 비판적인 시각을 견지하고 있음을 확인할 수 있다. 한설야에게 있어서 김일성이란 맹신의 대상이기보다는 북한에 사회주의를 건설할 수 있는 최적의 지도자인 동시에 레닌의 '피(被)침략 민족주의'를 조선에서 실천하는 영웅이었고, 과거의 항일무장투쟁 역시 소련 공산당의 국제주의 노선을 실천하는 행위로 이해되고 있었다. 1946년에 쓰인 김일성의 항일무장투쟁을 소재로 한 「혈로」나 전기인 『영웅 김일성장군』에서 확인되듯이, 김일성의 항일유격대 활동은 모두 '공산당 국제노선'의 연장선상에서 이해되며, 반(反)종파투쟁이 본격화되던 시점인 1957년의 「레닌의 초상」에서는 김일성이 '레닌의 제자'로 자리매김되어 있다. 그리고, 장편 『설봉산』이나 『대동강』에서는 김일성이 뒷전으로 밀리고 대신 적색 농민조합이나 인민 유격대 등을 작품의 중심에 배치된다. 이런 사실은 해방 후 한설야의 궁극적 관심이 김일성을 매개로 해서 이루어지는 '북한의 사회주의 건설'이고, 그런 의도에서 김일성 우상화에 앞장서는 듯한 모습을 보였으나, 사실은 김일성의 행위가 과연 사회주의 건설에 합당한 것인가를 늘 비판적으로 주시하고 있었다는 것을 시사해준다. 「레닌의 초상」이나 『설봉산』 등에서 목격되는 김일성에 대한 한설야의 태도는 반(反)종파투쟁에서 김일성과 항일무장투쟁만을 의도적으로 강조하는 당대의 전일적 흐름에 맞서는 비판적 의도를 담고 있었던 것으로 보인다.

이런 사실을 통해 우리는 한설야가 김일성에 대한 우상화 작업이 본격화되자 그로부터 거리를 두고 마침내 숙청을 당하는 일련의 과정을 이해할 수 있을 것이다. 그리고 그런 사실은 한편으로 한설야가 단순히 주관적 신념과 의지만으로 작품 활동을 한 것이 아니라 실제 사실을 바탕으로

---

6   문영희 · 장석홍 · 조수웅, 앞의 논문 참조.

창작에 임했고, 따라서 해방 후 한설야의 문학을 식민지 시대처럼 '신념과 오기'만으로 규정할 수 없다는 것을 말해준다.

이글은 이런 맥락에서 해방 이후 소설에서 목격되는 김일성의 '형상'을 중심으로 작품들의 의미와 특성을 고찰하고자 한다. 그런데, 이런 작업은 김일성의 실제 행적을 전제한 것이라는 점에서, 또 아직도 김일성의 실체가 여러모로 의심받는 상황이라는 점에서 적지 않은 위험성을 가지리라 본다. 한국 현대사에 실재했던 인물 가운데 그 경력이 과장되거나 왜곡되고 심지어 과거사 전체를 송두리째 의심받아온 대표적인 경우가 김일성이다. 김일성은 만주에서 항일 유격투쟁을 전개한 전설적인 영웅 김일성 장군의 이름을 도용한, 해방 직후 소련에서 들어온 가짜라는 믿음이 아직도 완강하게 존재하고 있다. 그런 이유로 여기에서 언급되는 김일성의 행적은 가급적 반공주의에 착색되지 않은 최근의 미국과 일본, 그리고 남한 연구자들의 글에 의존할 것이고,[7] 그것을 통해서 파악된 김일성의 행적을 작품과 대비할 것이다. 이를 통해서 여기서는 해방 이후 숙청에 이르기까지 한설야 소설의 특징과 의미, 나아가 초기 북한문학의 성격을 살펴보기로 한다.

---

7   북한의 현대사와 김일성의 행적에 대해서는 『한국 공산주의 운동사』 1을 비롯해서 다음 책들을 참고하였다. 브루스 커밍스, 김자동 역, 『한국전쟁의 기원』, 일월서각, 1986; 와다 하루키, 이종석 역, 『김일성과 만주항일전쟁』, 창작과비평사, 1992; 이종석, 「김일성의 소위 '항일유격투쟁'의 허와 실」, 『한국사시민강좌』 21집, 일조각, 1997; 임영태, 『북한 50년사』 1, 들녘, 1999; 김정배, 『미국과 냉전의 기원』, 혜안, 2001; 고태우, 『북한현대사 101장면』, 가람기획, 2001; 박세길, 『다시 쓰는 한국현대사』 1~3, 돌베개, 2003 등.

2. 해방과 ‘소련’의 의미

해방 후 한설야의 행적은 기존 연구에서 이미 밝혀진 대로 매우 정치적이었다. 해방이 되고 난 뒤 한설야가 김일성을 처음으로 만난 것은 1945년 12월초였다. 김일성이 원산을 통해 귀국한 것이 9월 19일이었으니, 귀국한 지 3개월이 지난 시점이었다. 이 만남은 한재덕의 주선에 의한 것으로 알려지는데,[8] 당시 한재덕은 평안남도 건국준비위원회 위원으로 한설야와는 카프 시절부터 절친하게 지내던 사이였다. 그의 주선으로 한설야는 김일성과 처음 대면하고 급격히 경도된 것으로 보인다. 이후 한설야는 한층 적극적으로 정치적 행보를 취해서 1946년 2월에는 평양에서 열린 북조선 임시 인민위원회에 함경도 대표로 참가하였고, 북조선 문예총 창립에 관여하였으며, 5월에는 조선노동당 북조선분국 기관지 『정로』에 『김일성 장군 인상기』를 연재하였다. 6월에는 함남일보 사장이 되었고, 7월 27일 결성된 북조선 민주주의 민족통일전선위원회에 김일성 등과 함께 위원으로 참가하였고, 8월 28일 창립된 북조선 주석단 31명 가운데 1인으로 이름을 올렸다. 그리고 9월에는 중국 동북지역의 항일 무장투쟁 전적지를 답사하고 이를 바탕으로 1,000매에 이르는 『김일성 장군 전기』를 집필하였다. 1947년 2월에는 북조선 인민위원회 교육국장이 되었으며, 이어 7월에서 9월까지 소련을 여행하였고, 다음해 12월에 『쏘련 여행기』(교육성) 발간하였다. 또 1951년에는 북조선 문예총과 남조선 문화단체총연합이 통합되어 조선문학예술총동맹이 결성되었을 때, 그 위원장을 맡았으며, 1956년 5월에는 교육상이 되고, 1960년 9월에는 김일성의 항일 무장투쟁을 다룬 장편 『력사』로 인민상을 수상하였다.[9]

---

8 이기봉, 『북의 문학과 예술인』, 사사연, 1986, 144~145면.
9 해방 후 한설야의 행적에 대해서는 앞의 서경석, 김재용, 문영희, 조수웅, 그리고 『한설야

해방과 더불어 한설야가 이렇듯 적극적으로 정치적 행보를 취하게 된 것은 무엇보다 한재덕의 후원이 작용했기 때문으로 볼 수 있다. 북한에서는 해방 다음날인 16일 평양의 각 형무소와 유치장에서 정치범이 대부분인 3,000명가량의 수감자들을 석방하였고, 다음날인 8월 17일에는 치안유지회를 평안남도 건국준비위원회로 재편하였다. 이 평남 건준은 조만식이 위원장, 기독교 장로인 오윤선이 부위원장을 맡았는데, 이들 20명이 넘는 초창기 위원들 중에서 공산주의자는 단 2명뿐이었다. 한재덕은 그 중의 한 사람으로, 일본 제3 전선파의 일원으로 카프 시절부터 한설야와 절친하게 지내던 사이였다. 또한 그는 일본 프롤레타리아 과학연구소의 회원이자 프롤레타리아 연극운동사에서 첫 좌익 극장인 '마치극장'을 창설한 사람이고, 평양 고무공장 총파업의 배후 조종자이며, 또한 고경흠 아래에서 공산주의 활동을 하다 1931년 8월 고경흠, 김삼규 등과 함께 검거되었던 인물이다.[10] 한설야는 이 한재덕의 도움으로 한재덕-김일성-소련으로 연결되는 정치 노선에 편입된 것이다. 임화가 박헌영의 노선을 등에 업고 인민성을 내세우며 민족문학론을 제창하고 있을 무렵 한설야는 한재덕의 후원에 힘입어 김일성에게 급격히 기울어지고 있었던 것이다. 물론, 일제치하에서도 한설야는 김일성 소식을 접하고 내심 흠모하는 마음을 갖고 있던 상태였다. 알려진 대로, 1930년대 중반에 한설야는 만주에서 전개되던 김일성 중심의 항일유격대투쟁 소식을 접했고, 내심 상당한 기대를 걸고 있었다. 그런 믿음에서 해방과 더불어 김일성이 북한에 나타나자 조금의 의심도 없이 전폭적인 신뢰와 지지를 보냈던 것이다. 더구나 김일성은 소련의 강력한 후원을 등에 업은 지도자였고, 그런 사실은 소련을 전폭적으로 신뢰하고 있던 한설야에게는 보증수표와도 같은 것이었다.

　　문학의 재인식』에 수록된 「작가연보」 등을 참조하였다.　　　·

10　　문영희, 앞의 책, V장 참조.

물론, 북한에 진주한 소련군이 바로 조선의 지도자로 김일성을 선택한 것은 아니었다. 소련은 사태를 관망하다가 1945년 9월 초순, 극동군 총사령관 바실레프스키로 하여금 김일성을 비밀리에 모스크바로 보내라는 스탈린의 긴급 지시를 하달한다. 이에 바실레프스키는 곧바로 하바로브스크에서 소련군 특별 수송기를 이용해서 김일성을 모스크바로 보냈다고 한다. 당시 소련은 김일성을 평가하면서, 마르크스-레닌주의 이론과 사회주의 정책과 당 조직 등에 대한 학식은 충분하지 못하지만 정치적 리더십과 계략에서 뛰어나다고 평가했고, 특히 권력을 장악하는 과정에서 당과 임시인민위원회 등의 중간 간부로 천거된 사람들 중에서 친일파를 철저히 배제한 것을 중요한 장점으로 인정했다고 한다. 이후 김일성은 12월 17, 8일 조선공산당 북조선 분국 제3차 확대 집행위원회에서 일약 책임비서로 선출되어 사실상 북한 공산당의 1인자로 부상한다. 그리고 1946년 7월말, 모스크바에서 스탈린과 다시 면담한 뒤 박헌영을 제치고 북한의 유일한 지도자로 선택받기에 이른다. 이후 소련은 김일성을 알리고 우상화하는 작업에 본격적으로 나서서, 방송을 시작하고 종료할 때마다 〈김일성 장군의 노래〉를 반드시 틀도록 했고, 김일성이 비밀리에 지방 순방에 나설 때는 사진 기술자를 동행하게 해서 활동을 기록하고 홍보하게 하였다. 또한 슈티코프 대장은 중요 사안이 있을 때마다 기자 회견에 직접 나서서 언론의 분위기를 장악하고 김일성을 부각시키기 위해서 힘을 쏟았다고 한다.[11] 한설야가 조선 로동당 북조선분국 기관지『정로』에『김일성 장군 인상기』를 연재하고 그 해 9월에 중국 동북지역의 항일 무장투쟁 전적지를 답사하는 등 김일성에게 급격히 경도된 시점이 1946년 5월과 9월경이었다는 것은 그런 점에서 시사하는 바가 크다고 하겠다. 한설야의 행위가 소련의 김일성 우상화 정책과 어떻게 관련되는지

---

11   신복룡,『한국분단사연구』, 한울아카데미, 2001, 426~429면.

를 구체적으로 확인하지는 못했으나, 와다 하루키에 의하면, 당시 김일성 우상화 정책을 총괄한 인물은 북조선노동당 선전부장 김창만과 함께 한 재덕이었다고 한다.[12] 한설야를 김일성에게 소개한 인물이 한재덕이고 또 두 사람 사이의 깊은 친분을 고려할 때, 한설야가 김일성의 항일무장 투쟁을 알리는 작업에 적극적으로 나선 것은 그런 소련의 정책과 무관한 게 아니었음을 짐작할 수 있다.

　그렇다면 과연 한설야에게 '소련'이란 어떠한 의미를 갖는 존재였을까? 여러 글에서 확인되듯이, 한설야에게 있어서 소련이란 북한에 사회주의 건설을 가능케 할 절대적 신뢰의 대상이자 희망의 근거였다. 해방을 맞아 한설야가 "미칠 듯한 감격"을 느낀 것은 다름 아닌 "해방의 구성인 쏘베트 군대의 출현"이었다. 그런 심경을 "쏘베트 군대를 보려는 것이 작품을 쓰는 일보다 더 절실한 일"[13]이었다고 회고한 바 있는데, 여기에 비추자면 소련의 진주는 곧 북한에 사회주의가 실현되리라는 구체적 조짐이자 전령(傳令)과도 같은 것이었다.

> 지금으로부터 10년 전, 조선이 일제로부터 해방되었을 때, 나는 국경 도시에서 먼 함흥시에 있었다. 그 얼마 전에 감옥에서 출옥한 나는, 나의 여섯 번째 장편소설 『해바라기』를 병석에서 누워서 쓰고 있었다. 나는 조국이 해방되는 날을 기다리며, 해방 첫날의 첫 작품으로 발표할 생각으로 매일 찾아오는 일제 경찰의 눈을 속여 가며 이 작품을 쓰고 있었다. 그러므로 나에게 있어 이 작품은 희망이었고 또 장래이기도 하였다. 그러나 8·15 그 날부터 나는 글을 쓸 수가 없었다. 나에게는 이 작품보다 더 큰 희망이 찾아왔던 것이다. 그것은 곧 해방이었으며 "해방의 구성"인 쏘베트 군대의 출현이었다. 나는 이 새로운 희망이 나의 눈앞에 나타나려는 실로 미칠 듯한 감격의 순간에 서 있었다. 그러므로 이 순간에 있

12　와다 하루키, 앞의 책, 137면.
13　한설야, 「10년」, 『조선문학』, 조선작가동맹출판사, 1955.8, 76면.

어서는 쏘베트 군대를 보려는 것이 작품을 쓰는 일보다 더 절실한 일로 되여 있었다.

매일 매시각마다 "해방의 구성"을 기다리는 심정은 나에게만이 아니고 조선 사람 누구에게나 공통한 것이었다.[14] (밑줄은 인용자)

소련군의 진주에 대해 한설야는 다른 글에서, "그처럼 사무치게 쏘련군을 기다리는 것은 남의 심정이 아니고 곧 나의 심정이요 또 나 한 사람의 심정이 아니고 모든 조선 사람의 심정이었던 것"[15]이라고 고백한 바 있다. 그런 믿음과 감격을 안고 한설야는 해방된 다음날인 16일 불편한 몸을 이끌고 지방 인민위원회 조직에 참가하는 등의 정치적 행보를 본격화한 것으로 보인다. 이 시기에 발표된 소설의 상당수가 '소련'을 소재로 하고 있는 데 반해 '김일성'을 소재로 한 것은 그 3분의 1에도 미치지 못한다는 사실은 그만큼 한설야의 관심이 소련에 집중되어 있었다는 것을 시사해준다. 그런 관계로 해방 후 발표된 소련을 소재로 한 단편, 가령 「모자」와 「남매」 등에서는 '소련'이 마치 북한이 본받아야 할 이상적 모델과 같은 나라로 나타난다. 우선 「모자」를 보자.

「모자(帽子)」는, '어느 쏘베트 전사의 수기'라는 부제처럼, 우크라이나가 고향인 한 소비에트 병사가 조선에 진주한 후 겪은 일화를 소재로 하고 있다. 여기서 소련 병사는 조선 사람들과 산야가 마치 소련의 그것과 동일하다는 태도를 보여준다. 조선의 산야가 고향 우크라이나와 흡사하다는 것을 발견한 소련 병사는 고향에 대한 향수에 빠져들며, 또 조선의 전통춤인 '승무(僧舞)'를 보고는 그것이 인간의 내면에 눌려 있는 '인간성이 종교의식에 반발'하는 과정을 표현하고 있다는 이유에서 깊은 감동을 받는다. 그는 또한 인간적인 면에서도 조선인과 자신을 동일시한다. 사

---

14   한설야, 위의 글, 같은 면.
15   한설야, 「해방전후」, 『한설야 선집』 14(이하 『선집』), 조선작가동맹출판사, 1960, 189면.

실 그는 고향도 가족도 없는 상태였다. 독일 파시스트와 전쟁을 치르는 과정에서 고향의 노모와 아내, 어린 두 자식이 독일군에 의해 무참히 살해당했고, 그런 뼈아픈 상처를 간직하고 있었기에 그는 조선의 아이들을 사랑하고 그들을 친자식과 같은 존재로 생각한다. 작품 말미에서 소련 병사가 어린 딸 프로쌰에게 주려고 사 두었던 모자를 조선의 어린 여자아이에게 씌워주면서 "죽은 자식에게로 가는 나의 맘— 아버지의 맘"을 느끼는 것은 그런 심리의 표현이다. 이런 내용을 통해서 한설야는 소련에 대한 깊은 신뢰와 공감을 보여주었다.[16]

1948년 10월에 창작되어 『선집』(단편집)에 수록된 「얼굴」은, 해방 직전인 1945년 8월 12일을 배경으로 해방을 기다리는 병수의 일화를 다룬 작품인데, 여기서도 소련군에 대한 작가의 절대적인 믿음을 확인할 수 있다. 중편 「남매」는 그런 믿음을 바탕으로 소련을 이상화하고 그들을 적극적으로 배워야 한다는 계몽적 의지를 토로한 작품인 바, 그것은 구체적으로 주인공 원주의 시선을 통해서 표현된다. 즉, 폐병으로 병원 신세를 지게 된 원주의 눈에 비친 소련 의사 크리블랴크는 위생 관념이 워낙 투철해서 창살이나 라디에이터에 먼지가 끼어 있으면 참지 못하고 소제부를 불러 꾸짖으며 바로 청소하게 한다. 원주에게도 병이 완전히 나을 동안 일체 바깥출입을 금지하고 또 누구와도 접촉하지 못하게 한다. 병원의 간호부들 역시 철저한 위생관념과 직업의식의 소유자들이어서 항상 위생 상태를 살폈고 업무를 인수인계할 때에는 물건의 수효가 맞는지 여부를 엄격하게 따졌다. 심지어 조선인 병원 청소부 역시 그런 태도를 본받아서 업무 수행과정에서 한 치의 실수가 없도록 최선을 다한다. 그리

---

16 「모자」는 원래 『문화전선』 1호(1946.8)에 수록되었다가 개작되어 『선집』에 수록되었다. 원본에는 소련 병사가 고향에 대한 향수를 이기지 못하고, 또 승무를 감상하는 과정에서 작품의 종교적인 측면이 부각되자 돌연 총을 난사하는 등의 과거의 상처에서 벗어나지 못하는 모습을 보이지만, 개작본에서는 모두 삭제되어 있다. 하지만 소련과 북한을 동일시하는 심리는 원본에서도 동일하게 유지되고 있다.

고, 이들은 모두 따스한 인간애의 소유자들이어서, 환자가 쓴 약을 먹기 싫어하면 먹기 좋은 약으로 바꾸어 주었고 또 혼자 외롭게 입원해 있는 원주를 보고는 어서 어머니 품으로 돌아가기를 기원해 주었다. 그런 관계로 크리블랴크는 원주에게 생명의 은인이자 '어머니'와도 같은 존재로 비춰진다.

> 그리고 그보다도 저를 죽음에서 건져 준 크리블랴크 선생의 파아란 눈동자 ― 자기의 몸을 꼭 껴안듯이 하고 나무로 만든 청진기를 통하여 고달픈 제 심장을 엿듣는 선생의 번쩍이는 눈동자, 입원하던 날 밤에 잠도 못 자고 자기를 꼭 지켜 주고 껴안아 주고 그리고 이따마큼씩 굵다란 주사를 놓아 주고 손발까지 문질러 주던 그 땀 난 얼굴 …… 그것은 영원히 원주의 머리에서 사라지지 않을 것이었다.
> 아무리 괴로운 때라도 크리블랴크 선생의 그 눈동자만 보면 자기는 절대로 죽지 않는다는 굳은 신념이 생겼다. 어머니 품에 안기듯 원주의 마음은 언제나 크리블랴크 선생에게 안겨 있었다.[17]

이렇듯 소련인은 진료 태도나 인간적인 면에서 거의 완벽한 존재로 나타나며, 이런 사실을 서술하면서 작가는 "태양이 결코 우연히 솟을 수 없는 것처럼 오늘의 쏘련이나 그 무서운 승리들이 결코 스스로 된 것이 아닌 것"이라는 사실을 환기한다. '소련'은 원주에게 사회주의의 표본이자 모델과도 같은 존재로 다가왔던 것이다.

이상의 사실들에 비추어 판단하자면, 해방과 더불어 한설야를 사로잡았던 것은 소련을 통한 북한의 사회주의 건설이었다. 소련이란 한설야에게는 구원자이자 동시에 지향해야 할 이상적 모델이었던 것. 그런데, 소련을 표본이자 모델로 생각했다는 것은 한편으론 그것이 북한의 현실을

---

17   한설야, 「남매」, 앞의 책, 174면.

비판하는 근거로 전환될 수도 있다는 것을 의미한다. 소련과 북한을 동일시하고 북한에 사회주의 국가를 건설해야 한다는 생각에는, 만일 그러지 못했을 경우에는 언제든지 소련과의 비교를 통해서 바로잡고 비판할 수 있다는 믿음을 내재하고 있다. 이런 사실은 북한 사회가 이후 김일성 우상화와 일인 독재로 치닫자 한설야가 그것을 비판하고 거리를 둔 사실을 설명해주는 유력한 근거라고 하겠다. 다음 장에서 확인되듯이, 한설야는 이런 시각을 견지하고 있었기에 김일성을 맹신하기보다는 비판적인 태도를 유지할 수 있었던 것으로 보인다.

3. 김일성의 항일무장투쟁과 소련

한설야에게 있어서 김일성이란 어떤 존재였을까? 한설야와 김일성의 관계, 특히 김일성에 대한 한설야의 입장을 구체적으로 보여주는 것은 김일성의 전적지를 답사하고 쓴 『영웅 김일성장군』과 김일성을 소재로 한 단편 「혈로」와 「개선」, 그리고 전쟁기에 쓰인 김일성의 항일무장투쟁을 다룬 장편 『력사』(1951~3)이다. 전기를 비롯한 단편들이 해방기의 입장을 보여준다면, 『력사』는 6·25 전쟁 당시 한설야의 격앙된 심경을 담고 있다. 물론, 이들 작품은 모두 사회주의 건설의 꿈에 부풀었던 한설야가 그 혁명의 주체이자 북한의 최고 지도자인 김일성을 소재로 하고 있다는 점에서 다분히 교조적인 특성을 보이고, 그것도 사회주의적 계몽성이 고도로 강조되던 시기에 창작되었다는 점에서 일종의 영웅 서사를 방불케 한다. 작중의 김일성은 인간적으로나 정치적으로 비범한 능력의 소유자일 뿐만 아니라 민족을 이끌고 지도할 강감찬과 이순신의 뒤를 잇는 민족의 영웅으로 그려진다. 특히 『력사』는 유엔군의 개입으로 북한이 압록강까지 밀려 올라갔던 위기의 순간을 목격하고, 그것을 타개하기 위해 김일성의 항일투쟁 정신을 적극적으로 계승해야 한다는 의도에서 창작된 까닭에 작가의 맹신성은 한층 노골적인 형태로 드러난다. 그렇지만 이들 작품 전반에서 목격되는 김일성의 정치적 행적은 실제 사실과 거의 일치한다는 점에서, 한설야의 과도한 의미 부여의 이면에는 실제 사실에 대한 정확한 이해가 전제되어 있음을 알 수 있다. 그런 점은 해방 후 김일성을 소재로 한 최초의 작품인 「혈로」에서 단적으로 확인이 되는데, 여기서 한설야는 김일성의 항일유격대투쟁을 역사적 사실에 근거해서 서술하는, 객관화된 시선을 시종일관 유지한다.

「혈로」는 북한에서 '식민치하 최고의 유격전'으로 평가하는 1937년 6월의 보천보 전투를 앞둔 1936년 시점의 압록강 유역을 배경으로 하고 있다. 작품은 보천보강 가에 다다른 김일성이 낚시질을 하면서 그 곳에서 뛰놀던 어린 시절을 떠올리고 감회에 젖어들면서 시작된다. 김일성에게 있어서 낚시는 휴식이자 동시에 전투를 구상하는 일이었다. 적을 유인하고 기습공격을 감행하는 등 과거의 영웅적 전투들은 대부분 낚시를 통해서 계획된 것으로 제시되고, 그런 일화들을 소개하면서 한설야는 시종일관 김일성에 대한 존경과 신뢰를 표시한다. 김일성에 대한 시선에는 한 치의 의심도 존재하지 않으며, 그에 대한 작중 인물들의 생각 역시 절대적인 믿음과 존경심으로 가득 차 있다. 그로 인해 단편임에도 불구하고 작품은 마치 영웅 전기의 한 토막을 보는 듯한 느낌을 제공한다. 하지만, 그런 맹신적 태도에도 불구하고 작중의 서술에서는 김일성의 항일유격대활동을 '국제 공산주의 노선'의 연장선상에서 이해하는 등 시종일관 객관적인 태도를 견지한다.

　장군은 지금 만주 땅에 앉았으나 낚시는 국경을 넘어 국내 여러 지점에 떨어져 있었다.

　　장군은 일찍이 1936년 초에 조국광복회를 조직하고 동만주에서 장백산, 두만 강, 압록강 전 지구에로, 전 만주에로, 또는 조선 국내에로 손을 뻗쳐 혜산, 회령, 종성, 무산, 경흥, 은성, 부령, 갑산, 성진, 길주, 명천, 원산, 흥남 등지에서 줄을 늘이고 있었다.

　　이것은 당시의 국제 공산주의 로선인 '인민전선' 운동의 조선에서의 실천이었다. (…중략…)

　　장군은 거사 전 면밀한 정세 조사를 하기 위하여 우선 국내에 정치 공작원을 보낼 것. 국내 각지의 조국 광복회를 확대 강화할 것. 그리하여 인민혁명군의 국내에서의 행동을 용이하게 하는 엄호로 되게 할 것. 필요한 지대를 습격한 다음 그것을 발판으로 싸움을 계속하는 경우 식량과 자금을 국내에서 조달할 것 ……. 이런 것이 장군의 머리에서 번개쳤다.[18]

　　김일성이 1936년 '조국광복회'를 결성하고 동만주 일대로 이동해 국내의 혜산 등과 연계를 맺고 있었으며, 이 일련의 행위들은 모두 공산당의 국제노선인 인민전선운동의 조선적 실천이었다는 게 한설야의 생각이다. 그런데, 이런 시각은 전기 『영웅 김일성장군』의 견해와 고스란히 일치하는데, 가령 조국광복회를 언급하면서 한설야는 "듸미뜨로브가 제기한 인민전선 결성에 대한 모쓰코바 국제당 제7차대회의 결정에 의하여 김장군은 만주에서의 반일본제국주의 세력을 총집결하고 조선혁명군의 정치조직으로서 조국광복회를 조직하여 전만에 지부를 두고도 국내 즉 함남북의 요지인 혜산·갑산 (…중략…) 지하조직의 뿌리를 박게 되었다"[19]고 서술한다. 말하자면, 김일성의 행적은 소련 공산당 인민전선운동의 일환이었다는 것인데, 이런 진술은 스칼라피노나 와다 하루키 등의 견

18　한설야, 「혈로」, 『한설야선집』 8, 조선작가동맹출판사, 1960, 29~30면.
19　한설야, 『영웅 김일성장군』, 22면.

해와 거의 일치하는 것을 확인할 수 있다.

스칼라피노 등에 의하면, 1936~37년 당시 김일성의 행적은 크게 두 가지로 정리된다. 하나는 '조국광복회 결성'이고, 다른 하나는 '보천보 전투'이다. 1936년 2월 김일성은 난후토우(南湖頭) 회의에 참가했고, 이 회의에서 김일성을 비롯한 한인 지도자들은 코민테른 7회 대회를 개최한 후 갓 돌아온 웨이 정민(魏拯民, 당시 제2군 정치위원)과 회담했다. 웨이 정민은 코민테른 7회 대회에서 채택된 기본 테제에 관해 상세히 설명한 뒤 조선공산당을 재건하라는 코민테른의 지령을 전달했고, 이에 대해 김일성은 코민테른의 새로운 노선을 받아들이고 요원들이 국내로 침투하기 쉬운 한만 접경지역으로 부대를 옮기겠다고 했다. 동년 3월 유격대는 간도 접경지대의 미훈첸(迷混陣)에 도착했고, 김일성은 공식적으로 제2군 6사의 사장(師長)이 되었다. 이후 남하를 계속한 김일성은 1936년 5월 후쏭현(撫松縣)에 도착했고, 곧 보름간에 걸친 뚱깡회의 끝에 '조국광복회'를 결성하고 10대 강령을 발표한다. 이 강령은 물론 코민테른의 신전략과 전적으로 일치하는 것이었다. 이후 1936년 국내와 연계를 맺는 데 성공한 만주유격대는 국내 침공을 감행하기로 결정하는데, 그 결과가 바로 북한이 '조선혁명운동사의 대(大)이정표'라고 찬양하는 소위 혜산진사건이다. 1937년 6월 4일 김일성은 소수의 유격대를 이끌고 혜산진에서 약 24km 떨어진 압록강변의 보전(保田=普天堡)에 대한 공략을 감행해서, 경찰주재소, 면사무소, 산림보호구, 농업시험장, 우체국 등등의 관공서에 대해 공격을 개시하여 경찰 7명을 살해하고 7명에게 중상을 입혔다. 그러고 나서 각종 선전문을 살포하고 물자를 노획한 뒤, 마을 주민들을 모아 놓고 정열적으로 연설을 하고 압록강을 건너 만주 산악지대로 유유히 사라졌다고 한다.[20]

이런 사실을 염두에 두고 「혈로」를 읽자면, 작품의 내용은 보천보로 향

20　스칼라피노·이정식, 앞의 책, 284~293면; 와다 하루키, 앞의 책 참조.

해서 이동하는 김일성 유격대의 일화를 내용으로 하고 있음을 알 수 있다. 작품에서 김일성의 영웅적 행적에 대한 과도한 의미 부여와 찬사는 서사의 진실성을 떨어뜨리는 게 사실이지만, 한편으론 그 일련의 행적들이 역사적 사실에 근거한 것이라는 점에서 전혀 터무니없다고 볼 수는 없다. 김일성이 낚시를 즐겼고, 낚시를 하면서 깊은 생각에 잠겨 전투를 구상하고 작전을 짰다는 내용 역시 크게 과장된 것으로 보이지는 않는다. 말하자면 사실을 뼈대로 해서 다소 과장된 의미 부여를 하고 있는 셈이다.

장편소설 『력사』에서도 김일성의 주요 행적들은 실제 사실을 바탕으로 서술된 것을 볼 수 있다. 이 작품은 「혈로」와 「개선」 등에서 부분적으로 언급되었던 김일성의 항일무장투쟁을 종합적으로 집성한 것이라는 점에서 한층 복합적인 형태를 취하고 있다. 물론, 언급한 대로, 이 작품은 유엔군의 참전으로 수세에 몰린 북한의 전황을 지켜보면서 "조국해방전쟁의 승리를 위해서 나는 혁명전통을 주제로 한 작품들이 인민들에게 주어지는 것이 필요하다"[21]는 생각에서 쓰인 작품이라는 점에서, 김일성의 행적은 의도적으로 과장되게 서술된다. 더구나 작품에는 해방 이후 북한이 견지하고 있던 이른바 민주기지론[22]이 직접적으로 투사되어 김일성의 투쟁정신은 한층 강조되는 것을 볼 수 있다. 당시 한설야는 민주기지노선에 적극적으로 찬동하고 그 실천에 앞장서는 상태였다.[23]

『력사』는 김일성의 가계와 성장 과정 그리고 전투에서의 일화를 소개

---

21 한설야, 「혁명투사들의 진실한 성격창조를 위하여」, 『문학신문』, 1960.10.18; 김재용, 앞의 책, 109면 재인용.

22 민주기지노선은 조선공산당 북조선분국의 설치(1946.10)와 더불어 구체화된 것으로 북한을 한반도 전체의 변혁을 위한 기지로 삼아야 한다는 내용이다. 자세한 것은 민중운동사연구회 편, 『해방 후 한국 변혁운동사』(녹진, 1990, 415~432면) 참조.

23 전쟁이 끝난 1954년 김일성이 신년사를 통해 "혁명적 민주기지를 계속 경작성 있게 보위"할 것을 주문하는 상황에서(김일성, 「축하문－1954년 새해를 맞이하여 인민군 전체 장병들에게」, 『조선문학』, 조선작가동맹출판사, 1954.1) 한설야 역시 「전진하는 조선문학」을 통해서 '민주기지를 강화'할 것을 주문하고 있음을 확인할 수 있다.(한설야, 「전진하는 조선문학」, 『조선문학』, 1954.1)

하는 식으로 되어 있다. 김일성의 청·소년기와 무장활동에 뛰어든 과정이 언급되고, 이후 주력부대를 국경지대로 옮겨서 활동하는 내용이 소개된다. 이 과정에서 김일성이 일본 제국주의와 영웅적으로 맞선 세 개의 일화가 소개되며, 이를 통해서 궁극적으로 김일성이 만드는 '력사'를 보여주고자 한 게 작품 전체의 얼개이다. 여기서 특히 시선을 끄는 것은 김일성의 인간적인 모습과 정치·군사적으로 발휘되는 비범한 능력과 그에 대한 한설야의 과도한 의미 부여이다. 즉, 김일성은 잘 웃고 명석하며 또 세심하고 낭만적인 기질을 갖춘 거의 완벽한 인물로 나타난다. 아동혁명단을 방문하여 지도하면서 아동이 지금은 작은 존재이지만 장차 무한히 커질 수 있는 새싹들이라는 사실을 강조하고 단장을 비롯한 교원들은 그것을 명심할 것을 훈계하며, 아동 하나하나에도 관심을 소홀히 하지 않는다. 또한 요양소와 병기창을 점검하고 전투 및 사격 훈련을 직접 지도하며 심지어 식당을 순시하면서 불결한 것을 지적하고 그 개선책을 내놓는다. 비록 빨치산이라는 비정상적 상황에서의 생활이지만 혁명은 인민들에게 실제적인 이익을 주어야 하므로 창발성을 갖고 행동해야 한다는 것.

김일성은 또한 탁월한 정치력과 전투력의 소유자이다. 그는 국제 정세와 향후 미래에 대해서 명석한 견해를 갖고 있어서 위만군과 일본·러시아 등의 국제 정세와 역학관계를 해박하게 꿰뚫고 있을 뿐만 아니라 그런 정보를 근거로 유격대를 운영하는 탁월한 능력의 소유자이다. 그리고 전투에서는 워낙 신출귀몰한 재주를 보여서 일제는 김일성이 둔갑술을 부린다고도 하고, 축지법을 쓴다고도 할 정도였다. 실제로 김일성 부대가 대승을 거둔 시난차와 황니허즈 전투는 객관적으로 볼 때 유격대가 도저히 승리할 수 없는 것이었다. 시난차는 위만군과 일본군이 두 겹으로 철옹성을 두르고 있었고 무장과 화력에서도 월등하였다. 하지만 그럼에도 불구하고, 김일성은 여러 명의 첩자를 보내서 정보를 수집하고 또 몸소 지형을 답사하는 등의 세심한 준비를 통해서 백주에 기습을 감행했고, 마침내 적을 궤멸시키다시피 했다. 이 비범한 능력을 바탕으로 김일성은 자신의 유격대활동과 국내의 혁명운동을 연계시키고자 하며, 그런 의도에서 1935년 5월 5일에 대중적 정치조직인 '조국광복회'를 조직하게 된다. 유격대의 통일 강화와 더불어 만주와 국내의 모든 반일·반제세력을 규합하는 민족 통일전선이 필요했고 그런 이유로 "일제를 물리치고 인민의 정부를 수립할 것"(89면) 등을 내용으로 하는 조국광복회 '10대 강령'을 발표한 것이다.

이렇듯 이 작품은 거의 전부가 김일성의 행적을 영웅적으로 과장해서 그려내고 있다. 김일성은 품성과 지략 면에서 신과 같은 완벽한 모습이다. 김일성은 그런 비범한 능력을 바탕으로 만주 일대의 모든 유격대와 국내의 제반 혁명세력에게 영향력을 행사하는 것으로 그려지는데, 이는 언급한 대로 김장군의 투쟁정신을 적극적으로 본받아야 한다는 작가의 생각이 투사된 결과라 하겠다.

그런데 이러한 진술은 스칼라피노 등에 의하자면 상당히 과장되어 있는 것을 알 수 있다. 즉, 김일성은 1932~1941년 만주에서 소수의 유격대를 이끌었던 "비중이 작은 지도자"의 한 사람에 지나지 않았다. 김일성은 때로 1,000명 이상의 여러 유격대에 영향력을 행사했고, 한두 번의 경우 보다 많은 병력을 통제하기도 했지만 그가 직접 지휘한 유격대원의 수가 300명을 넘었던 적은 없었다고 한다.[24] 그런데 한설야는 김일성의 행적을 의도적으로 부풀렸고, 그런 관계로 김일성의 영향력은 만주와 한반도 전역을 포괄한 것으로 제시된다. 또, 김일성이 제2군 제6사 사장이 되어 무송에 도착한 것이 1935년으로 서술되어 있으나 실제로는, 앞의 「혈로」에서 언급된 대로 1936년이었다. 한설야의 착각에 의한 오기로 판단된다.

24　스칼라피노, 앞의 책, 제3장의 '6. 김일성의 등장' 참조.

또, 김일성이 제6사 사장이 된 것은 언급한 대로, 중국공산당 만주성위가 파견한 제6사 정치위원 웨이 정민과 김일성의 상급자로 제2군 정치주임이었던 전광(全光)의 지시에 의한 것이었으나,[25] 『력사』에서는 그 모든 일들이 김일성만의 독자적인 행동으로 서술된다. 특히 조국광복회를 결성하고 발표한 '10대 강령'은 모두 '반파쇼인민전선을 결성하라'는 내용의 코민테른 신전략에 의한 것이었지만, 한설야는 그런 사실을 일체 언급하지 않고 대신 김일성에 의한 독자적 행동으로 서술한다.[26] 이런 사실은 앞에서 인용한 해방기의 『영웅 김일성장군』에서 한설야가 김일성의 행적을 "모쓰코바 국제당 제7차대회의 결정"에 의한 것으로 서술한 것과는 전혀 다른 시각이다. 대신, 한설야는 김일성의 항일유격대 활동을 한 개인의 특출난 능력의 산물이 아니라 민족의 오랜 전통과 연결되어 있는 것으로 서술한다. 즉, 고구려의 을지문덕 장군은 세 번이나 침노해 온 수양제의 300백만 대군을 구축(驅逐)했고, 고려의 강감찬은 20년에 걸쳐 우리나라를 침범한 거란의 수십만 대군을 물리쳤으며, 임진왜란 당시 이순신은 일본 침략군 수십만 명을 쳐부수었다. 이런 조상의 비범한 전투력이 항일 유격대원들에게 이어지고 있는데, 김일성은 이 인민들의 힘을 하나로 묶는 "집체적 영웅"이라는 것이다.

이렇듯 『력사』는 처음부터 끝까지 김일성의 영웅적 능력과 품성을 형상화하는 데 초점이 모아져 있다. 물론 김일성에 대한 작가의 시선은 무한한 애정과 신뢰로 채워진다. 작품 전편에 걸쳐 이런 특성이 유지되는 관계로, 오늘날의 입장에서 보자면, 이 작품은 소설이라기보다는 역사를 차용한 전기 형식의 교훈적 설교집으로 비칠 수밖에 없다. 민족과 민중을 문학의 중심에 두고 특히 노동자 계급의 당파성을 주창했던 한설야의

---

25   스칼라피노, 앞의 책, 290면; 와다 하루키, 앞의 책, '제3장 김일성과 항일연군 제1로군' 참조.
26   작품에서 언급된 10대 강령과 스칼라피노가 소개한 10대 강령은 『력사』의 89~90면과 『한국공산주의운동사 1』의 287~291면을 참조해서 비교할 수 있다.

일제치하의 행적과 비교하자면, 『력사』에서 목격되는 인민은 단지 계도와 운동의 대상일 뿐 결코 자기 운명의 주체로 그려지지는 못하였다.

그런데, 이런 과장된 시선에도 불구하고 이 작품에서도 김일성의 정치적 행적은 거의 실제 사실에 근거를 두고 있음을 알 수 있다. 스칼라피노 등의 견해와 한설야가 이들 작품에서 보여주고 있는 김일성에 대한 '사실 이해'에는 그리 큰 차이가 없다. 조국광복회를 결성한 것이나 제6사 사장이 된 사실, 국내와 연계를 맺고 국내 독립운동에 영향력을 행사한 사실, 김일성 부대가 시난차와 황니허즈 전투에서 대승을 거둔 점 등은 모두 해방기의 김일성 전기나 와다 하루키, 이종석 등의 견해와 큰 차이가 없다. 그렇다면 한설야에게 있어서 김일성이란 단순한 맹신의 대상이기보다는 실제 사실에 바탕을 둔 영웅적 투쟁 경력을 소유한 장군이고, 또 뜨거운 애정으로 병사 하나하나까지 돌보는 인간미 넘치는 지도자인 셈이다. 따라서 앞 장의 내용과 이 장의 내용을 종합해 보면, 한설야에게 김일성은 소련 공산당의 지도를 바탕으로 성장하고 활동한 민족의 지도자이지 결코 조작되고 과장되게 구성된 맹신의 대상만은 아니었음을 확인할 수 있다.

4. 김일성에 대한 비판적 인식과 민중적 시각

전쟁이 끝나고 사회주의 건설에 박차가 가해졌던 1955년 이후 김일성에 대한 한설야의 생각은 1957년에 발표된 단편 「레닌의 초상」과 장편 『설봉산』, 『대동강』 등을 통해서 엿볼 수 있다. 이들 작품에서 목격되는 것은 김일성 우상화와는 거리를 둔, 민중에 대한 한설야의 애정과 관심이다.

1957년은 전쟁이 끝나고 김일성을 중심으로 북한의 권력이 재편되는 시점이고, 한편으로는 김일성의 유일체제를 합리화하는 이른바 주체사상이 본격적으로 정초되던 때였다. 김일성은 1955년 12월 28일 당 선전선동원대회에서 「사상사업에서 교조주의와 형식주의를 퇴치하고 주체를 확립할 데 대하여」라는 제목의 연설을 통해서 "조선의 혁명을 옳게 수행하기 위하여 소련이나 중국의 경험을 통째로 삼킬 것이 아니라 조선의 특수성에 맞게 적용해야 한다"는 사실을 강조한 바 있는데, 여기서 주체사상이라는 말은 사용되지 않았으나 공식석상에서 처음으로 '주체'라는 말이 등장했다고 한다.[27] 이 시점부터 북한에서는 이른바 주체가 선포되고 김일성 우상화가 본격화되는데, 이 과정에서 발생한 사건이 소위 '8월 종파사건'이다.

'8월 종파사건'이 발생한 주요한 원인의 하나는 스탈린이 사망 한 뒤 소련 공산당의 정책이 변화된 데 있었다. 곧, 스탈린 사후 소련에서는 단일 지도 체제를 폐지하고 집단지도 체제를 도입하였으며, 한편으로는 자본주의 진영과의 관계 개선을 모색하고 있었다. 1956년 2월의 20차 당 대회에서 흐루시초프는 비밀연설을 통해 스탈린의 개인숭배를 비판했으며, 평화 공존을 제창하고 사회주의로 이행하는 과정의 다양성을 인정하였다. 이러한 소련 공산당의 정책변화는 세계 각국의 공산당에게 커다란 영향을 주어 북한에서도 큰 파장을 일으켰다. 전쟁 이후 김일성이 확보한 유일 지도자의 지위와 개인숭배 현상에 거센 비판이 일어난 것이다. 1956년 8월 당 중앙위원회 전원회의에서 연안파 계열의 윤공흠은 농업협동화와 개인숭배 문제를 신랄하게 비판하였고, 이어서 고봉기, 서휘, 최창익 등은 연단에 올라가서 김일성을 직접 비판하였다. 그렇지만 대부분의 중앙위원들은 김일성을 옹호했고, 반대파의 행위를 반당(反黨)으로 몰아세웠다. 이 사건을 계기로 전원회의는 「최창익, 윤공흠, 서휘, 리필규,

---

27   자세한 것은 고태우, 『북한현대사 101장면』(가람기획, 2000) ; 신복룡, 『한국분단사 연구』(한울아카데미, 2001); 임영태, 『북한 50년사』 1(들녘, 1999) 참조.

박창옥 등 동무들의 종파적 음모에 대하여」라는 결정서를 채택하고 이들을 출당시키거나 당적을 박탈했는데, 이것이 곧 1956년의 '8월 종파사건'이다. 이후 북한은 1957년 5월 30일에는 중앙위원회 상무위원회를 열어 「반혁명분자들과의 투쟁을 강화할 데 대하여」란 문건을 채택하고 반종파투쟁을 더욱 강도 높게 진행했고, 이 과정에서 연안파와 소련파 당원들은 대부분 제거되었다. 그 결과 1958년 3월에 제1회 당 대표자회의를 소집해서 조선노동당에서 종파가 완전히 청산되었음을 공식 선언하기에 이르고, 이로써 김일성을 비판할 수 있는 세력은 북한에서 거의 사라진다. 명실상부한 김일성 중심의 단일지도 체제가 확립되고, '소련의 사상 작풍을 배격하면서 항일투쟁사와 같은 혁명전통을 강화'한다는 취지의 결론이 도출되는 것이다.[28] 말하자면, '8월 종파사건'을 통해서 북한은 소련으로부터 불어오는 변화의 흐름을 차단하고 대신 김일성을 중심으로 한 유일지도 체제를 굳게 정착시킨다.

이런 상황에서 발표된 작품이 1957년의 「레닌의 초상」이다. 여기서 한설야는 소련의 사상 작풍을 배격하고 항일 혁명전통을 강화하는 당시 분위기와는 정반대로 소련과 레닌의 역사적 의미를 환기하고 그 연장에서 김일성의 역할과 위상을 정립하는, 곧 김일성의 항일투쟁은 레닌의 민족주의론을 '피침략국의 입장에서 실천한 행동'이라는 흥미로운 견해를 보여준다. 말하자면 이 작품은 당시 북한 사회의 분위기와는 정반대로 소련과의 관계를 환기하고 그 연장에서 김일성을 조망하였다. 한설야가 감옥에서 우연히 만났던 의형(義兄)의 실제 일화를 소재로 한 것으로 보이는 이 작품은[29] 외견상 김일성의 행적을 소련 공산당 국제주의의 연장에서 이해하고 서술한 해방 후의 시각을 회복한 형국이다. 그런데, 여기에는 반종파 투쟁으로 야기된 혼란스러운 사회 분위기를 바로잡고자 하는

---

28   임영태, 『북한 50년사』, 5장 참조.
29   이런 사실은 한설야의 수필 「레닌 회상기」(『선집』 14)에서 언급되고 있다.

의도가 깊게 작용했던 것으로 보인다. 레닌에 대한 절대적인 신뢰를 보이면서도 한편으로는 그것을 성순이라는 매개적 인물을 통해서 김일성의 항일 유격대와 연결한 데서 그런 사실을 짐작할 수 있다.

작품에서 레닌에 대한 믿음은 주인공 허영을 통해서 제시된다. 허영은 독서회사건으로 검거된 뒤 혹독한 취조를 받아 병을 얻고 각혈까지 하는 상황임에도 불구하고 한 번도 살아야겠다는 신념을 포기한 적이 없다. 그런 그가 우연히 감방의 바닥에 '레닌의 초상'을 새기면서 그 제자를 자처하는 동혁을 발견한다. 허영은 진작부터 레닌의 이름을 들었고 그의 글을 더러 읽었으나, 동혁처럼 레닌의 가르침을 소화해서 스스로를 그 제자로 자부할 정도는 아니었다. 허영은 그런 동혁을 지켜보면서 자기 역시 레닌을 스승으로 받아들일 것을 결심하지만, 안타깝게도 병이 들어 몸은 거의 폐인이 된 상태였다. 하지만 '정신의 힘'으로 육신의 고통을 이길 수 있다는 생각에서, 허영은 감옥에 구멍을 내고 동지들을 구해낼 것을 결심하지만 그 역시 실패하고 다시 투옥되고 만다. 이를 두고 허영은 "레닌의 초상이 있는 그 속으로 다시 가는 것"이라고 생각하면서 "아름다운 생활의 건설을 위하여 피도 생명도 아끼지 않는 사람들" 즉, 수감자들의 신념과 정신에 깊게 공감한다. "인간에게 있어서 마지막 일은 죽는 일인데 죽음으로도 돌려놓을 수 없는 것은 사람의 신념"이라는 것. 한설야가 식민치하에서 신념을 강조했던 것을 상기하자면, 이 대목은 이 시기까지도 한설야가 '신념'을 소중한 덕목으로 간직하고 있었음을 보여준다.

이런 내용을 서술하면서 한설야는 레닌의 '민족주의론'을 떠올리고 그 가르침을 실천하는 존재로 "우리 유격대(즉 항일유격대)"를 언급한다. 즉, 레닌의 민족주의에는 두 종류가 있는데, 하나는 침략자의 그것이고, 다른 하나는 피(被)침략자의 민족주의이다. 그런데 침략자를 반대하는 민족주의 즉, 우리의 경우 일제를 반대하는 민족주의는 어떠한 경우든 미덕(美德)이고 정당한데, 항일유격대가 바로 그것을 실천하는 존재라는 것이다.

　　허영의 눈에서는 쉴 새 없이 인류의 원쑤를 때려부시는 레닌의 나라 사람들의 영웅적인 모습이 주마등처럼 빙빙 떠돌아 갔다.

　　그리고 바로 가까운 곳에서 버려지고 있는 사무라이들의 더수기를 갈기고 있는 우리 유격대의 씩씩한 모습이 번개처럼 머리 속에서 번쩍번쩍하였다.

　　"레닌과 레닌의 제자들의 사상은 승리한다. 광명은 서쪽에서도 비쳐 온다. 레닌! 우리는 당신의 길을 지켜 싸우리다."

　　허영은 속으로 이렇게 부르짖으면서 영진에게 말하였다.[30]

　　이런 진술에 비추자면, 김일성은 레닌의 민족주의론을 충실하게 실천하는 '저항적 민족주의'를 상징하는 인물이 된다. 가령, 1917년 러시아 10월 혁명의 과정에서 레닌이 독일 카우츠키의 사회민주주의와 대립하여 마르크스주의를 후진국 러시아에 적용한 '러시아 혁명의 아버지'라면, 김일성은 피침략국의 민족주의를 조선에 적용한 지도자이고, 따라서 김일성은 작중의 동혁과 같은 '레닌의 제자'나 다름없다는 것이다.

　　이런 견해는 「혈로」와 『영웅 김일성장군』에서 언급된 것처럼, 공산당 국제주의 노선을 조선의 현실에 맞게 적용한 존재가 김일성이라는 견해와 동일하다. 그런 점에서 이 작품은 김일성에게 신뢰를 보이면서도 한편으론 그의 위상을 다시금 객관화하고 그 역사적 의미를 환기하고 있음을 알 수 있다. 그런 점에서 한설야는 8월 종파사건을 지켜보면서도 여전히 김일성에게 깊은 신뢰를 보이고 있음을 짐작할 수 있다. 실제로 1955년에서 1957년 사이에 발표된 한설야의 수필을 검토해 본 결과, 당시 한설야는 김일성보다는 종파주의자들을 강하게 비판하고 있었다. 1956년의 「나의 인간 수업, 작가 수업」의 말미에서 그런 사실이 단적으로 확인되는데 즉, "오늘 국제적 규모에서 사회주의가 결정적으로 승리하고 있는 새로운 력

30　　한설야, 「레닌의 초상」, 『한설야 선집』 8, 조선작가동맹출판사, 1960, 639면.

사적 환경 속에서 일부 수정주의자들이 계급투쟁에서의 프로레타리아의 독재 없는 통일과 중앙 집권이 없는 민주주의를 부르짖고 있으며, 부르죠아적 자유를 진정한 인민적 자유, 전진에 필요한 자유에 대치하려 하고, 이런 자유사상에 립각하여 아무렇게나 제가끔 떠벌림질하는 그런 문학과 예술을 들고 나오고 있으나 우리는 그것이 인간 생활과 사회 력사의 전진에 결정적으로 유해롭기 때문에 견결히 반대하지 않을 수 없다"[31]는 것. 이 진술에 의하자면, 한설야가 당시 김일성의 단일 지도체제에 강하게 반발했던 것은 아니고, 단지 원론적인 입장에서 사회주의 건설에 방해가 되는 분열주의적 책동에 대해 반대하고 있음을 알 수 있다.

하지만, 그럼에도 불구하고 주목되는 점은 이 시기에 쓰인 수필에서 김일성에 대한 언급이 줄어들고 대신 현장 노동자들의 건설 투쟁과 레닌에 대한 믿음, 그리고 과거 카프(KAPF)에 대한 애정이 상대적으로 강조되고 있다는 사실이다. 「나의 인간 수업, 작가 수업」에서는 자신의 문학 인생을 돌아보면서 과거 카프 활동을 회상하고, 「라운규의 형상」에서는 뛰어난 예술가로서의 라운규의 활동을 카프 활동과의 대비를 통해서 언급하고, 「정열의 시인 조명희」에서는 카프 작가로서의 조명희를 조망하였고, 「레닌 회상기」와 「쓰딸린은 우리와 함께 살아 있다」에서는 레닌에 대한 체험적 기억과 스탈린의 의미를 새롭게 환기하고 있다.[32] 이런 일련의 글을 통해서 반종파 투쟁에 대한 한설야의 생각을 정리해 볼 수 있거니와, 그것은 대체로 김일성을 지지하는 입장에서 종파주의자들을 비판하고 사회주의 건설의 큰 대의에 복무해야 한다는 것으로 요약될 수 있다. 그런데, 과거 카프 활동을 반복적으로 언급한다는 것은, 김일성 유격대의 항일문학만을 배타적으로 강조하는 경향에 대해서는 거부감을 갖고 있었음을 시사해준다. 김재용의 지적처럼, 한설야는 반종파투쟁의 과정에

31　한설야, 『선집』 14, 128면.
32　위의 책 참조.

서 김일성의 항일투쟁을 중심에 놓고 식민치하의 민족운동을 무시하는, 또 카프문학을 배제하고 항일 혁명문학을 중심에 놓는 흐름에 대해서 상당한 불만을 갖고 있었다.[33] 국내에서 프로문학운동을 주도했고, 또 김일성의 행적을 소련과의 관계 속에서 이해하고 있던 한설야의 입장에서, 국내의 제반 활동을 무시하거나 배제하는 정책을 그대로 방관할 수만은 없었다. 그런 이유에서 한설야는 만주 항일투쟁보다 국내의 민족운동에 대해서 깊은 관심을 보였던 것이다. 국내의 민족운동 역시 레닌의 가르침을 실천한 '피침략 민족운동'의 일환이라는 입장에서 보자면, 이들의 행적 역시 만주에서의 투쟁 못지않게 중요한 의미를 갖는다고 한설야는 판단한 것이다. 그런 사실은 이 시기에 발표된 장편 『설봉산』과 『대동강』에서 김일성이 작품의 전면에서 물러나고, 대신 적색 농조원들의 활동과 투쟁이 서사의 중심을 차지한 것과 무관하다고 할 수 없다. 한설야는 투쟁의 중심에 민중들을 내세우고 이들의 활동을 서사적으로 조망함으로써 민족운동의 전개과정에서 이들의 역할과 의미를 새롭게 환기한 것이다.

『설봉산』과 『대동강』에는 김일성에 대한 직접적인 서술이 거의 사라지고 대신 국내 적색노조원들과 미군치하 평양에서 활동하는 인민유격대원들의 투쟁 과정이 작품의 전면을 채우는 것을 볼 수 있다. 가령, 『설봉산』은 크게 두 부분으로 나누어지는데, 전반부는 여러 농민들이 등장하여 지주의 횡포에 맞서기 위해 적색농조의 기반을 닦는 내용이고, 후반부는 검거된 자식을 풀어주겠다는 일경의 회유에 넘어가 끝내 밀정으로 전락한 어머니와 그런 사실을 알고 징계를 가하는 농조의 활동, 뒤이은 어머니의 자살사건이 중심 서사를 이룬다. 전반부가 뚜렷한 주인공이 없이 가난한 농민들의 다양한 생활상을 담아내는 식이라면, 후반부는 일제

33　김재용, 앞의 책, 113~114면.

의 가혹한 탄압에 맞서 적극적으로 투쟁에 나서는 순덕과 학철을 중심으로 한 적색노조원들의 투쟁이 그려진다. 그런 관계로 이 작품에는 이전과는 달리 민중들의 생활상이 구체적인 형태로 제시되고, 그래서 식민지 시대 이래 한설야가 견지했던 민중 중심의 시선이 회복되어 있다.

가령, 작품의 시작과 더불어 제시되는 길남 어머니의 일화는 농촌 여성들의 수난사를 상징적으로 보여준다. 길남 어머니는 남편을 잃은 뒤 어린 남매와 함께 화전민 생활을 하다가 날건달과도 같은 칠복의 유혹에 넘어가 그와 재혼했으나, 결혼 전의 약속과는 달리 칠복이는 매일 술과 노름에 빠져 살았고 심지어 폭행마저 서슴지 않았다. 이에 더 이상 견딜 수 없게 된 길남 어머니는 그의 학대에서 벗어나기 위해 여러 가지 방법을 동원하지만 그로부터 쉽게 벗어나지 못한다. 그러다가 우연히 그런 사연을 전해 들은 적색농조원 경덕의 도움으로 그의 학대에서 벗어난다. 이런 내용의 짧은 삽화에 불과하지만, 폭력과 가난에 시달리는 길남 어머니의 일화는 가부장제의 전통 속에서 남편 없이 홀로 사는 농촌 여성의 고통스러운 삶을 보여주기에 충분하다. 두 번째 일화는 단오날 경찰의 방해로 축구대회에 참가하지 못하게 된 농조원들이 씨름 대회를 열고 농조의 단합과 의지를 과시한다는 내용인데, 이 역시 농민들이 적색농조를 중심으로 모이지 않을 수 없는 필연의 과정을 제시하기 위한 장치로 이해할 수 있다. 이렇듯 이 작품은 민중들의 실제 현실을 사실적으로 포착해 놓았고, 또 작중의 인물이나 사건 역시 실제 사실을 반영한 듯한 핍진성을 갖고 있어, 『력사』의 영웅 중심의 서사와는 전혀 다른 모습을 보여준다. 기존 연구자들이 이 작품을 '한설야의 고향인 함경도라는 공간 속에서 진행되었던 적색농조의 투쟁을 다룸으로써 이전의 소설들에 비해 보다 높은 현실성을 획득했다'고 평가했던 것은 그런 사실과 관계된다고 하겠다.[34] 김일성을 주

34　『설봉산』에 대한 대표적인 연구물로는 김윤식, 「한설야론」(『한국 현대 현실주의 문학연구』, 문학과지성사, 1990); 임헌영, 「치열한 농민운동의 증언(작품 해설)」(『설봉산』, 동광

인공으로 한 작품들이 과도한 의미부여와 과장된 서술로 인해 현실성이 떨어진다면, 이들 작품에서는 민중들의 실제 생활이 서사의 중심을 차지함으로써 한층 생동감 있고 사실적인 모습을 보여주는 것이다.

　실제로 작품에서 김일성의 무장투쟁은 거의 언급되지 않거나 암시적으로만 처리되어 있는 것을 볼 수 있다. 김일성에 대한 언급은 작품의 배경이 되는 성진과 함흥 지방 적색농조의 성격과 의미를 부여하는 과정에서만 잠시 언급된다. 이를테면, 작중의 학철과 그의 사촌 형인 학수는 김일성의 무장투쟁과 적색농조를 연결하는 고리 역할을 담당하는 인물이다. 학수의 자세한 활동 사항은 언급되지 않지만, 그는 간도에서 김일성의 무장투쟁 소식을 전해듣고 그것을 농조에 전달하는 역할을 하며, 학철은 학수를 통해서 김장군의 활약상을 이해하고 민족해방의 전망을 농조 활동에 접목시키는 역할을 한다. 그런 역할대로 그는 농조의 활동 반경을 최대한으로 확장해서 한 걸음이라도 더 국경 가까운 곳으로 이동시켜 "김장군의 무력투쟁과 유기적 연계를 가지려"(402면)고 한다. 학철이 감옥에서 나온 경덕에게 압록강 가까운 지대로 가서 농민투쟁을 할 것을 권고한 것은 그런 이유 때문이었다. "우리가 하는 일은 비록 적은 것이라 하더라도 혁명사업이라고……. 그러니 혁명을 위해서 가는데 어느 곳인들 상관 있소. 더욱 조선 혁명의 원곬을 찾아가는 데야……."[35] 이런 진술에 비추자면, 적색농조를 비롯한 국내의 혁명운동은 그것의 최종 목적이 민족해방이라면 활동 장소가 어디인가의 여부는 전혀 중요하지 않다. 김일성의 항일 유격대가 혁명의 '원곬(즉 구심)'인 것은 분명하지만, 국내의 활동 역시 그 못지않게 중요하다는 생각인 것이다. 따라서 항일 유격대와 적색농조의 관계는 지도하고 지도받는 수직적 관계가 아니라, 상호 믿음

출판사, 1989); 김재영, 「한설야 소설연구」(연세대 석사논문, 1990); 문영진, 「개별성 및 사적영역의 부차화」(『선청어문』 23집, 1995) 등이 있다.

35　한설야, 『설봉산』(번간본), 서울 : 동광출판사, 1989, 403면.

을 바탕으로 협동하고 연대하는 관계로 볼 수 있다. 더구나 작품에서 다루어진 내용은 작가의 주관적 전망을 피력한 것이 아니라 실제 사실에 바탕을 두고 있다. 가령, 역사서를 참조할 때 함경도에서 항일 유격대와 국내의 적색농조는 일정하게 연계를 맺고 있었다고 한다. 함경남·북도 일대에서는 항일유격대와 직·간접적인 연계 속에서 적극적인 대중투쟁이 전개되었고, 이에 대해서 일본 제국주의까지도 "이 지방 주민은 누구라도 특히 만주에 있어서의 조선인의 무력에 의한 독립운동에 기대를 걸고" 있으며, 그것이 "일반 민심에 중대한 충동을 불러일으켰다"는 것을 인정하고 있었다.[36] 이런 역사적 사실에 비추자면, 『설봉산』에서 소설적 전망으로 제시된 항일무장투쟁과 학철의 농조활동은 현실적 근거를 바탕으로 한 것이고, 그들의 관계 역시 수직적이 아니라 횡적인 연대에 바탕을 두고 있음을 알 수 있다.

　『설봉산』은 이렇듯 현실적 근거를 바탕으로 쓰인 까닭에 시종일관 낙관적 전망의 지배를 받게 되고, 인물들의 행동 역시 그 전망 아래 위계화되어 드러나는 것을 볼 수 있다. 이런 사실은 『대동강』에서도 동일하게 나타난다. 『대동강』은 6·25 동란 중 미군치하의 평양을 배경으로 한 작품으로, 평양이 미군에 의해 함락되고 그 지배하에 놓인 시점부터 인민군에 의해 탈환된 시점까지를 그리고 있다. 미군치하의 두세 달을 배경으로 평양에서 진행된 인쇄소 직공들의 유격대 활동이 작품의 중심 내용인바, 여기서도 앞의 『설봉산』의 경우처럼 김일성은 거의 언급되지 않고, 대신 미군치하에서 '빨치산 별동대'를 자칭하는 인쇄소 직공들의 투쟁담이 작품의 중심을 이룬다. 물론 이 작품 역시 민주기지론의 연장에서 쓰인 까닭에 김일성의 역할은 절대적인 것으로 암시되지만, 그것은 단지 인물들의 이념과 행동의 좌표를 제시하는 선에서 그치며 작품의 대부분은

36　이재화, 『한국근현대민족해방운동사』, 백산서당, 1988, 181~182면.

점순 등의 인민유격대원들의 활약상을 서술하는 데 할애되어 있다.

이런 사실들을 종합하자면, 한설야에게 있어서 김일성은 혁명의 중심 인물인 것은 분명하지만 그것은 어디까지나 소련의 지도와 민중들의 협조 하에서 가능한 존재였음을 새삼 확인할 수 있다. 그렇다면 김일성은 전지전능한 우상화의 대상이 아니라 소련 공산당과의 관계 속에서 존재하는 역사적 인물이라는 것, 한설야에게 중요했던 것은 김일성이 아니라 일반 민중과 그들의 투쟁이었던 것이다.

5. 한설야의 숙청과 북한문학의 전일화

1962년 한설야는 북한의 공식석상에서 자취를 감춘다. 한설야의 숙청은 여러 가지 이유로 설명될 수 있으나, 근본적인 것은 위의 논의과정에서 유추될 수 있듯이, 한설야가 전쟁이 끝난 이후 본격화된 김일성 우상화에 동의하지 않았기 때문이다. 언급한 대로, 김일성 우상화는 정치적인 측면에서 뿐만 아니라 문화적인 면에서도 대대적으로 진행되었고, 특히 문학 분야에서 진행된 과거사의 왜곡은 한때 그 주역으로 활동했던 한설야에게 상당한 거부감을 갖게 했던 것으로 보인다. 한설야는 1962년 8월 24일자 『문학신문』의 글을 마지막으로 역사의 표면에서 사라진다.[37] 이후 북한은 사회주의 경쟁운동의 효시라고 칭해지는 이른바 '천리마운동(1956. 12)'을 시발로 본격적인 건설기에 접어들고 김일성 중심의 유일사상 체제를 한층 공고히 굳혀간다. 하지만 이 일련의 과정은 당 내부에서

37　한설야의 숙청에 대해서는 김재용, 앞의 글 참조.

활력이 될 수 있는 건전한 의미의 다원적 요소를 완전히 제거한 것이라는 점에서, 작금의 북한 사회를 예비하는 과정으로 이해할 수 있다. 문학 분야 역시 마찬가지여서 이후 문학은 김일성을 찬양하고 본받자는 계몽성 일색으로 변질되어 사회주의 건설을 위한 초기 북한문학의 활력이나 과거사에 대한 사실주의적 접근 등은 모두 억압되고 침묵을 강요받는다. 비판과 경쟁 집단이 소멸됨으로써 북한은 이제 브레이크가 고장난 폭주 기관차처럼 일인 독재의 외길로 치닫게 되는 것이다. 문학사에서 종적을 감췄던 한설야가 다시 문학사에 소환된 것은 그로부터 40년이 지난 2001년이었다.[38]

한설야는 누구보다도 이데올로기적 신념이 강했던 인물이고, 그런 점에서 누구보다도 정치 지향적이었다. 더구나 그는 스스로 지켜온 신념과 문학에 시종여일 충실하였다. 반종파투쟁 과정에서 대세를 거역할 수 없다는 사실을 간파했음에도 불구하고 공산주의 원칙론자로서의 단호한 입장을 견지하고 김일성마저 그 연장선상에서 받아들였는데, 이는 어찌 보면 당랑거철과도 같은 무모한 행동이지만, 그럼에도 끝내 그런 믿음을 포기하지 않은 채 자신의 신념에 충실하였다. 한설야가 반종파투쟁의 과정에서 「레닌의 초상」을 비롯한 『설봉산』 등을 통해서 김일성 독재에 동의할 수 없다는 생각을 분명히 한 것은 과거 민족운동에 직접 종사했던 인물로서 정치보다는 문학과 체험적 진실을 더욱 신뢰했기에 가능한 일이었다. 만일 그가 반종파투쟁의 칼날을 피하기 위해 김일성 우상화 작업에 앞장섰더라면, 그는 자신의 과거를 스스로 부정하고 한갓 빛을 좇는

---

38 서경석, 「한설야의 '열풍'과 북경 체험의 의미」, 499~502면 참조. 이 글에서 서경석은, 『조선문학』(2001. 2)에 실린 박승록의 「작가와 교훈」에서 김일성이 한설야를 공식적으로 "력사에서 지워지지 않게 해주시었다"고 한 것과, 2002년 신년호의 「마음의 기둥」에서 한설야는 "전설적 영웅, 민족의 어버이로서의 위대한 수령님을 더 잘 높이 형상"하는 작업의 제안자이자 선구자라고 서술한 구절을 소개하면서, 한설야가 북한에서 완전히 복권되엇다고 한다.

부나방과도 같은 정치꾼의 오명을 벗지 못했을 것이다.

사실, 작가의 이념이 확고하면 확고할수록 세상을 이해하는 눈은 그만큼 협소해지고, 궁극적으로 현실을 사시와 편견으로 보기 마련이다. 과거 프로문학의 전철에서 확인되듯이, 이념적 경직성은 한편으론 현실을 선(先)규정하여 왜곡된 형상을 만들어내고, 궁극적으로 작품은 현실과 괴리된 추상과 관념의 세계로 귀착될 가능성을 안게 된다. 실제로 한설야가 보여준 이념적 경직성은 현실과는 괴리된 도식적 주장으로 드러난 바 있고, 더구나 그는 정치적 성향이 상대적으로 강했던 까닭에 작품은 계몽담론의 수준을 저회(低廻)한 경우도 있었다. 문학을 정치에 종속시킴으로써 문학은 어느 순간 증발되고, 그 자리를 선전과 계몽이 대신 들어서고, 특히 김일성에 대한 서술은 마치 상상계의 유아(唯我)적 존재와도 같은 강한 맹신성을 드러내게 된다. 타자와의 상호작용을 통해서 자신을 객관화할 때만이 주체는 온전한 모습을 갖게 되지만, 타자와의 관계가 종교적인 신앙과도 같은 일방성으로 규정될 때는 결코 정상적인 주체의 모습을 가질 수 없다. 그런 점에서 김일성과 한설야의 친소(親疎) 관계란, 한설야의 정치적 입장을 보여주는 것이자 동시에 문학과 정치의 관계를 상징하는 바로미터와 같다고 하겠다. 김일성에 대한 한설야의 심리적 거리감이 줄어들면 줄어들수록 한설야는 대상을 객관화하지 못하고 주관적으로 맹신하는 모습을 보였고, 객관적인 시각을 회복해서 사태의 진상을 직시하면 직시할수록 작품은 한층 리얼리즘에 근접하는 모습을 보여주었다. 『력사』가 한 편의 위인전기를 방불케 한다면, 거기서 벗어나 객관화된 시선을 회복한 이후의 『대동강』이나 『설봉산』은 그와는 달리 식민지 시대부터 견지했던 역사주의와 민중주의의 시각이 회복되어 상대적으로 높은 성과를 획득하고 있음을 확인할 수 있다.

오늘날 한설야가 다시 음미될 수 있는 것은 무엇보다 그가 남한과 북한문학을 아우르는 민족문학의 거시적 지평 속에 존재한다는 데 있다. 당면 시기의 민족적 과제를 천착하고 그 모순을 적극적으로 극복하고자 하는 의도를 담고 있는 것이 민족문학이라면, 한설야의 작품들은 당대 현실의 특수성을 반영한 민족문학의 중요한 성과로 봐도 무방하다. 식민치하에서 보여준 치열한 탐구정신과 변혁적 열망은 우리 문학사의 중심 줄기가 되어 오늘에 이어지고 있으며, 역사적 사실을 바탕으로 과거사를 재현하고자 했던 해방 후 북한에서 쓰인 작품들은 이후 북한 문학사에서 김일성의 항일투쟁을 형상화하는 작품의 원조가 된 것으로 평가된다. 통일문학사를 대망하는 시점에서 한설야는 남과 북을 아우르는 고리와 같은 존재라고 하겠다. 북한문학이 김일성 중심의 항일혁명문학으로 전일화되지 않고 한설야와 같은 식민치하의 성과까지 수용하는 방향으로 나갔더라면, 문학의 폭과 깊이는 한층 넓어지고 심화되었을지 모른다. 그런 점에서 한설야의 숙청은 북한문학의 역동성을 스스로 제거하는 불행한 사건이자 통일문학의 자산 목록을 빈곤하게 만든 크나큰 손실이었다.

『총서』라는 거대서사 혹은 허위의식

1. '북한'이라는 타자

반세기가 넘는 기간 동안 남한과 북한은 서로의 심장을 향해 총구를 겨눠야 하는 불행한 형제와도 같았다. 원수처럼 서로를 사갈시하면서 살아왔기에 상대적으로 거리가 가까워진 오늘날도 북한은 친숙하기보다는 두렵고 위험스러운 존재로 먼저 다가온다. 1990년대 이후 본격화된 '북한 바로알기운동'과 이후 활발히 전개된 남·북한 간의 교류를 통해서 북한에 대한 이해가 한층 넓어지고 심리적 거리감 또한 크게 좁혀졌지만, 현실을 둘러보면 북한은 여전히 테러와 예측불허의 이미지에서 크게 벗어나지 못하고 있다. 수시로 조성되는 긴장과 갈등 국면은 남한과 북한이 서로를 동질적이기보다는 적대적 타자로 간주하고 있음을 보여주는 사례라 하겠다. 북한을 보는 이런 시각에는 한편으론 거대제국 미국의 입장이 강하게 투사되어 있다. 최근 몇 년간 북한의 미사일과 핵실험을 둘러싸고 야기된 일련의 사태에서 드러난 미국의 강경한 태도에는 자신의 이해에 반하는 어떠한 존재도 용납하지 않겠다는 강자의 오만과 함께 이질적인 체제에 대한 부정과 멸시의 감정이 배어 있고, 그런 태도가 북한을 보는 우리들의 시각으로 전이된 것이다. 이 과정에서 목격된 북한 내부의 강압적 정치 행태라든가 호전적인 대외정책은 그런 시각을 정당화시켜주는 알리바이였다고나 할까.

'북한문학'을 보는 시각도 그런 흐름에서 크게 예외가 아니다. '북한문학'이라고는 하지만 사실은 '북한'을 비판하기 위한 도구로 문학을 이해하거나 아니면 남한문학과는 다른 이질성을 검출해서 폄하하고 외면하는 경우가 많았던 것이다. 북한문학에 대한 연구가 상당 정도로 축적되었음에도 불구하고 아쉽게 느껴지는 것은 그런 사실과 무관하지 않을 것이다.

북한문학을 이해하기 위해서는 무엇보다도 북한문학의 특성에 대한 고려가 우선적으로 필요하다. 알려진 대로, 북한문학은 1967년을 기점으로 큰 변화를 겪었다. 1967년 이전까지는 마르크스-레닌주의의 유물론적 문예이론이 당의 공식 입장이었으나, 주체사상이 확립된 1967년 이후에는 유물론적 문예이론을 변형한 '주체문예이론'이 당의 공식 문학정책이 되었다. 북한은 1967년 5월 당중앙위원회 제4기 전원회의에서 유일사상 체제의 수립을 결의했고, 1970년 11월 제5차 당대회에서는 주체사상을 당의 유일한 지도이념으로 선언하였다. 이후 북한은 '우리식 사회주의' 이념을 구현하는 문학을 주체문학으로 규정하고, 그것을 지금껏 시행해 오고 있다. "우리 시대는 문학을 시대의 지향과 이념에 맞게 발전시킴으로써 문학이 인민 대중의 자주 위업 수행에 적극 이바지하도록 그 인식 교양적 역할을 더욱 높일 것을 요구하고 있다"[1]는 주장은 국가와 당의 정책을 전파하는 유력한 도구로 문학이 자리매김되고 있음을 보여준다. 이 과정에서 김일성과 김정일의 교시는 문예정책과 창작의 지침으로 강제되고, 그로 인해 문학은 미적 가치의 추구라는 본래의 목적보다는 대중을

---

1   김정일, 『김정일 주체문학론』, 조선로동당출판사, 1992, 30면.

공산주의적 인간형으로 교양하는 '당의 무기'로 기능하게 된다. 문학의 전범이 사라지고 문학의 역할이 현저하게 위축된 게 남한의 최근 현실이라면, 북한에서는 그와는 달리 문학이 상대적으로 강력하고 실제적인 힘을 행사하고 있는 것이다.

1980년대 이후 북한문학은 크게 두 경향으로 분화되는 모습을 보여 주었다. 하나는 『총서 불멸의 력사』로 대표되는 과거의 역사를 수령의 행적을 중심으로 재구성한 작품들이고, 다른 하나는 북한의 사회주의 현실을 소재로 하는 작품들이다. 후자의 경우는, 주체문예이론에 입각하여 제작된 작품들이 그 교조성과 고답성으로 인해 대중들로부터 외면된 이후, 이념의 수위를 낮추고 인민들의 실제 생활을 적극 반영하면서 창작된 작품들이다. 이들 작품은 이념보다는 인민들의 실제 생활을 다룬 관계로 현재 북한 사람들의 생활과 감정이 비교적 상세하게 드러나는 특징을 보여준다.[2] 이 글에서 주목하고자 하는 것은 아직도 완고하게 이념의 광채를 내뿜고 있는 전자이다.

『총서 불멸의 력사』(이하 『총서』)는 알려진 대로 김일성의 일대기와 항일빨치산들의 유격대 활동을 중심 소재로 하고 있는 작품군이다. 북한소설 50년사에서 최고의 작품으로 평가되는 이 『총서』는 1972년 권정웅의 『1932년』을 필두로 2007년 김삼복의 『청산벌』에 이르기까지 지속적으로 출간되어 2010년 현재 '항일혁명투쟁시기편'(17권)과 '해방후편'(16권)을 통틀어 총 33권에 이르는 방대한 규모를 갖추고 있다. 『총서』의 전편에 해당하는 '항일혁명투쟁시기편'은 김일성의 항일투쟁을 중심 줄기로 하면

---

2 최근의 북한문학에 대해서는 고인환, 「남북문학의 이질성과 문학 교류의 방향」(『문학과경계』 2005 겨울, 문학과경계사); 유임하 외, 『북한소설의 역사적 이해』(두남, 2001); 김재용, 『분단구조와 북한문학』(소명출판, 2000); 신형기・오성호, 『북한문학사』(평민사, 2000); 김은정, 「수령형상문학론」(북한연구학회 편, 『북한의 언어와 문학』, 경인문화사, 2006); 김성수, 「북한 현대문학연구의 쟁점과 통일문학의 도정」(『어문학』, 2006.3); 남원진, 「이북문학의 정치적 종속화에 관한 연구」(『통일정책연구』, 2008.6) 등을 참조하였다.

서 그의 가계와 투쟁에 동참했던 차광수, 김혁, 권영벽, 오중흡 등의 빨치산들을 주요 인물로 하고 있고, '해방후편'은 해방과 함께 김일성의 개선과 당 창건, 토지개혁과 조선인민공화국 건설과 전쟁, 그리고 핵 위기와 김일성 사망까지를 주요 내용으로 하고 있다. 김일성을 중심으로 벌어지는 영웅적인 투쟁, 열악한 환경에 맞서 조선인민공화국을 건설하고 정권의 기반을 다지는 과정 등이 작품의 중심 줄기를 이루면서 33권이 유기적으로 연결된 하나의 거대서사를 엮어내고 있다. 『총서』에는 또한 만주지역에서 실제로 활동했던 30여 개의 독립단체와 학생회, 200여 개의 국내외의 역사적 사건이 다루어지며, 또 권당 80명에서 최고 200여 명에 이르는 실존 인물들이 등장한다. 이들 실존 인물과 사건을 중심으로 소설적 상상력을 구사해서 만들어진 역사 기획물이 곧 『총서』인 것이다.

그런 점에서 『총서』는 공적(公的) 기억의 보고이자 국가 이야기의 원천으로 북한 사회의 문화 정전(正典)에 해당한다고 할 수 있다. 『총서』는 북한에서 절대적인 위상을 점하면서 김정일체제에서도 『총서 불멸의 향도(嚮導)』로 계승되어 지금까지 막강한 영향력을 행사하는 것은 그런 사실과 관계가 있다. 즉, 『총서』는 김일성을 중심으로 한 문학 창작물이고 역사적 사실을 공식화한 텍스트이자, 북한의 정치·역사·이념·문학예술 등의 정책과 제반 지침을 망라한 자료의 집적물이다. 오늘의 관점에서 볼 때 이런 방대한 양과 규모는 전례를 찾기 힘들 뿐만 아니라 쉽게 이해되지도 않지만, 그럼에도 그것은 북한의 특수한 상황을 반영한 문학적 산물이라는 점에서 주목할 필요가 있다. 더구나 『총서』는 김일성을 중심으로 한 투쟁과 건국의 서사라는 점에서, 그가 죽고 김정일, 그리고 김정은에 의해서 정권이 유지되는 현재, 한 시대를 정리하고 조망하기 위해서도 주목할 필요가 있다. 김일성에 대한 과장과 미화에도 불구하고, 『총서』가 담고 있는 김일성의 이념과 주장은 현 북한 정권의 지배 이념이자 가치로 기능한다는 점에서 주목할 필요가 있는 것이다.

여기서는 이런 맥락에서 『총서』에 대한 사실적인 이해를 도모하고, 궁극적으로 그것을 우리의 입장에서 어떻게 수용해야 하는가를 고민해 보고자 한다.

2. 『총서』의 창작 배경과 구성적 특성

북한에서 문학의 영향력은 국가와 당의 정책을 전파하는 유력한 도구이자 국민 교육의 수단으로 남한에서는 상상도 할 수 없을 정도로 강력하다. 인민들은 누구나 교과서처럼 『총서』를 읽어야 하고, 그 속에 구현된 수령의 심오하고 고상한 사상과 감정을 배우고 내면화해야 한다. 남한의 현실에 비추자면 이런 모습은 쉽게 이해되지 않지만, 한편으론 부인할 수 없는 북한의 실상이라는 점에 주목할 필요가 있다. 루카치가 『소설의 이론』에서 언급한 '창공에 빛나는 별'과도 같이 북한의 문학은 인민들에게 삶의 가치와 좌표를 제시해주는 기능을 수행한다. 그러한 사실은 북한이 1인 독재의 전제국가라는 체제의 특성과 함께 문학이 당에 의해 주도되는 전일적 계몽성에 바탕을 두고 있는 데서도 확인된다. 북한의 문예는 통치자의 문예정책, 당의 문예정책의 산물이라 할 정도로 국가정책에 의해 규정되며, 특히 최고지도자인 김일성과 김정일의 교시에 의해 그 기본 방향이 설정된다. 이들의 지침이 문예정책의 원칙과 방향이 되고, 작품은 그것을 문학적으로 구체화한 것인 까닭에 문학은 현실을 규율하는 통치의 중요한 도구가 되는 것이다. 그렇지만, 이런 사실은 삶의 내포적 총체성이 불가능한 현실에서 의도적으로 만들어진 '구성된(창조된) 총체성'에 해당한다는 점에서 역설적으로 시대적 균열을 반증하는 것이기도 하다. 『총서』가 본격적으로 창작된 시점이 북한체제가 균열의 조짐을 드러내기 시작한 1970년대 중반 이후라는 것은 역설적으로 『총서』가 사회적 균열을 봉합하려는 정치적 의도에 의해 창작되었다는 반증인 셈이다. 주지하듯이, 1975년까지만 하더라도 북한은 1인당 GNP에서 남한을 능가하는 상태였고, 사회 · 경제적으로도 전쟁 이후의 상승 국면을 지속하고 있었다.

한편, 『총서』는 김정일이 정치적으로 자리 잡기 위해 고안된 도구와도 같은 역할을 수행하였다. 즉, 천리마운동으로 잠시 고조되었던 북한 사회의 활기는 1970년대 중반 이후 점차 체제의 폐쇄성에 따른 한계를 드러내면서 위기를 맞게 되고, 이후 균열이 심화되면서 새롭게 정비될 필요성이 야기되었다. 자연스럽게 후계자 문제가 제기되고 김정일이 부상하면서 점차 권력의 중심에 진입하는데 이를테면, 1972년 2월 당중앙위원회 제8차 전원회의에서 김정일은 '공화국 영웅' 칭호를 받으며 정치위원에 선출되고, 이후 집중지도검열, 조직기구 개편, 강습회 조직 등을 통해서 유일지도 체제를 본격적으로 확립해 나간다.[3] 이 과정에서 김정일은 후계자로서의 지위를 확고히 하기 위해 김일성의 후광을 이용할 필요가 있었고, 그런 현실적 요구에 의해 '수령의 위대성'을 체계적으로 정립하고 교육하기 위한 『총서』를 창작하기에 이른다. '4 · 15 문학창작단'[4]을 진두지휘하면서 김정일은 김일성 일가의 혁명 가계와 영웅적 항일투쟁을 본

---

3   고태우, 『북한현대사 101장면』, 가람기획, 2000, 261~264면.
4   '4 · 15 문학 창작단'은 김일성 · 김정일과 그 가계 관련 작품만을 전문적으로 창작하는 북한의 문학단체이다. 1967년 6월 20일 김정일의 주도로 설립된 이 단체의 이름은 김일성의 생일인 4월 15일에서 가져왔다. 김일성 · 김정일의 위대성을 그리는 '수령형상문학'을 집필하는 것을 목적으로 한다. 창작 방식은 여러 작가가 공동 집필하는 '집체 창작'의 형식을 취한다. 수령의 위대성에 대한 형상화는 어느 한 개인의 능력으로는 어렵기 때문이라는 게 그 이유이다. 외형상 조선작가동맹 중앙위원회 소속이지만 실제로는 당중앙위원회 선전선동부의 지시와 통제를 받는다. 소설가 · 시인 · 희곡작가 등 50~60명으로 구성되어 있고, 현역 전업 작가들에게는 생활비 전액이 지급된다.

격적으로 그려냄으로써 스스로를 그 적자로 자리매김하고 정통성을 부여하여 권력을 장악하기에 이른다. 그런 관계로『총서』에는 김정일의 의지와 견해가 무엇보다 중요하게 반영되어 있다.

이런 창작 배경을 갖고 있었던 관계로,『총서』에는 창작 당시의 절박한 시대적 요구가 투영되고, 또 작품의 진실성을 높이기 위한 제반 장치가 마련된다. 북한은『총서』의 창작은 "위대한 수령 김일성 동지의 형상 창조 문제가 우리 문학에서 가장 높은 사상·예술적 경지에서 해결되고 로동계급의 수령 형상 창조 문제에서 참다운 본보기가 마련되었다는 것을 알리는 일대 사변"이며, "소설문학에서 새로운 총서 형식을 개척한 문예사적 업적"이라고 주장한다. 말하자면『총서』는 수령의 위대성을 체계적이고 깊이 있게 형상화하기 위해서 창작되었다고 하는데, 이는『총서』가 창작될 수밖에 없었던 당대의 이데올로기적 필요성을 시사해주는 대목이다.『총서』의 창작 원칙을 다음과 같이 밝힌 것은『총서』의 진실성과 권위를 높이기 위한 장치가 매우 구체적이고 세밀하다는 것을 시사해준다. 5가지로 정리될 수 있는 '수령형상의 원칙'은 다음과 같다.

① 충성심을 다하여 최상의 높이에서 형상할 데 대한 원칙
② 밝고 정중하게 형상할 데 대한 원칙
③ 인민들 속에 계시는 수령을 형상할 데 대한 원칙
④ 위대한 인간의 형상을 창조할 데 대한 원칙
⑤ 역사적 사실에 철저히 기초하여 형상을 창조할 데 대한 원칙[5]

여기다가 북한은 작품의 형식에까지 일정하게 제약을 가하여 곧,『총서』를 이루는 작품들은 서로 연관되면서도 따로 떼어놓고 보아도 손색이

---

5   윤기덕,『주체적문예리론연구(11) – 수령형상문학』, 문예출판사, 1991, 제2편 제2장 참조.

없는 완결된 작품이어야 하며, 특히 수령의 혁명활동은 일정한 역사적 사건을 중심으로 하는 장편소설의 형태가 되어야 한다고 강조한다. 이를테면, 33권 전체가 유기성을 갖고 내적으로 연결되어야 하며, 개별 작품 하나하나는 그 자체로 독립성을 가져야 하고 또 전기(傳記) 식으로 서술되어야한다고 주문한다. 이런 조건들을 바탕으로『총서』는 권정웅의『1932년』을 필두로 해서, 2008년 8월 현재 총 33권이 출간되었다.

『총서 불멸의 력사』 항일혁명투쟁시기편

작품명	작가	출판시기
1. 1932년	4·15문학창작단(권정웅)	1972
2. 혁명의 려명	4·15문학창작단(천세봉)	1973
3. 고난의 행군	4·15문학창작단(석윤기)	1976
4. 백두산 기슭	4·15문학창작단(현승걸, 최학수)	1978
5. 두만강 지구	4·15문학창작단(석윤기)	1980
6. 준엄한 전구	4·15문학창작단(김병훈)	1981
7. 근거지의 봄	4·15문학창작단(리종렬)	1981
8. 대지는 푸르다	4·15문학창작단(석윤기)	1981
9. 닻은 올랐다	4·15문학창작단(김정)	1982
10. 은하수	4·15문학창작단(천세봉)	1982
11. 압록강	4·15문학창작단(최학수)	1983
12. 잊지 못할 겨울	4·15문학창작단(진재환)	1984
13. 봄우뢰	석윤기	1985
14. 위대한 사랑	최창학	1987
15. 혈로	박유학	1988
16. 붉은 산줄기	리종렬	2000
17. 천지	허춘식	2000

『총서 불멸의 력사』 해방후편

작품명	작가	출판시가
1. 빛나는 아침	권정웅	1988
2. 50년 여름	안동춘	1990
3. 조선의 봄	천세봉	1991
4. 조선의 힘	정기종	1992
5. 승리	김수경	1994
6. 영생	백보흠, 송상원	1997
7. 대지의 전설	김삼복	1998
8. 삼천리 강산	김수경	2000
9. 열병광장	정기종	2001
10. 번영의 길	박룡운	2001
11. 개선	최학수	2002
12. 푸른 산악	안동춘	2002
13. 인간의 노래	김삼복	2003
14. 태양찬가	남대현	2005
15. 전선의 아침	박윤	2005
16. 청산벌	김삼복	2007

'철저하게 수령을 주인공으로 중심에 세워야 한다'는 창작의 기준처럼, 『총서』 전편에서 목격되는 것은 수령의 위대한 행적과 정신이다. 자상하고 지혜로우며 용맹한 인물의 전형인 수령은 33권 전체를 관통하는 주인공이자 긍정적 가치의 화신이고, 그래서 33권은 마치 김일성의 일대기를 그린 조선시대의 실록(實錄)과도 같은 모습을 보여준다.

『총서』의 형식이 실록의 서술방식인 기전체로 되어 있는 것은 그런 사실과 연결지어 생각할 수 있다. 기전체(紀傳體)는 단순한 연대순의 서술이 아니라 통치자를 중심으로 각 시대의 주요한 신하와 인물의 전기, 제도와 문물, 경제 실태, 자연 현상 등을 분류·서술하여 시대의 특징과 변동을 유기적이고 전체적으로 파악할 수 있도록 하는 특징을 갖고 있다.

기전체는 또한 각 시대에서 활동한 인간의 삶에 대해서도 좀 더 생생하고 다양하게 표현할 수 있는 특징을 갖는다. 『총서』에서 목격되는 김일성과 그를 둘러싼 유격대원과 일반 민중, 만주에서의 생활, 일제의 음모와 탄압 등의 서술은 마치 김일성을 중심에 둔 기전체와 흡사한 형식이다. 그렇지만 개별 작품 하나하나는 특정 연도에 일어난 일들을 기술하고 있다는 점에서[6] 한편으로는 편년체(編年體)의 모습을 보여주기도 한다. 가령, 김일성이 'ㅌ·ㄷ(타도제국주의동맹)'를 결성하는 과정을 그린 『닻은 올랐다』는 1925~6년을 배경으로 하고 있고, 김일성의 길림에서의 활동을 다룬 『혁명의 려명』은 1927~8년을, 인민유격대를 창설하는 일련의 과정을 그린 『1932년』는 1932년에서 1933년 초를 배경으로 하고 있다. 다른 작품들도 동일하게 특정 시기에 일어난 김일성의 일화를 연대별로 서술하고 있다는 점에서 편년체의 모습을 보여준다. 따라서 『총서』는 기전체를 기본 형식으로 하면서 개별 작품 하나하나를 연대에 따라 서술하는 편년체의 모습을 갖고 있다고 하겠다. 그런데, 기전체는 『사기(史記)』(사마천)에서 비롯되어 중국과 한국의 역대 왕조에서 정사(正史)를 서술하는 기본 형식이었다는 점에서, 오늘날 다소 이질적인 형식으로 보이지만, 사실은 북한이 늘 강조하는 전통적 양식을 수용한 것임을 알 수 있다.

　수령을 중심으로 한 내용과 이런 형식에 비추자면, 『총서』는 김일성의 일대기를 다룬 현대판 '용비어천가(龍飛御天歌)'라 할 수 있을 것이다. 북한이라는 '위대한 사회주의 국가'를 건설한 영웅의 일대기를 기록한 관계로 『총서』는 개별 작가의 개성보다는 당이 제시한 이념과 정책이 서사와 인물의 성격을 지배하는 것이다. 『총서』33권에서 제시된 수령의 형상이 거의 동일한 모습을 보이는 것이나 긍정적 인물들이 하나같이 주체형 인간의 전형을 보여주는 것은 그런 데 원인이 있다. 하지만 그것은 허구로만

6　북한에서는 특정 연도가 아니라 '중요한 투쟁 단계'를 근거로 시기를 구획하여 인물들의 형상화가 이루어졌다고 한다. 윤기덕, 『수령형상문학』, 문예출판사, 1991, 304면 참조.

채워진 조작된 신화라기보다는 사실에 바탕을 둔 실록을 지향한 것이라
는 점에서 오늘의 북한을 이해하기 위한 중요한 전거(典據)이기도 하다.

3. 『총서』의 내용과 원근법

　『총서』의 내용은 크게 두 가지로 나누어 볼 수 있다. 하나는 해방 전 김
일성의 항일무장투쟁을 소재로 한 것이고, 다른 하나는 해방 후의 건국과
전쟁 등 현대사를 소재로 한 이야기이다. 해방 전편에는 김일성이 '타도
제국주의동맹'을 결성했다는 1926년부터의 일화와 행적들이 시기별로
서술되며, 해방 후편에는 해방과 함께 김일성이 평양에 입성하고 이후 토
지개혁을 주도하고 마침내 나라를 세우는 일련의 과정이 그려진다. 이들
작품에서 김일성의 형상은 『주체문학론』(김정일)과 『수령형상문학』(윤기
덕)에서 제시된 수령 형상 창조의 원칙에 의해 조율되고 있다.
　언급한 대로, 수령의 형상은 역사적인 사건과 사실에 기초해서 최대의
정중성과 최상의 사상·예술적 수준에서 만들어져야 하고, 수령은 인민
들과 혈연적 연계를 가져야 하며, 또 위대하고 진실한 형상으로 그려져야
한다. 그런 관계로 작품에서 서사는 대부분 실제 있었던 일화나 사건을
근간으로 하되, 김일성의 형상은 주변의 유격대원이나 인민들 속에서 최
대의 존경과 사랑을 받는 지선지고(至善至高)의 존재로 제시된다. 가령,
『닻은 올랐다』는 1925~6년을 배경으로 '타도제국주의동맹(ㅌㄷ)'을 결성
하지 않을 수 없었던 당대의 정황을 서술하며, 『봄우뢰』는 1931~2년의
김혁의 죽음과 첫 혁명적 무장단체인 반일인민유격대의 창건을 내용으
로 하고, 『백두산 기슭』은 1936년의 동강회의와 조국광복회 건설을, 『잊

지 못할 겨울』은 1937년 가을에서 1938년 봄을 배경으로 조국광복회 회원들의 활동과 혜산사건을 다루고 있다. 여기에다 특정 시기의 김일성 일가나 그 주변 인물들의 행적이 삽입되기도 하는데,『1932년』에는 김일성의 활동과 아울러 김일성의 어머니인 강반석의 죽음이,『준엄한 전구』에서는 오중흡의 죽음과 돈화 원정이 중요하게 서술되며,『천지』에서는 김일성과 김정숙과의 사랑이 그려진다. 또 해방 후를 대상으로 한 작품『빛나는 아침』에서는 김일성 종합대학을 설립하는 일련의 과정이 묘사되고,『조선의 봄』에서는 토지개혁의 일화가,『50년 여름』에서는 서울과 대전에서의 전투가 그려지며,『태양찬가』에서는 재일동포들이 해외공민으로서 자신들을 기억하는 김일성을 동경하는 내용이 다루어진다. 그리고『영생』에서는 김일성의 생애 마지막해인 1994년의 행적과 그의 죽음이 그려진다. 이런 내용을 일별해 보면『총서』는 중요한 사건과 일화를 시대별로 배치한 김일성의 일대기이자 동시에 거대한 서사적 프로젝트라는 것을 알 수 있다.

그런데, 이 일련의 서사가 진행되면서 김일성은 거의 신적인 존재로 제시되어 어떤 비판이나 공격에서도 벗어난 압도적인 형상으로 등장하는 것을 볼 수 있다. 그는 뛰어난 능력과 인품을 구비한 존재여서 그의 일거수일투족은 인민들의 꿈과 희망, 나아가 민족의 장래와 운명을 상징한다. 김일성은 민족과 인민을 구원하는 불세출의 영웅이고,『총서』는 그런 그의 일대기를 "최대의 존경심"으로 서술한 기획물인 셈이다. 그래서『총서』를 구성하는 여러 인물들은 그 자체로 독립성을 갖기보다는 김일성의 영웅성을 입증하기 위한 도구적 존재로 나타나고, 그들 모두의 삶과 운명을 지배하는 김일성은 원근법(perspective)의 구심점과도 같은 역할을 수행한다. 김일성은『총서』전체를 규율하는 서사의 중심이자 선악과 미추의 절대적 판단 기준이다.

『총서』33권 중에서 "주체문학의 찬란한 력사 위에 가장 귀중한 공헌을 하였으며 온 사회의 주체사상화에 힘 있게 이바지하는 참된 생활의 교과서"[7]로 극찬 받는 『백두산 기슭』은 위의 사실을 집약적으로 보여주는 전형적 사례라 할 수 있다. 1936년 3월 남호두회의 직후부터 5월 '조국광복회' 창립을 선포한 동강회의까지 백두산 지구로의 진출 과정을 소재로 한 『백두산 기슭』에서 그려진 김일성의 형상은 어느 작품에서보다도 완벽하고 전지전능한 모습이다. "장군님께서 의도하시는 것이면 그 어느 것이나 실현되지 않는 것이 없었다. 사람들을 키우는 일도, 새 부대를 편성하는 일도, 새 근거지를 꾸리는 일도, 2천만의 온 겨레를 조국광복의 가치 아래 하나로 묶어세우는 거창한 일도 그이의 의지대로만 되어 왔고 또 되어 가고 있는 것이다"[8]는 진술처럼, 김일성은 삼라만상의 조정하고 주재하는 천주(天主)와도 같은 인물이다.

이 과정에서 특히 시선을 끄는 대목은 김일성의 휴머니즘적 풍모이다. '민생단'으로 몰린 부모를 따라 다니는 아동단원들의 헐벗은 모습을 보고 토로하는 다음과 같은 구절에는 그런 인본주의적 특성이 짙게 배어 있다.

> 장군님께서는 격노하신 심정을 억눌러 가시며 안타깝게, 절절하게 말씀하시였다.
>
> "생각해 보시오. 저 아이들이 어떤 아이들인가? 그들의 부모는 모두가 일제와 싸우다 희생되었고 그들 자신도 비록 나이는 어리지만 끝까지 부모의 원쑤를 갚고 혁명을 하겠다고 유격근거지가 해산된 후에도 적 통치 구역에 내려가지 않고 이곳까지 유격대원들을 따라왔소. 그런데 이런 아이들을 잘 돌봐주기는 고사하고 아무 근거도 없이 〈민생단〉 련루자로 몬다는 것이 얼마나 어리석은 일이며 커다란 죄악이요? ……."
>
> 점점 더 깊이 머리를 숙인 채 웅크리고 서 있는 정치주임은 버섯들이 다닥다닥

---

7 『조선문학』, 1978.11, 10면.
8 『백두산 기슭』, 451면.

붙어 있는 썩은 나무 등걸 같았다.

"…… 조금이라도 인간다운 데가 있고 혁명가다운 데가 있는 사람이라면 아이들을 저렇게 참혹하게 만들진 않았을 것이요. 조금이라도 혁명가다운 의리를 가진 사람이라면 우리와 한길에서 손잡고 싸우다가 희생된 혁명전우들의 유자녀들을 저렇게 내버려두지 않았을 것이요. 조금이라도 혁명가다운 데가 있는 사람이라면 우리 혁명의 핏줄기를 이어갈 저 아이들을 저렇게 무참히 짓밟아버리지 않았을 것이요. 우리는 우리가 시작한 혁명을 우리 대에 다하지 못하면 저 아이들이 하게 하고 또 저 아이들 대에도 다하지 못하면 그 다음 대에까지라도 이어가면 기어이 혁명을 완성하게 해야 하지 않겠소? 우리가 조선 혁명에 끝까지 충실하기 위해서는 오늘 우리들 자신이 잘 싸울 뿐 아니라 혁명의 장래가 달려 있는 저 아이들을 잘 길러내야 하고, 그렇지 못하면 우리는 혁명가로서의 우리의 책임을 다했다고 말할 수 없는 것이요 ……."[9]

'민생단'은 만주사변 직후인 1932년 일제가 친일 한국인으로 조직한 친일단체로, 중국 공산당은 여기에 속한 한국인을 일제의 밀정으로 몰아붙여 가혹하게 처벌하였다.[10] 김일성은 뚜렷한 혐의도 없는 상태에서 어린

9　위의 책, 242~243면.
10　민생단 사건은 1932년부터 시작되었다. 민생단은 1932년 2월 만주에서 친일 조선인 이주민들에 의해 설립되었다. 민생단은 일본이 공산주의자들과 중국 당국으로부터 자신들을 보호해주기를 원했고, 일본의 후견 아래 간도에서 조선인 자치를 할 수 있도록 일본 정부에 청원했다. 그러나 일본의 재정적·군사적 지원을 얻지 못한 채 1932년 10월에 해체되었다. 그러나 조선인은 언제라도 비밀리에 친일, 반공적 민생단이 될 수 있다는 편견이 만주의 중국 공산주의자들에게 깊게 퍼졌다. 1933~36년 사이 일련의 숙청에서 1천명 이상의 조선인들이 민생단 혐의로 체포되어 중국공산당에서 축출되었다. 거기에는 김일성도 포함되었는데, 그는 1933년 말 체포되어 1934년 초에 사면되었다. 체포된 사람들은 모두 조선인이었고, 약500명이 죽었다. 민생단 사건은 조선공자주의자들이 운동 과정에서 자주성을 주장하고 또 해방 이후 중국과의 밀접한 관계에도 불구하고 민족 자주를 강조하는 근거가 된 것으로 평가된다. 자세한 것은 찰스 암스트롱, 김연철·이정우 역, 『북조선 탄생』(서해문집, 2006, 58~59면); 브루스 커밍스, 남성욱 역, 『김정일 코드』(따뜻한손, 2005, 33~35면) 참조.

이를 민생단으로 몰아 방치한 정치주임에 대해 격노하면서 그것은 '혁명에 대한 배신행위'라고 질타한다. 혁명이란 궁극적으로 인간을 위한 행위이고, 어린 아동들은 장차 그 혁명을 이끌어갈 주역들이다. 그런 생각에서 김일성은 그 동안 고이 간직해 왔던 어머니가 남긴 단 하나의 유물인 20원을 내놓으면서 아동단원들의 옷감을 구입하도록 한다.

김일성은 또한 '민생단'으로 몰려 의심받는 인물들의 혐의를 풀어주고 동지로 포용하는 통 큰 인품의 소유자이기도 하다. 김일성은 민생단 혐의자들에 대한 문서를 접한 뒤 그 허위성과 부당성을 지적하면서, 중요한 것은 혁명 전사를 신뢰해야 하며 앞으로의 투쟁은 바로 이들이 수행할 것이라는 사실을 강조한다. 사람을 믿지 못하는 사람이 '사람을 옹호해 싸울 수 없다'고 하면서 민생단 관련 문서를 과감히 불태우는 것이다. 이에 민생단으로 의심받던 인물들은 감격의 눈물을 흘리면서 김일성의 열렬한 추종자로 변신한다.

이런 인간적 풍모를 갖고 전투에서 한 번도 패배를 몰랐던 까닭에 김일성의 주변에는 늘 그를 따르는 사람들로 들끓게 된다. 박문필, 강세호, 리북철, 리경준 등은 김일성의 '위대한 사랑의 품속'에서 고귀한 정치적 생명을 부여받아 친위 전사로 거듭난 인물들이다. 이들은 온몸을 불태우며 김일성에 대한 충성심을 보여준다. 이들의 관심은 오직 하나 즉, '어떻게 하면 장군님의 안녕을 더 잘 지키고 더 잘 받들어 모실 수 있겠는가'에 집중되어 있다. 강세호는 오매에도 그리던 김일성의 소식을 전해 듣고 그를 가까이서 잘 모시기 위해 미처 회복되지도 않은 병든 몸을 이끌고 수백 리 머나먼 길을 달려왔다. "태양을 따르는 해바라기와 같이 오직 수령님만을 믿고 따르는 이들이기에 그 어떤 시련도 난관도 그들의 철석같은 마음을 굽힐 수는 없"었던 것이다.

이렇듯 작품에는 김일성을 중심으로 그를 둘러싼 여러 인물들이 위계적으로 배치되어 있다. 수령과 그의 가족, 그리고 인민 유격대가 수직적으로 위계화되어 김일성의 위대한 풍모를 돋보이게 하며, 심지어 적들마저도 김일성의 인본주의에 감화되는 모습을 보여준다. 물론 이 과정에서 김일성은 인민들의 요구와 희망을 수용하기 위해 고심하고, 또 인민들의 행복을 행동의 기준으로 삼는 등 민중 지향적인 모습을 보여서 조선 시대의 군주와는 다른 모습이다. 그렇지만 하향식 정책과 인본주의 등은 조선의 군주와 거의 같은 형태의 것이라는 점에서 유교식 가부장제를 기반으로 하는 북한체제의 특성을 단적으로 보여준다. 『백두산 기슭』 이외의 다른 작품에서도 이런 모습은 동일하게 드러난다는 점에서 『총서』는 마치 장엄한 영웅 서사시와도 같은 느낌을 제공한다. 한 연구자의 지적대로, 유일지도체계가 확립된 이후 북한문학은 수령을 유일하고 궁극적인 주인공으로 하는 이야기만을 되풀이해야 했고, 그 이외의 다른 이야기의 가능성은 철저하게 배제되었던 것이다.[11]

그런데, 이런 측면은 김일성의 행적을 다룬 한설야의 작품과 비교하자면 상당한 차이를 갖고 있다는 것을 발견할 수 있다. 『백두산 기슭』을 비롯한 『총서』에서는 조국광복회를 비롯한 김일성의 행적들이 모두 그의 독자적 판단과 결단에 의한 것으로 서술되지만, 한설야의 「혈로」와 『력사』에서는 김일성의 행적들이 모두 코민테른(Comintern) 국제정책의 일환으로 서술된다. 이를테면, 단편 「혈로」(46)는 김일성을 소재로 한 최초의 작품으로 북한에서 '식민치하 최고의 유격전'으로 평가되는 1937년 6월의 '보천보 전투'를 다루고 있고, 장편 『력사』(54)는 전기 『영웅 김일성장군』(46) 중에서 항일무장투쟁 부분을 소설화하고 있다. 이 두 작품 모두 김일성에 대한 한설야의 존경과 사랑의 마음을 담고 있지만, 한설야는 김일성의 항일유격대활동을 소련 공산당 '인민전선운동'의 일환으로 서술하는 등 시종일관 객관적인 시선을 유지한다. 이런 차이는 한설야가 활

---

11   신형기 · 오성호, 앞의 책, 263면 참조.

동한 시기가 주체사상이 정립되기 이전 즉, 소련의 영향을 강하게 받던 시기였다는 사실로 이해될 수도 있지만, 한편으로는 주체사상이 확립되기 이전까지는 마르크스-레닌주의의 연장에서 김일성의 행적이 이해되고 평가되었다는 것을 보여준다. 이를테면, 김일성의 행위가 마르크스-레닌주의의 견지에서 서술되어 『총서』에서처럼 신적인 것으로 그려지지는 않는다.

> 장군은 지금 만주 땅에 앉았으나 낚시는 국경을 넘어 국내 여러 지점에 떨어져 있었다.
>
> 장군은 일찍이 1936년 초에 조국광복회를 조직하고 동만주에서 장백산, 두만강, 압록강 전 지구에로, 전 만주에로, 또는 조선 국내에로 손을 뻗쳐 혜산, 회령, 종성, 무산, 경흥, 은성, 부령, 갑산, 성진, 길주, 명천, 원산, 홍남 등지에서 줄을 늘이고 있었다.
>
> 이것은 당시의 국제 공산주의 로선인 '인민전선' 운동의 조선에서의 실천이었다. (…중략…)
>
> 장군은 거사 전 면밀한 정세 조사를 하기 위하여 우선 국내에 정치 공작원을 보낼 것. 국내 각지의 조국광복회를 확대 강화할 것. 그리하여 인민혁명군의 국내에서의 행동을 용이하게 하는 엄호로 되게 할 것. 필요한 지대를 습격한 다음 그것을 발판으로 싸움을 계속하는 경우 식량과 자금을 국내에서 조달할 것 ……. 이런 것이 장군의 머리에서 번개쳤다.(밑줄은 인용자)[12]

---

[12] 한설야, 「혈로」, 『한설야선집』 8(단편집), 조선작가동맹출판사, 1960, 29~30면. 인용한 부분이 전기 『영웅 김일성장군』에서는 다음과 같이 서술되어 있다.
"김장군은 실로 군사적 무장 전에 이미 사상적 무장을 먼저 한 것이다. (…중략…) 김장군은 1935년에 이르러 운동을 동만지대에 국한시킬 때가 아니라 전만주로, 국경으로, 압록강안(岸)으로, 장백산 밑으로, 조선 내지로, 무장을 뻐쳐야 할 것을 결의하였다. 때 마침 듸미뜨로브가 제기한 인민전선결성에 대한 모쓰크바 국제당 제7차대회의 결정에 의하여, 김장군은 만주에서의 반일본제국주의 세력을 총결집하고 조선혁명군의 정치조직으로서 조국광복회를 조직하여 전만(全滿)에 지부를 두고도 국내 즉 함남북의 요지인 혜산, 갑

　김일성이 1936년 '조국광복회'를 결성하고 동만주 일대로 이동해 국내의 혜산 등과 연계를 도모했다는 사실, 이 일련의 행위는 모두 국제 공산주의 노선인 '인민전선운동'을 구체적으로 실천한 것이었다는 게 한설야의 생각이다. 한설야에게 있어서 코민테른의 국제전략은 김일성을 거시적으로 조종하고 평가하는 원근법의 중심이었던 셈이다.[13] 그렇다면 한설야에게 있어서 김일성이란 단순한 맹신의 대상이기보다는 소련의 후원 속에서 활동한 사회주의 운동의 영웅이자 북한에 사회주의를 건설할 최고의 인물이었던 것이다.

　『백두산 기슭』을 비롯한 『총서』에는 이러한 측면이 완전히 배제되어 있다. 말하자면 김일성의 행동을 거시적으로 규율했고 또 평가의 기준과도 같았던 국제 공산당의 정책이 제거됨으로써 김일성의 행적은 원근법이 배제된 채 영웅적 행적만이 두드러지는 일종의 수묵화와 같은 모습을 보여준다. 그래서 『총서』 속의 김일성은 전지전능하고 초월적인 모습일 뿐 시간의 흐름 속에서 성장하고 쇠퇴하는 변화를 보이지는 않는다. 그런 사실은 청소년 시절의 김일성을 소재로 한 작품에서 특히 두드러지는데, 가령 연길의 육문 학교에 재학 중이던 1927~8년을 배경으로 한 『혁명의 여명』과 『은하수』에서 김일성은 한창 성장기의 소년임에도 불구하고 이미 세상의 이치와 공산주의 운동의 본질을 꿰뚫는 걸출한 풍모의 인물로 나타난다. 그의 주변에는 세상의 이치를 알고자 하는 또래의 인물들로 붐비고, 김일성은 그들을 일깨우면서 선지자처럼 삶의 좌표를 제시한다. 심지어 학교의 선생님들마저 그의 눈치를 살피고 그의 언행에 순종하는 식이다. 1926년 김일성이 15살 때 'ㅌ · ㄷ'를 결성하는 과정을 그린 『닻은 올랐다』에서도 김일성은 세상의 움직임을 꿰뚫고 자신이 무엇

산, 성진, 길주, 명천, 회령, 온성, 경성, 경흥, 무산, 부령 등지에까지 지하조직의 뿌리를 박게 되었다."(한설야, 『영웅 김일성장군』, 부산 : 고려문화사, 1947.5, 21~2면)

13　한설야의 견해는 스칼라피노와 와다 하루키 등의 글을 참조할 때 실제 사실과 거의 일치하는 것으로 확인된다. 자세한 것은 앞의 「해방 후 한설야 소설과 김일성의 형상」 참조.

을 해야 하는가를 훤히 알고 있다. 앞의 『백두산 기슭』에서도 그런 특성은 동일하게 나타난다. 김일성은 지적으로나 정서적으로 이미 성장이 완결되었고, 또 끊임없이 치러지는 전투에서는 처음부터 승리를 보장받은 인물이다.

이런 모습은 모든 작품에서 일관되게 나타나는 특성으로, 정리하자면 김일성은 작품이 시작되자마자 성장이 완결된 존재이다. 그런 점에서 『총서』의 개별 작품 하나하나는 편년체의 모습을 보이지만, 그것은 단지 주체의 성장과는 무관한 자연적 시간의 나열일 뿐이지 결코 주체의 성장과 변화를 매개하는 유기적 서술로서의 그것은 아니다. 『총서』가 소설의 형태를 갖고 있음에도 불구하고 소설로서의 흥미와 개연성이 떨어지는 것은 주인공이 이렇듯 무시간성의 세계를 공간 이동하듯이 활보하는 신적 존재로 그려진 때문이다.

4. 『총서』의 의미

우리에게 북한은 포용하기에 낯선 존재, 그렇다고 거부하기에는 한민족이라는 정서와 통일이라는 당위적 원칙을 의식하게 하는 존재라고 할 수 있다. 현재 남북한 사이에서 활발한 교류가 이루어지지만 그 한편에는 1990년대 이후 200만 명 이상의 아사자와 그로 인한 탈북 러시가 일어났던 북한의 모습이 도사리고 있다. 이러한 모순된 현상들에 대한 우리의 인식은 정교하지도 과학적이지 못하고 기껏 언론 매체에 의해 제공되는 통제된 정보의 언저리를 맴돌 뿐이다. 그런 의미에서 『총서』의 판독과 분석은 우리가 북한 사회의 내부로 들어가는 통로 만들기, 지도 만들기로서의 의미를 가질 수 있을 것이다. 남과 북이 공존하는 현실에서 미래를 전망하기 위해서는 수령 중심의 세계관으로 구축된 북한 사회의 의식구조를 보다 정확히 이해할 필요가 있는 것이다.

사실 『총서』가 전혀 터무니없는 내용을 담고 있는 것은 아니다. 『총서』에서 목격되는 김일성의 형상이 과장되거나 미화되어 드러나는 것은 사실이지만, 김일성이 만주 항일무장투쟁에서 중요한 역할을 수행한 비범한 지도자였다는 것을 부인하기는 힘들다. 진정성의 정도가 제한되고 또 전근대의 영웅 서사와도 흡사한 측면이 있지만, 『총서』는 북한이 만주 유격대의 경험을 바탕으로 만들어진 체제라는 사실과 김일성의 유격대 투쟁과 정신이 북한을 지배하는 이념의 중핵을 구성한다는 사실을 보여준다는 점에서 그 자체로 중요하게 음미되어야 한다. 김일성이 항일투쟁을 했던 일제치하의 현실은 오늘과는 너무나 동떨어져 있고, 따라서 그런 특수한 현실을 배경으로 한 투쟁과 이념이 오늘날에 그대로 적용될 수는 없을 것이다. 하지만, 그럼에도 불구하고 그것이 북한의 지도 이념으로 소환되고 있다는 것은 북한 정권이 유격대 정신을 이어받아 작금의 현실을 극복하자는 취지로 이해할 수 있다. 그런 사실을 반영하듯이, 『총서』에서 김일성을 바라보는 시선에는 어떤 비판이나 원근법이 존재하지 않는다. 그는 완결된 형상으로 무시간성의 세계를 활보하며 인민들의 삶을 총체적으로 지배하고 규율하며 외적을 물리친다. 한 연구자의 말대로, 만주에서의 항일전쟁의 역사적 경험이 절대적 전통으로 되어가는 과정은 역사가 신화화되어 가는 과정이고 그래서 시간이 흐름에 따라 항일유격대투쟁사는 순화되고 이상화되어 갔는데,[14] 『총서』 속의 김일성은 바로 그 정점에 서 있는 형국이다. 『총서』가 김일성의 죽음을 대상으로 한 『영생』(97)을 마지막 권으로 하지 않고 지금도 계속적으로 창작된다는 것

---

14 와다 하루키, 앞의 책, 6면.

은 아직도 '불멸의 역사'가 지속되어야 한다는 정권의 의지를 표현하는 것이 아닐까. 그 동안 북한은 위기를 돌파하기 위해서 이념과 정신 무장을 강화해 왔고, 그런 견지에서 향후 『총서』의 필요성은 더욱 증대될 지도 모른다.

그렇지만 그것은 근대성이 전 세계를 균질화하고 지배하는 현실에서 오히려 전근대의 세계로 발길을 돌린 형국이라는 점에 유의할 필요가 있다. 신화를 강화하는 행위는 고도의 정신 무장과 연마를 요구하는 것이라는 점에서 한편으로는 현실에서 점점 멀어지는 과정이고, 종국에는 스스로의 존재를 부정할 가능성을 내재하게 된다. 신화는 신화를 필요로 하는 사회에서만 생명력을 갖는다. 신화의 생명력은 그것을 향유하는 사람들의 필요, 즉 생활에 꿈과 희망을 주고 나아가 삶의 방향과 좌표를 제공하는 데 있을 것이다. 그런 점에서 주목해야 할 대목이 『총서』 전편을 착색하다시피 한 김일성의 인본주의적 성품과 행동이다. 민생단에 연루된 일가를 돌보는 김일성의 행동에는 인간 이외에 다른 어떤 가치도 중요하지 않다는 강력한 휴머니즘이 작동하고 있다. 김일성이 보여준 인본주의는 오늘날도 충분히 용납될 수 있는 삶과 시대의 가치이자 덕목이다. 기아로 200만 명 이상의 아사자를 냈다고 하는 북한의 현실에 비추자면 그런 덕목은 더욱 강조될 필요가 있을 것이다. 체제 이탈자와 아사자가 속출하는 현실에서 호명되는 신화는 그런 현실과 일정하게 조응해야 할 것이고, 그러지 못한다면 그것은 일종의 허위의식이거나 마취제일 가능성이 농후하다.

『총서』를 어떻게 이해해야 할 것인가의 문제는 결국 『총서』를 산출한 북한 사회의 향후 행보에 달려 있을 것이다. 아직도 신화가 생명력을 갖고 있는 사회인지 아니면 거기서 발길을 돌려 근대의 한복판으로 걸어 나오는 중인지, 향후 북한 사회의 행방을 주시해볼 일이다.

낭만적 열정과 성숙한 주체의 길

남대현의 『청춘송가』론

1. '북한'이라는 타자

반세기가 넘는 기간을 원수처럼 적대하면서 살아온 까닭에 우리에게 북한은 우선 친숙하기보다는 두렵고 위험스러운 존재로 각인되어 있다. 1990년대 이후 남·북한 간의 교류가 활발해지면서 북한에 대한 이해의 폭이 넓어지고 또 한층 친숙한 존재로 변했음에도 불구하고 아직도 사회 곳곳에는 북한에 대한 적대감이 완강한 형태로 남아 있다. 남북 대치로 인한 불안 심리, 북한의 강경한 대남 정책, 게다가 보수언론의 북한에 대한 적대감과 등은 여전히 북한의 이미지를 적대적인 타자(他者)로 자리매김하게 하고 있다. 여기다가 북한을 '악의 축'으로 몰아붙여 테러와 예측 불허의 이미지를 덧씌우는 거대제국 미국의 입장 또한 가세하고 있다. 북한에 대한 미국의 강경한 태도에는 자신의 이익에 반하는 어떠한 존재도 용납하지 않겠다는 강자의 오만과 함께 이질적인 체제에 대한 멸시의 감정이 강하게 배어 있고, 미국의 그런 배타적 시선이 우리에게 덧씌워져 북한을 사갈시하게 된 것도 부인할 수 없는 사실이다. 북한문학을 보는 시각도 여기서 크게 벗어나지 않는다. 북한문학에 대한 연구가 상당 정도로 축적되었음에도 불구하고 아쉽게 느껴지는 것은 북한문학을 아직도 정치의 도구로만 이해하거나 아니면 남한문학과는 다른 이질성만을 강조해서 이단시하는 경우가 많다는 데 있다. 물론, 남한의 시각에서 북한을 이해해야 하고, 또 문학 작품을 제대로 수용하기 위해서는 그것을 산출한 사회 현실에 대한 이해를 전제해야 한다는 점에서, 북한의 입장을 무조건 옹호하고 지원할 수는 없을 것이다.

북한문학을 제대로 이해하기 위해서는 무엇보다 문학의 본질적 특성에 대한 이해를 전제할 필요가 있다. 이를테면, 문학이란 매우 유동적이고 확장성이 강한 양식이라는 점이다. 문학은 근대 이전에는 대체로 '학문'이라는 뜻으로 사용하는 경우가 많았고, 특히 동양에서는 문사철(文史哲)을 포함한 복합적 의미를 갖고 있었다. 그러다가 근대(modernity)의 진전과 더불어 점차 의미가 한정되어 자연과학이나 정치, 법률, 경제 등과 같은 학문 이외의 학문, 즉 순수문학, 철학, 역사학, 사회학, 언어학 등을 총칭하는 용어가 되었고, 오늘날에는 그 의미가 더욱 제한되어 역사나 철학과는 구별되는 주관적 느낌과 사고를 표현하는 순수문학만을 가리키게 되었다. 우리의 경우도 근대 이후 서구 문학이 본격적으로 유입되면서 이런 문학의식이 형성되고, 그것이 식민지시대를 경과하면서 점차 정교화되어 오늘에 이른 것이다. 그런데, 남한과 북한은 해방 이후 전쟁과 분단 60여 년을 경과하면서 서로 다른 형태의 길을 걸었고, 급기야 오늘날과 같은 큰 차이를 갖게 되었다. 말하자면, 남한과 북한의 문학이란, 서로 다른 체제와 환경 속에서 각기 다른 형태로 발전해 온 것으로 볼 수 있다. 한국의 문학과 일본의 문학이 내용과 형식, 사회적 위상과 가치 등에서 각기 다른 모습을 보이듯이, 남한과 북한의 문학 역시 각기 다른 형태와 위상으로 발전해 온 '문학'의 다양한 변종 가운데 하나이다. 따라서 북한문학은 북한 사회와 문학의 특수성을 동시에 고려하는 자세로 접근해야 그 실체를 제대로 이해할 수 있을 것이다.

알려진 대로, 북한문학은 1967년을 기점으로 큰 변화를 겪었다. 1967년 이전까지는 마르크스-레닌주의의 유물론적 문예이론을 당의 공식노선으로 채택했으나, 주체사상이 확립된 1967년 이후에는 이전의 문예이론을 변형한 '주체문예이론'이 당의 공식적 문학정책이 되었다. 1967년 5월 당중앙위원회 제4기 15차 전원회의에서 유일사상 체제의 수립을 결의했으며, 1970년 11월 제5차 당대회에서는 주체사상을 당의 유일한 지도이념으로 규정하였고, 이후 북한이 추구하는 '우리식 사회주의' 이념을 구현하는 문학을 주체문학으로 규정하였다. 이런 북한문학은 1980년대 이후 크게 두 경향으로 나누어지는데, 하나는 『총서 불멸의 력사』로 대표되는 과거의 역사(그것도 김일성 중심의 항일투쟁사)를 재구성하는 작품들이고, 다른 하나는 북한의 사회주의 현실을 다룬 작품들이다. 주체문예이론에 입각하여 제작된 작품들이 대중성 확보에 실패하자, 절대적 과거에서 벗어나 실제 현실에서 인민들이 느끼는 애환이나 실생활을 다룬 작품들이 등장하게 된 것이다. 이런 부류의 작품에서는 기존의 이념성이 약화되고 대신 북한 인민들의 일상의 삶이 작품의 중심에 놓이는 특징을 보여준다.

이 글에서 주목하고자 하는 것은 후자를 대표하는 남대현의 『청춘송가』이다. 대학 하키선수 출신인 청년 기술자 리진호와 출판사 직원인 현옥의 애틋한 사랑 이야기를 주된 모티프로 하는 이 소설은 북한 사회의 풍속도와 청춘 남녀들의 이상과 열망, 사회적 갈등과 욕망 등을 실감나게 그려내었다. 청춘남녀의 사랑과 갈등이라는 진부한 소재를 다루고 있음에도 불구하고 흥미롭게 읽힐 수 있었던 것은 그것을 풀어가는 인물들의 자세와 열정, 그리고 그들을 바라보는 작가의 태도가 우리 주변에서 흔히 목격되는 통속 멜로드라마와는 전혀 다른 특성을 보여주기 때문이다. 이기적 타산과 개체적 욕망을 앞세우는 인물들을 중심으로 전개되는 남한의 청춘 서사와는 달리, 당(黨)과 수령을 가치의 중심에 두고 욕망과 감정을 조절하는 주인공들의 모습은 낯설고 한편으론 기이하기까지 하다. 그렇지만, 작중 인물들의 이런 모습을 '집단과 사회'의 문제로 환치해서 생각한다면, 인물들이 보여주는 갈등은 먼 남의 나라 이야기가 아니라 오히려 주변에서 흔히 목격되는 개인과 사회적 가치의 갈등으로 이해할 수 있을 것이다. 인물들이 고민하는 당의 정책이란 기실 집단과 사회의 문제를 어떻게 받아들일 것인가의 문제이기도 하다. 그런 견지에서 보자면 『청춘송가』는 북한의 젊은이들이 집단과 사회의 가치를 어떻게 받아들이고 살아가는지를 이해할 수 있는 좋은 참조물이 된다.

『청춘송가』는 또한 북한 사회의 당면 현안들을 사실적으로 보여준다. 북한이 국가 건설 초기의 힘과 활력을 잃고 침체일로를 걷게 된 근본원인으로 지적되는 관료주의의 병폐를 주인공의 일화를 중심으로 신랄하게 고발한 것은, 북한이 최고 지도자의 전제적 권력만을 추종하는 사회가 아니라 그것을 내부적으로 성찰하고 조정하는 합리성을 견지하고 있다는 것을 시사해준다. 물론 그런 성찰 역시 강성대국과 선군정치의 구현이라는 거시적 목표에 의해 조율되지만, 그럼에도 그 한편에서는 자기 갱신의 부단한 몸짓을 게을리 하지 않는다는 것을 알 수 있다. 그리고, 북한의 최대 현안인 에너지 문제를 해결하기 위해 '청춘'을 불사르는 젊은이들의 열정은 '부강한 조국'을 만들기 위한 북한 사회 내부의 노력이 어떠한가를 단적으로 시사해준다. 아울러 이 작품은 북한소설의 형식적 특질을 이해할 수 있는 좋은 자료이기도 하다. 다양한 인물들의 성격화와 상호 갈등, 내면서술의 빈번한 활용과 작가의 계몽적 태도는 남한소설과는 다른 북한소설의 고유한 특질에 해당한다.

여기서는 이런 사실을 중심으로 『청춘송가』를 살펴보고, 나아가 북한소설을 이해하는 방법을 생각해보고자 한다. 이 과정에서 특히 주목하는 것은 주 인물들의 욕망과 신념의 구현방식이다.

2. 미성숙한 주체의 꿈과 시련

『청춘송가』는 1987년에 발표된 남대현의 첫 장편소설이다. 「꿈과 현실」이라는 글에서 작가 스스로 밝혀 놓았듯이, 『청춘송가』는 남대현이 김일성대학 어문학부 창작과에 재학하다가 잠시 황해제철소에 내려가 용해공으로 일하던 시절의 체험을 소재로 하고 있다. 창작과 현장 체험을 중시하는 북한문학의 일반적인 특성을 보여주듯이, 작품에는 제철소에 대한 사실적인 묘사와 함께 각종 전문용어들이 능란하게 구사되는 것을 볼 수 있다. 당시 작가는 "생활의 목표를 어떻게 정하고 어떻게 사는 삶이 보람 있는 삶인가"(『조선문학』, 1998. 10, 44면)를 진지하게 고민했다고 하는데, 작품에서 열정적이고 저돌적인 청년 리진호가 '청춘시절을 어떻게 보내야 하고 사랑은 어떠해야 하는가'로 깊은 고심에 빠져 있는 것은 그런 사실과 연결된다고 하겠다.

작품의 내용은 사실 간단하다. 리진호는 대학시절부터 수입 중유 대신에 조선의 연료로 제강을 해야 한다는 것을 깊게 고민하였고, 졸업 후에는 그것을 실현하기 위해서 생산현장으로 내려가기를 희망하였다. 그 희망대로 그는 현장으로 내려가 '새 연료(중유를 대신할 수 있는 조선의 고체연료)' 실험에 몰두하지만, 과학적 근거를 확보하지 못한 상태에서 진행된 것이어서 실패를 거듭하고 급기야 폭파사고를 일으켜 징계까지 받는다. 하지만 그를 이해해주는 당비서의 도움으로 다시 실험을 계속하고 마침내 성공한다는 내용이다. 이 과정에서 여주인공 현옥과의 애절한 사랑이 또 다른 축이 되어 교차하는데, 진호가 현옥을 사랑하게 된 것은 그녀가 자신의 지향과 꿈을 이해하고 헌신하겠다는 각오를 보였기 때문이다. 의기가 투합한 두 사람은 사랑하는 사이가 되고, 둘 사이의 사랑은 전혀 문제가 없는 듯했다. 그런데, 진호의 순정을 곡해한 현옥의 오빠 명식이 개입하면서부터 사랑은 난관에 봉착한다. 금속공업부 심사실장으로 있는 명식이 보기에 진호가 현장에 내려가는 것은 실험에서 실패한 뒤 그 책임을 지고 쫓겨 가는 것이고, 또 그가 계획하는 기술안은 과학적 근거가 없는 것이었다. 그런데도 기술안을 위해서 현장으로 간다고 말하는 것은 당에 대한 일종의 기만행위로밖에 이해되지 않았던 것이다. 이러한 명식의 생각은 진호에 대한 '아름다운 꿈과 낭만적 생각'을 갖고 있던 동생 현옥에게도 영향을 주어 두 사람은 결국 갈등 끝에 헤어지게 된다. 이후 두 사람은 심리적 고통을 겪는 등 심한 후유증에 시달리는 생활을 하다가, 마침내 진호의 연료안 실험이 성공하고 또 현옥에 대한 진심이 확인되면서 다시 결합한다는 내용이다.

이런 내용을 통해서 작가는 진호의 꿈과 사랑이 구체화되는 과정을 담아내고 있다. 여기서 진호의 성격은 작품의 전·후반을 통해서 상당히 다른 모습으로 나타나는데, 가령 열정에 사로잡혀 일에 매진하는 전반부의 모습은 자신의 주관 속에 매몰되어 사회적(집단적) 사고를 하지 못하는 유아(唯我)적 수준이었다면, 실패를 거듭하고 징계를 받는 등의 시련을 겪은 뒤에는 집단의 가치와 기대지평 속에서 자신을 받아들이고 정립하는 사회적 주체(subject)의 모습을 보여준다. 이를테면, 인생의 방향과 가치가 결정되는 시기인 20대 초반의 진호와 현옥이 개아적 존재로서의 좁은 울타리에서 벗어나 사회적 주체로 성장하는 고통스러운 입사(initiation) 과정이 서사의 주된 내용이 된다는 점에서, 작품은 일종의 성장소설의 패턴을 따르고 있다. 진호와 현옥은 단순히 사회적 지식과 기술을 습득하는 존재들이 아니라 그것을 비판적으로 흡수하면서 스스로의 자아를 정립하고, 외부 현실과 타협하고 조정하며, 그리고 경험의 축적과 확대를 통해서 현실과 긴밀하게 교류하는 모습이다. 주관적이고 낭만적인, 게다가 소영웅심리에 사로잡혔던 진호가 성숙한 사회인으로 성장하는 것은 현장 체험과 시련을 통해서 사회적 가치와 이상을 내면화했기 때문이고, 그것이 궁극적으로 사랑을 성취하는 방법이라고 작가는 말하는 셈이다. 그래서 이 작품은 한 개인이 내적·외적 갈등을 겪고 난 뒤 성숙한 주체로 변화되는 과정을 그린 일종의 성장소설로 봐도 무방하다.

작품의 전반부에서 리진호는 매우 순박하고 열정적인 청년으로 등장한다. 그는 대학시절부터 중유 대신에 조선의 연료로 제강을 해야 한다는 생각에 골몰했고, 그런 생각을 정립한 뒤에는 어떤 난관에 부딪히더라도 결코 굴복하지 않는 저돌성과 함께 그런 자신을 비판하는 주변사람들에 대해서 전혀 개의치 않는 완고한 성격을 갖고 있었다. 대학을 졸업하고 기술국에 배치되어 '새 연료'를 시험하는 과정에서 '열 부족'이라는 치명적인 결함으로 인해 큰 실패를 경험했음에도 불구하고 조금도 자신의 신념을 굽히지 않는다. 그래서 주변 사람들로부터 우려 섞인 시선을 받는데, 가령 담당 부서에서는 과학적 근거가 미흡하다고 했고 자칫 잘못했다가는 노(爐)구조에 막대한 영향을 미칠 것이라고 충고했다. 하지만, 진호는 흔히 한 가지 일에만 열중하는 사람들이 그렇듯이 자기 생각을 고수하면서 연구해오던 연료를 공장에 시험 도입한다.

진호가 생각하기에 주변 사람들의 비판은 자신의 진정을 오해한 데서 비롯된 것이었다. 진호는 자신의 행위는 집단과 사회의 이익을 위한 것이고, 그래서 "가장 고상하고 아름다운 미덕이자 고결한 의무"라고 굳게 믿는다.

방안에 우두커니 혼자 남게 되자 진호는 어쩐지 어처구니없기도 하고 허구프기도 했다.

일단 옳다고 생각하면 상대가 누구던 무작정 덤비는 그였으나 흔히 그런 사람들이 그런 것처럼 그 역시 뒤는 그리 질기지 못했다. 그러나 지금은 마음을 다잡고 분노에 박차를 가하며 명식이가 나타나기만을 기다렸다.

(도대체 자기가 나를 알면 얼마나 알기에!)

다른 것이라면 몰라도 그처럼 간절히 소원이었던 그 열렬한 지향, 대학 때부터 숱한 친구들의 동경과 선망의 대상이 돼오던 그 꿈 같은 포부가 짓밟히는 데는 도저히 참을 수가 없었다. 아무리 쫓겨가는 처지에 놓였다 해도 결코 그 진정만은 유린당할 수 없었다.

　(어째서 사고만 따지는 건가? 어째서 마음속에 품은 간절한 지향은 리해하려고 하지 않는단 말인가!)[1]

"아무리 쫓겨가는 처지에 놓였다 해도 결코 그 진정만은 유린당할 수 없"다는 완고함, 하지만 이런 태도는 작가가 아버지의 입을 빌려서 지적하고 있듯이 한편으론 "사회의 요구와 사람들의 감정, 집단적인 의무와 그에 대한 견해, 이런 것들에 대한 이해할 수 없는 모순"을 내포한 생각이었다. 개인의 감정만을 앞세우는 행동은 그것이 비록 사회를 위한 것이라 하더라도 자칫 우월감이 배어 있을 수 있고, 또 개인의 욕망이란 궁극적으로 집단의 요구에 적응될 수밖에 없는 것이다. 그런데 진호는 이런 주변의 요구를 제멋대로 무시할 뿐만 아니라 자기가 조직의 한 성원이라는 자각조차 갖고 있지 못했던 것이다.

　현옥에 대한 진호의 사랑이 위기를 맞는 것도 이런 독선적인 태도와 무관하지 않다. 그는 상대가 아무리 아름다운 용모와 비단결 같은 마음씨를 지닌 여성이라 해도 자신의 포부를 진정으로 이해해주지 못한다면 "인연이 먼 사람"으로 생각하였다. 현옥을 사랑하게 된 것은 그녀가 자신의 지향과 진정을 이해하는 인물이라고 믿었기 때문이지만, 그런 생각 역시 현옥을 하나의 독립된 주체로 생각하기보다는 자신의 입장에서만 바라보는 독선에서 벗어나지 못한 것이었다.

1　남대현, 『청춘송가』, 문예출판사, 1988, 50면.

그가 말하는 내적인 미란 일반적으로 얌전하다든가 성실하다든가 하는 마음
씨뿐만 아니라 자기 사업에 대한 참다운 리해와 지향으로부터 출발되는 훌륭한
반려로서의 자질과 성품이였다. 자기의 포부를 진심으로 리해하고 거기에 모든
걸 바칠 수 있는 처녀, 바쳐도 열렬히 바칠 수 있는 처녀, 오직 이런 처녀만이 자
기의 대상이 될 수 있었다. (…중략…) 때문에 그는 이 성스러운 포부를 위해 모
든 것을 다 바치려는 자기의 지향을 진정으로 리해 해주지 못하는 처녀는 상대가
아무리 아름다운 용모에 비단 같은 마음씨를 지녔다 해도 유감스럽지만 자기에
게는 인연이 먼 사람으로밖에 될 수 없다는 것이였다.[2]

 ‘아름다운 용모’를 양보할 수는 있어도 “지향에 대한 요구만은 조금도
타협할 수 없다”는 것은 상대에 대한 주관적 감정이나 느낌보다는 미래
에 대한 신념을 공유하는 것이 무엇보다 중요하다는 생각이다. 여기서
지향이란 물론 당을 위한 충성과 헌신이라는 집단적 가치의 구현을 말하
고, 그런 점에서 진호가 생각하는 사랑은 흔히 말하는 ‘혁명적 사랑’이라
고 할 수 있다. 이를테면, 북한문학에서는 ‘사랑’이 ‘수령-당-인민’의 공동
체적 유대에 기반을 둔 체제 이데올로기로 기능을 해 왔다. 사랑은 행복
하고 조화로운 이상 사회를 건설하려는 공적 의지에 종속되었고, 특히
1967년 이후 주체사상이 확립된 뒤에는 ‘주체적 사회주의 건설’이라는 대
의(정치적 과제)가 개인의 욕망을 지배하는 이른바 ‘혁명적 사랑’으로 강조
되었다.[3] 주인공 진호와 현옥 등은 모두 당에 대한 충성과 헌신으로 자신
의 청춘을 바치고자 한 인물들이고, 둘이 결합하고자 했던 것도 당을 위
해서 함께 헌신하자는 이유에서였다. 그런 점에서 당에 대한 사랑 곧, ‘혁
명적 사랑관’이 두 이성을 연결하는 고리라는 것을 알 수 있다. 그렇지만,
진호의 그것은 아직은 추상적이고 관념적인 청춘기의 열망에서 벗어나

2　위의 책, 14~15면.
3　고인환, 「북한소설에 나타난 청춘 남녀들의 사랑」, 『컬처뉴스』, 2005.4.19.

지 못한 것이라는 점에서 그 한계를 지적할 수 있다.

현옥과의 갈등이 야기된 것은 그런 한계와 관계될 것이다. 진호를 오해한 현옥의 오빠 명식의 완강한 반대에 부딪힌 것인데, 명식은 진호의 저돌적이고 독선적인 태도를 좋게 보지 않았다. 명식은 객관적인 사실과 그 사실에 따르는 논리를 중시하고, 아무리 자기가 확신하는 것이라도 이 모저모 구체적으로 타산해보고 그것이 원칙에 부합하는가를 살핀 다음에 결론을 내리고 행동하는 인물이었고, 그런 빈틈없는 성격으로 인해 지금껏 심사사업을 하면서도 한 번의 오류를 범한 적이 없었던 것이다. 그런 명식의 입장에서 볼 때, 진호의 경우는 과학적 근거도 없이 자신의 '감정'만을 고집하는, 곧 현실을 추상적으로 대하는 터무니없는 낭만주의자이자 자만심이 가득한 젊은이에 지나지 않았던 것이다. 그래서 진호에게 동생의 운명을 맡긴다는 것은 "마치 날이 선 면도칼을 (…중략…) 어린아이에게 맡기는 거나 다름없이 위험천만한 일"로밖에 여겨지지 않았던 것이다. 그런 오빠의 생각을 접한 현옥은 당연히 갈등에 빠지고 급기야 진호의 순정을 의심하기에 이른다. 하지만 이 과정에서도 진호는 현옥의 처지를 이해하기보다는 오히려 자신의 진실을 의심한다고 서운하게 생각할 뿐이다.

이 처녀야말로 자기가 사랑해온 사람의 마음도 리해하지 못하는 그런 처녀가 아닌가! 이 처녀야말로 남의 말에 따라 자기 의사와 행동을 재여보는 나약하고 우유부단한 처녀가 아닌가! 그런데 어째서 그처럼 진실하고 아름답게만 보였을가? 어째서?…….

그 리유를 지금은 따질 수도 없었고 따지기도 싫었다. 리유가 어쨌든 간에 진호는 자기들 사이에 더는 진정한 사랑이 있을 수 없으리라는 것만은 명백히 깨닫지 않을 수 없었다.

그것은 마치 하나의 실수치가 어떤 계산법으로 얻어졌던 거기에는 상관없이

도저히 그 문제의 해답으로는 될 수 없다는 것을 확신하게 되는 경우와 같았다.[4]

이렇듯 전반부의 진호는 순수한 열정에 사로잡혀 있지만, 그것을 구체화하는 과정에서 고려해야 할 현실의 여러 요소들을 간과하고 있다는 점에서 순진한 수준을 벗어나지 못한다. 순수하고 열정적인, 그렇지만 고지식한 성격으로 인해 그는 이후 여러 난관에 봉착하는데, 입사소설의 주인공이 흔히 그렇듯이 진호는 완강한 자기 울타리 속에 칩거하고 있고 그로 인해 주변과 충돌하면서 커다란 상처를 입는 형국이다. 하나의 인간이 새로운 인간으로 태어나기 위해서, 즉 씨앗처럼 새로운 싹을 틔우기 위해서 소멸이라는 과정을 거쳐야 하듯이, 스스로를 성찰하고 부정해야 하는 탈각(脫殼)의 시점에 이른 것이다.

3. 사업과 사랑의 변증법

일에서도 사랑에서도 난관에 봉착한 주인공은 이제 시련의 단계로 접어들어 정신적·육체적 고통에 직면한다. 이를 극복하는 과정에서 주인공은 이전의 자아를 버리고 새롭게 태어나 기성 사회의 가치와 규범을 수용하는 성숙의 단계로 들어선다. 주인공은 인내심을 시험받고, 집단에 대한 충성심을 확고히 다지며, 새로운 지식과 경험을 쌓아 성인 사회로 진입할 힘을 기르는 것이다. 이런 동일화의 과정을 거침으로써 진호는 관념적이고 독선적인 태도에서 벗어나 보다 현실적이고 실제적인 사회

4　　남대현, 앞의 책, 72면.

성원으로 거듭나게 된다. 그런데, 『청춘송가』에서 특이한 점은 이런 일련의 과정에서 외부 조력자로 '당(黨)비서'가 등장해서 인물의 각성과 성장을 돕는다는 사실이다. 당비서란 수령을 대신하는 전지적 존재를 말하는 바, 일반적인 성장소설이 주체의 시련과 고통, 그 극복 과정을 통해서 스스로 진실을 깨치고 성장해간다면, 여기서는 이 '당비서'가 그 구체적 계기를 제공한다는 데서 북한소설다운 독특함이 있다.

가령, 주변의 반대와 멸시에도 불구하고 진호는 혼자서 실험에 몰두하면서 조금씩 과학적 근거를 확립해 나가는데, 이 과정에서 진호는 또 한번 큰 사고를 내고 거의 죽음 직전에 이르는 위기를 맞는다. 그런 절체절명의 상황에서 뜻밖에도 조력자가 나타나는데, 곧 그의 열정과 의도를 이해한 초급 당비서 상범의 출현이다. 상범은 당의 입장을 대변하는 인물로, 진호의 연료안이 갖고 있는 창의성과 자주성을 높이 평가한다. 비록 실패를 거듭하고 있지만 그 계획이 구체화된다면 중유를 대신할 획기적인 성과를 낳으리라는 것, 진호가 기록해 놓은 4년간의 '시험일지'를 검토하면서 상범은 진호의 순수한 열정과 창발성을 이해하고, 한편으론 그런 열성이 "직장 전반을 지배하고 있는 비정상적인 사태를 수습할 방도"일지도 모른다는 생각에서 그에게 다시 한번 실험의 기회를 제공하는 것이다.

사람들은 누구나 말로는 다 자기는 당의 뜻을 받들어 일한다고 하지만 정작 따져보면 그 각오와 감정에는 차이가 많은 것이고 바로 그 차이로 하여 서로 다른 결과가 나타나는 것이다. 흔히 그런 사람들은 수령님의 교시를 법적인 과제로, 지상의 의무로 받아들이긴 하지만 거기에 머무르기만 할 뿐 그것을 수행하지 않고는 견디지 못할 최대의 욕망, 간절한 충동으로까지 승화시키지는 못하는 것이다. 그러나 진호는 바로 거기에 자기의 모든 것, 기쁨과 행복, 환희와 사랑은 물론 분노와 울분까지도 담고 있는 것이었다.

(…중략…)

의존심으로 만성화된 사람들의 관점과 새 연료를 도입하려는 진호의 자각, 이것은 중유로부터 파생된 문제이긴 하면서도 서로가 극단을 이루고 있는 것이었다. 만약 그의 기술안이 가능하다면 그 수행으로 사람들을 동원하여 그들의 그릇된 관점을 바로잡아나갈 수 있지 않겠는가, 바로 이것이 우리 직장이 걸린 문제를 푸는 열쇠, 내가 틀어쥐고 나가야 할 중심고리가 아니겠는가! 이런 생각이 그를 불길처럼 사로잡기 시작했던 것이다.[5]

여기에 이르면, 작품의 의도가 단순한 진호의 사랑 이야기가 아니라, 북한 사회 전반에 만연된 관료주의에 대한 비판과 그것을 타개할 새로운 가치의 발견에 있다는 것을 알 수 있다. 알려진 것처럼, 북한 사회는 정치·경제·이데올로기적으로 중앙의 관리자들이 지배하는 사회이다. 그들은 자신의 특권적이고 지배적인 지위를 향유할 뿐만 아니라 그것을 재생산하면서 사회를 이끌어 나간다. 이런 과정을 오랫동안 유지하다 보니까 지배하는 층과 지배당하는 측으로 사회가 나누어지고, 지배하는 사람들은 그 조직 속에서 계속적으로 자신의 기득권을 유지하려고 한다. 이런 데서 북한 특유의 관료주의가 생기고, 그것이 일반 인민들에게 불만 요인으로 자리 잡는다.[6] 남대현이 진호의 저돌적이고 순수한 열정을 주변 인물들의 관료적 안일주의와 대비한 것은 진호의 행동이 비록 세련되지 못하고 투박하지만 궁극적으로 창의와 발전을 위한 동력이 되리라 믿었기 때문이고, 그것이 장차 관료주의적 타성을 혁파하고 당의 입장을 구현할 모범적 사례라고 판단한 때문이다.

이 과정에서 당비서 상범은 진호의 문제점을 날카롭게 지적하는 것을 잊지 않는데, 그것은 진호가 "심장이 가리키면 어떤 일이라도 하고야 마는 사람이지만 어떻게 해야 그것을 가장 빨리 더 효과적으로 할 수 있는

---

5 위의 책, 198~199면.
6 김재용, 「북한문학을 통해 본 북한사람들 6」, 『통일한국』, 1995.7, 88~91면.

가 하는 것은 모르고 있다는 사실"이었다. 일이 어렵고 힘들수록 대중에게 의지해야 하고 그래야 진정한 힘이 발휘된다는 것, 이런 지적과 함께 상범은 진호의 계획을 실현하기 위한 구체적 방안을 제시한다. 혼자 몰두했던 일을 이제 체계적으로 분담하고, 새롭게 실험을 할 수 있는 기회를 제공하는 것이다. 거듭되는 실패와 시행착오 끝에 자신의 한계를 자각한 진호는 당비서의 지적을 겸허하게 수용하면서 한편으로는 자신의 독선적 태도를 반성한다.

그래도 난 여태까지 자신을 성실한 인간으로 여겼었지. 그만하면 진실하다고 치부했고, 그러나 이제 와서야 내 자신이 어떤 인간인가 하는 걸 비로소 느끼게 됐네. 왜 남들이 나를 욕하며 질시하는가 하는 것을 알게 됐고 또 그것이 백번 응당하다는 것도 깨닫게 됐네. 사실 나 같은 인간이 사람들의 조소를 받는 거야 너무나도 마땅한 일이 아닌가.[7]

자신의 신념만을 절대시하고 그것이 유일한 진실이라고 믿었던 진호는 당비서의 지적을 통해서 비로소 주체와 객체, 주관과 객관의 문제를 이해한다. 개인의 존재란 거대한 수레바퀴를 구성하는 작은 치차(齒車)와도 같고, 사업 역시 주변 사람들의 협조 속에서만 가능하다는 것, 이런 깨달음을 통해서 진호는 비로소 자신의 꿈에 한층 더 가까이 다가서게 된다. 정아에게 조수의 역할을 맡기고, 태수의 공감을 얻어 연료 취입기를 담당하게 하는 등 사업을 현실화할 수 있는 구체적인 방안을 강구하는 것이다. 이런 태도는 자신을 집단이라는 유기체와 결부시켜 이해하는 깨달음이 있었기에 가능했다. 이제 진호는 다시 자신의 꿈에 몰두하고, 이로부터 작품은 급격한 반전과 함께 대단원으로 치닫는다. 실험의 성공과

---

7   남대현, 앞의 책, 208면.

명예 획득! 이 작품이 성장소설적 특성을 갖는다는 것은 진호가 이렇듯 유아적 주체의 모습에서 벗어나 사회적 주체로 변신하는 과정을 실감나게 보여주었기 때문이다.

이러한 변신은 한편으로 현옥과의 사랑 문제를 해결하는 실마리가 된다는 점에서 당과 사업, 그리고 당과 사랑의 함수관계가 어떠한가를 시사해준다. 언급한 대로, 진호와 현옥 등은 모두 당에 대한 충성과 헌신으로 자신의 청춘을 불사르기로 한 인물들이다. 하지만 전반부에서는 그것이 자신의 입장만을 앞세운 것이었기에 주관적이고 일방적인 측면이 강했다. 그런데, 일련의 시행착오와 당비서의 지적을 통해서 새롭게 변신한 이후에는 이런 태도에도 적잖은 변화가 일어난다. 현옥의 고민을 생각하고, 왜 그녀가 그렇듯 자신을 배신했는가를 깨닫는 것이다. 이 과정에서 정아와 나누는 다음과 같은 대화는 진정한 의미의 사랑이 어떠해야 하는가를 단적으로 보여준다.

> "언젠가 동문 진실한 사랑은 서로가 상대를 위하는 마음이 같아야 한다고 했지요? 그래야 참된 행복이 있을 수 있다고요. 그렇지만 전 이렇게 생각해요. 이제야 명백히 말할 수 있을 것 같아요. 누구나 자기를 위한 감정과 상대를 위한 감정, 이 두 감정 중에서 자기를 위한 감정보다 상대를 위한 감정이 크고 진실해야 한다고 말이예요. 바로 그 차이가 사랑의 크기라고요. 말하자면 상대를 위한 감정이 크고 진실할수록 그 사랑은 더욱 아름다와진다고 말이예요."
>
> "?!"
>
> 정아의 말은 너무도 심중한 의미를 담고 있는 것이여서 얼른 그 뜻을 파악할 수가 없었다.
>
> (자기를 위하는 감정보다 상대를 위하는 감정이 크고 진실해야 한다구? 그것이 사랑의 크기라구?)

쉽사리 리해하기는 어려웠으나 뭔가 새로운 것을, 어떤 고상한 감정을 불러일
으키는 말이였다.

문득 사랑에 대해 력설하던 자기의 말이 생각났다.

"사랑이란 처녀의 외적인 미와 내적인 지향의 합으로 이루어지는 걸세. 그렇지
만 어디까지나 지향이 우위라는 것만은 명심해두게."

그제야 그는 자기가 주장해오던 사랑의 관점이 정아와 비하면 얼마나 일면적
이며 자기본위에 지나지 않았던 것인가 하는 것을 깨닫지 않을 수 없었다. (…중
략…) (그러고 보면 난 너무도 자기의 요구만 내세웠고 그 요구에 상대가 따르기
만 바랐었지 …….)[8]

사업에만 몰두한 채 애인의 고통을 헤아리지 못했던 주인공이 그녀를
이해하기 시작한 것은 바로 이런 깨달음 때문이었다. 사랑도 연구사업처
럼 주의를 집중한다면 틀림없이 남다른 행복에 이르리라는 지적, 일방적
이고 완성된 형태가 아니라 서로의 부족한 점을 이해하고 그것을 고쳐가
는 과정이 사랑이라는 깨달음을 통해서 진호는 그 동안 현옥이 자신을 얼
마나 원망하고 분노했을까를 알게 된다.

흔히 사랑은 지극히 숭고하고 또 사회적 이해관계를 초월한 것이라고
말한다. 사랑은 결단이고 헌신이고 인정(permit)이라는 것, 그리고 궁극적
으로는 두 개체가 하나로 결합함으로써 형성되는 '고양된 감정'이라는
것. 그래서 사랑에는 오직 두 사람의 감정이 중요하고 사회적 지위나 신
분, 학력 등은 부차적인 것이라고 말한다. 『청춘송가』에서 공적 가치가
중시되고 그것의 공유가 청춘남녀가 결합하는 중요한 전제가 되지만, 그
럼에도 그 바탕에는 상대에 대한 존중과 이해의 마음이 깔려 있다. 진호
와 현옥이 다시 만나고, 현옥이 진호에 대한 오해를 풀게 된 것은 바로 상

---

8   위의 책, 337면.

대의 입장을 진지하게 이해하고 인정함으로써 가능했던 것이다. 그런 점에서 이 작품은 물신주의에 물들어 있는 남한 사회의 사랑과는 다른, 사랑의 원초적 모습을 보여준다고 하겠다.

작품 말미에서 진호가 연락선을 타고 현옥에게 달려가는 것은 오랜 시련과 좌절을 통해서 주관의 완고한 껍질을 벗고 사회적 주체로 성장한 주인공의 모습을 보여주기 위한 것이다. 진호는 이제 사회적 가치를 내면화하고 동시에 사적 감정을 존중하는 진정한 의미의 '혁명적 사랑'에 도달하고, 작품은 성장소설로서 대단원을 마무리하는 것이다.

4. 80년대의 풍속도

『청춘송가』는 '혁명적 사랑관'에 기초한 북한식의 사랑을 실감나게 보여준 작품이다. '당과 수령'의 가르침을 중심으로 두 남녀가 결합하는 과정은 개인의 감정과 능력을 절대시하는 남한의 입장에서 보자면 매우 낯선 형태로 다가오지만, 그 일련의 과정이 한편으론 추상과 관념의 껍질을 벗고 현실에 뿌리내리는 과정이라는 점에서 공감할 수 있다. 이 작품이 일군 성과의 하나가 북한의 '1980년대 성격'을 훌륭히 창조한 데 있다고[9] 한 것은 그런 사실과 관계될 것이다. 즉, 1980년대 북한 사회에서 긴급하게 요구된 것은 이른바 '혁명적 수령관의 확립'과 그에 기초한 '주체의 혁명적 인생관의 확립'이었는데, 작중의 진호를 비롯한 여러 인물들은 바로 그런 시대적 요구를 전형적으로 보여주는 사람들이다. 주인공 진호와 그

---

9   박용학, 「청춘시절은 어떻게 보내야 하는가」, 『조선문학』, 1988.7.

애인 현옥, 현장기사인 태수와 정아를 비롯한 작중인물들은 당에 대한 충성의 열정으로 청춘을 불사르며, 진호는 자신의 시험일지에서 "우리의 과제 — 그것은 할 수 있는 일이 아니라 해야 할 일을 하는 것이다!"라고 강조한다. 이는 소련을 비롯한 현실 사회주의가 관료주의의 타성에서 헤어나지 못하고 몰락의 길을 걸었던 1980년대 후반의 상황에서 북한을 '강성 국가'로 키우고자 하는 절박한 심경을 표현한 것으로 이해할 수 있다. 북한의 향후 운명은 내부의 이 관료주의적 문제를 어떻게 혁파할 수 있는가에 달렸다고 해도 지나친 말은 아닐 것이다.

아직도 북한소설은 우리에게 낯선 것이 사실이다. 인물의 사고와 행동을 지배하는 중심축은 대부분 당과 수령의 문제이고, 갈등을 해결하는 과정 역시 당(혹은 당비서)의 냉철한 이성에 힘입고 있다. 하지만, 그럼에도 불구하고 인물들이 보여주는 일상적인 갈등과 고민, 사랑과 증오의 감정은 누구나 공감할 수 있는 인간 보편의 문제들이다. 게다가 이 작품은 북한 사회의 고질인 관료주의의 문제점을 신랄하게 비판하는데, 이는 금기와도 같은 정치 현실에 대한 비판이라는 점에서 우리에게 신선한 충격을 안겨준다. 그 동안 우리는 체제와 가치관의 상이로 인해 북한을 쉽게 이해할 수 없는 독선적인 타자로만 인식해 왔으나, 이런 대목들을 접하면서 새삼 스스로를 돌아보게 된다. 작품에서 보이는 북한 사회 내부의 모습은 배제와 부정의 대상이기보다는 귀 기울여 공감할 만한 것이고, 그런 이해와 공감을 바탕으로 우리는 북한에 대해 한층 성숙한 자세를 가질 수 있을 것이다. 북한 사회 내부를 관류하고 있는 평화와 공존의 심리는, 아직도 북한 사회 전반을 지배하는 전일적이고 교조적인 분위기, 신앙적 숭배심 등의 이미지를 대체하기에는 역부족이지만, 그런 흐름이 지속된다면 이해와 공감의 지반은 한층 넓고 깊어질 것이다.

북한문학사, 위계의 논리와 의미

『조선문학개관』을 중심으로

1. 머리말

북한문학에 대한 관심은 남한의 대북정책의 변화와 밀접하게 연관되어 있다. 통일을 향한 발걸음이 가속화되었던 시절에는 북한문학이 베스트셀러나 되듯이 인구에 회자되었고, 급기야 호화 양장의 '북한문학선집'으로 출판되기까지 하였다.[1] 그렇지만 보수 정권이 들어서고 남북 관계가 경색되면서 그런 흐름은 더 이상 진전되지 못하고 중단되는 처지가 되었다. 물론 이런 단절은 일시적인 것일 뿐 결코 통일을 향한 큰 흐름을 거스르는 못할 것이다. 주지하듯이, 1988년 월북작가의 해금을 통해서 북한문학은 더 이상 금단의 영역이 아니라 서로 소통하고 포섭해야 할 민족문학의 중요한 자산이 되었다. 금기시되고 부정되었던 작가들이 문학사에서 제자리를 찾게 되고, 통일문학사 서술을 위한 구체적인 모색이 가능해진 것이다. 1990년대 이후 봇물 터지듯이 쏟아진 북한문학에 대한 연구와

---

1   『북한문학전집』(전16권), 서음미디어, 2005; 『한국문학선집(북한문학)』, 문학과지성사, 2007 등이 대표적이다.

관심은 그런 저간의 사정을 웅변해준다. 따라서 외견상의 위축은 큰 걸음을 떼기 위한 일종의 숨고르기라 할 수 있을 것이다.

북한에 대한 흥미와 관심이 완화된 지금의 현실에서 무엇보다 중요한 것은 북한문학에 대한 올바른 이해와 수용이라고 할 수 있다. 시류적인 흥미와 관심, 무분별한 수용과 흥분, 냉전적 적의와 부정에서 벗어나 그 실상을 제대로 인식할 때만이 북한문학은 온전한 실체를 드러낼 것이다. 냉전적 사고에 젖어서 북한을 사갈시하거나 우리와는 다른 이질의 영역을 과장해서 통합의 가능성을 외면해서는 안 될 것이다. 북한문학에 대한 편향된 시각은 북한을 올바로 알고자 하는 것이 아니라 오히려 또 다른 왜곡을 초래할 위험성을 내재한다. 북한문학에 대한 관심이 민족동질성의 회복과 분단 극복의 밑거름이 되기 위해서는 동질성과 아울러 이질성의 양면을 객관적으로 조망하는 수준으로 우리의 의식이 향상되어야 할 것이다.

이 글에서 북한문학사를 검토하고자 하는 것은 무엇보다 '문학사'가 한 사회의 문학관과 미학관을 집약적으로 반영하며 동시에 당대의 연구 수준을 총괄한다고 보기 때문이다. 문학이 그 사회의 문제를 반영할 수밖에 없는 것처럼, 문학사 역시 당대 현실과의 밀접한 관련 속에서 과거의 문학을 평가하고 정리한다. 문학사를 서술한다는 것은 역사를 보는 사관(史觀)과 아울러 문학에 대한 관점을 전제하고, 거기에는 한편으로 서술 주체의 현재적 입장이 투사된다. 북한의 초창기 문학사에서 목격되는 과거 문학에 대한 평가와 1980년대 이후 문학사에서 목격되는 그것이 다르게 드러나는 것은 서술 당시의 시각과 수준이 달라졌기 때문이다. 따라서 문학사에 대한 검토를 통해서 당대를 규율하는 문학관과 함께 문학 연구의 수준을 파악할 수가 있다. 그리고, 북한문학사는 "문학발전의 합법칙적 과정"[2]을 서술하고 있다고 주장하는데, 과연 그것의 실체가 무엇인지 그리고 그러한 주장에 부합되는 서술체계와 내용을 갖추고 있는지

하는 점도 관심의 대상이 되기에 충분하다. 북한문학사에 대한 이해란, 그런 점에서 북한의 문학과 사회에 대한 이해이자 동시에 향후 통일문학사 서술을 위한 토대를 점검하는 일이기도 하다. 실제로, 북한에서는 문학사를 "작가들과 작품들이 문학발전에서 차지하는 위치와 의의를 연구" 하는 것으로 정리하고 있다.

> 문학사는 문학의 발생, 발전의 합법칙성을 밝히며 작가들의 창작활동과 문학작품들의 사상예술적 특성, 작가들과 작품들이 문학발전에서 차지하는 위치와 의의를 연구한다. (…중략…) 우리의 문학사는 주체의 방법론에 기초하여 우리나라 민족문학의 발생발전의 력사를 체계정연하게 서술하며 특히 위대한 수령 김일성동지께서 조직령도하신 영광스러운 항일투쟁혁명시기에 창조된 항일혁명문학예술과 해방후 위대한 수령님과 당의 현명한 령도밑에 우리문학이 이룩한 성과와 풍부한 경험들을 분석개괄하며 리론적으로 일반화하는 것을 중요한 과업으로 삼고 있다. 우리 나라 문학사는 위대한 주체사상을 사상리론적 및 방법론적 지침으로 함으로써 가장 과학적이며 혁명적인 문학사로 되었으며 인민대중을 사상미학적으로 교양하고 새로운 사회주의적민족문학을 건설하는데 적극 이바지하고 있다.[3]

이 글에 의하면, 북한의 문학사는 주체사상을 사상·이론적 방법으로 하여 서술되고, 종국에는 인민 대중을 사상·미학적으로 교양하여 새로운 사회주의적 민족문학을 건설하기 위한 것으로 정리된다. 이를테면, 김일성의 항일무장투쟁 정신을 이어받고, 김일성의 사상과 이념을 집약한 주체사상에 의해서 문학사가 서술되며, 궁극적으로는 인민을 교양하는 역할을 해야 한다는 것이다. 이런 사실을 통해서, 남한과 북한이 60년

---

2   『조선문학개관』 상(번간본), 서울 : 백의, 1988, 3면.
3   사회과학원 주체문학연구소,『문학예술사전』 상, 과학백과사전종합출판사, 1988, 761면.

이상 서로 다른 체제로 살면서 심각하게 이질화된 것처럼, 문학을 대하는 태도와 관점에서도 상당한 차이가 존재한다는 것을 알 수 있다.

이 글에서 주목하는 『조선문학개관』(86)[4]은 이런 특성을 보여주는 대표적인 문학사이다. 『조선문학개관』은 그 이전 문학사에서 드러나는 여러 문제점, 가령 정치적 측면을 지나치게 강조한다거나(1956년판『조선문학사』), 김일성 중심의 서술이 과도해서 문학적 사실이 소홀히 되는 등의 문제점(1977년~1981년판『조선문학사』 1~5)을 바로잡은 비교적 충실한 문학사로 평가된다. 이전 문학사에서는 언급되지 않았던 이광수, 김억, 한용운, 이효석 등의 작가들이 중요하게 서술되고, 시, 소설, 극문학, 영화문학 등 장르별로 문학사를 정리한 것도 이 문학사만의 특징이다. 말하자면, 『조선문학개관』은 1977년판『조선문학사』 5권을 '주체의 문예이론'에 의해 요약·정리한 것으로, 현 북한 사회의 문학관과 미학관이 집약되어 있다. 그런 점에서 이 글은 이『조선문학개관』을 검토하면서 북한문학을 이해하는 계기를 갖고자 한다. 『조선문학개관』의 검토는 북한문학의 근간이자 사상적 지침이라 할 수 있는 '주체의 문예이론'에 대한 이해이고, 나아가 북한문예의 사적 맥락을 이해하는 일이라는 점에서도 중요하다.

---

4 정홍교·박종원, 『조선문학개관』 상·하, 사회과학원출판사, 1986(번간본, 서울 : 백의 (상); 온누리(하), 1988). 본문의 '북한문학사'는 이 책을 지칭하며, 특별한 언급이 없는 한 인용은 이 책에 의존한다.

2. 북한문학사의 서술시각과 의도

문학사란 과거의 문학적 제(諸)현상을 현재의 요구를 바탕으로 정리하고 평가하는 작업이라 할 수 있다. 『삼국유사』나 『삼국사기』의 문학 관련 서술도 과거의 문학을 당대 사회의 요구에 의해서 정리하고 평가한 것이고, 그런 점에서 문학사 서술의 단초적인 모습을 보여준다. 또 조윤제가 『한국문학사』 서문에서 "나의 이십 여 년의 학구(學究)의 생활은 나에게 있어서는 하나의 민족독립운동이었다"[5]는 진술도 당대의 현실적 요구가 문학사를 서술하는 중요한 동인이었음을 말해준다. 이와 같이 문학사는 역사의 특정 시기마다 그 시대의 요구를 일정하게 반영하면서 이루어져 왔다. 그런데 문학사는 과거의 모든 문학 현상을 서술하는 것이 아니라 특정 시각에 의하여 과거 사실들을 선별적으로 정리하고 평가한다. 그렇기 때문에 문학사에 대한 이해는 무엇보다 서술의 기본 원칙이 되는 서술 시각에 대한 이해를 전제할 수밖에 없다.

북한문학사는 연대기적 배치를 기본으로 한 시기구분 속에서 장르 혹은 주제별로 제반 문학현상을 배치하는데, 이는 남한에서 쓰여진 문학사와 별반 차이가 없다. 예컨대 '삼국시대 / 발해 및 후기 신라 / 고려 / 15～16세기 / 17세기 / 18～19세기 중엽 / 19세기 후반～20세기 초' 등으로 시기를 구분하여, 각 시기마다 소설, 시, 극 등의 장르를 나누어 특징적인 사실들을 서술한다. 이 과정에서 주목되는 것은 북한이 한국사의 정통성을 고구려와 발해를 통해서 확립하고자 하는 까닭에 이 부분에 대한 서술이 상대적으로 강화되어 있고, 또 현대 편에서는 김일성을 중심으로 한 항일무장투쟁이 서술의 중심축이 되고 있다. 이를테면, 북한은 '고조선

---

5   조윤제, 『한국문학사』, 탐구당, 1984년, 6면.

→고구려 → 발해 → 고려 → 조선 → 김일성의 항일무장투쟁'으로 민족사의 정통성을 세우는 까닭에 고구려와 발해 문학에 대해서 큰 의미가 부여되고, '현대편'에서는 항일 혁명문학이 서술의 중심에 놓여 있다.

이러한 서술체계 및 구성을 바탕으로 북한문학사는 '혁명과 건설'이라는 북한 사회의 당면 요구에 부합되는 작품들을 선별하고 해석한다. 따라서 북한 사회의 특수성에 입각한 문학의 공리적 측면이 고도로 강조되고, 지도이념인 '주체사상'의 강한 규율성을 곳곳에서 목격할 수 있다. 주지하듯이 주체사상이란 김일성이 창시했다고 주장하는 사상이자 통치이념이다. 주체사상은 철학적 원리, 사회역사원리, 지도원칙 등의 3개 부분으로 구성되어 있다. 철학적 원리는 인간 중심의 새로운 철학사상으로 사람이 모든 것의 주인이며 모든 것을 결정한다는 것이고, 사회역사원리는 혁명과 건설의 주인은 인민대중이며 혁명과 건설을 추진하는 힘도 인민대중에게 있다는 것이며, 지도원칙은 혁명과 건설에서 주인으로서 태도를 가져야 한다는 주장이다.[6] 이 주체사상에 의하면, '혁명과 건설'의 시기에 있어서 문학의 역할은 "노동자의 선봉적 역할과 혁명적 영향력을 강화"하고 그것을 통해서 "노동자의 계급적 당파성"[7]을 확립하는 것인 바, 북한문학사 서술의 기본원리는 바로 이런 문학에 대한 실천적 요구에 바탕을 두고 있다.

우리는 우리 인민들이 창조한 민족문화유산 가운데서 진보적이고 인민적인 것과 낡고 반동적인 것을 정확히 갈라내어 낡고 반동적인 것을 버려야하며 진보

6　주체사상에 대해서는 다음 책을 참조하였다. 양재인, 『주체사상』, 경남대극동문제연구소, 1990; 태백 편집부 편, 『북한의 사상』, 태백, 1988; 이진경, 『주체사상비판』1·2, 새길, 1989·1990; 찰스 암스트롱, 김연철·이정우 역, 『북조선의 탄생』, 서해문집, 2006; 브루스 커밍스, 남성욱 역, 『김정일 코드』, 따뜻한손, 2005; 『정치사전』, 사회과학출판사, 1973(번간본, 지양사, 1989)
7　태백 편집부 편, 『북한의 사상』, 태백, 1988, 134면.

적이고 인민적인 것은 오늘의 현실과 노동계급의 혁명적 요구에 맞게 비판적으로 계승발전시켜야 합니다.[8]

고려의 인민적이고 진보적인 문학은 이러한 사회역사적 현실을 배경으로 하고 있으며 불교, 유교를 비롯한 반동적인 사상조류들과의 첨예한 투쟁 속에서 민족 고유의 특성을 살리면서 줄기찬 발전을 이룩하였다.[9]

민족문화 유산을 비판적으로 계승 발전시키고 조선사람이 좋아하고 그들의 정서와 비위에 맞는 진보적이며 인민적인 문학예술을 창조하고 발전시키는 것은 민족문화예술 건설의 유일하게 옳은 노선이며 방침이다.[10](밑줄은 인용자)

인용문에서 드러나듯이, 과거 문학에 대한 선택과 평가의 미적 기준은 '인민성'과 '진보성'으로 요약된다. 즉 과거의 문학을 낡고 반동적인 것과 진보적이고 인민적인 것으로 대별하고 그 가운데서 진보적이고 인민적인 것만을 계승·발전시켜야 한다는 주장이다. 북한문학사는 이러한 미적 개념을 과거 문학에 대한 선별과 평가의 기본원칙으로 삼는다. 따라서 북한문학사에서 언급되는 작가나 작품은 모두 이러한 시대적 요구에 부합되는 것으로, 계승·발전시켜야 될 과거 문학의 결정(結晶)인 셈이다.

사회주의 미학의 기본개념의 하나인 '인민성'은 모든 문학예술을 창조하고 수용하는 주체는 인민(人民)이라는 명제에 바탕을 두고 있다. 즉 창작의 주체도 인민이며 수용의 주체도 인민이라는 것. 따라서 인용문에서 보이는 "인민들이 좋아하고 그들의 정서와 비위에 맞는"이라는 추상적 진술은 이러한 양 측면을 포괄하는 말이다. 말하자면 과거문학에 대한

8　사회과학원 문학연구소 편, 『조선문학사』, 과학백과사전출판사, 1977, 383면.
9　『조선문학개관』 상, 백의, 1986, 73면.
10　위의 책, 92면.

미적 가치판단의 기준으로 '인민성'을 사용하고 있기 때문에 작품의 내용이 인민적이냐 그렇지 않느냐에 서술의 초점이 모아지는 것이다.

북한문학사는 이러한 개념에 입각해서 첫째로 주제(主題)사상의 측면에서 인민성을 구현한 경우와, 둘째로 언어 혹은 형식의 측면에서 인민성을 구현한 경우로 나누어 서술한다. 첫째의 경우 인민들의 도덕적 풍모나 생활감정, 행복에 대한 염원, 불교·유교 등 '반동적 사상'에 대한 비판이나 통치배와 중들에 대한 비판 등이 작품에 반영되어 있으면 모두 '인민적'이라고 높이 평가하며, 둘째의 경우는 인민들이 알기 쉬운 형식으로 창작되어야 한다는 원칙에 입각해서 지배층의 기록문학보다는 피지배인민 대중의 구비문학을 더욱 중시하는 서술태도로 나타난다. 그렇지만 두 가지 측면을 요목화해서 서술하지 않고, 대신 당대 사회의 객관적 요구에 부응하여 어느 하나를 충족하고 있으면 모두 '인민성'으로 포괄하는 다소 편의적인 태도를 취하고 있다.

한편, '진보성'은 위의 인용문에서 알 수 있듯이, 인민 대중의 이해관계를 반영한 것으로 '인민성'과 거의 같은 개념으로 사용된다. 즉 인민 대중의 이해를 반영하고 있으면 진보적이고, 착취계급의 이해관계를 반영하면 반동적인 작품이라는 식이다. 이것은 루카치가 『독일문학사』에서 "독일의 비참상에 대한 투쟁은 진보적"이며, "독일의 비참상을 어떠한 형태로든 영구화하려는 모든 시도는 반동"[11]이라고 한 규정에 비추어 보자면, 당대 현실의 제반 모순을 인민 대중의 입장에서 극복하려는 시도는 '진보적'이고 그것에 반하는 것은 '반동적'인 것으로 이해할 수 있다.

이처럼 인민성과 진보성은 긴밀히 결부되어 있지만, 『조선문학개관』은 인민성이 구현된 작품을 모두 진보적이라고 평가하지는 않는다. 왜냐하면 주제사상의 면에서 인민성을 구현하고 있더라도 상대적인 제

---

11   G. Lukacs, 반성완·임홍배 역, 『독일문학사』, 심설당, 1987, 21면.

한성이 있으며, 또 주제사상의 면에서 반동적이라 하더라도 언어와 형식 면에서는 진보성이 인정되는 경우가 존재하기 때문이다.

> 이 시(윤선도의 「어부사시사」 — 인용자)의 서정적 주인공 — 고기잡이 할아버지는 결코 가난한 고기잡이꾼이 아니며 따라서 그의 심리적 체험도 근로하는 인민의 정신세계와는 인연이 없다. 서정적 주인공의 형상은 소란한 사회 현실, 어지러운 정계를 떠나서 경치를 즐기고 고기잡이나 하면서 세월을 홍겹게 보내는 것이 무엇보다도 좋다고 생각하는 시인의 기분과 지향을 체현하고 있다.
> 시는 썩어빠진 양반사대부들이 사대주의에 사로잡혀 우리 글을 천시하고 배척하던 때에 조선말의 풍부한 표현성을 살펴 우리나라 자연의 아름다운 경치를 생동하게 노래한 점에서 문학사적 의의를 가진다.[12]

「어부사시사」의 경우, 주제사상적인 측면에서는 인민들의 실제생활이나 체험과는 거리가 먼 반동적인 것이지만, "조선말의 풍부한 표현성"을 살피고 "우리나라 자연의 아름다운 경치를 생동하게 노래"했다는 이유로 문학사적 의의를 인정한다. 말하자면 내용은 반동적이지만 언어와 표현에서 진보성이 인정된다는 식이다. 이런 평가는 이전의 문학사(곧, 1956년판 및 1977년판『조선문학사』)가 엄격하고 전일적인 잣대를 들이대어 작품을 선별·평가했던 것에 비하자면 상대적으로 유연하고 진전된 태도라고 하겠다.

그런 이유로 북한문학사는 인민성이 바로 진보성으로 연결되는 경우를 제외하고 특히 다음과 같은 두 가지 항목에 대해서 '진보성'의 개념을 적용하는 것을 볼 수 있다. 하나는 그 시대의 선진적 사상을 반영한 경우이고, 다른 하나는 조국에 대한 사랑의 감정을 표현한 경우이다. 전자는

---

12 『조선문학개관』 상, 백의, 1986, 220~221면.

최치원과 같은 당대의 진보적 인사들에게 적용되며, 후자는 국토방위와 결부된 애국주의 문학에 적용되는데, 특히 후자의 경우 지배계급의 작품이라 하더라도 '애국주의'를 표방한 경우에는 모두 '진보적(혹은 인민적)'이라고 평가하는 다소 모순적인 태도를 보여준다. 이를테면, '지배층'은 인민 대중을 착취하는 '반동적 계급'임에도 불구하고 작품에서 조국과 국토방위에 대한 충정을 노래하면 곧바로 '진보적'으로 평가하는 정반대의 시각을 보여주는 것이다.

여기서 우리는 '진보성'의 기준이 앞의 '인민대중의 이해를 반영'한 것과는 다른, 즉 '민족 단위의 자주성 실현'이라는 주체사상의 근본명제와 연결되어 있다는 것을 알 수 있다. 주체사상에 의하면 철학의 근본 명제는 인간과 세계의 관계로 규정되고, "인류 사회의 발전역사는 자주성을 옹호하고 실현하기 위한 인민 대중의 투쟁의 역사"라고 한다. 그런데, 이 자주성 쟁취의 역사과정에서 기본 단위는 '민족'이며, "자주권을 가진 민족으로서 자유롭게 살아가기 위한 데" 모든 "혁명투쟁의 목적"[13]이 있다고 한다. "반침략 애국주의 문학"에 대한 초계급적 긍정과 찬사는 바로 이런 명제와 연결되어 있다. 즉 민족 단위의 자주성 실현과정이 주체사상의 근본 명제가 되는 까닭에 그것의 문학적 표현이라 할 수 있는 반침략 애국주의 문학이 무엇보다 주목되고 강조될 수밖에 없는 것이다. 그렇기에 타민족에 대한 반침략 애국주의는 계급의 고하를 막론하고 긍정적인 찬사의 대상이 되며, '민족적 긍지'와 '조국의 산수에 대한 사랑'이 중요한 주제사상적 강조점이 되는 것이다.

이와 같이 인민성과 진보성을 차별적으로 적용한 데서 우리는 북한문학사의 서술 의도를 새삼 확인하게 되는데, 곧 인민대중의 이해를 반영한 '인민적이며 진보적인 문학'과 민족 자주성에 바탕을 둔 '애국주의 문학'

---

13   태백 편집부 편, 앞의 책, 77면.

만이 북한 사회의 현재적 요구에 부합되고, 또한 그런 문학이 문학 유산의 계승이라는 측면에서 긍정적으로 평가된다는 점이다. 환언하자면, "주체형의 공산주의적 인간"을 만들기 위한 "문화사업의 일환"으로 문학사 서술이 이루어지는 까닭에 문학의 공리적 측면이 고도로 강조되고, 그 과정에서 '인민성'과 '진보성'은 그것을 구현하는 구체적 원칙이자 방향인 셈이다. 따라서 북한문학사의 의의와 한계는 바로 이러한 서술시각의 적실성(適實性)을 살핌으로써 드러날 것이다.

3. '인민성'과 '진보성'의 구현 양상

북한 문학사에서 '인민성'의 문제는 주로 1)의 주제사상적 측면에서의 구현 여부를 설명하는데 주로 사용된다. 창작의 주체가 지배계급이든 인민대중이든 상관없이 인민의 이해관계를 반영한 작품이면 모두 인민성으로 포괄한다. 가령, 「단군신화」와 「해모수신화」를 설명하면서 두 작품은 모두 "국가권력을 장악한 지배계급의 지향과 요구"를 반영하는 한계를 지니고는 있지만, "인민의 유년기의 생활 정형과 그들에 의하여 창조된 문학예술의 발전 면모를 보여"주었다는 데서 긍정적인 평가를 내린다. 그리고 「도미와 그의 아내」는 가난하고 평범한 백성인 도미와 그의 아내를 통해서 인민의 미풍양속인 사랑과 절개를 잘 표현하고 있다는 점에서, 그리고 「설씨의 딸」은 신의를 지키려는 '딸'의 형상을 통해서 가난한 인민의 미풍양속을 구현하고 있다는 이유에서 모두 긍정적으로 평가한다. 또 중을 포함한 "지배층의 교활성과 착취를 폭로 비판"하고 있는 「무영탑」, 「에밀레종」, 「사리화」, 「장암」, 「보현사」, 「나라에서 농사군이 맑은 술과 이밥먹기를 금지하는 영을 내렸다는 말을 듣고」, 「며칠후에 다시 쓰노라」 등 인민의 이해를 반영한 작품들이 높이 평가되는데, 이러한 서술은 모두 주제사상적인 면에서 인민성의 구현 여부를 보여주는 사례들이다.

그런데 인민들이 고유한 표현 수단을 갖지 못했던 시대에 있어서 서사문학(즉 기록문학)은 "통치배를 비롯한 일부 지배층의 독점물"이었기 때문에 "광범한 인민들의 창작활동과 보급은 구전적 형식"으로 진행되었고, 그 속에서만이 "인민문학의 참다운 면모"를 발견할 수 있다고 한다.

> 삼국시기 인민들 속에서 널리 창작보급된 구전문학은 이 시기의 문학에서 주도적인 자리를 차지하고 있었다. 당시 서사수단으로 이용되고 있던 한자나 이두글자는 우리말을 자유롭게 표현할 수 없었을 뿐만 아니라 그마저 통치배들을 비롯한 일부 지식층의 독점물로 되어 있었다. 따라서 광범한 인민들 속에서의 창작활동과 보급은 많은 경우 구전적 형식으로 진행되었다. 삼국시기에 창조·발전된 설화와 국어가요는 당대 인민들의 사상 정신생활의 예술적 구현으로서 중세 초기 인민문학의 참다운 면모를 보여 주고 있다.[14]

인민성에 입각한 이러한 서술 태도는 설화, 구전가요, 민요, 참요 등의 구비문학에 대한 긍정적인 의미부여로 이어져 구비문학이 각 시대마다 "『국어』 시가의 기본형태"가 되며, 그것을 바탕으로 제반 문학양식이 출현했다는 서술로 나타난다. 즉, 민족문학사의 기본 줄기로 구비문학을 설정하고 그것의 "창조적 경험에 의존"하여 「한림별곡」, 「관동별곡」 등의 경기체가와 『동인시화』, 『패관잡기』 등의 패설(집)과 『금오신화』 등의 고전소설이 출현했다는 것이다. 심지어 고려시대의 '한자시(漢字詩)' 역시

---

14   『조선문학개관』 상, 백의, 1986, 29면.

구비문학인 '고려가요'의 영향 아래서 발전했다고 서술한다. 이를테면, 임춘을 비롯한 '해좌칠현(海左七賢)(곧, 고려 후기에 명리를 떠나 사귀던 일곱 선비. 이인로, 오세재, 임춘, 조통, 황보항, 함순, 이담지를 중국 진나라 때의 죽림칠현에 상대하여 이르는 말)'의 문학과 이규보, 윤여형 등의 한자문학은 고려 국어가요에서 "그 형식을 도입했거나" 혹은 "인민구전문학"의 "수집"과 "번역"의 결과로 탄생한 민족문학의 고유한 형식이지 결코 중국문학의 영향을 통해서 이루어진 것이 아니라고 설명한다. 그리고 그런 전통이 현대문학으로 이어져 항일무장투쟁시기의 〈혁명가〉를 비롯한 혁명가요와 송가(頌歌) 등의 구전형식으로 계승되며, 그 토양에서 "꽃 핀" 항일혁명문학이 1920년대 후반에서 1930년대에 이르는 '진보적 문학' 발전에 영향을 주어 조명희·이기영 등의 프로 작가와 채만식·이효석 등의 '비판적 사실주의 작가'를 배출했다고 한다.

　구비문학을 중심축으로 하여 제반 문학양식을 배치하는 이러한 서술시각은, 한때 남한 사회에서 논란이 되었던 표기수단에 의한 한자문학의 수용과 전통단절론의 문제를 극복하려는 의도로 짐작되는데, 특히 주목되는 것은 현대분야의 서술에서 민족문학의 중심축을 만주와 간도에서 발생한 항일혁명문학으로 설정하고 그 영향 아래서 프로문학을 비롯한 국내의 제반 '진보적 문학'이 발전했다고 보는 시각이다. 말하자면 현대문학에서 가장 중시되는 것은 김일성을 중심으로 이루어진 항일혁명문학이고, 그 '영도' 아래서 국내의 제반 진보문학이 발전했다는 식이다. 그런 까닭에 국내의 프로문학은 상대적으로 평가절하되고, 대신 김일성을 중심으로 한 항일혁명문학이 민족문학 최고의 성과로 평가된다. 또 전쟁 직후 권력의 헤게모니 장악과정에서 김일성 등의 갑산파(甲山派)에 의해 숙청된 남로당 및 소련파 계열의 문인들 즉 임화, 이원조, 설정식, 김남천, 이태준 등은 문학사에서 아예 거론조차 되지 않으며, 대신 정치와는 무관하게 활동했던 채만식, 심훈, 이효석 등이 '비판적 사실주의 작가'로 중요하게 평가된다. 이 역시 김일성의 선명성과 영도성을 부각시키기 위한 의도적인 전략에 의한 것으로 이해할 수 있다.[15]

　다음은 2), 즉 언어·형식의 측면에서 '인민성'의 구현 여부를 살펴보기로 한다. 언어·형식에 대한 강조는 '사회주의적 내용에 민족적 형식'을 갖추어야 한다는 사회주의의 미학관과 결부되는 것으로, 그것은 먼저 형식 창출의 전제가 되는 문자 발명에 대한 사적(史的)인 의미부여로부터 시작된다. 즉 구비문학에서 '인민성'의 직접적인 구현을 찾고 그것을 통해서 민족문학의 줄기를 잡으려는 북한문학사의 시각에서 보자면 평이하고 과학적인 한글의 창제는 '인민성'에 바탕을 둔 '민족적 형식'을 창출하기 위한 기본 요건이라는 점에서 중요할 수밖에 없을 것이다. 그래서 훈민정음의 창제는 "국문문학의 획기적 발전"의 계기를 제공한 것으로 주목되고, 당연한 결과로 한글에 대한 사랑과 새로운 양식의 창조가 높이 평가된다. 특히 '주체의 문예이론'이라는 북한 고유의 미학원리의 자생적 발전과정을 추적하여 그것에 역사적 정당성을 부여하려는 의도에 비추어 한글에 대한 사랑과 진보적 미학관의 피력은 그 근거를 제공한다는 점에서 더욱 강조되는 것으로 볼 수 있다. 진보적이지도 그렇다고 인민적이지도 않았던 그러면서 "철저히 통치계급의 입장에 서 있었"던 정철이 북한문학사에서 높이 평가되는 아이러니는 이런 맥락에서 이해된다.

　정철은 곡절많은 생활과정에 얻은 체험에 기초하여 당대의 현실생활을 재현한 한자시 작품들과 가사, 시조 등의 국문시가 작품들을 많이 창작하였다. <u>그는</u>

15　최근의 한 연구는 북한문학사의 이러한 시각이 점차 변화되고 있음을 보여준다. 1980년대 이후 북한은, 기존의 방식으로 문학사를 서술할 경우 그렇지 않아도 빈약한 우리 근대문학의 유산이 한층 축소된다는 인식 하에서 그 동안 문학사에서 제외되었던 작가들을 새롭게 평가하는데, 그 대표적인 경우가 이광수와 염상섭이다. 1998년에 나온 『현대조선문학선집』 16권에는 염상섭의 「만세전」이 수록되어 있고, 이광수 역시 친일행적에도 불구하고 상대적으로 평가되고 있다. 자세한 것은 김재용, 「남북 문학계의 교류와 문학유산의 확충」(『실천문학』 2000년 여름호) 참조.

또 17세기 중엽에서 19세기 중엽까지 실학자들의 미학 견해를 높이 평
가하는데, 이는 실학사상의 진보적 측면 외에도 "현실과 예술의 관계문
제에 대한 소박한 유물론적 해석"을 통하여 "사실주의적 문학 발전을 추
동하는데 이바지하였기"때문이라고 한다. 그리고 이런 전통이 현대문학
으로 이어져 이인직 문학의 "반인민적이며 숭미사대주의적인 측면"에도
불구하고 "전통적인 소설 형식을 강조하고" 발전시켜 "새로운 양식의 소
설작품"을 창조했다는 상대적인 긍정성 부여로 나타나고, 그것이 "항일
혁명문학"으로 "꽃 피게"되어 "진정한 인민의 문학, 참으로 혁명적인 노동
계급의 문학"이 탄생했다는 서술로 이어진다.

다음은, 인민성과 긴밀히 결부되어 있지만 주로 다른 범주의 문학에
적용되는 '진보성'의 문제를 살펴보기로 한다. 진보성은 앞에서 언급한대
로 현실의 제반 모순을 인민 대중의 입장에서 극복하려는 시도를 말한다.
이러한 의미에서 진보성은 인민성과 긴밀히 결부되어 있지만, 특히 그 시
대의 선진적 사상을 반영한 작품은 인민성을 선취(先取)하고 있다는 점에
서 주목된다. 가령, 최치원의 현실 비판적 작품이나, 왕거인의 "통치배들
의 폭압과 횡포를 폭로"한 작품, 15~16세기의 "사회현상에 대한 비판적
경향을 담은"『용재총화』와『패관잡기』등의 패설(稗說), 그리고 17세기

---

16 『조선문학개관』상, 백의, 1986, 176면.

중엽에서 19세기에 이르는 "사회적 불합리를 비판"한 실학파 문학 등에 대한 진보성 부여는 모두 이런 맥락에서 이해할 수 있다.

그런데 '진보성'의 적용에 있어서 주목을 요하는 것은 앞에서 언급한 대로 '조국애' 혹은 '반침략 애국주의'와 결부된 경우로, 이 범주의 문학에 대한 진보성 규정은 신분의 고하나 계급의 반동성 여부를 떠나서 무차별적이며 초계급적이라는 특징을 보여준다. 즉 「박제상 이야기」를 설명하면서 "박제상의 형상은 봉건국가에 대한 충성과 밀접히 결부되어 있지만", "악착한 고문과 죽음에도 주저함이 없이 왜놈들에게 끝끝내 굴복하지 않는", "강한 애국심과 민족적 긍지"를 지녔기 때문에 진보적이라고 평가한다. 그 결과 귀족지배층이었던 '양태사'나 '왕효렴'의 한자 서정시 문학이 그들의 계급적·세계관적 한계에도 불구하고 "자기 나라에 대한 사랑의 감정"을 노래했다는 이유만으로 높이 평가된다.

이러한 애국주의 문학에 대한 초계급적 긍정과 진보성 부여는 문학사 곳곳에서 발견되는데, 특히 '현대편'에서 김일성을 중심으로 한 항일무장투쟁과 그 부산물인 '항일혁명문학'에 대한 절대적인 신뢰와 찬사는 지나칠 정도여서 현대문학사의 거의 전부가 김일성을 중심으로 한 교시와 찬양이라 해도 과언이 아니다. 그리하여 '항일혁명문학'과 현재 산출되고 있는 제반 문학이 '혁명적인 사상'과 '인민적인 형식'을 지닌 당대 최고의 문학으로 자리 잡는다.

> 항일혁명문학예술은 혁명적인 내용을 우리 인민이 잘 알고 좋아하는 민족적 형식에 담음으로써 인민들에 잘 이해되고 그들의 심금을 울릴 수 있었으며 사회주의적 사실주의 창작방법의 확고한 토대를 마련할 수 있었다.
>
> 김일성동지께서 혁명의 진두에 서시어 항일혁명투쟁을 승리에로 조직영도하시던 시기에 창조발전된 항일혁명문학예술은 오늘 우리 문학예술의 영광스러운 전통으로 되고 있다.[17]

이상에서 우리는 서술시각을 중심으로 북한문학사의 특징을 개략적으로 살펴보았다. 정리하자면, 북한문학사의 서술시각은 '인민성'과 '진보성'이라는 두 개의 미학개념에 입각하는 바, 인민성은 주제사상적인 면에서 인민의 이해관계를 반영하는 것이고, 언어형식의 면에서는 인민들의 문자와 양식 발전에 기여하는 것을 뜻한다. 그래서 전자의 측면에서는 구비문학이 중요하게 다루어지고, 후자의 측면에서는 한글 창제 이후 그것을 갈고 다듬는 데 공헌한 정철과 실학파 문학이 주목되어 서술된다. 한편, 진보성은 대부분 인민성과 결부되어 사용되지만, 특히 애국주의 문학을 설명할 때는 그 의미가 확대·적용되어 '민족 단위의 자주성 실현'이라는 주체사상의 입장이 반영되면 무조건 칭송되고, 그 연장에서 1920년대 이후의 항일혁명문학이 당대 최고의 문학으로 서술되는 것을 볼 수 있다.

4. 북한문학사의 의의와 한계

이상의 분석을 통해서 우리는 북한문학사의 특성을 제한적으로나마 이해할 수 있었다. 여기서는 그것을 바탕으로 북한문학사의 의의와 문제점을 살펴보기로 한다.

먼저 북한문학사 서술시각의 의의를 살펴보면, 첫째로 임화 이래 현대문학의 기본명제가 되다시피 한 '이식(移植)문학론'에 대한 새로운 이해의 지평을 제공해 준다는 데 있다. 서구문학의 이식을 통해서 근대문학이 본격적으로 시작되었다는 임화의 주장은 그것을 극복하려는 의도적인

---

17 『조선문학개관』하, 온누리, 1988, 16면.

노력[18]에도 불구하고 여전히 미진한 상태로 남아 있다. 그런데 북한문학 사는 '인민성'이라는 개념에 의거하여 구비문학을 민족문학의 기본줄기로 파악하고 그것이 시대 발전에 따라 변모·발전한 양상을 추적하여 근대문학으로 이어지는 과정을 서술한다. 즉 이식문학론의 이론적 근거가되는 '개화기 문학'을 구비문학에 바탕을 둔 "전통적인 소설형식을 강조하고 그것을 현실 발전과 시대의 미학적 요구에 맞게 발전시키면서 새로운 양식의 소설작품"을 산출한 것으로 이해하고, 그러한 전통이 항일혁명문학으로 이어진다는 '전통계승론적 입장'을 취한다. 그리하여 작품의 외형에 주목하여 서구문학의 이식에서 근대문학이 시작되었다는 임화 이래의 단절론적 시각과는 다른 태도를 보여준다. 물론 이 과정에서 무리한 비약이나 당위론적인 주장만을 내세우는 경우가 목격되기도 한다. 이를테면, 실증적인 근거를 제시하지 않고 단지 전통계승론적의 입장을 '주장'만 하는 한계를 보이는데, 곧 개화기 문학의 연속성을 설명하기 위해서 이인직 문학을 내용과 형식으로 분리한 뒤 내용은 문제 삼지 않고 단지 형식에만 주목하는 식의 편의주의적 서술을 서슴지 않는다. 그런 점에서 북한문학사는 '인민성'이라는 개념을 통해 전통단절론을 보는 새로운 이해의 지평을 제공하는 긍정적인 의의에도 불구하고, 그것을 실증적 근거와 논리로 입증하지 못하는 한계를 안고 있음을 알 수 있다.

둘째로 북한문학사는 문학에 있어서 민족적 형식(혹은 양식)의 문제를 중시한다는 점이다. 이러한 점은 '사회주의적 내용과 민족적 형식'을 강조하는 사회주의 미학관에서 비롯된 것이지만 북한의 경우 주체사상의 영향으로 '민족적 형식'이 더욱 강조되는 것을 볼 수 있다. 그 결과 진보적

---

18 임화의 이식문학론을 극복하려는 의도하에 쓰여진 글로는 다음과 같은 것들이 있다. 조동 일, 『한국시가의 전통과 율격』; 조동일, 『한국문학통사』; 김현·김윤식, 『한국문학사』; 최 원식, 『한국근대소설사론』 등. 이 중 조동일과 최원식은 임화의 명제를 극복하려는 의도 를 직접 피력하고 있다.

미학견해나 언어관 등이 높이 평가되며 그 연장에서 항일혁명문학을 "민족적 바탕 위에서 창조 발전된 혁명적이며 인민적인 문학예술"로 특히 강조된다. 이러한 민족적 형식에 대한 강조는 국수주의적 편향성을 갖고 있기는 하지만, '민족적인 것이 세계적인 것이다'라는 명제를 상기할 때, 민족 현실에 맞는 고유의 양식을 발굴하고 계승한 것이라는 점에서 중요하게 평가할 수 있다. 세계화가 시대적 과제인 듯이 회자되고 서구적인 생활방식이 보편화된 오늘의 현실에서 우리 고유의 것에 대한 이와 같은 강조는 그 자체로 의미 있는 것이라 하겠다.

셋째로 인민성 중심의 문학사 서술은 기록문학, 고급문학을 중시하는 기존의 남한문학사에 비해 상대적인 진보성(혹은 건강성)을 견지하고 있다는 점이다. 소수 지식인 중심의 문예운동이나 사조, 유파 등을 강조해 온 기존의 남한문학사(특히 현대문학사)에 비해 북한문학사는 민중 속에서 태동하고 발전한 작품을 문학사의 중심에 놓고 서술한다는 점에서 진보적이며 상대적으로 건강해 보인다. 특히 역사 허무주의, 개인주의, 퇴폐주의 등이 만연하는 남한의 현실에 비추어 건강한 민중 정서와 사상을 중시하는 서술시각은 오늘의 우리를 새삼 되돌아보게 하는 반성적 측면마저 갖고 있다. '문학발전의 합법칙적 과정'의 서술이라는 과학적 문예학을 주장한 북한문학사의 의의는 바로 그런 데 있다고 하겠다.

그렇지만 북한문학사는 그런 장점에도 불구하고 다음과 같은 근본적인 문제를 안고 있는 것으로 판단된다. 첫째로 주체사상과 주체의 문예이론이 갖는 근본 문제[19]와 직결되는 것으로 '문학발전의 합법칙적 과정'에 대한 서술과 평가가 실증적 근거와 논리적 엄밀성을 결여하고 있다는 점이다. 이러한 점은 과거의 문학적 제 현상과 사회·경제적 토대에 대한 이해가 관념적이며 변증법적이지 못하다는 데서 확인할 수 있는 것으

---

19 주체사상의 문제점에 대해서는 이진경 편, 『주체사상비판』 1·2(새길, 1989) 참조.

로, 가령 내용은 반동적이지만 형식은 진보적이라는 규정은 내용과 형식의 관계를 변증법적으로 파악하지 못한 형식논리의 산물이다. 두루 알듯이, 현실을 이해하고 해석하는 원칙과 작품구성의 원칙은 상호 불가분하게 결합되어 나타날 수밖에 없다. 즉, 모든 예술작품은 일정한 내용과 그것에 유기적으로 연결된 고유한 내면의 구조와 형식을 갖는다. 따라서 내용과 형식을 단절시켜서는 안 되고, 대신 유기적으로 결합된 통일체로 파악해야 그 전모를 온당하게 파악할 수 있다. 그런데 북한문학사는 이러한 변증법적 관계를 고려하지 않은 채 내용과 형식을 분리하여 편의적으로 작품을 선별하는 도식적 서술 태도를 곳곳에서 보여준다. 그 결과 과거문학에 대한 해석과 평가가 역사적 원근법과 논리적 타당성을 확보하지 못한 채 주관화되는 한계를 곳곳에서 노정한다.

둘째로 과거문학에 대한 선별과 해석이 편향적이라는 점이다. 이러한 사실은 남북이 서로 다르게 정통성을 주장하는 현대분야의 서술에서 특히 두드러지는데, 앞에서 언급한 대로, 북한문학사는 민족문학의 줄기를 항일혁명문학으로 잡고 그것의 영향하에서 당대의 제반 진보적 문학이 발전했다고 서술한다. 그렇지만 남한에서 산출된 어떠한 문학사나 연구서도 이러한 사실에 동의하지 않고 있다. 사실 만주 일대에서 전개된 항일무장투쟁 과정에서 산출된 시가나 서사가 국내의 프로문학을 능가할 정도의 수준을 갖고 있었을 가능성은 거의 없다. 북한문학사가 진정으로 과학성에 입각한 '문학발전의 합법칙적 과정'을 서술하고자 한다면, 이러한 주장은 실증적 자료에 의해 뒷받침되어야 할 것이다. 그런데 북한문학사는 이러한 사실에 대해 명확한 근거를 제시하지는 못하고 있다. 또 북한문학사는 1952년 말에서 1953년에 걸쳐 숙청된 임화, 김남천, 이원조 등 남로당 계열의 작가들과 식민지시대의 대표적 민족시인이라 할 수 있는 이육사, 윤동주 등을 일체 언급하지 않는다. 이러한 '불순문인(?)'의 제거는 '혁명전통의 순결성'을 강조하는 주체사상의 입장에서 보자면 타당할 수도 있겠지만, 이들의 당대적 역할과 문학적 수준을 고려하자면 최서해를 비롯한 '비판적 사실주의 작가'들에 대한 언급처럼, 그들의 진보성과 아울러 제한성을 지적하면서 문학사에 수용하는 것이 보다 형평에 맞는 서술이 될 것이다.

서술시각의 이러한 편향성은 북한문학사의 또 다른 한계인 지방주의(regionalism)와도 연결된다. 지역 편향적 서술은 민족사의 줄기를 고구려, 발해를 통해서 확립하려는 역사관의 산물로, 발해와 고구려 문학에 대한 적극적인 찬사와 의미부여, 또 북한의 수도인 '평양'에 대한 역사성 강조로 나타난다. 정지상의 시 「서도」, 「이원」, 「벗을 보내며」, 「대동강」 등을 서술하면서 "오랜 역사와 문화를 가진 고도이며 자신이 나서 자란 고향인 평양"을 노래했다는 이유로 "민족적 정서가 차넘치는 우수한 서정시 작품"으로 평가하는데, 이것은 '평양'과 결부된 "서정적 주인공의 감정세계"가 평양의 상징성, 이를테면 "평양은 고구려의 옛 도읍으로서 역사적으로 우리나라의 정치, 경제, 문화의 중심지의 하나"였다는 점과 연결되어 곧 바로 '민족적 정서'가 된다는 논리이다.

이러한 편향성과 주관적 왜곡은 현대문학사 전부를 김일성을 중심으로 서술하는 인물 중심의 서술로 이어진다. 『조선문학개관』의 하권은 거의 전부가 김일성에 대한 존경과 찬양의 기록이라 해도 과언이 아닐 정도이다. 이점은 '노동계급의 수령 형상 창조'와 '수령에게 열렬한 혁명전사들의 형상 창조'라는 주체의 문예이론이 투영된 결과로 이해되긴 하지만, 주체사상에 익숙하지 못한 남한 독자들에게는, 그리고 그 한계가 백일하에 드러난 현실에서는 당혹스러울 수밖에 없다. 지방주의와 특정 인물에 대한 이러한 편향성은 무엇보다 역사를 주관화한다는 점에서 과학적이지 못하다. 이러한 점은 '진보성'과 '인민성'이라는 사회주의 미학개념에 의거해 과거 문학을 정리하려는 서술시각에도 불구하고 현재의 공리주의적 입장이 지나치게 개입된 결과라 하겠다.

5. 맺음말

이상의 검토를 통해서 우리는 북한문학사의 서술시각과 그 의의를 소략하게 고찰하였다. 북한문학사가 내세운 '과학적 문예학'의 의미를 서술과정을 통해서 확인하였고, 그것이 지닌 의의를 남한문학사와 대비해서 살펴보았다.

북한문학사는 '인민성'과 '진보성'의 개념을 통해서 전통단절론 혹은 이식문학론에 대한 새로운 해석의 지평을 제공하였고, 또 민족적 형식과 인민의 사상과 정서를 중시하고 있음을 확인하였다. 이런 점은 남한의 문학사와는 확연히 다른 모습으로, 비록 낯설고 이질적인 느낌을 주지만, 한편으로는 새로운 인식과 해석의 가능성을 제공한 것으로 받아들일 수 있다. 그렇지만 북한문학사는 주체사상과 주체의 문예이론의 근본 한계와 직결되는 역사인식의 관념성, 도식적 서술 그리고 특정 지역과 인물 중심의 편향성 등의 문제로 말미암아 과거의 사실에 대한 선별과 평가에서 매우 자의적이고 주관적임을 확인할 수 있었다. '과학적 문예학'이라는 주장이 호소력을 갖기 위해서는 이런 대목들이 실증적 근거와 합리적 서술을 통해서 보완되어야 할 것이다.

문학사란 과거사를 임의로 선별·해석하는 것이 아니라 오랜 연구로 누적된 결과물을 집약한 결정판과도 같다. 북한문학사가 자의성을 강하게 노정하는 것은 북한의 역사적 특수성에서 비롯된 것으로 이해할 수는 있다. 주변의 강대국과 경쟁하면서 자주권을 지키고 사회주의 혁명을 완수하기 위해서는 내적으로 단결하고 이념적으로 무장할 필요가 매우 절실했을 것이다. 게다가 주체사상이란 단결과 영도(領導)의 이념이고, 주체의 문예이론이란 그것을 문학에 적용한 원리였다. 북한문학사에서 목격되는 자의성이란 이런 사회의 특수성에서 비롯된 것으로 이해할 수 있다.

오늘의 시점에서 북한이 걸어온 역사적 특수성을 굳이 부정하거나 폄하할 필요는 없을 것이다. 중요한 것은 북한 사회가 더 이상 고립된 섬으로 존재할 수는 없다는 사실, 또 남과 북이 더 이상 냉전적인 사고로 서로를 부정하고 적대시하는 과거의 전철을 밟아서는 안 된다는 사실이다. 북한문학사를 검토하면서 확인한 동질성과 이질성의 국면들을 받아들이면서, 서로를 이해하고 교정하는 노력이 조금씩 진행된다면 남·북한문학의 접점은 한층 넓어질 것이다. 그러기 위해서 북한에 대한 이해와 고찰의 기회가 한층 증가되어야 한다. 문학의 통일이란 결국 이 지난한 과정을 통해서 이질과 동질의 영역을 한 단계 지양하는 과정인 까닭이다.

3부

반공이념과
교과서

반공 이데올로기와 '국어' 교과서

교수요목기의 '국어' 교과서를 중심으로

1. '국어' 교과서와 정치

우리나라처럼 교육이 정치에 종속된 경우는 없을 것이다. 교육이 국가권력을 유지하는 핵심 기제이자 동시에 재생산의 수단인 것은 분명하지만, 우리의 경우는 그 정도와 수준이 다른 나라들보다 한층 심각하고 노골적이다. 정권이 바뀔 때마다 교과서의 내용이 바뀐 것은 물론이고 심지어 정권을 정당화하기 위해 교과 내용과 이데올로기를 의도적으로 조작하여 일선 현장에서 교육하기도 하였다. 이승만 정권은 출범과 더불어 사회과 교과서 전체를 '일민주의(一民主義)'로 도배하다시피 했고, 박정희 정권은 근대화정책을 시행하면서 '새마을운동'을 금과옥조인 양 교과서의 핵심 단원으로 수록하였다. 우리의 말과 언어생활 전반을 관장하는 '국어과'의 경우도 예외가 아니어서, 단정기 『국어』 교과서의 경우 필자 대부분은 당시 정권에서 실세로 군림하던 인사들이나 정치화된 문인들이고, 그들이 단원의 대부분을 차지함으로써 교과서는 마치 정권을 홍보하는 선전책자와도 같은 모습을 보여주었다.

교과서가 이렇듯 정치화되었다는 것은 역설적으로 우리의 교육계가 그만큼 자율성을 확보하지 못하고 외풍에 휘둘렸다는 뜻이고, 그래서 탈정치화를 통한 정체성의 확보가 시급하다는 것을 의미한다. 물론 '국어' 교과서가 정치화된 데는 여러 가지 원인이 있다. 해방 이후의 혼란과 정치적 격변 속에서 국가 권력은 국민의 지지를 얻지 못한 정권에 의해 전횡되었고, 그 과정에서 교과서는 정권의 이념을 전달하고 선전하는 유력한 도구로 활용되었다. 대개 경제와 문화 등 사회 각 영역이 자율성을 확보하지 못하고 저(低)발전된 상태에서는 정치가 상대적으로 우월한 지위를 확보할 수밖에 없는데, 해방 이후 우리의 경우도 예외가 아니어서 정치가 자연스럽게 사회 전반을 지배하게 된 것이다. 게다가 해방 이후 지속된 분단체제는 사태를 더욱 악화시켜 정치적 전횡을 정당화하는 효과적인 알리바이(alibi)로 기능하였다. 북한을 '주적(主敵)으로 볼 수 있는가?'를 놓고 아직도 논란이 계속된다는 것은 그만큼 민족 내부의 적대감과 냉전적 반목이 우리를 강고하게 규율하고 있다는 증거이고, 그런 현실을 적절히 활용하면서 정권은 교육에 대한 전일적 지배를 관행처럼 되풀이해 온 것이다.

이 글에서 반공주의를 문제 삼는 것은 그것이 그 일련의 과정에 근본적으로 관철된 핵심 이데올로기이자 규율의 도구였다는 데 있다. 반공주의는 단독 정부 수립 이래 우리 사회를 규율해 온 통치 이념이자 동시에 아직도 레드 콤플렉스(red complex)의 형태로 개개인들의 뇌리 속에 각인되어 있는 공포심의 원천이다. 미소 간의 냉전체제의 부산물이라 할 수 있는 반공주의는 인류의 평화와 자유를 억압하는 존재를 공산주의로 보고 그것을 제거할 때만이 진정한 평화가 온다는 교의적(敎義的) 내용을 담고 있다. 그런데, 우리의 경우는 그런 사전적 의미보다는 한층 복잡한 의미

내용을 갖는다. 반공주의는 공산주의에 대하여 적대적이고 배타적인 논리와 정서를 뜻할 뿐만 아니라 한편으론 북한의 체제와 정권을 절대적 악으로 보고 그것을 부정하는 심리적 적대감이기도 하다. 그것은 또한 한국 사회 내부의 좌파적 경향과 정부에 대한 정치적 반대파를 억압하는 탄압의 도구였다. 이승만 정권 이후 정치권이 반공주의를 전가의 보도인양 활용해온 이면에는 남과 북이 대치하는 현실을 이용해서 비판자를 제압하는 가장 효과적인 수단으로 그것이 기능할 수 있었기 때문이다. 그리고, 반공주의는 우리나라를 미국이라는 거대 제국의 하위체제로 편입시키는 연결 고리와도 같은 것이었다. 역대 정권들은 반공을 통해서 미국의 신뢰를 얻었고, 그런 신뢰를 강화하기 위해서 의도적으로 반공정책을 이용해 왔다. 반공주의가 강화되는 것에 비례해서 친미 종속이 심화되었다는 것은 그런 사실을 단적으로 말해준다. 이와 같은 여러 가지 이유에서 우리나라의 반공주의는 일본이나 독일과는 달리 오늘날까지도 강한 영향력을 행사하고 있다.

교육 분야는 이 반공주의의 규율이 가장 직접적으로 작용한 곳이었다. '국어' 교과서를 중심으로 살필 때, 반공주의와 교과 내용이 긴밀하게 연결된 것을 볼 수 있다. 『국어』 교과서에서 반공주의가 본격적으로 관철된 것은 단정기 이후였다. 국가의 제도와 법이 정비된 단정기 이후, 국민 전체가 공산주의를 부정적으로 체험한 6·25 전쟁을 경과한 다음부터 반공주의는 구체적인 형체를 갖추면서 맹위를 떨치기 시작하였다. '국어' 교과서는 그 일련의 과정을 구체적으로 보여주는 리트머스 시험지와도 같은데, 특히 국가(문교부)가 기획·편찬·공급 등의 제반 업무를 독점한 국정(國定) 교과서의 경우는 검인정(檢認定)과 달리 그 양상이 한층 직접적이고 전면적이었다.

이 글에서는 그 일련의 과정을 미군정기에서 한국전쟁기까지의 고등학교 국정 '국어' 교과서를 중심으로 살펴보고자 한다. 흔히 이 시기를 '교수요목기'(1946~1954)라 하는데, 이는 우리 정부에 의한 공식 교과과정이 공포·시행되기 이전에 미 군정청에 의해 공표된 '교수요목'에 기초를 두고 있기 때문이다.[1] 새롭게 교과서가 편찬되고 교과서의 담당 주체와 내용 등이 큰 변화를 보임으로써 이 시기 '국어' 교과서는 당대의 격동기적 상황을 집약적으로 담게 되는데,[2] 여기서는 그것을 분석함으로써 교과서를 둘러싸고 작용한 당대의 정치와 문학적 심급의 다양한 양상들을 확인하게 될 것이다. 여기서 논의의 대상을 고등학교 '국어' 교과서로 한정한 것은 초·중등과는 달리 고등학교 교과서가 국가 이데올로기를 가장 직접적이고 구체적인 형태로 담고 있다는 이유에서이다. 여기서 '국어' 교과서란 '군정청 문교부'나 단정 수립 이후의 '문교부'에서 간행된 국정 국어과 교과서를 말한다. (그런데 '국어' 교과서의 명칭은 시기 별로 달랐다. 미군정기에는 '중등 국어교본'으로, 정부 수립 이후 6·25 전쟁 직전까지는 '중등 국어'로, 그리고 중학교와 고등학교로 학제가 분리된 1950년 4월 이후에는 '고등 국어'로 명명되었다. 따라서 1950년 4월 이전의 '중등'에는 중학과 고등학교의 과정이 포괄되어 있다.)

　여기서 분석 대상으로 선정한 것은 세 종(種)의 고등학교 '국어' 교과서이다. '미군정 문교부'에서 발행한 해방 후 최초의 국정 교과서라 할 수 있는『중등국어교본』(상·중·하)과, 1948년 단독 정부의 수립과 더불어 좌파를 배제하고 우익 인사를 중심으로 편찬된『중등 국어』①~⑥권, 전쟁 기간에 발간된『고등 국어』1-I·II, 2-I·II, 3-II 다섯 권이다.[3] 여기서 미

1　국어과 교육과정에 대해서는 교육부 간행의『국어과·한문과 교육과정 기준(1946~1997)』(2000.12) 참조.
2　이종국,『한국의 교과서』, 대한교과서주식회사, 1991, 12면.
3　여기에서 분석대상으로 삼은 것은 미군정기의『중등국어교본』(상, 중, 하) 3권, 단정기의 『중등국어』(①~⑥) 6권, 전쟁기의『고등 국어』(1-I·II, 2-I·II, 3-II) 다섯 권이고, 전쟁 막바지에 유엔한국재건단(UNKRA)의 종이 지원으로 간행된『고등 국어』(I·II·III) 세 권을 참조하였다. 여기서『고등 국어』3-I은 구하지 못해서 논외로 했다. 다음 서지 사항에서 출판 연도는 해당 교과서가 최초로 발간된 연도가 아니라 저자가 확보한 교과서의 출판 연도이다.
　　— 군정기

군정기와 단정기의 교과서는 확연히 다른 모습을 보이는데, 그것은 무엇보다 단독 정부의 수립이라는 당대의 정치 상황과 긴밀히 관계된 것으로 이해할 수 있다. 남과 북이 이념적으로 두 동강이 나면서 교과서 편찬 주체가 바뀌었고 그로 인해 교육의 이념과 수록 필자, 그리고 체제와 내용이 크게 달라진 것이다. 문학을 중심으로 살필 때, 미군정기의 교과서는 해방 후 범(凡) 문단 조직을 표방한 '조선문학가동맹(위원장 홍명희)'의 회원들을 두루 포괄하고 있지만, 정부 수립 이후에는 이들 중에서 좌파가 모두 배제되고 대신 '전조선문필가협회(위원장 정인보)'를 중심으로 새롭게 필진이 구성된다. 좌익이 대거 월북한 뒤 자연스럽게 우익에게 주도권이 넘어갔고, 한편으론 '조선문학가동맹'에 이름만 올려놓고 사태를 관망하던 이른바 중도파가 우익으로 진로를 결정하면서 나타난 현상이다.[4] 따

조선어학회, 『중등국어교본』 상, 조선교학도서주식회사, 1946.9.1; 조선어학회, 『중등국어교본』 중, 조선교학도서주식회사, 1947.1.10; 조선어학회, 『중등국어교본』 하, 조선교학도서주식회사, 1947.5.17.
　— 단정기
문교부, 『중등국어』 ①, 조선교학도서주식회사, 1950.4.25; 문교부, 『중등국어』 ②, 조선교학도서주식회사, 1949.8.29; 문교부, 『중등국어』 ③, 조선교학도서주식회사, 1949.8.29; 문교부, 『중등국어』 ④, 조선교학도서주식회사, 1949.9.30; 문교부, 『중등국어』 ⑤, 조선교학도서주식회사, 1950.4.5; 문교부, 『중등국어』 ⑥, 조선교학도서주식회사, 1950.4.25.
　— 전쟁기
문교부, 『고등국어』 1-I, 조선교학도서주식회사, 1951.8.31; 문교부, 『고등 국어』 1-II, 대한교과서주식회사, 1952.1.31; 문교부, 『고등국어』 2-I, 대한문교서적주식회사, 1952.9.30; 문교부, 『고등국어』 2-II, 조선교학도서주식회사, 1953.3.31; 문교부, 『고등국어』 3-II, 일한도서주식회사, 1952.5.31.
문교부, 『고등 국어』 I, 대한교과서주식회사, 1953.3.31; 문교부, 『고등 국어』 II, 대한교과서주식회사, 1953.3.31; 문교부, 『고등 국어』 III, 대한교과서주식회사, 1953.3.31.
'국어' 교과서의 발행 및 서지 사항은 허재영, 「과도기의 국어과 교과서」(『교육 한글』 16·17합호, 2004.4); 이종국, 『한국의 교과서출판 변천연구』(일진사, 2002)를 참조하였다.
4　당시 조선문학가동맹에 이름이 올라 있었으나 단정 수립 후 그것을 반성하고 전향 성명을 발표한 문인으로는 박영준, 이무영, 이봉구, 정지용, 김기림, 정인택, 설정식 등이 있다. 이들은 모두 1949년 12월 결성된 '한국문학가협회'에 가담하여 적극적으로 활동한다. 정지용과 이무영이 단정기 교과서에 수록된 것은 전향 성명을 발표하고 전조선문필가협회 회원으로 활동했기 때문으로 보인다.

라서 미군정기와 단정기 그리고 전쟁기의 '국어'를 계기적으로 고찰함으로써 교육 현장에서 반공주의가 제도적으로 정비되고 행사되는 초기 과정을 확인하게 될 것이다.

여기에서 특히 주목하는 것은 이념적 지향과 가치에 따른 필진의 구성과 분포, 그리고 교과서의 내용이다. 필자의 분포는 두 가지로 문제 삼을 수 있는데, 하나는 우파 인사들의 중용과 친일문인들의 결합 양상이다. 친일문인들이 단정기 이후 '국어' 교과서에 대거 수록되어 우익 선봉대로 나설 수 있었던 것은 우파 정치세력의 조직적인 후원이 있었기에 가능한 일이었다. 이범석(李範奭, 1900~1972) 등의 우익인사들은 물질적인 토대와 힘을 갖고 있는 친일파를 필요로 했고, 친일파는 그들의 명성에 힘입어 자신들의 과거 행적에 대한 면죄부를 얻고자 했다. 이 시기 교과서는 이들 우익과 친일문인에 의해 문학 작품의 새로운 정전화(正典化)가 본격화되었음을 보여준다. 다음으로는 내용상의 특성으로 국가주의적 사고의 확산과 친미적 시각의 고착화 현상이다. 친미주의란 미국이 남한의 정치와 경제의 틀을 제공한 나라이자 동시에 공산주의와 맞선 혈맹이었던 관계로 자연스럽게 형성된 것이라면, 전체주의적 교육 관행은 반공의 기치를 내세우면서 남한 사회를 조직적으로 통제하려는 정권의 정치적 의도에서 비롯되었다. 해방 후 미국은 한국에 들어와서 적극적으로 친일파를 보호하고 그들을 통해서 한국을 지배하는 식의 현상유지 정책을 폈고, 한편으론 극우 반공적 입장만 표명하면 친일파건 부정부패를 일삼았건 모두에게 면죄부를 주었다. 그런 정책에 편승하면서 지배집단은 국민을 통제하기 위한 효과적인 방편으로 일본식의 전체주의적 교육 관행을 교묘하게 정착시킨 것으로 보인다. 공산주의에 대한 적대감이 역으로 또 다른 전체주의적 편향을 야기했고 급기야 '국가주의적 사고'로 현상된 것이고, 이는 곧 해방 후 반공주의의 규율화 과정이 특정 집단에 대한 부정을 통해 새로운 전체주의적 사고와 제도를 구축하는 과정이었다는 것을 말해준다.

　여기서는 이러한 논지를 『국어』 교과서를 통해서 확인하면서 교과서
에 각인된 지난 시절의 상처와 규율의 실상을 살펴보고자 한다.

2. 미군정기―좌우합작의 민족주의적 교과서

　미군정기는 일제가 물러간 이후 또 다른 외세에 의한 통치가 시작된
시기라 할 수 있다. 그런 관계로 이 시기 교육은 미군정의 관할하에 놓였
고 이들에 의해서 여러 조치가 단행되면서 교육의 중요한 기초가 마련된
다. 그렇지만, 당시 진주한 미군은 민정(民政) 이양을 준비한 사람들이 아
닌 전투부대였던 관계로 한국의 교육을 어떻게 풀어나갈 것인가에 대한
구체적인 준비라든가 전망을 갖고 있지 못하였다. 일제로부터 갓 벗어난
상태였기에 미군정은 단지 일본식 교육을 청산하고 미국식 민주주의 이
념을 적극적으로 도입하고 권장하는 수준이었지 교재의 양·불량이나
체제, 내용의 선호 문제 등을 고려할 여력을 갖고 있지 못했다.[5] 그래서
친일이라든가 이념의 문제 등에 대해서는 상대적으로 무관심했는데, 그
것은 1945년 11월 14일 '조선교육심의회'의 제9분과로 '교과서'를 정하고
최현배, 장지영, 조진만, 조윤제, 피천득, 황신덕, 김성달, J.C Welch(미군
중위) 등을 담당 요원으로 선임한[6] 데서 단적으로 확인이 된다. 일개 육군

5　박호근, 「한국 교육정책과 그 유형에 관한 연구」, 고려대 박사논문, 2000.8, 64면.
6　'조선교육심의회'는 미군정청이 오천석의 추천으로 김성달, 현상윤, 유억겸, 김성수, 백낙
　준, 김활란, 최규동 등으로 조직한 '조선교육위원회'의 산하기관이다. 이들 역시 미국 유학
　파이거나 친미적인 성향의 인사들이라는 점에서 구성이 편의적이었음을 알 수 있다. 박호
　근, 앞의 논문; 박붕배, 「미군정기 및 초창기의 교과서」, 『한국의 교과서 변천사』, 한국교

중위에게 한 나라 교과서 편찬의 실권을 위임한 것은 차치하더라도 조진만과 황신덕 같은 친일인사[7]가 교육계의 중심에 포진했다는 것은 미군정이 분야별로 명망 있는 인사를 배치했다 뿐이지 그 이상의 구체적인 방향이나 지침을 갖고 있지 못했다는 것을 보여준다. 이를테면 정책결정자가 혁신적이고 근본적인 결정을 내리기보다는 당면한 문제들을 '그럭저럭 대처해 나가는(muddling through)' 식이었고,[8] 그 결과 이 시기 이후 우리 교육은 친일문제에 전면적으로 노출되고 동시에 우익의 전체주의적 색체에 물들게 된다.

국어과 교과서는 이들로부터 위임을 받은 '조선어학회'에 의해 편찬 작업이 추진되었다. 당시 조선어학회는 '국어' 교과서 편찬을 위임받은 뒤 '국어교과서편찬위원회'를 발족시켜 그 임무를 전담하도록 했는데, 국어과를 총괄했던 인물은 가람 이병기(李秉岐, 1891~1968)였다. 가람은 1930년 한글맞춤법통일안이 발표될 당시 제정위원으로 활동했고, 1935년에는 조선어 표준어 사정위원이 되었으며, 1939년에는 『가람시조집』을 발간하고 『문장(文章)』지 창간호부터 '한중록(恨中錄) 주해'를 발표하는 등 고전연구에 정진했던 인물이다. 그는 또한 1942년 '조선어학회 사건'에 연

육개발원, 1982, 55면 참조.

7 편수국장을 맡았던 최현배는 장지영과 더불어 1921년에 한글학회의 전신인 조선어연구회를 조직하고 1939년 일본의 한글말살정책에 맞서 한글사전 편찬을 도모하다가 1942년 조선어학회사건으로 구속되어 감옥에서 해방을 맞은 인물이지만, 조진만과 황신덕의 경우는 달랐다. 조진만은 경성법학전문학교를 졸업하고 일본 고등문관시험에 합격하여 해주와 평양에서 판사를 역임한 뒤 1943년 이후에는 변호사를 개업했던 인물이고, 황신덕은 니혼여자대학 사회사업학과를 졸업하고 『동아일보』 등에서 기자 생활을 한 뒤 1940년 이후에는 친일단체인 국민총력조선연맹 후생부 위원, 조선임전보국단 평의원, 그 산하 부인대의 간부로 친일 활동에 적극 가담했던 인물이다. 그런 관계로 이 두 사람은 민족문제연구소에서 발표한 대표적 친일인사 명단에 포함되어 있다. 친일반민족행위자 708인의 명단은 '민족문제연구소' 홈페이지(http://www.banmin.or.kr) 참조. 여기에서 친일파는 이들로 한정한다. 친일파에 대한 자세한 정보는 역사문제연구소편, 『인물로 보는 친일파 역사』(역사비평사, 1993), 김삼웅·정운현, 『친일파』 I·II(학민사, 1992) 참조.

8 박호근, 「한국 교육정책과 그 유형에 관한 연구」, 고려대 박사논문, 2000.8, 75면.

루되어 일경에 피검, 함흥 형무소에서 1년 가까이 복역하고 1943년 가을에 기소유예로 출감한 뒤에는 바로 귀향하여 농사와 고문헌 연구에 몰두했던 인물로, 학문적으로나 사회적 명성에서 편수관을 맡기에 누구보다 적합했던 인물이다.

당시의 상황을 기록한 『가람 일기』에 의하면, 이병기는 중등 교과서 편수주임으로 위촉된 뒤 실무위원을 구성하기 위해서 조선문화건설협회의 이원조를 만나서 구체적인 것을 상의했다고 한다.

> 국어교과서 중학교의 것은 내가 편수의 주임을 맡았다. 초등·중등 기타 『국어』교과서 편수에 대한 토의를 문예·학술·교육단체를 망라하여 하자 하고 나는 문화건설협회에 가 이원조 군을 보고 상의하니 게서 여러 문화단체와 이미 이 문제를 의논하고 건의문을 지었다 하며, 그 건의문을 보니 편수관의 생각과 부합하였다. 서로 좋다 하고 나는 게서 위원 다섯만 추천해 달라고 부탁하였다.[9]

이렇게 해서 이병기는 임화, 김남천, 이태준, 박노갑 등을 추천받고, 이를 바탕으로 임화와 김남천 등을 배제한 뒤 이태준을 '중등 『국어』 기초위원'의 한 사람으로 선임한다. 이태준은 당시 조선문화건설중앙협의회의 간부를 맡고 있었고, 이병기와는 식민지시대부터 『문장』을 함께 주재하면서 깊은 친분을 유지했으며, 작가로서도 상당한 명성을 획득하고 있었다. 가람은 이 이태준과 함께 조선어학회의 이숭녕과 이희승을 합한 세 명으로 '중등 기초위원(집필위원)'을 확정짓는다.

---

9 이병기, 「1945년 11월 2일자 일기」, 『가람일기』 II, 신구문화사, 1976, 562~563면. 그런데, 기존 연구에서는 이 글을 근거로 해서 『중등국어교본』의 집필자를 이병기로 설명하고 있다. 정재찬, 「현대시 교육의 지배적 담론에 관한 연구」(서울대 박사논문, 1996.2); 강진구, 「문학텍스트의 정전화 과정과 문학권력」(『한국문학 권력의 계보』, 한국출판마케팅연구소, 2004)은 모두 이병기가 『중등국어교본』의 집필자이고, 그래서 『중등국어교본』의 특성을 이병기의 문학적 특성이나 친분관계와 연결해서 설명하고 있다. 하지만 실제 집필에 관여했던 사람은 이태준, 이희승, 이숭녕이었다.

기초위원

한글 첫걸음 : 장지영(조선어학회), 정인승(책임 : 조선어학회), 윤재천(청량리 국민학교)

초등국어교본 : 윤복영(협성학교), 윤성용(수송국민학교), 이호성(책임 : 서강 국민학교)

<u>중등국어교본 : 이숭녕(평양사범학교), 이태준(조선문화건설중앙협의회), 이희승(책임 : 조선어학회)</u>

심사위원

방종현(조선어학회), 조병희(경성서부남자국민학교), 주재중(매동국민학교), 양주동(진단학회), 이세정(진명고등여학교)(밑줄은 인용자)[10]

이들 기초위원이 중심이 되어 『한글 첫걸음』, 『초등국어교본』, 『중등 국어교본』(모두 군정청 학무국 간행)이 만들어졌는데, 여기서 특히 주목할 대 목은 '중등' 교과의 기초위원 세 사람이다.

이숭녕(1908~1994)은 1933년 경성제대 문학부를 졸업한 뒤 해방과 함께 서울대 문리대 교수로 있었고, 이태준(1904~?)은 조선문학가동맹으로 개 편된 조선문화건설중앙협의회 부회장이었으며, 이희승(1896~1989)은 1942 년 조선어학회사건에 연루되어 투옥된 뒤 해방이 되자 서울대 문리대 교 수로 재직하고 있었다. 이들은 모두 민족주의적 성향이 강했고, 특히 이 태준은 해방 공간에서 문단의 대세를 점했던 좌익 중심의 '조선문학가동 맹'의 간부였다. 이들 세 사람에 의해서 교과서의 내용이 채워진 관계로 교과서는 민족주의적 특성을 갖게 되고, 필진 역시 좌익과 우익 인사들이 고루 수록되는, 외견상 신생 독립국가의 단합된 의지와 활력을 느낄 수 있

---

10   조선어학회, 『초등국어교본 한글 교수지침』, 군정청학무국, 1945.12.30, 3면. 이종국의 『한 국의 교과서 출판 변천 연구』, 일진사, 2002, 215면에서 재인용.

도록 되어 있다. 고전 작가와 외국인을 제외한 수록 필자는 상권에 25명, 중권에 24명, 하권에 12명이고, 두 편 이상이 수록된 사람을 제외하면 모두 44명이 한 편 이상의 글을 싣고 있다. 이들 중에서 월북을 했거나 좌익으로 분류된 인사는 박태원, 정지용, 이기영, 이태준, 조명희, 이원조, 김기림, 홍명희, 임화, 오장환, 이병철 등 11명으로, 전체 필자의 1/4에 해당한다. 이들의 글은 대부분 수필이나 시에 국한되어 있지만, 당시 대중적인 명망이나 작품의 질에서 높은 평가를 받았다는 점에서, 단순한 구색 맞추기가 아니라 객관적인 평가를 일정하게 수용한 것임을 알 수 있다.

『중등국어교본』을 일별할 때 흥미로운 것은 반공주의의 흔적이 거의 드러나지 않는다는 점이다. 해방 후 민족문화의 창달이라는 시대 요구에 부응하면서 좌와 우가 이념적으로 공서(共棲)한 형국이지 특정의 이념과 가치가 전일적으로 행사되지는 않았던 것이다. 우리말과 문화를 체계적으로 교수할 교과서가 절실하게 필요한 상황이었고, 그런 현실적 요구를 바탕으로 책이 편찬된 관계로 이념이라든가 필진, 내용의 일관성은 뒷전으로 밀리고 대신 최소한의 기능적인 안배만을 고려했던 것으로 보인다. 그런 연유로 교과서에는 기초위원들의 개성이 무엇보다 중요하게 반영되어 있다. 가령, 이 시기 교과서에서 특히 두드러지는 것은 '민족문화'와 '민족의식'에 관한 단원이다. 일제에서 벗어난 감격을 표현하듯이 한글에 대한 사랑과 자부심, 그리고 우리 문화의 우수성과 유구성에 대한 글들이 교과서의 상당 부분을 차지하고 있다.

한글에 대한 자부심과 사랑을 담고 있는 글로는 필자가 명기되지 않은 「주시경」, 「언어」 두 편과 이윤재의 「한글 창제의 고심」, 조윤제의 「국어와 국문학」, 이극로의 「언어의 기원」, 이희승의 「문자 이야기」 등이다. 일제 36년간 우리말을 뺏기고 생활하다가 다시 되찾은 감격을 토로하듯이, 이들 글에는 한글의 우수성과 더불어 그것이 국문학과 사회생활에 미치는 영향 등이 다양하게 설명된다. 상권의 「주시경」에는, 주시경이 한

글 연구에 몰두한 것은 '글이라는 것은 말을 적으면 그만이지만, 적는 방법 곧 부호가 한문처럼 거북하다면 지식을 얻기가 힘든 까닭에 쉽고 편리한 한글에 관심을 두게 되었고 그 결과 한평생을 조선어 연구에 전념'했다는, 말하자면 한자에 비해 한글은 지식을 얻기가 쉽고 편리하기 때문에 열심히 배워야 한다는 내용이 담겨 있다. 중권의 「한글 창제의 고심」에는 세종대왕이 한글을 창제하고 반포하는 과정이 설명되고, 왜 한글이 문자로서 과학적 가치가 있고 또 세계 문자 중에서 가장 우월한 지위에 있는가가 언급된다. 「국어와 국문학」에서는 '언어를 떠나 문학이 있을 수 없는 까닭에 문학을 잘 하기 위해서는 언어를 잘 알아야 한다'고 말하며, 하권의 「문자 이야기」에서는 한글의 우수성을 세계의 다른 문자와 비교해서 설명한다. 전 세계 오십 여 종의 문자는 그 기원을 살피면 세 종류로 나누어지는데, 한글은 조직과 자형이 어느 문자에서 나왔다고 꼭 지적해서 말할 수 없는, "다른 모든 문자를 초월한 조선 사람의 창작이자 가장 진보한 문자"라는 것이다. 한글에 대해 이렇듯 다양하고 구체적인 설명을 가한 것은 언급한 대로 해방 후의 특수한 분위기를 반영한 때문으로 이해할 수 있다. 일본어를 비롯한 일제 잔재의 청산이 무엇보다 시급했고, 또 우리 문화에 대한 자긍심을 고취함으로써 새로운 국가 건설의 기반을 닦는 한편 새로운 지식을 널리 습득하게 하려는 의도였던 것이다. 실제로 한글학회가 교과서 편찬을 의뢰받으면서 강조했던 것은 바로 그 점이었다.[11] 이러한 한글 회복의 노력을 통해 교과서 담당 위원들은 일제로부터 되찾은 주권을 교육 현장에서 실천하는 중요한 임무를 수행했던 것이다.

한글에 대한 자부심과 아울러 교과서의 또 다른 축을 구성하는 것은 전통 문화에 대한 자긍심과 민족주의적 성향이다. 상·중·하권 전반에서

---

11 『초등국어교본 한글 교수지침』 참조.

그런 내용이 목격되거니와, 가령 「무궁화」(조동탁), 「청년이여 앞길을 바라
보라」(조만식), 「일초일목에의 사랑」(『조선일보』 사설), 「팔월 십오일」(이원조),
「온돌과 백의」(홍명희), 「인격 완성과 단결 훈련」(안창호), 「부여를 찾는 길
에」(이병기), 「국문학의 고전」(1, 2)(조윤제), 필자명 없이 수록된 「강서의 삼
고분」, 「불국사에서」, 「석굴암」, 「정약용」, 「백제의 미술」, 「신라의 금철공
예」, 「유사 이전의 역사」, 「고려의 부도미술」 등은 모두 민족문화의 유구
함과 우수성을 내용으로 하고 있다. 「부여를 찾는 길에」는 백제의 문화와
예술을, 「신라의 화랑제도」에서는 '흥국(興國)'에 근본이념을 둔 신라의 화
랑도를, 「강서의 삼 고분」에서는 고구려인의 기상과 고분의 아름다움을,
「불국사에서」와 「석굴암」에서는 신라 건축의 아름다움을, 「백제의 미술」,
「신라의 금철 공예」, 「고려의 부도 미술」, 「유사 이전의 역사」 등에서는 삼
국시대와 고려시대의 예술에서 심지어 유사 이전에까지 관심의 범위와 대
상을 확장하고 있다.

여기다가 청년 학도들에게 민족의 현실을 환기하고 새로운 국가 건설
에 매진할 것을 독려하는 글을 다수 수록함으로써 교과서는 마치 민족문
화와 한글에 대한 계몽적 설교집을 방불케 한다. 상권의 첫 글인 「무궁
화」에서 조동탁은 무궁화는 "제 스스로의 구실을 다하고 깨끗이 지는 꽃"
이고, 그런 무궁화처럼 우리들 역시 "제 구실을 다함으로써 길이 무궁한
빛을 누릴 것"이라고 강조한다. 조만식의 「청년이여, 앞길을 바라보
라」에는 젊은 청년들에게 "자기의 기능, 노력, 재산, 기타 무엇이든지가
사회에 조그마한 공헌, 조그마한 비익(裨益)이 될 것이면 이것을 제공하
고 희생하여 사회에 봉공하자. 그리하여 성공 불성공은 다만 운명에 맡
기고, 남이 조소하든지 우롱하든지 우리는 그저 충성스럽게 끝까지 활동
하자, 진력하자. 이것이 우리의 본무요 천직일 것이다"라고 강변한다.
「힘을 오로지 함」에서는 이보다 한걸음 더 나아가 "여러분이여, 사람의
한 평생은 넘어가는 해로 알며, 할 일은 무거운 짐으로 아시오. 그런데 힘

을 오로지 함은 튼튼하고 빠른 수레를 탐으로 아시오. 공부어니, 일이어
니, 무엇이어니, 크기를 바라거든 다 이 수레를 타고 얼른 바라는 곳에 다
달읍시다"라고 청년들의 행동 방향까지 일러주고 있다. 이렇듯 민족문화
에 대한 자부심과 청년학도들에 대한 당부와 질책으로 채워진 관계로 이
책은 사회와 문화 전반에 걸쳐 새로운 틀을 만들어야 했던 해방기의 절박
한 분위기를 실감나게 전해준다.

하지만 그런 의도가 지나쳐서 한편으론 민족문화에 대한 자부심이 국
수주의적 편향성을 드러낸 것도 간과할 수 없는 대목이다. 「신라의 금철
공예」에서 신라의 금동 공예를 중국이나 일본과 비교해서 설명하면서 조
선의 종(鐘)은 "단아하고 온엄한 기품이 세계 어느 종을 가져오더라도 자
웅을 겨루지 못할 것"이라고 말하며, 특히 봉덕사종은 "물(物)이 아니고
신적 존재의 숭고함을 표현한 금언"이라고 극찬한 데서 그런 심리가 단
적으로 드러난다. 기초위원의 한 사람이었던 이태준이 남긴 다음과 같은
글은 그런 사실을 우려했기 때문으로 이해할 수 있다.

> 나는 우리 문화의 모든 건설면에서 국수적 태도를 가장 경계한다. 그러므로 나
> 자신, 조선인이기 때문에 조선어를 편벽되이 예찬하려는 것이 아니라 조선어의
> 세계적 우수성을 사실에서만 지적한 것이다.
>
> 이런 우수한 언어이었으나 그 임자가 운명이 기구한 조선 민족이었기 때문에
> 정당한 발달을 보지 못했다. 문화의 교류를 따라 타국에의 영향을 받고 또 주고
> 하는 것은 불가피의 사실이나, 조선어가 한자 때문에 문화어는 대체로 자율성을
> 상실한 것은 통탄할 일이며, 교육의 보편으로 표준어를 중심으로 한 국어의 문법
> 적 정리가 전국적으로 시행되었을 것이 한일합병 때문에 다른 면의 우리 문화보
> 다도 뒤져 있는 것이 또한 통탄할 일인 것이다. <u>우리 교과서로 보더라도 가장 중
> 요한 국어독본이 문장으로나 문법으로나 다른 과목보다 오히려 난산이 예감
> 되는 것이다.</u> (밑줄은 인용자)[12]

미군정기 교과서에서 또 하나 눈에 띄는 것은 친일인사의 글이 거의 배제된 점이다. 미군정은 일제가 남긴 물적 · 인적 자원을 청산하기보다는 적극적으로 받아들였고, 그 결과 상당수의 친일인사들이 요직에 복귀했던 것을 상기하자면, 교과서에 수록된 친일인사가 채만식과 박태원 두 사람이라는 것은 한편으론 의외라는 느낌을 준다. 채만식의 「금강」과 박태원의 「첫여름」과 「아름다운 풍경」이 수록되어 있으나 글의 내용은 친일과는 거리가 멀다. 채만식의 「금강」은 소설 「탁류」의 한 부분이고, 박태원의 「첫여름」은 수필이며, 「아름다운 풍경」은 「소설가 구보씨의 일일」의 한 대목이다. 교과서 전반이 강한 민족주의적 특성을 갖고 있음에도 불구하고 이들의 글이 수록된 것은 과거 '구인회' 활동을 같이 하는 등 기초위원과의 친분관계와 함께 두 명 모두 당대 문단 실세 그룹이었던 '조선문학가동맹'의 중앙집행위원이었던 사실과 무관하지 않을 것이다. 그리고 또 하나 흥미로운 대목은 단정기 이후 대거 필자로 참가하는 이른바 '전조선문필가협회(위원장 정인보)' 회원들, 특히 '청년문학가협회' 계열의 젊은 문인들이 거의 배제된 점이다. 당시 이들은 중견 반열에 오르지 못했고, 또 기성 작가들에 비해 사회적 명성이 상대적으로 미약했기 때문으로 이해되지만, 한편으로는 좌익에 맞서는 민족주의 진영의 신념과 대오가 아직은 구체적인 형태를 갖추지 못했음을 시사해준다.

이러한 특징을 바탕으로 미군정기의 교과서는 해방 후 최초의 국정 교과서로서의 면모를 갖추게 된다. 하지만, 단원의 구성이나 배치 등이 체계적으로 정비되지 않았고, 또 내용면에서도 민족과 전통문화를 상위 개념으로 내세우고 있지만 필자의 이념적 상이에 따른 적잖은 혼란을 드러내고 있음을 볼 수 있다. 가령, 공산당에 대해 강한 적대감을 표명했던 조

---

12   당시 교과서 집필에 관여하면서 쓴 것으로 보이는 이 글에서 국수주의적 편향을 경계하는 이태준의 심리를 엿볼 수 있다. 인용문은 이태준, 「국어에 대하여」(『대조』, 1946.7)로 송기한 · 김외곤 편, 『해방공간의 비평문학』 2(태학사, 1991, 96~105면 참조)에서 인용하였다.

만식이 쓴 「청년이여, 앞길을 바라보라」와 '인민민주주의'를 표방했던 이원조가 「팔월 십오일」에서 언급한 청년에 대한 당부의 말이 결코 같은 의미를 갖는 것은 아니다. 사회에 공헌할 수 있는 작은 능력이라도 있다면 청년들은 최대한 자신을 희생하고 사회에 봉사해야 한다는 민족적 각성과 단결을 촉구한 게 조만식의 글이라면, 좌파의 헤게모니를 전제로 통일전선의 대오에 동참할 것을 호소한 게 이원조의 글이다. 같은 말을 사용하고 있으나 그 의미와 이념이 결코 같지 않았던 것이다. 이렇게 보자면 미군정기의 교과서는 해방 후 민족문화의 창달이라는 시대 요구에 부응하면서 좌우의 균형을 꾀하고 있지만, 좌·우의 이념이 정제되지 않은 채 공존하고 있고, 반공주의 역시 아직은 그 실체를 구체적으로 드러내지 않고 있음을 알 수 있다.

3. 단정기 – 우익 중심의 반공주의적 교과서

3년간에 걸친 미군정에 의한 교육 행정은 1947년 6월부터 새 정부를 발족시키기 위한 과도 정부 체제가 유지되는 상태에서 대한민국 정부의 수립과 더불어 전반적인 질서를 대한 정부에 승계한다. 국체와 주권을 내외에 천명한 헌법이 1948년 7월 17일에, 뒤이어 교육법이 이듬해 1949년 12월 31일에 제정·공포되어 새로운 교육의 기틀이 마련된 것이다. 하지만 이승만 정권은 권력을 완전히 장악하지 못한 상태에서 출범했기에 권력을 유지하기 위한 여러 정책을 펴지 않을 수 없게 되는데, 그 가운데 하나가 '일민주의'였다. 좌익을 몰아내고 미국의 후원을 바탕으로 남한만의 독자 정부를 세워야 하는 상황에서, 더구나 새 정부가 수립되었음에도 불구하고 제주도 4·3 사건(47.3)과 여순사건(48.10) 등 이념적 갈등이 빈발하고 또 미국식 자유민주주의의 무분별한 도입에 따른 이념적 부적응 문제로 진통하고 있던 상황에서, 비판자를 제압하고 체제의 안정을 도모할 강력한 이념이 절실히 요구되었던 것이다. 그런 현실에서 도입된 통치 이념이 바로 일민주의였다.

'하나의 국민[一民]으로 대동단결하여 민주주의의 토대를 마련하고 공산주의에 대항한다'는 내용의 일민주의는 외견상 사회적 혼란을 수습하기 위한 '민족의 단합'을 내용으로 하고 있다. 하지만 사실은 이승만을 정점으로 한 반공 규율 사회의 구축 과정에 다름 아니었다.

① 경제적으로 빈곤한 국민의 생활수준을 높여 누구나 동일한 복리를 누리게 할 것,

② 정치적으로 대다수 민중의 지위를 높여 누구나 상등계급의 대우를 받도록 할 것,

③ 지역적 차별을 타파하고 대한민국 국민은 모두 한 민족임을 표명할 것,

④ 남녀 동등주의를 실현할 것.

이러한 일민주의의 강령은 궁극적으로 이념적 갈등을 봉합하고 동시에 통치 기반을 확고히 다지려는 의도에 바탕을 둔 것이었고, 그래서 일민주의가 시행되면서 사상 통제가 강화되는 등 사회 전반은 반공의 분위기로 경직된다. 1948년에 국가보안법이 제정되고 교육계에서는 좌익 교사와 학생에 대한 탄압이 대대적으로 실시되었으며, 모든 학교에는 학생위원회가 설치되어 좌익운동에 가담한 교사와 학생의 행적을 당국에 보고하도록 강요하였다.[13] 그런 상황에서 좌우 합작의 산물인 『중등국어교본』은

---

13 한준상·정미숙, 「1948~1953년 문교정책의 이념과 특성」, 『해방전후사의 인식』 4, 한길사, 1989, 348~350면.

더 이상 명맥을 유지하지 못하고 새롭게 편찬되지 않을 수 없게 된다.

단정기 『중등국어』 ①~⑥권의 특징은 우익 중심의 정치성이 한층 강화된 데 있다. 좌파가 대부분 월북하고 남한만의 단독 정부를 수립해야 했던 상황에서 해방기 『중등국어교본』의 1/4을 점했던 좌익 필자들은 배제될 수밖에 없었는데, 이 과정에서 우익 인사들이 조직적으로 개입한 것을 확인할 수 있다. 그런 사실은 편수 업무를 담당했던 편수관의 회고를 통해서 드러나는데, 당시 실무를 총괄했던 인물은 초등학교 교사 출신의 최태호와 연희전문의 교수 홍웅선이었다.[14] 최태호가 1948년에서 1963년까지, 홍웅선이 1948년에서 1961년까지 국어과 편수 업무를 담당했는데, 이들이 중심이 되어 단정기의 '국어' 교과서가 편찬된 것이다.[15] 당시의 편수 업무를 회고하면서 최태호는 교과서를 만드는 과정에서 우익 인사들의 "전국문화단체총연합회 총회에서 결의된 건의문"을 반영하지 않을 수 없었고, 그들의 의사에 따라 "좌익작가들을 몰아내는 시책"을 펴지 않을 수 없었다고 한다.

> 檢認定規程이 있었는지 없었는지 불명이나 중등학교 교과서의 검인정이 처음 시작되어서 나에게는 문법과 작문이 배급됐다. 군정 때 문교부에서 발행된 國語敎本에는 좌우합작, 미소공동위원회 활동이 판치던 그 때인지라, 그리고 교재 즉 美文의 관념에서 저명한 좌익작가의 문장이 태반이었다. 새로 제출된 『국어』검정교과서에도 餘風이 남아 있어 심지어 월북작가의 일제시대 작품이 그대로 실려 있는 형편이었다. (…중략…) 초대장관 안호상 씨는 반공투사로 자타가 공인하던 터에 一民主義를 고취코자 노력하는 중에 좌익작가의 글이 어떻게 國定 또

---

14   최태호, 「편수비화」, 『교단』 39호, 1970.3, 12면.

15   이들이 편수 업무를 총괄했다는 것은 여러 문서에서 확인할 수 있었으나, 당시 심의를 맡았던 위원들의 명단은 찾지 못했다. 『국어과 교육과정의 변천』(대한교과서주식회사, 1996년판, 274면)을 쓴 정준섭 역시 단정기 이후 1, 2차 교과과정기까지의 심의위원 명단은 찾지 못했다고 한다.

는 檢定 교과서에 들 수 있느냐는 소신이었던 것이다. 이 사실은 전국문화단체연합회총회에서 결의된 건의문에 의한 결과인 줄로도 안다. 하여튼 교재에서 좌익 작가를 몰아내는 첫 시책에 된 서리를 맞은 국장의 당황한 모습이 이제도 눈에 떠오른다.[16]

그렇게 해서 나온 교과서가 『중등국어』 ①~⑥권이었던 까닭에 교과서 필자의 대부분은 이승만 정권의 실세들과 전국문화단체총연합회 등의 간부로 채워지는 기현상을 보이게 된다. 『중등국어』 ①~⑥권에 수록된 필자 명단을 살펴보면 다음과 같다.

이헌구, 김광섭, 김진섭, 조지훈, 이은상, 오상순, 윤희순, 조연현, 황순원, 서정주, 안석영, 이효석, 김성철, 이상백, 이희승, 이병도, 조용만, 문일평, 성경린, 정인보, 김소운, 김사엽, 안재홍, 김영랑, 이양하, 안호상, 심훈, 고황경, 조만식, 조윤제, 이범석, 손진태, 박용철, 박종화, 김재원, 고유섭, 박두진, 방종현, 양주동, 오천석, 최현배, 이상, 이병도, 정비석, 송석하, 유홍렬

「학생과 사상」을 비롯한 네 편의 글을 수록한 안호상은 문교장관이고, 「청년의 힘」을 비롯한 네 편을 수록한 이범석은 국무총리 겸 국방장관이며, 「수필문학 소고」의 김광섭은 경무대 비서관, 「시인의 사명」의 이헌구는 공보처 차장, 「모란」의 김영랑은 공보처 출판국장, 「시작 과정」의 서정주는 문교부 예술과장을 맡고 있었다. 여기에다 조선문필가협회와 조선청년문학가협회, 그리고 그것을 모태로 해서 결성된 전국문화단체총연합회(1947년 2월 결성)의 간부들까지 포함하면 단정기 교과서의 필자는 대부분 이들 우익 인사라 해도 과언이 아니다. 정인보는 조선문필가협회

---

16   최태호, 「편수비화」, 『교단』 39호, 1970.3, 13면.

회장이고, 박종화는 부회장이며, 이하윤은 총무부, 김진섭은 문학담당 위원이고, 이헌구와 김광섭은 전국문화단체총연합회의 총무부장과 출판부장을 역임하고 있었다. 청년문학가협회 측에서는 김동리가 회장, 유치환이 부회장, 서정주(시), 조연현(평론), 조지훈(고전) 등이 분과위원장을 맡고 있었고, 박두진과 박목월은 간부위원이었다.

이들에 의해 필진의 대부분이 채워진 관계로 교육계는 이제 우익 인사들의 전면적 관할하에 놓이게 되는데, 그 일련의 과정을 진두지휘한 인물이 바로 문교장관 안호상과 국무총리 이범석이었다. 정치적으로나 이념적으로 동지였던 두 사람은 일민주의를 실천하는 한편 학교를 반공의 보루로 만드는데 앞장섰는데 가령, 안호상은 이범석이 조직한 '조선민족청년단'의 간부로 있다가 이범석의 추천으로 문교장관에 오른 인물이다. 문교장관으로 취임한 안호상은 문교정책의 당면과제를 국내적으로는 이승만의 통치 이데올로기였던 자유 민주주의를 확고히 하고, 국외적으로는 공산주의와 대항하여 국토와 사상의 분열을 통일하는 것으로 정했고, 그 일환으로 현장조직인 '학도호국단'을 창설하였다. "학원 내 좌익세력의 책동을 분쇄하고, 민족의식 고취를 통해 애국적 단결심을 함양한다"는 취지로 결성된 학도호국단은 일민주의를 실천하는 선봉대였던 셈이다.[17] 한편, 이범석은 이보다 앞서 우익 단체를 조직해서 이끌었던 인물로, 해방 후의 정치적 혼란을 바로잡기 위해 무엇보다 '새 나라의 역군으로 청년들을 조직하고 훈련하는 것이 시급하다'고 판단한 뒤 과거 독립운동을 했던 경험을 살려 '조선민족청년단'을 결성하고(1946년 10월) 단장에 취임하였다. 안호상이 부단장을 맡았고 김관식, 김활란, 이철원, 현상윤 등 32명이 전국위원을, 백낙준, 최규동 등 10명이 이사를 맡았다.[18] 이들에 의

---

17 한준상·정미숙, 「1948~1953년 문교정책의 이념과 특성」, 『해방전후사의 인식』 4, 한길사, 1989, 352면.

18 '조선민족청년단'에 대해서는 이진경, 「조선민족청년단 연구」(성균관대 석사논문, 1994. 6) 참조.

해 단정기 교육이 주도되면서 교육계 전반은 반공주의의 강력한 통제 속으로 휩쓸려 들어간다.

『중등국어』①~⑥권에 수록된 안호상의 글은 「일」(①권), 「학생과 사상」(③권), 「일과 행복」(④권), 「삶의 목적」(⑤권) 등 네 편으로, 모두 일민주의를 옹호하고 이승만을 중심으로 일치단결해야 한다는 내용이다. 여기서 특히 시선을 끄는 글은 「일」과 「학생의 사상」이다. 「일」에서는 "우리는 일민이다"라는 전제를 바탕으로 "일도 같이, 놀기도 같이, 웃음도 함께, 울음도 함께, 이와 같이 모든 것을 같이 하며 함께 하여 오직 하나로 된다는 것이 우리 일민주의의 명예요, 운명이다"라고 말한다. 그것이 바로 빈부와 귀천의 차별을 없애고 궁극적으로 공산주의를 이기는 길이라는 것, 말하자면 지도자를 중심으로 일치단결할 때만이 '일민주의'를 구현하고 공산주의를 무찌를 수 있다는 내용이다. 「학생의 사상」에서는 공산주의와 물질주의(유물론)를 비판하고 '민족주의 사상에 철저'할 것을 주문한다. "대한 민족주의는 대한 사람의 제 사상이요, 또 대한 사람의 제 정신이다. 이러한 제 사상과 제 정신이 없는 대한 사람은 외래의 사상을 비판적으로 받아들일 수도 없고, 또 동시에 물리칠 수도 없다"는 것, 그러므로 개인과 민족 전체가 잘 살기 위해서는 민족주의로 무장해야 한다는 주장이다. 외견상 민족주의를 강조한 듯하지만, 사실은 공산주의를 비판하고 지도자를 중심으로 뭉쳐야 한다는 내용의 일민주의를 옹호하고 있음을 알 수 있다. 이런 내용에다가 이범석의 글이 추가됨으로써 『중등국어』는 한층 우익 편향적인 모습을 갖게 된다. 민족을 구제할 사람은 청년밖에 없다는 내용의 「청년의 힘」(④권)이나 과거 일제와 맞서 싸웠던 독립운동을 회고한 「청산리 싸움」(①권), 청년들의 단결을 호소한 「청년에게 고함」(⑤권)과 「민족과 국가」(⑥권) 등은 모두 그런 내용이다.

여기서 「청년에게 고함」은 마치 일본의 군국주의가 부활한 듯한 전체주의적 성격마저 보여준다. '조선민족청년단'의 창설 취지문을 연상시키는 이 글에서 이범석은, 우리가 일본 제국주의의 압박에서 해방된 지금 청년들은 민족 국가를 위하여 피와 땀을 바쳐야 하고 그래서 청년의 씩씩한 힘과 청년의 깨끗한 정성이 무한히 요구된다고 말한다. 그렇지만 한국의 청년은 청년다운 활동을 다하지 못하고 있는데, 그 이유는 첫째 고도화한 강력한 청년 조직이 없고, 둘째는 적당한 청년의 지도자가 없으며, 마지막으로 가장 중요한 것은 "청년운동이 청년운동으로서의 독자적, 혁명적 영역을 갖지 못한" 때문이라고 진단한다. 그렇기 때문에 청년들은 "오직 한 덩어리로 강철과 같이 뭉치고, 한 목적을 향하여 한 계획 아래 발걸음을 맞춥시다. 이렇게 하는 데에서만, 청년은 청년의 진가를 유감없이 발양할 수 있는 것이요, 오늘의 곤란한 조국 현실을 바로잡아, 장래할 건국의 기초를 튼튼히 닦아 놓을 수 있는 것이며, 자손만대에 빛나는 업적을 남길 수 있는 것입니다"[19]라고 주장한다.

이런 내용의 글을 통해서 반공주의가 공산주의에 대한 단순한 반대가 아니라 이승만 정권에 정당성을 부여하고 그를 중심으로 국가를 건설해야 한다는 전체주의적 내용과 결합되어 있음을 확인할 수 있다. 반공주의는 원래 공산주의에 반대하는 내용을 갖는 대타개념이지만, 실제로는 이와 같이 이념적 갈등을 봉합하고 조정하는 내부 통제용 이데올로기로 기능했던 것이다. 안호상이나 이범석의 글에는 부정해야 할 대상으로서 공산주의에 대한 구체적인 언급이 없으며 단지 혼란스러운 현실에서 지도자를 중심으로 일치단결해야 한다는 정치적 의도만이 두드러진다. 그런 분위기에서 단정기 교과서에 친일 문인의 글이 대거 수록된 것은 어쩌면 자연스러운 현상으로 볼 수 있다. 이범석과 조선민족청년단은 자신들의 조직을 유지하고 확대하는 발판으로 국내에서 세력 기반을 다진 친일 경력자들을 이용하고자 했고, 친일파는 해외 독립운동가로 명성이 높았

---

19   문교부, 『중등국어』 ⑤, 1950.4.5, 45~46면.

던 이범석과 광복군이 조직한 조선민족청년단을 지원함으로써 자신들의 친일 행적을 은폐하는 방패막이를 삼고자 했다. 두 집단의 이해관계가 이렇듯 맞물린 관계로 조선민족청년단의 간부로 백낙준, 김활란, 백두진, 유창순 등의 친일파가 대거 포진하게 되고,[20] 급기야 '국어' 교과서의 필진으로 대거 등장한 것이다. 『중등국어』 ①에서 ⑥까지의 필자 중에서 친일인사로 거명된 사람은 김동인, 모윤숙, 이무영, 노천명, 이헌구, 조연현, 서정주, 조용만, 고황경, 박종화, 정비석 등 11명이다.[21] 미군정기 '국어'에 채만식과 박태원 등 두 명이 수록된 데 비하자면 수적으로 5배 이상 증가한 셈인데, 이들 친일인사의 글이 문제되는 것은 민족의식의 고취라는 당대 교육 목표와 어긋날 뿐만 아니라 친일 행적을 변명하는 투의 내용까지 포함하는 도덕 불감증을 보인다는 데 있다. 이런 사실은 친일 문인으로 분류된 이헌구와 고황경의 글에서 단적으로 확인된다.

「시인의 사명」에서 이헌구는, 시인은 민족의 시련기에 예언자로서 역할을 해야 하고 그래야 일반 민중은 그 예언을 따라 민족혼을 지킬 수 있다고 주장한다.

평화로운 시대에 있어서 시인(詩人)의 존재(存在)는 가장 비싼 문화(文化)의 장식(裝飾)일 수도 있는 것이다. 그러나, 그 시인이 처(處)하여 있는 국가가 비운(悲運)에 빠졌거나, 통일(統一)을 잃었거나 하는 때에 있어서, 시인은 그 비싼 문화의 장식(裝飾)에서 떠나, 혹은 예언자(預言者)로, 또는 민족혼(民族魂)을 불러 일으키

---

20   이진경, 「조선민족청년단 연구」, 성균관대 석사논문, 1994.6, 17면.
21   여기서 친일인사란 민족문제연구소에서 발표한 708명으로 한정한다. 앞의 주 7번 참조. 문학에서도 2002년 8월 14일 민족문학작가회의가 발표한 친일문인으로 제한한다. 친일문인 42인은 다음과 같다. △시 분야 = 김동환 김상용 김안서 김종한 김해강 노천명 모윤숙 서정주 이찬 임학수 주요한 최남선 △소설·수필·희곡 분야 = 김동인 김소운 박영호 박태원 송영 유진오 유치진 이광수 이무영 이서구 이석훈 장혁주 정비석 정인택 조용만 채만식 최정희 함대훈 함세덕 △평론 분야 = 곽종원 김기진 김문집 김용제 박영희 백철 이헌구 정인섭 조연현 최재서 홍효민.

는 선구자적(先驅者的) 지위(地位)에 놓여 질 수도 있는 것이다.[22]

　그렇지만 이러한 주장은 그의 행적을 고려할 때 상당히 후안무치하다. 牧山軒求로 창씨를 개명하고, 「각고의 정신」을 『매일신보』(1941, 1.5~7)에 발표하고, 또 「천재일우의 때」를 『조광』(1943, 12)에 발표했던 친일 행적의 인물이, 과거사에 대한 한 마디의 반성도 없이 시인의 사명을 "민족혼을 불러일으키는 선구자"라고 강변하는 것은, 내용의 타당성을 떠나서 스스로 도덕적 정당성을 결하고 있다. 게다가 이헌구는 친일행위가 '예언자이자 민족혼을 불러일으키는 선구자로서의 시인이 없었기에 일어난 행동'이고, 만일에 그런 위대한 시인이 있었다면 결코 반동적 문학은 존재하지 않았을 것이라고 주장한다. 물론 이헌구의 주장대로, 친일행위가 미래를 예견하지 못하고 의식이 전도되어 일어난 현상이고, 또 당시 민족의 미래를 예견하는 시인이 없었다고도 볼 수 있다. 하지만 그런 외적인 조건에 친일의 원인을 돌린다는 것은 주체의 의지를 외면한 몰염치의 상황론에 불과하다.

　고황경의 「인도 기행」 역시 비슷한 맥락의 글이다. 고황경은 인도의 농촌을 소개한 뒤 『인도의 발견』이라는 네루가 쓴 역사책을 각본화한 연극을 보고 느낀 바를 덧붙이는데, 눈길을 끄는 것은 인도에 대한 영국의 압제와 조선에 대한 일본의 그것을 비교한 대목이다. 곧, 일제의 압제는 영국에 비해 훨씬 가혹했다는 것, 만일 우리가 영국의 지배를 받았다면 일제의 경우와는 달리 언론과 표현의 자유를 가졌으리라는 내용이다. 이런 주장은 고황경 자신이 펼쳤던 일제하의 행적과 결부지어 보자면, 앞의 이헌구 이상의 궤변임을 알 수 있다. 고황경은 1937년 내선일체 정책의 일환으로 조직된 친일 여성단체인 '조선부인문제연구회'의 핵심인물이었다. 김

22　문교부, 『중등국어』 ④, 1949.9.30, 1면.

활란 등과 함께 고황경은 '가정보국운동으로서의 국민생활 기본양식'의 준수를 외치면서 매월 가정에서의 황거요배(皇居遙拜), 축제일 국기 게양, 총독부 의례준칙 준수, 근로정신 함양 등을 외치던 인물인 바, 그런 인물이 일본과 영국의 식민정책을 비교하면서 "도저히 비교가 되지를 않는단 말이다"라고 탄식했다는 것은 후안무치의 정도를 넘어서 혐오의 감정마저 불러일으킨다. 자기변명을 넘어 항일 행위 전체를 부정하는 듯한 이런 내용의 글이 교과서에 버젓이 수록되었다는 것은 이승만 정권하의 교육정책이 반공을 앞세워 그 외의 모든 가치를 외면했다는 단적인 증거인 셈이다. 이런 논지를 좇자면 자신의 친일행위를 포함한 모든 반민족적 행위는 폭압적 현실에서 불가피했던 것으로 정당화될 수밖에 없다. 이들에게서 민족의 정기와 문화적 자존을 기대하기는 힘든 일이다.

그런데, 흥미로운 것은 교과서 필진의 대부분이 우익 반공주의자들이지만, 실제 내용에서는 그것이 완전히 관철되지는 않았다는 점이다. 앞의 최태호 편수관이 회고한 것처럼, 당시의 반공 분위기는 비교적 느슨한 상태였다. 즉, "그때의 반공체제가 이제 상상 못할 만큼 미지근했었고 정부의 시책도 建國初初('건국초'의 오기로 보임 ― 인용자) 자리잡지 못했다"[23]고 한다. 그런 관계로 『중등국어』 ①, ④, ⑤권에는 친(親)중국적인 내용의 글과 함께 친미적인 글이 동시에 수록되어 이념적으로 정비되지 않은 모습을 보여준다. 전자는 「상해 축구 원정기」(이용일)와 「북경의 인상」(정래동)에서 드러나고, 후자는 「아메리까 통신」(김재원)에서 목격되는데, 이는 단정기까지는 반공주의가 냉전 이데올로기의 차원에서 행사되었지 생활 전반에까지 침투되지는 못했다는 것을 시사해준다. 부르디외 식으로 말하자면, 상징투쟁의 장 속에 있었지 문화권력으로 확고한 기반을 잡지 못했다는 뜻이다. 가령, 중문학자 정내동이 북경에 유학하면서 느낀 인상

23　최태호, 「편수비화」, 『교단』 39호, 1970.3, 13면.

을 기록한 「북경의 인상」과 상해에 원정한 축구 선수들의 선전 과정을 소개한 「상해 축구 원정기」에는 중국에 대한 동경과 우호의 심리가 담겨 있고, 국립박물관장인 김재원의 「아메리까 통신」에는 그와 비슷하게 미국에 대한 호감이 토로되어 있다. 정래동은 "요람과 같은 북경은 가끔 여러 가지 점으로 그리워지는 때가 많다"고 고백하며, 이용일은 '한·중 양국 국기가 전면에 게양된 모습'을 보고 양국의 우의와 친선에 고무되기까지 하는데, 이는 1946년 이후 국공내전(國共內戰)에서 공산당이 승승장구하던 현실을 염두에 둔 것이라고는 볼 수 없다.(이 글은 중국에서 공산당 정권이 수립된 1949년 10월 이전에 쓰인 것으로 판단된다) 말하자면 이 시기까지는 우리에게 '해방을 약속하고 선물로서 독립'을 가져다준 고마운 나라의 하나로 중국(국민당 정권)을 이해한 미군정기 이래의 시선이 그대로 유지되고 있었다.

　전쟁이 진행되는 도중에 간행된 『고등국어』(Ⅰ~Ⅲ)에서 「북경의 인상」이 삭제된 것을 보면, 중국은 6·25 전쟁에 개입한 이후부터 적성국가로 규정되었다는 것을 알 수 있다. 그렇지만 흥미롭게도 소련에 대해서는 『중등국어』에서부터 강한 적대감을 보여준다. 모윤숙의 「유·엔 참관기」와 안호상의 「학생과 사상」에서는, 소비에트의 비협조로 세계 평화가 이루어지지 않고 있으며, 소련은 국제회의에서도 "오만하고 발칙한 언행을 일삼는다"는 점(모윤숙), 소련 휘하에 들어간 나라들이 소련의 주장과는 달리 결코 물질적으로 풍요롭지 않다는 점(안호상) 등을 언급하면서 소련에 대한 강한 적개심을 표현한다. 중국과는 달리 소련을 공산주의 적성국가로 규정하고 있는 것이다. 그런 점에서 냉전 이데올로기가 당대의 중심 흐름으로 관철되고는 있었지만, 그 대상이 아직은 중국과 북한으로까지 확대되지 않고 있음을 알 수 있다.

　단정기의 '국어' 교과서는 이렇듯 필자의 성향과 글의 내용에서 우파적인 것으로 채워져 있고, 중국에 대한 전통적인 우호관계를 내용으로 하는 글이 수록되는 등 반공주의가 전일적으로 관철되지는 않고 있었다. 최태호 편수관의 회고대로, 당시의 반공체제는 미지근했고, 정부의 시책도 미처 자리잡지 못했던 것이다. 하지만 그럼에도 불구하고 우파 민족주의자들의 국가주의적 담론이 대거 전파되고 거기에 친일인사들이 중요한 필진으로 가세함으로써 반공체제가 점차 공고해지고 있음을 목격할 수 있다.

4. 전쟁기—반공의 정착과 친미주의

6·25 전쟁이 일어난 시점부터 1951년 1·4 후퇴 때까지 남한에서는 교육과정이 거의 운영되지 못하였다. 모든 학교 수업이 중단되고 정부가 피난지 부산으로 소개된 상태였기에 학교 자체가 존립할 수 없었기 때문이다. 그러다가 상황이 조금 호전된 1951년 2월 새로 문교부 장관에 임명된 백낙준이 '전시하교육특별조치요강'을 제정·공포했고, 그것을 바탕으로 학생들은 피난지에 개설된 학교에 등록해서 수업을 받게 되었다.

이 특별조치요강은 전쟁 수행에 따른 비상용으로 마련된 임시 조치였는데, 그 요점은 대체로 전시의 특수성을 반영한 반공체제의 구축에 모아져 있었다.[24] 안호상이 일민주의라는 이름으로 반공주의 교육을 우회적으로 내세웠던데 반해 백낙준은 전시하의 특수한 상황을 근거로 그것을 교과과정에 공식적으로 적용한 것이다. 백낙준은 적색교원의 일소, 국민사상지도원 설치, 교육공무원법 제정, 학생들의 정치활동 규제, 다양한 매체를 활용한 사상전의 전개 등을 통해서 전시교육 체제라는 중앙집권

24　이종국, 『한국의 교과서출판 변천연구』, 일진사, 2002, 261~262면.

적 통제를 가했고, 그 일환으로 전시 교재를 제작하고 배포하였다. 당시 교재의 편찬은 최현배를 편수국장으로 해서 편수관인 최병칠, 최태호, 홍 웅선 세 명이 담당했는데, 이들에 의해서 만들어진 교과서가 전시의 특수 상황을 반영한『전시생활』1,『전시생활』2,『전시생활』3과 중학생용 『전시독본』[25]이다. 이 전시교재는 교과목의 구분이 없이 그 자체가 국어 과이자 동시에 사회생활 교과서로 역할을 했는데, 대체적인 내용은 전쟁 과 반공의 당위성을 설명하고 전쟁을 후원하는 일에 적극적으로 참여해 야 한다는 것이었다.

그런데 흥미롭게도 그런 와중에서도 고등학교용 '국어' 교과서가 두 종 이나 발간된 것을 확인할 수 있었다. 각주 3번에서 언급한 대로,『고등 국 어』(1-I · II, 2-I · II, 3-I · II)가 1952년 9월 30에서 1953년 3월 31일자로 간행 되었고, 또 1953년 3월 31일에는『고등 국어』I · II · III이 간행되었다. 앞 의『고등 국어』와 뒤의 3권을 비교해 본 결과, 내용과 필자는 거의 같고 다만 배치 상태가 다소 다를 뿐인데, 그런 사실을 말해주듯이 1953년 3월 에 간행된『고등 국어』I의 목차 하단에는 "이 교과서는 작년(1952년)에 발 간한 교과서의 내용과 크게 다름이 없으므로, 작년도에 발간한 교과서로 서 이 교과서를 대용하여도 무방함"이라는「비고」가 수록되어 있다. 그 렇다면 이 두 종의『고등 국어』는 다소의 편차에도 불구하고 전시 교과서 로 현장에서 교수되었음을 알 수 있다.

전시 '국어' 교과서의 기본 틀은 대체로 단정기의 것을 그대로 수용하 고 있다. 필자와 제목이 거의 같고 단지 두세 편의 글이 새로 추가되었을 뿐인데, 이는 전쟁이라는 급박한 현실에서 교과서를 개편할 여력이 없었 고 또 물적 토대 역시 미흡해서 최소한의 변화만을 추구한 것으로 이해할

---

25 중학교용『전시독복』은『침략자는 누구냐?』,『자유와 투쟁』,『겨레를 구출하는 정신』등 3권으로 되어 있고, 모두 1951년 3월 6일, 조선교학도서주시회사에서 인쇄된 것으로 되어 있다.

수 있다. 교과서를 일별하면서 무엇보다 흥미를 끈 것은 교과서 첫머리
에 인쇄된 다음과 같은 구절이다.

The United Nations Korean Reconstruction Agency donated to the Ministry of
Education of the Republic of Korea, 1540 tons of paper to print text books for primary
and secondary schools in Korea for 1952. The paper of this book is printed out of that
donation.

Let us be thankful for this assistance, and determine to prepare ourselves better for
the rehabilitation of Korea.

L. George Paik

Minister of Education Republic of Korea

국제 연합 한국 재건 위원단(운끄라)은 한국의 교육을 위하여 4285년도의 국정
교과서 인쇄용지 1,540돈을 문교부에 기증하였다. 이 책은 그 종이로 박은 것이다.
우리는 이 고마운 원조에 감사하는 마음으로, 한층 더 공부를 열심히 하여, 한
국을 재건하는 훌륭한 일군이 되자.

대한민국 문교부 장관 백낙준

전쟁으로 생산시설이 파괴되고 종이가 고갈된 상태에서, 문교부 장관
인 백낙준이 직접 미국으로 건너가서 종이를 요청했고, 그렇게 원조된 종
이로 인쇄한 것이 바로 전쟁기의 '국어' 교과서였다. 유엔의 도움 없이는
교재 하나조차 인쇄할 수 없었던 전시하의 참혹한 현실을 단적으로 보여
주는 대목이다.

전쟁기 교과서에 새로 추가된 단원은 세 개의 짧은 글로 구성된 「유·
엔과 우리나라」(『고등국어』 1-II권)이다. 유엔(UN)의 역할과 사명, 우리나라
와의 관계 등을 설명한 세 편의 글은 유엔의 원조 없이는 하루도 버틸 수

없었던 당시의 비극적 현실을 보여주는데, 첫 번째 글은 필자가 명기되지 않은 「유·엔의 근본정신」이고, 두 번째 글은 신익희가 쓴 「유·엔 헌장과 한국」이며, 마지막 글은 조선민족청년단의 전국위원인 이철원의 「한국은 유·엔의 전진기지」이다. 첫 번째 글에서는 "전쟁을 방지하고 전 세계를 통하여 침략 행위를 억제하는 것"이라는 유엔의 설립 목적이 설명되고, 두 번째 글에서는 "우리는 유엔의 원칙하에 살고 있으며, 우리 국민은 유엔의 원칙하에서 목숨을 바치고 있는 것"이라고 하여 우리와 유엔의 운명적인 관계가 언급되며, 마지막 글에서는 "국제연합은 한국을 버리지 않을 것이며, 한국은 국제 연합을 버리지 않을 것이다. 국제 연합과 한국이 이처럼 굳게 뭉친 앞에서 적(敵)은 이미 자멸의 구렁을 팔 날이 닥쳐 온 것이다"라는 비장한 결의가 토로된다. 전쟁이 발발한 지 1년 4개월이 경과한 시점에서 잿더미로 변한 현실을 지켜보면서 오직 유엔에 희망을 걸 수밖에 없었던 당시의 참담한 현실과 함께 자유진영의 보루로 편입된 당시의 상황을 실감케 해주는 셈이다. 유엔이라는 국제연합기구가 만들어진 이후 국제 분쟁을 해결하기 위해 강권을 발휘한 최초의 전쟁이 6·25였고 그 직접적인 수혜자가 우리였다는 사실을 상기하자면, 이들의 격앙된 어조는 충분히 이해됨직하다.

하지만, 그런 심리와 함께 글의 한편에는 공산주의자에 대한 강한 적개심이 담겨 있어 친미주의와 비례해서 반공주의가 강화되고 있음을 목격할 수 있다.

그러나, 우리 한국 민족은 오늘날 앞서 두 번의 전쟁보다도 더 가혹한 전쟁의 참화를 국제 연합의 헌장이 엄연히 존립한 가운데에서 당하고 있다. 이것은 말할 것도 없이 공산 제국주의자들의 야만적 침략에 기인한 것이다. 오늘 우리 삼천리 강토는 전화로 인하여 거의 회신(灰燼)이 되었으며 수백만의 피란민은 부모형제가 각기 유리하여 생활의 근거를 잃었다. 그러나, 돌이켜 보건대 이 참상이 극도에 달한 과거 일 년 사 개월은, 한국 민족이 일찍이 볼 수 없었던 애국심과 용감성과 그리고 자존심을 감히 우내(宇內)에 현양한 가장 영예로운 기간이었던 것이다. 공산주의의 침략을 이처럼 결사적으로 반대하고, 자유와 평화를 이처럼 헌신적으로 엄호한 국가와 민족이 과연 어느 곳에 있었던가?[26]

공산주의의 야만적 침략에 의해 우리 국토가 잿더미로 변했고, 또 부모 형제가 생활의 근거를 잃고 이산(離散)하게 되었다는 주장은 추상적인 부정의 대상으로서의 공산주의가 아니라 체험에 바탕을 둔 구체적 제거 대상으로서의 그것이라는 점에서 단정기와는 구별된다. 개전과 더불어 남한 전역이 피로 물든 상황에서 이러한 주장은 공산주의자들을 제거해야만 우리가 살 수 있다는, 당시의 실제 현실을 반영한 생사존망의 절박함과 함께 극단적인 부정의식을 전제한 것이다. 그런 상황이었기에 민족을 양분한 이데올로기의 실체가 무엇이고 또 왜 서로가 서로를 죽이는지 등의 근본 문제는 전혀 고려될 수 없었고, 단지 '죽느냐 사느냐' 하는 즉, 흑이 아니면 백이라는 극단의 부정과 양가적 사고만이 지배하게 되는 것이다. 그래서 '남한=자유주의=선', '북한=공산주의=악'이라는 도식이 자연스럽게 도출되고 공산당은 이제 무조건 제거해야 하는 '악'의 화신으로 규정된다. 전시하 국민들의 일상 체험을 바탕으로 반공주의가 국가 이데올로기로 승격되고 있음을 단적으로 목격할 수 있는 대목이다.

이런 사실은 『고등 국어』 III에 수록된 러셀의 「현재의 암흑시대를 극복하려면」에서 한층 구체화되어 제시된다. 전쟁 중의 현실을 '암흑시대'로 규정하고 그것을 극복하는 방법을 소개하려는 의도에서 수록된 것으로 짐작되는 이 글에서, 러셀은 암흑시대를 살아가는 방법의 하나로 '공산주의 타도'를 주장한다. 즉, 러시아 정부는 개인은 아무런 값어치도 없

---

26   『고등 국어』 1-II, 1952.9, 117~118면.

는 소비자로 취급하고 오직 국가만을 신성시한다. 한때 무분별한 행동을 했다는 이유로 가장 사랑하는 친구를 배반해서 결국 무시무시한 시베리아 노동수용소로 사라지게 한 것이나, 교사의 가르침을 맹종하다가 급기야 자기 부모마저 죽음으로 이끈 어떤 학동의 행위, 그리고 악에 투쟁한 것을 마치 당(黨)에 반항하는 죄를 범했다고 거짓 자백하는 비굴한 행위 등은 모두 공산주의 국가에서나 볼 수 있는 현상이다. 그렇기 때문에 우리는 이 '거짓 사상'에 대해 투쟁해야 하고, 그것이 바로 사람됨의 가치라고 말한다. 이런 내용을 통해서 필자는 '공산주의=국가지상주의=악=인류 불행'이라는 등식을 노골적으로 설파한다. 이 글의 논지에 따르자면 공산주의자는 인간적인 가치나 사랑이 없는 존재이고, 따라서 그들을 제거해야만 내가 살 수 있다는 등식이 자연스럽게 유도되는 것이다. 단정기의 안호상 글에서 공산주의를 쳐부수자는 단순한 내용에서 한 걸음 더 나아가 공산주의와 왜 싸워야 하는가를 한층 구체적으로 보여준 것이다. 이런 내용의 글을 통해서 이 시기 교과서는 공산당의 침략으로 고통 받는 국민들의 자발적인 동의를 유도해내고 궁극적으로 반공으로 무장한 '국민 만들기' 작업을 적극 수행한 것이다.

다음으로 주목할 대목은 친(親)중국적인 글이 제거되고 대신 친미적인 내용이 강화된 점이다. 앞에서 언급했듯이 단정기 '국어'에는 친중국적인 글과 함께 친미적인 글이 동시에 수록되어 있었는데, 전쟁을 경과하면서 친중국적인 글은 모두 삭제된다. 「북경의 인상」과 「상해 축구 원정기」가 빠지고 대신 「아메리까 통신」만이 수록되는데, 이는 중국이 공산화되면서 한국전쟁에 참전한 사실과 관계될 것이다. 이제 중국은 국민당 정권기까지의 우호적 이웃이 아니라 우리가 생사를 걸고 싸워야 할 적성국가로 변했다는 것을 보여준다. 중국에 대한 이런 적대감은 당시 부교재로 사용된 책에서는 한층 적나라하게 드러나는데, 가령 『반공독본』 6에 수록된 시에는 중국의 인해전술에 맞서자는 비장한 결의가 담겨 있다.

통일 독립되려는 우리민국에

침략자 중공 오랑캐떼가

징치고 피리 불며 밀려 내려 왔네

아! 대한의 아들 딸들아 일어나거라

조국의 한 치 땅도 더러운 발아래 짓밟힐가 보냐

무찌르자 쳐부수자 중공오랑캐(소련앞재비)[27]

중국의 개입으로 통일을 눈앞에 둔 시점에서 다시 후방으로 퇴각하지 않을 수 없었던 절치부심(切齒腐心)의 심정을 단적으로 투사한 것이라 하겠다.

이후 1차 교과과정기에 오면 반공과 친미적 시선은 더욱 강화되어 「아메리까 통신」에다 천관우의 「그랜드 캐년」이 새로 추가된 것을 볼 수 있다. 미국은 이제 우리와 생사존망을 같이 하는 운명공동체이고, 독자들은 그것을 의무적으로 학습하고 내면화하지 않을 수 없게 된다. 말하자면 반공주의가 강화되면서 미국과 유엔에 대한 우리의 종속적 입장이 더욱 심화된 것이다. 이런 태도는 반공주의의 종주국이 미국이고, 미국에 의지해서 생존을 도모할 수밖에 없었던 현실에서 당연한 것으로 이해될 수도 있지만, 한편으로는 반공주의가 미국 중심의 세계체제에 편입되는 중요한 고리로 기능했음을 시사해 주는 대목이기도 하다. 미국이 한국전쟁이 발발하기 직전에 이른바 '애치슨 라인(Acheson line)'을 발표해서 태평양에서 미국의 방위선을 알류샨열도-일본-오키나와-필리핀을 연결하는 선으로 제한했고, 그것이 결과적으로 6 · 25 전쟁의 발발을 묵인했다는 비판을 받았던 사실을 상기하자면, 반공주의는 미국의 하위체제로의 편입을 보장받는 열쇠와도 같은 것이었다. 미국이 유엔을 동원해서 6 · 25 전

---

27   한국교육문화협회, 『반공독본』 6, 박문출판사, 1954, 26면.

쟁에 참전한 것이나, 엄청난 인명의 희생에도 불구하고 전쟁을 포기하지 않았던 것은 '반공'을 매개로 한 한국의 전략적 가치 때문이었다. 그런 상황이었기에 이승만 정권에 있어서 반공주의란 미국에 대한 충성 맹세와도 같은 것이고, 교과서는 그것을 명문화한 일종의 서약서였던 셈이다.

전쟁기의 '국어' 교과서는 이렇듯 전쟁이라는 특수한 현실을 전제로 해서 만들어졌다. 그래서 전면적으로 개편되지 않고 단정기의 것을 대부분 그대로 계승하였다. 그럼에도 우리나라와 유엔의 운명적 관계를 강조하고 한편으론 친미적인 시선을 강화한 것은 반공주의가 전쟁으로 촉발된 국민들의 자발적인 적대감을 바탕으로 한층 공고화되었음을 시사해준다. 이후 2~3차 교과과정기의 '국어'에는 이런 전쟁기의 현실을 바탕으로 반공주의가 한층 전면화되고 또 일상에 깊숙이 뿌리내리고 있음을 목격할 수 있다.

5. 과거의 확인과 교정의 의미

반공주의는 단독 정부 수립 이후 우리를 규율해 온 근본이념으로 아직도 개개인들의 뇌리 속에 깊숙이 각인되어 있다. 세계적인 탈냉전의 흐름 속에서도 고립된 섬처럼 존재하는 분단의 현실은 여전히 그것을 타기할 가능성을 찾지 못한 채 암중모색의 혼미를 거듭하고 있다. 군사정권이 종식되고 독재의 그림자가 사라지면서 반공주의의 망령은 이제 그 앙상한 실체를 드러냈지만, 그럼에도 그 상흔은 아직도 아물지 않은 채 사회 곳곳에 산재되어 있다. '국어' 교과서를 통해 반공주의의 규율화 과정을 보고자 했던 것은, 그 상처가 구체적으로 남아 있고 아직도 그것이 치유되지 않은 곳의 하나가 교과서라는 생각에서였다. 비록 교수요목기의 '국어' 교과서를 개관하는 수준에 머물렀지만, 그것이 이후 1차에서 6차까지 근본에서 관철된다는 점에서 그 상처는 깊고도 넓다. 더구나 미군정기 이후 아직까지도 친일인사들의 족적이 크게 남아 있는 곳이 교과서이다. 친일인사들은 반공주의를 외피로 두름으로써 과거 행적의 면죄부를 얻고자 하였다. 그렇지만 한일 간의 과거사 문제가 국가적인 해결과제로 떠오른 지금 어떤 식으로든 그것은 정리될 필요가 있다. 단정기 이후 교과서에서 우익 인사들이 대거 필진으로 참가하고 거기에 친일경력의 문인들이 가세한 것은, 민족주의라는 외피에도 불구하고 반공만을 통치의 근간으로 앞세웠던 이승만 정권과 그 이후의 계속된 군사정권의 속성을 단적으로 시사해준다. 전쟁을 겪은 뒤에는 그런 특성이 한층 강화되어 반공주의는 국시(國是)로뿐만 아니라 개인들의 일상적 가치와 사고마저 통제하는 최고의 이념이자 가치로 승격되었고 그것을 지배 집단은 교묘하게 이용해온 것이다.

　세계적인 탈냉전의 흐름과 남·북한의 화해 분위기 속에서 무엇보다 중요한 것은 우리에게 각인된 반공주의의 억압과 왜곡의 실상을 정확히 확인하고 해체하는 일이라 할 수 있다. 교육을 통해 주입된 반공주의와 냉전 이데올로기는 의식뿐만 아니라 무의식의 차원에서 우리를 사로잡는 망령이고, 그렇기에 그 완고한 실체를 확인하는 것은 바로 그것을 해소하고 교정하는 첫걸음이기도 하다. 지난 반세기를 경과하면서 문학과 일상의 영역에서 확인되는 반공의 폐해는 다름 아닌 우리 개개인들에게 숨어 있는 적대와 반목의 감정이고, 그렇기에 그 실체와 마주하는 일은 통일과 분단 극복이라는 추상적 담론에서 벗어나 구체적 현실에서 그 뿌리를 찾아 제거하는 일이다. 반공주의를 극복한다는 것은 단순히 북한 공산주의에 대해 혐오감을 갖지 않는다는 차원에 국한되는 것은 아니다. 국가나 집단에 대한 편향적인 생각에서 벗어나 개인과 타자를 존중하고 수용하는 개방적 시각을 함양할 때, 그리고 그것이 북한에 대한 객관화된 이해로 나아갈 때 비로소 해결의 실마리를 찾을 수 있을 것이다. 국가의 통치 이념이 집약되고 동시에 국민을 효과적으로 통제하는 수단이었던 '국어' 교과서가 새롭게 문제되는 것은 그런 사실을 소급적으로 보여줄 뿐만 아니라 그 뿌리의 완고함과 해결해야 할 과제를 새롭게 환기시켜 주기 때문이다.

국가주의의 규율과 '국어' 교과서

1~3차 교육과정의 『국어』 교과서를 중심으로

1. 반공의 감정과 교육

공산주의를 직접 겪고 전쟁의 참상을 체험한 것도 아니지만, '빨갱이' 하면 일단 부정적 이미지를 떠올리는 것이 전후 세대들이 보이는 1차적 인 반응이다. 분단 반세기를 살면서 끊임없이 겪어온 남북한 간의 적의 와 갈등, 계속적으로 주입받은 북에 대한 적대감은 마음속의 응어리가 되 어 외부의 자극이 주어졌을 때 조건반사적인 감정반응을 일으키는 것이 다. '빨갱이' 콤플렉스라고나 할까? 최근 6자 회담의 진전과 함께 남북한 간의 화해 분위기가 고조되고 있음에도 불구하고 북한에 대한 신뢰감이 쉽게 회복되지 않는 것은 그런 집단 무의식과 무관하다고 할 수 없을 것 이다. 이 글에서 교과서를 분석하면서 재차 확인한 사실은 그런 의식이 형성된 주된 원천이 교과서와 교육에 있다는 것이다. 우리들의 의식 깊 숙이 내재되어 있는 공산주의에 대한 증오심과 그에 수반하는 애국주의 적 열정은 두 개의 쌍끌이 어선처럼 교과서를 규율하는 원리였다고나 할 까? 한편에서 반공주의를 말하면, 다른 한편에서는 애국주의를 노래했다. 정권에 의해 강요된 그 두 개의 계선이 길항하면서 정권은 의도하는 '국민'을 만들 수 있었고, 그 결과 국민들은 무조건적인 반공의식의 그물 망에 갇혀 길들여져 왔던 것이다.

『국어』교과서에서[1] 국가주의 관련 담론이[2] 전면적으로 등장한 것은 박정희 집권기인 2차 교과과정(1963~1973)에서였다. 이승만 정권하의 1차 교과과정기(1955~1963)의 『국어』교과서에는 국가 이데올로기와 관계된 담론들이 상대적으로 적게 나타난다. 단정기까지만 하더라도 '일민주의' 를 강요하는 내용이 여럿 있었지만 1차에서는 거의 사라지고 없는데,[3] 그 것은 무엇보다 정치적 측면을 배제하고 '국어 교육' 본래의 성격과 목표 를 확립하려는 초기 입안자의 의지에서 비롯된 것으로 보인다. 「유·엔 과 우리나라」, 「아메리까 통신」, 「현재의 암흑시대를 극복하려면」과 같 은 전쟁기의 특수한 상황을 담고 있는 글들이 삭제된 것은 공산주의에 대 한 적대감이 상대적으로 완화되고 전후의 사회 분위기를 일신하려는 의 도와 관계될 것이다. 실제로, 교과과정이 정비되고 교과서의 검인정 업 무가 행정적으로 체제를 갖춘 것은 1955년 신교육과정(1차)이 시행되면서 부터였다.[4] 사회과와는 다른 국어과의 정체성이 확립되고 국가의 이념이 나 정책을 소개하는 단원들은 사회과로 이관되어 반공교육은 『반공독

---

1   이 글에서 분석대상으로 삼은 것은 1차에서 3차 교과과정까지 인문계 고등학교에서 사용된 『국어』(1~3년용) 교과서이다. 5·16 군사정변 다음 해인 1962년에 교육과정의 전면적인 개편이 있었고, 1963년 2월 15일자로 초중고등학교 및 실업고등학교의 교육과정이 공포되어, 초등학교는 1964년부터 1966년까지, 중학교는 1966년에, 고등학교는 1968년에 전 교과목의 교과서가 개편 발행되었다. 자세한 서지 사항은 각 인용문의 하단에 각주로 밝힌다.
2   여기서 '국가주의'란 국가에 의해 강요된 이데올로기를 총칭하는 말이다. 반공주의와 애국주의, 개발주의 등은 그 하위개념으로 국가에 의해 강요된 여러 이데올로기 중의 하나이다. 국가주의란 편의상 'nationalism'으로 번역한다.
3   미군정과 단정기의 『국어』교과서에 대해서는 졸고, 「반공주의의 규율과 '국어' 교과서」(『민족문학사연구』 28, 2005.7) 참조.
4   최태호, 「편수비화」, 『교단』 39호, 1970.3, 16면.

본』과 같은 사회과 부교재를 통해서 이루어진 것이다. 그런데, 이와는 달리 2차 교과과정에는 정권의 정치적 의도가 전면적으로 투사되어 드러나는 것을 볼 수 있는데, 그것은 무엇보다 정권을 잡은 뒤 지식인들을 대거 동원해서 정권의 이데올로기를 창출하고 그것을 홍보해야만 했던 군사정권의 특수성에 따른 것이다. 그런 사실은 우선 국어과 교육의 목표를 임의로 조정한 데서 확인이 되는데, 가령 1차 교과과정에서 제시된 국어과 교육목표의 하나는 "학생들의 개별적인 소질과 능력의 차이를 중시한다"였다. 오늘날에도 충분히 통용될 수 있는 이런 목표는 그렇지만 2차 교과과정에서는 흔적도 없이 사라지고, 대신 다른 목표와 중첩되는 내용으로 교체되어 있다.

1차 교과과정 국어과 교육 목표

1. 남의 생각을 빠르게 받아들이고 그것을 정확하게 판단한다.

2. 자기의 생각을 남이 쉽게 이해할 수 있도록 분명히 그리고 능란하게 발표한다.

3. 언어에 대한 개념을 명확히 하여 매일 매일의 생활에 당면하는 여러 가지 문제를 효과적으로 성의껏 해결할 수 있도록 한다.

4. 주의 깊게 관찰하고, 정확하게 해석하여, 자기의 의견을 결정하는 버릇을 가지게 한다.

5. 방송, 영화, 연극, 소설 등을 바르게 평가하고, 그릇된 것을 알아낼 수 있는 식견을 가지게 한다.

6. 여러 가지 독서 기술을 체득하고 독서의 즐거움을 안다.

7. 의사 표시의 사회적인 방편으로서의 언어 기술을 체득하고, 아울러 인생의 반영으로서의 문학 작품을 감상하고 창작하는 힘을 기른다.

8. 학생들이 장래에 사회에 나가 언어 생활 면에서 직업인으로서의 기능을 충분히 발휘할 수 있도록 지도한다.

9. 학생들의 개별적인 소질과 능력의 차이를 중시한다.

10. 국민적인 사상 감정을 도야한다.

11. 우리의 언어 문화에 대한 바른 이해를 가지게 한다.

12. 국어에 대한 이상을 높이고, 『국어』국자 문제에 대한 관심을 가지게 한다.(밑줄은 인용자)[5]

2차 교과과정에서는 1차의 9번이 삭제되고 대신 "지식이나 정보를 얻기 위하여 책을 읽고, 취미를 기르기 위하여 독서하는 습관을 가지도록 한다"는 구절이 삽입되어 있는데, 자세히 보면 그 내용은 6번과 거의 동일하다. '독서 기술을 체득하고 독서의 즐거움을 안다'는 6번과 '책을 읽고, 독서하는 습관을 가지도록 한다'는 9번은 동어반복이라 해도 지나치지 않을 정도이다. 말하자면 2차 교과과정에는 거의 동일한 내용의 목표가 두 개나 삽입되는 난맥상을 보이는데, 이는 9번을 삭제하면서 다른 항목과의 중첩 여부를 고려하지 않고 임의로 대체한 결과로, 정치적 판단에 따른 졸속행정의 단적인 사례라 하겠다.[6]

이 글에서 특히 주목하는 것은 2, 3차 교과과정의 『국어』교과서에 수록되어 있는 국가주의와 관계되는 담론들이다. 이 시기는 박정희가 정력적으로 추진했던 개발주의가 반공주의와 결합해서 극도의 파시즘적인 국가체제를 형성했던 때로, 그런 사실은 무엇보다 분명하게 보여주는 것은 박정희 정권의 전제적 교육정책과 그에 의해 편찬된 교과서의 수록 필

---

5   교육부, 『국어과·한문과 교육과정기준』, 교육부, 2000, 301~329면.

6   졸속 행정의 사례는 당시 편수관들의 회고에서 두루 확인이 되는데, 이를테면 4·19와 5·16이라는 큰 격변을 거치면서 거의 모든 편수관들이 공채를 거쳐 새로 부임했고, 그 과정에서 전임자와 후임자 간의 인계인수가 제대로 이루어지지 않았다고 한다. 어디에 무슨 자료가 있는지 알 수 없었고, 심지어 교과서 편찬과정에서 14명의 편수관이 전공이 아닌 다른 과목까지도 겸해서 담당했다고 한다. 자세한 것은 이승구, 「편수행정의 발자취 : 표기자료의 개발을 중심으로」; 곽상만, 「편수행정의 발자취 : 남자에게도 '가정영역'을 학습하게 하였다」(『교과서연구』 33호, 1999.12) 참조.

자들이다.

5·16 군사정변 후 박정희 정권은 경제개발 5개년계획을 추진하면서 국가·사회적으로 대대적인 변혁을 꾀했는데, 그 과정에서 교육과정 또한 개편해서, 1963년 2월 문교부령으로 초·중·고등학교 및 실업계 고등학교의 교육과정을 전면적으로 개정하였다. 그에 따른 당연한 결과로 교과서 또한 전폭적으로 수정되었고, 그렇게 해서 1차 교육과정기의 『국어』 교과서에서 보이지 않던 새로운 필자들이 대거 등장한다. 2, 3차 『국어』 교과서에서 국가 이데올로기를 전파하고 있는 박종홍, 김기석, 최호진, 이은상 등은 박정희가 쿠데타에 성공한 이후 조직한 '국가재건최고회의'와 그 산하기관인 '재건국민운동본부'의 고문이나 자문위원으로 활동했던 정권의 핵심 이데올로그들로, 이들은 박정희 정권에 의해 조직적으로 진행된 '인간개조'와 '사회개조'의 작업을 일선 현장에서 주도하면서 새로운 '국민'의 창출에 일익을 담당하였다. 다음으로는, 이들에 의해 수행된 국가주의적 기율의 구체적인 내용이다. 그것은 크게 두 가지로 정리할 수 있는데, 하나는 논설과 수필의 형태를 통해서 국가의 이념과 가치를 전파하면서 국가에 대한 절대적인 지지와 충성을 강요한 경우이고, 다른 하나는 희곡과 소설 등 문학 작품을 통해 심정적(혹은 주정적) 애국심과 반공주의를 고취한 경우이다. 박종홍, 김기석 등을 중심으로 한 전자와 이은상, 유치진을 중심으로 한 후자를 통해서 '조국 근대화'와 '민족중흥'의 슬로건을 실천하는 국가주의적 가치와 이념이 체계적으로 전파된 것을 볼 수 있는데, 전자가 논리적이고 이념적인 측면에서 '국민'을 만들어내고자 했다면, 후자는 정서적이고 심정적인 차원에서 '국민'의 감정을 새롭게 창출하고자 하였다.

이런 활동들은 사고와 논리뿐만 아니라 감정과 정서에까지 국가 이데올로기를 주입시키고자 했던 정권의 강압적이고 비교육적인 의도를 단적으로 보여주는 것으로, 오늘날까지도 우리의 몸과 마음을 지배하는 애국주의와 반공주의의 뿌리가 어디에 있는가를 시사해준다. 그런 맥락에서 이 글은 '나(혹은 주체)'를 구성하는 국가적 기율의 상흔을 탐색하는 과정이기도 하다. 교과서라는 자양분을 먹고 성장한 '나'의 존재란 바로 그거대한 국가적 기획의 산물인 까닭이다. 이런 탐사를 통해 우리는『국어』교과서까지도 국민 규율의 도구로 활용했던 지난 정권의 전제적 행태와 그 기율의 부정적 실체를 확인하게 될 것이다.

2. 발전주의 교육정책과 '국어' 교과서

5·16 군사정변은 단순한 정체의 변혁만을 뜻하는 게 아니라 산업과 경제, 문화와 사회 전반의 구조적 변화를 의미하는 것이었다. '이 나라 사회의 모든 구악과 부패를 일소하고 퇴폐한 국민도의를 바로잡기 위하여 청신한 기풍을 진작시키는 국민운동의 선봉적인 역할'을 하겠다는 군사 정권의 결의는 궁극적으로 사회와 국민 전반을 개조하고자 한 일종의 근대적 기획이었다. 비록 타율적이고 강압적인 방식으로 진행되어 많은 문제를 야기했지만, 혁명의 기본 목표를 인간개조에 두었다는 것은 새로운 '국가' 형태에 맞는 '국민'을 창출하고 궁극적으로 사회개조를 꾀하겠다는 근대적 의도에 바탕을 둔 것이었다. 당시 국가재건최고회의가 발표한 4가지의 문교시책에는 그런 정권의 의도가 간결한 형태로 집약되어 있다.

    ① 간첩 침략의 분쇄

    ② 인간개조를 위해 정신혁명, 교육혁명, 교육행정 쇄신

    ③ 빈곤타파를 위해 생산기술 교육 강조

④ 문화혁신[7]

이 네 가지의 강령은 사회개혁의 선행조건으로 인간개조를 내세운 것으로, 교육은 인간행동의 계획적 변화라는 개념에 바탕을 두고 있는데, 이는 문교부령 제119호(1963.2)에서 강조한 자주성(국가 민족의 자주성)과 생산성(실업교육, 실과교육, 과학 기술교육), 유용성(유용한 사회인이 되고 자활할 수 있는 실천인)과 맥을 같이 한다.[8] 박정희 정권은 이를 바탕으로 학교라는 제도와 장치를 이용해서 국가의 이념을 체현한 '국민이라는 개조(改造) 인간[9]'을 만들어내고자 했던 것이다.

2차 교육과정의 『국어』에 그 어느 시기보다 정부의 정책과 관련된 내용들이 많이 수록된 것은 그런 교과과정을 바탕으로 교과서가 편찬된 데 따른 당연한 결과로 볼 수 있다. 교과서는 문교부가 제정한 교육과정에 의거해서 편찬되고 일선 학교에서 교수되거니와, 그 일련의 과정이 강력하고 중앙집권적인 정권에 의해 조율된 관계로 정권의 홍보 매체나 다름없는 것이 되었고,[10] 더구나 '국어과'의 경우는 '국정(國定)'이었던 관계로 그런 의도를 한층 용이하게 관철시킬 수 있었다. 한 편수관의 회고대로, 교과서를 만드는 과정에서 편수관들은 "온갖 국가 사회적 요구를 반영"하지 않을 수 없었는데, 특히 행정 각 부처로부터 그 부처에 맞는 여러 정책들을 수록해 달라는 요청을 받았다고 한다.

도덕 교과서는 온갖 국가 사회적 요구를 반영해야 하는 교과서가 되었다. 당시

---

7   교육50년사 편찬위원회, 『교육 50년사』, 교육부, 1998, 174면.
8   중앙대 부설 한국교육문제연구소, 『문교사』, 1974, 315~318면.
9   니시카와 나가오, 윤대석 역, 『국민이라는 괴물』, 소명출판, 2002, 43면.
10   교과서 편찬과정에 대해서는 「중·고등학교 국어과 교육의 문제를 진단한다」(『목멱어문』 1, 동대국어교육과, 1987); 양진건, 「한국 교과서 정책의 교육사적 이해」(『한국교육사학』 23, 2001); 노희방, 「교과용 도서 편찬제도」(『교과서연구』 44, 2005)를 참조할 수 있다.

에 행정 각 부처에서 교과서에 반영해 달라는 요청이 쇄도하였다. 혼분식 장려는 물론 재무부에서는 저축의 필요성을, 체신부에서는 문패의 중요성을, 국방부에서는 국토방위의 신성함을, 그리고 중앙정보부에서는 반공교육을 강조해 달라는 것이었다. 그리고 이때부터 새마을 정신과 유신이념은 도덕교과서의 중요 내용이 되었다.[11]

2차와 3차의 『국어』 교과서에서 1차에서 볼 수 없었던 정권 주변의 인사들이 대거 수록된 것은 그런 사실과 무관하지 않을 것이다. 사실, 5·16을 일으킨 군인들은 초기부터 국가 재건을 표방하기는 했지만 구체적인 정책 대안을 갖고 있지는 못했고, 더구나 그들은 구정치인들을 모두 권력에서 배제했기 때문에 국정 수행상 필수불가결한 전문지식과 경험을 학계인사나 전문 행정 관료에 의존하지 않을 수 없었다. 그래서 박정희는 쿠데타 초기부터 각종 자문위원회, 평가단 등의 명목으로 많은 지식인을 정책의 입안과 수립과정에 동원했는데,[12] 교과서에 글을 올리고 있는 필자들의 상당수는 이 때 동원된 지식인들로 특히 '국가재건최고회의'와 그 산하단체인 '재건국민운동본부'에 깊이 관여했던 인사들이다.[13]

---

11   안귀덕, 「편수행정의 발자취 : 도덕과 교과서 개편」, 『교과서연구』 34, 2000.6 참조.
12   정용욱, 「5·16 쿠데타 이후 지식인의 분화와 재편」, 『1960년대 한국의 근대화와 지식인』, 선인, 2004, 173면.
13   재건국민운동본부 중앙위원회 명단은 다음과 같다.
      1962년 2월 15일 현재 : 김기석(국민교육분과위 위원장), 김범부, 김성식, 김정기, 김팔봉, 장재갑, 이청담, 이태영, 박광, 박종홍(국민교육분과 위원), 함석헌, 김상협, 홍종인, 배민수, 유영모, 윤일선, 짐재준, 이형석, 이항녕, 이홍렬, 이효, 마해송, 이현익, 오재경, 오영진, 윤형중, 고재욱, 장준하, 장세헌, 정석해, 장형순, 조홍제, 이경하, 이관구, 윤갑수, 김사익, 장돈식, 김성수(축산인), 이세기, 김치열, 정태시, 이규철, 유달영(재건국민운동본부장), 한신, 정사량, 고황경, 정희섭, 이영춘, 이희호, 김명선
      1963년 5월 현재 : 고재욱, 윤경섭, 김대경, 김사익, 김승한, 김영진, 김팔봉, 김학묵, 박덕필, 윤재철, 유치진(국민교도 중앙위원), 윤형중, 이관구, 이병직, 이종대, 이진묵, 이판호, 이항령, 이효, 장돈식, 전선애, 정남진, 정재환, 정진오, 정충량, 한경직, 한영교, 황광은. 위 명단은 허은, 「5·16 군정기 재건국민운동의 성격」(『역사문제연구』, 역사비평사, 2003.11), 49~51면에서 인용하였다.

당시 '국가재건최고회의'[14]는 군사정권 시기의 최고 권력기관으로, 박정희 정권 탄생의 산파 역할을 담당했던 단체였다. 군사쿠데타의 성공 직후 성립된 국가재건최고회의는 정치, 경제, 사회·문화, 재건기획, 법률 등 5개 분과위원회로 구성되어 군정 초기 정책 수립을 위한 자문역할을 수행했는데, 참여인사는 무려 470여명에 이르며 대부분이 언론인, 대학교수, 문인 등을 망라한 저명인사들이었다. 1961년 6월에 설립된 '재건국민운동본부'는 이 단체의 산하기관으로, 모법인 국가재건최고회의법의 폐지로 1964년 7월 사단법인 '재건국민운동중앙회'로 재발족하여 교도사업, 인보(隣保)운동, 향토개발, 자조활동의 지도 및 지원, 청소년 및 부녀지도사업을 실천한 단체였다. 1980년 12월 새마을운동조직육성법의 제정·공포로 새마을운동 조직에 흡수되기까지, 이 조직은 관변단체로서 군사 정부의 국가재건의 이념을 일반 민간에 전파하고 계몽하는 역할을 수행한 것으로 알려져 있다.[15] 국가재건최고회의가 국민적 정통성의 확보와 지지, 사회 통제를 위해 사회·경제정책 등 각종 국가 정책을 시행하였다면, 재건국민운동본부는 국민 복지와 국민의 도의·재건의식을 높이기 위한 활동들을 일선 현장에서 실천한 형국이다. 『국어』교과서에 수록된 이들 단체에 관여했거나 당시 관료를 역임했던 인사들의 글을 살펴보면 대략 다음과 같다.

> 박종홍 : 「사상과 생활」(2차 1학년), 「한국의 사상」(2차 3학년, 3차 3학년),
>
> 김기석 : 「민족의 진로」(2차 1학년),
>
> 최호진 : 「국민경제의 발전책」(2차 2학년),
>
> 박익수 : 「우리 과학 기술의 진흥책」(2차 3학년)

---

14 국가재건최고회의에 대해서는 차영훈, 「국가재건최고회의의 조직과 활동」(경북대 사학과 석사논문, 2005) 참조.

15 정용욱, 「5·16 쿠데타 이후 지식인의 분화와 재편」, 『1960년대 한국의 근대화와 지식인』, 선인, 2004, 159~160면.

이은상 : 「피어린 육백리」(2차 1학년),

박형규 : 「유비무환」(2차 3학년, 3차 3학년), 「새마을 운동에 관하여」(3차 2학년)

유치진 : 「청춘은 조국과 더불어」(3차 1학년), 「조국」(3차 2학년)

손명현 : 「어떻게 살 것인가」(3차 1학년)

유달영 : 「슬픔에 관하여」(3차 2학년)

신문사설 : 「조국 순례 대행진에 붙임」(3차 2학년)

태완선 : 「경제 개발 전략의 기조」(3차 3학년)

이한빈 : 「창조적 지도력의 역할」(3차 3학년)

'국민경제의 발전책', '우리 과학 시술의 진흥책' 등 제목부터 『국어』교과서와는 어울리지 않지만, 흥미롭게도 그런 내용의 단원들이 전체의 1/4을 상회할 정도로 많으며, 또 2차에 비해서 3차 교과서에서 훨씬 늘어나 있다. 2차에 수록된 인물들은 대체로 재건국민운동본부에 관여했던 인사들이지만, 3차에는 거기다가 경제 관료들이 추가되어 있음을 볼 수 있다. 박종홍, 김기석, 이은상, 유치진, 유달영 등은 모두 이들 단체에서 중앙위원이나 고문으로 활동했고, 태완선, 이한빈 등은 행정부의 고위 관료로 일선 현장에서 정책을 수행했던 인물들이다. 여기서 흥미를 끄는 것은 박정희 정권의 이데올로기를 입안하다시피 한 박종홍, 김기석, 이은상 등이다.

2차부터 6차 교과과정(1992~1997)까지 30년 이상 『국어』 교과서에 글이 올라 있는 최장수 필자인 박종홍(朴鐘鴻, 1903~1976)은 1932년 경성제국대학 철학과를 졸업한 뒤, 1961년 국가재건최고회의 계획위원과 문교재건자문위원을 역임하면서 '국민교육헌장'의 제정에 깊이 관여했고, 1970년 12월에는 대통령 교육문화담당 특별보좌관을 역임했던 인물이다.[16] 그는

---

16   홍윤기, 「박종홍 철학연구」, 『역사비평』 2001 여름호, 역사비평사, 185면.

모든 철학적 사색의 방향을 민족의 독립과 번영 그리고 통일을 위한 사상적 지도이념과 원리의 해명에 집중했는데, 그에게 있어서 민족 공동체의 독립과 번영은 단순한 정치 이데올로기가 아니라 역사적 사건과 인간 행위를 평가하는 가치판단의 기준이었다.[17] 그가 틀을 잡다시피 한 '국민교육헌장'의 핵심 대목인 "나라의 융성이 나의 발전의 근본임을 깨달아, 자유와 권리에 따르는 책임과 의무를 다하며, 스스로 국가 건설에 참여하고 봉사하는 국민정신을 드높인다"는 구절은 그의 사상과 가치를 집약한 것이라고 해도 지나친 말은 아니다. 『국어』 교과서에 수록된 위의 「사상과 생활」과 「한국의 사상」은 모두 그런 생각의 연장선상에 놓여 있다.

김기석(金基錫, 1905~1974)은 정주의 오산학교를 졸업한 후, 오산중학에서 교편을 잡고 있다가 월남해서, 한국교육학회 초대회장(53), 도덕재무장운동(MRA) 국제대회 한국대표(59)를 지낸 뒤 1963~1964년 국가재건최고회의 의장 고문과 재건국민운동본부 국민교육분과 위원장을 역임하면서 박정희 정권의 국민윤리와 도덕 교육을 주도한 인물이다.[18] 그는 현대를 낡은 것이 지나가고 새로운 것이 오는 '격정의 시대'로 규정하고, 오랫동안의 게으른 잠에서 깨어나 자리를 차고 씩씩히 일어나 맞아야 한다고 생각하였다. 그러기 위해서는 무엇보다 우리들 자신의 '새로운 기풍'을 세우지 않으면 안 되는데, 김기석은 그것을 '생산성의 도덕'이라고 말한다. 즉, 새로운 생활을 생산하고, 새로운 문화를 생산하고, 새로운 태도와 새로운 방식을 생산하는 '창조와 건설의 이상주의'가 바로 국민 도덕이 되어야 한다는 것이다.[19] 이 「민족의 진로」에서 '새로운 형의 인간, 새로운 형의 민족성'을 강조한 것은 그런 사실의 연장선상에 놓여 있다.

한편, 이은상(李殷相, 1903~1982)은 박종홍과 쌍벽을 이루는 박정희 정권

---

17   이병수, 「열암 박종홍의 정치참여의 동기와 문제점」, 『시대와 철학』 2004 봄호, 한국철학
      사상연구회, 139면.
18   김기석의 윤리·도덕관에 대해서는 김기석, 『현대정신사』(바울서신사, 1956) 참조.
19   김기석, 「신세대의 도덕」, 위의 책, 220~234면.

의 핵심 이데올로그로, 일제 강점하에서 주로 민족주의적 정조의 시조를 창작한 시인이었지만, 해방 후에는 돌연 정권의 이데올로그로 변신해서 1960년에는 대통령 선거 문인유세단이 되어 이순신과 같이 고난에 처한 이 나라를 구할 사람은 이승만밖에 없다는 연설을 했고, 박정희 정권이 들어서면서부터는 박정희를 찬양하는 글들을 여러 편 집필하면서 문화 행정 자문위원이 되어 민족문화협회장을 역임하였다. 그는 또한 박정희가 본격적으로 추진한 '이순신 영웅 만들기'에 앞장섰던 인물이기도 하다. 이은상이 이렇듯 정권의 충복이 되어 활동했던 것은 그 역시 '국가와 민족이 모든 가치의 중심'이라는 생각을 갖고 있었기 때문이다. 육당의 뒤를 이어 시조부흥운동에 참여하면서 '조선적인 것'에 깊은 관심을 드러냈던 민족주의적 사고방식이 식민지 시대에는 시조의 형태로 표현되다가 해방 후에는 몸소 정치 일선에 뛰어든 형국이다.[20] 「피어린 육백리」에서 보이는 애국주의적 열정과 반공의식은 그런 사실의 연장에서 이해될 수 있을 것이다.

이 외에도 「국민경제의 발전책」을 쓴 최호진은 1958년 부흥부(현 경제기획원) 고문을 지내면서 박정희 정권의 핵심사업이었던 '경제개발 7개년 계획' 중 전반기 3개년 계획을 입안하는데 기여한 인물이고,[21] 태완선(1915~1988)은 제2공화국의 부흥부 장관 및 상공부 장관을 지낸 뒤 1965년 민주당 당무회의 의장을 거쳐 1971년 건설부 장관, 1972년 부총리 겸 경제기획원 장관을 역임했고, 이한빈(1926~2004)은 1958년 재무부 예산국장, 1961년 재무차관을 지낸 뒤, 1979년에는 부총리 겸 경제기획원 장관으로 박정희 정권의 중요 경제 업무를 담당했던 인물이다. 류달영(1911~2004)은 1930년대에는 『상록수』(심훈)의 주인공 최용신과 함께 농촌계몽운동

---

20 이은상의 시조에 대해서는 이숭원, 「이은상 시조의 위상」(『인문논총』 10, 서울여대 인문과학연구소, 2003.8); 김상선, 「노산 이은상 시조론」(『국어국문학』 93, 국어국문학회, 1985.5) 참조.
21 최호진, 「나의 학문 나의 인생」, 『역사비평』 1991 여름호, 역사비평사.

을 벌였으며 최용신이 세상을 떠난 뒤『농촌계몽의 선구 최용신의 소전』을 써서 최용신의 활동을 소개한 인물로 널리 알려져 있지만, 1962년 재건국민운동본부 본부장을 역임하고 4H클럽 명예부총재를 지내는 등 박정희 정권에 깊숙이 관여했던 인물이다. 유치진(1905~1974)은 식민치하 극예술연구회로 발족시키고, 희곡「토막」,「소」 등을 발표하면서 명성을 얻었으나, 8·15 후에는「자명고」와「원술랑」 등의 역사극과 반공을 주제로 한「나도 인간이 되련다」 등의 작품을 발표하면서 박정희 정권의 국가재건최고회의에 관여하고 국립극장장, 반공통일연맹 이사를 역임했던 인물이다.

2차와 3차『국어』교과서에 수록된 이들의 작품은 고전을 제외한 전체 글의 1/4을 상회할 정도로 다수를 점하고 있어 마치 사회과 교과서를 방불게 한다. 그래서 국어과 교육 목표의 하나로 제시된 '국민적인 사상 감정을 도야하도록 한다'는 항목은 주로 이들에 의해서 구현되었다고 해도 과언이 아닐 정도이다. 이들이 하나같이 미래 지향적인 국민의식의 함양을 강조하고, 멸사봉공과 효의 실천을 주문한 것은 새로운 국민의 이미지를 제시하여 인간을 개조하고, 그것을 바탕으로 공산당과 맞서고 있는 현실의 고난을 극복하자는 취지로 이해할 수 있다. 그런 점에서 이들의 주장은 동일자를 구성하는 논리이자 이질적인 타자를 배제하고 부정하는, 근대적 의미의 '국민 만들기' 과정이라는 것을 알 수 있다. 이들의 주장에서 보이는 '국민'이 인종 개념(ethnicity)으로서의 그것이 아니라 작위적으로 구성된 '상상의 공동체'로 드러나고, 또 그것을 역설하는 방법이 계몽 담론의 형태로 나타나는 것은 그런 이유라 할 수 있다. 따라서 이들의 행위는, 강상중의 용어를 빌리자면, 국민을 만들기 위한 일종의 '정치적 작품'[22]인 셈이다.

---

22   강상중, 임성모 역,『내셔널리즘』, 이산, 2004, 36면.

3. 미래 지향적인 멸사봉공의 주체

혁명의 주도세력들은 대체로 국가의 주인이라는 생각을 갖고 자신의 비전에 맞게 국가와 국민들을 새롭게 창출하고자 하며, 그것을 통해 자신들의 정체성을 만들고자 한다.[23] 새로운 영지에 깃발을 꽂고 그 전역을 자기 영토화하는 식인데, 박정희 정권 또한 그런 점에서 예외가 아니었다. 박정희는 인간개조와 사회개조의 기치를 높이면서 자기 보존적인 정책을 주도하고 궁극적으로 조국의 근대화와 민족중흥을 달성하기 위한 강력한 국가주의적 교육 이념을 내걸었다. 교육은 내일의 역사를 담당할 세대가 참다운 가치관을 도야할 수 있는 본질적인 길이자 동시에 민족중흥의 성패가 바로 이 교육에 달려 있다는 것을 온 국민에게 확신시키고자 한 것이다.[24] 1차 교과과정의 '국어과 교육목표'로 제시되었던 "9. 학생들의 개별적인 소질과 능력의 차이를 중시한다"는 내용을 삭제한 것이나, 박종홍과 김기석 등이 사적 이해를 초월한 멸사봉공의 주체, 과거에 얽매이지 않은 미래지향적 주체를 강조한 것은 모두 그런 사실과 연결되어 있다. 사실 삭제된 9항은 오늘날 민주 교육의 기본 원칙에 해당한다. 학생 개개인의 소질과 능력의 차이를 인정하고 그 하나하나를 중시하는 것은 다원적 가치와 이념을 중시하는 민주주의의 기본 전제라 할 수 있다. 그런데 그것을 삭제하고 대신 국가주의적 가치와 이념을 주입시키는 것이다. 「사상과 생활」과 「한국의 사상」, 「유비무환」, 「민족의 진로」, 「국민경제의 발전책」, 「우리 과학 기술의 진흥책」, 「새마을 운동에 관하여」, 「경제개발 전략의 기조」, 「창조적 지도력의 역할」 등이 공통적으로 담고 있는 내용은 바로 미래 지향적 국민의식의 함양이다.

23　베네딕트 앤드슨, 윤형숙 역, 『상상의 공동체』, 나남출판, 2007, 206～207면.
24　교육50년사 편찬위원회, 『교육 50년사』, 교육부, 1998, 219～212면.

「사상과 생활」에서 박종홍이 '사람의 특성'을 정의하면서 글을 시작하는 것은 그런 점에서 매우 시사적이다. 박종홍은 "사람은 혼자서 살 수 없다. 서로 돕고 의지하면서 살도록 되어 있기 때문에, 한 가족이나 이 겨레의 운명과는 달리 나 개인의 행복만을 따로 생각할 수 없다"고 한다. 말하자면 사람은 '사회적 존재'인 까닭에 개인의 삶과 민족의 삶은 긴밀하게 연결되어 있고, 그래서 개인의 운명은 민족 국가에 종속되고, "사상은 국가 민족의 이념으로까지 진전"해야 한다고 말한다. 이런 주장은 개인의 삶을 철저하게 민족이나 국가와의 관련 속에서 이해한 것으로, 어떤 사회·문화적 가치보다도 국가와 민족의 가치가 중요하고 우선시되어야 한다는 주장으로 정리할 수 있다. 국민이란 무(無)에서 날조된 단순한 허구가 아니라 과거의 전통이나 집단 기억 등을 바탕으로 창조되는 '상상적 존재'라면, 박종홍은 '국가의 이념'을 민족과 국가를 구성하는 정체성의 핵심 요건으로 본 것이다. 이런 사실은 한 연구자의 지적처럼, 박종홍은 모든 철학적 사색의 방향을 민족공동체의 독립과 번영 그리고 통일을 위한 사상적 지도이념과 원리의 해명에 두었고, 철학자의 실천 역시 이 한 가지 목표를 위해 대중들을 고무하고 각성시키는데 있다고 생각했다는 사실과[25] 연결되어 있다. 그래서, 박종홍이 말하는 '국가의 이념'은, "우리 민족이 나아가야 할 길은 어떠한 길이 되겠는가?"라는 단원 안내문과 연관해서 볼 때, 국가의 발전과 안위를 우선시하고 개인을 거기에 종속시키는 전체주의적 주체(혹은 국민)의 구축 과정이라는 것을 알 수 있다.

박종홍이 "미래와의 관련에 있어서 현재를 파악하려는 태도"(「한국의 사상」)가 무엇보다 중요하다고 말한 것은 그런 생각의 연장선상에 놓여 있다. 말하자면, 현재의 참뜻은 한갓 현재에만 얽매임으로써 살려지는 것이 아니고, "희망에 찬 미래에 대한 계획 아래 현재가 긴장된 건설로 전진

---

[25]　이병수, 「열암 박종홍의 정치참여의 동기와 문제점」, 『시대와 철학』 15, 한국철학사상연구회, 2004 봄, 139면.

할 때 비로소 그의 과거는 새로운 뜻을 가지고 빛날 수도 있다”는 것. 그래서 박종홍은 우리한테 내재되어 있는 과거에 대한 퇴영적 사고의 사례들을 하나하나 나열하고 비판하는데, 이는 일찍이 양계초가 새로운 ‘중국’을 건설하기 위해 우선 중국인의 내면에 존재하는 노예근성을 극복해야 한다는 주장을 떠올리게 한다.[26] 이를테면, 한국은 여러 정치적 · 사회적 변화를 겪으면서도 능동적으로 발전하지 못했고, 또 지정학적 특성으로 인해 중국이나 일본 등 주변국에 의해 민족의 운명이 좌우되었다고 생각하는 사람이 많은데, 이는 “너무나 애상적인 견지”에서 사물을 본 데 따른 것이다. 한국은 반도이기 때문에 대륙과 섬나라의 틈바구니에서 고난의 역사를 마치 운명적으로 받아 온 것으로 생각하는 태도는, 이탈리아와 그리스 반도의 찬란한 문명을 생각해 볼 때 전혀 근거가 없는, 스스로를 “얕잡아 헐뜯는 좋지 못한 버릇”에 불과하다는 것. 일제의 식민사관을 비판하려는 의도를 담고 있는 이런 내용을 통해서 박종홍은 과거의 역사 속에 깃들어 있는 우리의 ‘과학적 창의성’을 개발하고 북돋아주어야 한다고 말하고, 그것이 곧 ‘한국의 사상이 뚜렷한 의의와 보람’을 드러내는 방법이라는 사실을 강조한다.

한국에는, 실학사상과 더불어, 서양의 과학이 처음으로 수입되었었다. 과학은 오늘도 서양 것을 배우기에 바쁘다. 무엇보다도 시급히 배워야 할 것만은 사실이다. 그러나, 우리 한국 사람에게 과학적 창의성이 본디 없었던 것이 아님은, 국민학교 학생들도 잘 안다. 거북선이나 활자의 발명을 모를 어린이가 없겠기 때문이다. 정책이나 그 밖의 이유로 해서 이러한 면이 계승, 발전되지 못하였다고 하여, 우리 한국 사람에게 과학적 소질이 본디 없었다고 할 수는 없다. 소질이 없는 바 아니요, 사상이 고정, 완결되어 있는 것도 아니다. 그러하니, 우리 본래의 건설을

---

26   요시자와 세이치로, 정지호 역, 『애국주의의 형성』, 논형, 2006, 11면.

꾀하는 견지에서, 그 새싹을 찾아내어 다시금 북돋우어 줌이 무엇보다도 필요한 것이다.[27]

이러한 주장은 박익수의 「우리 과학 기술의 진흥책」(『국어』 III의 202~208면)에서도 발견된다. 여기서 박익수는 "우리 민족이 옛날부터 과학 기술에 대한 훌륭한 소질을 가지고 있으면서, 그것을 발전시키지 못한 가장 큰 원인으로 지적되는 것의 하나는, 자기의 지식과 기술을 일반에게 공개하려 하지 않고, 세습적으로 후손에게 비전(秘傳)할 생각을 가졌었다는 사실이다. 이러한 생각은, 과학 기술을 진흥시키는데 커다란 장해가 된다는 것을 인식하지 않으면 안 된다"고 하면서, 민족의 왜곡된 특성을 근대 국가에 맞게 조정해야 한다는 주문으로 이어진다. 이들의 주장은 결국 국민들이 갖고 있는 과거의 '퇴영적 사고'를 바로잡고 미래를 향해 진취적으로 나가는 '국민'을 만들고자 하는 계몽적 의도에 다름 아니다.

주지하듯이, 근대 국가의 '국민'이 지닌 공통점의 하나는 '과거의 기억'이다. 과거의 기억은 개인의 사회화나 집단의 결속, 사회적 정통성의 유지와 그에 대한 도전의 과정에서 국민의 정체성을 지키는 결정적 요인이 되고, 그래서 국가는 그것을 적절하게 통제해서 국민의 정체성을 확립하고자 의도한다.[28] 새롭게 정권을 장악하고 국가 만들기에 매진했던 군부의 입장에서 볼 때 무엇보다 시급했던 것은 아직도 미심쩍은 시선을 거두지 않고 머뭇거리는 국민들의 의구심을 털어버리고, 대신 자신이 처한 환경을 자각하고 미래를 향해 매진하는 전향적인 국민의 모습이었을 것이다. 박종홍의 글은 그런 사실을 논리적으로 뒷받침하는 역할을 한 것이다.

김기석은 「민족의 진로」에서 그것을 보다 구체화시켜서 설명하는데, 그는 무엇보다 '낡은 한국'과 '새로운 한국'을 명확하게 구분하고자 한다.

---

27 박종홍, 「한국의 사상」, 『국어』 III, 문교부, 1973, 200~201면.
28 강상중, 이경덕·임성모 역, 『오리엔탈리즘을 넘어서』, 이산, 1997, 160면.

‘낡은 한국’과 ‘새로운 한국’의 경계를 김기석은 서재필의 독립협회에서 찾는데, 그것은 서재필이 1896년 미국에서 돌아와 독립문을 세우고, 독립협회를 만들고, 『독립신문』을 간행하는 등 “낡은 한국과 새로운 한국을 갈라놓”은 계기를 제공했기 때문이라고 한다. 근대 사회로의 진입을 염두에 둔 듯한 이런 주장을 바탕으로 김기석은 ‘새로운 한국’은 독립협회에서 시작하여 3·1 운동, 8·15 광복, 6·25 사변과 4·19 의거, 5·16 혁명을 거쳐 오늘에 이르렀다고 말하는데, 이는 궁극적으로 박정희 정권이 독립운동의 정신을 이어받은 역사적 정통성의 계선 위에 놓여 있다는 사실을 시사하는 것이다. 남과 북이 대치하는 상황에서 정권의 정통성을 제대로 확보하지 못했던 박정희와 서구 열강들의 틈바구니에서 외롭게 급진개화론의 기치를 내세웠던 서재필을 동일시하여 정권의 정당성을 확보하고자 의도한 것이다.

이러한 경계짓기는 ‘국가’란 본래부터 존재했던 것이 아니라 오랜 시간 동안 정치·경제·사회적 상황 속에서 변동하면서 구성되고 또 재구성되는 역사적 산물이라는 사실에 비추어 볼 때, 새로운 국가를 만들고자 하는 일종의 정략적 언술이라 해도 과언이 아니다. 그래서 김기석은 이 정통성의 계선에서 이승만 정권을 냉정하게 배제하는 차별화를 시도한다. 김기석은 계승해야 할 대상이 서구의 물질주의나 기계문명, 사회주의 혁명과 마찬가지로 ‘일민주의’도 결코 아니라고 한다. 김기석의 글 또한 일민주의와 같은 전체주의적 지향을 담고 있으면서도 이승만 정권을 부정하는 이런 아이러니는 구악일소를 기치로 내건 박정희 정권의 쇄신 정책과 일정하게 연결되어 있는 것으로 보인다. 박정희 정권은 ‘복지국가 건설’의 기치를 내걸고 재건국민운동이 벌였던 사업을 통해 이전 정권과의 차별을 시도함으로써 정당성을 얻고자 했고, 그래서 이른바 구악을 일소하는 등 이전 정권의 부정성을 과감히 청산하고자 했다. 이런 사실을 상기해보면 김기석이 물질주의를 국민의 전진을 가로막는 가장 큰 적으로 지목하고 도덕적 재무장을 주장했던 이유가 한층 분명해지는 것이다.

정인보의 「나라를 사랑하는 마음」을 수록한 것은 멸사봉공을 실천한 모범적 사례를 제시하려는 의도와 관계될 것이다. 이글은 1949년 3월의 「이충무공순신 기념비」를[29] 개제(改題)한 것으로, 여기서 정인보는 이순신을 '충과 효'를 실천한 대표적인 인물로 언급한다.[30] 정인보에 의하면, 이순신의 행동을 지배한 것은 무엇보다 '멸사봉공'의 정신이다. 그것은 몇 개의 일화를 통해서 구체화된다. 가령, 관직에 들어선 이후 이순신은 아무도 왜란을 걱정하지 않는 상황에서 홀로 장래를 헤아려서 전쟁을 대비하였다. 거북선을 만들고 천지현황 등의 자호를 가진 대포와 승자 장총과 갖가지 맹렬한 화전을 만들어서 비밀리에 시험하고, 바다 목을 건너지르는 철쇄를 치고 망대를 쌓았다. 또 삼도통제의 명을 받았을 당시 이순신은 통제사가 실상은 군량이나 기계 하나 제대로 갖추어지지 않은 상태의 빈이름뿐이라는 것을 알았다. 하지만 이순신은 둔전을 일구고 물고기를 잡고, 소금을 만들고, 질그릇까지 만들어 팔면서 군사들을 먹이고 무기를 준비하였다. 손수 총통을 만들고 밤이면 화살을 다듬는 등 모범을 보임으로써 군사들의 마음을 살 수 있었던 것이다. 또한 장군은 싸움에서도 '사(私)'를 버리고 망각하는 모범을 보여서, 사천전투에서는 적탄이 어깨를 뚫은 상태에서도 해가 지도록 군을 지휘하였다. 병사들이 안으로 드시라 하면 장군은 "내 목숨은 하늘을 믿는다. 어찌 너희더러만 적

---

29 『담원 정인보 전집』1, 연세대 출판부, 1983, 400면.

30 『국어』교과서에 이순신이 등장한 것은 미군정기부터이다. '군정청문교부' 간행의 『중등국어교본』중권에 이선근의 「이순신과 한산도 대첩」이 수록되어 있다. 이후 전시 교과서인 『고등 국어』I(문교부, 1953)에 이상백의 「인간 이순신」이 수록되어 있다. 전자는 이순신의 해전을 영국의 넬슨 제독과 비교해서 소개하며, 후자는 제목처럼 이순신의 인간적인 면모를 중심으로 그의 기적과 신비를 경탄할 것이 아니라 '순결한 인간성과 인간적인 노력'으로 이해하고 흠모해야 한다는 내용이다. 이후 1차 교과서에는 사라졌다가 2차 『국어』에 위의 정인보 글이 수록되어 있다. 영웅적인 측면(미군정기)에서 인간적인 측면(전쟁기)으로, 다시 영웅적인 측면(2차)이 강조되는 식이다.

봉을 당하라 하랴"고 하면서 몸을 돌보지 않고 지휘를 계속하였다. 이 과
정에서 이순신이 적탄에 쓰러진 노량전투는 이순신의 나라 사랑의 마음
을 상징적으로 보여준 사건으로 서술된다. 즉, 이순신은 순천서 나올 왜
군들의 길에 복병을 늘어놓고 몸소 마주 나와 쳐들어오는 적을 노량에서
만났다. "이 원수가 없어진다면 죽어 한이 없겠나이다"는 생각에서 필사
의 전투를 벌였고, 200여 척을 격파했지만, 안타깝게도 적탄이 좌액(左
腋)에 박혀 쓰러지게 되었다. 하지만 이순신은 "싸움이 급하다. 나 죽었다
고 말하지 말라"는 말을 남기고 절명하고 만다. 개인의 생명에는 조금의
관심도 보이지 않은 채 오직 나라를 구하겠다는 일념으로 죽음까지 마다
하지 않은 것이다.

　이순신은 또한 효자의 전형으로 그려진다. 이순신은 어머니가 그립고
안부가 궁금해서 많은 밤을 앉아서 새웠다. 또 정유년 4월 초, 이순신은
백의종군으로 권율의 진중으로 가는 길에 아산의 선산을 들렀다가 어머
니를 만나기 위해서 사흘을 보내기도 하였다. 이런 내용을 서술하면서
정인보는 궁극적으로 '이순신은 성자이다'라는 극찬을 아끼지 않는다.

> 공은 명장이라기보다도 성자다. 그 신묘불측이 오직 지성측달에서 나온 것이
> 다. 다시 말하면, 공은 성자이므로 명장이다. 누구나 공을 닮으려거든, 먼저 국가
> 민족 앞에 일신의 사가 없어야 할 것을 알라. 저 고택을 바라며 이 앞길을 보라.
> 나도 한번 따라 보리라는 마음이 나지 아니하는가.[31]

　'나라를 사랑하는 마음'이라는 제목처럼, 이 글에서 정인보가 궁극적으
로 강조하는 내용은 바로 '멸사봉공'의 정신이다. 이순신의 행동에는 "일
신의 사가 없"다는 것, 그것이 바로 이순신을 성자이자 명장으로 만든 요

---

[31] 정인보, 「나라를 사랑하는 마음」, 『국어』 III, 문교부, 1973, 86면.

체라는 것이다.

이런 주장을 박정희체제와 연결해서 보자면, 이순신은 단순한 영웅이 아니라 국민이 존경하고 본받아야 할 실천궁행의 모델이라는 것을 알 수 있다. 더구나 이순신은 용맹한 장수였을 뿐만 아니라 지극한 효자였다. 말하자면 충과 효를 결합해서 실천한 모범적 인물이었는데, 이 역시 박정희 정권에서 강조한 충효의 덕목과 동일하게 연결되어 있다. 자식이 부모에게 효를 다하듯이, 국민은 국가에 충을 다해야 한다는, 국가에 대한 절대적인 복종의 윤리에 다름 아닌 것이다. 손명현이 「어떻게 살 것인가」에서 소개한 방한암 선사와 오봉의 일화 역시 멸사봉공의 덕목과 연결되어 있다. 6·25 전쟁 당시 작전상 절을 태워야 하는 절박한 상황에서 방한암 선사가 절을 수호하기 위해 단좌(端坐)한 채 절명한 것은 "신념을 위하여 신명을 도(賭)한 높은 행동"으로 칭송되며, 사람의 목을 베어 제사를 지내는 악습을 없애기 위해 스스로 그 제물이 된 오봉의 행동은 "가르침을 펴고자 생명을 초개처럼 버린 거룩한 행동"으로 서술된다. '어떻게 살 것인가'라는 제목 아래 그 두 일화가 소개된 것은 멸사봉공의 살신성인만이 그 "훌륭한 대답"이라는 사실을 말하기 위한 의도적 배치인 셈이다. 여기에 이르면 이들 필자들이 그려낸 '국민'의 모습은 사적인 이해 여부를 떠나서 미래를 향해 전진하는, 말을 바꾸자면 국가의 정책에 순응하는 '신민(臣民)적 존재'로서의 '국민'이라는 것을 알 수 있다.

4. 심정적 애국주의와 반공주의

사상과 이념의 차원에서 국가주의를 설파했던 박종홍 등과는 달리 이은상을 비롯한 문인들은 그것을 심미적 차원에서 정서화하는 역할을 수행하였다. 이은상은 2차『국어』교과서에 5편, 3차에서 2편과 번역시 3편을 수록하여[32] 박종홍에 버금가는 박정희 정권의 이데올로그라는 사실을 과시하였다. 이승만에서 박정희, 그리고 전두환 정권으로 이어지는 그의 정치적 편력은 시조시인이라기보다는 발 빠른 정치꾼의 행보에 가까운데, 그가 그렇듯 민첩하게 변신할 수 있었던 것은 무엇보다 그의 사고체계가 근본적으로 국가주의적 특성을 갖고 있었기 때문이다. 박정희 정권에 의해 국가적 프로젝트 차원에서 진행된 '이순신 영웅 만들기'의 1등 공신이기도 한 이은상은 일찍이『성웅 이순신』[33]에서 민족과 국가를 모든 사고의 중심에 둔 인물로서의 이순신을 창조한 바 있다.

　『성웅 이순신』에서 이은상이 주목한 것은 인간이란 철저히 민족과 국가의 이해 아래 예속된 존재라는 점, '나라 있고 내가 있다'는 식의 국가관을 체현하지 못하면 '인간다운 인간'이 결코 될 수 없다는 생각이다.[34] "고지가 바로 저긴데 예서 말 수는 없다"는 이은상의 시구가 아직도 생생한 것은 "고난의 운명을 지고 역사의 능선을 타고" 있는 우리 민족과 국가의 운명을 환기하는 그것의 강렬한 정서 때문일 것이다.『국어』교과서에 수록된 글 역시 그런 이은상의 생각을 구체적으로 보여주는데, 가령「시조와 자유시」의 다음과 같은 구절은 그의 사고가 얼마나 철저하게 국가와 민족을 중심에 두고 있는가를 보여준다.

　　이은상 : 그렇습니다. 시를 사랑하는 국민, 적어도 시정신을 숭상하는 국민은

32　2차『국어』I :「시고를 보내고 나서」(편지),「고지가 바로 저긴데」(현대시조),「심산 풍경」(현대시조),「피어린 육백 리」(기행문),「시조와 자유시」(대담),
　　3차『국어』1 :「고지가 바로 저긴데」,「한 눈 없는 어머니」,「강에는 눈만 내리고」(역시),「가을 산길」(역시),「임을 보내며」(역시)

33　이은상,『성웅 이순신』, 횃불사, 1969.

34　이은상의 '이순신'에 대해서는 이상록,「이순신−민족의 수호신 만들기와 박정희체제의 대중 규율화」(『대중독재의 영웅 만들기』, 휴머니스트, 2005)를 참조하였다.

아름답고 고상한 국민입니다. 거기에는 믿음과 희망과 사랑과 평화가 깃들어 있기 때문입니다. 국민 생활을 정서화하고 또 그 정서를 순화하는 것은 가장 아름답고 고귀한 결과를 가져오는 운동입니다. 더구나, 우리 민족은 오랜 역사를 통해서 시를 사랑해 온 자랑할 만한 민족입니다. 시조 같은 정형시의 작법을 보급시켜서, 모든 국민들이 이것을 즐겨 짓는 것으로써 하나의 아름다운 민풍을 일으켰으면 싶습니다. 이것이 바로 생활의 문학화, 문학의 생활화인 것입니다.[35]

시를 숭상하는 마음이 곧 '국민 생활을 정서화' 하는 '운동'이라는 주장은 외견상 큰 문제될 게 없는 말이다. 하지만 그 운동의 주체를 '국민'으로 설정하고 있다는 데서, 글의 논조와 어투를 헤아려 볼 때, 심상치 않은 의미를 감지할 수 있다. 사실 시를 사랑하는 사람이라면 누구나 '시 정신'을 숭상할 수 있고, 또 믿음과 희망과 사랑과 평화의 마음을 갖고 있다. 그렇지만 그런 행위의 주체가 '국민'이고, 그것이 종국에는 '민풍(民風)'이 되어야 한다는 주장에 이르면, 시를 통해서 국민의 정서를 새롭게 주조하고자 하는 관변 이데올로그다운 면모가 짙게 배어 있음을 목격할 수 있다. 그런 까닭에 이은상은 서정시를 설명하면서도 '국민'과 '민풍'이라는 말을 자연스럽게 토로한 것이다.

「피어린 육백 리」에는 국가와 민족에 대한 이은상의 이런 애정이 깊게 투사되어 있다. 그런데 그 애정은 단순한 사랑이 아니라 아름다운 국토와 그것을 피로 물들인 공산당을 대비하면서 국토를 신앙의 차원으로 고양한 우국적 열정에 의해 뒷받침된다. 이은상의 눈에 비친 '국토'의 이미지는 무엇보다 '순결함'으로 표상된다. '국토'는 "밝은 빛, 맑은 기운"이 굽이쳐 흐르고 물소리가 가슴 속의 티끌을 대번에 씻어주는 곳, 치열한 격전이나 피비린내와는 거리가 먼 곳이다. 그래서 친소(親疎)도 없이, 은

35 　박종화・구상, 「시조와 자유시」, 『국어』I, 문교부, 1973, 198면.

원(恩怨)도 없이, 싸우다 말고 총을 던지고 냇물에 발이라도 담그고 앉아 도란도란 이야기를 하고 싶은 "그림보다 더 아름다운" 곳으로 그려진다. 국토는 또한 단순한 산하가 아니라 국민을 하나로 묶는 공간이자, 국민을 국민으로 만드는 정체성의 근본 터전이기도 하다. "산 첩첩 물 겹겹 아름다운" 국토는 "고난을 박차고 일어서"는 민족의 역사와 운명을 함께해 온 존재이고, "태양같이 다시 솟는 영원한 불사신"이기도 하다. 불사신처럼 국토와 함께 해온 게 우리 민족이라는, 국토의 절대화, 신앙화라고나 할까?

그렇지만 이은상이 발 딛고 있는 현실은 '헤어진 군복 조각을 걸친 허수아비'가 앙상하게 서서 새를 쫓는 곳으로 변했고 또 철조망과 쇠말뚝이 앞길을 가로막고 있다. 갈래야 갈 수 없고, 만지고자 해도 만질 수 없는 곳, 그렇다고 바다를 건너서 갈 수 있는 곳도 아니다. 그런 상황에서 목격한 길가에 세워져 있는 전적비는 이은상이 가야 할 길의 좌표를 지시하는 역사의 교훈으로 의미화된다. "피 발린 비석이요, 눈물어린 비석"이지만, 거기에는 국군이 영웅적으로 공산군과 싸워 이 지역을 점령하게 되었다는 사적(史蹟)이 새겨져 있다. 휴전선이 이만큼이나마 북으로 높이 올라온 것은 바로 그들의 고귀한 희생이 있었기 때문이라는 것, 그래서 국토를 지키기 위해서 공산군과 싸운 국군의 행동은 '영웅적'인 것으로 칭송되고, 심지어 옛날 이스라엘 민족이 이집트의 속박에서 벗어나 "카나안 복지를 향"했던 것처럼 '이상 세계를 만들기 위한 온갖 고난 극복의 행진'으로 미화된다.

그런 전적지를 지나 "향로봉"을 향하는 이은상의 도정은 그래서 비장한 정조에 사로잡히게 된다. '1293m, 600리 휴전선' 밑에서 가장 높은 봉우리에 불과하지만, 거기에 이르는 도정은 결코 높은 봉우리 하나를 등반하는 수준에 머무르지 않는다. 남과 북의 강토 전체를 조감하는, 민족의 운명을 투시하는 유비적 존재가 바로 향로봉이다. 향로봉 정상에 올라 내려다본 남북 강산은 그래서 장엄한 아름다움으로 그를 압도하고, 그 벅찬 감격의 순간에 터져 나온 다음과 같은 시구는 '불안과 초조와 회한 속에서 슬픔만을 되새길 수 없다'는 국토 정화(淨化)의 간절한 염원을 담게 된다.

> 승리를 위해 해를 머무르게 한
> 여호수아의 기도를 들으신 주여!
> 공전하는 역사의 바퀴를
> 오늘도 여기 멈춰 주소서.
>
> 불안과 초조와 회한 속에서
> 다만 슬픔을 되새기면서
> 바람결에 흰 머리카락을 날리며
> 헛되이 늙게 하시나이까!
>
> 주여! 이 땅에 통일과 자유와 평화를
> 비 내리듯, 꽃 피우듯 부어 주소서.
> 그 땅에서 단 하루만이라도
> 그 땅에서 살게 해 주옵소서.[36]

국토 곳곳에 물들어 있는 피비린내를 씻고 소라고둥 모양으로 산굽이를 돌아 오르는 과정에서 만난 '비'는 바로 '티끌'을 씻어내기 위한 일종의 정화수와도 같다. 비를 맞고 씻긴 산의 이미지가 "순녹색의 신선의 궁전"으로 다가오는 것은 그런 의례를 통해서 국토의 순결성을 소망하는 간절한 염원이 투사되어 있기 때문이다.

그런데, 그러한 감정은 국토에 대한 합리적 조망이 아니라 심미적 정

---

36 이은상, 「피어린 육백 리」, 『국어』I, 문교부, 1973, 82면.

서에 의해 환기된 애국적 열정이라는 점에서 일종의 주술과도 같다. 향로봉을 감싸고 내리는 ‘비’를 통해서 ‘티끌’을 씻어내겠다는 것은 순결의 이미지를 다시 재생시키겠다는 간절한 소망이고, 그런 염원에서 향로봉을 답파한 까닭에 등정 뒤의 막다른 여정에서 도달한 것은 뜻밖에도 국민의 대오각성이라는 주술적 다짐이다. 동해의 파도를 마주해서 언제까지고 울고만 섰을 수는 없다는 것, 차라리 돌아가서 할 일을 찾아야 한다는 것, 곧 민족과 인류를 이 ‘역사의 함정’으로부터 구하기 위해서 “민족 전부가, 인류 전체가 모두 나서서 스스로 제가 저를 구출하기에 온갖 정성을 다해야 한다”는 것이다. 말하자면 국민적 각성을 통해서 새로운 국민으로 거듭나야 한다는 생각으로, 김기석이 「민족의 진로」에서 언급한 ‘새로운 인간형, 새로운 형의 지도자, 새로운 형의 민족성’과 동질의 것임을 알 수 있다.

애국심이란 본래 논리적 설득력을 갖고 있기보다는 감정에 호소하는 성격이 강하다. 국토의 순결성을 회복하기 위해 애국적 국민으로 거듭나야 한다는 주장은 국토에 대한 근원적 귀속의식을 일깨워 ‘국민’이 장차 어떻게 살아야 하는가에 대한, 이를테면 ‘국민의 이상적 상’을 제시하려는 의도를 내재한 것이다. 박형규가 「유비무환」에서 우리 민족이 생존권을 유지하고 빛나는 내일을 향해 전진하기 위해서는 ‘유비무환’의 정신을 깨닫고 개개인이 올바른 국가관을 확립해야 한다는 주장과 같은 맥락이다. 더구나 이 두 글은 모두 공산주의라는 타자를 전제한다. 주체의 인식은 언제나 타자의 존재를 필요로 하듯이, 두 사람은 모두 공산주의라는 적대적 타자를 통해서 국토에 대한 사랑과 애국적 열정을 대비적으로 표현하고 있다. 공산주의에 대해서 날카롭게 경계를 설정하고 그들에 의해 국토와 민족이 오염되었다는 것을 상기시키는 것은 공산당이 우리 국토와 민족의 본원적 순결을 훼손시켰고, 그래서 우리는 그들을 척결해야만 순결성을 회복할 수 있다는 믿음을 전제한 것이다.

그런 점에서 이은상과 박형규는 "우리의 피를 흘리지 않고서 나라를 지키는 수도, 통일을 이룩하는 수도 없는 법"이라고 절규하는 「청춘은 조국과 더불어」(유치진)의 주인공 '연길'을 떠올리게 한다. 6·25가 발발하자 학병에 지원해서 전장으로 떠나는 연길과 그의 애인 옥란의 애절한 사랑을 소재로 다룬 이 작품에서 유치진이 궁극적으로 말하는 것은 '조국을 위해서는 죽어도 한이 없다'는 맹신적 애국심이다. "내가 죽어서 나라가 평안하고 통일이 이룩된다면, …… 그래서, 우리 어머님께서 사실 수 있다면, 난 몇 백 번 죽어도 한이 없어. 옥란이, 내가 죽었다고 서러워 말고, 우리 어머님 뵙거든, 연길인 씩씩하게 싸우다 죽었다고 말해 줘"[37]라는 비감한 절규는 사실은 내용 없는 거짓 진술에 지나지 않는다. 전장에 나가기도 전에 미리 죽음을 예언하는 경솔함이나, '나라'의 실체도 모른 채 '죽어도 한이 없다'고 외치는 것은 행위의 진정성을 떠나서 국가를 맹신하는 공허한 애국주의에 다름 아닌 것이다. 이은상이 국토 기행을 통해서 표현하고자 했던 국토 정화의 의지와 애국적 열정 역시 이와 크게 다르지 않다는 점에서, 이들이 의도했던 바는 국토와 국가에 대한 근원적 귀속의식을 바탕으로 한 심정적 애국주의라는 사실을 다시금 확인할 수 있다.

5. 통과 의례로서의 교과서

이 외에도 교과서에는 당시 박정희 정권의 정책을 홍보하거나 암시하는 내용의 글들이 곳곳에 수록되어 정권이 의도한 '국민 만들기' 작업이

---

37 유치진, 「청춘은 조국과 더불어」, 『국어』 I, 문교부, 1983, 109면.

전(全)방위적으로 행해졌다는 것을 보여준다. 사회 비판적인 내용의 시와 소설을 배제하고 이른바 주관적 순수와 서정을 내용으로 하는 문학작품만을 선별해서 수록한 것이나, 분단을 극복하려는 의지보다는 북한에 대한 적개심과 멸공의 정신만을 고취하는 내용의 글이 여럿 수록된 것은 모두 국어과 교육의 목표와는 거리가 먼 정권의 정책과 관계될 것이다.[38] 여기서 국가주의와 관련해서 특히 시선을 끌었던 것은 천관우의 기행문 「그랜드 캐년」과 케네디의 취임사인 「대통령 취임사」이다.

「그랜드 캐년」은 1차부터 수록되어 있었으나 「대통령 취임사」는 2차 교과서에 추가된 것으로, 이들 글에서 목격되는 것은 친미적 감정과 미국에 대한 맹신의 정서이다. 가령, 천관우는 글 전반에서 광활하고 웅장한 미국 대륙에 대한 경이와 찬탄의 감정을 거침없이 토로한다. 즉, 애리조나 피닉스에서 대협곡의 관문인 플래그 스태프까지 가는 동안 시시각각으로 변하는 풍경과 기후를 묘사하면서 천관우는 그 조화의 무궁함에 소름끼치는 전율을 느끼고, 서쪽 하늘의 빨간 낙조를 보고는 "비경(秘境)을 찾아드는 감개를 억누를 수가 없"다고 흥분을 감추지 못한다.

눈앞에 전개되는, 아 황홀한 광경! 어떤 수식이 아니라, 가슴이 울렁거리는 것을 어찌할 수 없습니다. 이 광경을 무엇이라 설명해야 옳을는지, 발밑에는 천인의 절벽, 탁 터진 안계에는 황색, 갈색, 회색, 청색, 자색으로 아롱진 기기괴괴한 봉우리들이 흘립(屹立)하고 있고, 고개를 들면 유유한 창천이 묵직하게 드리우고 있습니다. (…중략…)
천지의 유구함을 생각하노니,

---

38 2차 교과서에서는 소설로 「뽕나무와 아이들」(심훈)과 「별」(알퐁스 도데) 그리고 시나리오 「마지막 한 잎」(오우 헨리)이 수록되어 있지만, 3차에서는 작품수가 늘어서 국내소설로 「금당벽화」(정한숙), 「등신불」(김동리), 「빈처」(현진건)가 추가되어 있다. 반공주의를 설파하거나 시사하는 글로는 본문에서 살핀 것 외에도 「산정 무한」(정비석), 「나의 고향」(전광용), 「나의 명절」(김붕구), 「조국」(정완영) 등이 있다.

서러워라, 나 홀로 눈물만 지네.

라고 한, 옛 사람의 글귀가 언뜻 머리를 스치면서 까닭 모를 고요한 흥분에 사로
잡히는 것입니다.[39]

선경(仙境)에 든 듯한 감격에서 혼자 창연히 눈물 흘리는 옛 사람의 심
경에 젖어드는 지은이의 감정은 정비석이 망군대에 올라 토로한 "아! 천
하는 이렇게도 광활하고 웅장하고 숭엄하던가!"(「산정무한」에서)라는 구절
을 능가한다. 이 격한 감정을 접하면서 독자들은 미국에 대한 외경과 선
망의 감정을 갖지 않을 수는 없을 것이다.

그런데, 더욱 흥미로운 것은 케네디의 「대통령 취임사」가 이런 동경심
에 대한 미국의 화답(?)과도 같은 내용을 담고 있다는 사실이다. 1961년 1
월 20일 의회에서 행한 연설문을 번역한 이 글에서, 케네디는 대통령 취
임사답게 미국이 처한 상황을 설명한 뒤 향후 정책의 방향을 말하는데,
여기서 케네디는 "어떤 친구라도 도울 것이며, 어떤 적에게라도 대항할
것"이라는 사실을 강조한다. 미국의 생존과 자유의 성취를 공고히 하기
위해서는 어떤 희생이라도 치를 것이라는 주장에 뒤이어 표명된 이런 견
해는, 실상 반공주의적 노선을 더욱 공고히 해서 공산국가에 맞서 싸우자
는 미국의 대외정책을 천명한 것으로 이해할 수 있다. 하지만, 앞의 천관
우의 글과 연결 짓고 또 미국의 원조와 협력이 절대적으로 필요했던 박정
희 정권의 상황을 고려하자면, 그것은 박정희 정권에 대한 후원의 언사로
읽어도 지나치지 않을 것이다. 인류 보편의 이념이나 이상을 담고 있는
것도 아닌 일개 외국 대통령의 취임사를 수록한 데서 그런 정치적 의도를
찾아내는 것은 저자만의 억측은 아닐 것이다.

39　천관우, 「그래드 캐년」, 『고등 국어』 II, 문교부, 1971, 87면.

교과서에 수록된 글이 갖는 위력은 '모두 훌륭한 글이므로 비판의 대상
이 될 수 없다'는 믿음을 전제한다는 데 있다. 대부분의 사람들은 교과서
에 실린 글이면 어떤 것이든 감히 의심을 품으려 들지 않는다. 더구나 교
과서는 학생들이 배워야 할 교육내용을 담고 있고, 학교의 모든 수업과정
에서 이용되며, 학생 평가의 기준을 설정하는 원천이기도 하다.[40] 그런
점에서 교과서는 개별적 존재인 개인을 '국민'으로 구성하기 위한 교범(敎
範)이자 통과의례라 할 수 있다. 박정희 정권이 2차와 3차에 걸쳐 대대적
으로 교육과정을 개편하고 교과서를 재구성했던 것은 그런 이유로 설명
할 수 있을 것이다. 하지만, 교과서는 개별 주체의 자발성에 바탕을 둔 것
이 아니라 사회 구조적으로 강제된 일종의 제도적 장치라는 점에서 주체
의 능동성과 자율성을 구속하는 억압적 성격을 동시에 갖는다. '국정'이
라는 제도를 통해서 교과서의 내용이 획일적으로 규제되고 특정한 이념
과 가치만이 무비판적으로 주입됨으로써 학생들은 다양한 가치와 사고
로부터 원천적으로 차단되어 있는 것이다.

지금까지 살핀 것처럼, 박정희 정권은 교과서를 통해서 '민족중흥의 역
사적 사명을 다 하는 것이야말로 개인의 지상과제'라는 식의 전체주의적
사고와 '때려잡자 공산당!'식의 맹목적 반공의식을 강력하게 전파하였다.
전방위적으로 행해진 이런 국가주의적 규율을 통해서 박정희는 정권의
정통성을 확보하고 정권에 복무하는 '국민'을 만들 수 있었다. 물론 이런
사실은, 시각을 달리하자면, 세계 최고의 교육열에 힘입어 경제대국으로
성장한 오늘날의 한국을 탄생시킨 '국민'의 형성과정으로 이해할 수도 있
을 것이다. 독재와 부패와 억압으로 요약되는 불행한 기간이었음에도 불
구하고 이승만에서 박정희로 이어지는 근대화의 도정은 한편으로 한국
사회가 치러내야 할 불가피한 성장통으로 볼 수도 있다. 하지만 그럼에

---

40 김진호, 「『국어』 교과서의 반민족성」, 『역사비평』 1988 여름호, 역사비평사, 262면.

도 불구하고 그것을 비판적으로 이해해야 하는 것은 그 기율의 내용과 방향이 우리의 삶을 억압하고 왜곡했다는 데 있다. 몇 해 전 월드컵을 지켜보면서 받았던 감동과 충격의 양가감정은 그런 사실과 관계될 것이다.

월드컵을 지켜보면서 놀랐던 것은 4강까지 오른 한국의 축구 실력보다도 '붉은 악마'로 상징되는 대중들의 광적인 흥분과 일체감이었다. 전국을 붉게 물들인 '붉은 악마'가 표상했던 것은 전 국민들의 마음 깊숙이 각인되어 있는 애국주의적 열정이었다. '대~한민국'이라는 연호(連呼)에는 '축구'를 매개로 한 국가에 대한 소속감과 자부심, 미래 지향적인 의지와 열망 등이 내재되어 있었고, 그것은 근본적으로 '대한민국의 국민'이라는 애국적 열정에 바탕을 둔 것이었다. 그렇지만 그것은 한편으로는 일상 깊숙이 침투해 있는 국가주의적 정념과 긴밀하게 맞물려 있는 것이기도 하다. 일상이란 관습적인 행위로 구성된 공간이며 그 공간에는 무의식적인, 다시 말해 신체화된 다양한 실천들이 존재하기 마련이다. 한국인의 정체성은 이런 신체화된 실천들 속에서 상상되고 검증되며 확인되는데, 그것을 구성하는 중요한 요소는 교육을 통해서 강제된 각종 국가주의적 기율이다. 규칙적인 리듬과 강력한 정염을 담고 울려 퍼진 '대~한민국'이라는 외침은 바로 교과서의 기율을 신체에 아로새긴 '개조인간'[41]의 모습을 연상시켰던 것이다. 물론, 인간은 자신의 선택과는 무관하게 민족 구성원의 한 사람으로 태어나고, 그의 개인적 삶 역시 자신이 속한 국가의 생존과 번영을 떠나서는 성립할 수 없다. 그래서 자신이 속한 국가를 사랑하고 그것의 번영을 소망하는 것은 어쩌면 당연한 일이다. 그렇지만, 문제는 그런 애국주의가 종국에는 일본 극우파들에게서 목격되는 전체주의적 호전성과 동전의 양면처럼 맞물려 있다는 데 있다. 우리 주변의 극우주의자들에게서 목격되는 극단적인 반공의식과 호전적 애국심, 박정희 정권의

---

41 니시카와 나가오, 윤대석 역, 『국민이라는 괴물』, 소명출판, 2002, 43면.

비도덕성이 지탄받을 수 있는 것은 국민의 자질과 특성을 정권이 요구하는 이러한 방향으로만 몰아갔다는 그 저열성에 있다.

교과서를 분석하는 것은 우리의 일상과 신체 속에 구조화된 국민, 국가 권력, 집단무의식의 발원지를 찾아내는 작업과도 흡사하다. '국민 만들기'라는 치밀한 국가적 기획의 매트릭스(matrix) 위에서 교과서는 그 역할에 충실히 복무한 핵심 매체였던 셈이다. '국민'이란 무의식적으로 각인된 국가적·이념적 집단이라는 점, 미국으로 이민 간 조승희[42] 개인의 문제에 대해서 한국 국민 전체가 집단적 죄의식을 느껴야 했던 반응의 배경 또한 이와 무관하지 않을 것이다. 그렇다면 우리 안에 도사린 이 실체와 어떻게 싸움을 벌어야 할 것인가?

---

[42] 2007년 4월 16일, 미국 버지니아 테크 대학(Virginia Tech.)에 재학 중이던 한국계 미국인 조승희는 손에 들린 샷건으로 32명의 무고한 학생들을 죽이고, 그 자리에서 자신의 목숨을 끊었다. 이 사건으로 인해, 미국에서는 총기 소유에 관한 논란이 벌어 졌고, 버지니아 대학을 비롯한 미국에서 유학중인 한국 학생들이 린치를 당하는 일이 발생하였다. 한국에서는 이 사건으로 인해 국민 모두가 큰 죄의식에 사로잡혔었다.

'국어' 교과서와 분단문학

7차 교과과정과 『국어』 교과서

1. 국어 교과서와 문학

2002년부터 고등학교에서 시행되는 '제7차 교육 과정'은 여러 면에서 의미 있는 변화를 보여주었다. 10학년까지는 공통적으로 이수해야 할 '국민 공통 기본교육과정'을 두고, 그 이후에는 '수준별 교과과정'을 배치하여 학생들의 수월성을 제고하려 한 점이라든지, 학생들의 선택폭을 넓혀 기존의 획일성에서 벗어나게 한 점 등은 6차에서 볼 수 없었던 대목이다. 이러한 개편은 시대 상황의 급변에 따른 필연적인 대응으로 이해된다. 학생들의 인식과 감성이 급속히 변화된 현실에서 구태를 벗지 못한다면 창의적인 인재 육성이란 공염불에 지나지 않을 것이다.

『국어』교과서를 일별해 볼 때 변화와 갱신의 모습은 곳곳에서 목격되었다. 외형상으로 교과서 지질이 누런 중질지에서 하얀 상질지로 바뀌었고, 색도도 단색에서 2색도 이상을 사용해서 사진과 삽화의 선명도를 높였으며, 편집 디자인도 매우 세련된 형태로 바뀌었다. 내용면에서도 학생들의 편의를 고려하여 어려운 말에는 설명을 달고, 시의성이 떨어지는 고답적인 내용들은 대부분 배제하였다. 또 학생들의 수준을 고려해서 단계별로 학습활동을 배치하여 수월성을 제고하려 한 점도 눈에 띈다. 이 과정에서 무엇보다 파격적으로 다가온 것은 현대문학에서 최근 작품을 적극적으로 수용하고, 컬러 사진과 함께 작가들을 소개한 점이다. 박완서의 「그 여자네 집」은 1997년도 작품이고, 윤흥길의 「장마」는 1973년도의 작품이며, 이청준의 「눈길」은 1975년도 작품이다. 또 '학습 활동'의 지문으로 인용된 이문열의 「우리들의 일그러진 영웅」은 1987년도 작품이고, 『광장』은 1960년도 작품이다. 6차 교과서에 수록된 「화랑의 후예」(김동리), 「메밀꽃 필 무렵」(이효석), 『삼대』(염상섭), 「동백꽃」(김유정)이 모두 1930년대 작품이었던 데 비하면 커다란 변화와 개편인 셈이다. 현대시의 경우도 김소월의 「진달래꽃」과 이육사의 「광야」를 재수록한 외에는 정지용의 「유리창」을 새로 추가하였고, 특히 다른 작품 속에 삽입되거나 '학습 활동'의 지문으로 김용택의 「그 여자네 집」, 임화의 「하늘」 일부, 박재삼의 「추억에서」 등이 추가되어 상당한 변화를 보여주었다. 또 필자들의 연령도 젊어져서, 수필 「곡성역에서 만난 할아버지」의 공선옥은 1963년생이고, 드라마 작가 진수완은 1970년생이다. 그 외에도 빌 게이츠라든가 영화 〈나 홀로 집에〉, 연재만화 〈광수 생각〉, 대중 음악 〈가시나무〉, 각종 인터넷 사이트가 소개되고, 이사벨라 버드 비숍의 『조선과 그 이웃 나라들』의 한 대목이 소개되고 있다.

　이렇듯 여러 장르에 걸쳐서 교과서의 내용이 개편된 것은 현실의 변화를 적극적으로 수용한 것이라는 점 외에도, 한편으론 문학사 전반에 대한 새로운 의미화를 전제한 것으로 이해할 수 있다. 현대문학은 이제 한 세기를 상회하는 긴 시간을 축적하였다. 현대문학은 개화기 이래 지금까지 수많은 작품들을 산출하였고, 그에 따른 연구 역시 엄청난 양으로 축적되었다. 이런 일련의 과정을 통해서 작품의 의미와 맥락은 새롭게 규정되고 또 새로운 가치들이 산출되었다. 가령, 1987년 정부 당국에 의해 금단의 베일이 벗겨지기는 했으나 교육 현장에서 납·월북작가들은 여전히 불온시되는 인물들이었다. 6차 교과과정의 『국어』 교과서에서 이들의 작품을 찾을 수 없었던 것은 그만큼 이들에 대한 사회적 편견과 거부감이 완강했다는 반증일 터이다. 하지만 냉전 이데올로기가 완화되고 문학 연구가 본격적으로 이루어지면서 이들의 문학적 가치가 새롭게 조명되었고, 또 이들이 추구한 문학과 이념의 내용이 금기가 아니라 이해하고 포용해야 할 대상이라는 사실이 새삼스레 확인되었다. 그런 점에서 임화[1]나 백석, 정지용의 수용은 때늦은 감이 없지 않다. 그리고, 이번 교과서에서 주목되는 또 다른 특징은 분단 극복의 의지를 담고 있는 작품들을 적극적으로 수용했다는 점이다. 「그 여자네 집」이나 「장마」와 『광장』 등의 수록은 6차 교과과정에 비하자면 분단 극복을 위한 시대적 의지가 그만큼 고조되었음을 보여준다. 남과 북의 정상이 마주 앉아 현안을 논의하는 상황에서 이러한 측면은 더욱 강화되어야 할 것이다. 마지막으로 타자의 시선을 수용한 점이다. 이사벨라 버드 비숍의 『조선과 그 이웃나라들』은 우리가 아닌 타인으로 눈으로 본 우리의 옛 모습이다. 주체란 타자를 전제할 때만이 온전할 수 있듯이, 타자의 시선을 빌어서 주체를 대상화했다는 것은 그만큼 주체가 성숙했음을 말해주는 것이다.

이 글은 이러한 긍정성을 인정하면서도 작품의 선별과 배치에서 목격되는 기능주의적 발상과 태도를 문제 삼고자 한다. 기능주의란 효율과 합리성에 바탕을 둔 것이기는 하지만, 대상의 본질에 대한 이해를 전제하지 않을 경우 자칫 내용 없는 형식주의로 전락할 가능성을 내재하고 있다. 사실 7차 교육과정은 시장 논리에 바탕을 둔 경쟁 원칙을 수용한 것

---

1   임화의 경우는, 박완서의 단편 「그 여자네 집」에 시 「하늘」의 일부가 인용되면서 소개된다. 오른편 상단 날개에서 임화에 대한 간략한 소개가 나온다. 다소 옹색하지만, 남한을 부정하고 북한을 선택했던 인물을 이렇게나마 소개한 것은 그 자체로도 큰 의미를 갖는 것이라 하겠다.

이라는 점에서 기능주의와 도구성에 대한 비판은 이미 예상되었던 일이다.[2] 정보화 사회를 주도할 인재를 육성한다는 것은 현대 사회를 이끌 합리적 주체를 기른다는 말이고, 그러한 목적을 달성하기 위한 도구가 바로 교과서인 것이다. 물론 교과서 집필 과정에서 각각의 단원과 지문의 기능성을 고려하지 않을 수는 없겠으나, 내용과 맥락에 대한 깊이 있는 고려가 전제되지 않을 경우 자칫 구색 맞추기 식의 형식론에 빠질 가능성을 배제할 수 없다.

이 글에서는 교과서 전반에서 목격되는 이러한 측면들을 염두에 두고, 현대소설에 국한해서 논의를 진행하고자 한다. 수록된 소설 작품들을 살피고, 특히 분단문학으로 범주화할 수 있는 작품들을 선별해서 그 특성을 고찰할 것이다. 이를테면, 문학사에 대한 인식과 작품의 의미, 나아가 작품이 갖는 문제점 등을 분단문학이라는 측면에서 살펴보고, 그 연장에서 교육 현장과 교사의 역할에 대한 견해를 덧붙이고자 한다.

2. 박완서와 분단문학–「그 여자네 집」의 경우

7차 과정의 『국어』 교과서에는 모두 여섯 편의 소설이 수록되어 있다. 「그 여자네 집」, 「봄봄」, 「장마」, 「눈길」이 본문으로 수록되어 있고, 「우리들의 일그러진 영웅」과 『광장』은 '학습 활동'의 지문으로 삽입되어 있다. 여기서 분단문학의 견지에서 주목할 수 있는 작품은 「그 여자네 집」과 「장마」, 그리고 『광장』이다.

---

2   전국교직원노동조합, 『(자료집) 7차 교육과정 이해와 비판』, 2000 참조.

「그 여자네 집」은 6차 교과서의 「화랑의 후예」, 「메밀꽃 필 무렵」, 「수난이대」에 비하자면 한층 신선하게 다가오는 작품이다. 김용택의 시가 작품의 첫머리에 소개되고, 작가회의가 언급되며, 또 최근 사회 문제가 된 정신대와 중국 여행에 따른 일화가 삽입되어, 마치 친근한 일상의 이야기를 능란한 입심으로 구술하는 형국이다. 또 지면 곳곳에 작품 내용과 관계되는 그림이나 사진, 설명을 첨가하여 시각적 이미지에 친숙한 학생들의 흥미를 유발한 점 또한 눈길을 끈다.[3]

작품은 김용택의 동명의 시 「그 여자네 집」에 대한 인용으로 시작된다. 사랑하는 여인에 대한 그리움을 평화로운 농촌 풍경과 결합시켜 놓은 이 시가 작품의 중심 모티프이고, 이 시를 통해서 화자는 기억 속에 묻혔던 고향에서의 추억 속으로 들어간다. 만득이와 곱단이의 지순한 사랑이 회상되고, 일제 말기 징용으로 불행하게 끝난 두 사람의 사랑이 그려진다. 만득이가 일본 제국주의의 희생이 되어 곱단이와 헤어지지 않을 수 없게 된 것, 이 과정에서 곱단이를 향한 만득이의 속 깊은 사랑이 그려진다. 징용이란 사지(死地)로 가는 것이고, 후일을 기약할 수 없는 일인 까닭에 가족들은 만득이와 곱단이의 혼례를 서두르지만, 만득이는 끝내 결혼식을 올리지 않는다. 한 여인에 대한 사랑이 어느 일방의 욕심일 수만은 없다는, 그것은 오히려 상대에 대한 세심한 배려와 믿음이라는 것을 웅변해 주는 대목이다. 하지만 곱단이 역시 시대의 거센 소용돌이를 벗어날 수 없는 존재여서, 그녀 역시 정신대를 피하기 위해 엉뚱한 사람의 재취로 들어가는 비극을 겪는다. 그리고 신의주로 떠난 곱단이는 전쟁이 나고 분단이 굳어지면서 더 이상 소식을 알 수 없는 존재로 기억 속에 묻

---

3   하지만 그림과 삽화의 지나친 배치가 저자에게는 그리 긍정적이지 않았다. 활자에 익숙한 세대이고, 또 소설의 재미를 활자를 통한 상상의 즐거움에서 찾는 까닭에 삽화와 사진의 과도한 배치는 사고의 흐름을 방해하고 제한하였다. 과연 소설을 이렇게 배워야 하는 것일까 하는 의문이 들었던 게 솔직한 심정이다.

히고 만다.

　작품의 후반부는 만덕이와 결혼한 순애의 이야기를 통해서 그 이후의
후일담을 전해주는 식이다. 순애는 아직도 만덕이가 곱단이를 잊지 못하
고 있다고 믿는다. 시를 쓰면서 읊조리는 내용이나, 중국 여행 시 신의주
를 앞에 두고 선상에서 통곡하던 장면은 모두 그런 심리에서 비롯되었다
는 게 그녀의 생각이다. 얼마 후 순애가 죽고, 그 죽음을 통해서 화자는
평생 보이지 않는 연적(戀敵)을 앞에 두고 괴로워했을 순애의 불우한 삶
을 떠올려본다. 그런 연민의 심정을 갖고 있던 차에 '정신대 할머니를 돕
기 위한 모임'에 들렀다가 화자는 우연히 만득이를 만난다. 만덕이가 그
모임에 나온 것을 곱단이에 대한 그리움 때문으로 이해한 화자는 그에게
다짜고짜로 따지듯이 대들지만, 그로부터 나온 대답은 전혀 뜻밖의 것이
었다. 작품이 다시 한 번 반전을 거듭하는 순간이다. 곱단이를 잊지 못한
다는 건 순전히 순애의 지어낸 생각이라는 것, 자신의 감정은 단지 젊은
시절에 대한 그리움일 뿐이라는 것, 그리고 중국 여행 시 두만강에서 운
것은 '남의 나라에서 바라보니 이렇게 지척인데 내 나라에선 왜 그렇게
멀었을까' 하는 서럽고 부끄러운 감정 때문이었다고 고백한다. 아울러,
그가 그날 정신대 할머니 돕기 행사에 참여하게 된 것은 정신대 문제를
애써 대수롭게 여기지 않으려는 일본 사람들에게 분통이 터졌고, 정신대
문제는 정신대 피해자인 할머니들의 문제만이 아니라 곱단이처럼 그것
을 면한 사람들이 겪었을 한(恨)까지 함께 생각해야 한다는 내용을 토로
하는 것이다. 이러한 결말부는 작가의 현실 인식을 보여주는 대목이기도
하다. 작가는 순결한 사랑이 역사의 격랑에 의해 짓밟히는 과정을 보여
주는데 머물지 않고 민족적 비극에 대한 현재적인 질문까지도 유도해내
고 있는 것이다.

　작가는 만덕과 곱단의 일화를 통해 일본 제국주의의 만행이 단순히 정
신대라는 특정한 범주에만 해당하는 것이 아니라 동시대인 모두에게 깊

은 상실의 고통을 남긴 상처의 근원지라는 것을 고발하고 있다. 또한 만덕의 상처가 한편으로 분단 현실과도 결합되어 있다는 점을 환기시킨다.

> 오늘 여기 오게 된 것도, 글쎄요, 내가 한 짓도 내가 설명할 수 있을 것 같지 않지만 …… 아마 얼마 전 우연히 일본 잡지에서 정신대 문제를 애써 대수롭게 여기지 않으려는 일본 사람들의 생각을 읽고 분통이 터진 것과 관계가 있겠죠. 강제였다는 증거가 있느냐, 수적으로 한국에서 너무 부풀려 말한다, 뭐 이런 투였어요. 범죄 의식이 전혀 없더군요. 그걸 참을 수가 없었어요. 비록 곱단이의 얼굴은 생각나지 않지만 나는 지금도 생생하게 느낄 수 있어요. 곱단이가 딴 데로 시집가면서 느꼈을, 분하고 억울하고 절망적인 심정을요. 나는 정신대 할머니처럼 직접 당한 사람들의 원한에다 그걸 면한 사람들의 한까지 보태고 싶었어요. 당한 사람이나 면한 사람이나 똑같이 그 제국주의적 폭력의 희생자였다고 생각해요. 면하긴 했지만 면하기 위해서 어떻게들 했나요? 강도의 폭력을 피하기 위해 얼떨결에 십 층에서 뛰어내려 죽었다고 강도는 죄가 없고 자살이 되나요? 삼천 리 강산방방곡곡에서 사랑의 기쁨, 그 향기로운 숨결을 모조리 질식시켜버리니 그 천인공노할 범죄를 잊어버린다면 우리는 사람도 아니죠. 당한 자의 한에다가 면한 자의 분노까지 보태고 싶은 내 마음 알겠어요?
> 장만득씨의 눈에 눈물이 그렁해졌다.[4]

그런 점에서 이 작품은 일견 황순원의 「소나기」와 비교된다. 「소나기」가 청소년기의 지순한 사랑을 중심축으로 내세운다면, 이 작품은 거기에 틈입한 역사의 거친 소용돌이를 또 다른 축으로 제시한다. 「소나기」의 사랑에는 역사와 현실의 이념 따위는 배제되어 있다. 그러나 「그 여자네 집」에서는 역사와 현실의 적극적인 개입이 드러난다. 주인공들

---

4 서울대 국어교육연구소, 『국어』 상, 교육인적자원부, 2002, 48면.

의 운명을 뒤바꿔 놓은 것은 전쟁과 징용, 정신대라는 이름으로 자행된 폭력적인 현실 상황이었다. 역사와 현실에 대한 시선을 적극적으로 담고 있다는 점에서 「그 여자네 집」은 무채색에 가까운 「소나기」의 시선에서 몇 걸음 더 나아가 있는 셈이다.

분단문학을 남북 분단의 역사와 현실이 투영되고 그것을 극복하려는 의지를 담고 있는 문학이라고 한다면,[5] 작품에서 식민통치와 분단 현실은 부정해야 할 역사의 폭력으로 나타난다. 작가는 만덕의 일화를 통해서 분단 극복의 의지를 내 보이고, 더구나 그것을 청순한 사랑마저 용납하지 않은 현대사의 비극에 대한 성찰과 더불어 환기한다는 점에서 이 작품이 갖는 분단문학적 의의는 결코 가볍지 않다. 한 개인의 사랑을 파괴했다는 점에서 일제의 식민통치와 분단은 동질의 것이라 할 수 있는데, 작가는 그것을 이렇듯 쉽고도 평이한 방식으로 보여준 것이다.

하지만, 이러한 긍정성에도 불구하고 작품에는 '북한'에 대한 퇴영적 시각이 내재되어 있다는 점에서 세심한 고찰이 요구된다. 이를테면, 작품 속의 공간은 북한이라는 역사성을 지닌 장소가 아니라 추억 속에 각인된 무시간적이고 원초적인 공간이다. 그곳에는 청소년기의 아름다운 추억만이 인화지의 영상처럼 존재한다. 만덕의 기억 속에 존재하는 북한이나 화자가 회상하는 북한은 현실의 북한이 아니라 노년에 반추하는 젊음과 더불어 존재하는 미화된 공간이다. 그것은 작품의 중심 모티프이자 주제를 집약하고 있는 김용택의 시가 기억 속에 각인된 무시간성의 세계를 그린 것이라는 사실과도 무관하지 않다. 시 속의 '그 여자네 집'은 "그 여자가 꽃 같은 열아홉 살까지 살던 집 / (…중략…) / 지금은 아, 지금은 이 세상에 없는 그 집 / 내 마음속에 지어진 집"으로 나타난다. 봄이면 살구꽃이 피고, 가을이면 은행나무 은행잎이 노랗게 물들며, 저녁연기가 곤

5　분단문학의 개념과 특성에 대해서는 저자의 『탈분단 시대의 문학 논리』(새미, 2001), 2장 참조.

게 올라가고, 목화송이 같은 눈이 사흘이나 내리던 그런 집이다. 박완서는 시의 이런 이미지를 소설 속에 그대로 옮겨 놓았고, 그래서 소설 속 북한의 이미지는 그와 전혀 다르지 않다. 거기에다, 작품 중간에 배치된 '학습 활동'의 시는 북한에 대한 이러한 이미지를 더욱 강화하는 결과를 낳고 있다. 작품과 관련된 문제를 제시하여 작품에 대한 이해를 높이려는 의도로 삽입된 학생의 시 「잃어버린 고향」[6]은 북한의 이미지를 한층 부정적인 것으로 만든다. 시에서 말하고자 하는 것은 쓰레기로 황폐화된 '잃어버린 고향'이다. "푸른 하늘이 넘실거리고", "추억이 서려 있는 고향"은 이제 농약병이 뒹굴고, 흑빛 아스팔트로 도배되어 꿈속에서나 볼 수 있는 곳일 뿐이라는 내용은 추억 속의 공간인 북한이 지금은 그 본래의 모습을 잃어버린 황폐화된 곳으로 변했다는 사실을 무의식적으로 환기시킨다. 가곡 〈그리운 금강산〉의 한 구절처럼, 북한은 회복할 수 없는 "더럽혀진" 공간으로 암시되고, 이로 인해 북한은 원형과도 같은 향수의 대상으로 자리 잡는 것이다.

북한에 대한 이러한 시각이 문제인 것은 그것이 북한에 대한 정당한 인식을 방해한다는 데 있다. 분단 현실을 극복한다는 것은 북한을 추억 속의 공간이 아니라 구체적인 실체로서 인정하는 태도를 전제하거니와, 그것은 북한을 일정한 체제와 이데올로기의 규율 속에 놓여 있는 삶의 현장으로 보는 시각에 바탕을 두어야 한다. 하지만 북한을 추억 속의 공간으로만 기억할 경우 이런 점은 외면될 수밖에 없다. 그런 사실은 1998년도의 여러 신문에 '특집' 형식으로 게재된 '방북기'를 살펴봄으로써 단적으로 확인할 수 있다. 가령, 고은, 김주영, 유홍준,[7] 이호철[8] 등이 북한을

---

6 『국어』, 29면. 첫 연과 마지막 연을 소개하면 다음과 같다.
   "푸른 하늘이 넘실거리고 있을 그 곳은 / 추억이 서려 있는 고향이 아니었다. // (…중략…) // 그래, 잃어버린 고향이었다. / 그래, 잃어버린 고향이었다."
7 「특집 : 유홍준의 북한 문화 유산 답사기」, 『중앙일보』, 1998.12 참조.
8 「특집 : 9박 10일 방북기」, 『동아일보』, 1998.9 참조.

방문하고 돌아 온 뒤 그 심경을 토로한 '방북기'에서 목격되는 북한의 이미지는 「그 여자네 집」에서 회상된 북한의 그것과 거의 흡사한, 동경과 향수의 대상으로 나타난다. 즉, 금강산과 원산과 백두산을 둘러본 뒤 고은에게 각인된 북한의 인상은 '고향의 원형'이자 동시에 '한민족의 원형질'이었다. "부드럽게 언덕진 밭은 첫물 수확을 앞두고 어머니의 부푼 가슴 같았"고, 더운 날에도 반소매를 입지 않고 단추 하나 풀지 않은 여자들의 옷매무새와 비가 와도 굳이 비를 피하지 않고 일을 하는 사람들의 모습은 마치 "한민족 원형질"과도 같은 것으로 다가온다.[9] 고은과 동행했던 유홍준이 느낀 심정도 비슷하다. 유홍준은 "외래문화가 범람하는 도회적 분위기에 익숙해져 있는 나에게 60년대 어린 시절에 본 것 같은 거리 풍경 등이 그대로 남아 있는 북녘의 모습은 하나의 문화적 충격"이었다고 하면서 거기서 목격되는 "천진성"을 강조한다. 그런 심정을 이호철은 다음과 같이 표현하고 있다.

> 북한 체류기간 중 내 머릿속에 첫 인상으로 깊이 꼬나박혀 들어왔던 것은 우선은 접대원 아주머니들이었다.
>
> 남쪽 우리네 40, 50년대에는 온 나라에 지천으로 널려있다시피 많았고, 60년대 70년대까지도 맥을 이어왔던 우리네 원(原)조선 여성상, 한국 여성상이 이곳에는 고스란히 온존해 있었다. 푸근함 공손함 절제 예의바름 성실 짜디짠 살림 꾸리기, 그런 미덕들이 두루두루 모아진 기본 품격. 발랑 까지지 않은 깊숙하고 넉넉한 우리네 재래의 여성상(像).[10]

이런 시선은, 가난에 찌들고 호전적인 존재로 북한을 보는 냉전적 사고와는 달리 북한의 현실을 인정하고 그 속에 깃든 미덕을 찾고자 한 것

---

9 『중앙일보』, 1998.12.10.
10 이호철, 「방북기」, 『동아일보』, 1998.9.8.

이라는 점에서 한층 성숙한 모습인 것은 분명하다. 이질적인 측면보다는 동질적인 것을 발견하고 흥분과 감격을 토로하는 것은 동포로서 당연한 일이기도 하다. 하지만 이런 시각의 한편에는 북한의 실상을 직시하기보다는 미화하고 동경하는 또 다른 신비화의 위험성이 내재되어 있음을 간과할 수 없다. 최근의 여러 연구와 증언을 통해서 확인되듯이, 북한 역시 남한과 다를 바 없는, 아니 그 이상으로, 정치권력 중심적이고 가족을 강조하고, 국민을 도구화하며, 여자들을 남자들에게 봉사하게 하는 사회이다. 게다가 건국 초기부터 수령을 중심으로 한 유일체제를 유지해 왔던 까닭에, 인민들은 수령이라는 절대적 가치를 위해서 죽고 사는 허수아비와 같은 존재가 되었다.[11] 몇 년 전 남북정상회담 과정에서 목격한 김정일의 자신감이란 기실 이런 체제에서나 가능한 일이다. "(김정일) 내가 마음만 먹으면 통일이 멀지 않다"는 생각은 절대화된 권력의 한 단면을 보여줄 뿐만 아니라, 한편으론 남한의 '국민'에 해당하는 '인민'이 실상은 '시민'이 아니라 '신민(臣民)'에 가까운 존재라는 것을 입증해 준다. 이렇게 보자면 북한 여성들의 모습이란, 자발적이고 자율적인 것이라기보다는 체제에 의해 강요된 희생과 봉건적인 절제에 바탕을 둔 것인지도 모른다. '더운 날에도 반소매를 입지 않고 단추 하나 풀지 않은 여자들의 옷매무새'와 '비가 와도 굳이 비를 피하지 않고 일을 하는 사람들의 모습'이란 획일적인 국민 동원체제가 고착화된 과정에서 야기된 특수한 인간형인 것이지 결코 한국인의 '원형'은 아닐 것이다.

박완서 등의 소설을 읽으면서 이런 생각을 했다는 것은 지나친 기우로 이해될 수도 있다. 하지만, 고은 등의 시각이란 어쩌면 기억 속에 각인된 북한의 옛 모습에 대한 향수와 무관한 게 아니라는 점에서 전혀 근거 없는 추론은 아닐 것이다. 언급한 대로, 「그 여자네 집」의 공간은 북한이라

---

11 조한혜정 · 이우영 편, 『탈분단 시대를 열며』, 삼인, 2000, 134~160면 참조.

는 현실의 장소가 아니라, 추억 속에 각인된 무시간적이고 원초적인 공간이다. 그런 까닭에 그러한 시선의 한 구석에는 퇴영적 사고가 잠재되어 있고, 그것이 북한에 대한 바른 인식을 저해할 가능성을 갖고 있는 것이다. 이호철과 고은 등이 목격했던, 아니 목격하고자 했던 것은 어쩌면 이 기억 속의 공간이고, 작가 박완서의 무의식 속에 각인된 공간 역시 그와 크게 다르지 않을 것이다.

3. 윤흥길과 분단문학 ─「장마」의 경우

「장마」(윤흥길)는 「그 여자네 집」보다는 한층 적극적으로 분단 현실을 문제 삼은 작품이다. 두 할머니의 갈등과 반목이 화해로 나가는 과정을 통해서 작가는 이데올로기로 인한 갈등을 넘어서려는 하나의 방안을 제시한다. 이 작품이 대표적인 분단소설로 평가되는 것은 분단의 실질적 원인이 된 이데올로기의 문제를 가족이라는 보통 사람들의 갈등을 통해서 포착해냈다는 점, 샤머니즘적인 토속신앙의 모티프를 차용한 점, 그것을 빌어서 분단 극복 의지를 드러냈다는 점 등이 될 것이다. 그런 점에서 이 작품은 6차 교과서에서는 볼 수 없었던 분단 극복에 대한 시대적 의지를 한층 적극적으로 수용한 것으로 이해할 수 있다.[12]

「장마」는 어린 화자 '동만'의 시선을 빌어서 서술된다. 친할머니와 함

12 　물론 이 작품은 6차의 『문학』 교과서에 수록되었고, 또 수학능력시험에 출제되어 학생들에게 널리 알려져 있다. 그런 점에서 그리 새로울 것은 없으나, 국민 기본 공통 교과목인 『국어』에 수록되었다는 것은 분단 극복에 대한 국민적 공감대를 보다 적극적으로 수용한 것이라고 봐도 무방할 것이다.

께 살던 동만은 전쟁이 발발하면서 피난 내려온 외할머니와 함께 살게 되었다. 두 할머니는 사이가 좋아서 친구처럼 지냈지만 어느 날부터 돌연 서로를 미워하게 된다. 두 할머니의 자식들이 각기 다른 이데올로기의 신봉자가 되었고, 그로 인해 할머니들은 이데올로기의 실상을 알지도 못한 채 서로를 미워하게 된 것이다. 할머니의 아들(화자의 삼촌)은 빨치산이었고, 외할머니의 아들은 국군이었던 까닭에 살아남기 위해서는 어느 하나를 부정할 수밖에 없고, 그러한 대립 관계 속에 사돈 간인 두 할머니가 휘말려 든 것이다. 두 할머니의 관계가 회복할 수 없을 정도로 악화된 것은 빨치산에 대한 토벌이 본격화되고 그 과정에서 삼촌이 죽었을지도 모르는 상황이 발생하면서부터였다. 외할머니는 자식을 근심하는 마음에서 어서 빨치산이 토벌되기를 바라지만, 할머니는 그것을 자기 아들이 어서 죽기를 바라는 저주로 받아들이는 아이러니한 상황이 발생하고, 급기야 서로를 증오하게 된다. 화해와 관용보다는 어느 하나를 일방적으로 부정할 수밖에 없는 1970년대의 냉전적 현실이 암시되는 순간이다. 교과서에 수록된 부분은 이 이후를 다룬 대목으로, 두 할머니 사이에 형성되었던 갈등이 구렁이의 등장과 주술행위를 통해서 해소되고, 마침내 화해한다는 내용이다. 이를테면, 아들이 돌아오기를 간절하게 기다리던 할머니는 점쟁이가 예언한 날이 되어도 아들이 나타나지 않자 졸도하고 만다. 그런데 뜻하지 않게 아들 대신에 구렁이가 나타나고, 그것을 아들의 혼령으로 받아들인 외할머니는 정성스레 구렁이가 갈 길을 인도하는 의식을 거행한다. 주술사가 되어 하늘로 오르지 못하고 구천을 떠도는 영혼을 천도(薦度)하는 의식을 거행하는 것이다. 정신을 회복한 뒤 이런 사실을 전해들은 할머니는 감격의 눈물을 흘리고 마침내 외할머니와 화해한다는 내용이다.

　이 작품의 문제성은 이러한 내용을 통해서 분단 극복의 가능성을 암시했다는 데 있다. 외할머니나 할머니는 모두 비슷한 나이의 자식을 두었고, 그것도 전쟁이라는 극한의 상황에 자식을 내놓은 까닭에 사실은 동병상련의 처지라 할 수 있다. 그런데 전쟁은 이들의 의지와는 무관하게 이데올로기라는 비극의 씨앗을 뿌렸고, 급기야 서로를 적대시하게 만들었다. 이들의 갈등은 서로가 서로를 부정할 수밖에 없는 이데올로기의 대립에서 비롯된 것이라는 점에서 해결의 실마리를 찾기란 결코 쉬운 일이 아니다. 삼촌이 죽은 것으로 암시된 데서 드러나듯이, 어느 하나가 제거되어야만 다른 한쪽이 살 수 있는, 전시하의 남·북한의 현실과 같은 극한의 적대의식이 이들 사이에 들어선 것이다. 하지만 두 할머니는 원초적인 모성의 소유자들이고, 또 자식을 매개로 한 갈등이란 적대적인 것이기보다는 해결의 가능성을 내재한 상황적인 것이었다. 두 할머니의 갈등은 서로 간의 공감을 확인함으로써 극복이 가능한 것인데, 작가는 그것을 두 인물이 공통적으로 갖고 있는 모성(母性)과 '뱀'으로 상징되는 민족 공통의 정서를 통해서 찾는다. 서로를 적대하는 처지가 되었지만 두 사람은 모두 자식에 대한 지극한 사랑을 갖고 있었고 그런 사실을 역지사지의 심정으로 헤아림으로써, 그리고 자식을 위한 구복의 행위를 베풂으로써 외래적 이데올로기의 독소를 제거하고 근원적인 공감대를 마련하는 것이다. 작가는 그런 모습이 궁극적으로는 분열된 민족을 통일하는 방법임을 암시한다.

「장마」의 문제성은 이처럼 민족 고유의 정서를 회복함으로써 외래적 이데올로기를 물리치고 민족이 하나로 통합될 수 있다는 것을 제시한 데 있다. 물론, 1950, 60년대 소설에서 분단 현실을 문제 삼은 작품이 없었던 것은 아니지만, 그것을 정면에서 문제 삼고 극복 가능성을 암시한 것은 거의 없다고 해도 과언이 아니다. 손창섭, 이호철, 하근찬 등이 분단 현실에 대한 적극적인 문제의식을 갖고 작품 활동을 했으나 대개는 전쟁과 분단으로 인해 황폐화된 현실이나 왜곡된 삶 등에 주로 관심을 보였다. 그런데, 윤흥길은 그런 현실을 가족이라는 구체적인 매개를 통해서 형상화하고 극복 가능성을 찾으려 했다는 점에서 분단소설을 한 단계 끌어올리는 역할을 했던 것이다.

　교과서에 수록된 부분에서 아쉬운 것은 이 작품이 갖는 이러한 의의가 충분히 전달되지 못하고 있다는 데 있다. 반목으로 일관하던 두 할머니가 극적으로 화해하는 대목만을 소개한 까닭에 갈등의 원인이라든가 전쟁의 참상, 가령 남과 북을 가리지 않고 군인들이 저지른 만행에 대한 고발 등은 모두 서두의 요약문으로 대체되고, 지문은 단지 그 결과만을 보여주는 식이다. 분단소설의 측면에서 보자면 무엇보다 중요한 대목을 생략한 것이다. 또 하나, 이 작품은 냉전 이데올로기가 거의 사라지고 탈분단의 과정이 본격화된 오늘의 현실에서 보자면 자칫 통일에 대한 안이한 낙관론을 조장할 가능성도 내재하고 있다. 분단과 이데올로기의 갈등을 해소해야 한다는 주제는 귀담아 들을 대목이지만, 그것이 현실성을 갖기 위해서는 남과 북의 실상에 대한 제대로 된 이해를 전제해야 한다. 왜 목숨을 내 놓으면서까지 자유민주주의를 수호하려 했는지, 반대로 왜 목숨을 바치면서까지 빨치산 투쟁을 전개했는지 등의 문제가 제대로 해명되어야 문제 해결의 구체적 가능성이 포착될 것이다. 더구나 오늘의 시점에서 통일이란 남과 북의 단순한 통합을 의미하는 것이 아니라는 사실도 이해되어야 한다. 최근 TV나 각종 매체를 통해서 확인되고 있듯, 남한과 북한은 60년 이상을 서로 다른 이데올로기와 체제에서 살아온 까닭에 서로 이질적인 집단이라고 해도 지나친 말은 아니다. 통일이란 단순한 통합이 아니라 서로 다른 문화와 체제를 발전적으로 조정하는 과정이고, 그렇기 때문에 서로에 대한 객관적인 이해가 무엇보다 필요하다.

　이러한 점이 충분히 고려되지 않았기에 작품의 다음과 같은 문제 해결 방식에 쉽게 동의할 수 없게 된다. 작가의 전언이 추상화되어 전달될 수밖에 없는 소설의 특성을 감안하더라도 주술적인 의식을 통해서 두 할머니의 갈등이 봄눈 녹듯이 사라진다는 것은 쉽게 납득할 수 없다. 더구나 할머니의 경우는 자식의 죽음을 확인도 하지 않은 채 단지 죽었을 것이라고 믿고 행동한다는 점에서 더욱 그러하다. 삼촌이 죽은 것으로 작품에서는 암시되지만, 그것이 바로 할머니의 믿음으로 전화될 수는 없다. 생사가 확인되지 않은 자식을 죽은 것으로 가정하고 그 자식의 혼령을 천도한 사돈의 행동에 감동한다는 것은 작품의 논리상 현실성이 떨어진다.

"고맙소."
정기가 꺼진 우묵한 눈을 치켜 간신히 외할머니를 올려다보면서 할머니는 목이 꽉 메었다.
"사분도 별시런 말씀을 다……."
외할머니도 말끝을 마무르지 못했다.
"야한티서 이얘기는 다 들었소. 내가 당혀야 헐 일을 사분이 대신 맡었구랴. 그험헌 일을 다 치르노라고 얼매나 수고시렀으꼬."
"인자는 다 지나간 일이닝게 그런 말씀 고만두시고 어서어서 몸이나 잘 추스리기라우."
"고맙소, 참말로 고맙구랴."
할머니가 손을 내밀었다. 외할머니가 그 손을 잡았다. 손을 맞잡은 채 두 할머니는 한동안 말을 잇지 못했다. 그러다가 할머니쪽에서 먼저 입을 열어 아직도 남아 있는 근심을 털어놓았다.
"탈없이 잘 가기나 혔는지 몰라라우."
"염려 마시랑게요. 지금쯤 어디 가서 펜안히 거처험시나 사분댁 터주 노릇을 툭툭이 하고 있을 것이요."[13]

말하자면 작품의 결말은 작가가 자신의 생각을 직설적으로 내민 형국

---

13 『국어』 상, 275면.

이다. 언급한 대로 이 작품은 1973년에 발표되었고, 작품이 갖는 의미 또한 그 시대의 문학사적 자장에서 자유로울 수 없다는 점에서 이해되지만, 그로부터 40년이 경과한 오늘의 시점에서 과연 이러한 해결 방식이 호소력을 가질 수 있을지는 의문이다. 그렇기 때문에 이 작품을 학생들에게 읽히는 과정에서 세심한 주의가 필요할 것으로 판단된다. 이데올로기의 갈등에 대한 안이한 인식이라든가, 통일에 대한 낙관론, 빨치산의 만행이 자칫 반공의식을 강화할 가능성 등에 대한 세심한 고려가 병행되어야 할 것이다. 이 작품에서 돋보이는 대목은 어린 화자의 천진한 시선으로 포착된 전쟁의 비인간성과 참혹성, 그리고 그것을 통해서 환기된 화해의 의지가 아닐까.

『광장』(최인훈)을 다루는 대목에서도 분단문학에 대한 안이한 태도가 목격된다. 문제풀이에 삽입된 『광장』의 한 대목은 이명준이 남한도 북한도 아닌 제3국을 선택하는 과정을 그린 부분이다. 여기서 이명준이 북한과 남한의 심사관을 통과하면서 겪는 선택의 과정이 제시되는데, 지문에서는 왜 이명준이 제3국을 선택했는가 하는 근거가 전혀 암시되지 않는다. 남한과 북한을 모두 외면하면서 왜 제3국을 선택할 수밖에 없었는지, 그러한 선택을 하게 된 내면의 동기는 무엇인지 등이 밝혀져야 이명준의 행동은 구체적인 맥락을 갖게 될 것이다. 물론 『광장』 전편을 읽었다면 이런 점들은 쉽게 이해되겠지만, 그것이 생략된 채 원고지 20매 분량의 짧은 지문만이 제시된 까닭에 이명준의 제3국행은 논리의 뒷받침을 받지 못한 것이다. 이러한 점은 지문의 선정이 작품 전반에 대한 충분한 고려 없이 형식주의적인 구색 맞추기 식으로 이루어진 것이 아닌가 하는 의구심을 갖게 한다. 사실, 『광장』의 문제성은 이데올로기 문제를 정면으로 다루면서, 인간의 삶을 전쟁과 분단이라는 사회·역사적 맥락 속에서 파악한 데 있다. 하지만 이러한 점은 교과서에 수록된 부분에서는 전혀 확인할 길이 없다.

4. 문학교육과 교사의 역할

몇 해 전 북한을 '악의 축'으로 매도한 미국 대통령의 발언이 큰 파장을 일으켰던 것은 단순히 북한을 자극하고 남북관계를 경색시켰다는 데만 원인이 있는 것은 아니다. 북한을 악의 축으로 몰아붙이고, 필요하다면 전쟁까지 불사하겠다는 발언은 자기와는 다른 코드(code)의 존재인 타자를 철저하게 무시하는 독아론(獨我論)의 전형적 형태라는 데 있다. 오로지 자기 자신의 주장만이 정당하다는 것. 그런 주장은 나와 다른 존재를 인정하고 이해하기보다는 자기 일방의 시각으로 부정하고 왜곡하는 독선적 주체의 모습을 전형적으로 보여준다. 그런데 문제는 이러한 유아(唯我)적 시각이 남·북한 간의 경제적 격차와 이질화가 심화될수록 곧바로 우리들의 시각으로 전환될 가능성이 높다는 데 있다. 우리 사회의 발전 정도가 높아질수록 우리들의 사고방식은 미국식으로 변해가고 있고, 특히 물질만능의 가치관이 확산되면서 이기주의가 만연되고 있음을 감안하자면 이러한 우려는 결코 기우만은 아닐 것이다. 몇 해 전의 한 여론조사에서 초등학생들이 통일을 원하지 않는 이유로 '거지들이 몰려올지도 모른다'고 응답한 사실은 그 단적인 사례가 아닐까.

게다가 분단 60년 동안 우리 사회에 각인된 적색 공포증이라는 무의식적 기제는 북한에 대한 정당한 인식을 더욱 어렵게 만들어 놓았다. 역대 정권들은 전후의 냉전의식에 힘입어 반공 이데올로기를 의도적으로 조장했고, 그것을 통해 정권의 취약한 기반을 만회하려 하였다. 전후의 혼란스러운 민심을 수습하고 자유 민주주의를 수호한다는 미명 아래 이승만 정권에 의해 널리 유포된 이래 과거 정권들은 분단된 현실과 북한의 호전성을 끊임없이 강조하고 세뇌시켜 흑이 아니면 백이라는 극단의 부정과 양(兩)가치적 사고를 확산시켜 놓았다. 남한의 생존을 위협하는 북한 공산당이 존재하고 있고, 자칫 방심했다가는 언제든지 6·25 전쟁과 같은 비극이 되풀이될 수도 있다는 강요된 경계심은, 민족의 생존이라는 최상의 가치를 위해서는 민주주의를 비롯한 어떤 가치든지 희생될 수 있다는 금기와 독선의 신화를 만들어 놓았다. 정부의 정책에 반대하거나 비판적인 입장을 취하면 가차 없이 '빨갱이'로 몰아붙였고 심지어 공교육에서는 반공을 국시로 삼아 국민의 무의식까지 통제하려 들었던 게 그 동안의 현실이었다. 북한을 대하는 우리의 시선이 사시와 편견으로부터 자유롭지 못한 것은 이런 사정과 무관하지 않을 것이다. 그런 까닭에 북한 혹은 분단문학을 가르치는 과정에서 무엇보다 중요한 것은 북한에 대한 균형 잡힌 시각이라고 할 수 있고, 그것을 담당할 주체는 현장의 교사일 수밖에 없다.

북한에 대한 바른 인식은 그 동안 북한에 덧씌워진 왜곡과 과장의 굴레를 벗겨내고 북한을 내적 논리와 역사를 가진 타자로 보는 데서 시작되어야 할 것이다. 타자란 나와 동질적인 것이 아니고, 또한 나와 적대하는 또 하나의 자기의식도 아니다. 가라타니 코오진의 말대로, 공통의 언어 게임(공동체) 안에서 출발하는 것이 아니라 그러한 것을 전제할 수 없는 장소에 섰을 때 만나는 것이 타자이다. 남과 북은 60년 이상의 세월을 서로 다른 사상과 이념, 제도와 문화 속에서 생활해 왔다. 민족적인 동질감이 유지되고는 있으나, 한편으로는 이질감이 한층 증가된 형국이고, 그런 점에서 북한은 동질적이기보다는 오히려 이질적인 존재라 해도 과언이 아니다. 통일이 북한을 남한의 체제에 편입시키는 것이 아니라면 우리는 이 이질적인 국면들을 냉정하게 인정하고 수용해야 할 것이다. 7차 교과과정에서 월북작가들을 수용하고, 특히 이방인의 눈으로 본 한국인에 대한 글을 수록했다는 것은 그런 점에서 매우 고무적이다. 사실, 문학이란 있을 법한 사건과 인물을 형상적으로 제시한다는 점에서 본질적으로 타자 지향적인 속성을 갖는다. 분단문학이 통일에 대한 의지와 필요성을 심어주는 계몽 담론으로 전락하지 않기 위해서는 작가나 독자 모두 작중의 인물과 삶을 타자화할 수 있는 열린 자세를 갖추어야 할 것이다. 그런 점에서 교육 현장에서 교사의 역할은 중요할 수밖에 없다. 사실, 교과서의 내용은 시대 흐름에 신속하게 대응하지 못하는 측면이 많다. 교과서의 개편 주기라든가 교과과정의 편제, 또 교과서가 갖는 정전(正典)적 성격으로 인해 교과서는 시대 흐름에 민감하기보다는 상대적으로 둔감하다. 그렇기 때문에 교과서와 실제 현실의 괴리는 어떤 식으로든 매개되어야 하고, 그 주체는 '교사'가 될 수밖에 없다. 교과서에서 미처 수용하지 못한 시대 흐름의 직접적인 경험자이자 대응의 주체로서 교사는 대오를 이끄는 향도(嚮導)와도 같은 존재들이다. 더구나 교과서는 당대의 사회적 가치와 지향을 담고 있는 정치적 성격을 갖는다는 점 또한 고려되어야 한다. 한 국가를 유지하고 통제하는 가장 유력한 수단은 군대와 학교와 국회라는 그람시(A. Gramsci)의 말을 떠올리지 않더라도, 교육은 당대의 이데올로기와 정치적 교의를 전파하는 중심 기제이다. 이데올로기와 정치적 교의는 억압적이고 체제 고착적인 속성을 갖는다는 점에서 교사는 그것을 끊임없이 비판하고 반성하는 주체로서의 역할을 수행해야 할 것이다.

새삼스럽지만, 교육은 교사들의 열정적인 참여를 통해서 이루어진다. 교사의 참여는 정치적인 것을 보다 교육적으로 만들고자 하는 비판적 반성과 행동을, 억압에 저항하고 일상의 삶을 인간적으로 만들기 위한 신념을 실천하는 사회적 기획의 한 부분으로서의 역할을 해야 한다.[14] 이제 누구나 동의하는 만인의 교과서란 존재하지 않는다. 만인의 교과서는 정신과 자연, 개인과 사회, 주관과 객관의 분열을 막아 주는 역할을 했으나, 이제는 그런 역할을 기대할 어떤 지침이나 교의도 존재하지 않는다. "교과서는 수많은 학습 자료나 교재 중의 하나이다. 이 교과서에 선정된 제

---

14   정정호,『세계화 시대의 비판적 페다고지』, 생각의나무, 2001, 26~40면 참조.

재 역시 절대적인 것이 아니라 교육과정의 목표와 내용을 실현하는 데 비교적 적절하다고 평가된 자료"[15]에 불과하다. 그러므로 또 다른 교과서를 환기하고 제시해 줄 수 있는 교사의 역할은 더욱 중요할 수밖에 없다. 바람직한 교사의 모습을 기대해 본다.

---

15 「일러두기」, 『국어』 상, 2002.